LE CHAT, MÉLIE, TOM, ET PUIS PAULETTE

✝

My Beautiful Week-End

Barbara Constantine

LE CHAT, MÉLIE, TOM, ET PUIS PAULETTE

+

My Beautiful Week-end

calmann-lévy

COUVERTURE
Maquette : Atelier Didier Thimonier
Illustration : © Hélène Crochemore

ISBN 978-2-7021-5708-4

Sommaire

MY BEAUTIFUL WEEK-END

... je ne suis pas sûre d'avoir bien compris la question...
Vous me demandez de formuler ce que je veux faire, là,
maintenant, tout de suite? OK. Et ma réponse doit tenir en
un mot ou une courte phrase? Bon, mais je ne sais pas si.
D'accord, je vais essayer. Oui, sans réfléchir. Pas facile de.
OK OK, je ne réfléchis plus! Donc là, maintenant, tout de
suite, ce que j'aimerais faire... enfin non, ce que je **voudrais**
faire... ce serait... partir. Oui, non, enfin, si si, partir...
Pas forcément longtemps, deux trois jours peut-être, aller
quelque part, voir ailleurs, respirer un air différent. Voilà,
c'est ça, je voudrais partir, quelques jours. À la campagne.

C'est vrai, ce n'était pas si difficile... Mais le plus
marrant, c'est que vous m'auriez posé la même question à
un autre moment et en dehors du cabinet, jamais je ne vous
aurais répondu ça! Pour la simple et bonne raison que je
n'aime pas la campagne! C'est... c'est le genre d'endroit où,
même en faisant attention, on ne peut pas éviter de se salir.
Il y a de la boue, du crottin, des fientes, des bouses partout
où on pose les pieds. Je déteste ça. Et les choses qui piquent,
aussi, je déteste. Les orties, les guêpes, les échardes, les
puces, les tiques! Quel cauchemar. Je ne comprends pas
pourquoi personne n'a encore trouvé le moyen d'éradiquer
toutes ces choses. Mais ce que je supporte le moins à la
campagne, c'est le silence. Ça m'oppresse. Déjà ici, j'ai du
mal, le dimanche, vous imaginez là-bas?

C'est curieux, j'ai l'impression que cet exercice a remué
quelque chose. Il y a eu comme un petit *clic* dans mon

cerveau... non, je ne plaisante pas, j'ai vraiment entendu le son du *clic*... Dans le fond, un peu d'air pur, ce ne serait pas si mal, surtout après les pics de pollution aux particules fines de ces derniers jours. Mon nez n'arrête pas de couler. Ça ne vous fait pas ça, vous? Oui, pour la boue et les crottes, je pourrais toujours enfiler des bottes en caoutchouc... Hé, pas bête, un p'tit week-end détox à la campagne. J'achète! On se revoit la semaine prochaine? Dites, vous pourriez me refaire une ordonnance? Les somnifères, je n'en ai plus beaucoup, et (toujours cette peur de manquer, oui...).

Respirer de l'air pur, manger des trucs cultivés sans engrais chimiques ni pesticides, drainer son foie avec des décoctions sauvages, ne plus allumer la télé, ni téléphoner ni se connecter à quoi que ce soit pendant trois jours complets, waouh, ça risque d'être violent! mais... c'est faisable. Et puis, de voir des têtes différentes, des gens moins stressés, plus ouverts, avec de belles joues bien rondes, bien rouges, bien saines, ça me plaît! Ça doit filer la pêche! Je crois que c'est la première fois que je ressens le besoin de me connecter avec la nature, bizarre... Demain vendredi, ça pose un problème? Je ne comprends pas. En deux ans, je n'ai pris qu'une semaine de congé et vous me faites tout un souk pour une journée? Oui, c'est mon psy qui me l'a prescrit. Évidemment que je me débrouillerai pour tout rattraper. Bon d'accord, je prends quelques dossiers avec moi, mais (... quelle pétasse, cette DRH!).

23 h 45, j'ai du mal à boucler la valise. Pour trois jours, c'est beaucoup trop. Mais mieux vaut trop que pas assez... (l'impression d'entendre ma grand-mère, c'est terrible...) Je suis épuisée. Pourtant, je prends le temps de vérifier qu'il ne manque rien avant d'aller me coucher. Un dernier coup d'œil à la pile de dossiers... Oui? non? j'ai un peu peur de... Oh et puis, tant pis, je ne les emmène pas! Bon, je peux enfin me brosser les dents. Et là, paf! je réalise que j'ai oublié de prévenir Hervé. Panique. Il est presque minuit. Si je l'appelle maintenant, c'est comme s'il était 3 heures du matin pour lui (ils

se couchent comme les poules, là-bas!), il ne va pas aimer du tout. Pas le choix. Salut frérot, je ne te réveille pas? Si? Oh, désolé. Non non, personne n'est mort, t'inquiète. C'est simplement pour te dire que (... ma voix faiblit sur la suite...) j'arrive demain au train de 10 h 43, tu peux venir me chercher? Non, je n'ai toujours pas passé mon permis. Oui je sais, c'est nul. C'est sûr, ça fait un bail que je n'ai pas téléphoné. Toi non plus, tu n'appelles pas souvent, Hervé. Besoin d'air, oui, mais pas seulement, c'est aussi pour vous v... Je pensais jusqu'à dimanche... Ah, super! Oui, à demain, alors! Bisous. Embrasse Françoise... heu... Fabienne, pour moi.

Aïe.

Il va en faire tout un fromage, je le sens.

Mais, il était à moitié endormi, peut-être qu'il n'a pas entendu?

Ce serait idiot qu'il m'en veuille, on se connaît à peine, moi et Fran... Fabienne. Ah lala.

J'espère que demain il aura oublié.

Dix minutes avant l'arrivée en gare, j'enfile mon manteau et m'escrime à pousser la valise dans le couloir. Elle avance en zigzag, une des roulettes est cassée. Ça m'agace. Et j'ai trop chaud. Une dizaine de mètres avant les portes, embouteillage. Plus personne ne peut avancer ou reculer. Des gens soupirent, râlent, un bébé hurle. Je regrette de ne pas avoir passé mon permis de conduire. Hervé a raison, à 34 ans, je devrais essayer de. La voix du contrôleur annonce l'arrivée imminente. Et, histoire de bien stresser les passagers qui ont trop de bagages, précise: trois minutes d'arrêt! Le train ralentit. Oh... le sac bleu. Celui avec les cadeaux pour les petits! Il est où? Je suis sûre de l'avoir emmené, mais... Remontée de la travée en bousculant tout le monde, désolé, pardon, pardon, pardon, ouf! le sac est bien là, coincé entre deux mallettes, je l'attrape à la volée, il manque assommer la dame assise juste en dessous, elle m'insulte, je n'ai pas le temps de répondre, demi-tour, j'écrase des pieds, mais vous voyez bien que je suis pressée! À peine le temps de tout balancer sur le quai et de me jeter sur la valise, les portes du train se referment dans un claquement sec. Je suis en nage. Le cœur à 175 battements par minute. Et des ecchymoses aux coudes et aux genoux.

Ce qui est plutôt pas mal, après une aventure de ce genre, c'est que j'ai tout mon temps ensuite pour décompresser, me remaquiller, me recoiffer, flipper, re-décompresser, et étaler plusieurs couches de pommade à l'arnica sur chacun de mes bleus, avant l'arrivée d'Hervé. Dès que je l'aperçois, c'est clair, il n'a pas oublié. À sa démarche, je sais déjà qu'il s'est monté la tête tout seul en venant. Il en est convaincu et rien ne le fera changer d'avis : je me fous de tout ce qui touche à sa vie, je ne pense qu'à moi, je suis toujours aussi nulle et égocentrée que quand j'avais 15 ans, et patati et patata. Et là, il me fait payer. Cher. Trente-cinq minutes de retard. Sans prévenir, évidemment. Il aurait bien voulu, mais il n'a pas pu, son portable était déchargé. Logique. Il ne s'en sert jamais. De toute façon, toutes les fois où il en a eu besoin, comme par hasard, il n'y avait pas de réseau. Ici, à la cambrousse, on vit très bien sans ces gadgets aliénants, tu sais.

Comment est-ce que les gens faisaient avant ?

Ils se démerdaient sans. C'est tout.

C'est simple.

Oui. OK. Je sais (... la vache, ça commence mal...).

Pendant le trajet, je tente une diversion. Je me mets à parler, parler, un vrai moulin. Il y a une éternité qu'on ne s'est pas vus, j'ai des tas de choses à lui raconter, ça déborde ! Il fait la grimace. Je choisis de croire que c'est l'ébauche d'un sourire, ça m'encourage, je me lâche. Le boulot, la pétasse de DRH, mon petit studio, le loyer exorbitant, ma rencontre l'année dernière avec Super connard, les journées et les nuits passées à baiser comme des lapins, à boire comme des trous, à faire des trucs de dingue, j'te raconte pas, et puis, la rupture il y a trois mois, ma grosse déprime, cachets, comprimés, gélules, et maintenant, le psy deux fois par semaine, mais ouf, ça va mieux. Quand je le regarde enfin, il ne sourit pas, ou plus, et je sens que je n'aurais pas dû raconter tout ça comme ça, c'était trop d'un coup. Trop tôt, surtout. Je n'ai plus qu'à attendre qu'il se calme, la boucler et surtout ne pas pleurer. Il conduit vite, je me concentre sur la route. Mais après seulement 30 secondes (c'est plus fort que moi, le silence, ça m'oppresse) je pose *la* question à la noix, un vrai truc suicidaire : et toi, ça va avec Françoise ? enfin j'veux dire... avec Fabienne ?

S'il lui restait quelques doutes, ou quelques scrupules, ils se sont tous envolés à ce moment-là. Et c'est très tranquillement qu'il me raconte comment Fabienne et lui ont réfléchi à l'organisation du week-end. Alors, comme je le sais déjà, ils n'ont jamais pu partir ensemble en amoureux, depuis la naissance des enfants ni même après leur mariage, ce qui remonte à la dernière fois où nous nous sommes vus, tu te souviens ? il y a trois ans ? (je croyais deux... et c'était déjà beaucoup !) Ils ont donc décidé de profiter de l'occasion que je leur offre – en m'invitant chez eux sans prévenir – pour partir deux jours à la mer. Super, hein ? Ah oui oui, vraiment super (oh putain, ça fait mal...).

Visite de la maison au pas de course. Fabienne est allée déposer les enfants chez ses parents et attend Hervé pour partir. Ils sont pressés. Et moi donc ! je n'ai qu'une idée, rentrer chez moi ! Mais je fais celle qui est très contente d'être là, qui trouve tout très beau, très intéressant. La déco, les meubles, la cuisine américaine, le poêle à bois et tout le reste. Vous avez des poules ? Chouette, les œufs à la coque au petit déj ! Là, les graines que je dois mettre dans leur mangeoire le matin à 8 heures ? Bon, d'accord. Et ça ? les croquettes du chat, s'il décide de revenir de son escapade amoureuse, bien sûr. Les pilules à donner trois fois par jour à Oscar ? Mais au fait, il est où, Oscar ? Couché derrière le poêle. Il a 15 ans, le pauvre chien, il est sourd, presque aveugle, il pue et son arrière-train est paralysé. Le véto dit qu'il ne souffre pas. Ça tombe bien, Hervé ne se sent pas de le faire piquer. Les enfants y sont terriblement attachés.

Bon, il file. S'il y a le moindre problème, je n'ai qu'à l'appeler. Il prend le chargeur, cette fois. Ha, ha! Bon week-end.

Parfois, on se dit que. Et puis, non, ça ne se passe pas comme on aurait voulu. Pas grave... ne pas flipper... rester zen...

Ce week-end va bien se passer. Tout va bien se passer.

(... je positive à mort, là, parce que sinon...)

Un coup d'œil à la liste qu'Hervé a laissée. Ce n'est pas son écriture (les *f* ressemblent à des *8*, c'est nul...).

– Poules : fermeture de la porte du poulailler, 19H. Matin, ouverture 8H, penser remplir mangeoire.
– Oscar : 1 pilule matin/midi/soir, dans boulette de pâté, l'enfoncer dans sa gorge, maintenir sa gueule fermée jusqu'à déglutition.
– Compost : vider seau dans bac de droite. Utiliser eau du récupérateur d'eau de pluie pour...

Il y en a deux pages dans ce style. Mais comme j'ai décidé de prendre tout bien, ça ne m'énerve même pas. Je vais passer un super week-end! (... et je t'emmerde, Fabienne!)

Après une longue douche, j'enfile le pyjama en pilou que je me suis acheté pour l'occasion. Je n'ai pas fait dans la dentelle, c'est le cas de le dire! Mais j'avais très peur d'avoir froid. Et puis, je savais que le risque de rencontrer l'homme de ma vie dans ce patelin paumé était nul. Je n'aurais jamais osé un truc pareil, sinon! Cela dit, la veste légèrement cintrée, les fines rayures verticales, le petit liseré au bord des manches, c'est assez joli... De là à perdre la tête... Hmmm terriblement sensuel, le pyjama... et quelle douceur, comment s'appelle cette étoffe extraordinaire? du pilou? Hmmm le pilou... ça me rend fou...

Bon. J'ai faim.

Dans le frigo, il n'y a presque rien. Un vieux reste de gratin de pommes de terre et quelques yaourts maison. Beurk. Après avoir fouillé les placards, je trouve une brique de soupe aux légumes, exactement ce dont j'avais envie! Le temps qu'elle réchauffe, je me vernis les ongles des pieds. Puis, je vais voir ce qu'il y a dans le cellier, reviens avec une bonne bouteille de vin rouge et m'installe sur le canapé. C'est agréable. La température, parfaite. Je me sens bien. À la fin de ce frugal repas très arrosé, je me dis que la campagne, c'est vraiment sympa... Et franchement, entre les crépitements du bois qui brûle dans le poêle, les ronflements du chien, le ronronnement du moteur du vieux frigo, il faut bien reconnaître que le silence n'est pas si oppressant. Pas du tout, même.

La preuve, je m'assoupis.

Mais pas pour longtemps.

Boum boum, je crois d'abord que ce son fait partie de mon rêve, mais boum boum, ça reprend, je me réveille, boum boum, je me lève, cours vers la porte et crie : c'est qui ? moi! qui ça, vous? Solange! vous êtes une amie d'Hervé et Fabienne? oui évidemment! OK je vous ouvre, ils ne sont pas là? non ils sont partis à la mer, ah ils m'ont pas dit qu'ils partaient, je suis la sœur d'Hervé, j'savais même pas qu'il avait une sœur, je peux vous aider? c'est pas d'refus, je vais m'habiller, non pas le temps, ah... OK.

Je saute dans les vieilles bottes en caoutchouc qui traînaient dehors, mais déjà Solange s'enfonce à grands pas dans la nuit. Je cours derrière elle en tentant d'enfiler un imper trop petit. Il pleut des cordes, je suis déjà à moitié trempée, mes pieds nus dans les bottes trouées font floc-floc, mais je n'ai pas le temps de penser au vernis qui s'écaille, je dois me concentrer pour éviter de me faire semer. Les seules questions que je me pose sont : comment cette femme fait-elle pour se repérer dans le noir? il n'y a aucune lumière nulle part! Aurait-elle un sonar, comme les chauves-souris? Enfin, nous arrivons près d'un grand bâtiment. Une chèvrerie. On dirait que toutes les chèvres bêlent en même temps, c'est assourdissant. À l'intérieur, l'odeur d'urine me pique les yeux. Solange me fait signe d'approcher, vite, une des chèvres est couchée par terre sur le flanc, elle me demande de la prendre dans les bras. C'est la première fois que j'en vois une de si près! Elle a le ventre tout dur et tout gonflé, je ressens sa souffrance, je voudrais la soulager, elle tente de s'échapper, j'ai peur de recevoir un coup de corne, Solange crie de bien la serrer, qu'elle va aller chercher l'petit. Je ne comprends pas ce qu'elle dit. Elle va chercher quoi ? Je la vois enfoncer la main à l'intérieur de la chèvre, c'est horrible, je ne peux pas regarder, c'est comme les documentaires sur les accouchements, ça me donne la nausée, et puis elle commence à tirer, tirer, la chèvre se débat, bêle, hurle, je la tiens serrée, serrée, lui murmure à l'oreille ça va, ça va aller, mais c'est pour moi que je le dis, la chèvre a tellement mal, elle n'entend plus rien, les pattes du chevreau apparaissent, Solange tire encore, encore, j'ai peur qu'elle la déchire, le reste du corps arrive d'un coup, tombe comme une masse sur la paille, il y a du sang, des glaires, du mucus, c'est rose, c'est dégoûtant, je me sens mal, mal, je ferme les yeux, mais toujours cette odeur... j'essaye de ne plus respirer... Après je ne sais plus. Ce n'est qu'après la troisième gifle que je rouvre les yeux, je suis allongée par terre, en pyjama, sur la paille souillée, au milieu d'un troupeau de chèvres, Solange est debout à côté de moi. Elle rit. Ce que vous êtes sensibles, les gens de la ville, c'est pas croyable ! Allez, ça va, le petit et la mère sont sauvés, sans votre aide, je n'y serai pas arrivée. On va boire un coup pour fêter le premier ? Il y a des chances pour qu'il en arrive d'autres cette nuit, vous savez. Je la suis, hébétée.

Il est 5 heures du matin quand elle me raccompagne.

Mon pyjama est taché de boue, de crottes, de pisse et de sang.

Mais, je m'en fous complètement.

Je me couche et m'endors sans tarder. Et sans somnifères.

Naturellement, quand je me réveille, il est midi passé. J'ai une faim de loup et tremble de froid. Le frigo est toujours vide, et le poêle est éteint. Plus une seule braise, rien. Après une heure d'effort, des centaines d'allumettes, une demi-tonne de papier journal et une forêt de petit bois, le feu reprend enfin. Mais la maison est tellement enfumée que je dois laisser la porte et les fenêtres grandes ouvertes pour la chasser. Dehors, il pleut toujours des cordes. En temps normal, la pluie me déprime. Là, non. Je ne sais pas pourquoi, je reste plus d'une heure, le nez collé à la vitre, à regarder le ciel pleurer. Très très apaisant. Ensuite, je décide de ranger et ramasser ce qui traîne. Un bout de papier, je le déplie machinalement, c'est la liste d'Hervé! Je lis la première ligne: poules. Les poules! Les pauvres, elles attendent depuis des heures! Vite, je cours ouvrir la porte du poulailler, elles sont déchaînées, caquettent toutes en même temps, me volent dans les plumes! Je lève les bras pour me protéger! (Le film d'Hitchcock m'a un peu traumatisée.) Mais évidemment, ce n'est pas pour me crever les yeux qu'elles me courent après, c'est pour que je leur donne à manger! Je leur lance les graines, elles s'éparpillent et j'en profite pour remplir leur mangeoire, ramasser les œufs dans les pondoirs et filer.

Dans la maison, la fumée s'estompe et la température remonte. Après m'être tapé une énorme omelette, je me cale dans les coussins du canapé. Envie de ne rien faire. Juste profiter du moment. Et rêvasser. La fin d'après-midi passe trop vite. À peine le temps de laver et d'étendre le pyjama au-dessus du poêle, de me faire un brushing et de lire quelques chapitres du roman de... ah merde, je ne me rappelle plus du nom de l'auteur! de toute façon je n'ai pas beaucoup aimé, bref, il fait déjà nuit. Les poules sont couchées. Je peux donc sortir fermer la porte du poulailler.

En revenant, mon portable annonce l'arrivée d'un message. C'est Hervé. Ils rentrent demain matin, et passeront chercher les enfants avant pour que nous puissions déjeuner tous ensemble avant mon départ.

Ah... c'est sympa d'y avoir pensé... je suis émue...

J'inspire. Et là, une odeur de vieux pet me fouette les narines. Non, pire. Une odeur de pourri, quelque chose en décomposition, peut-être un cadavre de souris ou de rat? Je cherche. En approchant du poêle, je tombe sur Oscar, toujours couché à sa place! Ah mon vieux, je t'ai complètement oublié depuis hier, désolé, attends, mon chien, je te prépare ta boulette avec la pilule dedans, tiens, miam

miam, c'est bon, sois mignon, ouvre ta gueule, s'il te plaît. Je lui caresse la tête. Il n'ouvre pas les yeux. Je me penche plus près, il ne ronfle pas, sa truffe est sèche, il est complètement froid. Je n'ai jamais vu de cadavre, sauf à la télé ou dans des films, je ne sais pas comment être sûre que c'est bien le cas ici. Je lui remets sa couverture sur le dos et décide d'attendre un peu. On ne sait jamais, s'il se remettait à bouger... ce serait bien... ce serait cool... ah lala...

Je sors faire un tour.

Quand je reviens, il n'a pas bougé d'un iota. Il est vraiment mort. Je n'ai pas le courage de prévenir Hervé et Fabienne, ça risquerait de gâcher leur dernière soirée en amoureux. Je pense aux enfants. À quand ils arriveront demain matin et qu'ils verront...

Je cherche une pelle et une pioche et creuse, creuse toute la nuit. Sous la pluie. À l'aube, c'est fini. J'écris un mot, le pose près des cadeaux, en évidence sur la table. Oscar en avait marre de rester tout le temps couché derrière le poêle, il est parti faire un tour dans les étoiles. Il était tellement pressé d'aller pisser contre les troncs d'arbres d'une nouvelle planète qu'il n'a pas pu attendre votre retour. Mais il reviendra faire coucou dans vos rêves, la nuit, il a promis.

Hervé téléphone. Sa voiture est en panne, ils n'arriveront pas avant ce soir. Mais il a déjà demandé à un de ses copains de venir me chercher et de m'emmener à la gare. C'est bête, hein. Mais on se verra une autre fois.

Tout s'est bien passé, sinon ?

Oui, oui, nickel.

Et la mer, c'était bien ?

Génial.

Je suis contente pour vous. Embrasse très fort Fabienne, Louis et Clémence pour moi. À une prochaine, frérot. Je t'aime.
....
Au fait, si jamais tu entends parler d'une petite maison à vendre dans le coin, tu me préviens ?

ALLUMER LE CHAT

Roman publié avec le concours de Christian Sauvage

Ça commence par Lemmy, qui le passe à Katherine, qui le donne à Christian, qui le présente à Jean-Étienne... et puis voilà, c'est parti! Émue, je suis, depuis.
Mais vous le savez déjà.
À mes premiers lecteurs, Jean-Paul, Elena, Angélique, Marie-France, Romain, Juliette, Pierre, Gilles, Marie, Loubé, Emmanuelle, Dominique, Nadine, Gérard, François, Maïa, à mes supporters d'enfer, Ph. S., Alain, Fergus, Camille et sa petite Mahault-la-merveille... merci d'être là, tous.
Ça m'aurait vraiment fait chier de ne pas vous avoir rencontrés!

La poésie en dit long et c'est vite fait.
La prose ne va pas très loin et prend du temps.

Charles Bukowski

1

Raymond veut allumer le chat, mais Mine l'amadoue

Il se plante devant la porte ouverte, jambes écartées, poings sur les hanches. Il hume l'air. La nuit s'annonce douce et tranquille. Mais d'un coup, ses sourcils se froncent, une ombre passe, et sans se retourner...

— Passe-moi le fusil, j'vais allumer le chat!

Il n'a pas bu pourtant, juste quelques verres de rouge au dîner, autant dire rien.

— Et pourquoi tu veux l'allumer, dis?

— Quand il me regarde, j'ai l'impression qu'il se fout de ma gueule. Alors, là, j'en ai marre... Je vais lui régler son compte à ce salopard!

Elle, ça ne l'amuse pas du tout. Parce qu'à chaque fois qu'il se sert de son fusil, et malgré tout l'amour qu'elle lui porte, elle ne peut que constater son peu de talent pour cet instrument. Les cages à lapin étaient loin de la direction qu'avait prise le chat la dernière fois, et pourtant elle en avait ressorti quatre, criblés de plombs! Les huit autres n'avaient pas survécu longtemps et, même en civet, n'avaient pas été bons à manger... Ça leur avait tourné les sangs, cette histoire. Et le chat, lui, moins d'une heure après le carnage, était tranquillement retourné se chauffer près du poêle.

Depuis ce jour-là, elle aussi le soupçonne de se foutre de leur gueule... Mais ça, elle le garde pour elle, parce que quand même, un chat, c'est pas autre chose qu'une bête, hein... alors, se foutre..

Et maintenant, elle aimerait essayer de détourner Raymond de son idée. Elle se dit que c'est vraiment le moment de lui parler de…

— Tu sais qui j'ai croisé au marché ce matin? Et qui est même venu me saluer et me demander comment tu allais, par la même occasion?

— Tu veux me détourner de mon idée, ou quoi?

— Non, juste gagner du temps, c'est tout…

— Ah! ben, dit comme ça, d'accord. Alors, c'est qui que t'as vu ce matin, ma petite Mine?

— Josette…

Il s'emporte immédiatement. Elle s'y attendait. Elle le connaît par cœur, son bonhomme. Il rougit d'un coup et les veines de ses tempes enflent légèrement.

— Elle est venue te voir? Elle t'a parlé… et toi, tu lui as répondu?

— Eh! C'est que je ne pouvais pas faire autrement!

— Ah oui, bien sûr! Tu ne pouvais pas! Et qu'est-ce qu'elle voulait?

— Elle a besoin de toi. Son petit Rémi est couvert d'eczéma et le docteur Lubin ne sait pas bien quoi faire pour le soigner. C'est même lui qui lui a conseillé de te…

— Lubin? Il est juste bon qu'à soigner sa tenue, celui-là! De l'eczéma, tu dis? Qu'est-ce que tu veux que j'y fasse? Et puis, son môme à Josette, c'est sûrement qu'un petit merdeux!

— Mais, pour l'eczéma, tu ne crois pas que…

— Non, je ne crois pas!

— Il n'a que cinq ans, le pauvre, et ce n'est pas sa faute si ses parents…

— C'est la mienne, peut-être?

En général, dans ce cas, elle laisse passer un temps ou deux. Là, elle choisit d'en laisser passer trois.

Puis très doucement, elle l'amadoue…

— C'est vrai qu'il a l'air un peu bébête, le petit.

— Ah? Tu vois? J'en étais sûr. Et par-dessus le marché, il est mal foutu, non?

28

— Oui, c'est vrai. Les épaules en bouteille de Perrier, les jambes un peu arquées. Il tient de Martial, c'est bien dommage. Mais Raymond, mon grand, pour son eczéma, tu pourrais peut-être...

— Ah, t'es chiante !

— Mais t'aimes bien quand même, non ?

— Oui, c'est vrai, ma Mine...

Elle se colle, il l'embrasse.

Ce sont des vieux qui s'aiment.

— Bon, pour l'eczéma du gnome, je veux bien essayer. Tu l'amèneras seul, j'veux pas qu'elle mette les pieds ici ! Pour maintenant oublie le fusil, j'suis encore un peu énervé. J'ai l'impression que je viserais à côté, et ça serait dommage.

Mais il ne perd rien pour attendre, ce trou du cul de chat !

2

Raymond et Rémi s'apprivoisent

Mine fait du pain perdu. Rémi reste derrière elle, tenant le bas de sa robe. Il est certainement timide en temps normal, mais là en plus il ne la ramène pas, parce que sa mère l'a un peu briefé. « Ton grand-père Raymond est un peu méchant, il pique des joues quand on l'embrasse et il veut toujours tuer les chats avec son fusil. » Tu parles que le môme il est à l'aise...

Mine touille les œufs, ça fait bouger ses fesses sous sa robe, il aime bien. Elle est gentille, Mine. C'est la seule qui n'ait pas reculé brusquement en voyant les plaques rouges sur son visage. Sa mère prend toujours un air dégoûté et dit qu'elle n'a pas le temps, quand il s'approche pour faire un câlin... Son père, lui, tourne la tête de l'autre côté et court se laver les mains dès qu'il le touche... Alors il se cache dans la buanderie, dans le panier de Youka, une très très vieille chienne tout élimée, qui lui lèche le visage pendant des heures.

C'est chaud... C'est doux...

— Alors?... Il est où, le nain de jardin?

C'est Raymond qui vient d'entrer dans la cuisine. Il fait exprès de faire du bruit avec ses bottes et de parler très fort. Il se rappelle l'effroi que lui causaient les arrivées fracassantes de son propre grand-père. Alors, il pense qu'il lui doit bien ça, au petit. Et un souvenir impérissable! Un!

C'est réussi. Rémi enfouit sa tête dans les plis de la robe de Mine. Il est terrifié. Raymond est content.

— Tu vas rester dans les jupes de ma femme pendant longtemps? Si je dois te regarder, va falloir sortir de là... Il est pas bien grand pour son âge, non? et pas bien costaud non plus?... Il sait parler, au moins?

— Ben évidemment. Mais ça le fait souffrir, ces plaques autour de la bouche, ça l'empêche de sourire et de rire, pauvre petit bonhomme.

— Bon, Rémi, viens ici! Je ne vais pas te manger, tout de même.

Ça, c'est le genre de truc qui fait toujours l'effet inverse de ce que l'on attend. Rémi se met à pleurer très très fort dans la jupe de Mine. Alors, elle le prend dans ses bras et le berce doucement tout en s'approchant de Raymond. Puis Raymond le prend des bras de Mine. Il a des gestes très doux, très tendres. Rémi enfouit son visage pour ne pas avoir à le regarder. Elle sent bon, sa chemise, à Raymond. Elle sent le propre...

Et Raymond s'assied et fredonne à l'oreille de l'enfant une chanson inventée. C'est aussi pour ça qu'elle l'aime son homme, la Mine. Alors, ça l'émeut. Et elle pleure un peu, évidemment.

Plus tard, l'enfant sort son pauvre petit visage douloureux, et esquisse un sourire pour Raymond, qui le lui rend
bien.

Voilà. Ils s'apprivoisent.

3

Josette bine son carré de radis

Josette s'active dans le jardin potager pour éviter de
trop réfléchir. Elle bine.

— Mais qu'est-ce qu'il m'a pris de l'envoyer chez
Raymond ? N'empêche, si le docteur Lubin avait été capable
de le soigner, j'aurais pas eu à le faire... c'est ça, la raison,
quand même. Pauvre nul. Il a dû trouver son diplôme dans
une pochette-surprise, celui-là ! Tiens... ça existe encore les
pochettes-surprises ? Roses pour les filles, bleues pour les
garçons, dans des cônes en papier ? J'me rappelle, c'était
toujours un peu décevant, parce que le jouet était franchement « prout », mais je me disais que la prochaine fois, ça
serait super... Ça existe peut-être plus, les surprises. C'est
dommage.

Mon petit Rémi... je pense à lui et je pleure, parce que
je voudrais pouvoir lui dire... que je regrette, que je n'aurais jamais dû essayer de remplacer... ma petite, ma toute
belle. Il pourrait comprendre, peut-être, que je n'arrive
plus à...

Mais non ! Je ne peux pas lui dire ça. Bon Dieu, je suis
fatiguée de pleurer. Et puis, peut-être qu'il s'en fout, en fin
de compte. Il tient de Martial. C'est un rustique. Des fois
je me dis qu'il manque un peu de... enfin... on dirait un
pauvre petit oiseau tombé du nid... Mais quand même, ces

croûtes sur son visage et ses mains, ça me dégoûte. Ça fait penser à la lèpre. J'aurais jamais pu être infirmière, moi, en tout cas!

Elle se redresse. Une douleur fulgurante. Elle crie:

— Nom d'un CHIEN! Mes reins!

La douleur l'empêche momentanément d'apprécier le travail qu'elle vient de finir. Elle inspire profondément, se frotte le bas du dos du plat de la main en pensant:

— Ah! Pas mal, le carré de radis. On en mangera dans une quinzaine de jours.

Ce doit être le mot « chien », du « Nom d'un chien » qu'elle vient de crier qui a dû la réveiller en sursaut, car voilà Youka, la vieille chienne qui arrive lentement en remuant la queue frénétiquement. Plus elle la remue, plus elle a l'impression de courir... Alors elle la remue très très vite, et de plus en plus fort. Là, elle croit qu'elle galope! En fait, elle avance à deux à l'heure et elle trébuche à chaque pas. Putain, ça fait mal à voir!

Josette la regarde arriver, glaciale.

— Ben ma pauvre Youka! Va falloir qu'on pense à te faire piquer un de ces quatre. C'est pas humain de te laisser vieillir comme ça.

Youka, elle comprend plein de trucs, et elle se dit...

— Pourquoi est-ce qu'on abrège si facilement la vieillesse des animaux et pas celle des hommes, si on pense vraiment que c'est de la souffrance?

En tout cas, c'est le moment qu'elle choisit pour s'écrouler tout simplement, dans le carré de radis que vient de biner Josette.

En plein milieu. Yeux grands ouverts. Raide morte.

Exit Youka.

Ce n'est pas du tout le moment qu'avait prévu Josette...

Alors elle hurle à la mort (c'est le cas de le dire). Elle se laisse tomber par terre à genoux près du corps de la chienne et elle lui demande pardon.

— Pardon d'avoir pensé te faire mourir! ... T'entends Youka?

Reste ici!

Youka !
Ici, j'ai dit !
Mais Youka, elle n'entend plus.

4

Youka morte raconte sa vie

— Alors, c'est ça, mourir ? C'est aussi simple que ça ?
Si j'avais su avant, j'aurais avancé la pendule ! Wouaf ! Et le
film ! Ça, on m'en avait parlé, qu'on voit défiler toute sa vie.
MA vie, comme un film à la télé ! Alors : ma naissance, avec
mes dix frères et sœurs, ma mère... j'me rappelais plus bien
sa tête, et là, comme si c'était hier ! Et puis, le jour où on
m'a « perdue » dans un bois, attachée à un arbre. Ça aussi,
j'avais un peu oublié certains détails... Comment j'ai flippé !
Et ce con de Martial qu'est arrivé et m'a ramenée ici. Je dis
pas « con » de m'avoir sauvée, hein, j'ai de la gratitude tout
de même, mais « con » pour tout ce qu'il m'a fait payer
depuis. Cher, le sursaut d'humanité ! Les coups de pieds,
bien sûr, surtout dans les côtes... mais le plus chiant, c'est
quand il m'attachait très court, une semaine d'affilée sans
manger. Des mauvais souvenirs, ça. Une fois, c'est pour
avoir bouffé le coq pédé que j'y ai eu droit ! Martial disait
qu'il devait être pédé, parce que tout le temps qu'il a été là,
les poules n'ont jamais couvé un seul œuf ! Mais ça lui a pas
plu quand même que je le bouffe...
Bref, pour en revenir à mon arrivée ici, Josette, quand
elle m'a vue la première fois, elle s'est mise à crier, crier...
un peu comme maintenant... tiens, c'est marrant... j'l'entends comme à travers un matelas, très épais... Le fil de
fer barbelé avec lequel on m'avait attachée avait coupé

la peau de mon tour de cou, bien net, la chair bien à vif. « Craignos »! Enfin, ouf! C'est l'terminus, et moi j'descends!

Ma seule tristesse, c'est Rémi, mon p'tit loup. J'vais lui manquer, c'est sûr. Mon pauvre chéri. Pour le soigner ces derniers temps, y'avait pas foule, quand même... Josette, elle s'y faisait pas, à ses croûtes. On voyait bien que ça lui donnait envie de vomir. Alors, il venait dans la buanderie, se coucher dans mon panier. Et je lui léchais le museau tout le temps qu'il dormait là, avec moi. Rémi, c'était un peu comme mon chiot, finalement...

Bon. C'est pas le tout. J'veux pas rater mon départ! Il fait doux, je me sens comme dans une bulle... légère, légère... On décolle! Waouh! Josette! J'l'a vois, elle est à genoux à côté de moi... enfin, ce qui en reste, parce que moi, je suis là, dans la bulle qui s'envole... Putain, j'm'étais jamais vue de haut... pauvre loque! Eh! Elle a raison! C'est pas humain de m'avoir laissée dans cet état! J'entends vaguement ce qu'elle crie. Elle me demande de rester. Mais, même si je voulais, ma pauvre, j'pourrais pas... et même pire... j'voudrais pas! Et la vérité, c'est que j'suis vraiment jouasse de m'casser d'ici!

Salut Josette! Excuse-moi pour tes radis, mais maintenant, ils auront peut-être un petit goût de pa(s)radis!

5

Bastos, chat-philosophe très pédant (mais pas pédé...)

Le poêle ronronne, et le chat aussi. Le chat rêve qu'il dort près d'un poêle qui ronronne. C'est ça ou la chasse aux mulots, alors aujourd'hui, c'est le poêle...

— Hum... Température idéale. Si en plus, Mine pouvait jouer un peu de Bach au piano, ça frôlerait la perfection. C'est curieux quand des humains s'appellent par des noms de chat. « Mine »... Enfin, moi, on n'a pas hésité à m'appeler Bastos ! C'est assez lourd à porter. Surtout quand on vit chez un fou furieux qui n'a qu'une idée en tête, vous en mettre une, justement... dans le cigare ! En réalité, je ne risque pas grand-chose, vu que le vieux Raymond n'a retenu de « tireur d'élite » que le premier mot... Sa femme est heureuse et moi, je suis tranquille. Les lapins par contre ont du mouron à se faire. Il a tiré exactement à l'opposé de la direction que j'avais prise, la dernière fois... On sous-estime terriblement le fameux « recul latéral » !

C'est traître un fusil, hein, mon Raymond !

À propos de mon nom, j'en ris encore... J'ai réussi à faire croire, l'autre jour, à un camarade de chasse, que Bastos était le nom d'un des mousquetaires d'Alexandre Dumas.

Bastos, Portos, Aramis et D'Artagnan !

Pas mal, non ? La première fois, on se fait avoir, normalement.

De toute façon, on arrive à faire croire ce qu'on veut. Le secret ? Ne douter de rien !

Voici ma recette.

Commencer par s'entraîner régulièrement à la technique dite du monologue. Je m'explique. Le monologue a la vertu, quand il est maîtrisé, d'hypnotiser, en quelque sorte, le sujet auquel on le soumet. « Saouler », « gaver », « gonfler », « prendre la tête », sont autant de moyens d'empêcher sa victime de réfléchir, de rêver ou de respirer. Le but ? Remplir si totalement son espace mental que rien ne peut plus s'y insinuer : zéro doute + zéro remise en question = totale soumission.

Donc, leçon n° 1 : interdire le doute, c'est devenir le maître.

Choisir, de préférence, un sujet faible et crédule, pour ses premières tentatives, c'est impératif... mais, surtout ne jamais montrer la moindre hésitation, la moindre faiblesse.

En cas d'échec, au pire, on vous taxe de raseur. Dans le cas contraire, la victime vous est totalement et définitivement soumise, et c'est la jouissance totale, l'arnaque absolue !

Rien que d'y penser, j'en miaule de plaisir...

De l'aplomb, toujours plus d'aplomb !

Un ami me racontait qu'ayant vécu un moment dans une maison dont les propriétaires aimaient à inviter des intellectuels étrangers en exil, il avait remarqué que les Chiliens, en particulier, étaient d'extraordinaires conteurs d'histoires plus invraisemblables les unes que les autres, mais qu'ils réussissaient toujours à convaincre leur auditoire de la véracité de celles-ci... « Racontez-nous encore le jour où il a plu des pianos sur Santiago, Raoulito, s'il vous plaît »... Le plus étonnant, c'est que si l'on prenait la peine de vérifier les sources ou les anecdotes citées, elles se révélaient, presque toujours, totalement fausses !

Brillant, n'est-ce pas ?

Ça me fait miauler de joie !

Ah ! Les poils de ma queue se hérissent. Tiens, tiens... c'est quelqu'un de chez nous qui est en train de s'éteindre. Ah bien. C'est la vieille Youka. Tant mieux. Je suis content pour elle. C'est vrai, elle faisait pitié à voir, ces derniers temps.

Bon... je reconnais que je parle avec détachement de la mort des autres. Mais il se trouve que j'ai le privilège de pouvoir vivre plusieurs vies et qu'il m'en reste encore quatre, je crois... De quoi voir venir.

D'ailleurs, j'ai décidé d'en profiter pour ne rien faire du tout dans celle-ci. Épatant, non ?

6
Raymond gardien du sommeil de Rémi

Le téléphone a déjà sonné sept fois, quand Mine finit par se lever pour répondre. Elle se dit qu'une fois de plus, Raymond a réussi à ne pas bouger. Il est très fort à ce sport. Il est capable de laisser sonner dix fois sans broncher, et pire, finir par y aller... sans courir.

Ça l'agace! Qu'est-ce que ça l'agace!

Alors quand elle répond, elle a un ton un peu sec.

— Allô oui!

Et merde... c'est Josette. Et ça n'a pas l'air d'aller.

— Mais bien sûr que non, tu ne me déranges pas... Mais... Qu'est-ce qu'il y a?... La chienne?... Ah!... Tu veux qu'on vienne t'aider pour le trou? Ah bon... Oui, bien sûr. Eh bien... je te le ramènerai demain soir. Allez, bon courage! À demain.

Mine ne regrette pas d'avoir répondu. Quelle émotion! Elle va se servir un petit remontant dans la cuisine, tout en se disant qu'elle devrait peut-être commencer à faire attention à ne pas en prendre l'habitude... puis, la Mine réjouie, va vers Chez Raymond, c'est comme ça qu'ils appellent son cabinet de travail où il soigne.

Parce que Raymond, il a un don. Il guérit des maux.

Là, pour l'instant, il est assis dans son grand fauteuil, idéal pour la sieste, et surveille le sommeil de Rémi. Quand elle entre, il fronce les sourcils et prend l'air courroucé qu'il trouve lui aller bien, pour suggérer: « Chut! Tu vois bien qu'il dort! »

Mine fait mine de repartir. Il la retient. Elle lui caresse le front pour y chasser la dernière petite ride de réprobation. Il aime lui donner l'occasion de le faire. Il pense: « Les caresses de Mine, c'est le miel de ma vie. » Il n'a rien trouvé jusqu'à maintenant de plus romantique. Mais il cherche... un truc qui exprime bien la gourmandise. Le miel, ça fait un peu trop pâtisserie orientale...

Elle prend tout son temps avant de se pencher à son oreille et finit par lui chuchoter qu'ils vont garder l'enfant plus longtemps que prévu. Ça le chatouille jusqu'aux orteils. Il a toujours eu l'oreille sensible. Mine sourit tout en sortant sur la pointe des pieds.

Raymond tente de contenir l'émotion qui l'a envahi, mais devant l'ampleur, décide de lâcher du lest. Un flot de larmes et quelques sanglots plus tard, il se sent plus apte à réfléchir.

Bastos, dérangé pendant sa sieste, se détourne, dégoûté par autant d'impudeur. (C'est vraiment un trou du cul, ce chat.)

Raymond essaye de faire le tri. Il ne sait plus bien où il en est… entre la joie d'enfin connaître son petit-fils et le dépit de ne pas l'avoir connu avant… et cette rage qu'il a contre Josette… mais qui se cogne à l'amour qu'il a pour elle… elle a dû tellement souffrir, on ne peut pas imaginer la souffrance d'une mère à la mort de son enfant.

« Ma pauvre petite fille, quelle injustice. » Il essaye de penser à ça, à chaque fois qu'il est furieux contre elle, de se rappeler qu'elle a une « terriblement » bonne excuse. Mais déjà, il s'emporte. Son mariage avec le grand con, c'était avant… et cette famille de dégénérés, c'était aussi avant ! Et ça, il ne peut pas l'oublier… « Le petit, il est tellement mignon. Il ne ressemble pas tant que ça à son père, finalement. Il n'a même pas les jambes arquées. Il dort comme un ange. L'eczéma, ça va partir. Mais ça reviendra, si… Je dois en parler à Josette. »

Rémi se réveille de la sieste. Il ouvre les yeux, ne sait plus où il est. Terrifié, il se met à hurler.

Quand Raymond s'approche de lui, ses hurlements redoublent.

Mine arrive en courant, prend l'enfant dans ses bras et l'emporte. En sortant de la pièce, elle lance à Raymond un regard plein de reproches. « C'est pas gentil de lui faire peur comme ça ! »

Du coup, Raymond se dit qu'il a peut-être une énorme verrue qui lui a poussé au milieu de la figure ou un truc encore plus horrible, alors il court se regarder dans un miroir.

Il a un mouvement de recul quand il voit son reflet. Ce n'est pas une verrue de sorcier qui lui a poussé. C'est... deux yeux énormes, rouges et bouffis d'avoir pleuré tout à l'heure et surtout... le temps qui a laissé ses traces.

C'est sûr, ça fait un peu peur... beaucoup peur, même.

Mais, même vieux, même plus beau, y'a encore plein d'amour à prendre et à donner là-dedans, mon p'tit loup...

7
Mine se rappelle sa vie d'avant, avec son jazzman

Raymond a rattrapé le coup avec Rémi. Ils jouent au foot. Mais il ne le laisse pas gagner. Ça va encore mal finir.

Mine a décommandé les cours, pour être tranquille. Elle aime bien ses élèves, cette année. Que des mômes heureux d'apprendre.

En général, ce sont les parents qui décident, et là, elle ne sait pas par quel miracle, ce sont les enfants qui ont choisi le piano. Et ils ne se sont pas concertés ! Elle leur a posé la question. Il y en a plusieurs qui ont demandé à jouer du jazz. Alors, elle s'y est remise.

Et évidemment, les souvenirs ont déboulé dès les premiers accords. Elle et Sandör. Il avait décidé, le soir même de leur rencontre, qu'il lui apprendrait le piano, et aussi... qu'ils feraient le tour du monde et auraient cinq enfants ! Mais pourquoi cinq ? Il était hongrois. Ce n'est pas une raison... Elle aurait pu dire non, mais elle a dit oui. Ils sont partis, sans rien dire à personne. Elle était douée pour le piano, mais pas trop pour les langues. Il se moquait toujours de son accent, et ils riaient ensemble de son mauvais accent. Sandör était pianiste, dans un club de jazz à Budapest. Du jazz à Budapest ! Mais si, c'est possible...

Elle l'accompagnait presque tous les soirs. Jusqu'à... des images anormalement nettes, aux couleurs un peu trop vives... le camion qui arrive très vite... il est vert... dans cette rue jaunâtre. Et plus nettes encore, celles du mouvement de tête du chauffeur qui se détourne à cette seconde... Pour regarder quoi ? La fille en robe rouge qui passe sur le trottoir d'en face ?

Ça reste vague. On ne saura jamais.

Mais, la seule chose de sûre, c'est que Sandör est rayé du monde des vivants, à cette seconde-là.

Elle, ça l'avait laissée en suspens, hébétée, cueillie au milieu d'une phrase, d'une inspiration.

Le souffle coupé net.

Sans plus pouvoir expirer.

Et puis, le temps de la souffrance était enfin arrivé.

Elle s'était sentie soulagée. Si le choc de la mort n'avait pas réussi à la tuer, la souffrance, elle au moins, l'aurait à l'usure. Ça n'était plus qu'une question de jours, de semaines, au pire, de mois.

Bien des années plus tard, résignée à ne pas mourir d'amour, elle avait découvert que Sandör n'avait pas tout emporté. Raymond était arrivé. Son ultime amour. Vu leur âge, elle était bien en droit de le penser... Elle avait donné au fantôme de Sandör le droit de la hanter n'importe où, n'importe quand. Elle lui avait gardé toute la place dans sa vie, dans sa tête, et aussi dans son lit. Longtemps après sa mort, il était resté tout contre elle.

Mais un jour, il s'était détaché. Comme s'il en avait eu marre d'être là, sans l'être, il s'était enfin libéré d'elle... ou bien fut-ce elle, de lui ?

Et il s'était installé dans le monde de ses souvenirs, tout simplement.

Sandör y a une très jolie place.

Une des plus belles.

Dans le jardin secret de Mine.

Elle sait qu'elle peut désormais jouer « You're the only one », sans obligatoirement voir sa tête marquer le tempo.

Mais elle a décidé qu'elle ne prononcerait plus jamais un mot de hongrois...

Elle aurait trop peur de l'entendre encore se moquer de son mauvais accent.

8

Rémi, un peu nul en foot, découvre le piano

Alors ils jouent au foot. Raymond est dans les buts. Rémi tape très consciencieusement dans le ballon qui systématiquement roule à côté des poteaux. Raymond prend sur lui... Il est encore petit, Rémi. C'est pas sa faute. Et puis, personne ne lui a appris. Mais, quand même... il n'a pas l'air d'avoir le « sens », ce petit. Il a du mal à admettre ça, Raymond, qu'il ne l'ait pas, le « sens »... De ce côté de la famille, tous les garçons sont nés avec un ballon au pied, alors... Mais de l'autre, c'est des peigne-cul qui se prennent pour des intellos et qui pensent sûrement que le sport, c'est juste bon pour les prolos. J't'en foutrais, moi ! À cinq ans, normalement, il devrait déjà savoir tirer juste. S'ils s'étaient correctement occupé de lui, il y arriverait... c'est ça, la vérité !

Le petit Rémi sent bien que Raymond est un peu déçu. Il voudrait bien lui faire plaisir. Alors il s'applique. Il tire la langue. Il frappe de toutes ses forces. Encore à côté... Et puis en plus, il est dur, le ballon ! Raymond l'a gonflé à bloc, et ça fait mal aux pieds.

Il en a marre, le môme. Mais il continue. Si on se rend compte de son peu de talent pour le football, on reconnaîtra, au moins, sa grande ténacité... C'est important, la ténacité. Surtout quand on se destine à faire médecine. On lui a offert à Noël une panoplie de docteur qu'il a inaugurée avec sa cousine, Clara. C'était vraiment très bien. Très sympa. Ça lui a pris tout l'après-midi pour la convaincre, mais elle a finalement accepté qu'il la soigne sans sa culotte, et même qu'il lui fasse une piqûre dans la fesse. Elle a des jolies fesses, Clara.

Raymond craque. Il propose d'essayer le basket. Il est terriblement déçu, mais il sait que ce ne serait pas bien de le laisser voir. Il prend énormément sur lui. Il a des crampes d'estomac, à force. Quand il est contrarié, il fait de l'hyperacidité.

Et puis, le basket, ça ne l'excite pas trop. Alors quand le petit lui dit qu'il est un peu fatigué, il saute sur l'occasion pour proposer de rentrer à la maison.

Un chocolat chaud pour Rémi, et deux verres de vin plus tard, Raymond est enfin détendu et son estomac d'aplomb.

Demain, ils essayeront le tennis. C'est bien aussi, le tennis...

Mine est au piano. Raymond remarque que c'est la première fois qu'il l'entend jouer du jazz. Et plutôt bien... Il ne sait pas pourquoi, mais ça l'inquiète vaguement. Mine, mine de rien, elle garde encore plein de secrets.

Rémi court la rejoindre. Il l'écoute jouer, passionnément, béat. C'est la première fois qu'il entend cette musique. Et petit à petit il commence à marquer le tempo de la tête.

Il regarde Mine, les yeux mi-clos. Elle se marre. Il regarde Raymond, concentré. Il essayera le tennis demain, d'accord Raymond, mais t'as vu?... je le tiens, le rythme, hein?... Je le tiens bien, dis?

Ouais petit, tu le tiens super bien.

9
Martial enterre Youka

Martial a presque fini de creuser. Il est en nage. Il s'envoie une grande gorgée de bière et s'y remet. Il aime ce genre d'activité physique. En fait, il aurait bien aimé faire l'armée ou s'engager dans la Légion. Les stages de survie, aussi, il aimerait en faire un, un jour. Il a vu un reportage à la télé sur le sujet, ça avait l'air vraiment excitant! Et dangereux!

Les mecs, ils sont lâchés avec juste leur bite et leur couteau, hein. Et là... pas de trucage.

Il faut pas qu'il parle de ça à Josette. Elle comprendrait pas. Ses parents non plus d'ailleurs. Ils rêvaient qu'il devienne écrivain ou critique d'art. Alors, forcément, ils ont été déçus. Il a monté une entreprise de maçonnerie. C'est pas de la littérature, c'est sûr, mais c'est plus lucratif.

Il leur a retapé la baraque à l'œil, ils ont pas de raisons de se plaindre hein. Y'a plus malheureux.

Lui, pour son fils, il le laissera choisir. Il a trop souffert de ça.

Bon, c'est sûr que s'il choisissait un truc de tarlouze, genre danseur classique, ça le ferait chier. Mais il essayerait discrètement de l'intéresser à autre chose...

Ouais... enfin, c'est pas un bon exemple, danseur, parce que c'est vraiment un truc de pédé, ça. Rémi est un peu délicat de santé, mais il est pas efféminé...

Il faudrait quand même lui faire faire un sport... Du rugby! Ça, c'est bien comme sport, pour un garçon. T'apprends à prendre des coups et à en donner. Ça forge le caractère. Il faut que je pense à aller l'inscrire.

Josette, elle aime pas le sport.

Elle aime pas mes potes, non plus.

J'sais même pas c'qu'elle aime…

On parle pas beaucoup, ensemble.

Plus beaucoup.

Plus du tout, quoi.

On aurait peut-être dû se séparer, à la mort de la petite. Rémi, on l'a mis en route pour la remplacer, faut pas s'raconter d'histoires.

On n'aurait peut-être pas dû. Moi, ça va, maintenant. J'me suis bien organisé. C'est vrai que c'est plus simple pour un homme. On peut avoir des maîtresses, des aventures par-ci, par-là… Genre moi et Édith, quoi. Pour les femmes, c'est plus difficile, surtout passé la trentaine… et avec des enfants, j'en parle même pas.

En tout cas, des mômes, moi, j'en veux plus.

Elle est prévenue, Édith. Si jamais elle s'avisait de m'en faire un dans le dos, elle sait ce qui l'attend !

Bon. On va dire que ça va là, la profondeur.

Faudrait pas que des bêtes viennent déterrer le cadavre.

Putain ! La charogne de Youka ! Elle pue déjà, la salope !

J'aurais dû la laisser crever, attachée à son arbre !

Saloperie…

Ouais.

Bon. Voilà. C'est fini.

Ça fait drôle, tout d'même…

Faudra que j'aille voir si le vétérinaire en a pas à donner, d'cabot.

Pour la remplacer.

Pour Rémi.

10
Josette fait le ménage en grand.
Elle brûle tout

Elle a fait un grand feu dans la cour derrière. La nuit commence à tomber. C'est beau un feu, la nuit. Elle a commencé par le panier en osier et la couverture de Youka. Pendant que ça brûlait, elle est entrée dans le bureau de Martial. Elle en est sortie, un peu plus tard, avec un tiroir plein de papiers qu'elle a jetés au feu... tiroir compris !

Ça fait maintenant plus d'une heure qu'elle fait l'aller-retour. Il en reste encore pas mal, des tiroirs. Mais elle n'est pas fatiguée. Elle fait le ménage à fond, Josette.

Elle a commencé son nouveau traitement il y a quinze jours, et là, elle se sent vraiment mieux. Ça faisait un moment que le docteur Lubin lui demandait d'essayer le Prozac. Mais elle avait lu un article dans un journal féminin qui en disait du mal. Du coup, elle n'en avait pas voulu avant.

Mais là, ça va. Pile poil bien.

C'est sûr que si elle avait trouvé les lettres avant ce traitement, elle n'aurait jamais réagi aussi calmement...

Malgré tout, ça fait beaucoup, quand elle y repense.

Primo : Rémi qu'elle envoie chez son père, pour qu'il le soigne, alors qu'ils ne s'adressent plus la parole depuis sept ans... Sept ans, déjà ?...

Deuzio : la mort de la chienne dans son carré de radis.

Et puis, troisio : le pompon sur le gâteau... les lettres d'amour d'Édith qu'elle trouve par hasard, dans un tiroir du bureau de Martial !

Faut le faire... Édith ! Elle lui a encore parlé hier au téléphone, à Édith... Elles ont même parlé de... LUI !

Mais comment elle a pu ? Baiser avec LUI !... Alors qu'elle... ils ne se touchent plus depuis des années... Des années ? C'est fou ça !

Et, d'ailleurs, elle ne supporterait pas qu'il la touche.

Rien que d'y penser, ça lui donne la nausée... parce qu'il faut quand même dire les choses comme elles sont, mais Martial... il pue !

Oh, il n'a pas toujours pué... Quand ils se sont mariés, il sentait... Elle n'arrive plus trop à se rappeler quoi. En fait, c'est arrivé d'un coup. Un jour, elle s'est rendu compte qu'il avait changé d'odeur, c'est tout.

Alors, comment elle fait, Édith, pour supporter qu'il la touche ?

Peut-être qu'elle lui demande de se laver avant ?

— Mon chéri, va donc dans la douche et lave-toi bien la queue avant de venir prendre ma chatte, veux-tu ?

Elle rit toute seule de sa toute nouvelle salacité... elle qui n'a jamais pensé, ni prononcé de mots obscènes.

Elle vient de mettre dans le feu le dernier tiroir du bureau de Martial. Du bon boulot.

Maintenant, elle se sent un peu fatiguée. Elle va aller se coucher.

Demain, c'est clair, il y aura de grandes décisions à prendre. Ça va chier !

En attendant, elle pense à bien fermer à clef la porte de sa chambre, on ne sait jamais. Des fois que Martial...

11

Martial rompt avec Édith
et rencontre le cerf

Il ne s'est rendu compte de rien. Parce qu'après avoir fini de reboucher la tombe, il s'est descendu sa sixième canette de bière.

Et lui, à la sixième, c'est systématique... il a des montées de libido.

À croire que le format pack-de-six a été inventé pour lui. Alors ni une, ni deux, il est parti voir Édith.

La nuit était tombée depuis un petit moment. Il s'est dit qu'il passerait juste tirer un coup et rentrerait se coucher, vite fait. Mais, dès qu'il est arrivé, elle l'a envoyé prendre une douche. Elle a prétexté une odeur de charogne. Il n'a pas contesté, c'était possible. Et puis quand il a été prêt, elle a commencé à se plaindre... Ouais... il prenait jamais la peine de lui parler... elle en avait marre qu'il vienne la voir que pour baiser... et que ce qu'elle voulait vraiment dire, c'est qu'elle l'aimait, mais que !

En gros, l'Édith, elle avait décidé de ruer dans les brancards.

Et ça, il voulait même pas en entendre parler ! Il l'avait prévenue, y'aurait jamais d'histoires entre eux. Elle pouvait pas dire qu'il la prenait en traître.

Il s'est rhabillé très vite, plutôt en colère. La libido, quand elle est réveillée et qu'on s'en occupe pas, ça peut foutre les boules...

D'ailleurs, c'est un peu ce qu'il lui a hurlé en partant.

— Tu me casses les couilles, Édith !

Il a démarré en faisant crisser les pneus. Ça défoule, il paraît.

Ça l'a peut-être pas assez défoulé, parce qu'il a pris la petite route du bois à cent dix.

À cet endroit, le panneau affiche cinquante.

La nuit, en plus...

Alors, à cent dix, quand le cerf a déboulé, il a même pas eu le temps de penser à freiner.

La voiture a roulé encore un peu, et a fini par s'écraser contre un arbre. Le cerf avait traversé le pare-brise et atterri sur les genoux de Martial.

Deux cents kilos lancés à cent dix à l'heure, ça fait forcément des dégâts.

A priori, ni le cerf ni Martial n'ont eu le temps de souffrir… enfin… pour ce qu'on en sait.

Quand on les a retrouvés le lendemain matin, les deux
corps enchevêtrés avaient raidi et il a fallu tronçonner le
cerf en plusieurs morceaux, pour sortir celui de Martial.

Une vraie boucherie !

12

Le gendarme croit que c'est son jour
de chance, mais en fait, non

Le gendarme désigné pour annoncer la nouvelle à
Josette attend avec un collègue devant la porte. Il a déjà
sonné trois fois. Il commence à se dire que c'est peut-être
son jour de chance, on dirait qu'il n'y a personne… Comme
l'après-midi, il est de congé, ce sera à un autre d'annoncer
le décès. Ouf !

À la gendarmerie, ils ont été plusieurs à demander des
réunions autour du thème : « De la meilleure façon d'annoncer aux familles décès, disparitions et autres. » Ils n'ont
jamais réussi à l'organiser.

Faut se mettre à leur place, c'est stressant des fois.

— Bonjour madame ! Alors, voilà. Votre mari est mort
cette nuit, écrasé par un cerf de deux cents kilos, alors
qu'il sortait, d'après notre enquête, de chez sa maîtresse
avec qui, je vous rassure tout de suite, il n'a pas eu de
rapports sexuels, hier soir en tout cas. Les analyses sont
en cours. Et puis, ne vous tracassez pas trop, vu la vitesse
à laquelle il roulait, la mort a dû être instantanée, enfin
rapide, quoi.

Voilà.

Eh bien, euh...

Au revoir madame. Nous vous souhaitons une très bonne journée... quand même.

Gendarme, c'est vraiment pas un métier facile, faut reconnaître.

Il sourit à son collègue.

— Bon, ben... y'a personne. On y va ?

Le collègue, c'est justement lui qui est de garde l'après-midi.

Alors, il dit :

— Josette, j'l'ai vue se garer devant chez son père, tout à l'heure. Ça m'a étonné parce que tout le monde sait ici qu'ils sont fâchés depuis des années. Le mieux, c'est qu'on passe voir si elle y est encore.

L'autre... OK... ce n'est donc pas son jour de chance. Il se résigne.

— Bon, ben... on y va, alors.

À peine arrivés devant chez Raymond, ils reçoivent un message radio.

— Voiture 1 à voiture 2... Dites les gars, on signale un cambriolage en cours, sur la route de Jarsot, la maison après le moulin. Nous, on peut pas, on est encore à la morgue, rapport à l'accident avec le grand cerf. Eh ! Y'a Momo qui d'mande si ça vous dit un cuissot, un de ces soirs ?... *Non, arrête Momo, on est en service, là... d'accord, mais alors le dernier, hein* Bon, les gars, c'est à vous d'y aller, au cambriolage. Faites gaffe, quand même ! Ils sont peut-être armés... *Ah ! ah !... tu vois pas... ça se pourrait que ce soye des évadés d'une prison... Ou des psychopathes... récidivistes !... Ouah ! Arrête, j'en peux plus... Tu m'fais trop rire...* Bon ben, on vous laisse, hein, on a encore quelques trucs à finir ici... *À la vôtre !...* Bonne chance, les gars !

Là, pour le coup, il se dit qu'il aurait peut-être dû lire son horoscope avant de sortir, ce matin. Une fois, c'était écrit : « Journée noire pour les Capricorne, restez chez vous ! »

C'est rare qu'ils écrivent des trucs pareils. Donc ça voulait vraiment dire qu'il fallait faire attention.

Eh ben, il n'est pas allé bosser.
Et il est sûr qu'il a échappé au pire, ce jour-là... Il le sent.
Alors, peut-être qu'aujourd'hui... ?

13

Raymond et Josette
se retrouvent après sept ans

Raymond voit Josette dans sa voiture garée devant la maison. Qu'est-ce qu'elle fout là ? Mine lui avait pourtant dit qu'elle ramènerait Rémi en fin de journée... et il est à peine midi ! Et puis, elle a l'air bizarre, elle regarde fixement devant elle. Il est inquiet, et en même temps, il ne veut pas y aller. Maintenant, elle appuie son front sur le volant, on dirait qu'elle pleure...

Raymond a toujours été comme ça. Il ne supporte pas de voir quelqu'un pleurer. Il essaye de regarder ailleurs. Mais non, il ne peut pas la laisser comme ça. Elle semble tellement seule, la pauvre.

Il y va.

C'est énorme.

Ils ne se sont pas parlé, ni regardé... ni rien, depuis sept ans.

Il tape à la vitre. Elle relève la tête et sursaute. Elle ne s'attendait pas à le voir là, tout près. Ça la fait encore plus pleurer.

Il fait le tour et s'assied à côté d'elle.

Elle n'est plus seule. Maintenant ils sont deux à pleurer.

Et ça dure comme ça un bon moment, sans se regarder, ni se toucher... ni rien.

Mine les voit par la fenêtre du salon. Elle pense, bien sûr, que sept ans, c'était beaucoup trop long.

— Rémi! Viens! Je vais te donner ta première leçon de piano, tu veux?

Tu parles qu'il veut, le môme!

Dans la voiture, le père et sa fille ont fini par arrêter de pleurer. Mais ils ne savent pas quoi faire d'autre. Chacun attend que l'autre commence... mais commence quoi, au juste?

Alors, ils se regardent.

C'est la première fois depuis sept ans qu'ils se voient d'aussi près.

Ils sont un peu gênés, alors, ils se mettent à rire... bêtement.

C'est un bon début. Ils se retrouvent et ils rient bêtement. En tout cas, ça débloque quelque chose. Ils sentent qu'ils vont pouvoir essayer de se dire quelque chose...

— Josette, ma petite fille, ma toute belle...

C'est tout ce qu'il trouve à dire.

Et ils se serrent dans les bras, parce que c'est vraiment la seule chose à faire. Et puis après...

— Bon. Si on allait s'en jeter un?

Elle veut bien, oui.

Il a le gosier desséché, l'estomac en boule et la tête en vrac, mais... il se sent léger. Elle, elle a sensiblement les mêmes symptômes, mais... elle ne se sent pas si légère que ça.

Et là, à cette seconde, elle se rappelle qu'elle n'a pas pris son traitement, ce matin. C'est pas une bonne idée d'oublier ce genre de chose, en ce moment! Alors elle se rattrape en prenant deux cachets d'un coup, avant de démarrer la voiture.

Au Café de la Place, ils s'installent au fond.

Et, d'un trait, elle déballe tout.

— Martial est un salaud.

— Je le savais depuis le début.

— Oui, mais là, c'est vrai.

— Qu'est-ce qu'il a fait, ce fils de pute?

— Il a une maîtresse.

— Ah, l'ordure! Je pourrais le tuer!

— Moi aussi.

— Ah?... mais Josette, il faut réfléchir...

— C'est tout réfléchi! J'ai décidé de le quitter.

— T'as raison, c'est ce qu'il y a de mieux à faire.

Il essaye de ne pas montrer sa joie, mais ça fait quand même sept longues années qu'il attend ce moment, Raymond.

Pute borgne! Il est vraiment content.

— Allez, ressers-nous une tournée, Paulo, et d'la bonne, ce coup-là! On a des trucs à fêter, nous.

14

Édith se fait cambrioler. Ça tourne mal

Elle ne bouge plus, ne respire plus. Elle essaye d'écouter ce qui se passe en bas. Mais les battements de son cœur sont si forts qu'elle n'arrive à entendre rien d'autre.

Elle reste allongée sur le lit, les bras bien tendus le long du corps.

Elle pense que personne n'oserait faire de mal à une morte.

Alors, elle fait la morte.

Tout ce qu'elle a trouvé dans l'affolement, c'est une barre qui sert à fermer les volets et qu'elle tient dans sa main droite. C'est complètement idiot, parce qu'elle est gauchère... Mais elle n'ose plus du tout bouger, maintenant.

Son père lui avait pourtant dit un jour qu'elle devrait avoir un fusil dans la maison. Et elle a toujours trouvé ça inutile.

Mais là, elle regrette. Elle aurait sûrement eu moins peur, avec un fusil.

Une autre chose qu'elle regrette, c'est de ne pas s'être levée plus tôt. Elle serait allée bosser et elle n'aurait pas été là, seule et paniquée, à attendre que les gendarmes veuillent bien arriver... s'ils arrivent, encore !

Tout ça parce que ce salaud de Martial l'a larguée hier soir comme une vieille chaussette et qu'elle n'a rien trouvé de mieux que de se descendre la bouteille de gnôle que son père lui a laissée ! (Il la fait lui-même, sa gnôle, avec les poires qu'il pique la nuit dans le verger du voisin, un de ses ennemis personnels. Il est un peu dingo son père, quand même !)

Et en se réveillant ce matin, ô surprise, le casque ! Et pointure triple XL, siouplait !

Alors le plan de bataille qui se met en place, en automatique : noir complet, pas bouger, pas de bruit.

Tout bien.

Jusqu'à... ce coup sourd, suivi de verre cassé, tout à l'heure.

La porte-fenêtre de la cuisine !... elle, qui réussit à se jeter sur le téléphone, à composer le 17, et qui arrive même à chuchoter au gendarme de garde que des cambrioleurs sont entrés chez elle.

— AU SECOURS !!!

Elle en est là... à faire la morte et à essayer d'entendre autre chose que les battements de son cœur.

Au bruit, ils ont l'air d'être plusieurs et... MEEERDE !... Elle a l'impression que quelqu'un est en train de monter l'escalier... Mais... il y a une voiture qui arrive... des portières qui claquent...

— Gendarmerie nationale ! Rendez-vous les gars, vous êtes cernés !

Mais, ils sont CONS ou quoi ?

Des coups de FEU! ... Plusieurs coups de feu... et puis, des cris... une voiture qui démarre vite... on dirait que c'est fini... mais maintenant, dans le silence... des plaintes... MERDE! y'a un type blessé...

Elle se dit qu'elle devrait descendre voir, mais elle a tellement eu peur qu'elle s'est pissé dessus, et sa chemise de nuit est trempée.

Elle se change le plus vite possible.

C'est Nono, le gendarme qui n'a pas lu son horoscope ce matin qui est resté sur le carreau.

L'autre est blessé à la jambe. Ça saigne vraiment beaucoup...

Si on ne fait pas quelque chose vite, il risque de...

Mais Édith s'évanouit.

Elle ne supporte pas la vue du sang.

Le pauvre gendarme, malgré l'angoisse que suscite chez lui la vision des giclements de moins en moins puissants provenant de son artère fémorale, réussit à la ranimer avec la gnôle qui reste.

Et en attendant l'ambulance, il l'écoute lui raconter que depuis toute petite, elle est comme ça... elle n'a jamais supporté la vue du sang... et même pour ses règles, c'est pareil hein, elle est obligée d'user de stratagèmes compliqués pour ne pas avoir à regarder, c'est dire...

— En fait, on pourrait presque dire de moi que je suis... d'une certaine manière... euh... handicapée? On pourrait presque dire ça, non? Qu'est-ce que vous en pensez, vous? Monsieur?...

Monsieur le gendarme?...

Vous êtes vraiment très pâle...

Vous m'entendez?

En tout cas, elle n'aurait jamais pu être infirmière, ça c'est sûr.

15

Flo sort la config à Nono

En ce moment, j'arrête pas. Y'a plein de monde qui me demande.

Je devrais peut-être faire payer ?

Trente euros le thème, cinq euros la configuration du jour, c'est pas cher. Au black. Net d'impôts.

Intéressant. Faut que j'y réfléchisse.

Bon, c'est pas le tout, il faut que je sorte la config à mon Nono...

C'est bizarre, il est presque midi et il a pas encore téléphoné.

En temps normal, il serait pas sorti avant de l'avoir lu... Faut dire que, ce matin, j'étais vraiment pas dans mon assiette. Because hier soir, on a fêté la promotion d'une collègue à Nono, à la gendarmerie, et j'ai comme qui dirait un peu chargé la mule...

Il était pas trop content, mais il est quand même parti bosser ce matin, sans me réveiller.

Il est gentil des fois, mon Nono...

Mais il peut être chiant aussi, hein !

« Flo, t'as pensé à sortir ma config du jour ? »

Et si par hasard, j'ai oublié, ouh lala... la vie qu'il me fait...

Bon. Ça y est, ça s'imprime.

Alors... qu'est-ce que ça dit ?

Oh merde ! C'est la première fois que je vois ça, dis donc !

« Capricorne. Aujourd'hui DANGER ! Ne mettez pas le nez dehors, vous pourriez le regretter »... et il y a une tête de mort à côté ! Ils exagèrent quand même, ça peut faire peur aux gens, un truc pareil !

Ben mon Nono, s'il avait vu ça ce matin, il serait pas allé bosser, comme je le connais...

En tout cas, on va bien rigoler tout à l'heure, quand il saura à quoi il a réchappé.

Non, quand même... une tête de mort...

Ils savent plus quoi inventer, les mecs qui écrivent là-dedans !

16

Rémi rêvasse sur le canapé avec Bastos, et s'oublie

Mine et Rémi ont fini la leçon de piano. Rémi s'est installé sur le canapé, bien calé dans des coussins moelleux. Il rêvasse en suçant son pouce. Bastos en profite pour lui sauter dessus et faire quelques pompes en ronronnant terriblement fort, les griffes bien plantées dans les mailles du pull, c'est encore meilleur. Il finit par s'étaler sur la poitrine du môme, le museau dans le creux du cou. Il connaît son pouvoir. Les enfants adorent. Ça fait des guilis avec les moustaches.

Son ronronnement entraîne Rémi dans une très très douce rêverie.

Il régresse lentement.

Y'a pas long, il n'a que cinq ans.

Humm... doux... il se laisse doucement glisser... le long d'un long, très long toboggan... tout lisse... et tout doux... doux... et ça commence à aller vite... de plus en plus vite... ça donne envie de rire... ça fait des chatouilles dans le ventre... comme des ailes de papillons qui bougeraient à l'intérieur... et puis, y'a du soleil... c'est chaud et ça fait pas mal aux yeux...

Et maintenant, c'est la fin du toboggan... et ça glisse encore jusque dans l'eau... douce... et chaude... hum... manman...

— Rémmmiiii !

Il ouvre les yeux, c'est sa mère qui crie.

Josette le secoue violemment, le sort de sa rêverie illico!
Bastos s'enfuit en panique (et le pull est niqué, évidemment!).
Et merde! Elle avait oublié de prévenir Mine que ça lui arrive souvent, à Rémi, de s'oublier pendant son sommeil.
Elle est désolée pour le canapé.
Elle aurait dû y penser, bien sûr. Il faut éviter de trop le faire boire avant de le coucher, ou lui mettre une couche...
Enfin là... c'est trop tard, hein.
Désolée.
— Vraiment Rémi, il serait temps de grandir un peu.
Mais Raymond! Il a encore de l'eczéma sur le visage!
Tu n'arrives pas à le soigner?... T'as perdu ton don?
C'est vrai qu'il y en a moins, mais... il y en a encore.
Bon, bon... on va pas s'engueuler dès nos retrouvailles.
OK. T'as raison.
Écoute Rémi... ça te ferait plaisir de rester un peu plus longtemps chez Raymond et Mine?... Encore quelques jours?
Maman doit régler certaines petites choses avec papa et ça serait mieux si tu n'étais pas dans mes pattes, d'accord?
Et grandis un peu, veux-tu?
C'est ridicule de pisser encore au lit, à ton âge.

17

Les trois veuves sont convoquées
à la gendarmerie

Josette, Édith et Flo ont été convoquées en même temps.
Elles ne savent toujours pas pourquoi elles sont là. Ça fait bien un quart d'heure qu'elles attendent.

Josette est un peu énervée. Elle a dû décommander son rendez-vous avec le docteur Lubin, pour venir. Ça l'agace. Et puis, elle ne se sent pas très à l'aise, assise là, à côté d'Édith, à faire comme si de rien n'était. Comme si... elle n'avait pas trouvé ses lettres dans le bureau de Martial ! Elle sait bien qu'Édith ne sait pas qu'elle sait... et d'ailleurs, pour lui éviter le moindre doute, elle lui a fait la bise en arrivant, tout à l'heure, très normalement. Mais, elle a du mal, quand même...

Bon. Elle n'est pas encore prête à tout faire péter, Josette, mais elle s'y prépare. Et puis, le Prozac, ça ralentit pas un peu ?... Elle se demande.

Édith, de son côté, sent bien que Josette n'est pas comme d'habitude, qu'elle est un peu distante. Mais elle est loin d'imaginer qu'elle puisse être au courant de sa liaison avec Martial. Tout à l'heure en arrivant, elle lui a fait la bise tout à fait normalement, alors... il n'y a pas de raison de s'inquiéter. Et de toute façon, maintenant qu'elle et Martial ont rompu, tout va redevenir comme avant.

Parce qu'avant toute cette histoire, Édith, elle aimait bien Josette. Elles étaient meilleures copines depuis le CP. Ça compte, ces choses-là... elle se dit.

Flo n'arrête pas de remuer sur sa chaise. Elle commence à se demander si quelque chose n'est pas arrivé à son Nono de gendarme, finalement. Cette convocation ne lui dit rien de bon. Si l'horoscope du jour est juste, elle s'en voudra toute sa vie de ne pas l'avoir prévenu à temps. Et le collègue à Nono, il serait pas un Capricorne du mois de janvier, lui aussi ?

Ça serait bien possible... elle pense.

— Mesdames. Veuillez m'excuser de vous avoir fait venir ici, pour vous annoncer de si terribles nouvelles. Mais, depuis tout à l'heure... je n'ai plus les effectifs pour... faire autrement.

Il a la voix qui tremble et les larmes aux yeux, en disant ça.

Et, chacune à leur tour, les trois femmes entrent dans le bureau du chef, qui leur annonce – à Josette et à Flo, la mort de leur mari, et en prime, celle du collègue-à-Nono, « né début janvier effectivement, mais pourquoi tu demandes ça, Flo? » – et à Édith, celle de son amant. Ils ont les idées larges à la gendarmerie.

En sortant, Flo ne peut pas s'empêcher de demander à Josette de quel signe était Martial.

— Merde alors... aussi?... Des triplés astrologiques? Ah ben... voilà!
J'en étais sûre!

18
Pierrot des pompes funèbres
prend la dernière photo de Martial

Pierrot se gratte la tête. Ça fait un moment qu'il est là, comme ça, à se gratter. C'est pas la première fois qu'il voit un truc bizarre, mais là... c'est vraiment bizarre. Alors, ça le fait réfléchir, forcément.

Quand ils l'ont amené tout à l'heure, il s'est pris un énorme fou rire. Mais maintenant, il réfléchit.

C'est pas le tout, faut qu'il décide de la marche à suivre.

C'est pas tellement la position générale qui donne le malaise, c'est surtout l'expression... les yeux sortis de leur orbite, et la langue aussi... on dirait un dessin animé... le loup qu'a vu la pin-up, la langue qui se déroule et l'alarme qui se déclenche!

Là, c'est pas la pin-up qu'il a vue, le gars, c'est le cerf! Et ça lui a fait tout drôle, on dirait.

Pour le souvenir, il prend une photo. Ça fera rire les potos au bistrot, ce soir.

Bon. Mon Pierrot. Y'a du boulot.

Va falloir commencer par le scier en deux, au niveau de la taille... et puis, les bras... qu'on dirait qu'il tient un ballon géant... et au niveau des genoux repliés, aussi.

Faut redresser tout ça pour que ça rentre dans la boîte, hein.

Et puis après... ben, on verra!

Pour les yeux, il a bien essayé de les remettre, mais y'a pas eu moyen. Il a fini par les ôter. Il a mis des boules de ouate à la place, et il a fermé les paupières en les collant à la cyanolit, c'est pas dur. La langue, pareil.

Pour l'instant, il est pas encore très beau, mais la maquilleuse va l'arranger.

Et puis quand il sera habillé, on verra plus qu'il a été scié, l'gars.

En cinq morceaux...

Mais il y a quand même un dernier problème. Et là, c'est la première fois qu'à Pierrot ça lui arrive. C'est l'odeur. Ah ça... les odeurs de cadavres en tout genre, il connaît. Il y fait même plus attention, à force. Non. Là, c'est autre chose.

Le cerf devait être dans sa période de brame... en rut, quoi, faut dire c'qui est, et l'odeur qu'il a laissée sur le gars est tellement forte que Pierrot il cale. Y'a rien qui l'ôte. Il a essayé plein de choses. C'est tenace.

Va falloir qu'il téléphone à des collègues, voir s'ils ont une solution, parce que, pour l'instant, on peut pas faire venir la famille.

Il a demandé au directeur de descendre voir. Il a failli avoir un malaise, c'est dire...

19
Nicole et Jean-Yves apprennent la mort de leur fils

— Nicole!... Décroche le téléphone de la cuisine, s'il te plaît. C'est Josette qui appelle!... Josette?... Nicole te prend sur le téléphone de la cuisine. Je ne peux pas te parler maintenant, j'écris un article pour la gazette du collège. C'est urgent. À plus tard. Je t'embrasse... Nicole? Tu prends Josette? OK. Je raccroche.

— Allô Josette? C'est Nicole. Ça va? Tu as une drôle de voix. Le petit n'est pas malade, au moins?... Martial? Quoi, Martial?... Mais...

Josette... ce n'est pas possible... JEAN-YVES!... Martial a eu un ACCIDENT... Notre fils... mon petit... il est mort... MORT?... mais ce n'est pas vrai... NON! Je ne veux pas qu'il soit...

Jean-Yves tient Nicole.

Debout, dans la cuisine, il la berce. Elle a les jambes toutes molles. Ça va mieux maintenant, elle ne sent plus rien. Elle a encore des petites vagues de frissons, comme des hoquets, qui remontent de temps en temps, mais Jean-Yves la tient bien serrée, alors ça va.

Elle ne pleure plus.

Elle commence à penser à autre chose.

Et puis ça revient.

Josette, Rémi, Jean-Yves. Ils doivent être malheureux aussi. Il faut qu'elle rappelle Josette. Elle ne sait plus comment elle a raccroché, tout à l'heure. La pauvre. Toute seule, maintenant. Et le petit Rémi, si fragile... comment il va prendre ça ?

Le téléphone se remet à sonner. Jean-Yves répond. C'est la gendarmerie. Ils regrettent de ne pas avoir appelé plus tôt, mais ils ont eu quelques malheurs aussi, chez eux. On les a fait prévenir que le corps de leur fils ne serait pas visible avant demain. C'est peut-être aussi bien comme ça, hein ? Ça laisse le temps de s'habituer à l'idée, n'est-ce pas ? Bon. Voilà. Au revoir, monsieur.

Nicole monte s'allonger un moment.

Jean-Yves commence à analyser ce qu'il ressent.

Martial. Son fils unique.

Il y a des choses qu'il ne pourra jamais dire à Nicole. Elle ne comprendrait pas et elle lui en voudrait, c'est sûr. Mais Martial, pour lui, ça a toujours été comme une... anomalie... un accident de parcours. Martial enfant, il était buté, brutal. Et plus ça allait, plus il devenait... obtus. Après avoir redoublé deux fois sa cinquième, et une fois la troisième, il a bien fallu admettre qu'il n'irait pas très loin dans ses études. Il avait espéré mieux.

De la littérature, il ne connaîtrait donc, au mieux, que *Spirou magazine*.

Et une fois adulte, ça ne s'est pas amélioré. Son entreprise de maçonnerie... Du ciment, du béton, du parpaing !

Il y avait de si belles choses à faire. Des matériaux nobles... la chaux, le torchis, la terre cuite. Non. Le ciment !

Alors quand il a refait leur maison, sans les prévenir, pendant qu'ils étaient en vacances... Là, il aurait pu le tuer ! Il a réussi à faire un pavillon de banlieue de leur belle maison en pierre de pays. Et maintenant, ils sont condamnés à y vivre jusqu'à la fin de leurs jours, dans ce pavillon, bien moche, bien ringard.

Merci Martial !

On pense à toi tous les jours, petit con !

Finalement... s'il ne s'était pas envoyé en l'air, c'est peut-être moi qui aurais fini par le buter, mon fils...

20

Raymond positive tout

Ça ne lui est pas arrivé depuis plusieurs jours. Il se plante devant la porte ouverte, jambes écartées et poings sur les hanches. Et comme la dernière fois, la nuit s'annonce douce et tranquille. Il voit passer Bastos, qui va faire son petit tour hygiénique avant de regagner ses pénates pour la nuit.

Ça le démange.

Mais depuis que Rémi est là, il évite de penser au fusil... surtout quand il lui prend l'envie d'allumer le chat.

Bastos, il l'a trouvé au fond d'une poubelle. Tout petit, tout miteux... il s'est laissé attendrir. Le soir même, il a commencé à regretter. Le petit salopard avait trouvé ses cigarettes dans la poche de sa veste et les avait toutes dépiautées pour se rouler dedans ! L'odeur des brunes le rendait fou ! Et pas moyen de le détourner de son vice ! En tout cas, c'est comme ça que, pendant des années, Raymond s'est fait faire les poches par son chat...

Elles arrachaient la gueule, les Bastos. Ils ont peut-être fini par les interdire... De toute façon, maintenant, Raymond il s'en fout. Il ne fume plus de cigarettes. Ça a été difficile, mais il a suivi les conseils d'un collègue rebouteux, et il s'est mis à l'« herbe ». Ça l'a bien aidé, pour arrêter le tabac.

En y réfléchissant, c'est à ce moment-là qu'il a commencé à avoir ses « pulsions » vis-à-vis de Bastos... On ne peut pas appeler ça autrement. D'avoir envie d'« allumer » le chat, c'est pas vraiment un truc normal, faut reconnaître.

Parce que, dans le fond, Bastos, il l'aime... C'est vrai qu'il se fout ouvertement de la gueule du monde, et c'est énervant, mais c'est ça qu'est bien chez lui. C'est pas un con de chat domestique. Il est pas comme ces animaux de compagnie qui trouvent que tout ce que font leurs maîtres est béni, même quand ils les dérouillent!

En plus, Bastos, s'il pouvait parler c'est sûr qu'il dirait des trucs brillants, ça se sent...

Alors, quand après avoir fumé un pétard, il lui prend l'envie de « l'allumer », c'est pas un truc normal, faut admettre... mais c'est pas vraiment sérieux. Mine, elle sait bien que c'est pas sérieux. Elle fait celle qui s'insurge et tout ça, mais au fond elle se marre. Elle aime bien ses coups de gueule, sauf... sauf le coup des lapins... Ah ça... ça lui a pas plu, à la Mine.

Quatre d'un coup... là, c'était trop!

Faut admettre aussi.

Bon... J'en étais où ?... Ah oui!

Martial. L'accident de Martial. Ah, pauvre malheureux! Finir en se tapant un cerf, faut-y êt'e con! Du coup, demain, va falloir aller voir Jean-Yves et Nicole. Dans leur beau pavillon de peigne-cul! Ils doivent être au trente-sixième dessous, les pauvres, quand même. J'aimerais pas être à leur place.

Et ma Josette... pauv'p'tite mère, elle va certainement passer un mauvais moment, mais en fin de compte, c'est peut-être mieux comme ça... ?

Faut voir le côté positif des choses.

Elle va pouvoir commencer une nouvelle vie.

Et Rémi, chercher sa voie tout seul.

Alors, finalement... on pourrait presque dire:

— Merci Martial de t'être tapé le grand cerf !
Tu nous as rendu un fier cerf-vice...

21

Le directeur des pompes funèbres
trouve la photo de Pierrot formidable

Dé-bor-dés ! Trois dans la même journée, ça ne nous était pas arrivé depuis... eh bien... voyons... jamais ! C'est bien simple, le jour de la Saint-Sylvestre, nous n'en avons eu que deux, les trois autres étant décédés à l'hôpital, vous vous rappelez ?... Écoutez, je ne peux pas vous parler trop longtemps, la famille ne va pas tarder à arriver.

Je passe vous voir d'ici cinq minutes. À tout de suite, monsieur le curé.

— Pierrot !!! Montez me voir, s'il vous plaît... Écoutez, Pierrot. Je cours voir le curé pour lui emprunter de l'encens. Il nous en reste à peu près un kilo, mais j'ai bien peur que cela ne suffise pas à masquer l'odeur. Vous avez essayé l'eau de Javel, j'imagine ? Oui. Bon. C'est véritablement une catastrophe, vous avez raison... c'est bien le mot.

Bon, eh bien... j'y vais.

Ah ! Pierrot, j'oubliais... J'ai appris, tout à fait par hasard, qu'hier soir, au Café de la Place, vous avez cru bon de montrer à vos amis du comptoir une photo concernant notre fameux client. Vu le nombre de tournées générales qui s'en sont suivies, ce dont je vous félicite, mon cher Pierrot, votre succès a dû être total. Cependant, je vous saurais gré de ne pas réitérer ce genre de prouesse. Nous sommes une maison respectable. Il faut que nos futurs clients viennent ici en toute confiance, voyez-vous...

J'avoue tout de même que... je serais curieux de voir cette photo.

Auriez-vous l'amabilité de me la montrer?

Ma femme et mes fils aussi aimeraient la voir, et...

Le mieux serait peut-être d'en tirer quelques copies, vous ne croyez pas?... Ah, vous l'avez là?

Dites... mais c'est follement amusant... Je ne l'avais pas vu sous cet angle. Nous pourrions la diffuser sur notre site Internet! Quel succès nous aurions! Ça pourrait attirer des clients du monde entier!

Formidable, vraiment. Vous êtes un véritable artiste, Pierrot!

Félicitations, mon vieux.

22
Rémi est bien chez Raymond et Mine

Rémi est en train de goûter. Mine lui a préparé du pain perdu, il adore ça. Avec du sirop d'érable.

Il a compris que quelque chose de grave s'était passé et qu'on essayait de le lui cacher. Mais il s'en fout. Du moment qu'on le laisse ici. Il est bien dans cette maison. Sa mère et son père ne lui manquent pas. Il s'est fait copain avec Bastos. Trop sympa, ce chat. Il a aussi compris que quelque chose était arrivé à Youka, parce qu'à chaque fois qu'il mentionne son nom, les vieux ont le regard qui décroche, du style, parlons d'autre chose, veux-tu? Ils ne sont pas très fins, quand même.

Il fait des progrès au piano. Mine est fière de lui. Elle appelle toujours Raymond pour qu'il vienne l'écouter jouer. Et à la fin, ils applaudissent comme au spectacle. C'est drôle.

Raymond lui passe les mains sur le visage de temps en temps, en prenant un air très inspiré, ça le fait rire, ça aussi. En tout cas, les croûtes sont presque complètement parties. Les petites filles ne font plus « beurk » quand elles le croisent dans la rue.

Sa mère est passée hier, et l'a engueulé parce qu'il avait fait pipi sur le canapé de Mine. Comme s'il avait fait exprès !

Elle est chiante maman. Elle crie tout le temps, et elle est toujours énervée. En plus, elle fait jamais de câlins. Papa non plus, d'ailleurs. Mais lui, on dirait qu'il pense que c'est que les filles qui ont besoin de câlins.

Il l'a vu l'autre jour en faire un à Édith, une copine de maman. Il était caché dans la cabane du jardin quand ils sont arrivés. Il a eu peur qu'ils le voient... il a pas le droit d'y aller, dans la cabane.

Alors, il a pas bougé pendant tout le temps qu'ils ont fait des choses. À un moment il a cru que papa lui avait fait mal à Édith, parce qu'elle a commencé à pleurer très fort. Il a eu peur, et ça l'a fait pleurer aussi.

Mais quand elle s'est arrêtée de pleurer, elle a tout de suite rigolé et elle avait l'air contente. En tout cas, il sait que c'est un secret, parce que la cabane du jardin, c'est une cachette... et puis aussi, après, ils ont fait semblant qu'ils s'étaient pas vus avant, devant maman.

Alors, hein, papa... c'est quand même un peu une grosse... CROTTE de bique !... du PIPI de chat !... et qui pue le CACA !

Il a fini sa tranche de pain perdu. Mine se penche sur lui, lui caresse la tête.

— À quoi tu penses, mon petit chaton ?

— À rien... ma Mine. À rien du tout.

23
Momo, le cantonnier, creuse un trou

Il est en nage. Il creuse depuis déjà un bon moment. Il va falloir qu'il en mette encore un grand coup. Ce trou-là doit être prêt pour demain. C'est comme qui dirait une urgence.

En attendant, il a le gosier en toile émeri. Il se jette une grande rasade de rouge. Et puis, il en a encore deux autres à creuser à la suite, de trous. Mais ceux-là, c'est moins pressé, qu'ils lui ont dit. Ils se conserveront mieux.

Allez. Il prend une pause, tiens. L'a bien mérité l'Momo.

Quand même, qu'est-ce qu'on a rigolé hier soir, au Café de la Place! Pierrot, c'est un drôle. Mais là, il tenait une de ces formes, l'aut'... avec sa photo... Non mais, qu'est-ce qu'on a rigolé... Parce que moi, j'y étais, hein... je l'ai vu de visu, le gars qui tenait le cerf. C'est même moi qui les ai appelés, les képis, alors... Et le gars, ça faisait vraiment l'impression qu'il tenait le cerf comme s'il venait de lui en mettre un coup par-derrière... avec les yeux et la langue toute sortie, comme ça... Jamais vu ça, hein.

Pas croyab'.

Faudra qu'il aille vérifier les quartiers de cerf qu'il a mis à rassir. De c'temps-là, ça va vite à c'que les vers se foutent dedans. Et faudra qu'il prévienne la Marie-Rose, qu'elle prépare un cuissot, un de ces soirs, pour les képis.

Elle cuisine bien le gibier, la Marie-Rose. Et pis, c'est une belle femme, hein.

Elle pèse son poids, mais c'est une belle femme tout d'même.

Pas loin de cent vingt kilos qu'elle fait... Elle a un bon coup de fourchette, c'est sûr. Elle aime bien quand j'lui ramène quelque chose. Ça, elle refuse jamais.

Elle s'rait p't'êt' bonne à marier, en fin d'compte.

J'lui en toucherais ben un mot, un d'ces soirs, va!

Ah tiens, on dirait qu'c'est les fistons au directeur des pompes funèb'es qui sont là-bas. Mais qu'est-ce qu'ils fabriquent donc, les p'tits salopiauds?

J'm'en vas les corriger, moi, si c'est des saletés qu'y font ici...

— Kêk' vous faites là, mes p'tits zigotos?

— Rien, Momo. On s'promène.

— Et kêk çéti qu'vous avez mis dans ce trou, là?

— Ah! ça?... C'est juste une bouteille de vin... qu'on voulait vous donner, d'ailleurs...

— C'qu'ils sont gentils tout d'même, d'penser au vieux Momo. Et pis, c'est du bon, à c'que j'vois. J'm'en vas l'goûter tout de suite, tiens. C'est du bon, ouais! Eh les p'tits gars, j'vas vous dire... Vous savez pas pourquoi on m'appelle Momo?

— Ben... parce que votre nom complet c'est Maurice?

— Eh ben non! Mon nom à moi, c'est Moïse! Et vous savez pas pourquoi?

— Ben non...

— Pasque j'suis un enfant d'l'Assistance... et qu'on m'a trouvé... comme le Moïse de la Bible. Dans l'temps, c'était comme ça. On donnait des noms de la Bible aux enfants trouvés, à l'Assistance. Mouais. Bon. C'est pas l'tout. Y'a encore à faire. Le trou, il est pas ben profond encore. Allez, promenez-vous, les p'tits gars. Momo il y r'tourne.

Les trois garçons se regardent, sourire en coin. Ils en ont planqué d'autres, les p'tits salopiauds! Ils piquent les bouteilles dans la cave et ils viennent se saouler au cimetière, les mercredis après-midi.

Momo, il voit rien, il est au fond du trou.

Il cuve un peu, là.

24

Josette cherche et trouve du réconfort

— Quoi? Il est déjà cinq heures? Je devais aller avec Nicole et Jean-Yves au funérarium! Ils vont s'inquiéter si je les appelle pas. J'ai pas le courage de faire le numéro... hi hi hi... c'est incroyable, hein? J'ai même plus la force de lever le bras... C'est fou c'que j'me sens molle... comme la montre de Dali... hi hi hi...

Parce qu'hier soir, Josette, après la gendarmerie, elle est tranquillement rentrée chez elle. Elle encaissait bien la nouvelle de la mort de Martial, son mari. Ça l'a étonnée elle-même. Tellement tranquille, qu'elle s'est cuisiné un super dîner, pour elle toute seule, avec tout : entrée, plat, dessert. Et deux ou trois verres de vin.

Comme elle avait fait du poisson, elle s'est ouvert une bouteille de blanc. Classique. Mais du Pouilly Fuissé, tout de même... Elle s'est dit que c'était pas tous les jours qu'on perdait quelqu'un... Elle n'a pas cherché plus loin, c'était juste comme ça... une envie de fêter quelque chose.

Elle s'est fait un café, pas du Nès... un vrai, et elle a regardé une émission de variétés à la télé. Un truc un peu nul, mais elle avait envie, c'est tout. Elle aime bien la variét'.

Et puis, ce matin, en se réveillant, ça lui est tombé dessus! Elle a réalisé d'un seul coup que la maison était vraiment vide. Plus de Rémi, plus de Youka et plus de Martial!

Et là, elle a eu peur! Une peur bleue! Comme quand on se réveille d'un cauchemar horrible, du genre *L'Exorciste*! Le souffle court, envie de hurler, tremblant de partout, bref, la super angoisse!

Au bout d'un moment, elle a fini par se calmer et... c'est après qu'elle a téléphoné à Édith.

Elle est arrivée au bout d'un quart d'heure. Elles se sont tombé dans les bras. Chouettes, ces retrouvailles. Elles ont un peu pleuré, ça leur a fait du bien et puis Édith l'a invitée à venir chez elle. Elles ont bu la gnôle que fabrique son père, Robert (mais Édith, pour le faire chier, l'appelle Bobby ! Il supporte pas. Tout ce qui touche de près ou de loin aux Américains, il déteste... alors Bobby...).

Elles se sont bien marrées. Quand elles ont senti qu'elles avaient dépassé les limites, elles ont décidé de s'allonger un peu. Édith l'a prise dans ses bras, parce que ça tanguait trop. Elle a commencé à l'embrasser sur la bouche... et puis après un peu partout. C'était bon. Ça faisait longtemps que personne ne l'avait embrassée comme ça... Elle s'est laissé faire. Édith est descendue entre ses jambes. Elle lui a demandé de ne pas résister.

Elle a obéi. C'était agréable

Et puis... elle a eu un orgasme.

Ça l'a sciée ! (Pas en cinq comme Martial, mais presque...)

Et là, il est cinq heures de l'après-midi et elle n'a même plus la force de prendre le téléphone pour prévenir qu'elle n'ira pas au funérarium.

C'est sûr que de boire de la gnôle, rire, prendre son pied... ça ramollit.

Bon, elles se disent... Mais ça veut pas dire qu'on est devenues lesbiennes, hein. C'était juste une façon de saluer la mémoire de Martial !

Un baroud d'honneur, en quelque sorte.

25
Jean-Yves et Nicole ont les yeux qui piquent

La fumée est tellement dense qu'ils n'arrivent pas à se diriger.

Le cercueil à l'air d'être au fond, là-bas. Ils se tiennent la main, pour ne pas se perdre.

Il pique les yeux, cet encens! Le curé a dû se débarrasser d'un vieux stock.

Ah... ça y est. Ils l'ont trouvé.

L'avantage, en même temps, avec cette fumée, c'est qu'on voit moins les détails du visage. La maquilleuse n'a pas tout à fait réussi à arranger le travail de Pierrot. Elle dit toujours qu'il exagère avec la cyanolit. Elle a peut-être pas tort, dans le fond.

Nicole et Jean-Yves pleurent. Mais c'est peut-être à cause de la fumée... (Enfin, pour Jean-Yves, surtout...)

Ils décident de sortir assez vite, d'autant que l'absence de Josette commence à les inquiéter. Elle a peut-être eu un malaise ou pire... elle a peut-être fait une bêtise?

Ils décident d'aller voir chez elle. Sa voiture est garée devant la maison. Ils sonnent. Pas un bruit venant de l'intérieur. Ils passent par le jardin, prennent la clef dans la cabane et entrent dans la maison.

Nicole ne peut pas s'empêcher d'aller dans le bureau de Martial, en premier.

Le choc! Tout a été vidé! Il ne reste plus rien!

Tous les papiers de Martial ont disparu!

On dirait un cambriolage!

Elle appelle... JOSETTTE!!!

Les cambrioleurs l'ont peut-être tuée?...

Jean-Yves monte à l'étage en courant, ne la trouve pas. Aucune trace. Pas de sang. Rien.

Ils décident d'aller chez Raymond et Mine. Ils sauront peut-être où elle est. La gendarmerie, c'est pas la peine de les appeler, ils ne sont plus que trois. Ils doivent être débordés.

Raymond et Mine les accueillent gentiment. Rémi leur joue un petit morceau au piano. Ils applaudissent tous. Il a l'air heureux. Et... il n'a plus d'eczéma! C'est formidable! Qu'est-ce qu'il est beau!

Nicole trouve qu'il ressemble beaucoup à Martial.

Les autres ne trouvent pas.

Elle pleure. Les autres pas.

Ils boivent un petit remontant. La Mine, réjouie, les emmène visiter le jardin.

Nicole et Jean-Yves ont oublié le but de leur visite. C'est comme ça. Quand on vieillit, ça arrive. C'est moche, mais c'est comme ça...

— Et vous faites votre propre compost?... Nous aussi. Et le purin d'ortie, vous trouvez ça efficace?... Ah, elle est jolie cette mangeoire. Vous avez des bouvreuils? Nous, non. J'ai bien réussi mes boutures de rosiers, cette année. Je vous en donnerai...

— Vous voulez rester à dîner?

— C'est pas de refus, on n'avait rien prévu.

26

Le directeur des pompes funèbres veut savoir qui vole ses bouteilles

— Les garçons! Venez ici. Papa veut vous parler. Montre-moi tes mains, toi. D'accord. Tenez-vous correctement. Pierre, t'es tout avachi. Lève le menton. Là, tu vois, c'est tout de suite mieux. Bon. Papa voudrait vous parler d'un petit problème... de bouteilles de vin. Il semblerait qu'il y ait VOL de bouteilles de VIN sous NOTRE toit!

Les trois garçons sont dans leurs petits souliers. Ils se disent qu'ils ont dû exagérer ces derniers temps, en en prenant deux fois plus et en ne remplissant plus les bouteilles vides avec de l'eau... C'est sûrement ce qui les a fait découvrir.

— Est-ce que l'un d'entre vous aurait quelque chose à me dire, à ce sujet?

73

Pierre et Paul s'inquiètent pour Jacques. C'est le plus jeune, il a dix ans. Peut-être le plus vulnérable face à l'autorité. Mais c'est aussi celui qui boit le plus! Tout juste s'ils arrivent à lui reprendre la bouteille, quand c'est leur tour...

Pierre et Paul maîtrisent mieux. Ils sont plus vieux, c'est normal. Onze et douze ans!

En attendant, tous les trois gardent le silence. Ils ont adopté la position des coupables: mains derrière le dos, tête penchée en avant, regard vissé au bout des pieds. Prêts à se faire décapiter.

— Je vois que vous n'êtes au courant de rien. Remarquez, je m'y attendais. Mais, pour le cas où l'un d'entre vous saurait quelque chose...?

Ils se demandent déjà, sans arriver à l'imaginer, quelle punition il leur aurait concoctée.

Alors quand, pour couronner le tout, leur père leur propose de s'asseoir avec lui à la table du cellier, pour goûter un cru qu'on vient de lui livrer, ils sont au bord du malaise.

Il sort quatre verres, les essuie consciencieusement, verse lentement le vin...

— Bon. Mes garçons. J'aimerais que nous trouvions tous ensemble une solution à ce problème. Mes doutes, en ce qui concerne le coupable, se sont confirmés tout à l'heure... J'ai retrouvé une bouteille vide de Pommard 75, dans le cimetière!

Ça y est. Jacques craque. Il pisse dans son pantalon. Pierre et Paul regardent la flaque s'élargir à leurs pieds. Le père n'a pas vu, tout occupé qu'il est par la couleur, le parfum et le moelleux de son nouveau cru.

— Alors... qu'est-ce que je disais? Ah oui... Donc, mes soupçons se portent évidemment sur... Momo! Nous connaissons tous son penchant pour la bouteille. Ensemble, il faut que nous trouvions le moyen de le lui faire perdre.

Ne serait-ce que pour sauver le nôtre!

En attendant... goûtez-moi ça, les garçons!
On ne sait pas ce que l'avenir nous réservera.

27

Marie-Rose

Marie-Rose, elle sent pas la ro... se.

Elle faisait celle qui s'en foutait. Mais elle rêvait un jour de leur faire bouffer leur merde, à ces petits connards. Et ils se privaient pas de rajouter: « la grosse dondon », « la cochonne », tout ça, quoi.

N'empêche que c'est la seule qui ait réussi à passer son certificat d'études à dix-huit ans. Quatre ans de retard! Une sacrée maligne, la Marie-Rose! Parce que si elle l'avait eu plus tôt... ben elle aurait été obligée d'aller travailler, pardi. Et ça, elle en avait pas envie, de travailler chez les autres, à nettoyer leur merde, à s'occuper de leurs sales bêtes, et à se faire sauter par les patrons... Elle en avait déjà bien assez comme ça à la maison, entre son père et ses frères.

Ce qu'elle voulait, c'est qu'on la laisse tranquille. À l'école, ils la laissaient tranquille. Possible qu'ils se disaient qu'elle était pas capable, ou peut-être qu'ils avaient pitié... En tout cas, elle s'en foutait. Et royalement.

L'hiver, au fond de la classe, près du poêle, l'été, près de la fenêtre. On lui laissait la place sans discuter, parce que chez elle, y'avait pas l'eau courante, alors, pour ce qui était de se laver...

Son père, il était connu dans le coin. Les gens s'en souviennent encore. C'était un bon braconnier. Il était respecté.

75

Mais y'a des jours où il ramenait rien. Ils ont dû manger du rat, quelques fois. Elle a appris à le cuisiner pour que ça en devienne bon. Et aussi des lézards, des couleuvres, des merles... tout, quoi. Fallait bien vivre.

Après le certif, elle est allée travailler au Château, dans les cuisines. C'est là qu'elle est définitivement devenue obèse, c'est le mot qui convient, ça la gêne pas de le dire...

Parce que, la bouffe, c'est toute sa vie.

Alors, le Momo, s'il lui prenait l'envie de la demander en mariage, elle et ses cent vingt kilos, eh ben, elle dirait pas non... parce que, pour le braconnage, y'a pas mieux que lui dans la région.

Et elle sait de quoi elle parle, elle les connaît tous.

Et un homme qui sait braconner, c'est un homme à marier !

Il lui a demandé de préparer le cerf de l'accident, pour les képis.

C'est pas des copains à elle... Mais Momo il sait les prendre, lui.

Elle va cuisiner ça aux petits oignons...

Et kik çéti qui va êt' content ? Eh ben, l'Momo, pardi !

28

Robert, père d'Édith

Soixante-cinq ans tout rond ! Moi, j'dis que tant qu'on arrive à se torcher le cul tout seul, ça va ! Le jour où on peut plus, y'a plus qu'à se faire sauter le caisson ! C'est la limite à pas dépasser. Pour l'instant, ça va. J'ai besoin d'aide de personne. Même pas pour faire ma gnôle. Ma spécialité, c'est la poire. Là, j'fais un essai avec des prunes. Celles du voisin. Y'a qu'une chose pour laquelle il est bon, mon nase de voisin, c'est les fruits! Ça, chapeau! Impeccables, pas de maladies, pas de vers, pas de pesticides. J'sais pas comment il fait. Nickel.

J'y vais la nuit, pour prélever ma part. Il est sourd, ça craint rien.

Putain! Quand j'y pense… le cambriolage chez Édith! S'il lui était arrivé quelque chose… J'lui avais pourtant dit qu'elle devrait avoir un fusil chez elle. Elle veut jamais m'écouter… C'est malheureux tout de même, qu'elle se soit pas encore trouvé un p'tit mari, belle comme elle est. Un p'tit gars honnête et travailleur, ça doit bien se trouver. Ils sont pas tous pourris, quand même!

Comme pour Roberte, quand on s'est rencontrés. Sans complexes, j'me suis présenté, direct, comme ça: « Robert! Beau gosse (bien monté, y'en a qui s'en plaignaient pas, à l'époque, j'peux l'dire…), honnête (juste ce qu'il faut… trop, tu passes vite pour un con), travailleur (par obligation, j'ai jamais vraiment aimé ça) et qui veut de vous, qu'est-ce que vous pourriez souhaiter de plus, mademoiselle? »

Elle a dit oui. Ses parents l'ont un peu poussée, bien sûr, mais fille-mère, en ce temps-là, c'était pas comme maintenant, hein…

Ça a donné: Robert et Roberte! Ça s'invente pas des trucs pareils…

Un petit bout de femme, toute menue… mais elle avait que seize ans. Moi, je les ai toujours préférées plus en chair, mais là, j'ai fait une dérogation. Et puis, travailleuse comme pas deux. Elle se plaignait jamais. En tout cas, je l'ai jamais entendue se plaindre… Pourtant, je lui menais la vie dure. J'y peux rien, c'est dans mon caractère. J'crois bien que je tiens ça de mon père.

Si je l'avais pas rencontrée, Roberte, j'aurais jamais eu d'enfant.

Est-ce que je le lui ai dit, ça?

Après mon opération, ils m'avaient prévenu, les docteurs, que je pourrais jamais en avoir. Alors, ça a été une chance, qu'on se rencontre. Pour moi, et puis pour elle, aussi...

C'est marrant, mais je me rappelle plus, si je lui ai dit...

Quand Édith m'appelle Bobby, ça m'énerve et ça la fait marrer, la môme. J'aime pas les Ricains, que j'lui dis ! Mais je ne pourrai jamais lui dire à quel point. Parce que le gars qui l'a engrossée, ma Roberte, avant que je la rencontre, il venait de là-bas. Et il a eu de la chance de pas me croiser, parce qu'il serait reparti avec ses couilles entre les dents ! J'ai toujours été un sanguin. Même avant de partir en Algérie.

Et puis, Roberte et moi, on a eu la petite. Alors... même si elle est pas sortie de ma queue, c'est quand même ma fille. Et c'est moi qu'ai choisi son prénom. Édith. J'suis dingue de Piaf. En plus, elle, les Ricains, ils ont jamais réussi à nous la prendre, la môme... même qu'ils ont essayé... un chanteur, je crois...

En tout cas, depuis, j'peux pas les voir en peinture.

Ça peut s'comprendre... ?

29
Bastos, encore plus pédant

Le chat et le poêle ronronnent.

Le chat rêve de sa mère. Il ne l'a pas connue longtemps, mais son souvenir est encore très vivace. Une vraie tigresse, la mère de Bastos ! S'il était resté, il aurait certainement eu envie de se la faire, une fois grand. C'est comme ça, chez les chats...

Pour le moment, il rêve qu'il est bébé, et qu'il tète. Donc, il fait ses pompes en enfonçant ses griffes, puis en tirant le plus haut et le plus régulièrement possible sur les mailles du pull (qu'il a déjà largement niqué l'autre jour).

Vu l'application qu'il y met, le pull devrait bientôt ressembler... à un paillasson! Mine ne va pas aimer ça, du tout... Rémi s'en fout lui, il dort.

Le ronronnement de Bastos est un puissant sédatif auquel il ne résiste jamais longtemps

De bébé, le rêve de Bastos glisse doucement vers des considérations d'ordre philosophique. Il est coutumier du fait.

— L'autre jour, j'évoquais la capacité à faire croire n'importe quoi à n'importe qui, en se fondant sur le principe du « zéro doute ». Ne pas laisser penser à sa future victime qu'il puisse exister d'autre issue que celle que vous lui proposez. Le sujet est tellement exaltant, que j'aimerais m'étaler un peu plus encore. Voyons...

Supposons que l'on maîtrise la technique du « zéro doute ». Il deviendrait donc possible de changer le cours des émotions codifiées... Prenons l'exemple de la mort d'un proche. Le code émotionnel qui y est rattaché est invariablement la tristesse, la peur du manque, le syndrome de l'abandon, et autres détresses du genre. Admettons donc qu'on s'emploie à « dévier » ces codes, ce... afin d'« alléger » cet état... on pourrait arriver à convaincre le sujet que non seulement la mort était la seule issue possible, mais évidemment, la meilleure...

Ah... ben... merde.

Faut que je me calme, là.

J'ai comme l'impression d'avoir dérapé... Ça ressemble... à des arguments religieux, de catholiques intégristes?

Je déteste ce genre de dérapage.

Il va falloir que je me surveille un peu. Je devrais peut-être changer de marque de pâté. Ou faire une cure de magnésium, il paraît que c'est bon dans le traitement des états dépressifs. Et l'acupuncture, c'est peut-être pas mal? J'suis un peu inquiet. Assailli par le doute. Ne serais-je pas en train de foutre cette vie-là en l'air? C'est angoissant. Je pense aussi que de savoir qu'il me reste d'autres vies à vivre ne me pousse pas à faire des efforts dans celle-ci, c'est certain...

Tiens, j'y pense... mes sept vies, ça n'est pas forcé que ce soit sept vies de CHATS! J'aimerais bien essayer une vie d'homme, une fois... pas longtemps, mais juste une petite fois, pour voir comment c'est.

Ça pourrait être marrant.

Et puis, il m'en reste encore quatre, quand même! Quatre? Mais c'est pas si énorme.. Je me suis dit que, dans celle-ci, je voulais en profiter pour ne rien faire, mais c'est peut-être une connerie...

Je vais sûrement le regretter.

Allez! À partir de demain, je me lève tôt, je fais un régime et... je me mets aux études! Espagnol, italien... tout! On ne sait jamais. S'il me tombe une vie d'homme au prochain tour, autant gagner du temps.

— Yé voudré mangié oune ratonne, por favor.

Je sens que je vais apprendre très vite et que je vais adorer cette vie-là. Et... Viva Mexico, Chingarella pastaciutta, ti amo, te quiero, ich liebe dich!

30

Raymond aime Mine, c'est tout

Raymond est couché tout contre Mine. Ils aiment bien s'endormir comme ça, emboîtés l'un dans l'autre, comme des Lego. Le nez de Raymond dans la nuque de Mine, il respire. Profondément. Il respire sa femme. Ses cheveux sentent le foin fraîchement coupé. Elle ne met plus de parfum depuis des années. Elle était capable d'acheter des trucs à la violette ou au muguet, sous prétexte que c'était merveilleusement désuet... Alors, il a préféré la convaincre de ne plus en mettre du tout. De toute façon, elle n'en a pas besoin, sa peau a cette étrange faculté d'absorber les senteurs alentour. Au jardin elle sent la terre fraîche, les feuilles de menthe froissées. Pendant les récoltes de fruits, elle sent la confiture. Quand ils font l'amour, elle sent... le doux... le chaud... l'Amour, quoi!

Et sa main commence son voyage sur la planète Mine.

De l'épaule, elle glisse sur ses seins un peu lourds, descend doucement sur son ventre un peu plus rond, ces derniers temps... mais pas trop quand même... passe très légèrement sur sa chatte, qui s'éveille déjà, la coquine... elle ne dormait pas tant que ça, alors?... continue le long de la cuisse, traîne un peu, là où c'est doux comme de la soie et puis passe sur ses fesses lisses et rebondies, puis... retourne à sa chatte. Toute tendre, toute chaude.

Mine est bien réveillée maintenant. Il connaît son affaire.

Elle aime quand il la réveille pour l'aimer. Elle lui a dit un jour, qu'elle trouvait que c'était une des plus jolies preuves d'amour qui soit, mais que... le jour où il cesserait de le faire, elle saurait qu'il aura fini de l'aimer.

Maligne, ma Mine.

De toutes les façons, il n'aurait pas aimé qu'elle pense différemment. Il sait son bonheur et travaille à le garder. Ardemment.

Pour l'instant, il a décidé de refaire le tour.

Son territoire.

La main repart en voyage, en sens inverse. Il vérifie.

Tout est bien.

Elle est prête à l'accueillir. Il entre en elle. Ils s'aiment.

Longtemps.

Même vieux, même plus beaux, ils ont encore plein d'amour à faire, et à se donner, ces deux-là.

31
Momo a besoin de courage
pour faire sa demande

Il s'est mis sur son trente et un. Ses affaires du dimanche, de l'Eau de Cologne et du gel à cheveux. Il a demandé à Geneviève de lui repasser sa chemise blanche. Geneviève, c'est une ancienne de l'Assistance publique, comme lui. (Il sait bien, Momo, qu'on dit la DDASS depuis longtemps, mais il s'y fait pas, il dit toujours l'Assistance.)

Il est passé au cimetière cueillir quelques fleurs, et puis, il a fait juste un tout petit crochet par le Café de la Place.

Son courage remis à niveau, il a enfourché son vélo, et il pédale maintenant sur la route vers le bois des Brames. Il se répète dans la tête ce qu'il va dire. Du coup, il a du mal à se concentrer sur la conduite. Il fait des zigzags sur la route. Ça va, à cette heure-ci, y'a pas foule. Ils sont tous au bistrot, pour l'apéro.

Il est de plus en plus anxieux. Il finit par s'arrêter, fait faire demi-tour à son vélo, et repart d'où il vient. Il ne lui est pas resté assez de courage… Il retourne faire le plein.

Y'a du monde au comptoir. Tous des amis. Ils l'encouragent.

— Vas-y Momo! Elle attend que toi, la grosse! Mais fais gaffe de pas te perdre dedans, y'en a qui en sont jamais revenus!

Il y retourne.

Il ne réfléchit plus à ce qu'il va dire, mais son vélo fait quand même des zigzags. Bon. Ça va encore… Les autres n'ont pas fini de boire leur « p'tit-dernier-pour-la-route ».

Il arrive au bois des Brames.

On dirait que la nuit tombe d'un coup. Il y voit goutte. Il tape aux carreaux. Marie-Rose lui ouvre.

Elle sourit en le voyant.

C'est toujours impressionnant de la voir sourire. Il ne lui reste plus que deux dents de devant. Il lui donne le bouquet d'immortelles. Elle lui fait quatre bises pour le remercier. C'est la première fois qu'on lui offre des fleurs.
Il est ému. Elle aussi.
Ils trinquent à leur santé.
Elle aussi, elle a fait le plein de courage, avant qu'il arrive.
Ils sont synchrones.
Ils n'ont presque plus besoin de parler. Il réussit quand même à demander :
— Alors?...T'es d'accord, Mar... Rose?
Et elle, elle réussit à répondre :
— Ouais Momo... chuis d'ac... cord.
Tout est dit, y'a plus qu'à fixer la date.

32
Pierrot veut faire Photographe

Pierrot, des pompes funèbres, s'est réveillé en super forme !
Hier soir, il n'a pas traîné au Café de la Place, comme il fait d'habitude. Il voulait réfléchir à tête reposée. Ça ne lui a pas laissé beaucoup de temps pour dormir, mais il ne regrette pas. Depuis huit heures du mat, il court.
D'abord à la banque, pour le crédit qu'il a demandé et... qu'on lui a accordé, et puis, les magasins, pour acheter les machines et tout le matériel nécessaire. Maintenant, il installe tout ça chez lui. Il habite dans une ancienne remise de jardin qu'il a transformée en un « une-pièce-cuisine-douche ».

C'est devenu un « une-pièce-cuisine-labo ».

Il se lavera aux pompes funèbres. Ça ne le gêne pas. Il a l'habitude de se laver à l'eau froide. Le directeur n'a pas voulu installer de chauffe-eau dans la salle de préparation des corps, vu que les « clients », ils n'ont pas vraiment d'avis sur la température de l'eau... Sur les murs de sa douche-labo, il a tendu et collé à la cyanolit des vieux bouts de tentures noires, et il a changé l'ampoule blanche contre une rouge qu'il a prise sur une guirlande, à la salle des fêtes. Il a tout bien prévu.

Enfin, il a déballé toutes les machines. Ça lui a pris long, parce qu'il a fait ça très précautionneusement. Il voulait rien casser. Et puis maintenant, ben... y'a plus qu'à lire les notices.

L'important, c'est de bien utiliser l'appareil photo. Il a pris le meilleur. Un Nikon. Le vendeur lui a un peu expliqué comment ça marchait, mais là maintenant, tout seul... c'est plus pareil. Il a la trouille de faire une connerie. Il trouve qu'il a bien fait d'acheter un pied, parce qu'il a un peu les mains qui tremblent. Ça doit être l'émotion. Il se sert un grand verre de rouge, se souhaite une bonne santé, et se l'envoie d'un trait, derrière la cravate.

Comme il l'avait prévu, ça lui donne du courage. Il range l'appareil photo, plie le pied et hop! c'est parti mon Pierrot!

Arrivé dans la salle de préparation des corps, il sort Martial et les deux gendarmes des frigos et les photographie consciencieusement.

Quand le directeur lui a dit qu'il trouvait la photo de l'autre jour formidable, que c'était un artiste... ça l'a fait réfléchir, le Pierrot.

Presque toute la nuit.

Et, là, maintenant, il est sûr.

Il va être artiste photographe.

Son sujet : les cadavres.

Quand il en aura photographié une trentaine, il fera une exposition... et pourquoi pas, un livre...

Il a trouvé sa voie.

Et maintenant, il se dit, sourire en coin... que ses morts vont enfin le faire vivre...

Il a vachement d'humour, Pierrot.

33

Geneviève écrit des lettres d'amour

Mon amour,
Je n'ai pas pu t'écrire ces derniers jours. Mon travail me prend beaucoup de temps. Mais je ne cesse de penser à toi. J'ai toujours dans la tête les mots que tu m'écris. C'est mon morceau de paradis. Il m'en revient des bribes pendant la journée, et je ne peux m'empêcher de sourire. On va me prendre pour une folle ! Oui ! Je suis folle... folle d'amour ! Et j'imagine et je rougis... Si juste les mots que tu emploies m'enflamment à ce point, quel effet me feraient tes mains, si elles servaient à autre chose qu'à m'écrire ? Et je me dis aussi... comme tu as dû aimer et être aimé, pour savoir si bien émouvoir en usant de si peu de mots. Merci... Mille fois merci pour tout ce plaisir, tout ce désir, tout cet amour. Puisse-t-il ne cesser jamais.
Je dois maintenant finir cette lettre.
Je t'écrirai plus longuement demain.
Je t'aime.
Je t'embrasse avec toute la force de la passion.

Ta Jenny.

LETTRE Nº 37-438 – DESTINÉE À M. FARID SAÏDI – Nº D'ÉCROU : 43.996Y

Geneviève se dépêche de poster sa lettre avant la fermeture des guichets.

Le ménage en grand de la salle des fêtes lui a pris plus de temps qu'elle ne pensait. Et puis, ces lettres sont longues à écrire. Il faut réfléchir, choisir les mots, vérifier l'orthographe... enfin, tout. Mais elle ne regrette pas de s'être inscrite à l'association. Pour ces hommes, enfermés pour des années entre quatre murs, ça les aide à s'échapper un peu. Et puis elle, ça lui donne l'impression de vivre une autre vie. Elle s'identifie aux femmes qu'elle invente. Elle est belle, grande, blonde, sexy... C'est excitant.

Elle se dit qu'elle aurait été douée pour l'amour. La vie en a décidé autrement.

De toutes les façons, maintenant, c'est trop tard. À quarante-sept ans, ce n'est plus la peine d'espérer. Alors elle écrit des lettres d'amour à des hommes qu'elle ne rencontrera jamais. Pas de photos. Pas d'adresse. Tout passe par l'association. Farid Saïdi par exemple. Elle aurait vraiment aimé le rencontrer. Ses lettres sont très belles, très délicates.

Mais, tant pis. C'est la vie.

Geneviève, elle est résignée depuis toute petite. Avant même d'arriver à la DDASS. Ses parents ne pouvaient pas garder les six mômes. Ils ont choisi de placer la grande. La grande, c'était elle.

Elle avait cinq ans. Elle n'a pas pleuré, quand ils l'ont laissée. Et elle savait déjà qu'ils ne viendraient pas la voir « de temps en temps », comme ils lui ont dit, en partant.

Ils ne sont jamais venus.

Elle ne les a jamais revus.

Elle était résignée.

Elle est restée copine avec des anciens de là-bas. Des gars comme Momo, le cantonnier.

Ils ont tous en eux quelque chose d'un peu « cassé ».

Elle, non. Ni cassure, ni fêlure.

Elle dit que c'est parce qu'il n'y avait rien à casser en elle, au départ.

C'est ce qu'elle dit.

En tout cas, elle est super contente pour Momo qu'il ait rencontré quelqu'un.

Elle adore les mariages !
Elle pleure à chaque fois.

34

L'enterrement de Martial, plutôt gai

Personne dans la famille n'étant très porté sur la reli-
gion, l'enterrement s'est passé plutôt simplement. Les
parents de Martial ont organisé un buffet, dans la soirée.
Josette et Édith sont arrivées ensemble, en se tenant par la
main. Mais c'est plus tard que ça s'est corsé. L'alcool aidant,
elles se sont lâchées. Mais, bon. Elles étaient heureuses, et
voulaient le faire savoir.

Elles ont annoncé qu'elles avaient décidé de se marier.
À Bègles ? a demandé quelqu'un. On s'en fout, elles ont
répondu ! Josette a dit qu'elle allait vendre l'entreprise
de Martial et aussi la maison. Qu'elles vivraient dans
celle d'Édith. Rémi étant, à l'évidence, très heureux chez
Raymond et Mine, elles pensaient que ce serait aussi bien
qu'il y reste, d'autant plus que parmi leurs projets figurait
celui d'avoir un enfant.

Raymond n'a pas moufté, les yeux ronds et la bouche
ouverte. Mine, elle, s'est marrée, comme toujours...
N'empêche, ils n'avaient jamais vécu un truc pareil. De leur
temps, tout ça restait secret.

Nicole et Jean-Yves avaient l'air désemparé. Ils avaient
très sincèrement imaginé qu'être les parents survivants de
leur fils décédé faisait d'eux les gardiens de tout ce qu'il
laissait. Femme, enfant, maison. Et la réalité, toute diffé-
rente, venait les rattraper. Il y avait de quoi être désemparé.

Et puis, d'un coup, Raymond leur a dit :

— C'est pas la peine de vous tourner les sangs, ça ne le fera pas revenir. Si Martial avait été là, y'aurait peut-être pas eu tous ces chambardements... mais il est plus là, et c'est la vie qui veut ça. On n'y peut rien. Un jour ou l'autre, ça sera notre tour. Alors, en attendant, tout ce qui reste à faire, et Martial aurait été d'accord... eh ben, c'est d'être là, tout simplement, pour le cas où vos enfants ou petits-enfants en auraient besoin. C'est tout. Le reste... le mariage des filles ? Va juste falloir qu'on se fasse à toutes ces nouveautés. Et puis, dites-vous bien que... ça aurait pu être pire, hein. C'est tout.

Raymond-philosophe, c'est ça qui était nouveau, finalement.

Mine s'est dit qu'il encaissait bien, parce que Josette leur laissait Rémi. C'est sûr que ça a joué. En tout cas, ça a aidé Nicole et Jean-Yves à réfléchir plus sereinement. Ils se sont demandé en quoi les choses auraient pu être pires... mais se sont rapidement rendus à l'évidence. Ça aurait pu. C'est tout. Ça les a soulagés. « Merci Raymond. Nous étions englués dans nos larmes, aveuglés par notre petit chagrin personnel, incapables de voir les choses clairement. Bien sûr que la vie continue. Bien sûr que c'est le plus important. Et Rémi, on viendra le voir chez vous. Et il viendra nous voir quand il voudra, n'est-ce pas ?

Allez. Nous allons trinquer.

Josette ! Édith ! Tous les amis ici réunis !

Levons nos verres à la mémoire de Martial.

Vive Martial !

Et maintenant... à nous.

Vive nous ! »

Et la fête a vraiment commencé après ça.

35
Les trois fils du directeur des pompes funèbres se font prendre

Pierre et Paul sont inquiets. Le maître de la classe de Jacques a demandé à ce qu'il aille à l'infirmerie. Il tremble de plus en plus, surtout le matin. Ils lui laissent un fond de bouteille, le soir, sous le lit, pour qu'il puisse en boire avant d'aller à l'école. Ça le calme. Mais des fois, ils oublient. Là, ils ont dû oublier. Merde !

C'est le docteur Lubin qui va passer. Et il en parlera sûrement aux parents, après. Ils décident que le mieux, ce serait d'essayer de le mettre sur une fausse piste. Ça peut peut-être marcher. En tout cas, ils gagneraient du temps.

Ils pensent à un film qu'ils ont vu, à la télé, où un mec dans la jungle tombe malade. Il transpire et tremble très violemment. Jacques aussi, ça lui fait ça, mais en plus, il a souvent la chiasse. Dans le film, ils ne parlent pas de chiasse, mais pour le reste... Donc, ils se disent que Jacques pourrait suggérer au docteur Lubin qu'il a attrapé une « crise de palu ». On sait jamais... C'est pas une flèche, ce Lubin. Ça vaut le coup d'essayer.

OK. Ils lèvent le doigt et demandent à aller aux WC.

Ils entrent dans l'infirmerie sans se faire remarquer. Et ils expliquent au petit Jacques leur plan.

Le docteur Lubin ne va pas tarder. Ils filent.

Jacques se sent mal. Il a peur. Ça lui fait des vagues dans le ventre. Et des suées... il en a les cheveux tout collés.

Le docteur arrive. L'ausculte. Sourit à la suggestion de « crise de palu ». Bien essayé, p'tit...

Ça va faire vingt ans qu'il est dans la région. Il reconnaît ces symptômes les yeux fermés. Dix ans, c'est tout de même jeune. À cet âge-là, on fait rarement ça tout seul. Va falloir voir les deux autres.

Onze et douze ans? Pas bien vieux non plus.

Prévenir les parents. C'est ça le plus dur. Arnaud, à la limite...

Mais, Martine... ce sera forcément un choc.

Enfin...

Il fait venir les deux autres.

— Bon, mes p'tits pères, parlons sérieusement. La « crise de palu », c'était bien essayé, et c'est vrai, ça y ressemble. Mais, c'est pas ça. On va plutôt parler de la maladie de Jacques. Et qui deviendra la vôtre, si vous continuez comme ça.

Il leur a parlé pendant presque une heure. C'était un peu chiant, mais ça avait l'air de lui tenir à cœur.

Ce qu'ils ont surtout compris, les deux grands, c'est qu'à partir de maintenant, ils ne seront plus que deux à aller piquer des bouteilles à la cave! Et que ce sera plus difficile, parce que le petit morveux s'est fait choper!

Non mais, c'est vrai... les petits, y'a toujours un moment où ils foutent la merde. Ils veulent tout faire comme les grands, alors qu'ils sont même pas finis!

Et à la fin, tu verras... c'est nous qui vont trinquer!

36

La vie pas rose de Marie-Rose

On a publié les bans, fait les prises de sang et tout le bastringue!

C'est pas rien de se marier, quand même. Faut vraiment vouloir... En tout cas, on a bien été aidés, faut reconnaître. Geneviève, elle est forte en paperasserie. C'est une copine à Momo, une ancienne de l'Assistance. Elle aurait pu être secrétaire, hein... mais elle a pas l'ambition. C'est dommage. Elle aurait peut-être rencontré quelqu'un avec une bonne situation, au lieu de rester toute seule, comme une pauvresse. En tout cas, Momo et moi, on a décidé de déménager. Enfin, pas moi. Mais Momo.

C'est lui qui va déménager. Il va démonter sa baraque, et la reconstruire à côté de ma roulotte. C'est plus beau, par chez moi. Y'a le bois autour, c'est pratique pour braconner...

Et puis, j'y suis née, alors... ça compte ces choses-là. Momo il sait même pas où il est né. Même pas la date, ni rien.

Alors, c'est plus facile pour lui de changer.

N'empêche, quand on y pense, ça doit faire quelque chose de pas savoir qui ils sont, ses parents. Peut-être que les parents à Momo, c'était des gens bien... Peut-être qu'il a pas été abandonné, mais qu'il a été enlevé ? Et peut-être que ses parents c'étaient des princes ? Ou des barons ?

On sait pas... On saura jamais...

Et puis... y'a des fois où c'est peut-être mieux de pas savoir, aussi. Moi, par exemple, si j'avais pas connu mon père, eh ben peut-être que j'aurais pas été pareille, c'est possible... J'avais huit ans, quand ma mère elle est morte. Je me rappelle, comme si c'était hier. Elle était tout le temps malade, la pauvre.

Le père, il la tabassait pour un oui ou pour un non. Et elle, elle pleurait, elle pleurait...

J'crois bien qu'elle s'est laissé mourir tellement elle en pouvait plus de tristesse. Et puis après, ben, j'me suis retrouvée la seule fille à la maison, quoi. Avec les trois frères et le père... Il a pas attendu longtemps pour me passer dessus. Et les frères, ils ont suivi. On était pas à égalité, c'est sûr. Et j'avais personne à qui me plaindre.

Mais dans le fond, j'étais pas malheureuse. Il me battait pas.

Ma mère, il la battait, parce qu'elle voulait plus de lui. Mais moi, comme j'disais rien... ben, il me battait pas. Alors, dans le fond... j'étais pas complètement malheureuse.

Quand j'ai eu douze ans, j'ai attrapé le ballon. Il est sorti mort-né. Je sais pas pourquoi, j'en ai plus jamais eu depuis. Le père l'a enterré, là… sous le chêne.

On lui a même pas donné de nom. Il était mort, c'était pas la peine. Ça m'a rien fait. J'ai eu tellement de mal à le sortir, que ça m'a rien fait du tout. Maintenant… j'y vais, des fois. J'y mets des fleurs. Celles qu'il m'a données, Momo, quand il est venu faire sa demande… j'y ai mis, au p'tit.

Il a fait tellement vite à l'enterrer, le père, que j'ai jamais su si c'était un gars ou une fille. Et j'ai jamais osé lui demander.

Alors je lui ai pas donné de nom.

Mais maintenant, j'pourrais peut-être quand même lui en donner un… qui fait les deux ?

Dominique ?… Claude ?… ou Frédérique ?

C'est peut-être pas trop tard.

37

Rémi adore quand son grand-père s'énerve

Mon grand-père Raymond, il est fort pour l'énervement. Quand il se fâche, il devient tout rouge, il a les veines qui gonflent sur les côtés, et il croit qu'il a une grosse voix qui fait peur… Au début, quand je le connaissais pas, ça me faisait pleurer. Maintenant, je sais que c'est pas grave. Il fait comme ça juste pour essayer de faire peur, c'est tout. Ça marche avec les enfants qui le connaissent pas. Même avec des gens adultes, des fois. C'est hyper drôle ! Mais ça marche pas du tout avec Bastos. Lui, il s'en fout complètement qu'il s'énerve.

En tout cas, si je lui fais un bisou, hop ! ça s'arrête d'un coup. Il est tout calmé, tout mou, comme un chamalow.

Moi, j'adore ce grand-père.

Mine, elle s'énerve pas comme lui. Elle aime trop rigoler... et moi aussi, j'aime bien. Alors, on rigole de Raymond. Ça l'énerve. Après, il boude.

C'est encore plus marrant !

Il veut jouer au foot, avec moi. J'aime pas trop courir après le ballon. J'y arrive pas bien, et puis... je trouve ça nul. Mais je le fais quand même. Ça lui fait de l'exercice. Il en a un peu besoin. Mine, elle dit qu'il faudrait qu'il fasse des exercices tous les jours, pour sa santé. Comme je ne voudrais pas qu'il soye malade, je joue avec lui, pour l'exercer. Il faut qu'il transpire.

Je fais un peu exprès d'envoyer le ballon dans tous les sens. Ça le fait courir, et moi, pendant ce temps-là, je me repose.

Il est en bonne forme en ce moment, il dit, Raymond.

Après le sport, il prend une douche et il fait la sieste. Des fois, il appelle Mine pour qu'elle fasse la sieste avec lui... On dirait qu'il a peur, tout seul. C'est un peu ridicule, à son âge...

Maman a décidé que je pouvais rester ici. C'est bien. De toute façon, c'est ce que je voulais, alors... Elle habite avec sa copine, Édith. Elle rigole bien avec elle. Elles viennent me chercher de temps en temps, pour faire des courses, ou pour aller au cinéma. C'est cool. Je préfère maintenant.

Quand je joue du piano, ça l'énerve même pas. Elle applaudit, et des fois, elle m'embrasse. Ça va, j'ai plus d'eczéma.

Je crois que je l'aime bien ma mère, maintenant.

J'ai demandé à Raymond et à Mine si je pouvais inviter ma cousine Clara à venir passer le week-end ici. Ils ont dit oui. La dernière fois, c'était bien, quand on a joué au docteur.

On va recommencer.

Il faut vite que je retrouve ma panoplie, avant qu'elle arrive.

Mon père est mort.

Il a eu un accident.

Youka aussi, elle est morte.

Elle était trop vieille, elle. C'est pour ça qu'elle est morte.

C'est normal de mourir, quand on est trop vieux. Raymond et Mine, ils sont pas encore trop vieux.

Juste un petit peu... Ils disent qu'ils ont encore le temps. Mais, peut-être qu'ils disent ça pour que j'aie pas peur... J'aimerais pas qu'ils meurent déjà.

Je sais bien que ça va venir un jour, mais plus tard, c'est mieux...

38

Robert est très très chaud

Robert est enfermé depuis trois jours. Il n'est pas sorti de chez lui, même pas pour prendre le courrier dans la boîte aux lettres, au portail.

Mort au monde !

Il est resté en caleçon et en marcel, la télé allumée, trois jours et trois nuits.

Il ne s'est pas lavé, ni rasé... À quoi bon !

Il a mangé des sardines à l'huile et des maquereaux au vin blanc, et bu toute sa gnôle de poire de l'année passée.

Il est furieux et déprimé à la fois. Ça fluctue.

Il a sorti le fusil, l'a nettoyé, chargé et déchargé au moins vingt fois, pendant ces trois jours et trois nuits. Plusieurs fois il a eu envie de se faire sauter le caisson.

Et c'est pas fini ! Depuis qu'Édith est venue lui dire : « Salut Bobby ! J'ai quelque chose à te dire », et que ce quelque chose c'était qu'elle avait viré sa cuti... ben ça passe pas.

Il arrive pas à digérer. Et ça le fait gamberger comme un fou!

Il a bien fouillé sa mémoire. Du côté de Roberte, il peut pas en être sûr à cent pour cent, évidemment, mais quand même... Il a un peu connu sa famille, ses parents. Des gens bien, honnêtes. Et puis, ça se saurait... ces choses-là, ça se sait toujours. Donc, c'est pas de ce côté-là que ça vient.

Alors, il est bien obligé de regarder les choses en face. Y'a pas d'autres possibilités, ça vient forcément de l'Américain!

Non seulement il est venu pour déshonorer une fille d'ici, mais en plus, il a refilé ses gênes pourris... L'enculé!

Pour le coup, si Édith avait la mauvaise idée de rappliquer, il serait capable de tout lui balancer à la gueule! Même s'il a juré à Roberte de ne jamais rien dire! Là, il lui dirait tout... d'un bloc! À cette salope!

Il a des images terribles, qui l'assaillent. Édith embrassant sur la bouche... une femme! caressant ses seins... se frottant contre le corps nu d'une autre femme, comme des chiennes en chaleur! Ça donne envie de vomir! Deux hommes ensemble, c'est dégueulasse! Mais c'est quand même moins pire que deux femmes... En Algérie, y'avait des fois où ils passaient des semaines entières sans voir l'ombre d'un cul de gonzesse. Et quand ils en voyaient, c'était quand ils allaient au bordel. Et c'était pas souvent.

Alors, ça leur arrivait de s'mettre un peu... entre potes. Mais, bon... c'est pas pareil. C'était la guerre. Y'avait une pression terrible. Et les besoins des hommes, c'est plus...

Et puis, y'avait pas le choix, merde! C'est tout!

Et alors? Une petite pipe, de temps en temps, ça fait pas de mal. Que ce soit celui qui la donne, ou celui qui la reçoive, c'est jamais que du foutre...

Tiens, ils organisaient des concours, des fois! Y'en a qui faisaient ça mieux que certaines gonzesses, hein!

Oh la vache! Il commence à se rappeler le pied qu'il prenait...

Ça fait tellement longtemps qu'il a pas baisé, Robert. Ça lui revient d'un coup... l'envie !

Et un mec ou une gonzesse qui se pointerait, là, maintenant, il refuserait pas !

De s'astiquer tout seul, c'est lassant, à force !

Ça peut se comprendre...?

39

Jean-Yves et Nicole pensaient la même chose sans le savoir

— Jean-Yves ! C'est Raymond au téléphone ! Il voudrait que nous dînions chez eux, ce soir. Tu avais prévu quelque chose ?... Jean-Yves ?... Tu m'entends... Écoute Raymond, je te rappelle dans cinq minutes. Jean-Yves n'entend rien. Quand il écrit, c'est toujours pareil. Il fait le sourd. Allez... je te rappelle.

Clac... clac... clac... clac... Nicole traverse la cuisine en faisant claquer ses talons sur le carrelage. C'est quand elle est énervée qu'elle claque des talons. Sinon elle fait attention, elle n'aime pas trop ce son. Ça fait vulgaire... Et puis en plus elle déteste le carrelage. Elle n'aime que le bois. Ils avaient du plancher partout, même dans la cuisine... avant.

Ça avait une de ces gueules ! Du chêne clair. Une merveille.

Depuis quelques jours, une idée l'obsède. Elle n'arrive pas à la chasser de sa tête. En fait, c'est un plan qui s'est formé, quasiment à son insu. En préparant bien... un incendie soigneusement organisé pourrait les débarrasser de cette maison, et avec l'argent de l'assurance...

Mais, comment en parler à Jean-Yves ?

Il y a des choses qu'elle ne pourra jamais lui dire. À propos de Martial. Il ne comprendrait pas, et il lui en voudrait, c'est sûr.

Martial... Martial, pour elle, ça a toujours été comme... une faute de goût... une erreur de parcours. Enfant, il était buté, brutal. Et plus ça allait, plus il devenait... comment dire... « obtus » ? Il y a un moment où il a bien fallu admettre qu'il n'irait pas très loin dans ses études. Elle avait espéré mieux. Mais non. Pas lui.

Et une fois adulte, ça ne s'est pas amélioré. Au contraire.

Alors, le jour où ils sont rentrés de vacances et qu'ils ont vu ce qu'il avait fait de leur maison... ce jour-là, vraiment, elle aurait pu... elle aurait vraiment pu le... TUER !

Elle frissonne.

Elle est gênée par sa propre pensée. Et elle a honte. De n'avoir pas eu la fibre. Une vraie mère aurait aimé aveuglément son enfant. Inconditionnellement.

Elle a tellement honte de n'avoir pas su.

Et elle vit avec ça depuis si longtemps. C'est comme un cancer qui la ronge... Quelle libération ce serait de pouvoir un jour l'avouer.

Alors, d'un coup, elle se met à courir.

Elle court à travers le salon.

Et elle crie : « JEAN-YVES !!! »

— Jean-Yves... Écoute... je ne t'en ai jamais parlé... mais il faut que tu saches... Martial, s'il n'était pas mort dans ce stupide accident, c'est peut-être moi qui aurais fini par le TUER, notre fils !

Ça y est. Elle l'a dit.

Elle n'en revient pas de l'avoir dit.

Jean-Yves la regarde, les yeux écarquillés.

Elle pense : « S'il te plaît, ne me déteste pas... je t'en prie... je t'en supplie... »

Il se lève lentement... Et très calme, détachant chaque syllabe...

— Mais, ma pauvre chérie, je l'aurais certainement fait avant toi.

Il la prend dans ses bras. Ils sont deux maintenant.

— Tu venais me dire que nous étions invités à dîner ce soir chez Raymond et Mine, c'est bien ça, Nicole chérie ?

40

Jacques et Martine quittent la famille Pompes Funèbres

La première semaine, c'était super dur. Pas de visite. Pas de téléphone. Rien.

Médocs. Médocs. Médocs.

Plus envie de rien. Tu quittes ton plumard, le moins possible. Deux de tension. Les jambes flageolantes, tu te lèves juste pour pisser... chier, t'as plus la force...

Prise de sang. Pisser dans le bocal. Médocs.

Y'a rien d'autre de prévu, de toute façon. La télé, t'es tellement dans le coaltar que t'as l'impression que le niveau des émissions de variétés n'est plus du tout accessible à ce que tu appelles encore, avec indulgence, ton cerveau... et qu'il ne te reste plus qu'à te rabattre sur la chaîne météo, en boucle, si possible. Là, ça va. Enfin, tu comprends tout. Ça fout les jetons...

Sinon, les activités, quand y'en a, c'est que des trucs merdiques.

Ergothérapie. Aujourd'hui, chers patients : pyrogravure ! Je sais pas, moi, mais y'a quand même moyen d'inventer des trucs plus drôles à faire que de la pyrogravure, non ? Surtout quand les participants ont tous les mains qui tremblent. Bonjour l'angoisse. C'est des docteurs qui sont censés avoir gambergé le programme, quand même !

J'ai eu très envie de me casser. J'avais repéré le moyen. Mais j'avais promis à ma mère de faire l'effort de finir la cure.

J'pouvais pas lui faire ça.

J'suis resté jusqu'au bout.

Voilà. Je m'appelle Jacques, j'ai dix ans et je suis alcoolique.

Martine et Jacques sont en train de repeindre la cuisine. Ils se sont mis des vieilles fringues trop grandes et des chiffons sur la tête. On dirait un peu des terroristes. Ils ne sont pas très doués, mais ils s'en foutent. Ils se marrent bien.

Jacques va mieux. Il a grandi d'un coup. Déjà physiquement. Il a pris douze centimètres en quelques semaines. Mais le plus frappant, en si peu de temps, c'est son niveau de maturité. On a l'impression d'avoir à faire à un jeune adulte. Il lit beaucoup, reste seul souvent. Les jeux de son âge ne l'intéressent plus. Il donne l'impression d'être triste quelquefois, mais quand on lui demande, il répond qu'il ne l'est pas.

Des années d'enfance en moins semblent être le coût de son expérience.

Martine est troublée. Elle regarde son fils, elle ne peut plus le quitter des yeux. Elle n'a pas su voir quand il aurait fallu, elle n'a pas senti sa solitude quand elle aurait dû. On ne l'y reprendra plus. Le prix, pour elle, c'est une petite boule de vide qui donne un peu le vertige quand elle se penche dessus, qui s'est installée définitivement dans son ventre. Elle vivra avec, dorénavant.

Quand le docteur Lubin lui a fait comprendre ce qui arrivait, au lieu de se laisser happer par la culpabilité et le désespoir, elle a choisi de croire que ça n'était pas trop tard. Ce qui s'est traduit par…

Tout changer !

D'abord, elle a quitté Arnaud. Ça n'a pas été trop difficile. Ils ne s'intéressent plus l'un à l'autre depuis longtemps. Elle n'aime pas son entreprise de pompes funèbres, elle trouve ça horrible… et elle n'aime pas trop le vin. Lui, il n'aime que son travail et sa cave. Il ne sait peut-être même pas qu'elle fait des traductions, d'ailleurs…

Et puis, elle a décidé de laisser ses deux autres fils. Sans savoir combien de temps cela durerait. Cette décision-là a été la plus difficile à prendre. Mais elle l'a prise. L'urgence, c'était Jacques.

Pour finir, elle a récupéré la petite maison que lui avait laissée son oncle. Alors voilà. Ils repeignent la cuisine.

Et demain, ils vont attaquer la salle de bains. Raymond a téléphoné pour dire qu'il allait venir les aider. Mine veut faire des plantations dans le petit jardin. Des fraisiers et des framboisiers. Jacques adore ça. Et Rémi a trouvé un chaton dans une poubelle. Il veut faire la surprise à Jacques.

Et puis elle a un super boulot! Elle travaille sur la traduction d'un polar américain!

— Hey!... Jack! Fais gaffe... t'en mets partout, sauf sur le mur!

Je vais finir par t'appeler Jackson Pollock! T'as déjà vu ses peintures?... Eh ben, en gros, ça ressemble à ça.

41
Édith ouvre la malle,
et découvre le secret de sa mère

— Aide-moi, Josette. Pousse!... Plus fort! T'as quoi dans les bras? Du chewing-gum? Ma pauvre, va falloir te muscler! Bon, ça va, là. On va faire sauter le cadenas. Il est tellement rouillé, ça devrait aller tout seul.

Édith et Josette sont dans le grenier. Elles ont ouvert une vieille malle qui a appartenu à Roberte, la mère d'Édith.

Dedans, tout est parfaitement rangé. Plein de livres et de petits objets. Des peignes, des miroirs de poche, des petites boîtes en bois... Et puis, des tas de photos. Édith ne reconnaît pas grand monde. Mais les noms sont écrits au dos. Roberte en communiante. Jeune fille en fleurs. En colonie de vacances. Avec ses cousins. À l'usine. Militante au PCF, avec ses camarades. Avec un beau jeune homme, grand et musclé, sur une plage... C'est qui, lui?

Elle n'a pas mis le nom, derrière celle-là.

Ah, regarde! La photo de mariage. Qu'est-ce qu'ils étaient beaux Robert et Roberte quand ils étaient jeunes...

Josette remarque que Roberte a l'air un peu triste sur la photo, mais elle ne le dit pas.

— Elle s'est mariée jeune, dis donc, ta mère. Seize ans! Et ton père, trente-quatre? Ah oui! Dix-huit ans de différence, quand même. D'un coup, les filles devenaient des femmes, à l'époque. Pas facile, c'est sûr. Et puis, direct enceinte! Y'avait pas la pilule, on oublie ça, nous.

Mais, dis... tu savais que ta mère était enceinte de toi, avant de se marier? Regarde les dates... Le mariage. Et six mois plus tard, bébé est là! Coquins, tes parents!

Édith est troublée.

— Ah ouais... ils me l'ont jamais dit, ça.

— Bon, alors... le beau jeune homme, c'est qui? Il y a des lettres, avec un ruban autour. Écrites en anglais. Elles viennent des États-Unis. Missoula, Montana.

— Je ne savais même pas que maman parlait anglais! Mais attends... c'est marrant, ça... le Montana. Presque tous les auteurs que je lis vivent là-bas! Jim Harrison, James Crumley, Richard Brautigan! C'est maman qui m'a fait aimer... elle s'y connaissait vachement, en polars américains...

Et regarde, les lettres... elles sont signées Bobby! C'est comme ça que j'appelle papa, pour le faire chier. C'est vraiment bizarre, ces coïncidences...

On va prendre ces lettres et les lire tranquillement en bas, OK?

Elles ont lu. Toutes les lettres. Et le journal de Roberte, aussi. Elle l'avait mis là pour qu'il soit lu, évidemment. Édith a un peu pleuré. Elle ne s'attendait pas du tout à ça. Elle a commencé à comprendre plein de choses. Le silence de sa mère. Son apparente passivité. Son envie de mourir. Enfin, tout... Et le papier de l'hôpital militaire qui annonce

101

que, à la suite de son opération, Robert ne pourra jamais avoir d'enfant... Il n'a jamais su que Roberte avait eu ce papier entre les mains. Il aurait été obligé d'admettre qu'il avait eu autant besoin d'elle qu'elle de lui. Ils auraient été trop à égalité, pour son goût.

Édith sent qu'elle va avoir du mal à lui pardonner tout ça.

Elle a trouvé les lettres de l'Américain, très belles, très émouvantes.

Ça lui a donné envie de faire le voyage. Elle et Josette ont décidé d'aller l'été prochain dans le Montana.

En attendant, elles vont essayer de savoir si Bobby, son père américain, est encore vivant.

42
Pierrot se rappelle l'accident

Il a accroché les tirages pour les faire sécher. Il en a une bonne vingtaine. C'est impressionnant en grand format. Tous ces morts.

Et puis, y'a pas à chier, le noir et blanc, c'est vraiment ce qu'il faut. Il a essayé la couleur, mais ça rendait pas si bien. Dès qu'il pourra investir dans du nouveau matos, il veut faire des essais, plein d'essais ! Forcer sur les contrastes, changer la couleur des ombres... Il a pleins d'idées. Ça le fait rêver... Il s'éclate, Pierrot !

Du coup, il retrouve tout l'intérêt de son boulot premier. La préparation des corps. Il avait tendance, ces derniers temps, à bâcler un peu. Là, c'est le contraire. Il arriverait même à en faire un peu trop... Dernièrement, il a pris trois jours pour préparer un corps ! Ça ne lui était jamais arrivé avant. Mais, maintenant, il a d'autres préoccupations. Il met son coup de patte! Comme la signature d'un peintre... Lui, c'est la cyanolit. On voit tout de suite la différence, entre un corps préparé avec, et un autre sans.

Ça donne quelque chose de plus... pathétique?

De temps en temps, il se rappelle la première fois qu'il a eu l'idée de s'en servir. C'est pas un très bon souvenir. Il s'est souvent proposé d'oublier toute l'histoire, mais ça revient toujours.

Faut accepter ses fantômes, il se dit.

Toujours pareil...

Il sort du bistrot. Il roule vers le pont. À ce moment-là, il croise une voiture. Il est ébloui par les phares... c'est pour ça qu'il dévie.

Devant lui, la veuve Pelot. Il crie...

— NOOOOON!!!

Il ferme les yeux.

Quand il les rouvre, elle a basculé par-dessus le parapet. La voiture qu'il vient de croiser s'est arrêtée. C'est Roberte. Elle s'approche. Elle essaye de lui dire quelque chose, mais Pierrot ne l'écoute pas. Il pleure.

Ils descendent ensemble dans le ravin, voir l'état de la morte.

C'est pas beau à voir. Elle s'est écrasée sur les pierres. Elle n'a plus de visage.

— La veuve Pelot, elle a plus de famille, plus rien. Le père Pelot, il a bu tout ce qu'ils avaient, avant de mourir. Personne va la réclamer et c'est la fosse commune qui l'attend, tu sais...

C'est Roberte qui parle.

Pierrot, lui, il est vidé, fini. Il pense juste qu'il vient de tuer quelqu'un et qu'il mérite la guillotine, rien d'autre.

Roberte réfléchit drôlement vite. Elle lui dit qu'ils seront les seuls à savoir. Leur secret. Elle lui dit aussi qu'elle voulait mourir. Et que voilà, c'est fait. Elle est morte. Suicidée!

Pierrot a du mal à comprendre. Mais Roberte lui montre qu'elle et la Pelot ont la même taille, le même gabarit. Il ne reste plus qu'à échanger leurs vêtements, leurs alliances...

Ça y est, il a compris.

Et c'est là qu'en cherchant ses ciseaux pour couper les cheveux de la veuve, il est tombé sur le tube de cyanolit... et qu'il s'est dit que ça pourrait peut-être bien servir pour la défigurer encore plus. Pour que personne n'ait envie d'aller y regarder de trop près...

Comme ça, au bord du ravin, sous le pont de la Ruesse, Roberte a monté toute l'histoire. Elle a écrit la lettre de la Pelot, que Pierrot a déposée discrètement le lendemain sur le bureau de la secrétaire de Mairie, racontant qu'elle avait retrouvé des cousins et qu'elle était partie s'installer chez eux, en Belgique. Et la sienne, pour dire qu'elle allait se suicider en sautant du pont de la Ruesse, ce soir-là.

Ça tenait tellement bien debout que personne n'y a jamais mis le nez.

Mais des fois, ça le réveille la nuit, le pauvre Pierrot. Et il se dit que si il y a quelqu'un là-haut qui regarde, il va avoir des comptes à rendre, un de ces quatre !

Il s'en veut aussi d'avoir oublié de demander à Roberte ce qu'elle allait faire et où elle allait aller, cette nuit-là.

Il le saura jamais... c'est dommage.

Parce que, à la voir comme ça, la Roberte, on n'aurait pas pensé qu'elle avait autant de caractère, c'te femme...

Non, c'est vrai... on n'aurait jamais pensé.

43
Mine aime surfer sur le Net, mais s'y perd un peu

— J'ai mis un peu de compost, mais pas trop. Ça va bien les aider à démarrer. Les fraisiers, c'est gourmand en engrais. Tu sais Martine, moi je trouve vraiment que t'as bien fait, cette séparation et tout le reste. Et Arnaud et toi... ça va peut-être réveiller votre histoire, tout ce remue-ménage. Vous étiez drôlement amoureux, quand vous vous êtes connus... Tu as des nouvelles par Geneviève? Ça aussi, c'est une très bonne idée d'avoir demandé à Geneviève de s'occuper des garçons et de la maison.

Martine écoute, distraite, en oublie même de répondre. Elle travaille à sa traduction.

— Bon, je dois rentrer. Je te laisse mes hommes.

— Oui... d'accord.

— Raymond?! Je pars maintenant. Tu ramèneras Rémi, pas trop tard! Si tu as besoin d'autre chose, Martine, tu n'hésites pas? Allez. À demain.

Mine se dépêche. Elle veut envoyer ses e-mails. Elle a fait des photos du jardin en fleurs, de Rémi et de Raymond au milieu du potager, et de ses bocaux de confitures soigneusement étiquetés. Celle-là, on dirait une photo de livre de recettes. C'est marrant. Sa sœur aime bien ce genre de truc. Elle vit en Australie, à Meekatherra. Un coin très aride, où la terre est rouge et sèche. La luxuriante verdure de nos contrées doit lui manquer, quelquefois! Drôle d'idée, d'aller s'installer là-bas. Mais elle a toujours eu des idées bizarres, Sarah. La première étant de s'être mariée à un red-neck australien.

Et puis Mine se dépêche aussi parce qu'elle a promis à Édith de chercher sur Internet, l'adresse, s'il est encore vivant, bien sûr, de son père américain.

— Alors... Bobby Almodovan. Voyons. Bobby, c'est le diminutif. Je vais chercher à Robert. Robert Almodovan. À Missoula, dans le Montana. USA.

La dernière lettre qu'il a envoyée à Roberte date de quelques mois avant son suicide. Ça va faire dix ans. Ils se sont écrits pendant vingt ans! C'est incroyable, un amour pareil... Et en secret, en plus... Elle aurait quarante-sept ans aujourd'hui, Roberte.

Bon. Je me lance.

Mine surfe.

États-Unis... Montana... Missoula...

Elle trouve plein de choses. Entre autres, que le Montana, c'est un nid à écrivains de polars. Qu'ils se sont installés là-bas, à la suite de Richard Hugo (qui n'a rien à voir avec Victor!), poète, fondateur de l'école littéraire de Missoula, qui n'a écrit qu'un seul roman noir, *La Mort et la belle vie* (« Death and the Good Life »).

Ce qu'il y a de bien avec le Net, c'est que même si on cherche quelque chose de simple (qu'on pourrait peut-être trouver en deux minutes par les renseignements téléphoniques... « Bonjour. Je voudrais le numéro de téléphone de Monsieur Robert Almodovan, dans le Montana, s'il vous plaît... Oui, je note... Merci. Au revoir... »), on peut passer des heures à aller dans toutes les directions, et s'arrêter dans cinquante sites, tous plus passionnants les uns que les autres, sans trouver ce qu'on cherche...

C'est exactement ce qui est en train de se passer avec Mine. Elle n'a pas encore la rigueur des surfeurs pros

Tout l'intéresse. C'est ça, le problème.

Elle s'est arrêtée dans à peu près quatre sites sur la faune et la flore de la région, et là, elle a trouvé un truc passionnant sur les ours... et après, elle en a repéré un autre sur les marmottes... et patati, et patata...

Raymond et Rémi arrivent.

— Il est... QUOI?... Déjà neuf heures?... Et je n'ai pas préparé le dîner... Eh les garçons... et si on se faisait livrer une pizza, ce soir?

— Ô Yeeeeees, m'am!!!

44

Geneviève rêve de son prisonnier

Pierre et Paul ont fini leurs devoirs. Geneviève les entend discuter dans leur chambre. Ils sont tranquilles. Les premiers jours, ils ont été insupportables. Et Arnaud, leur père, qui laissait faire, qui ne disait rien... Terrible. Et déprimant. Mais elle est contente d'avoir tenu le coup. Non seulement les choses se sont calmées, mais maintenant, c'est même plutôt sympa. Pierre l'aide à la cuisine, Paul passe l'aspiro et Arnaud fait la vaisselle. Bon. On voit bien qu'ils n'ont jamais fait ça avant, mais ils apprennent vite. Ils sont mignons, finalement.

Elle a téléphoné à Martine. Tout va bien avec Jacques. Ils ont fini les peintures et commencent à s'installer dans leur nouvelle maison.

Geneviève a accepté de s'occuper des fils de Martine parce qu'elles se connaissent depuis longtemps, et qu'elle n'est pas du genre à laisser une copine dans la merde. Elles étaient ensemble à l'école primaire. Ça ne date pas d'hier... D'ailleurs, Roberte, la mère d'Édith, elle aussi était dans leur classe. Geneviève se rappelle bien de cette époque. Elle était placée chez les Burel. Elle avait eu de la chance. C'était des gens honnêtes. Ils la faisaient travailler dur, mais ils l'envoyaient à l'école. C'était pas le cas de tous les enfants placés. Momo, il était chez les Mantois. Des vrais Thénardier ! Il en a bavé... Il n'y est pas allé longtemps, à l'école. Il bossait de cinq heures du matin à onze heures du soir, sept jours sur sept ! Les bêtes, les champs, la maison. Pauvre Momo, il ne méritait pas cette vie de chien.

Mais tout ça, c'est du passé. C'est loin.

Maintenant, elle travaille à la mairie. Elle fait le ménage, le courrier, l'accueil. Elle est bonne à tout. Bonne à tout faire.

Là, elle est fatiguée. De s'occuper des enfants et de la maison de Martine en plus de son travail à la mairie, ça fait beaucoup. Mais elle ne se plaint pas. Elle pense que ça ira mieux demain. Et puis, il y a un truc qui la sauve. Elle écrit toujours ses lettres pour l'association de détenus.

Elle a reçu trois lettres de suite de Farid Saïdi. Elle trouve que, décidément, elles sortent du lot, ces lettres... La délicatesse de ses phrases, le choix des mots, tout laisse à penser qu'il est intelligent, cultivé, passionné.

Elle l'imagine.

Pour écrire d'aussi belles choses il ne peut être que beau... D'après son nom, il y a de fortes chances qu'il soit brun, la peau mate, les yeux noirs... brillants... intenses. On doit pouvoir voir s'y refléter les étoiles, la nuit, dans ces yeux-là...

Ça y est. Elle rêve... de cet homme inconnu, qu'elle ne rencontrera jamais. Quelle idiote! D'autant plus qu'elle a encore beaucoup de choses à faire. Pierrot, maintenant artiste photographe, lui a demandé d'écrire des textes pour illustrer ses photos de morts. Des photos terriblement impressionnantes.

Elle n'a aucune idée de ce qu'elle va bien pouvoir écrire.

Alors, elle préfère rêver... encore un peu...

45

Martine traduit un roman américain, et Jack a le blues

« Mon chargeur était vide. Une chance sur deux que le mec me nique... Alors, j'ai fait ni une ni deux, je me suis aplati sous la table, et j'ai attendu que l'orage passe.

Ça m'a rappelé quand j'étais petit. Ma mère m'y mettait pour m'apprendre à vivre, sous la table. J'y ai surtout appris à maîtriser ma respiration, pour ne pas mourir asphyxié par des odeurs de pinceaux mal lavés, et d'entrejambes où il valait mieux ne pas fourrer le nez... et je dis ça comme ça, pour rester poli, hein. Ma mère, elle servait à la soupe populaire, les Restos du cœur, quoi. Des grandes tablées. Mais elle servait pas des douches. J'aurais préféré. »

Ce texte est raide à traduire. Elle en bave un peu, Martine. Mais le personnage principal du roman est attachant. Rustique et attachant.

Plus loin, elle est tombée sur une expression qui lui a pris du temps à traduire. « The shit hit the fan! » Littéralement : La merde a frappé le ventilateur.

Mais, juste comme ça, c'est un peu « imbitable ». (Eh oui... Martine parle comme ça depuis qu'elle traduit des polars, et elle a anglicisé le prénom de son fils, aussi...)

Avec Jack, donc, ils se sont amusés à essayer de traduire cette expression de la façon la plus imagée possible. Ils ont fini par trouver ça : « Je me suis fait méchamment éclabousser, quand la merde s'est écrasée sur le ventilo ! »

Normalement, comme ça, on doit bien voir et « sentir » le sens de cette expression... Elle va soumettre l'idée à Bobba. C'est elle qui écrit avec Bobby, son mari. Bobby et Bobba La Motta. Ils écrivent à quatre mains. Des polars. Bobba est française. Ça fait dix ans qu'elle s'est installée aux États-Unis. Elle s'est tellement bien intégrée qu'elle parle maintenant français avec l'accent yankee !

— Jack !!!... Qu'est-ce que tu fais, mon chéri ?... Tu as changé le bac du chat ? Ça commence à devenir urgent... J'entends Mine dans le jardin. Tu ne veux pas aller lui demander si elle a besoin d'aide ?... Va jouer dehors, mon chéri, il fait tellement beau... À tout à l'heure !

Jack va dans le jardin.

Mine est en train de tailler les vieux arbres fruitiers. Elle tient un livre à la main. Elle a la trouille de rater. À chaque coupe, elle vérifie sur le bouquin. C'est long, évidemment.

Jack la regarde. Il a du vague à l'âme. Elle sent qu'il a envie de parler. Elle s'assied à côté de lui, sur les grosses pierres chaudes. Ils restent comme ça, au soleil, les yeux mi-clos, un bon moment.

C'est Mine qui finit par parler.

— J'ai croisé tes frères, l'autre jour. Ils ont accepté que Geneviève s'occupe d'eux. C'est déjà pas mal. Tu n'as pas envie de les voir ?

— Non. Plus jamais.

Il a encore beaucoup à dire, mais il a besoin de temps. Mine a compris. Elle laisse l'ange passer.

— Tu sais, y'a eu un moment où je me sentais telle-ment mal que je trouvais que ça valait pas la peine de vivre. Ça t'est déjà arrivé, ça ?... d'en avoir marre de tout ? D'avoir envie que tout s'arrête ?

— Oui. Je connais. J'ai eu ça, très fort, quand Sandör est mort.

— Moi, j'avais pas de raison spéciale... je ne sais pas pourquoi j'étais comme ça. Je me sentais vachement seul, et ça me faisait peur. Y'a que quand je buvais du vin que ça allait mieux. J'avais plus peur de rien ! Une fois, j'en ai parlé à Pierre et à Paul. Ils m'ont dit qu'ils avaient un truc radical pour soigner ce genre de problème. En fait, ils avaient trouvé de la mort-aux-rats, du « foudroyant ». Un soir, ils m'ont fait boire beaucoup, et quand j'ai été saoul, ils m'en ont mis dans le verre. Et ils ont dit: « C'est le moment. Vas-y, avale. » Ça m'a donné envie de vomir, ces grains de blé rouge. J'y suis pas arrivé. Ça les a énervé. En fait, tout ce qu'ils voulaient, c'était de voir quelqu'un mourir. De près. Comme une expérience de laboratoire. Ils n'en ont rien à foutre de moi. C'est pas des vrais frères. En tout cas, c'est pas ceux que je voudrais.

— Pauvre Jack. Et maintenant, tu n'as plus envie de mourir ?

— Maintenant ? Non. Des fois, je suis triste, mais plus comme ça.

N'empêche, si on n'était pas parti de là-bas, avec maman, je serais mort. Et, j'aurais raté des trucs... Tu sais, j'ai rencontré une fille. Elle est dans ma classe. Elle s'ap-pelle Jessica. Elle est super sympa. Elle m'a invité à son anniversaire.

Dis, Mine... ça fait quoi de s'embrasser sur la bouche?...
Et c'est vraiment obligé... avec la langue?

46

Robert et son piège

Il a fini par sortir de chez lui.

La première personne qu'il a croisée, c'est son voisin. L'imbattable sur la culture des fruits. Sourd comme un pot. Alors, Robert en profite. « Espèce de vieux nase », qu'il marmonne, tout en présentant un visage amical. C'est d'ailleurs parce que c'est un vieux nase qu'il trouve normal d'aller lui piquer ses fruits, la nuit, dans son verger. Si ç'avait été un mec bien, jamais il aurait eu l'idée de faire ça ! La « naserie », ça se paye. C'est comme ça, c'est tout.

— Alors, ça va ? il crie... et il finit en marmonnant entre ses dents... pauv' couillon !

— Oui, ça va, et vous?

— Moi, ça va. Et vos fruits, ils viennent bien... connard?

— Mes fruits?... Ah oui, ils viennent bien.

— Bon, eh bien au revoir, alors... ducon de mes couilles.

C'est ce qui s'appelle être en bons termes avec son voisin.

Ni plus, ni moins.

Après ça, il est rentré. Ça l'a épuisé, comme première sortie, après trois jours et trois nuits d'enfermement.

Et puis... il a cette curieuse impression d'être en convalescence.

Ça ne le pousse pas à aller trop loin, trop vite. Il décide de garder ses volets fermés. Comme ça, si Édith passe devant la maison, elle pensera qu'il est sorti. Il n'est pas encore prêt à la recevoir, cette... salope!

Il attend la fin de la journée pour jeter un deuxième coup d'œil dehors. Il voit passer un mec, dans la rue, devant chez lui.

— Qu'est-ce qu'il fout là, dans ma rue, ce mec? Il rôde ou quoi?

Eh! Il parle avec le vieux nase de voisin... qui se méfie même pas! Et il le fait entrer chez LUI!

Il en tient une sacrée couche, çui-là! L'autre, il doit être en repérage, pour casser dans le coin, c'est sûr... et lui, il l'invite à rentrer dans sa baraque... « Passez vérifier si ça vaut bien le coup de venir me braquer, cette nuit... Au fait, avant que j'oublie, je garde mes économies sous le lit. Comme ça, vous perdrez pas de temps à chercher. »

Merde! Quel con!

S'il appelle au secours, je bougerai même pas le petit doigt!

Et il peut toujours essayer de venir ici après, le mec, il sera bien reçu, tiens!

Le fusil prêt, posé sur la table.

Et là, d'un coup... Robert, il a un déclic.

— Plein le cul! Tout ça, c'est de la merde! Pourquoi se faire chier!

Quoi? Des scrupules? Plus personne n'en a. Alors, je serais le seul à en avoir? Je serais bien con!

Ça y est. Il dérape. Crise de schizophrénie, à tendance maniaco-dépressive, doublée d'un délire paranoïaque... Il a sorti la panoplie complète.

En tout cas, il est décidé. Il va passer à l'acte cette nuit même.

Justement, on est entre chien et loup... elle commence à tomber, la nuit. Il se met au boulot.

Plus rien ne l'arrêtera, maintenant.

Il prépare un piège.

Un piège à feu.

Un truc hyper sophistiqué. Impossible à désamorcer. Parce que... il en a, là-dedans, Robert... Il a fait trente-six mois d'Algérie ! C'est pas pour rien. Ça laisse des traces, la torture et tout ça. Le principe, c'est qu'au finish, le mec, il meurt pas tout de suite. Ça serait trop simple.

Non. Il faut qu'il paye pour ce qu'il a eu l'intention de faire. Et il faut qu'il ait toute sa tête, pour bien sentir passer l'addition. Pas d'évanouissement, ni de syncope, ni rien... Conscient jusqu'au bout, qu'il doit être. Qu'il ait le temps de bien regretter. Et qu'il paye pour toutes les autres saloperies qu'il a faites dans sa vie.

Quand il a fini d'installer le piège, il le teste.

Il est trois heures du mat.

Il tourne la poignée de la porte d'entrée. Il ouvre la porte.

Le premier élément se déclenche.

Une fléchette vient se planter entre ses deux yeux, il tombe à genoux. Les mâchoires du piège à loup se referment d'un coup sec, lui broyant les chairs des cuisses. Il hurle.

La suite du mécanisme se met en marche...

C'est fondé sur le principe des dominos. Il a le temps de suivre tout le parcours... et aussi le temps de penser à la connerie, la très grosse connerie qu'il vient de faire...

Le piège a fonctionné parfaitement. Jusqu'au bout.

Il a beaucoup souffert. Il a beaucoup réfléchi.

Il a vu défiler toute sa vie, et quand à la fin, le coup de fusil est arrivé pour l'achever, ça a été un soulagement.

Comme prévu, il a eu le temps de regretter toutes les saloperies qu'il a faites pendant sa vie. Ce qu'il a fait subir à sa femme, Roberte, jusqu'à son suicide... et même ce qu'il n'avait pas encore fait... mais qu'il avait l'intention de faire à Édith, pour la punir d'avoir viré sa cuti... tout, quoi... et à la fin, il a même imploré la grâce de Dieu !

Maintenant, ça va mieux, c'est fini.

Il fera plus chier personne.

C'était un vrai con, Robert.

47
Geneviève et Farid

Quelqu'un sonne à la porte. Geneviève va ouvrir. Elle reste saisie à la vue de l'homme qui se tient là, devant elle.

Il ne dit rien. Geneviève non plus.

Il est très beau.

Il a des yeux très sombres.

Elle a l'impression de... on doit pouvoir voir s'y refléter les étoiles, dans ces yeux-là...

Elle commence à comprendre.

Ils ne se disent toujours rien. Elle le fait entrer.

Ils ne se quittent pas des yeux. Elle finit par oser...

— Farid Saïdi ?...

— Oui, Geneviève, c'est moi.

— Mais comment... ?

— Ça n'a pas été si difficile.

Il explique. Son braquage de banque raté. Sa peine. Son incarcération. Puis, l'échange de courrier, à travers l'association. L'amour qu'il sent naître, à la lecture des lettres de « Jenny »... mais c'est un pseudonyme, bien sûr... qu'il ne rencontrera jamais. C'est dans le contrat avec l'association.

Mais il ne peut plus l'accepter, ce contrat.

Parce qu'il en est sûr... il aime, et est aimé. Son regard interroge. Elle hoche la tête.

Il ne s'est pas trompé.

Alors, personne n'aurait eu le droit de laisser passer un si grand amour sans rien tenter, n'est-ce pas ? Un ami, un fou d'informatique. Il craque tout. Les mots de passe, les codes secrets, tout ! Il craque le code de l'association. « Jenny ». Geneviève. L'adresse.

Ensuite, l'attente de sa libération. Et voilà. Il est là.

Et il est si heureux de la trouver, si belle, bien plus belle qu'il ne l'avait imaginée. Il ose lui demander de toucher sa main.

Elle est tellement émue. Elle la lui tend.

Au contact de sa peau, elle sent qu'elle ne pourra plus jamais s'en passer. C'est la première fois qu'elle ressent ça.

C'est puissant. Électrifiant. Un peu effrayant.

Mais elle se dit qu'elle ne va pas avoir peur. D'ailleurs, ça y est, elle n'a déjà plus peur.

— Farid ?

— Oui. Je suis là.

Ils ne se sont pas lâchés. Elle veut savoir des choses. Plein de choses. Tout !

Ces deux-là ont commencé par s'aimer, avant de se connaître.

Maintenant, ils vont se connaître et s'aimer plus encore, c'est certain. Farid l'a senti dans ses lettres, mais en a été complètement sûr en la voyant. Geneviève est si touchante, si désarmante de tendresse, qu'on ne peut pas faire autrement que l'aimer, passionnément. Et elle a tellement d'amour à donner... qu'on arriverait presque à le « voir » autour d'elle, cet amour, à le sentir... si dense, qu'il en est presque palpable.

Il est ébloui.

Lui aussi, il en a des montagnes d'amour à donner ! Et il ne suffira pas de tout le reste de leurs vies pour en épuiser les réserves.

Ils commencent leur histoire à l'âge où, en général, les couples se défont.

Ils sont neufs.

Ils ne vont pas rater ça.

115

48

Pierrot pense que la photo de Robert ferait bien sur la couverture de son livre

C'est Pierrot, l'artiste photographe, qui a été content. On lui a laissé le droit de photographier Robert, en situation.

Pris dans son propre piège.

Il a décidé que ce serait la photo de couverture de son livre.

C'est trop beau.

Il connaissait vraiment son affaire, le père Robert! Du travail de pro. Propre. Le trou de balle, bien pile poil, au centre, légèrement amorti par le plexus solaire. Quasiment pas de sang. Parfait.

Et la fléchette plantée entre les deux yeux, quelle idée étonnante!

Pour ce qui a été de la préparation du corps, il a juste eu à faire une petite rustine à la cyanolit pour fermer le trou très fin de la fléchette, et à scier les jambes au niveau des genoux, pliées dans les mâchoires du piège à loup.

Une fois habillées, les jambes, ça ne se voit pas qu'elles ont été sciées.

Pierrot s'est dit qu'il avait dû voir Dieu ou quelque chose de ce genre, Robert, avant de mourir, parce que les traits du visage sont étrangement sereins, au milieu de tout ce bordel.

C'est le mystère, avec les morts. On sait pas à quoi ça tient, ces choses-là. En tout cas, il devait vraiment en avoir marre de vivre et se détester terriblement, cet homme, pour en arriver à se faire mourir aussi méchamment.

Pierrot n'ose pas penser à Roberte. Mais ça l'effleure, quand même.

Si elle est encore vivante, quelque part dans le monde, elle serait sûrement contente d'apprendre que son mari est enfin mort! Vu qu'elle voulait se suicider pour échapper à la vie qu'il lui menait, ça ne pourrait être qu'une bonne nouvelle, pour elle... Mais comment lui faire savoir?

C'est là où il se dit que c'est vraiment une super idée de mettre cette photo en couverture de son livre. Parce que peut-être que Roberte, elle le verra, son livre, dans une librairie, un jour...

Son livre!

Qui aurait pu dire, que lui, Pierrot, deviendrait un jour un artiste? Qu'il ferait des photos d'art? Qu'il se ferait publier?

L'éditeur est enthousiaste. Il veut sortir le livre pour la rentrée. Il a aussi prévu qu'il passera à la télé, et qu'il aura des articles dans les journaux. Ça le rend nerveux d'avance, Pierrot. Il sait faire la vedette au Café de la Place, avec ses potes et ça le gêne pas, même avec des gens qu'il connaît pas, hein... mais de penser passer à la télé, là, c'est pas pareil!

— Monsieur Pierrot. Comment vous est venue l'idée de photographier des morts?

— Eh bien, voilà. Un jour, le directeur des pompes funèbres où je travaille m'a dit...

Ah... ça va pas... Il va vraiment falloir réfléchir à quelque chose de plus intéressant. Faut pas croire, quand même, que les gens, ça va les intéresser d'entendre parler du directeur qui a trouvé que sa première photo de mort était artistique! En plus, quand il a dit ça, à propos de la photo de Martial mort, les bras arrondis comme s'il tenait encore le cerf enlacé, c'est surtout qu'il pensait qu'il pourrait attirer du monde sur son site Internet, avec cette photo... C'est surtout ça qu'il a pensé, son directeur! Faut pas croire que Pierrot c'est un naïf... Mais, bon, il lui en veut pas. C'est en travaillant chez lui qu'il trouve les sujets de ses photos. C'est pas rien. D'ailleurs, il faudra qu'il pense aux remerciements, à la fin du livre.

Qu'il remercie son directeur, et aussi... Roberte, et Martial, et... plein de monde!

Pour la télé, quand même, ça le turlupine. De quoi il va bien pouvoir parler?

De ses morts? qui maintenant le font vivre?

Ouais, ça peut les amuser, les gens à la télé.

Il faut qu'il réfléchisse bien, Pierrot.

Ça devient sérieux, là.

49

Jack découvre que Bobba, c'est le diminutif de Roberte

Ça fait des heures que Mine surfe. Après la découverte du corps supplicié de Robert, elle s'est rendu compte qu'il était urgent de retrouver les traces du père d'Édith. La pauvre petite. Elle se sent coupable. Elle a l'impression que son père s'est tué à cause d'elle et de sa passion pour Josette... Mine pense que c'était juste un vieux con et qu'il s'est pris à son propre piège. Un stupide accident! De toutes les façons, c'est une idée de taré, de faire un piège à feu!

Tant pis pour lui!

Jack est venu pour l'aider. Elle lui demande de noter des trucs de temps en temps. Il s'ennuie un peu. Elle ne le laisse pas utiliser l'ordinateur. Alors, il griffonne sur son papier...

— Tu sais, Mine, maman elle traduit un livre américain, en ce moment. Un polar. C'est une copine à elle qui s'est installée là-bas qui écrit, avec son mari. Ils s'appellent Bobby et Bobba La Motta... c'est marrant comme noms, hein?

— Ah oui... c'est marrant...

— Bobby, c'est bien le diminutif de Robert, hein ?

— Oui, Jack.

— Alors, le diminutif de Roberte, ça pourrait être Bobba ?

— Ben... oui, c'est possible.

— J'ai jamais entendu ce nom-là avant... Et la mère d'Édith, comment elle s'appelait avant de se marier ?

— Roberte ? Roberte Tabart.

— Ah ouais, c'est ça...

Sur le papier, Jack écrit Roberte/Bobba Tabart, sous le nom du père américain Robert/Bobby Almodovan.

Il ne le sait pas encore, mais il est sur la piste.

Il coupe les noms en deux. Juste comme ça... pour jouer.

Almodovan et Tabart.

Almo/dovan et Ta/bart.

Il croise les premières syllabes des deux noms :

Almo et Ta... Almo/Ta... En verlan, Lamo/Ta... La Motta !

Ben, ça alors. Ça fait Bobby et Bobba La Motta ! Les auteurs du polar que traduit maman !

— Dis donc, Mine, regarde ce que j'ai trouvé ! Robert, ça fait Bobby. Et Roberte, on a dit tout à l'heure que ça pouvait faire Bobba.

Et La Motta, c'est « Al Mo » du nom Almodovan, qui fait en verlan « La Mo » et avec le « Ta » de Tabart, ça donne Bobby et Bobba La Motta ! T'as suivi ?

Regarde sur le papier, ça marche, je te jure que ça marche !

Mine ! Ça veut dire que Roberte, la mère d'Édith, elle est vivante ! Elle vit dans le Montana, et elle s'est mariée avec le vrai père d'Édith... et maman traduit leurs livres !

Mais, ça veut dire que... maman le savait ?

— Attends, attends, Jack, ça va trop vite ! J'ai l'impression que tu as mis le doigt sur quelque chose d'incroyable... Mais réfléchissons bien. Il ne faudrait pas faire de gaffes, ce serait trop grave.

Reprenons.

Roberte tombe enceinte de Bobby Almodovan, qui repart aux États-Unis sans l'épouser. Pourquoi? Mystère! Du coup, elle se marie avec Robert Moreau. Édith naît. Mais Robert mène la vie si dure à Roberte qu'elle finit par vouloir se suicider...

Mais, Jack, c'est là où il y a un problème. On a retrouvé le corps de Roberte! Elle s'est jetée d'un pont. Et il y avait une lettre dans sa poche, qui expliquait les raisons de son suicide.

Ça marche pas ton truc!

— Mouais... Mais, disons... elle fait croire qu'elle est morte. Elle écrit qu'elle va se suicider, et elle met la lettre dans la poche d'une femme morte. Y'en a des femmes mortes des fois, chez papa, aux pompes funèbres. On n'a pas le droit de rentrer dans la salle froide, mais avec Pierre et Paul, on se cachait pour les voir. Tu sais, si quelqu'un veut mettre une lettre dans la poche d'un mort, c'est facile, hein... C'est peut-être maman qui l'a mise? Et puis après, Roberte part en Amérique, rejoint son amoureux, Robert/Bobby Almodovan. Ils changent de nom, pour qu'on ne les retrouve pas, et ça donne: Bobby et Bobba La Motta! OK?

Maman, dans tout ça, elle doit l'avoir aidée, c'est obligé. Elle travaillait à la mairie, non?... Elle a pu trafiquer des faux papiers? Un passeport? Et une fois en Amérique, Roberte écrit et fait traduire ses bouquins par maman!

On va lui demander? Allez, Mine... On y va?

Oh, putain! C'est carrément énorme, comme histoire!

— Très bien Jack! Mais ce n'est pas parce que tu es un petit enquêteur de génie que ça t'autorise à dire des gros mots, Nom de... nom!

50

Martine se fait cueillir, quelque chose de bien !

Elle n'a pas eu le temps de se préparer. Jack et Mine sont arrivés la gueule enfarinée et pan ! C'est parti comme un coup de fusil ! Sur l'air de « Djobi, djoba » des Gipsy Kings... ça a donné « Bobby, Bobba... et qu'est-ce que tu peux dire de ça ? »... Cueillie, la Martine !

Elle n'a pas nié longtemps, ils avaient tout découvert de toute façon. Qu'est-ce qu'elle est fière de Jack ! Il est tellement intelligent, ce môme ! Il a la grâce ! C'est formidable.

C'est quand elle pense aux deux autres qu'elle s'inquiète.

Elle a beaucoup de mal à accepter que ses deux grands, de onze et douze ans, aient pu être des tortionnaires. Des enfants ? Les siens... Faisant volontairement souffrir leur petit frère ? Il y a quelque chose d'absurde dans tout ça... Et le pire de tout, c'est leur manque de remords... S'ils s'étaient jetés dans ses bras en s'excusant pour ce qu'ils avaient fait, elle sait qu'elle aurait fondu en une seconde. Mais ni Pierre, ni Paul n'en ont eu l'idée, et encore moins celle d'aller voir Jack, lui dire qu'ils regrettaient, ou qu'ils le soutiendraient dans son travail de guérison.

Et Arnaud, leur père. Quatorze années de vie commune avec un homme, pour se retrouver en face d'un étranger, impuissant et aux idées étroites... qui n'a même pas imaginé qu'il serait souhaitable de parler à ses enfants, ou d'affirmer son autorité... et qui n'a pas pensé non plus à venir voir Jack, en cure, pour l'assurer de son amour paternel. La seule chose qu'il ait faite, c'est aller se plaindre à tout le monde, en disant qu'elle, Martine, avait déserté la maison en enlevant le petit dernier !

Elle lui en veut à mort, à Arnaud, de ne pas réfléchir, de ne pas savoir, de ne pas comprendre... merde! que leur propre fils a besoin d'eux, de leur amour. Et rien d'autre.

Enfin! Pour le moment, elle a d'autres chats à fouetter.

Mine et Jack sont plantés devant elle, et lui demandent des explications.

Toujours sur l'air des Gipsy Kings... « Bobby, Bobba... et qu'est-ce que tu peux dire de ça... ? »

Elle prend l'air ahuri.

Ça ne prend pas?

Bon. D'accord. Trouver une échappatoire...

Non? Y'a pas moyen?

Bon. D'accord.

— Alors, voilà... Il y a quelques années de cela...

Elle a effectivement travaillé à la mairie, à mi-temps. Elle avait accès aux papiers et aux tampons. Roberte, après avoir échangé son identité avec la suicidée, est venue cette nuit-là taper aux carreaux de sa chambre pour lui demander de l'aide. Elle avait juste besoin d'un passeport à son nom de jeune fille, Roberte Tabart. C'était facile. Elles ont fait la demande à la préfecture. Ça a pris quelques jours. Pendant ce temps, elle a caché Roberte dans la maison de son oncle, celle dans laquelle Jack et elle se sont installés. Elles ont tout organisé. Son départ pour le Montana, et le nouveau nom qu'elle porterait. Bobba La Motta, elles l'ont trouvé ensemble! Elles se sont bien marrées.

Elles sont restées en contact, depuis. Elle lui envoie régulièrement des nouvelles d'Édith. Des photos, quelquefois. D'ailleurs, elle doit lui envoyer un e-mail pour lui annoncer la mort de Robert, son mari français!

Mais Mine et Jack, vous vous rendez bien compte que tout ça doit rester secret! Que nous risquerions d'aller en prison, toutes les deux! C'est tout à fait illégal d'enterrer quelqu'un à la place de quelqu'un d'autre...

Maintenant, et jusqu'à la fin de nos vies, nous garderons ensemble ce secret.

Croix de bois, croix de fer, si je mens je vais en enfer.

Ils crachent.

N'empêche, c'est assez marrant de penser que Robert va être enterré à côté de la veuve Pelot, finalement. Ça va lui faire tout drôle quand ils vont le mettre dans le trou.

— Ah, tiens ! Madame Pelot ? Qu'est-ce que vous faites là ? Vous n'auriez pas vu ma femme, par hasard ?... Ah ? Roberte n'est pas dans ce monde-ci ? J'ai dû rater quelque chose.

Eh oui... t'as raté un max de trucs, mon pauvre Robert !

51
Édith apprend à l'enterrement de son père que son père est vivant

Ils ont bien descendu le cercueil. Édith s'est laissé faire quand Arnaud, le directeur des pompes funèbres, lui a proposé un enterrement religieux. Elle s'est dit, en voyant la sérénité du visage de son père mort, qu'il avait dû voir Dieu, ou un truc de ce genre, avant de mourir.

Alors tant qu'à faire... et comme il n'avait pas laissé de consignes...

Le curé y est allé à fond dans le lyrisme, comme à son habitude.

— Robert, tu es parti, en nous laissant seuls et désarmés, sur cette longue route semée de pièges et d'embûches...

Vu comment il était mort, c'était un peu limite... Mais ce curé n'avait jamais fait dans la dentelle. Un fils de petit commerçant qui a choisi d'épouser les ordres plutôt que la Marthe, la fille de la ferme des Gués.

Elle était déjà trois fois fille-mère, quand la charité chrétienne lui est venue, au curé. Il l'a fait engager par le diocèse pour ses besoins personnels, comme bonne à tout faire. Logée, nourrie et blanchie. Et les petits avec.

Bon. Il a un peu réparé, quoi.

Édith s'est remise assez vite du choc de la mort de son père. Josette l'a bien aidée. Elle lui a fait rencontrer des gens qui avaient connu Robert et qui ne se sont pas gênés pour dire ce qu'ils pensaient de lui. Des anciens d'Algérie aussi, qui n'y sont pas allés de main morte… Son voisin, à qui il piquait les fruits pour faire sa gnôle, qu'il croyait sourd, alors qu'il ne l'était pas, qui lui a raconté, en détail, la terreur dans laquelle Robert l'avait fait vivre toutes ces années. Et pour compléter le tableau, Josette a fait venir Martine, la meilleure amie de Roberte, qui lui a parlé de sa mère, de sa gentillesse, de son humour et puis, de comment Robert l'avait fait souffrir, l'avait étouffée, l'avait poussée au suicide. Elle a fini en disant que Roberte avait finalement retrouvé le goût de vivre, et se demandait, encore maintenant, ce qui avait bien pu l'empêcher de partir avant…

Alors là, Édith s'est dit que Martine devait prendre des trucs, ou qu'elle s'était mise à picoler en cachette… Elle parlait de sa mère comme si elle était encore vivante ! Elle n'a pas osé le lui faire remarquer, d'autant plus que Mine et Jack écoutaient, et ont entendu comme elle, mais n'ont eu aucune réaction, au contraire. Ils acquiesçaient à tout ce qu'elle disait !

Elle aimerait vraiment parler avec Josette. Et puis elle a hâte de rentrer.

Cet enterrement est d'un chiant.

Justement, elle voit que Josette s'est fait alpaguer par la bande.

Martine, Mine et Jack s'agitent autour d'elle. Elle a l'air ébahi.

Mais qu'est-ce qu'il se passe… Elle s'approche du groupe.

— Je peux savoir ce qu'il se passe ?

Josette la regarde avec de grands yeux.

— Euh… rien. Non, rien du tout, ma chérie.

Édith en a marre, elle décide de rentrer. Josette la retient.

— Écoute Édith... En fait, voilà. Ton père est vivant.

— Tu ne vas pas t'y mettre, toi aussi !

— Mais si ! Ton vrai père, Robert... enfin, je veux dire Bobby... l'Américain, quoi !

Là, enfin, Édith comprend.

Le jour de l'enterrement de son père Robert, elle apprend que son père, Robert, est vivant !

Ça valait le coup de rester, dis donc...

52
Raymond et Rémi
se démerdent comme des chefs

Ces derniers temps, Raymond et Rémi se sentent un peu abandonnés. Mine est sans arrêt occupée à surfer sur le Net, ou à aller chez Martine et Jack. On dirait qu'il n'y a qu'eux qui l'intéressent, en ce moment... Elle n'a plus le temps de rien faire d'autre. Ça fait qu'ils mangent des pizzas tous les jours.

Ce n'est pas que ce soit grave, c'est bon les pizzas, mais elle fait tellement bien la cuisine qu'ils trouvent que c'est dommage...

En fait, ils sont un peu jaloux.

Raymond essaye de se raisonner. C'est normal que Mine aide Martine. Elle finit à peine de s'installer dans sa nouvelle maison, avec son fils Jack, qui sort de cure de désintoxication. C'est important qu'elle se sente soutenue, c'est sûr. Pas évident d'avoir laissé derrière elle son mari Arnaud et ses deux autres fils. Il fallait beaucoup de courage pour prendre cette décision. Il comprend tout ça... Mais depuis quelques jours, c'est vraiment trop. Elle part le matin tôt et rentre le soir tard. Elle est crevée, et n'a plus envie de rien, ni de câlins... Et ça, ça le met de méchante humeur, Raymond.

Mais, bon, il se raisonne.

Rémi trouve aussi qu'elle passe trop de temps avec Jack. Il est gentil, mais faut pas exagérer ! Raymond lui a bien expliqué qu'il avait été très malade, et qu'il fallait faire attention à lui. Mais il se demande jusqu'à quand il va falloir... parce que là, ça fait déjà un peu longtemps, quand même.

En revenant de l'enterrement, Raymond et Rémi croisent Nicole et Jean-Yves, et les invitent à déjeuner. C'est les parents de son père qui est mort. Il faut bien s'occuper d'eux aussi, de temps en temps.

Rémi leur interdit l'accès à la cuisine. Ils n'ont le droit que de mettre la table dans le jardin. Les hommes de la maison s'occupent du repas.

Ambiance sérieuse en cuisine.

Rémi est perché sur un tabouret et lave la salade dans l'évier.

Il a mis le tablier de Mine qui lui arrive jusqu'aux pieds, pour ne pas trop se mouiller, mais ça ne suffit pas. Il aurait peut-être dû mettre son imperméable et ses bottes en caoutchouc. Il est complètement trempé. Même ses cheveux.

Raymond, très concentré, met les pâtes dans l'eau bouillante et salée à point.

Il met le minuteur sur neuf minutes.

Top ! C'est parti !

Rémi s'essore un peu. Il a une idée de dessert. Des fraises !

Raymond est d'accord. Mais il ne peut pas y aller parce qu'il doit surveiller le minuteur...

Rémi prend un saladier et va dans le jardin. Il goûte pour être sûr qu'elles soient bonnes. Il commence par cueillir, puis goûter une fraise sur trois.

Oui, elles sont bonnes.

Du coup il en goûte une sur deux.

Elles sont vraiment très bonnes.

Il finit par les goûter toutes. C'est l'extase !

Quand les pâtes sont cuites, Raymond vient le chercher, avec Nicole et Jean-Yves. Ils le trouvent allongé sous
un arbre, endormi et repu, le petit bonhomme.

Il n'a que cinq ans et demi, mais il fait tout à fond, très
sérieusement.

Les trois vieux ont la larme à l'œil.

53

Les recettes sauvages de Marie-Rose

Marie-Rose tourne le lièvre à la broche. Il fait bien
dans les quatre kilos, le bougre !

Elle l'arrose régulièrement de sauce. C'est son secret,
la sauce.

C'est ce qui fait toute la différence. Un jour, elle devra
noter tous ses secrets. Le livre des recettes sauvages de
Marie-Rose ! La nouvelle Ginette Mathiot, version femme
des bois ! Elle y mettrait ses recettes pour la cuisson du rat,
du ragondin, de la couleuvre, du lézard... et bien sûr, tous
les gibiers. Ses spécialités, quoi !

Pierrot, l'artiste photographe, pourrait faire les photos
d'illustration. Il fait bien des photos de morts ! C'est pas
plus dur de photographier des plats...

Momo fournirait la matière première. Elle a toujours
su qu'il était bon pour le braconnage, mais depuis qu'ils
sont mariés, elle trouve que c'est vraiment, de loin, le plus
fort. Plus fort que son père, qu'était pourtant le roi des
bracos !

Et puis, Geneviève pourrait taper les textes des recettes à la machine, et Farid ?... Ben, il pourrait peut-être lui trouver un éditeur ? Il lit plein de livres, alors il doit sûrement connaître du monde, là-dedans, à force.

Rien qu'à l'idée, elle est complètement chamboulée...

Elle réfléchit à ses recettes. Le pâté de rat ! Ça, c'est excellent.

Parce que, ce qui choque, en général, c'est la forme. Mais, en pâté, on voit plus du tout ce que c'est... et vraiment, c'est bon ! Et les vers de terre en salade ! Il faut juste les faire dégorger, et quand ils ont bien chié leur terre, les pocher dans de l'eau salée, à peine une minute. Avec un filet de vinaigre, et de la queue de poireau hachée, c'est vraiment délicieux.

Geneviève et Farid arrivent. Momo et Marie-Rose les ont invités à déjeuner.

— Asseyez-vous, les enfants. Vous voulez boire quelque chose ? Momo va pas tarder. Il est allé relever ses collets. Il a eu quelques commandes de chefs-cuistots. C'est la bonne saison pour les bracos.

Ah ! C'que vous êtes beaux, tous les deux.

Elle leur fait son grand sourire à deux dents de devant. Farid ne connaissait pas. Il est pas déçu.

— Dites, il faut que je vous dise. J'ai dans le projet d'écrire un livre de recettes. Alors, je me disais que toi, Geneviève, tu pourrais m'aider avec l'orthographe ?

Parce que j'ai juste été jusqu'au certificat d'études, hein... et c'est loin, tout ça. Et je pensais que, toi, Farid, tu devais connaître des gens dans les éditions de livres. Geneviève m'a dit que tu lisais tout le temps... ça aide, non ?

Qu'est-ce que vous en pensez ? Vous êtes d'accord ?

Et si on commençait tout de suite ? T'as du papier ? Un crayon ?

Elle passe un coup de torchon sur la toile cirée.

— Installe-toi là, Geneviève. Farid, sers-nous un coup à boire. Alors. Je voudrais commencer par des recettes un peu spéciales... des qu'on trouve pas dans les livres de cuisine normaux.

Note.
Le titre d'abord.
Le Grand Livre des recettes sauvages de Marie-Rose.
Recette n° 1 : Le ragoût de vipère à la purée de châtaignes.

54
Bobba apprend la mort de son mari, Robert

Bobba relit pour la énième fois l'e-mail que lui a envoyé Martine. Elle n'en revient pas. Robert est mort ! Il est possible que ce soit un suicide mais l'enquête penche plutôt pour l'accident. Il aurait installé un piège pour un éventuel voleur... ça lui ressemble, oui... et aurait fait l'erreur de le tester. Les analyses révèlent un taux d'alcool important dans le sang. Il devait être pas mal « chargé », pour faire une connerie pareille.

Elle se tâte. Pour l'instant, elle ne sent rien. Pas d'émotion. Juste un très vague sentiment de culpabilité. Elle connaît bien. D'habitude c'est quand elle pense à sa fille que cette sensation revient avec force, intacte, oppressante.

De faire croire qu'on est mort, c'est pas simple à vivre.

Ça a l'air marrant comme ça, vu de l'extérieur... mais en fait, c'est lourd à porter. Tous les jours, depuis dix ans, c'est la première chose à laquelle elle pense en se réveillant le matin. Et tous les soirs, la dernière. C'est lourd.

Mais bon, ça va quand même. Elle est très heureuse dans sa nouvelle vie. Elle aime son homme et il l'aime en retour. Ils travaillent ensemble. Écrire à quatre mains, c'est le rêve, non ? Et en plus, ils ont du succès. Tout va bien, c'est juste qu'elle aimerait revoir sa fille... l'embrasser, la serrer dans ses bras... lui raconter des choses, connaître sa vie. Le jour où elle pourra tout lui dire, elle sait qu'elle respirera différemment, même si Édith décidait de ne pas lui pardonner de l'avoir abandonnée. Au moins elle ne vivrait plus avec ce secret. Et là, elle se dit que le jour approche. Qu'elle pourrait même décider que ce soit aujourd'hui. « Allô Édith ? C'est moi, maman... »

Et lui raconter. Tout.

Sa version.

C'est la nuit. Elle rentre tard du boulot. Robert doit l'attendre. Mais elle n'est pas pressée de rentrer, comme tous les soirs. Arrivée au pont, dans les phares... une silhouette de femme, elle enjambe le parapet... et une voiture en face, qui fait une embardée. Pauvre Pierrot, il est un peu saoul. Il n'arrête pas de répéter qu'il n'a pas pu l'éviter, qu'il est un meurtrier, qu'il mérite la guillotine... Ils descendent dans le ravin. Dans la poche de la morte, elle trouve une lettre qui explique son suicide, signée : la veuve Pelot.

Alors, elle réfléchit. Ça fait longtemps qu'elle pense au suicide, elle aussi. Robert lui fait vivre l'enfer. Pas un jour sans qu'il ne lui rappelle qu'Édith n'aurait été qu'une enfant de la honte, s'il ne l'avait pas épousée. Qu'elle lui doit tout. Elle se soumet, pour protéger Édith, pour qu'elle n'ait jamais à souffrir de sa « faute ». Elle fait en sorte que Robert pense qu'il réussit à la mater. Ça lui fait des petites plages de répit au milieu de toute cette nausée. En attendant d'avoir le courage de...

Maintenant Édith a vingt ans. Elle s'est installée depuis quelques semaines dans la maison après le moulin. Elle vit sa vie. Roberte n'est plus obligée de supporter Robert. C'est le moment. Ou de mourir ou de profiter de cette aubaine. Elle a trente-sept ans. Elle peut peut-être encore construire quelque chose ? Alors, elle décide.

Elle choisit de vivre. Elle joue son va-tout !

Et que le pauvre Pierrot pense qu'il est responsable de la mort de la veuve Pelot, ça aussi, c'est une aubaine finalement ! Il ne peut pas faire autrement que l'aider. Pour sauver sa peau. Et il gardera toute sa vie le secret. Parce que ce sera aussi le sien !

Il faut qu'elle se dépêche.

Ne pas avoir d'état d'âme...

Et voilà. C'est le début de cette histoire.

Immorale ?

Oui. Peut-être. Mais la veuve Pelot n'a pas fini dans la fosse commune et Roberte a sauvé sa peau, c'est déjà pas mal.

Une femme humiliée par son mari, et qui aurait fini par en mourir... c'est ça qui aurait été immoral, vraiment.

55

Trente ans plus tôt, à Biarritz

Comment faire savoir à Édith que sa mère et son père sont vivants et meurent d'envie de la voir ?

Bobby pense qu'il faut y aller doucement. Prudent, il est.

C'est bien pour Bobba. Il la freine. Elle a tendance à foncer et il la retient un peu. Ils s'équilibrent. Quelques semaines après son arrivée, il y a dix ans, elle a eu un coup de flip, et elle a été jusqu'à acheter le billet d'avion de retour. Il a réussi à la retenir. Elle serait certainement en train de croupir dans une prison, quelque part en France, encore maintenant.

Biarritz. Vacances d'été chez des cousins. Roberte a quinze ans et demi.

Bobby, pour ses dix-huit ans, s'est fait payer un voyage à travers l'Europe, par ses parents. Ça se faisait, à cette époque. Voir le monde, avant de se lancer dans de longues études, histoire de s'ouvrir les yeux sur l'extérieur, ça faisait partie d'une bonne éducation américaine.

Après l'Angleterre, il a atterri à Paris. Il a rencontré une bande de copains qui partaient pour Biarritz. Il les a suivis. Il baragouinait quelques mots de français.

Roberte se débrouillait mieux en anglais. Elle lui a servi d'interprète, jusqu'à ce qu'il daigne la remarquer. À dix-huit ans, les filles de quinze, c'est des bébés !

Mais Roberte, elle était précoce. Toute belle. Bien roulée. Tout, quoi. Elle l'a trouvé très mignon, tout de suite. Et elle n'a pas lâché le morceau. Déjà à l'époque, elle fonçait... et lui, il freinait. Ils ont donc foncé lentement ensemble ! À la fin de l'été, ils étaient bien accrochés. Elle devait rentrer chez elle et lui, continuer son voyage. Ils se sont quittés en pleurant beaucoup et en se jurant de se revoir très vite.

Le mois suivant, elle s'est rendu compte qu'elle était enceinte. Elle en a parlé à sa mère, qui s'est empressée d'en parler à son père qui a, évidemment, pété les plombs. Chez les Tabart, personne ne s'était jamais fait avorter, c'était pas maintenant qu'on allait commencer !

Il fallait lui trouver un mari. Et vite.

La mère Tabart travaillait à l'hôpital, à l'époque. Elle avait accès aux dossiers des patients. Elle s'est dit que ce serait une bonne idée de répertorier tous les jeunes hommes, entre dix-huit et trente-cinq ans, qui présenteraient un problème de stérilité. Ils seraient forcément heureux de rencontrer une jeune fille qui apporterait une solution à leur problème. Elle a fait sa liste, et elle leur a écrit une lettre, à chacun, les invitant à la contacter rapidement. Robert a répondu le premier. Il présentait bien. Bonne situation. De toute façon, les Tabart ne pouvaient pas être trop regardants. Elle avait tout de même fauté, la petite, et le temps pressait...

Le mois suivant, ils étaient mariés.

Roberte a bien essayé de retrouver Bobby. Mais elle n'a pas réussi à le joindre. Il avait disparu ! Plus tard, elle apprendrait qu'il avait échoué quelque part sur une île grecque. Que le bateau sur lequel il voyageait avait fait naufrage, au large de Mykonos. Et qu'ayant perdu ses papiers et tout son fric, il avait fallu qu'il attende sur place, plusieurs semaines, avant que le consulat ne lui redonne un nouveau passeport et que ses parents puissent lui renvoyer de quoi rentrer.

Quand il a appris pour Roberte, c'était trop tard.

Elle lui a envoyé des photos de leur fille, Édith. Qui avait hérité de ses origines arméniennes. Brune, yeux clairs, pommettes saillantes. Sa petite fille française.

Et puis, Bobby Almodovan a décidé de s'installer dans le Montana.

Il voulait écrire. Et attendre Roberte.

Le temps qu'il faudrait.

Ça a duré vingt ans.

Quand on écrit, on ne voit pas le temps passer...

Alors, quand elle a été là, sa vie a naturellement commencé.

Maintenant, si sa fille rappliquait... eh bien...

Il n'arrive même pas à imaginer... Et pourtant, il n'en manque pas, d'imagination. Il écrit des polars, avec sa femme Bobba.

Ils écrivent à quatre mains. Le rêve, non?

Mais, là... c'est la vie... c'est pas pareil.

56
Édith a la trouille de rencontrer son père

C'est vraiment une histoire de fou! Comment je fais moi, maintenant?

En quelques jours, j'apprends que ma mère était enceinte de moi avant de se marier, et que mon père n'est pas mon père.

OK.

Et puis, mon père meurt... enfin, celui qui n'est donc pas mon père... et là, j'apprends que mon père est vivant, enfin... mon vrai père... et qu'il est américain.

Waouh! Ça fait beaucoup d'un coup! Manquait plus qu'on vienne m'annoncer que ma mère est vivante! Tu vois le truc? Moi, je pense que tu pètes un câble, dans ce cas-là. C'est pas possible autrement. Bon. J'arrête.

J'aime pas parler de ça. Ma mère, ça me rend triste quand je pense à la pauvre vie qu'elle a menée. Quel con, ce Robert!

Mais, son Américain, c'est peut-être pas beaucoup mieux, hein! On sait pas pourquoi il l'a pas épousée! Il en avait peut-être rien à foutre d'elle! Et puis maintenant il doit être marié, et il a sûrement cinq mômes obèses, trois énormes chiens et quatre voitures. C'est quand même un Yankee! On ne peut pas s'attendre à grand-chose de la part de ces gens-là...

C'est Robert qui parlait comme ça des Ricains.

Maintenant, ça ne me fait plus rire. Je suis directement concernée.

— Josette? Tu vois pas que ce soit un con de Ricain? Un vrai, bien gras, bien craignos? Putain! Je commence à me demander si ça vaut le coup d'y aller, dans le Montana. En même temps, je suis sûre que c'est un coin très beau, très sauvage. J'ai lu un polar qui se passait là-bas, dans les montagnes. C'était vachement bien écrit et ça donnait vraiment envie d'y aller.

Bon. Alors, on part quand? Est-ce que tu veux qu'on emmène Rémi? C'est bien, cinq ans et demi, pour voyager. Tu crois qu'il faudrait qu'on emmène Mine et Raymond, en plus?

Ah non... c'est trop, là!

Écoute, j'ai bien réfléchi. Nous allons y aller en éclaireuses. Si c'est bien, on fait venir la tribu. Sinon, on revient, et puis, basta! Qu'est-ce que t'en penses? Et puis... peut-être que la première chose à faire, c'est de lui écrire, à ce père? C'est même sûr, que c'est la première chose à faire.

Parce que peut-être qu'il n'a pas envie de me rencontrer. C'est possible.

En même temps, dans les lettres qu'on a retrouvées dans le grenier, il demandait à chaque fois des nouvelles de sa fille... de moi...

Dans le fond, Josette, je crois que... j'ai la trouille.

Mais, j'ai hâte de savoir.

Toute l'histoire.

57

Farid s'occupe de tout

Farid est très content des maquettes. Les photos de Pierrot viennent d'arriver du labo. Ses natures mortes, pour le gibier, en particulier, sont très réussies.

Il a vraiment du talent, celui-là!

Et les recettes de Marie-Rose, c'est de la science-fiction!

Il s'est habitué à son sourire à deux dents et il commence même à le trouver craquant. Sa photo s'impose en quatrième de couverture. Que le lecteur comprenne, avant même d'ouvrir le livre, que les recettes sont sauvages... dans *Le Grand Livre des recettes sauvages de Marie-Rose*.

Farid s'est pris au jeu. Il s'occupe de faire éditer le livre. Il ne connaît strictement personne dans ce milieu. Mais ça lui plaît.

Et puis, il n'a jamais été aussi heureux, le Farid. Ça déborde de partout.

Il aime Geneviève et Geneviève l'aime. C'est beau, merde! Et puis surtout, il n'a jamais imaginé mériter un truc pareil, sans blague! Il est comme un môme devant un feu d'artifice.

Émerveillé, et terrorisé à la fois.

Alors, il en profite autant qu'il peut, au cas où ça ne durerait pas. Là d'où il vient, on apprend très vite que la vie est une salope et qu'on finit tous par crever seul, comme des chiens. Alors il fait provision, pour le cas où la veine s'épuiserait...

Et puis, il y a plein d'autres petites choses sympas. Pierre et Paul, les fils de Martine, dont Geneviève s'occupe, par exemple. Ils recherchent son amitié.

Son passé carcéral y est pour quelque chose... autant en tirer parti. Il peut, en toute connaissance de cause, leur parler de ce que payer une dette veut dire, ou de racheter une faute. Il sent qu'ils commencent à prendre conscience de la responsabilité qu'ils ont vis-à-vis de Jacques, leur petit frère alcoolique. Ils ont envie d'en parler, mais ne savent pas encore comment. Alors, Farid les laisse venir. Tranquillement.

C'est en tôle qu'il a appris ça.

La patience. Savoir attendre. Surtout pas forcer.

Tout doux... là... c'est bien...

Et si ça ne se passe pas, eh bien, ils iront grossir les rangs des clients des psychanalystes et autres réducteurs de tête, dans le meilleur des cas, et dans le pire, ils rejoindront la cohorte des délinquants qui surpeuplent les prisons. Ça rigole pas. Y'a autant de branques d'un côté que de l'autre.

Farid dit qu'il a trois bons potes qui sont morts en tôle. Ils voyaient un psy, pourtant. Ça ne les a pas empêchés de se suicider.

Le seul truc de positif, c'était quand ils revenaient de leurs rendez-vous. Tout le monde les attendait avec impatience. Ils étaient les rois du pétrole, avec toutes leurs ordonnances pour somnifères et antidépresseurs variés! Y'avait tellement de mecs accros à ces trucs-là, là-bas! Dealers de médocs. Un gros commerce.

Merci, docteurs. Grâce à vous, on trafique des substances légales. C'est vachement mieux. Si on se fait pincer, on risque pas grand-chose. Un vrai progrès.

On sait pas tout ce qu'il se passe, en prison. Lui, il y est allé. Alors, il sait... forcément. C'est loin d'être un con, Farid.

58
Jean-Yves et Nicole préparent leur coup

— Nicole!!!... Tu m'entends?
— Oui! Je t'entends très bien! C'est pas la peine de crier!
— Bon. Alors, écoute... Je tire sur la ficelle et tu me dis quand c'est tendu... D'accord?
— D'accord. Mais j'ai pas bien compris. Quand c'est tendu je dis quoi?
— Ben, que c'est tendu! C'est tout. Tendu! C'est pourtant pas compliqué...
— Ah, Jean-Yves, arrête, hein... parce que je suis un peu énervée, alors surtout, commence pas!
— Bon, d'accord. Allez, on y va.
Ça fait trois jours que Jean-Yves et Nicole fourgonnent dans la maison. Ils ont tendu des fils un peu partout. C'est étrange. On dirait un décor de film. Intérieur-Jour-Maison de l'Homme et de la Femme-araignée...
En fait, ils se préparent à mettre le feu. Ils ont bien tout prévu. Il ne faut pas qu'il reste quoi que ce soit d'intact. Tout doit disparaître. Les meubles et les objets qu'ils aiment et veulent garder, ils les ont déjà stockés dans un garage. Tout ce qui a été refait dans la maison par leur fils Martial doit être détruit. Ils espèrent qu'il ne restera que les murs. En pierre.
Si tout marche comme prévu, la charpente pourrait être sauvée. Mais même si ça n'est pas le cas, ils s'en foutent.

Retrouver leur maison d'avant, c'est ça, leur but. Ils ont mis à l'abri toutes les photos d'il y a quelques années, pour montrer à l'assurance. Pour qu'ils remboursent les travaux de reconstruction à l'identique... d'avant les travaux de rénovation de Martial.

Alors, ils sont un peu sur les nerfs, mais ça se comprend.

Ces dernières années ont été un tel cauchemar pour eux. De vivre dans cette sorte de pavillon, en simili quelque chose, avec des faux-ci et des faux-ça... et des doublures de murs qui sonnent creux, et des cloisons en carreaux de plâtre alvéolés... Non ! Plus possible !

Ils étaient tellement amoureux de leur maison d'avant.

Oui, c'est sûr, l'hiver il y faisait froid. Mais il suffisait de mettre un pull de plus et des bouillottes dans le lit. C'était gai ! Les murs bruts, c'était si beau. Ces faux plafonds pour cacher les poutres, quelle horreur ! Et la cuisine tout équipée... alors que depuis qu'elle est à la retraite, Nicole n'aime cuisiner que sur une cuisinière à bois, comme sa grand-mère, Huguette. Qui laissait mijoter ses marmites des journées entières... et c'était bon... Dieu, que c'était bon.

Ils ont décidé de tout récupérer. Ils vont faire le tour des brocantes, des Emmaüs et des vide-greniers. Ils vont retrouver leur maison d'avant Martial.

L'authentique.

Ils n'ont rien dit à personne. Il ne vaut mieux pas qu'il y ait de fuite. Ils vont faire ça cette nuit. Les fils, c'est pour que les flammes se propagent partout. Ils vont les enduire d'un produit inflammable. (Mais ils ne veulent pas dire quoi, au cas où les gens des assurances liraient ces lignes...) Ils sont censés dormir chez Édith et Josette, qui sont parties en voyage. C'est leur alibi.

Ils ont déposé leurs affaires là-bas. Ils ont dîné. Ils ont bu une sorte de gnôle de poire, très forte, très remontante... un tord-boyaux que fabriquait Robert, l'ex-père d'Édith. Elle ne devrait pas laisser traîner des trucs pareils, c'est dangereux, tout de même !

Et maintenant, c'est le moment.

Ils ont emprunté une caméra vidéo pour filmer l'incendie.

C'est fou, la vitesse à laquelle le feu a pris. Jean-Yves s'est brûlé les cils, les sourcils et les cheveux de devant, en l'allumant. Il sent le cochon grillé!

Nicole n'a pas eu le réflexe de filmer. Elle regrette déjà, ils auraient bien rigolé, en revoyant ça, plus tard.

Le bond qu'il a fait! Trop marrant! Ah, Jean-Yves, si tu t'étais vu, mon pauvre! Vraiment drôle!

Nicole est écroulée de rire. Ça doit être la gnôle qui lui fait cet effet.

Pendant ce temps, la maison brûle.

Jean-Yves filme. Il constate que son plan fonctionne comme prévu. Il zoome dans le brasier. Ouais, c'est bon.

Les pompiers peuvent arriver maintenant.

Ils se cachent derrière le muret qui délimite leur maison de la rue.

On entend la sirène approcher.

Les soldats du feu branchent leurs tuyaux. Ils arrosent longtemps.

Voilà. C'est fini.

Jean-Yves et Nicole font ceux qui viennent d'arriver, l'air affolé...

— Mais qu'est-ce qu'il s'est passé? Notre maison! Notre pauvre maison... Tout est brûlé?... Vraiment tout? Vous êtes sûr? Ah, c'est bien, bien dommage. Une vie de labeur qui disparaît comme ça, en quelques secondes.

Nicole se jette dans les bras de Jean-Yves en pleurant. En fait, elle a le fou rire.

Rire et pleurer, c'est presque pareil, finalement.

La nuit, on ne voit pas la différence.

Surtout devant sa maison réduite en cendres.

En tout cas, les pompiers n'y ont vu que du feu.

59
Bastos est amoureux de la belle Riton

C'est la nuit. Et pourtant, on se croirait en plein jour. C'est une nuit de pleine lune. Le chat Bastos est en vadrouille. La pleine lune, ça lui fait toujours un drôle d'effet. Il a la pupille dilatée, la démarche ondulante, le sourire carnassier… il est chaud bouillant. Cette nuit, il ne va pas beaucoup dormir. Il a repéré une jeune chatte qui vient d'arriver dans le quartier. Il est en route. Plus que deux jardins à traverser. Il l'entend déjà, la drôlesse.

Elle aussi, la pleine lune lui fait de l'effet. Elle n'a que sept mois. Et déjà, elle appelle.

Quel tempérament !

C'est Rémi qui l'a trouvée dans une poubelle et qui l'a donnée à Jack.

Raymond a dit que c'était un mâle, alors ils l'ont appelé Riton.

Raymond n'a jamais été très fort pour déterminer le sexe des animaux. Il avait déjà fait le coup, il y a quelques années, pour la chienne Youka, que Martial avait trouvée dans un bois. Elle s'est appelée Youki pendant plusieurs semaines, avant que quelqu'un ne fasse remarquer que c'était un drôle de nom pour une femelle. Youki, Youka, ça passe encore. Mais Riton…

Donc, ce soir, Bastos convoite une chatte répondant au doux nom de Riton.

Il arrive dans le jardin de la belle. Elle est allongée au milieu de l'allée, et semble être parcourue de décharges électriques qui lui font relever l'arrière-train de façon très impudique, en lançant des cris rauques à faire peur. Elle ne fait pas son âge.

Il y a encore quelques heures, c'était une petite chatte, mignonne, joueuse et câline… une enfant. Là, sous l'emprise des sens, une maniaque sexuelle. Avec une voix à la Marlène Dietrich.

Bastos en est tout retourné. Il se dit que... « Satan l'habite. »

Ce n'est pas très fin, mais... c'est la pleine lune, il a une excuse.

(Et puis, c'est un fan des films de Jean-Pierre Mocky.)

C'est un chat à multiples facettes. Capable du pire comme du meilleur. Cette nuit, il est possible qu'on assiste au pire. Mais rien n'est encore joué. Un sursaut est toujours possible.

En fait de sursaut, c'est Jack qui, n'arrivant pas à dormir à cause des cris de la belle Riton, vient de mettre un terme à l'idylle qui allait peut-être se nouer.

Plus tôt, c'est la sirène des pompiers qui l'a réveillé. Ils allaient éteindre l'incendie chez Nicole et Jean-Yves. Et juste après, cette autre sirène s'est fait entendre.

Un autre genre d'incendie, celui-ci !

— Ma Riton ! Rentre à la maison. Tu vas réveiller tout le quartier.

Maman, t'as vu ses yeux ? On dirait qu'elle ne reconnaît plus personne.

Martine, qui vient d'arriver, essaye d'attraper la chatte. Elle se tortille dans tous les sens. Elle est vraiment possédée ! Mais en fait d'exorcisme, il va falloir lui donner la pilule, c'est tout.

— Eh ! Regarde qui est là ! Mais, c'est Bastos ! Qu'est-ce que tu fais ici, toi ?

Bastos fait l'innocent, celui qui passait par hasard. Il vient se frotter contre les jambes de Martine, en ronronnant. Il sait faire le chat domestique quand il faut.

Là, c'est parce qu'il a vraiment envie qu'on l'invite pour la nuit.

La Riton est à son goût.

Un faux-cul de première, ce Bastos.

Martine ne se laisse pas attendrir. Elle lui ferme la porte au nez.

Ce n'est pas encore cette nuit qu'il va réaliser ses fantasmes.

Il va rentrer, sagement, la queue entre les jambes. Comme un bon chat à son pépère...

60

Édith et Josette arrivent à Missoula, Montana, USA

— Il fait une chaleur à crever! Je ne vais pas supporter. Tu me dis quand tu penses que c'est lui. Je ne veux pas retirer mes lunettes de soleil. Josette, tiens-moi la main. Si c'est un con de Ricain, on se casse aussi sec, OK?

Édith et Josette sont à l'aéroport. Elles ont changé d'avion trois fois. Pour Missoula, il n'y a pas de vol direct, évidemment. C'est un bled paumé. Édith est tendue. Josette voit un grand mec, la cinquantaine, qui fait signe dans leur direction. Elle se retourne pour voir si ça s'adresse à quelqu'un d'autre. Non, elles sont seules, de ce côté-là. Ça doit être Bobby. Plutôt bel homme. Mais très très grand... Elle ne se l'imaginait pas aussi grand.

— Édith? Je crois que c'est lui, là-bas.

Édith regarde. Elle voit Bobby.

Oui. Elle sait que c'est lui. C'est son père.

Elle marche vers lui. Son pas est ferme.

Ils se regardent longtemps. Se serrent dans les bras.

Son père.

L'homme que sa mère a aimé. Elle l'aurait reconnu entre mille.

Elle ne sait pas pourquoi, mais elle en est sûre.

Josette, derrière elle, pleure. C'est émouvant, merde!

— Bon. Allez. On y va.

Ils vont chercher les bagages.

Juste avant que la voiture ne prenne le chemin qui mène à la maison, Bobby ralentit.

— Édith, écoute-moi, ma retrouvée. Je t'ai attendue pendant trente ans, et maintenant tu es là. J'ai attendu ta mère vingt ans, et ça fait dix ans que je ne l'attends plus.

Maintenant, c'est elle qui t'attend...

Je vais rouler jusqu'à la maison, très lentement...

Regarde, elle est là, devant la maison... toute petite. Tu la vois ? Ta mère t'attend, Édith.

Elle doit avoir du mal à retenir ses larmes, telle que je la connais, ma Bobba. Ces dernières secondes doivent lui paraître une éternité. Mais je te devais bien ces quelques secondes, n'est-ce pas Édith ?

Elle est déjà descendue de la voiture. Elle ne sait plus... Là, pour le coup, ses jambes sont molles. Roberte marche très lentement vers elle. Ça lui laisse le temps de réaliser... Plus que quelques mètres, et elles vont se toucher.

— ... Maman ?...

Le temps se suspend...

Elles sont dans les bras l'une de l'autre depuis de longues minutes. Comme pétrifiées.

Enfin, petit à petit, le rythme de leur respiration redevient normal.

Bobby et Josette se sont installés sous la tonnelle. Il fait très chaud. Ils ne disent pas un mot. C'est Édith qui brisera le silence, quand elle voudra. Elle a tous les droits, maintenant.

Josette a eu sa dose d'émotion. Il est tard. Elles n'ont pas mangé depuis des heures. Elle a faim. Elle entre dans la maison. Trouve la cuisine. Fait comme chez elle. Elle prépare le repas. Bobby vient l'aider.

Quand tout est prêt, ils sortent ensemble chercher leurs femmes. Elles ne sont plus dans la cour. Elles marchent sur le petit chemin qui mène au lac, en se tenant par le bras. Les chiens les accompagnent. Il fait plus frais, là-bas.

Bobby et Josette s'installent et mangent.

Quand Édith et Roberte rentrent, bien plus tard dans la journée, Josette a déjà sorti les bagages, installé leurs affaires dans leur chambre et visité les alentours. Bobby a coupé du bois, et est allé donner à boire aux chevaux.

La vie se réorganise, les choses trouvent leur place.

L'air semble être chargé de quelque chose de plus...

De plus sauvage, peut-être...

Oui, c'est ça... de plus sauvage.

61

Raymond et ses copains jouent aux Indiens

— Allô Mine ? C'est Martine. Je viens de recevoir un e-mail de Bobba. Écoute ça. Elle dit que c'est sûrement aujourd'hui qu'Édith va rencontrer son frère. Il a neuf ans, maintenant. Il est parti dans la montagne, pour chasser. Il devrait rentrer aujourd'hui. Tu te rends compte ? Ils laissent les enfants partir tout seuls, pendant une semaine. Ils partent à trois ou quatre, avec juste de quoi manger et boire, pour deux jours, et ils n'emportent qu'un couteau chacun, un arc et des flèches. C'est tout !... Ben évidemment, ils savent s'en servir... mais quand même... C'est pas évident... Ils sont petits. Neuf ans !

Jack en a dix. Et vraiment, je ne suis pas sûre que j'arriverais à le laisser partir comme ça. Mais du coup, il veut que je lui achète un arc. J'y vais aujourd'hui. Tu veux que j'en prenne un pour Rémi ?...

Jack veut s'entraîner. Oui... Nous allons y passer quinze jours, pendant les vacances. Je dois montrer ma traduction à Bobba. Bon, il faut que je m'y remette. Je t'embrasse. Ah ! Attends ! Encore une dernière chose.

Tu as eu des nouvelles de Nicole et Jean-Yves?... Leur maison a brûlé cette nuit! Entièrement. Il ne reste que les murs! Ouais... C'est vrai qu'elle était moche, mais, quand même... Ils sont chez Édith et Josette. Appelle-les. À plus tard, ma Mine. Pour l'arc, je prends des flèches avec des bouts en plastique, pour Rémi?... D'accord... Salut.

Rémi, Jack et Raymond ont installé trois cibles sur des ballots de paille, au fond du jardin. Mine râle un peu, parce qu'il y a des brins partout, maintenant. Raymond a retrouvé son arc, au grenier. Ça faisait au moins vingt ans qu'il ne s'en était pas servi. Il a acheté une nouvelle corde. Et là, il s'entraîne avec les garçons. Ça revient vite. Il était plutôt bon, il y a vingt ans. C'est comme le vélo, ça ne s'oublie pas.

Ils sont silencieux. Très concentrés. Pieds nus.

Il y a plein de petits cailloux pointus, et ça fait un peu mal, mais ils ont décidé d'être coriaces à la douleur...

Ils décochent leurs flèches en prenant bien le temps.

Inspirer, bloquer, relâcher... C'est sérieux.

Quand ils ont utilisé toutes leurs flèches, ils marchent très lentement vers leurs cibles respectives et les décrochent, en silence. Des vrais Sioux. C'est marrant, se dit Mine, qui les regarde du coin de l'œil. Qu'ils aient cinq, dix ou soixante-dix ans, les hommes jouent toujours aussi sérieusement. Ils se racontent toujours autant d'histoires.

À un moment, Raymond retire son T-shirt. Les deux garçons en font autant. C'est encore plus marrant. Trois Indiens, blancs comme des cachets d'aspirine, avec les marques du T-shirt, s'entraînant au tir à l'arc.

Mine court chercher l'appareil photo.

Après leur séance d'entraînement, les hommes ont faim et soif.

Ils s'installent à l'ombre du cerisier et se font un quatre-heures costaud. Poulet rôti-mayonnaise, tomates à la croque-au-sel, fromage de chèvre sur tranches de pain taillées à la hache, deux bouteilles de jus d'orange, et une de vin rouge pour Raymond. Et voilà l'travail! Ça creuse, de faire les Indiens.

Maintenant, ils discutent à voix basse. Ils font des plans.

— Alors, demain, on commence plus tôt. On fait une heure de tir à l'arc. Et après, on va s'entraîner à la course.

— Ah ouais… super.

— Pieds nus! Ça sera dur, mais on y arrivera… Et si on dormait dehors cette nuit, les gars?

— Ah ouais… super idée!

— Je crois en plus que c'est la pleine lune. Il faut qu'on construise une tente. On va aller couper quelques grands bambous dans le jardin de Mine, pour faire les poteaux.

— Ah ouais… mais… t'es sûr qu'elle va vouloir?

— Faut pas qu'elle nous voie, c'est tout. Pour la toile, vous irez prendre le grand tapis du salon pendant qu'elle sera occupée au potager.

— Ah ouais?… Bon. D'accord.

La squaw a tout entendu. Elle fait mine de rien.

Elle aimerait bien, quand même, qu'ils pensent à l'inviter ce soir, dans leur super tente, à manger de la viande séchée, ou à fumer le calumet de la paix ou autre chose…

À la nuit, Rémi est tellement crevé qu'il s'endort sur son lit, tout habillé, et Jack n'a plus la force de sortir de chez lui. Mine va, seule, rejoindre Raymond.

Ils jouent à la squaw et au grand chef indien pendant un long moment. Ils se sont un peu perdus de vue ces derniers temps. Il y a beaucoup à rattraper.

Ils décident que la tente restera plantée dans le jardin et qu'ils mettront un radiateur électrique en hiver, s'il fait vraiment trop froid… mais que…

Ah ouais… super, la tente d'Indien dans le jardin!

62

Arnaud se fait des abdos
« tablettes de chocolat »

Arnaud et Martine ont fixé le rendez-vous à demain soir. Ils ne s'étaient pas parlé depuis déjà quelque temps. Alors, quand ils se sont retrouvés par hasard, dans le magasin de sport où Martine était allée acheter les arcs pour Jack et Rémi, ils se sont sentis un peu désemparés et... émus aussi. Arnaud, lui, était entré dans ce magasin pour acheter un appareil de musculation « spécial abdominaux ». (Et pourquoi pas ? La cinquantaine maîtrisée, c'est possible... peut-être...)

Son aspect physique ne l'a jamais vraiment préoccupé et il a toujours détesté le sport, mais depuis peu, il a fini par se rendre compte que ça n'était pas une grande réussite. Tous ses niveaux sont dans le rouge. C'est l'alarme ! Son taux d'encrassement frôle le désastre, sa libido est quasi inexistante et son tour de taille totalement inconvenant. Il s'est rendu compte que quand il se présentait quelque part, les regards invariablement se posaient sur sa panse, puis, seulement après, sur ses yeux... En en prenant conscience il a fini par se sentir gêné. La première impression qu'on avait donc de lui était sa propension à la grosse bouffe... même si, en réalité, son goût le portait vers la haute cuisine et les vins fins. Il s'est senti humilié. Ça n'était évidemment pas l'image qu'il voulait donner.

Et puis il a commencé à faire la liste des choses qui n'allaient pas. Il a pensé à sa femme. Cela faisait déjà quelques années qu'ils ne se regardaient plus trop. Il s'y était habitué. Il s'est rappelé, avec nostalgie, leurs premières années de mariage. Martine était vraiment *la* femme de sa vie. Ils étaient très amoureux. Mais petit à petit, il s'était laissé absorber par son travail. Puis, sa passion pour le vin avait fini par prendre toute la place. Et là, il l'avait regardée partir, sans trop se poser de questions sur les raisons de son départ. Pour être complètement honnête, ça l'avait juste un peu « dérangé ».

Mais, comment est-ce possible de s'être aimé si fort et d'en arriver à autant d'indifférence ?

Il a pensé à son fils, Jacques. Alcoolique à dix ans ! Comment se fait-il que Martine n'ait rien vu ? Pourquoi lui-même n'avait-il pas vu ? Il s'est rappelé, avec effroi, la dernière dégustation dans sa cave, où il avait convié ses trois fils. Il s'est rappelé leur avoir fait boire du vin… À Jacques, dix ans, Pierre, onze ans, et Paul, douze ans ! Lui, Arnaud, leur père, issu d'une famille d'alcooliques, comment n'a-t-il pas imaginé la possibilité d'un tel… désastre ! Son père, ses oncles et son grand-père paternel étaient morts de « ça » ! Et il n'a pas pensé que ses propres enfants puissent souffrir de cette accablante « hérédité » ?

Après cette douloureuse prise de conscience, il est allé voir son père au cimetière. Il l'a un peu engueulé d'avoir engendré un con pareil, mais lui a assez vite pardonné et a fini par longuement pleurer sur sa tombe. Il ne l'avait jamais fait avant. Ça lui a fait du bien.

Petit à petit, il fait le bilan. Sa femme, ses enfants, certainement ses amis… à un moment, il les a perdus quelque part, sur la route qu'il a prise. Il va entamer les recherches. Il veut tout retrouver. Il s'est réveillé ce matin avec l'envie, la force, la volonté, la gaule !

Il est entré dans la chambre de Pierre et Paul et les a réveillés en chantant très fort: « Mexico…

Mé… é… Xiiiii…

Cooo ! »

La tête qu'ils ont faite…

Et puis il a commencé le régime. Il ne s'est pas préparé des œufs au plat avec du bacon et des tartines de pain frais, beurrées très généreusement, comme il faisait chaque matin. Il s'est fait une ricoré, avec du faux sucre. Et il a décidé d'aller au magasin de sport et de demander à un vendeur compétent quelle machine il pourrait acheter pour se faire des « tablettes de chocolat »...

C'est là qu'il est tombé sur sa femme, Martine. La femme de sa vie. Mais qui ne la partage plus.

— Et... comment va Jacques ?

— Jack ? Très bien. Il passe en sixième à la rentrée. C'était moins une, mais il a tout rattrapé. En cure, il a raté plus d'un mois de cours. Mais on a beaucoup bossé ensemble, et ça va. En plus, il est amoureux. Ça lui donne une pêche d'enfer. Ils seront dans la même classe l'année prochaine, alors tu parles... Et Pierre et Paul, ça va ?

— Ben oui, ça va. Geneviève les a bien en main. Dis... on pourrait peut-être se voir tous ensemble, un de ces soirs ?

— Ben oui... ce serait peut-être une bonne idée...

— Martine ?

— Oui ?

— Tu me manques.

— Ah ?

— Alors, on dit demain soir ?

— Bon. D'accord. À demain soir. Salut Arnaud... Arnaud ?

— Oui ?

— Quelque chose a changé ?

— Oui. C'est vrai. Mes yeux se sont ouverts... J'ai vu. Et ça ne m'a pas plu. Je change tout. Je t'aime. Je vous aime. J'espère que ce n'est pas trop tard. Je ne sais pas par quoi commencer. Il y a tellement à faire, Martine... Alors, voilà... je suis venu m'acheter un truc pour faire des abdos. J'y connais rien. Tu sais lequel je devrais prendre ? Tu verras, dans une semaine, je suis sûr que j'aurai des tablettes de chocolat ! Je te laisserai les toucher, si tu veux.

— Ben... on verra...

149

63

Jack est amoureux et ça fait des notes de téléphone astronomiques

— … Je parle pas trop fort là, parce que ma mère est dans la chambre à côté. Je voulais juste te dire que… je vais avoir du mal à attendre jusqu'à demain. J'ai hyper envie de te voir. Non, c'est vrai… Je suis content que tu ne dormes pas non plus. Tu me dis si tu veux que je raccroche, hein?… Toi non plus, tu n'as pas envie de dormir?…

Tu as envie de me voir?… J'suis vraiment content. Je voudrais te serrer fort, très très fort. Pas te faire mal, juste te serrer fort. J'aime bien quand tu rigoles. Quoi?… Déjà?… Bon. C'est toi qui raccroches. Non, c'est toi. Moi, j'ai pas envie. Je voudrais rester au téléphone comme ça et m'endormir en t'entendant respirer… Bon. D'accord. Je t'embrasse. À demain. Dors bien. À demain.

Martine ouvre la porte de la chambre à la volée.

— Jack! T'es fou ou quoi? T'as vu l'heure? Et puis tu ne te rends pas compte, mais on va avoir des factures de téléphone astronomiques! Ça fait des heures que vous parlez. Et qu'est-ce que vous avez de si important à vous dire? Bon, c'est pas grave. Demain c'est dimanche. Tu pourras te lever tard.

Ah! à propos… j'ai rencontré ton père au magasin de sport, ce matin. On s'est dit que ce serait bien de dîner tous ensemble demain soir. Avec Pierre et Paul, aussi. Ça te va? Ta copine Jessica peut dîner avec nous, si tu veux. Dors bien, mon chéri. C'est bon d'être amoureux, hein? Bisous. J'éteins. À demain, mon ange.

Martine va se coucher. Elle a envie de lire. Au lit, c'est ce qu'elle préfère. D'ailleurs, depuis qu'elle est séparée d'Arnaud, c'est une des choses qu'elle a retrouvées avec le plus de plaisir. La lecture au lit.

Arnaud ronflait terriblement fort.

Son livre à peine ouvert, le téléphone sonne.

— Allô?... Arnaud?... Mais oui, moi aussi j'ai été contente de te voir. Tu as commencé à te faire tes tablettes de chocolat?

— J'ai commencé un peu fort. J'ai tellement de courbatures que je n'arrive plus à me pencher en avant. Je crois que je vais devoir dormir avec mes baskets aux pieds! Parce que... j'ai fait la totale, tu sais. J'ai acheté une machine pour les abdos, un jogging et des baskets! C'est une première.

— Oui. J'adorerais voir ça.

— Ben... si tu veux, tu peux, si tu ouvres ta fenêtre... Je te téléphone du portable. Comme je n'arrivais pas à dormir, je me suis dit que j'allais faire un petit footing, et je me suis retrouvé devant chez toi, un peu par hasard... Martine, tu es tellement belle avec les cheveux défaits. Quand j'aurai des tablettes, je m'accrocherai à la glycine, et rien qu'à la force des bras, je monterai jusqu'à toi. Tu me laisseras venir?

— C'est un peu tôt pour le dire, tu ne crois pas?

— Non, je ne crois pas. En fait, si tu voulais, je crois que j'arriverais à te rejoindre même sans tablettes. Là, maintenant...

— Écoute Arnaud... non, attends... arrête... Je descends. Chut! Ce n'est pas la peine d'ameuter les voisins. J'arrive.

Martine est descendue. Elle a ouvert sa porte à Arnaud. Ils se sont tombé dans les bras. Ils ont fait l'amour, debout dans l'entrée. Un peu sauvagement. Mais ça faisait si longtemps... Et puis ils se sont embrassés très très tendrement. Et Arnaud est rentré chez lui, à petites foulées. Heureux.

Comme il l'avait imaginé, il n'a pas réussi à se pencher en avant, à cause des courbatures... et il a dû prendre sa douche et se coucher avec ses baskets aux pieds!

Martine aurait bien rigolé. Demain, peut-être...?

64

Josette pense à Rémi

Josette et Édith sont très à l'aise. Ça va faire trois semaines qu'elles sont arrivées dans le Montana et elles ne pensent plus à repartir. Josette a de temps en temps des remords quand elle pense à son fils, Rémi. Elle se dit qu'elle devrait le faire venir, qu'elle ne s'occupe pas de lui comme une mère est censée le faire. Mais quand elle lui parle au téléphone, il a l'air si bien chez Raymond et Mine qu'elle se dit que... c'est déjà pas si mal... au moins, elle a fait un bon choix.

Mais elle se pose des questions, quand même. Est-ce qu'être élevé par des vieux, c'est vraiment une bonne chose pour un enfant ? Parce que vieux, ils le sont un peu, Raymond et Mine... Et puis d'un autre côté, est-ce qu'être élevé par un couple homosexuel, ça ne poserait pas plus de problèmes, finalement ?

Bref elle en est là, remettant quelque peu en question le désir d'enfant qu'elle et Édith ont eu au départ. Elle est toujours amoureuse, mais sa fibre maternelle ne s'est pas réveillée pour autant... C'est surtout Édith qui en a envie.

C'est normal, elle n'a pas eu d'enfant et elle arrive à l'âge où il faut sérieusement y penser. Josette en a eu deux. Son premier enfant, une fille, est morte à l'âge de deux mois. Elle ne s'en est jamais remise. Même si un an plus tard, elle était déjà enceinte de Rémi. Un sauvetage organisé, en quelque sorte. Qui ne lui laissait plus le droit de ne penser qu'à mourir. Mais qui n'a jamais réparé l'outrage, évidemment. Et puis, assez vite après ça, elle s'est détournée de Martial, son mari, et de Raymond, son père. Elle avait fixé l'origine de sa douleur sur eux, ses hommes.

Du coup, quand elle a accouché d'un garçon, elle n'a pas vraiment réussi à lui faire bon accueil. Pauvre petit.

C'est tellement injuste. Elle se dit qu'elle lui racontera un jour, qu'il sache pourquoi elle n'a pas pu être la mère qu'il aurait été en droit d'avoir. Ça fait partie des choses qui font ce qu'il est. Son bagage.

Il a le droit de savoir.

Et s'il fait une analyse, un jour, il aura ça en moins à chercher…

Elle l'aime de plus en plus. Et elle l'aime pour lui, et non pas parce qu'il est son fils, issu de sa chair. Et puis, elle trouve touchant qu'il ne lui en veuille pas. Parce que c'est vrai, Rémi n'a pas de ressentiment vis-à-vis de sa mère. Comme s'il avait compris son incapacité. Et qu'il lui avait pardonné. Sa survie passait certainement par là.

— Allô Rémi?… C'est Josette… enfin… maman. Je voulais juste te dire que… je t'aime très fort, mon p'tit chou… que tu me manques beaucoup… Dis, tu voudrais venir me voir, en Amérique?… Tu pourrais venir avec Mine et Martine, et Jack et Raymond. Tu réfléchis?… Il y a un piano, ici… Non… je pleure pas… j'ai juste un peu le rhume, c'est tout.

Je t'embrasse, mon chéri.

Je te rappelle demain, d'accord?… Tu me diras… si tu veux venir.

Josette a pleuré un bon coup et puis, elle a écrit ce mot :
« Édith. Je ne pense pas être capable d'assumer un enfant avec toi. Je ne serai pas une bonne père/mère. J'ai perdu la fibre, un jour. Et elle n'est jamais revenue. Je ne commence à aimer mon fils que parce qu'il grandit en dehors de moi.

C'est difficile à comprendre. Moi-même, j'ai du mal.

Si j'avais pu choisir, j'aurais aimé que ce soit différent. J'aurais tellement voulu être une mère formidable. Mais ce n'est pas comme ça que les choses se sont passées. Il ne faut pas qu'à cause de moi, tu ne puisses pas vivre cette grande aventure.

Alors, à la fin du mois, je rentrerai en France.

Et je sais que tu seras bien ici.

J'ai bien réfléchi. Ce n'est pas triste. Au contraire.

Et puis il nous reste encore un peu de temps.

On va en profiter. On va faire les folles !

De toute façon, on a toujours été un peu dingo, nous deux, non ? »

65

Arnaud, Pierre et Paul
organisent leur bande

Jack est distant avec ses frères. Il leur en veut toujours. C'est normal. Ils étaient préparés. Ils savaient qu'ils auraient à ramer. Ça n'empêche, c'est tout de même douloureux.

Arnaud a beaucoup parlé avec Pierre et Paul, avant de venir. Ça ne lui était jamais arrivé avant. De parler sérieusement de la vie, c'est drôlement intime, quand même. De raconter ses erreurs. C'est difficile. On se sent tout nu, tout vulnérable... surtout devant ses enfants.

Mais il est très fier d'en avoir eu l'idée, parce qu'il a ouvert une sacrée brèche. Les mômes s'y sont engouffrés sans se faire prier. Pour une fois qu'on ne parlait pas que d'eux, et de leurs effroyables méfaits... Leur père aussi admettait qu'il avait déconné. Et non seulement il le leur racontait, mais en plus il leur disait qu'il était avec eux, dans la même galère, parce que lui non plus ne savait pas comment se sortir de là. Ils se sont sentis, bien sûr, moins seuls, mais surtout plus forts pour trouver des solutions, en bande.

Ils se sont aussi rendu compte que les adultes n'étaient pas plus avancés que ça... Pas franchement rassurant. Mais, au fond, c'était peut-être aussi bien qu'ils soient au courant. Quand on est jeune, on brûle quelquefois les étapes pour savoir ce qui se cache derrière les choses... pour découvrir le fameux « secret » des adultes... celui du : « Tu verras quand tu seras grand », qui justifie leur pouvoir.

Eh bien, la vérité, c'est qu'ils n'en ont pas, de secret, les adultes.

C'est très très décevant, mais c'est comme ça. Ils n'en ont pas.

Alors, autant le savoir tôt. Ça fait qu'on est moins pressé de devenir grand.

En tout cas, c'est comme ça qu'ils l'ont pris, ces deux-là...

— Papa, tu sais ce qu'on devrait faire ? On devrait chercher sur Internet un site qui parle de l'alcoolisme. Parce qu'on ne sait toujours pas pourquoi Jacques est devenu alcoolique et pas nous. Et il y a peut-être quelque chose qu'on peut faire pour qu'il ne le soit plus... Et puis, toi, tu devrais faire l'amour avec maman plus souvent. Ça vous ferait du bien à tous les deux. L'autre jour, on cherchait un truc, et on est tombé par hasard sur un site qui parlait de... l'importance de la sexualité dans la cohésion du couple et la difficulté qu'ont les hommes à comprendre le fonctionnement du plaisir féminin.

Le clitoris, eh ben, même avec les photos, c'est pas facile de savoir où il est... Il paraît même que plus de soixante-quinze pour cent des hommes ne savent pas où se trouve celui de leur femme. Alors, tu vois, y'a du boulot !

— Mais, dites donc, les p'tits gars, qu'est-ce qui vous fait penser que je ne sais pas donner du plaisir à ma femme ?

— Ben... on vous entendait pas souvent faire des trucs quand maman vivait ici. Alors on s'est dit que...

— Ouais. Bon. Y'a des sujets dont on n'est pas forcés de parler ensemble, OK ? Quand vous aurez des copines, plus tard, on verra. En attendant, mollo, hein !

Il faut juste fixer les limites. Ils n'attendent que ça, les deux terreurs... qu'on les leur fixe. Arnaud se sent prêt.

Onze et douze ans, et déjà sexologues? Non mais!

— Ouais, d'accord papa. T'as raison, c'est pas pressé, pour nous...

Avec Farid, le mec de Geneviève, qui a fait de la prison, ils avaient senti qu'ils avaient un ami. Mais là, avec leur père, c'est encore mieux. Pour le coup, ils redeviennent des enfants. Taquins. Coquins.

Emmerdeurs.

Maintenant, ils font des plans. Les hommes sont de grands stratèges.

— La balle est dans le camp de Jack et de Martine. Ce sont eux qui donneront le feu vert... enfin, s'ils veulent bien. Ils ont morflé à cause de nous. On doit trouver le moyen de leur redonner envie de nous faire confiance, de nous aimer. Et les gars, on va y arriver! Parce que sinon, ça voudrait dire qu'on est vraiment que des cons, et pour la vie, en plus! Et ça, ce ne serait pas supportable, n'est-ce pas?

Allez. On y va. Et... merde, hein?

— Ouais, papa, merde à toi aussi.

En tout cas, là, ils se sentent solidaires. Ils se serrent les coudes, le gros et les deux petits ados. C'est sympa.

Martine avait prévu de faire une grande paella. Tout le monde s'y est mis. À la fin de la soirée, ils ont fait un concours de tir à l'arc. Juste au moment de partir, Jack a invité ses frères à venir s'entraîner chez Raymond, demain soir.

Ils ont accepté, bien sûr.

Ils sont rentrés chez eux, en chantant très fort « Mexico, Mé... é... Xiiiiii... coooo ».

Arnaud ne leur a pas parlé du rendez-vous qu'il avait plus tard cette nuit, avec leur mère.

Et Pierre et Paul ont fait ceux qui ne savaient rien.

Ils n'ont jamais eu l'intention de rester cons toute leur vie, ces deux-là...

66

Pierrot passe à la télé

Pierrot finit de se faire maquiller. Il essaye de se concentrer un maximum. C'est très dur. Il y a tellement de choses qui se passent, autour de lui. Il avait déjà vu des coulisses d'émissions, dans un reportage à la télé, mais là, en vrai... c'est impressionnant.

La maquilleuse est gentille. Elle sourit sans arrêt.

Un jeune assistant vient le chercher et lui demande s'il ne voudrait pas boire un petit quelque chose avant d'y aller. Ouf ! Il espérait bien qu'on le lui propose. Il s'envoie deux verres de champagne. Ils n'ont pas de rouge ordinaire ici.

Maintenant, il est prêt.

Attention ! Ça va être à vous !

— Et comme chaque semaine, chers téléspectateurs, notre invité-surprise ! Aujourd'hui, nous accueillons monsieur Pierrot Croque-mort !

— Oui, ben... moi, on m'appelle Pierrot tout court, hein... c'est plus simple.

— Très bien, Pierrot-tout-court ! Alors, votre éditeur japonais – mais vous nous expliquerez après comment vous l'avez rencontré, celui-là... – nous a fait parvenir un exemplaire de votre « ouvrage » : *Post-Mortem, Portraits*, et la question que j'ai envie de vous poser est la suivante : Qui croyez-vous pouvoir intéresser avec ce livre absolument répugnant... et surtout, comment vous est venue l'idée de photographier des cadavres ? Éclairez-nous de vos lumières, Pierrot Croque-mort-tout-court !

— Oh, ben c'est très simple. Comme vous l'avez si bien dit, je suis un peu croque-mort, mais surtout embaumeur, quand même. Ça fait très très longtemps que je fais ça. C'est mon métier. C'est les morts qui me font vivre, quoi !... J'l'aime bien, celle-là, j'la dis à chaque fois... Et alors, c'est arrivé qu'un jour, on m'en apporte un qui avait eu un accident de cerf. Alors, là... quand j'l'ai vu, la langue toute pendante, les yeux tout sortis comme ça, je sais pas pourquoi, mais je me suis pris à rire... mais à rire... que je pouvais plus m'arrêter. C'était bien la première fois que je riais comme ça devant un mort, j'vous jure... Et puis, d'un coup, j'ai eu l'idée. Je l'ai photographié. Et pis après, j'ai pris tous les autres qui venaient... Le monsieur japonais qui m'a édité le livre, il a été tout de suite très emballé. Là-bas, ça marche bien, hein. On me demande pour faire des expositions, et tout ça. Je suis très content. Et je voulais dire, maintenant que j'en ai l'occasion, à monsieur Arnaud, que je le remercie beaucoup de m'avoir employé dans ses pompes funèbres, pasque sinon j'aurais jamais pu faire ça. Euh... dites, il faut que je m'en aille, là... J'ai un besoin pressant... Alors, au revoir monsieur, et merci, hein. Et merci aussi pour le billet de train. C'est bien la première fois que je voyage en première classe... Fallait pas. Allez. Ouh lala... je tiens plus, moi...

Il est parti direct à la gare. En arrivant, il s'est arrêté au Café de la Place. Ils l'avaient tous vu à la télé. Ils lui ont fait une ovation.

— Pour Pierrot, Hip-pi-pipe, Hip-pi-pipe, suivi d'un bruyant « Il-est-des-nô-ô-tres... ». Normal. Ils étaient là depuis des heures. Ils avaient pris de l'avance. Pierrot était tellement ému qu'il a dû s'asseoir.

Complètement flagada, le pauvre. Il avait tellement eu peur de dire des conneries, de plus pouvoir prononcer un mot, de chier dans son froc...

On lui a donné un sucre avec un peu d'alcool de poire. Ça l'a bien requinqué. C'était la première fois que ça lui arrivait, de passer à la télé... Alors c'est normal, y'a le contrecoup.

Momo, qui avait encore plus d'avance que les autres, est venu pleurer sur son épaule. Il a réussi à faire comprendre qu'il n'avait pas tout compris mais que ça l'avait drôlement bouleversé quand même, « alors qu'est-ce que ça devait être quand on comprenait tout, hein mon Pierrot ? Mais où k'çéti qu'tu vas chercher tout ça ? C'est pas croyab' » !

Tout le monde y est allé de son petit compliment.

L'émotion à son comble.

Quelques tournées générales plus tard, personne n'a remarqué que Pierrot était rentré chez lui.

D'ailleurs, lui-même ne s'en est aperçu que le lendemain soir.

67

Farid en plein doute

Farid n'arrive pas à dormir. Depuis qu'il est sorti de prison, il n'a pas trouvé de travail. Pas facile, déjà en temps normal, mais là... Et puis, la perspective de travailler trente-cinq heures, à chier des ronds-de-chapeaux pour un peu plus de mille euros par mois, ça n'est pas fait pour le séduire, non plus. C'est vrai, merde! C'est mal foutu. Plus les boulots sont chiants, moins ils sont payés! Et on ne lui propose rien d'autre.

En attendant, il a eu envie de s'occuper de l'édition du livre de cuisine de Marie-Rose. Bonne idée, mais on ne s'improvise pas éditeur comme ça. Alors, il s'est branché avec le mec qui s'occupe de Pierrot. En fait, c'est l'intermédiaire. L'éditeur, lui, est au Japon. En tout cas, un mec plutôt sympa. Ça lui a tout de suite plu d'aider un ex-taulard, beur de surcroît, qui voulait « toucher » à l'édition (un livre de cuisine? ça ne mange pas de pain, ah ah ah...). Il l'a pris sous son aile. Farid a appris plein de trucs avec lui. Ça avançait bien. Mais ça n'a pas duré très longtemps, parce que quand le mec lui a mis la main au cul, il n'a pas supporté. Il a fait comme en prison. Direct, son poing dans la gueule.

Bon. Maintenant, il a un ennemi personnel dans le monde de l'édition. C'est dommage, mais Farid, il n'a jamais aimé les mains au cul... enfin, du sien, s'entend.

Il n'en a pas parlé à Geneviève.

En y réfléchissant, c'est vrai qu'il aurait suffi qu'il dise que ça n'était pas son truc, et ça en serait resté là. C'était pas un vicelard, le mec. Mais… c'est plus fort que lui, il a un tempérament sanguin, réactif. Et au fond-fond, il ne regrette pas vraiment son geste. Font chier les pédés, quoi!…

Malgré tout, il n'est pas complètement à l'aise.

Donc, il n'a rien dit à Geneviève.

Maintenant, non seulement il n'a pas de boulot, mais il s'est grillé avec le seul mec qui aurait pu lui en trouver. Et il n'a plus un rond.

Alors il a retrouvé quelques copains. Des ex-taulards. Ils ont fait un peu la bringue, pour fêter leurs retrouvailles et évidemment, ils ont parlé de leurs situations respectives. Ils ont décidé d'y « remédier » un peu. Ils ont monté un plan. Un dernier coup.

Un truc sans risque, évidemment.

C'est pour après-demain.

Il n'a pas parlé de ça non plus à Geneviève.

Mais elle a bien senti qu'il y avait quelque chose. Elle n'est pas tombée de la dernière pluie. Elle vient de la DDASS. C'était pas tous des enfants de chœur, là-bas. Y'en a qui avaient appris la démerde avec leurs parents, avant d'être placés. Ça ne la gêne pas. Non. Ce qui la gêne, c'est le manque de confiance. Elle ne comprend pas qu'il y ait des zones d'ombre entre eux. Ça la rend triste… Et lui, eh bien… il a peur qu'elle ne l'aime plus, s'il lui dévoile ses zones sombres… très très sombres… quasi noires. Parce que lui-même, il a du mal à s'y retrouver, dans tout ce merdier. Il évite d'ailleurs d'y mettre le nez. Un cadenas sur la porte, et basta cosi!

En attendant, il réfléchit tout seul… et il a peur de ce qu'il va décider. Si le coup foire, il perd beaucoup. D'abord sa liberté, et puis sa fierté, son âme, son amour… tout.

Est-ce qu'il veut vraiment prendre ce risque?

Et le livre de Marie-Rose. S'il ne s'en occupe pas, qui le fera?

Il a monté des maquettes, avec des textes et des photos.

Ça rend bien.

L'éditeur lui a dit que le projet était intéressant... que même, il trouvait qu'il avait du talent pour ce boulot... avant la main au cul.

S'il ne mène pas le projet au bout, ce sera une grosse déception pour tout le monde.

Putain! C'est douloureux. Il est vraiment en plein doute.

Geneviève le rejoint dans la cuisine. Elle sent son désarroi. Alors, elle lui raconte l'histoire...

— Écoute Farid, une tranche de vie.

Le « pâté de rat » :

L'hiver 67, le plus froid qu'ait connu Marie-Rose... Elle n'avait que huit ans. Sa mère venait de mourir. Ils dormaient tous ensemble pour se tenir chaud. C'est là que les choses ont commencé, avec son père et ses frères.

Les réserves s'épuisaient. Les animaux mouraient. Les hommes ne ramenaient rien à manger. La faim tenaillait. Et puis un jour qu'elle était seule, trois gros rats sont entrés dans la roulotte. Eux aussi avaient faim. Les ordures! Ils venaient jusque chez elle pour voler le peu qu'il restait! Alors elle les a attrapés, les a assommés, et leur a coupé la tête! Et comme elle était enragée, elle leur a retiré la peau, pour les punir... Et puis, elle a mis les corps dans un pot en terre, et un couvercle dessus, pour ne plus les voir. Elle s'est dit qu'elle les donnerait à manger aux chiens, plus tard. Elle est partie à l'école, le ventre vide, et elle a oublié le pot sur le coin du poêle.

En rentrant, quelques heures plus tard, elle a été surprise par la bonne odeur de viande mijotée.

Le soir, ils ont mangé. Elle n'a pas osé dire ce que c'était.

Ils se sont tous régalés... du fameux pâté de rat.

Depuis elle a amélioré la recette, bien sûr. Mais ça reste du rat.

Geneviève sourit.

Farid aime quand elle sourit. Ça le fait fondre.

— Tu crois qu'il va falloir qu'on goûte à toutes ses recettes?

Quand elle décide quelque chose, elle est tellement déterminée, tellement inébranlable.

Et si on lui disait qu'on est allergiques au pâté ? Qu'on est désolés, mais que ça nous donne instantanément des boutons, quelque chose d'affreux ! On lui dira ça, demain, d'accord ? C'est toi qui lui diras, hein, Farid ? Si c'est moi qui le dis, tu me connais, je vais me mettre à rigoler... Merci, mon amour.

Bon. Il a fondu.

Il n'a pas dormi de la nuit. Il voulait trouver les mots justes.

Surtout ne pas rater sa sortie.

Et au petit matin, il a envoyé ce texto.

— Salut, mes salamis. Alors, voilà. On a la recette du pâté de rat ! Avec ça, c'est sûr, on va s'en sortir. Et puis, ma souris me sourit, ça me change la vie, et du coup, d'avis. J'veux plus retourner au trou. Alors, je vous salue, frères de galères, tarlouzes décaties. Puissiez-vous trouver un jour, un amour aussi grand que le mien, mes minables titis.

Inch'allah ! Et bonne chance à tous !

68

Raymond et Mine sont dans un hamac

Raymond a construit six cibles sur châssis en bois. Ça lui a pris toute la journée. Il finit de les installer dans le jardin. Mine lui a dit en passant tout à l'heure qu'il ne manquait plus qu'un panneau à l'extérieur marqué : *Ici Espace Raymond - Tir à l'arc - Cours gratuits, boissons et soins aussi.*

Mais ça ne l'a pas fait rire. Il n'a pas l'esprit à blaguer, pour l'instant. C'est un vrai anxieux. Extrêmement consciencieux. On ne doit pas venir le déranger pendant son travail. Il pourrait perdre le fil. Surtout quand il refait la liste mentalement. Alors : cibles, porte-flèches, flèches, protège-doigts, casquettes à visière, pansements, arcs pour droitiers, gauchers, enfants, adultes...

Il espère n'avoir rien oublié. Il a même installé un tableau noir, pour marquer les points s'il y a un tournoi, et un bar avec boissons fraîches et petit grignotage pour les pauses. Il est assez content.

Il invite Mine à faire le tour de son installation.

— Alors là, tu vois, c'est pour poser l'arc quand on attend, et là, c'est la pharmacie, et là c'est...

— Ah ouais... c'est super pro.

— Et là, c'est le coin détente. Allez... tu veux boire quelque chose ?

— Oui, bonne idée.

Ils ont une petite heure avant que les autres ne débarquent.

Ils s'installent dans le hamac.

— Qu'est-ce qu'on est bien...

— Écoute... T'entends ?...

— Tu crois que c'est une fauvette ?... Une mésange ?... Ah bon.

Raymond, mon Raymond. Tu sais que Josette va bientôt rentrer de son voyage dans le Montana. Elle rentre seule. C'est étrange, mais je m'étais faite à leur couple. Elles étaient gaies ensemble... bon, oui... joyeuses, quoi. Je n'avais jamais connu Josette en train de blaguer ou de rigoler, avant. Elle dit que c'est une décision qu'elles ont prise ensemble. Que c'est bien comme ça. En tout cas, il est très possible qu'elle veuille récupérer Rémi, en rentrant. Elle téléphone tous les jours, pour lui parler, et pas juste pour dire « Ça va et toi, bon ben salut »... Elle découvre son fils. C'est encore un peu maladroit mais plein de tendresse. Elle revient de loin. Et Rémi le sait. Il l'aide. Sans rancune. C'est le plus gentil petit garçon que je connaisse...

Et aussi, Raymond, un truc incroyable... Tu n'as pas remarqué ?

Il a le don, comme toi! J'en suis sûre. Ce matin, je me suis brûlée avec de l'huile. Pas grand-chose, mais j'aurais dû avoir une cloque. Eh bien, il est venu poser sa main sur la mienne, à l'endroit de la brûlure... et regarde... il n'y a plus rien! J'ai bien vu dans ses yeux qu'il savait qu'il pouvait. Très sérieux. Très concentré. Et puis après, il est reparti à ses petites affaires, comme si de rien n'était... Ça m'a rappelé que l'autre jour, il m'a demandé si tous les docteurs devaient avoir des pouvoirs, pour soigner les gens. Trop mignon.

J'avais déjà remarqué qu'il s'intéressait beaucoup à ce que tu faisais avec tes patients. Il leur demande toujours pourquoi ils sont là. Et il leur raconte à tous que tu l'as bien soigné de son eczéma, avec tes pouvoirs. Et il attend que tu aies fini, pour les raccompagner à la porte et leur demander s'ils se sentent mieux.

L'autre jour, on a croisé le père Bedu, au marché. Il lui a demandé si sa douleur au genou avait disparu. Il est incroyable, ce môme... J'oublie quelquefois qu'il n'a que cinq ans et demi.

Tu sais, il va falloir qu'on fasse bien attention à ne pas lui mettre de pression quand Josette va rentrer. Il faut qu'on se prépare à l'idée qu'il va partir vivre avec elle. C'est normal. On ne doit pas être tristes. Au contraire. T'es d'accord, hein? Serre-moi fort. J'ai envie de pleurer. Rien que l'idée de son départ... il me manque déjà.

— Pleure ma Mine, pleure. Sinon ça va déborder. T'inquiète pas. Je te tiens bien. Et puis tu sais, c'est pas comme s'il allait partir habiter loin, ou ailleurs. On le verra tous les jours, Rémi. Et on va certainement le voir grandir... devenir peut-être médecin, guérisseur, pianiste de jazz... Tout est possible, avec lui.

— Tu es le plus gentilhomme des hommes, mon Raymond.

— Oui, je sais.

— Comment ça, tu sais?

— On me l'a déjà dit.

— Et que sais-tu d'autre, avec autant de certitude?

— Oserais-je croire, madame, que vous m'invitassiez à...?

— Croyez, croyez, mon seigneur.

— Me feriez-vous l'honneur de vous abandonner à moi, ici même?

— Certes... et à l'instant, mon ami.

Et voilà. C'est reparti. Ils sont joueurs, ces petits vieux-là, dis donc.

69

Rémi apprend à guérir avec Raymond

Ma mère Josette est rentrée de voyage. Sans Édith. Édith est restée là-bas, en Amérique, avec sa maman, son papa et son petit frère.

Je ne comprends pas très bien pourquoi les grandes personnes, ils ont encore des papas et des mamans. À leur âge, ils devraient plus en avoir besoin. Moi, je suis encore un peu petit, et j'ai plus de papa, mais ça ne me dérange pas. J'en ai pas besoin. Enfin... des fois si, mais pas souvent. À l'école, en tout cas, je suis sûr que j'irai pas quand ce sera le jour du cadeau de la fête des pères. Parce que là, c'est sûr que je pourrai pas me débrouiller. Le cadeau qu'on fabrique ce jour-là, ce sera pas la peine que je le fasse... sinon, il faudra que je le jette à la poubelle, alors... c'est pas la peine.

J'ai des copains qui parlent tout le temps de leur papa. Ils me cassent les pieds. Ils disent qu'ils font plein de trucs chouettes avec eux... qu'ils jouent au foot, aux circuits de voitures, à la bagarre... Moi, je m'en fous, j'aime pas ces jeux-là. Je m'en fous complètement. Avec mon grand-père, je fais des trucs beaucoup plus chouettes. Au début

que je le connaissais, c'est sûr, il voulait jouer à tout ça…
et surtout au foot. Mais il a compris que ça me plaisait pas
trop. Maintenant, on fait plein d'autres choses. On fait du
tir à l'arc, on va à la pêche, on fabrique des mangeoires
pour les oiseaux et on essaye de les reconnaître quand ils
chantent. On a un CD-Rom pour ça.

Et puis, on guérit des gens. Ça, c'est ce qui me plaît
le plus.

Parce que je voudrais être docteur quand je serai grand.
Avec ma cousine Clara, on joue souvent au docteur, et
vraiment j'aime bien. Pour l'instant, je suis spécialiste des
brûlures. C'est le don que j'ai. Je soigne Mine. Elle se brûle
en faisant la cuisine, des fois. Alors, je la guéris. Raymond
m'apprend à guérir d'autres choses. Il dit qu'il doit me
transmettre tout son savoir. Il en a beaucoup. Ça va prendre
long. Hier, il m'a appris les verrues. Je vais voir si j'arrive
sur celles de Jack. Il en a trois sur la main. Je lui ai donné
rendez-vous dans mon cabinet. C'est pas que pour les
toilettes qu'on peut dire « cabinet »… En vrai, c'est dans ma
chambre. Mais je dis comme ça pour jouer à faire comme
si. Voilà. Alors tout ça, hein… ça m'étonnerait quand même
que les papas soient capables de faire autant de choses avec
leurs enfants. Moi je crois que c'est mieux quand c'est un
grand-père, parce qu'il connaît plus de choses, parce qu'il a
eu une vie plus longue et qu'il a eu plus de temps pour tout
apprendre. C'est ça que je crois, moi. Et c'est pour ça que
je dis que, de pas avoir de papa, eh ben… c'est pas grave. Je
dis comme ça, parce que le mien, il est mort et que même si
j'avais envie qu'il soye là, eh ben, ça se pourrait pas.

Alors, c'est pas la peine que je pleure pour rien.

Jack il a un papa vivant, et ils se voient presque jamais.
Ça fait pareil que s'il était mort, on dirait.

Alors je lui prête Raymond.

Il aime bien tout ce qu'on fait, sauf apprendre à guérir.

C'est pas du tout son jeu favori. Il a pas le don, alors ça
le rend vexé. C'est normal. Mais tout le reste il aime bien.
Il est le plus fort de nous pour reconnaître les oiseaux. Il
arrive même à siffler comme eux. Et même les oiseaux, ils

croient qu'il est un oiseau. Ils lui répondent et tout... C'est hyper marrant.

Bon. Voilà.

Et puis maintenant... ma maman est revenue.

Elle ose pas me demander que j'aille vivre dans sa maison. Je voudrais bien dire oui, si elle demande. Parce que maintenant j'aime bien quand elle m'embrasse et qu'elle me prend dans ses bras et qu'elle me serre fort... J'ai presque envie de pleurer, des fois. Pas parce que je suis triste. Mais parce que je suis super content. Mine aussi, elle me serre dans ses bras et j'aime aussi... c'est ma Mine, la grand-mère que je préfère. Mais quand c'est maman, j'ai l'impression de redevenir un bébé, son petit enfant. Ça me rend content. Je sais pas expliquer. C'est comme ça.

J'ai déjà dit à Raymond et à Mine que si elle demande, je dirai oui, pour aller habiter avec elle. Et je leur ai dit qu'ils viendront me voir tous les jours. Ils sont d'accord.

J'ai préparé ma valise et mes jouets. Elle va peut-être me demander ce soir... comme ça, je serai déjà prêt.

70

Terminus

Elle a pris une semaine avant de demander... et durant tout ce temps, Rémi n'a pas défait sa valise, le petit bonhomme.

Parce qu'à son retour du Montana, Josette s'est un peu éparpillée. Elle a amorcé tous ses changements dans le désordre. Elle avait peur, quoi.

Elle n'a pas osé demander à Rémi s'il voulait bien vivre avec elle parce qu'elle ne se sentait pas prête à supporter un éventuel refus. C'est pour ça qu'elle a attendu si long-temps.

Alors elle a commencé par prendre un amant, et puis elle a trouvé une maison et enfin, elle a réfléchi à la façon d'organiser son nouveau moyen d'existence. Un gros boulot.

Et puis elle a regardé en arrière.

Ces derniers mois lui sont apparus comme une formidable parenthèse. La mort de Martial, son aventure avec Édith, ses retrouvailles avec son père, et maintenant, celles avec son fils. Elle s'est dit qu'elle supporterait très bien que la suite soit un peu plus calme. Et surtout, elle a trouvé qu'il était plus que temps de devenir mère... Mère de son fils de cinq ans et demi.

Ses instincts se réveillent lentement.

Alors maintenant, elle garde les yeux et le cœur grands ouverts. Elle décide de marcher à découvert.

Et tant pis si on voit les cicatrices...

Elle va bientôt commencer les travaux dans la maison incendiée de Nicole et Jean-Yves, ses beaux-parents. L'assurance a accepté son devis. Elle a repris et transformé l'entreprise de Martial en entreprise spécialisée dans la rénovation à l'ancienne. Elle va reconstruire, réparer, bâtir... Elle n'a jamais fait ça avant. C'est très excitant. Elle a gardé les anciens employés. Mais pour certaines techniques, comme le montage de murs en torchis, elle n'a trouvé personne de compétent. Elle a fini par engager des artisans à la retraite. Il y en a qui en avaient marre d'aller tous les jours à la pêche. Et puis, ils vont former des apprentis... (Ils vont leur en faire voir, ouais...)

En faisant griller des côtelettes sur le barbecue, Josette s'est brûlé la main. Rémi l'a guérie. Elle n'a pu que constater. Elle a donc accepté que Raymond lui transmette son don de guérisseur. Ça, plus le tir à l'arc, la pêche, et les cours de piano avec Mine... il est tous les jours chez eux. C'est ce qu'il voulait. Il a dealé aussi quelques autres petites choses. Comme d'avoir plein d'animaux à la maison, à commencer par un chat. Il se trouve que justement, Bastos a réussi à séduire Riton. Tout le monde continue à l'appeler Riton, malgré la découverte tardive, certes, de son véritable sexe, merci Raymond! Mais personne n'arrive à l'appeler Ritonne. Rita aurait été plus logique, mais, un nom de sainte pour une dévergondée comme elle, même si c'est celle des causes désespérées, ça n'était pas justifié...

Donc, Riton est enceinte jusqu'aux dents. À sept mois à peine, c'est une surprise. Rémi en a déjà réservé un... peut-être deux. Il va falloir qu'il demande à sa mère.

Elle dit oui à presque tout.

Alors il en profite un peu.

— Allô maman? C'est moi.

— ...Un deuxième chat ???... Mais... enfin... voyons... On verra, mon chéri... Bon, allez... d'accord.

En tout cas, Bastos est en route pour voir la belle Riton. Il n'arrive pas à l'appeler autrement. Ritonne, ça ne lui évoque rien.

Enfin, si... juste que c'est un peu vulgaire, un peu ringard. Riton, ça a quelque chose... d'exotique. Et puis, qu'importe le nom, pourvu qu'on ait la tigresse! (On est un peu con quand on est amoureux...)

Il vient d'apprendre que la petite est enceinte. Il a un peu de mal à prendre la mesure de cette nouvelle. Une chose est sûre, il sait déjà qu'il n'aura aucune sympathie pour les petits mâles qui n'attendront pas longtemps pour essayer de séduire leur mère et leurs sœurs. Il a été jeune avant eux, il sait. Et franchement... eh bien, il trouve ça tout à fait révoltant! Révoltant et inacceptable! Le sauvage, c'est bien, mais, le sauvage maîtrisé, c'est mieux!

Il se dit qu'il va devoir éduquer ses fils dans ce sens.

Mais... est-ce faisable? Il réfléchit.

Ça va demander une disponibilité de tous les instants, un engagement total, pour une chance infime de réussite. Et il n'y a pas que ça. Il va falloir leur inculquer le respect des anciens... c'est-à-dire de lui, Bastos, leur père!

Ça va être difficile. Surtout qu'ils risquent d'être plusieurs. Ils auront très vite le dessus. Bébés, ça va encore, mais dès qu'ils auront trois ou quatre semaines, ça va devenir affreux...

Devoir mater ces petits délinquants, ces graines de racaille... quel cauchemar !

Ça y est. Il commence à regretter.

Il en est à se demander s'il ne devrait pas rentrer se coucher.

Directement.

La tête lui tourne. Non, c'est vrai, il est complètement crevé en ce moment. Cette histoire de paternité tombe très mal. Ça le chamboule trop. Il pense à sa vie, son temps, sa place... Une très bonne place. Près du poêle, même l'été. Pourquoi partir ailleurs ? C'est idiot de risquer de tout perdre. Riton, elle est gentille, mais pour ce qui est de l'échange intellectuel...

Voilà. Il fait demi-tour. Il retourne se coucher près du poêle éteint. Il est vraiment hyper crevé en ce moment. C'est peut-être à cause de la chaleur... ou du stress... ou les deux.

En tout cas, une chose est sûre, il a une bonne place, et il ne la laissera à personne ! Surtout pas à des petits branleurs de jeunes matous, arrogants, sales et malpolis !

Ah non, ça, jamais !

Un point c'est tout.

Quelques jardins plus loin... Raymond est planté devant la porte ouverte, jambes écartées, poings sur les hanches. La nuit s'annonce douce et tranquille. Une ombre passe. C'est Bastos qui rentre. Il a l'air très abattu, le pauvre. Raymond ne peut pas s'empêcher de frissonner. Il pense au fusil.

Ça fait des mois qu'il n'y pensait plus. La présence de Rémi dans la maison lui a fait oublier jusqu'à son existence. Mais maintenant que Rémi n'est plus là, il s'en rappelle… et de ses pulsions, aussi… cette envie d'« allumer » le chat qui le prenait…

    — Mine ? Est-ce que tu sais où j'ai rangé le fusil ?
Mine s'inquiète. Elle se dit : « Ça y est, ça recommence. »
    — Non… À la cave, peut-être ? Pourquoi ?
    — Pour rien, pour rien. Bastos vient de passer. Et, tu ne vas pas me croire… mais, je n'ai pas eu envie de l'« allumer ». C'est marrant, hein ?

Mine rit.
Raymond reste coi.

C'est l'terminus.
Et on en reste là, quoi.

Extrait du
Grand Livre des recettes sauvages de Marie-Rose

ENTRÉES

Pâté de rat
Un peu fort, mais avec un vin blanc du Jura qui prend bien le dessus, on en redemande !

Salade de vers
Très léger, pour les appétits d'oiseau.

171

Beignets d'écureuil aux noisettes
À réserver pour les dîners d'amoureux, un peu casse-couille à préparer.

PLATS

Hérisson en coque d'argile
Plat traditionnel manouche, je crois.

Civet de renard
À prévoir d'avance, pasqu'il faut le faire tremper dans du lait, pendant deux ou trois jours, avant de le faire cuire. Sans sa queue, bien sûr…

Ragoût de vipère aux châtaignes
C'est avec cette recette que j'ai attrapé mon Momo et qu'il m'a enfilé la bague au doigt !

Bouillabaisse de la mare
À en faire baver les Marseillais !

DESSERT
Tartelettes aux pets de lapin
C'est juste moi qui les appelle comme ça, les myrtilles, pour faire rire mon Momo ! Mais, pour lui, dans la pâte, j'y mets des fayots, ou pire… des salsifis ! On aime bien rigoler, nous deux.

À MÉLIE, SANS MÉLO

Roman publié avec le concours de Christian Sauvage

À Mahault,
Qui ne lira certainement pas ce livre avant d'avoir dix, onze ans. Donc vers 2016. À la vitesse où vont les choses, j'espère qu'elle n'aura pas l'impression de lire une prose d'un autre siècle, style: « Dame Mélie s'esbaudie maintes foys en mirant le manant. » Ce serait un peu relou, quand même. Et à Camille, Fergus, Jessica et sa bande, Marie et la sienne. Juste un petit mot à mes invisibles, mes impalpables. Au cas où ils lisent, là où ils sont. (Ben quoi? On sait pas...) Miss you guys. Voilà. C'est tout.

Le soleil brille, les mésanges picorent des graines.
Mon beau-père qui pète trop fort fait envoler les mésanges.
C'est dommage, c'était une belle journée.

Fergus, mon fils, a écrit ce poème quand il avait sept ans.
Il a vraiment mis la barre très haut.

B. C.

1

Allô, Mélie

— Allô, Mélie ? C'est Gérard. Écoutez, je viens de recevoir vos...

— Ah ! Alors ?...

— Ça n'est pas très très bon...

— Ah.

— Je pense que... comment dire, euh... je pense, en fait, qu'il faudrait refaire des...

— D'accord, Gérard. Le problème, c'est que je ne vais pas avoir le temps. Je ne sais pas si je vous l'ai dit, mais Clara arrive demain. Elle passe toutes les vacances d'été ici, avec moi.

— Ah, très bien...

— Alors, nous verrons ça plus tard. En septembre.

— Mais Mélie ! Ce n'est pas...

— Ça ira, ne vous inquiétez pas... Dites, pendant que j'y pense... j'ai croisé vos trois fils, hier, en passant devant le lycée, et j'ai failli ne pas les reconnaître ! Qu'est-ce qu'ils ont grandi ! De biens beaux gaillards, vous avez là. Et Odile ? Comment va-t-elle ? Ça fait un moment que je ne l'ai pas vue.

— Vous... vous n'êtes pas au courant ?

— De quoi donc, Gérard ?

— Eh bien... Odile nous a quittés.

— ... Elle est morte ?

— Mais non, voyons ! Elle nous a quittés, moi et les enfants... elle est partie !

— Ah bon ! Vous m'avez fait peur...

— Cette tendance à toujours tout exagérer... Oh! Pardon, Mélie! Je ne voulais pas dire ça... Je ne suis pas trop dans mon assiette, en ce moment, alors vous comprenez... il y a des choses qui... Elle a laissé un mot, avant de partir! Odile. Sur le mur de notre chambre. À la peinture rouge! Elle a écrit... Non, je ne peux pas. Mais c'est clair, elle ne m'aime plus. Et bing! En pleine poire! Voilà. Mais... je ne veux pas craquer. Je dois penser à mes patients. Qui attendent que je m'occupe d'eux, que je les soigne. Leurs petites maladies, leurs petites déprimes... C'est terrible, mais je n'y arrive plus. Et je m'en fous! Non. Je dis ça, mais... vous le savez bien, vous, que je ne pense pas toujours tout ce que je dis. Écoutez, je ne vais pas très bien, je crois. Et mon problème c'est que... je ne supporte pas l'idée de me retrouver seul. La solitude, ça me... panique. Tout petit, déjà... Et là, en plus, à mon âge... Ah! c'est vrai... mais vous, Mélie, depuis le temps, vous devez être habituée, non?

— Oui, bien sûr. Je crois quand même, Gérard, qu'à quarante ans vous avez encore tout le temps de... Bon, je comprends. Ce n'est pas le moment. Écoutez, si vous avez besoin de parler ou de pleurer encore un peu, n'hésitez pas à m'appeler, ou passez me voir. D'accord? À bientôt, mon garçon.

Mélie est sonnée. Pas qu'Odile ait quitté Gérard. Ça, ça lui pendait au nez depuis longtemps, à cet idiot. Mais que ses résultats ne soient pas...

Elle vient à peine de raccrocher, et le téléphone re-sonne déjà.

— Mélie?
— Oui.
— C'est moi.
— Qui ça, moi?
— Ben, moi, Fanette... ta fille... tu te rappelles que tu as une fille, au moins? Qu'est-ce qu'il se passe? Ça ne va pas?

— Non, non. Ça va. C'est juste que je viens de parler à Gérard, et que...

— Ah bon! J'ai cru une seconde que tu avais eu une embolie cérébrale ou un truc qui fait perdre la mémoire, tu vois le genre...

— Arrête, c'est pas drôle. Le pauvre. Il est complètement effondré. Je me demande comment les enfants vont le prendre... Tiens-toi bien. Odile les a quittés.

— Quoi? Elle est morte?

— Mais non, voyons! Elle est partie, c'est tout.

— Tu m'as fait peur...

— Il n'avait pas l'air bien, quand même. Tu devrais l'appeler.

— Ouais... on verra. En attendant, moi, je voudrais te parler de demain. Donc, Clara arrive au train de 15 h 12...

2

Marcel, pas très peinard

Mélie n'a pas eu le temps de réfléchir au coup de fil de Gérard, parce qu'elle a passé toute la nuit à essayer de réparer sa voiture. Malheureusement, sans succès. Pour aller chercher Clara à la gare, elle a dû trouver une autre solution. Elle a ressorti la vieille mobylette orange. Quasi un demi-siècle, mais elle pète toujours au quart de tour! Super bécane, la mob orange! Et puis Mélie a attelé la remorque pour transporter le vélo de la petite. Ça devrait aller. Il n'y a pas une si grande distance entre la gare et la maison. Dix, douze kilomètres, c'est pas le diable! À son âge, elle faisait le trajet aller-retour, tous les jours, pour aller à l'école... Et puis, Clara adore faire du vélo. Juste penser à ne pas en parler à Fanette, c'est tout.

En attendant, elle a à peine dormi et le manque de sommeil ne lui convient pas. Les excès de café non plus, d'ailleurs... Elle est... un peu trop tendue.

C'est mardi matin. Comme toutes les semaines, elle a appelé Marcel, son mécanicien mais néanmoins ami. Et là, elle lui a passé un sacré savon, rapport à la panne. Qu'il n'avait plus la main, ou quoi?... qu'elle ne pouvait donc plus compter sur lui, c'est ça?... et est-ce qu'il fallait qu'elle envisage, après toutes ces années, de changer de garagiste, alors?... Pauvre Marcel, qui n'aspire à rien d'autre qu'à être peinard dans sa maison de retraite, à se faire balader dans un fauteuil roulant, pour prix d'une vie de dur labeur... Et, alors qu'il n'a plus à se faire chier, n'a plus à se lever à cinq heures du matin, n'a plus à mettre les mains dans le cambouis, à puer l'essence, et à se briser les reins sous des moteurs pourris... qu'il peut enfin goûter au plaisir de ne plus rien faire du tout, il y a encore une vieille chouette qui vient sans arrêt lui casser les bonbons, à lui parler de son auto, qui n'en a plus que le nom!

— Mais c'est plus rien qu'une épave, depuis le temps que tu la roules, ta caisse! T'entends, Mélie? Tu me les casses, avec ton épave, nom de Dieu!

Mais Mélie n'est pas du genre à se laisser entamer facilement. Alors, il sait déjà qu'elle répondrait...

— Faudrait déjà qu'on les retrouve, tes petites noisettes, pour qu'on puisse leur faire quelque chose, mon pauvre vieux!

Donc il a choisi depuis longtemps de laisser couler. D'attendre que ça passe.

Il est un peu philosophe, Marcel.

Et puis, il y a toujours le calme après la tempête, comme il dit souvent.

— Non, sérieusement, Marcel. Quand je mets le contact, le moteur tousse – peuf, peuf, peuf – et puis plus rien. Tu crois que c'est l'allumage?

— T'as vérifié les bougies?

— Bien sûr! Mais ça vient pas de là. Dis donc, je n'ai pas trop le temps de parler au téléphone. Clara arrive cet après-midi, et il faut encore que je prépare sa chambre. Alors, écoute. J'ai appelé Pépé, et il est d'accord pour demain. Il viendra te prendre à dix heures – tu te rappelleras? – et il te ramènera à cinq heures, comme d'habitude. Ça devrait te laisser assez de temps pour trouver la panne. Enfin, j'espère... Je ferai des salsifis pour le déjeuner. T'aimes ça, les salsifis?

— Mais Mélie...

— Quoi, « mais Mélie »? Parce qu'en plus, t'es pas content? Je te ferai remarquer qu'à cause de cette panne stupide, la petite Clara va devoir faire le trajet de la gare à la maison à vélo! Douze kilomètres! Et comme elle n'en fait pas souvent, du vélo, la pauvre petite, elle va avoir mal aux jambes pendant des jours et des jours... Elle va peut-être même devoir rester couchée, si ça se trouve. Ah! lala, je vais bien finir par devoir acheter une nouvelle voiture, si t'es plus capable de réparer celle-ci... Mais comment je vais bien pouvoir faire pour payer une voiture neuve, avec ma retraite, hein? T'as une idée, toi? Parce que moi, je ne vois pas.

Marcel grogne.

Il se dit que Mélie, c'est vraiment une sorcière, des fois...

Mais que... d'ici à demain...

Il pourrait s'en passer des choses. Va savoir...

Il se pourrait très bien que... pendant la nuit... il claque!

Paf! D'un coup!

Ah ben... on sait jamais, hein!

À son âge, ce ne serait pas un scoop.

Et là, elle serait drôlement attrapée, la mère Mélie.

Parce que... qui voudrait encore la lui réparer, son épave, hein?

Eh ben, moi, Marcel, je le dis tout net: PLUS PERSONNE!

3

Mélie rêve et Clara pas

Elle roule à très petite vitesse. Ça fait un moment qu'elle n'a pas regardé dans le rétroviseur. Alors elle ne sait pas encore qu'elle a semé la petite Clara. C'est le ronron du moteur de la mobylette qui l'a fait partir à rêvasser.

Ça fait tellement de bien de laisser les souvenirs envahir sa tête. Surtout les bons. Il n'y a pas de raison de s'en priver. Ce coup-ci, c'est Fernand qui vient faire sa petite visite. Cinquante-cinq ans en arrière. Pas tout jeune, non plus, comme souvenir.

Sur cette même route, ils pédalent tous les deux. C'est l'été, l'air est lourd comme du sirop, et la route sent le goudron chaud. Comme maintenant. Fernand vient d'acheter un vieux tandem. C'est la première fois qu'ils le montent. Ils pédalent en rythme, très concentrés. Plus un mot. Et puis, d'un coup, elle s'imagine la dégaine qu'ils doivent avoir, tous les deux, l'un derrière l'autre, à pédaler si sérieusement… et elle se met à rire… rire… sans plus pouvoir s'arrêter. Elle en a les jambes coupées. Alors, elle arrête de pédaler, bien sûr. Et Fernand se retrouve seul à faire tout le boulot. Il râle un peu. « Mélie… arrête de rire, quoi… » Mais elle, elle rit encore et encore… Quand même, elle essaye de reprendre son souffle. Elle appuie sa tête contre le dos de Fernand. À travers sa chemise, elle sent sa peau et ses muscles vibrer, dans l'effort.

Elle inspire très lentement. La tête lui tourne.

Elle se laisse aller. Grisée.

Ne pense plus. Juste, ressent.

Tout. D'un coup, plus fort. Plus net. Les couleurs vives. Les sons bruts. Les odeurs crues. En une seconde, l'impression de voir des insectes butiner les fleurs le long de la route, d'entendre tinter les petits cailloux au passage des pneus du vélo, et de se sentir, comme liquéfiée, couler dans les veines de Fernand, au rythme des battements de son cœur…

... bom bom... bom bom...
... elle se dissout...
... bom bom... bom bom...
... puis ça revient...
... elle reprend corps...
... Petit à petit...
... la sensation s'estompe.

Alors, vite... avant que ça ne finisse, elle veut se rappeler cette « chose » pour toujours... enfin non, pas pour « toujours » – puisqu'elle sait déjà, malgré ses vingt ans, que rien ne dure toujours –, mais pour longtemps... oui, c'est ça, garder le souvenir de cet instant, pour très très très longtemps, jusqu'à la vieillesse, et même encore après, tiens ! jusqu'à la fameuse seconde avant de mourir, celle où, paraît-il, on voit défiler toute sa vie...

Elle reprend une inspiration.

Et...

Ça y est, c'est fini.

Elle se remet à pédaler.

Et Fernand soupire. « Ah ben, tu te décides enfin ! »

Ils passent devant deux enfants assis dans l'herbe, sur le bord de la route. Qui les regardent, les yeux tout écarquillés.

— Tu vois, Fernand ! J'en étais sûre qu'on avait une drôle de dégaine, tous les deux, sur notre tandem...

À quelques kilomètres de là, Clara s'est arrêtée. Elle crie...

— Méllllliiiiiiie !

Mais Mélie est loin.

Ça commence mal, ouh ! lala, ça commence super mal. Elle le sait, pourtant, que je n'ai pas l'habitude de faire du vélo comme ça, sur des kilomètres ! J'ai trop mal aux jambes, là. Quand maman va téléphoner, je vais pas me gêner pour lui raconter. Juste le jour où j'arrive, la voiture en panne... ouais, enfin... l'épave !

En tout cas, je suis crevée, je ne bouge plus d'ici.

Elle lâche le vélo qui se couche au milieu de la route, et s'assied dans l'herbe.

Elle fait la gueule.

Ça devait être joyeux. Le premier jour de vacances. Les grandes. Celles qui durent tout l'été. Mais là, ça commence vraiment trop mal.

Un caillou plus gros sur la route. La roue de la mob sursaute. Mélie aussi. Les souvenirs remballent. Salut Fernand.

Œil au rétroviseur.

Clara ?

Où est... ?... ma petite Clara !

Vraoum. Elle fait rugir le moteur de la mob. Demi-tour en épingle à cheveux. Avec la remorque, il faut quand même y aller mollo, elle pourrait verser.

— Ma petite, ma pauvre petite... Pourvu qu'il ne lui soit rien arrivé.

Un kilomètre... deux kilomètres...

De loin, le vélo couché au milieu de la route...

Mélie s'affole.

— Clara ! Tu es tombée ?

La petite ne répond pas.

— Tu t'es fait mal ?

Elle ne répond toujours pas.

— Tu as crevé, alors ?

— C'est presque ça, ouais.

— Ah ! Tu m'as fait peur ! Mais, chérie, tu as roulé comme une championne ! La reine de la bicyclette ! À ton âge, j'étais moins forte. Et j'en faisais pourtant tous les jours, du vélo. Allez, on est presque arrivées. Bois un coup. La gourde est dans la remorque. Ah ça, quand je vais dire à ta mère que tu as fait tout le chemin à vélo... elle va pas en revenir, dis donc !

4

Fanette, aux nouvelles

— Elle dort déjà ? Mais il n'est que sept heures et demie ! Elle n'est pas malade, tu es sûre ? Si tu as un doute, tu peux demander à Gérard de passer. Il n'est pas loin. Oh merde ! J'ai encore oublié de l'appeler ! Tant pis, demain... Entre nous, je ne suis pas du tout étonnée qu'Odile l'ait quitté, hein. Le plus étonnant, c'est qu'elle soit restée aussi longtemps ! Il est tellement chiant. Aucun humour. En plus, j'ai comme l'impression qu'il est en train de virer réac... La dernière fois que je lui ai parlé, il m'a sorti des trucs sur l'éducation des mômes... hyper limite ! Ça faisait combien de temps qu'ils étaient ensemble, déjà ? Dix-sept ans ? Tu plaisantes... Non ? Oh putain ! Ah ben ouais... j'avais vingt-trois ans quand on s'est séparés, j'en ai quarante maintenant. Quarante moins vingt-trois... c'est ça, dix-sept. Ah ben tu vois, j'aurais pensé moins. Et si je l'appelais, Odile ?... C'est vrai, on n'a jamais été très copines, mais là... c'est pas pareil. Quoi ? À la peinture rouge ? Sans blague ! Trop marrant ! Je vais l'appeler tout de suite... Si, si, j'ai son portable. Je ferai celle qui n'est pas au courant, t'inquiète. Je te raconterai. Et, Mélie, tu embrasses Clara très fort pour moi, OK ? Oui, même si elle dort... Au fait, t'as regardé dans son sac à dos ? J'ai mis la caméra vidéo et le pied. Elle est hyper simple à utiliser. Bon. Sinon, tu voulais me dire quelque chose de spécial ?... T'as commencé à me parler de résultats de j'sais pas quoi, tout à l'heure, et... Bon, bon. Ben alors, bisous. À demain.

5

Salsifis, mécanique et compagnie

Clara s'est réveillée de bonne heure. Neuf heures et demie. C'est encore tôt, quand on est en vacances... Elle entend Mélie fourgonner dans la cuisine. Le soleil filtre à travers les fentes des volets. Waouh, génial! On dirait qu'il fait beau. J'ai trop la flemme de me lever... Allez, faut y aller. Aïe! Mes jambes! J'ai hyper mal aux jambes!

— Mélllllliiiiiiie!

— Oui?

— J'ai mal aux jambes!!!

— C'est normal, mon petit poussin. Le vélo, il faut en faire tous les jours pour ne pas avoir de courbatures. Ça ira mieux demain. Tu descends? Il fait très beau. Le petit déjeuner t'attend sur la table du jardin.

— OK, j'arrive.

Ça fait des mois qu'elles ne se sont pas vues. Clara a plein de choses à lui raconter. Alors, pour commencer... mais tout se bouscule et elle balance en vrac. Ses profs sont nuls, mais elle s'en fout, parce qu'elle s'est fait des super copines cette année, toutes trop sympas, et puis... elle a un petit ami. Il est en CM2 aussi, ouais... Et il est amoureux... Ben si, elle sait. Parce qu'il lui a dit, tiens!... Elle? Non, elle l'est pas trop... Et puis, ils se sont déjà embrassés... Une fois... mais c'était pas vraiment bien. Du coup, elle pense qu'elle devrait peut-être changer de petit copain à la rentrée. Qu'est-ce que t'en penses, Mélie? C'est mieux, non?

Mélie se dit qu'à son époque, c'était pas comme...

Mais elle n'en parle pas. Ça ferait trop vieux jeu. Elle dit juste:

— Ouais. C'est mieux. De toute façon, s'il sait pas embrasser, c'est sûr que...

Pépé arrive avec Marcel.

Il n'a pas l'air de bonne humeur, le vieux Marcel. Pas très envie de faire de la mécanique, on dirait. Ça l'emmerde. Alors, il le montre en tirant la gueule. Mais quand il aperçoit Clara, il y a une petite lumière qui s'allume dans ses yeux. Elle court lui ouvrir la portière, l'embrasse, le tire par le bras pour l'aider à descendre de voiture. Il oublie sa fatigue et ses douleurs aux jambes, ses douleurs un peu invalidantes qui font qu'il ne peut plus trop quitter son fauteuil roulant. Même si, des fois... il fait un petit tour à pied, quand personne ne le voit. Ah ben! On peut faire des exceptions! Et Clara en est une, sans aucun doute. Mélie glousse en douce, et Pépé sourit, en déchargeant la chaise roulante. Il n'est pas dupe non plus, l'Pépé. En fait, ici tout le monde l'appelle Pépé, mais il s'appelle vraiment Pédro. Et il n'a que trente ans. Il est arrivé à la maison de retraite, comme infirmier. Maintenant il est concierge, ça gagne mieux.

En plus, quand il a le temps, il rend des petits services.

— Yé répasse à cinq hore, Marcel.

— OK, Pépé! À tout à l'heure.

À midi, comme avait menacé Mélie, ils ont mangé des salsifis. Et après, Marcel a fait une longue sieste sous le tilleul. Assez pétaradante.

Les commentaires ont été bon train.

— Ça ne doit pas être très bon pour la couche d'ozone, tout ça...

— Il faudrait proposer de classer les salsifis dans les produits dangereux.

— On ne devrait les trouver qu'en bottes, entourés de ficelle rouge, avec une tête de mort sur l'étiquette. Comme la dynamite dans les bandes dessinées de Lucky Luke!

Clara et Mélie ont bien rigolé.

Mélie a posé des outils sur une vieille table à roulettes, pour que Marcel ait tout sous la main.

Et il a commencé à travailler.

— Prends la clef de douze, Clara, ma poulette... non, pas celle-là, l'autre à côté... voilà, c'est bien... tourne... mais dans le sens contraire des aiguilles d'une montre, puisque tu dévisses, voyons!... Là... c'est bien... Tu vois quand tu veux... Maintenant... Allez, donne-moi ça.

Il y a toujours un moment où ça le prend. Il attrape un outil et plonge dans le moteur. C'est sa passion, les moteurs.

Clara aime bien regarder. Il ronchonne tout le temps, commente tout ce qu'il fait, jure avec des vieux gros mots. « Sacrebleu », « Nom d'une pipe », « Pute borgne! » Pourquoi borgne?... Mystère.

Et elle pose des questions, aussi.

— Dis Marcel, elle sert à quoi, la durite qui pendouille, là?

— Quelle durite? Ah ben! C'est pas croyable. Elle est là, la panne, bien sûr.

Il grommelle pour lui-même, mais Clara entend bien...

— Encore un coup de Mélie, casse-bonbons celle-là!

Pépé est arrivé à cinq heures précises.

Mais ça a paru trop tôt.

Juste au moment de partir, il y a un moucheron qui a atterri dans l'œil de Marcel. Clara a bien cherché, mais ne l'a pas trouvé. C'est rien, a dit Marcel. Ça pique un peu, c'est tout. Mais, quand même, son œil a pleuré, parce qu'il est sensible aux corps étrangers.

Et puis ils sont partis.

Mélie et Clara sont restées un moment sans rien dire.

Chaque fois, c'est pareil.

Il est quand même vieux, Marcel...

Finalement, Clara a demandé...

— Pourquoi tu casses toujours la voiture?

— Pour lui donner du travail, tiens.

— Je crois qu'il le sait...

— Oui, c'est possible. En attendant, c'est toi qui as trouvé la panne. Bravo! J'ai passé la nuit à chercher! Et impossible de me rappeler ce que j'avais fait.

Il faudrait que je pense à le noter quelque part, la prochaine fois...

Tu me le rappelleras?

(5 suite)

Un orage, des escargots

Plus tard, il y a eu un orage. Clara et Mélie se sont mises à l'abri dans la maison. C'était du gros orage. Du qui fait peur.

Mélie s'est mise à raconter une histoire. Elle a eu ce drôle d'air qu'elle prend ces derniers temps, quand on dirait qu'elle regarde en dedans, alors qu'elle regarde vraiment en arrière...

Quand on avait neuf, dix ans – comme toi maintenant – Mine et moi, on disait tout le temps :

— Oh la vache!

À tout bout de champ, pour un oui, ou pour un non...

— Oh la vache!

Mais cette fois, quand on a dit...

— Oh... la vache!

— Ah ouais... la vache!

... c'est vraiment parce qu'on ne trouvait pas d'autres mots. Ce qu'on a vu, ce jour-là, c'était vraiment pire que tout ce qu'on aurait pu imaginer.

— Ça alors...

— Ah ouais, dis donc...

Ahuries, on avait les yeux tout sortis de la tête. Hypnotisées. Et avec, en plus, une grosse pétoche! Parce qu'on n'avait pas le droit d'être là! On nous l'avait formellement in-ter-dit!

Mais on est restées. Pour regarder encore.

Il pleuvait des cordes. Mais on est restées quand même. Et puis, Mine a dit…

— Ça pue, tu trouves pas?

— Ah la vache, ouais, ça pue le cochon grillé…

— Qu'est-ce qu'on fait?

— Vite, on se tire!

On a couru à travers champs, en se tordant les chevilles sur les pierres. Dans les prés, en sautant par-dessus les bouses. On a rampé le long des haies, en évitant les ronces, et on est passées sous les barbelés, en y laissant un bout de chandail, comme chaque fois. Arrivées sur le chemin derrière le cimetière, tout essoufflées, on s'est allongées par terre, dans la boue.

— J'me sens pas bien, a dit Mine.

— Moi non plus, j'ai répondu.

On a vomi en même temps! Dégoûtant!

On en a eu les larmes aux yeux, Mine a sorti un vieux mouchoir qui traînait au fond de sa poche, on s'est essuyées et on est rentrées, chacune de notre côté. Pas très fières.

Ce qu'on a vu ce jour-là, en tas, tout noir, qui fumait encore et puait le cochon grillé, c'est tout ce qui restait d'Abel Charbonnier. Foudroyé au milieu de son jardin, accroché au manche de son râteau.

Va savoir pourquoi, au plus fort de l'orage, il lui aura pris l'envie de ratisser son jardin! On ne saura jamais.

En tout cas, à partir de ce jour-là, sa maison s'est appelée « la maison du foudroyé », et sa femme, « la femme du foudroyé ». Pas très original, tu me diras… mais ça n'arrive pas souvent, non plus, des choses pareilles.

La pauvre Hortense Charbonnier, ça lui en a fichu un sacré coup.

Rends-toi compte. Elle, dans sa maison, comme nous maintenant, et dehors, l'orage qui gronde.

— Ouh la! Elle a pas dû tomber ben loin, la foudre, dis-moi voir... Mais où qu't'es donc encore passé, mon Abel?

Et là... elle regarde par la fenêtre, et elle voit... Abel en train de griller, tout debout, au milieu du jardin, collé pour l'éternité au manche de son râteau, tout dressé vers le ciel.

Pendant des mois, elle n'est plus sortie de chez elle. On pouvait toujours sonner à sa porte, elle répondait pas. Les volets fermés, la lumière éteinte. Toute tourneboulée, l'Hortense.

Ils s'entendaient bien pourtant, ces deux-là.

C'est une peine, tout de même...

Que ça tombe sur des qui s'aiment, un coup de foudre pareil.

Pensives, un moment...

— Dis, Mélie, elle est sympa ton histoire. Sauf que... t'en aurais pas une un petit peu plus marrante? J'ai peur quand il y a de l'orage... et là, je crois que ça va être encore pire, à partir de maintenant!

— Pauvre petite Clarinette! Mais tu sais, c'est plus fort que moi. Chaque fois qu'il y a du tonnerre et des éclairs, j'y repense. Et je me demande encore aujourd'hui... qu'est-ce qui a bien pu lui passer par la tête, à cet idiot d'Abel, d'aller ratisser son jardin juste à ce moment-là?

L'orage a fini par s'apaiser, et elles sont sorties toutes les deux, avec leurs bottes et leurs cirés. Plus d'éclairs, plus de tonnerre, juste la pluie, qui continuait de tomber. Bien dru.

Elles ont chanté la chanson de Nougaro...

> *La pluie fait des cla-quet-tes*
> *Sur le tro-ttoir, à mi-nuit*

Parfois je m'y a-rrê-te
Je l'admi-re
J'applaudis

Et puis surtout, la fin de la chanson, que Clara adore brailler, en menaçant le ciel du poing, comme une boxeuse...

Salut! Pourquoi tu pleures?
Parce que je t'aim-e, sale eau[1]!

Elles se sont rendu compte qu'elles n'étaient pas seules à aimer sortir sous la pluie. Une petite centaine d'escargots, aussi. Mélie a décidé de les ramasser et de les faire jeûner jusqu'à la semaine prochaine. Elle les passera à la casserole quand Marcel viendra réparer la nouvelle panne de voiture.
— Et pourquoi pas le moteur de la machine à laver, cette fois-ci?
— T'as raison, ça le changera.

6
Marcel marche bien

Marcel n'a pas faim. En arrivant, il a dit à Pépé qu'il préférait aller se coucher directement. Un de moins dans la salle à manger, ça arrange tout le monde. Au dîner, le personnel est occupé au grand complet, ici. Il y a beaucoup de grabataires. « Et une cuillerée pour papy »... Marcel préfère ne pas voir ça. Lui, c'est un privilégié.

1. « La pluie fait des claquettes », paroles de Claude Nougaro, musique de Maurice Vander et Claude Nougaro, © Première Music Group / EMI Music Publishing France.

Il arrive encore à tout faire tout seul. Même marcher ! Mais, ça, personne ici n'est censé le savoir. Parce que... la chaise roulante, c'est un peu du pipeau. Une petite arnaque, quoi. Au départ, c'était juste pour éviter les séances de gymnastique obligatoire qu'il a prétexté des douleurs dans les jambes. Il s'est mis à boitiller, à grimacer, à gémir en silence, l'air de dire : « C'est dur, mais je prends sur moi, vous savez. » Ça a ému. Il a baratiné, pour enfoncer le clou. Il a convaincu. Et il a eu sa chaise. Se faire balader, piquer un roupillon n'importe où, n'importe quand, c'était très plaisant. Il s'est pris au jeu. Et puis, ça correspondait bien à son idée du farniente. Du plus rien faire du tout. Nada ! Son credo, une sorte de profession de foi. Une réaction tardive contre toutes ses années d'esclavage au travail. Il y a mis la même conviction que quand il militait à la Ligue. Droit au repos pour tous les travailleurs, nom de nom ! Mais, voilà, c'est comme tout. À force de ne rien faire, on finit par s'ennuyer. Alors, depuis quelque temps, quand il est seul dans sa chambre, ou la nuit, quand tout le monde dort, il sort faire un tour. Il marche très bien, très vite, très longtemps. Et sans canne, encore.

Tout faire, sans l'aide de personne...

Son jardin secret.

Il a bien eu, dernièrement, quelques petites faiblesses, du côté de la vessie. Ça l'a fait réfléchir. Mais il n'en a parlé à personne.

Ni vu ni connu, j't'embrouille.

Ça ne regarde que lui.

Dans son studio aménagé, il y a un coin cuisine. Il n'est pas obligé de manger avec les autres. Il invite des potes, quelquefois. Mais il n'en a plus beaucoup. Ça se dépeuple, dans sa génération. Surtout les hommes.

Marcel va avoir soixante-dix-huit ans.

Sa femme, Andrée, est morte il y a dix ans. Au début, ça l'a déboussolé, bien sûr. Mais ils ne s'aimaient plus depuis déjà très longtemps. Alors c'est juste l'habitude de sa présence qu'il a dû apprendre à perdre. Et il a aussi appris à faire le ménage, les courses, la cuisine, la vaisselle, la lessive, le repassage, les comptes, les factures et tout le toutim. Andrée faisait ça très bien.

Une femme d'intérieur parfaite. Pour le reste... rien. Toute sèche. Comme handicapée de ce côté-là. Même jeune. Ça ne l'a jamais travaillée. Elle a passé toute sa vie sans savoir qu'il y avait du bonheur à prendre, par en dessous de la ceinture. Pauvre Andrée.

Ils se sont mariés très jeunes. Elle s'était laissé faire une première fois avant leur mariage. Ça s'était passé un peu à la va-vite. Il était fougueux et manquait encore d'expérience. Et la deuxième fois, pendant leur nuit de noces. Mais il avait trop bu, ce soir-là, et n'en avait gardé aucun souvenir. Et puis, fini. Plus rien. Plus jamais rien. Voilà. Aussi incroyable que cela puisse paraître, Marcel n'a jamais su comment étaient faits les seins et les fesses de la femme avec qui il a été marié pendant quarante-six ans. Parce qu'il ne l'a jamais vue à poil !

Alors, bien sûr, ils n'ont pas eu d'enfants. Les deux fois, ça n'était pas tombé les bons jours ! D'autant qu'il en aurait voulu des tas, des lardons. Des qui courent, jouent, crient, rient, foutent le bordel partout dans la maison. C'était son rêve depuis toujours, une maison pleine d'enfants. Chez ses parents, ils étaient sept. Cinq garçons et deux filles. Ça piaillait dans tous les coins. Et même si la vie était rude en ce temps-là, et qu'ils se couchaient souvent le ventre vide, ils étaient tous ensemble, heureux et fiers comme des petits papes ! Jamais personne n'aurait pu les séparer. Personne ! Que la guerre qui y est arrivée. Les lui a tous pris. D'un coup. Ses sœurs, ses frères et ses parents. En un coup. Putain ! Ça le fait encore chialer, même après tout ce temps. P'pa, m'man, Pierrot, Claude, Martin, Jeannot, Louisette, Mimi... J'arrive bientôt ! Et on sera tous ensemble, comme avant !

Bon. Il n'a pas envie d'y penser maintenant.

Ça hante déjà suffisamment ses nuits.

Alors, les enfants...

Ils n'en ont pas eu. Mais pour le reste, il a eu son compte. Des maîtresses, beaucoup de maîtresses. Ah ça... ça y allait !

Et elles lui en ont fait voir... De toutes les couleurs! Les coquines! Il a été gâté de ce côté-là, il peut le dire.

Il en a retrouvé deux, ici, récemment. C'est amusant de se rappeler le bon temps. Elles prennent encore des petits airs malicieux, en parlant de leurs rendez-vous galants. Ce sont pourtant des histoires vieilles de trente ou quarante ans...

Finalement, il n'y a que le grand amour qu'il n'a pas eu. Mais il l'a effleuré.

Un grand amour secret.

C'est tout ce qu'il a eu.

Et « elle » ne l'a jamais su.

Mais si c'était à refaire, il s'y prendrait autrement. Il ne ferait pas le con. C'est trop long, toute une vie sans un grand amour.

Bon, c'est pas le tout. Il va aller dormir, maintenant.

La journée a été crevante.

7
Gérard et ses symptômes

— Allô, Fanette? C'est Gérard. Je ne te dérange pas, là? J'ai besoin de parler à quelqu'un... Non, non, je n'en ai pas pour longtemps. Écoute, je ne me sens pas très bien, en ce moment... Ah, tu es au courant pour Odile?... Oui. Ben tu vois, finalement je m'y fais... tout doucement, mais sûrement. Les garçons aussi, oui... Ils ont déjà leurs vies, ils en ont un peu rien à foutre, quoi... Non mais, je voulais te parler d'un problème précis... que j'ai. Je sens... qu'il y a quelque chose qui cloche chez moi... Ah, j'étais sûr que tu dirais ça! Mais je suis sérieux, là...

Oui, sûrement des bouffées d'angoisse, mais… Non, j'te dis ! C'est plus que ça… Mais merde, Fanette ! Écoute-moi, quoi ! J'te dis que j'ai quelque chose à l'estomac ! Voilà. Quand je mange, j'ai de suite la nausée. Pas juste une simple nausée, non… un vrai truc violent, et hyper douloureux, tu comprends… Et puis, je vomis souvent après, aussi… Ah, tu crois que je devrais ?… Eh oui, je me disais aussi que… Aïe ! Il va falloir que je trouve quelqu'un pour me remplacer au cabinet, alors. C'est vraiment un coup dur, ça… Pour Odile ? Oh non ! J'aurais dû me douter que ça arriverait un jour. On n'était pas vraiment faits l'un pour l'autre, tu sais. Elle est trop insouciante, trop immature. Non, mais là, avec cette tuile qui me tombe dessus… On se rappelle, hein. Je vais prendre rendez-vous tout de suite, pour les examens. Je t'embrasse. Merci pour tes conseils.

Fanette décide d'appeler Odile.
— Allô, Odile ? C'est Fanette. Écoute. Je pense qu'il vaut mieux que tu saches… Gérard a… enfin… je crois que Gérard a quelque chose de grave, peut-être même quelque chose de très grave… Comment ? Gérard, hypocondriaque ?… Mais qu'est-ce que tu racontes, Odile ? Je t'appelle pour te dire que ton mec va peut-être crever, et tout ce que tu trouves à dire c'est qu'il est hypocondriaque ?… Et moi aussi ? Ah ben ça, c'est la meilleure… Mais t'es vraiment qu'une conne, finalement !

Fanette a pris sa tension. Elle était grimpée à 18 ! Elle a décidé de s'allonger un moment. Elle reprendra les consultations plus tard.

8

Clara sans Play

La première semaine est passée comme une flèche! Clara ne s'est pas ennuyée une seconde. Pourtant, au départ, ça ne se présentait pas très bien. Le lendemain de son arrivée chez Mélie, elle s'est rendu compte avec consternation (mais le mot est faible...) que sa PlayStation ne marchait plus. Le coup de chaud! Elle adooooore jouer à la Play. C'est son plaisir, son kiff, sa passion! Et là, plus de Play! Deux mois sans jouer? La galère assurée. Eh ben finalement, elle arrive à vivre sans.

Pour l'instant, en tout cas...

Mais elle a des journées bien remplies.

Après le petit déj, elle part acheter le pain, à vélo. Aller-retour, ça fait presque douze kilomètres. C'est pas de la crotte de bique! Elle passe par des petits chemins pas trop défoncés, parce que son vélo, il est pas tout-terrain. C'est un peu sportif, un peu tape-cul, mais bien plus marrant que par la route goudronnée. Elle s'arrête quand elle veut, se trempe les pieds dans l'étang, fait coucou aux scouts qui campent dans le champ du père Thomas, fait pipi dans les buissons sans avoir peur d'être vue. C'est cool.

Et puis quand elle revient du pain, en général, c'est l'heure où sa mère appelle pour prendre des nouvelles. En fait, c'est surtout pour en donner. Ça dure trois quarts d'heure, une heure, ça dépend. Elle est hyper bavarde, Fanette. Surtout quand elle est célibataire. Ou entre deux, comme en ce moment.

— J'ai rencontré un mec plutôt sympa... Il m'a invitée à déjeuner... Oui, c'est un patient... Je sais, Clara, je fais gaffe... Mais là, c'est différent... il ne parle pas que de sa santé, lui... il s'intéresse aussi à la mienne. Non, mais... il m'a juste invitée à déjeuner, c'est tout! Ah, au fait, je ne t'ai pas dit? J'ai eu Odile, hier, au téléphone. Quelle pouffiasse!

Elle a eu le culot de me dire que Gérard et moi, on était des hypocondriaques!... Ben, comment t'expliquer... c'est quand les gens s'inquiètent sans arrêt pour leur santé. Alors tu vois, pour des médecins, si on était hypocondriaques, ce serait vraiment un comble, hein!

Clara ne dit rien. Mais elle pense que... dans le fond, elle n'a pas complètement tort, Odile. Surtout en ce qui concerne Gérard. On pourrait même dire qu'il est encore plus qu'hypo... qu'il est hyper con... driaque, Gérard!

— Bon, faut que j'y aille. On se rappelle demain? Bisous.

Voilà. C'est du boulot, les parents...

Après la séance de téléphone, Mélie l'envoie cueillir quelques fruits et légumes, pour le déjeuner. Au passage, elle se tape une grosse quantité de framboises, ou de fraises, ça dépend des fois. Les fruits, c'est bien en entrée, il paraît. Ça ouvre l'appétit. Et puis, c'est trop bon! Elle est un peu maigrichonne, alors elle a de la marge. Elle peut manger tout ce qu'elle veut, ça ne la fait pas grossir. Elle a de la chance, parce qu'elle a des copines qui sont obligées de faire des régimes horribles, où il faut tout calculer, tout peser... Mais quand même, elle aimerait bien grossir à certains endroits. Un peu des fesses, et, si possible, un peu de la poitrine. Audrey, elle, elle en a de la poitrine. Mais la pauvre, elle a aussi ses règles. Ça, c'est hyper handicapant pendant les vacances. Elle ne peut pas aller à la piscine quand elle veut, ou... se mettre en maillot de bain, ou... plein d'autres trucs comme ça. C'est nul, les règles. Le mieux, ce serait de ne pas les avoir. En tout cas, pas avant la rentrée.

Après le déjeuner, c'est Mélie qui décide du programme.

Hier, par exemple, elles ont passé plusieurs heures à regarder pousser les bambous. Mélie dit que s'ils grandissent de quinze à vingt centimètres par jour, on devrait pouvoir les voir pousser. Elles se sont installées dans des fauteuils, avec de quoi manger, boire, et écouter de la musique. Elles ont écouté *La Traviata* en entier. Mélie adore la Callas. Pour regarder pousser les bambous, c'est pas mal, l'opéra... Il y a juste que, des fois, pour mieux écouter, on ferme les yeux. Et là, c'est possible que ce soit pile le moment où il se passe des choses...

En tout cas, elles n'ont rien vu de spécial. Alors, elles se sont dit que les bambous préféraient peut-être pousser la nuit... ou peut-être qu'ils n'aimaient pas l'opéra...

Elles ont décidé de fixer des toises et d'installer de la lumière.

Elles y retourneront une autre fois. Un soir ou une nuit.

Et ce coup-là, elles essayeront... Olivia Ruiz?... Grand Corps Malade?... ou Bénabar?

Faut voir.

9

Mélie se fout de savoir

Mélie est encore dans son lit. Elle traîne un peu. Il est tard, mais elle a beaucoup de mal à se lever. C'est vrai que depuis le coup de téléphone de Gérard, à propos de ses mauvais résultats d'analyses, elle ne dort plus très bien. Et ça commence à la fatiguer. Toutes ces heures d'insomnie, à tourner, retourner le problème dans tous les sens. Pour arriver toujours au même résultat: rien! Elle s'en veut. Et elle s'engueule... C'est quand même incroyable ça, de ne pas avoir envie de savoir ce qui se trame, dans les profondeurs invisibles de sa chair! Alors d'accord, c'est difficile de ne pas avoir de symptômes, ni de douleurs. Ça handicape, c'est trop abstrait... Mais ce n'est pas une raison! Il faut faire un effort! Imaginer un peu, quand même!...

Elle essaye de se convaincre, mais ça ne marche pas. C'est simple : elle ne se sent pas concernée. Et c'est bien ce qui la trouble le plus. Elle, qui considère la curiosité comme une nécessité vitale, se fout royalement de connaître le nom, la forme et le lieu où s'est – peut-être – installée cette « chose ». Si chose il y a, évidemment… D'ailleurs, pour preuve de son inintérêt, elle n'a même pas ouvert l'enveloppe avec les résultats d'analyses que lui a envoyée le laboratoire.

Elle se fout de savoir, c'est tout.

Elle a envie de ne penser qu'à Clara, sa petite-fille. C'est la première fois que Fanette la laisse ici toutes les vacances. Elle ne veut pas en perdre une miette. Et si sa vie doit s'arrêter bientôt, elle veut d'autant plus en profiter pour passer le plus de temps possible avec elle.

Et pour le reste… elle verra plus tard.

Mélie a soixante-douze ans.

Ça va faire douze ans que Fernand, son mari, est mort. Dans les bras de sa maîtresse. C'est son cœur qui a lâché. Mais ça s'est bien passé. Il n'a pas souffert. Et Mélie non plus… Il y a des gens qui disent que l'amour dure trois ans ? Eh bien, eux, ça n'aura été que deux. Et ce qui a suivi… une sorte de rien. Une chape de silence. Quarante-deux ans sans rien se dire, c'est long. Mais bien sûr, il y a eu des petites lueurs d'espoir, au milieu de tout ce néant… Des petits lambeaux de tendresse égarés. Et elle s'y est accrochée. Pour respirer. Pas se noyer… Dans ces moments-là, elle acceptait tout. Les remords, les serments, les excuses. Elle devait savoir, pourtant… Mais non, elle voulait croire. Et puis un jour, elle a décidé que ce serait le dernier. Sans le savoir, elle avait choisi le bon. Neuf mois plus tard, Fanette est arrivée. Qui lui a donné – plutôt rendu, c'est plus exact – toute sa force. Et Mélie, de toute sa force retrouvée, a protégé sa princesse. Et elle a réussi. Fanette n'a jamais su pour son père. Ni sa lâcheté, ni ses trahisons, ni ses mensonges. Même Marcel. Il n'a jamais su non plus… Mais là, Mélie n'y a pas été pour grand-chose. C'est Fernand qui s'est chargé de le lui cacher, à son meilleur ami. Meilleur ami! Mon œil, ouais! Depuis, certains jours... elle se demande si elle a bien fait de ne rien dire. Mais bon. C'est fait. Il n'y a pas à y revenir. Elle a mis une croix dessus. Au propre comme au figuré!

Elle rit encore toute seule, en se rappelant la nuit après l'enterrement... Sa voiture pleine à craquer! Et la trouille qu'elle avait eue de croiser des voisins, ou les gendarmes. Ils auraient pu s'imaginer qu'elle avait braqué le rayon homme des Galeries Lafayette! Elle n'avait rien gardé! Même pas un petit mouchoir! Et hop! Dans la benne de la déchetterie! Maintenant, elle se dit qu'elle aurait aussi bien pu tout donner. Ça aurait fait pareil. Sur le moment, ça lui avait vraiment fait du bien, de tout jeter comme ça. Les mauvais souvenirs, à la poubelle! Mais il y a une chose qu'elle a toujours voulu se rappeler. C'est qu'il lui a fait un très beau cadeau, le pauvre Fernand. Sans le vouloir, bien sûr, mais quand même... Celui de mourir pile au moment où elle a pris sa retraite. Un vrai cadeau bonus! Comme dans les paquets de lessive! Et depuis, Mélie savoure. Respire. Vit chaque seconde, comme si c'était la dernière. Simplement. Sans mélo. De toute façon, ce n'est pas son genre, à Mélie, le mélo...

Alors là...

Elle se dit qu'elle n'a pas grand-chose à léguer. Pas de fortune, pas de biens.

Mais elle connaît la force de la patience. Et puis surtout regarder, écouter, sentir... Alors, elle voudrait lui apprendre, tout ça, à Clara.

Lui fabriquer plein de souvenirs.

À la petite Clarinette, p'tit poussin, ma minoune, p'tit lapin, ma pépette...

Des tas de souvenirs! Des beaux! Des rigolos!

Alors? Qu'est-ce qu'elle t'a laissé, ta grand-mère, Clara? Du fric? Un grand appart, une super bagnole?

Non. Juste des souvenirs. Mais des... uniques... Des qui ne s'oublient pas...

— Clara? Où tu es, ma chérie?
— En bas! Je prépare le petit déj!
— Ça te dirait d'aller à la rivière, aujourd'hui?
— Ah oui, d'accord. On sort les cannes à pêche?
— Non. On va faire sans, cette fois-ci...

10
Pêcher

Après le petit déjeuner, Pépé a téléphoné.
— Vous n'auriez pas oune pétite panne de motor, auyourd'houi? Marcel a bésoin dé sortir. OK. À tout à l'hore.
Mélie a cherché quelque chose à réparer, pour Marcel. Quelque chose de petit, de transportable. Elle a retrouvé un vieux moulin à café électrique. Au moment de lui mettre un coup de marteau, elle s'est dit que ça ne valait pas la peine de le démolir complètement. Elle a juste arraché le câble électrique. Et elles sont parties avec de quoi pique-niquer.

Marcel a refusé de descendre de son fauteuil roulant, quand Pépé l'a déposé à la rivière. Il a bu deux verres de vin, mais n'a rien voulu manger. Il a un peu ricané, pour le moulin à café, et puis il s'est endormi, d'un coup.
Comme dit Clara, il n'a pas la forme olympique.

Elles sont dans l'eau. Pas très profonde, à cet endroit. Mélie a retroussé sa longue jupe noire, mais un pan s'est détaché de sa ceinture et flotte doucement derrière elle. C'est joli, les mouvements du tissu qui ondule dans le courant de l'eau, pense Clara. On dirait la chevelure d'une sirène, qui flotterait au milieu des herbes et des petits poissons... Elle se penche très lentement, approche son visage de la surface, jusqu'à ce que son nez effleure l'eau. C'est comme une caresse. Un baiser esquimau. Les poissons, à cet endroit, ne mesurent qu'un ou deux centimètres. Ouh... ils sont tout petits, trop mignons... Mais ce ne sont pas ceux-là qu'il faut surveiller. Mélie lui fait signe d'approcher doucement, elle en a repéré un gros qui se cache sous les pierres, le long de la rive.

Maintenant, ça fait longtemps qu'elles sont immobiles. Tout est calme. On entend juste le clapotis de l'eau. Et en fond, la légère rumeur des insectes. Et puis... il y a un nouveau son qui arrive, très doucement... comme un souffle... qui se faufile dans l'ambiance... petit à petit s'impose... imprime un nouveau rythme... plus lent, plus régulier... on dirait comme un fin grincement... peut-être la branche d'un saule ?... qui danserait, mollement ballottée par le roulis... et qui se cognerait régulièrement contre les pierres moussues de la berge ?...

Mélie et Clara se redressent en même temps. Elles se regardent, se sourient, reprennent leur guet. Le son lent et régulier ? C'est Marcel qui s'est mis à ronfler, là-bas, sur l'autre rive...

Et puis, d'un coup : ça y est ! Clara voit le poisson. Il sort lentement de sa cachette, et s'arrête à quelques centimètres des pieds de Mélie. Il est gros ! Il ne bouge presque pas. On dirait qu'il n'a pas peur, qu'il attend d'être pris... Et paf ! Mélie l'attrape ! Avec les mains ! Waouh ! C'est trop dingue ! Fais voir ! Oh, il est beau. Je peux le tenir ? Ah ouais, c'est doux, la peau des poissons... Marcel ! Regarde ! Il a des yeux énormes. J'en ai jamais vu de si près. Je crois qu'il veut retourner dans l'eau. Je le relâche ? Tu crois que je pourrais arriver à en attraper un, moi aussi ? C'est mieux qu'avec la canne à pêche, en tout cas. Ça leur fait même pas mal, aux poissons !

Marcel, de bien meilleure humeur après cette bonne sieste, se lève de sa chaise et se met à chanter... à chevroter, plutôt...

> *La maman des poissons*
> *Elle a l'œil tout rond*
> *On ne la - voit jamais*
> *Froncer des sour-cils*
> *Ses petits l'ai-ment bien*
> *Elle est bien gentille*
> *Et moi, je l'ai-me bien*
> *Avec du citron*[1].

C'est du Boby Lapointe. Un sacré rigolo, ce gars-là, il a dit Marcel.

11
Fanette téléphone, travaille, et tout le reste...

— Ça va, ma puce ? Tu ne t'ennuies pas trop ? C'est sûr ?... Bon, super. Ben moi, je bosse, j'arrête pas... L'été, il y a moins de cabinets ouverts, alors forcément, ça marche bien... Oui, je sors encore ce soir... Henri m'invite à dîner...

1. « La Maman des poissons », paroles et musique de Robert Lapointe, © Éditions Francis Dreyfus Music SAS. Avec l'aimable autorisation de Francis Dreyfus Music.

Oui, c'est son nom... Il est vraiment gentil... Il a quoi ? Oh, un genre d'eczéma. Des plaques. Sur les jambes, surtout. C'est long à soigner, oui... Ah ben, au moins deux fois par semaine... Mais oui, Clara, je fais gaffe... Non, je ne mélange pas, je t'assure. Et puis, en dehors du cabinet, on n'en parle jamais... enfin, pas longtemps... Non, mais attends ! C'est important, d'un point de vue professionnel, de connaître l'évolution d'un traitement au jour le jour... On peut réajuster le tir ou changer de médicaments, tu comprends ?... Bon. Et Mélie ? Ça va ? Elle radote pas trop ?... Non mais, ça lui arrive de temps en temps quand même... Ah, au fait... tu pourrais regarder dans son armoire à pharmacie, si les boîtes que je lui ai apportées la dernière fois sont entamées ? Je suis sûre qu'elle ne les prend pas. Elle est chiante, avec ça ! Elle ne fait jamais ce qu'on lui dit... Ouh la ! J'avais pas vu l'heure. Il faut que je te laisse, mon p'tit chou. On s'appelle demain, hein ? Bisous. Ah, Clara, attends ! J'ai failli oublier. Bello a téléphoné. Il voudrait te voir. Je crois qu'il veut aller un jour ou deux à la mer, chez ses parents. Ça te va ? Après-demain ? Allez. Je suis hyper en retard. Bisous. À demain.

— Bello ? C'est Fanette. Clara est d'accord pour après-demain... Oui, eh bien, tu n'as qu'à l'appeler toi-même. Tu as le numéro. Oui, moi ça va... Non, j'ai personne. Mais le boulot, pour les rencontres, c'est pas le top... Et toi ? Ah, très bien. Bon. Faut que j'y aille. Salut.

Encore un ex de Fanette. Mais Bello, lui, ce n'est pas le même genre que Gérard. C'est un électron libre. Une espèce d'ovni. Un artiste, quoi. Un jour, il s'est dit que ce serait une bonne idée d'agrandir la famille de Clara. Alors, il lui a demandé si elle voudrait bien l'avoir comme parrain. Elle n'en avait pas, il était marrant, elle a bien voulu. Parrain, c'est un peu comme oncle. Ça n'oblige à rien. Juste quand on a envie, on appelle, on prend des nouvelles, on envoie des cadeaux – en dehors des anniversaires, en général, parce qu'on a oublié la date –, on emmène au ciné, au restau...

Enfin, le restau, ça reste quand même assez rare, avec Bello. C'est un fauché chronique. Lui, c'est plutôt les concerts, les boîtes de jazz, les festivals. Il connaît plein de musiciens. Normal, il est contrebassiste. Il joue dans un groupe de jazz manouche. Ça commence à bien tourner, il est content. Mais ça ne résout toujours pas ses problèmes de thunes. C'est dommage, ça gagne pas bien, la musique. Alors, à quarante-sept ans, il vit toujours chez ses parents. C'est relou, mais il est bien obligé...

Fanette ouvre la porte de la salle d'attente. Elle est bondée.

Bon. Eh bien... au suivant !

— Asseyez-vous, madame Pichon. Alors, qu'est-ce qui ne va pas aujourd'hui ? Ah, je vois que vous avez encore amené votre toutou. Mais je vous ai déjà dit la dernière fois : je ne suis pas vétérinaire. Laissez-le dans son sac, dans la salle d'attente, la prochaine fois. S'il vous plaît, madame Pichon...

Les petites vieilles à toutous, c'est gonflant.

C'est sûr que si elle travaillait dans l'humanitaire, ça n'arriverait pas. Et puis, ce serait plus enrichissant morale-ment. Elle aurait l'impression de servir à quelque chose. Elle aurait des vies à sauver. C'est quand même pour ça...

— Inspirez... Toussez...

... qu'elle a choisi de faire médecine, au départ. Et Gérard aussi. Quand ils se sont rencontrés, ils venaient tous les deux d'avoir leur bac. Et ils hésitaient encore sur ce qu'ils allaient faire. Gérard rêvait de devenir chirurgien, mais, avec lucidité, doutait d'en avoir la carrure. Elle, elle était amoureuse. N'admettait aucune limite...

— Tirez la langue et faites ah...

... aucun frein à leurs vies ou à leurs désirs. C'était très communicatif. Ils se sont mis à rêver ensemble. Ils voya-geraient à travers le monde, opéreraient les plus démunis, répareraient les handicapés, rendraient la beauté aux enfants malformés, le plaisir aux femmes excisées. Ils sont allés s'inscrire à la fac de médecine.

— Vous pouvez vous rhabiller, madame Pichon.

En cours de route, leurs ambitions se sont réduites. Petit à petit, ils ont moins souvent rêvé ensemble, et ont fini par se quitter. Gérard a rencontré Odile, qui elle ne rêvait que d'enfants. Ils en ont fait trois d'affilée. L'assurance de ne plus jamais être seuls. Ni de trop pouvoir rêver, non plus. De son côté, Fanette n'a pas fait chirurgie. Mais elle s'est spécialisée. Elle est devenue homéopathe.

Et puis un jour, elle est partie en mission humanitaire. Une seule fois.

En urgence. Une copine infirmière l'avait appelée. Fanette, viens ! On manque de médecins, de chirurgiens, de tout. C'est dur, on pleure tous les jours... mais merde, ils ont besoin de nous, ici.

Alors, elle a fait son sac et elle est partie. En Colombie.

C'était comme on lui avait dit.

Et même pire.

Mais c'est quand même là-bas qu'elle a rencontré... sa raison d'être.

Clara. Au milieu de tout ce merdier. Y avait Clara. Épuisée par le chagrin. Qui l'attendait.

Elle avait cinq ans, Clara, quand elles se sont rencontrées.

Maintenant, elle en a dix.

Et elle a déjà vécu deux vies.

Petite Clarinette jolie.

12
Bello, parrain de contrebande

Dans la maison au bord de la mer, chez les parents de Bello, sa maman compte les heures.

— Bello a téléphoné. Il va chercher Clara chez Mélie, et pense y être pour onze heures. Hum... vu l'heure à laquelle il a appelé, il va plutôt arriver là-bas vers midi, une heure. Ça fait qu'ils ne seront pas ici avant six ou sept heures du soir. Eh oui ! La ponctualité et lui, ça fait deux, c'est sûr... Mais ce n'est pas grave. En vacances, on ne regarde pas l'heure ! Tu sais, Loulou, je me disais comme ça... c'est peut-être pour tous les musiciens pareil, dans le fond. Parce que, si on porte une montre, quand on joue devant des gens, ça fait comme si on surveillait le temps, comme si on disait : « Vous avez payé votre place pour que je joue pendant quatre-vingt-dix minutes, et je ne vais pas en faire une de plus... » Ça fait la personne qui compte. Tu vois ce que je veux dire ?

— Oui, oui, je vois... Mais ce que je vois surtout, c'est que tu trouves tout ce que fait Bello parfait. C'est tout. Et ça, c'est pas normal, tu vois. À son âge, de lui passer tout comme tu le fais, c'est... pas normal, Suzanne ! Je te signale en passant que ton fils adoré a encore piqué tout l'argent des courses, avant de partir... Mais c'est pas grave, tu m'diras... On ne mangera pas aujourd'hui, c'est tout... Et puis, tiens ! ça tombe bien, on voulait justement faire un régime...

En fin de compte, Bello et Clara sont arrivés vers minuit. En chemin, ils se sont arrêtés pour dîner. Pour une fois qu'il avait du fric, il lui a payé le restau. Elle a goûté aux huîtres. C'était une première. Elle en a mangé six. Mais elle a eu du mal à décider si elle aimait vraiment ça... Ouais, pas mauvais... juste que... c'est vivant, quand même... et puis... ça ressemble un peu à... de la morve! Oh beurk! C'est vraiment dégueu, ce truc-là!

Après le restau, ils sont allés se promener sur la plage. Presque la pleine lune. Ça faisait longtemps que Clara n'avait pas vu la mer. Elle l'aime et en a peur. Elle sent qu'il y a quelque chose de son passé qui y est rattaché. Et que c'est sûrement douloureux. Alors, pour l'instant, elle préfère ne pas approfondir. Elle garde ça pour plus tard.

Ils ont marché dans l'eau pendant un petit moment. Bello s'est mis à raconter une histoire. C'est son truc, les histoires drôles. Elle écoute toujours à moitié parce qu'il parle très très vite, et qu'il utilise des mots un peu compliqués, ou qu'elle ne connaît pas... « Le mec il dit au clebs, j'te vampirise ou j't'encaldosse? Comme tu veux, tu choises. Et l'clébard, comme il est pas d'la jaquette, il dit... hi hi hi... et le mec y répond... » Elle a du mal à suivre. Mais ça doit être marrant, parce que ça le fait bien rigoler.

Ça ne le dérange pas de rire, manger, parler, dormir tout seul, Bello. Quand il était petit, il était enfant unique. Et maintenant, il est célibataire. C'est naturel, pour lui. Ça ne l'empêche pas d'avoir une vie sentimentale très mouvementée. Mais ses histoires d'amour finissent toujours de la même façon. Mal. Il se fait plaquer, et plutôt brutalement. En fin de compte, son petit côté immature, qu'il revendique avec fierté, et qui, au départ, fait sourire, finit toujours par agacer les filles. Elles ont du mal à trouver ça encore « mignon » chez un mec de quarante-sept ans, on dirait...

Mais les enfants l'adorent. Ceux des autres, bien sûr, puisque lui n'en a pas.

Parrain, c'est tout ce qu'il veut être.

Il a déjà trois filleuls. Et il compte bien en avoir d'autres. Il en voudrait dix!

Il aimerait leur apprendre la musique... pour pouvoir monter un Big Band, tu vois... Pour après partir tous ensemble en tournée, à travers le monde...

En Chine, au Japon, en Australie.
Une tuerie, j'te dis !

13

Mélie et le magasin de hi-fi

Mélie va faire un tour en ville, après ses visites à l'hôpital. Elle vient presque toujours en mob. Ça coûte moins cher en essence et c'est plus facile pour se garer. Avant, elle attachait son casque à la roue. Mais depuis qu'un chien a pissé dessus, elle préfère l'emmener avec elle dans son cabas. C'est lourd et encombrant, mais il n'y a pas le choix.

Devant une vitrine. Elle hésite, puis finit par entrer dans un grand magasin de hi-fi.

— Un-deux… un-deux… test… un-deux, un-deux.

— Pourquoi est-ce que vous dites : « un-deux, un-deux, test », jeune homme ?

— Parce que c'est comme ça qu'on fait pour tester les micros, m'dame.

— Ah bon ? Et alors… il marche bien, celui-là ?

— Ben, une seconde ! Je teste et puis après, je vérifie. Stop. Play. « *Un-deux… un-deux… test… un-deux, un-deux. Pourquoi est-ce que vous dites "un-deux, un-deux, test", jeune homme ?* » Stop. Voilà, c'est bon. Vous avez reconnu votre voix ?

— Mmmm oui… Mais dites, j'ai un peu peur de ne pas me rappeler comment le faire marcher, quand même. Vous n'auriez pas un modèle encore plus simple, avec moins de boutons partout ?

— Un truc à trois touches, écrit mégagros, avec un haut-parleur en forme d'entonnoir, c'est ça ? Un truc pour sourd-muet, quoi.

— Vous n'avez vraiment aucun respect...

— Pourquoi... j'devrais ?

— Ben oui... quand même. Bon. Alors... un modèle pour vieux, vous avez ?

— Je dois justement aller en réserve, pour ma pause pipi-branlette-fumette, au choix, ou les trois à la fois. Vous voyez, ça risque d'être long. Mais vous avez tout votre temps, hein, mamie ? Profitez-en pour remuer les petits neurones qui vous restent. Ça fait du bien, vous verrez. Et ça vous aidera pour les mots croisés. Ah, ben v'là le chef de rayon ! Vous n'avez qu'à lui parler de ce que vous cherchez, il va adorer. Allez, j'm'arrache...

Il s'éloigne en grommelant... *Fais chier, plein l'cul d'ce boulot d'merde...*

— Alors... il y a un problème ?

— Non. J'hésite encore sur...

— Écoutez, madame. Ce modèle est très simple. Il convient parfaitement aux gens de votre âge. Et puis il n'y a pas moins cher. C'est une fin de série, un produit déballé et soldé ! On ne peut pas faire mieux ! Alors, ou vous le prenez, ou vous partez, OK ? Vous avez monopolisé mon vendeur pendant plus de dix minutes, pour une vente qui ne présente pratiquement aucun intérêt pour le magasin, alors, essayez de comprendre ce que je dis... Il faut ar-rê-ter de nous faire perdre notre temps, OK, madame ?... Bon. J'me casse, parce que je sens que je vais finir par m'énerver...

Ils ne sont pas gentils, ici. Je ne reviendrai plus. En attendant, je ne sais toujours pas quoi faire... J'ai bien compris comment fonctionnait ce dictaphone. Clic. *Un-deux... un-deux...* Clic. Et puis, c'est vrai qu'il est simple. Petit. Pratique. Pas cher. Exactement ce qu'il faut... mais j'hésite encore...

Oh et puis allez ! Je le prends.

213

Ouh! lala! J'ai les jambes un peu raides. J'ai du mal à courir. Et si la mobylette ne démarrait pas? Oh, mais c'est pas possible! Je ne me rappelle plus où je l'ai garée! S'ils courent après moi, c'est sûr qu'ils vont me rattraper! Monsieur le Juge, je plaide coupable! Je vous jure, c'est la première fois... Et la dernière? Oui, d'accord, la dernière. Mais ils étaient affreux dans ce magasin, ça m'a poussée à bout. Cette haine des vieux, à force, ça use, vous savez. Vous verrez, quand vous aurez mon âge, c'est pas marrant tous les jours... Oui, c'est vrai, il y a quelquefois de bonnes raisons... Des taties Danielle, il y en a partout, je veux bien l'admettre. Mais de là à nous traiter comme des...

Ah! ma mob!

Et elle démarre au quart de tour! Ouf! Je me sens mieux!

La seule chose que je regrette, c'est de ne pas voir la tête qu'ils font en ce moment, ces deux p'tits saligauds de vendeurs!

Plus tard.

— Salut, Marcel! J'ai quelque chose pour toi.

Marcel ouvre le paquet.

— Un dictaphone? Mais pour quoi faire?

— Pour dicter tes Mémoires.

— Mais, bon sang... j'ai pas envie de dicter mes Mémoires, moi! C'est quoi encore, cette histoire?

— Si j'avais été résistante comme toi, pendant la guerre, eh bien j'aurais aimé le raconter à mes petits-enfants. Pour qu'ils sachent que c'est possible de résister... qu'on peut résister à tout. Aux nazis, à l'injustice, aux politiciens, à la maladie, à la bêtise... à tout! Parce que, les enfants, ils vont peut-être finir par croire ce qu'on dit partout... que tout est foutu, qu'il n'y a plus rien à faire, qu'on doit tout accepter tel quel, courber la tête, être des moutons...

Ah ben, elle a pas perdu la moelle, la Mélie, se dit Marcel.

— Mais j'ai rien à raconter, moi. Et puis, de toute façon... j'en ai pas, des petits-enfants.

— Allez, j'y vais. Ah, dis donc... il y a un problème avec le moteur de la machine à laver. Elle fait « clong clong clong » quand elle essore et, juste avant de s'arrêter, « cli, cli-cloc », trois fois de suite, tu vois... Tu pourras passer, mardi ? Je fais des escargots pour le déjeuner. T'aimes ça, les escargots ? Bon, je file. À mardi, Marcel !

Et puis Mélie est allée prendre son cours d'espagnol chez Pépé. Ils font du troc. Une heure d'espagnol contre trois pots de confiture de cerises. Celle qu'il préfère. La semaine prochaine, elle lui amènera des poires au vinaigre, pour changer.

Elle aimerait un jour aller avec Clara en Colombie. Voir un peu où elle est née. Alors, la moindre des choses, c'est d'apprendre à parler la langue, elle se dit.

Elle sait déjà quelques petites phrases simples.

— ¡Hola ! ¿Cómo te llamas ? Me llamo Mélie. Me gusta mucho Colombia. Adiós y muchas gracias.

Pépé dit qu'elle se débrouille pas mal.

Ça avance doucement.

Faudrait pas trop tarder, non plus..

.

14

Gérard au bout du rouleau

— Allô, Mélie ? C'est Gérard. Je voulais savoir si vous aviez parlé de vos analyses à Fanette. Ah, pas encore ?

Ça me met dans une situation très... embarrassante, vis-à-vis d'elle, vous savez. Elle va m'en vouloir énormément, quand elle va l'apprendre... Oui, je sais... le secret professionnel, mais elle est médecin, aussi, elle a un avis à donner. Vous comptez lui en parler bientôt ? Prévenez-moi, Mélie. En attendant, j'éviterai de répondre, quand elle appellera... Non non, je vous assure, ça me met trop mal à l'aise... Et sinon, vous vous sentez bien ? Vous n'avez rien de spécial ? Très bien, parfait... Oh, eh bien, ici, ça va. On commence à s'organiser. C'est un peu la folie, les garçons sont en vacances, alors ils n'arrêtent pas de faire des fêtes à la maison. C'est le souk, mais le principal c'est qu'ils s'amusent, hein ? Ah, dites, est-ce que vous avez une idée de l'endroit où je dois m'adresser pour trouver une femme de ménage ? C'était Odile qui s'occupait de tout, alors... je découvre, hein... Oui, nous nous sommes parlé au téléphone, il y a quelques jours. Ça avait l'air d'aller. En tout cas, c'est ce qu'elle dit. Elle a dit aussi qu'elle était avec des amis, dans une maison au bord de la mer... qu'elle s'amusait beaucoup, et... qu'elle a... rencontré quelqu'un. Mélie, je n'y arrive pas ! Je ne supporte pas l'idée qu'un autre homme que moi puisse la toucher. Rien que l'idée qu'elle puisse se déshabiller... qu'elle puisse se mettre nue devant un autre homme... qu'elle ait envie... de se laisser caresser... de s'abandonner, et de jouir... ça me rend complètement fou ! Ça me donne envie de tout casser ! Oui, je vais me calmer ! D'accord, je vais me calmer. Mais pour l'instant, je n'y arrive pas ! Me faites pas chier, OK ? Je suis assez grand pour savoir ce que je dois faire ! Et je me calmerai si je veux !... Oh Mélie je m'excuse Mélie s'il vous plaît excusez-moi je suis tellement désolé je ne voulais pas... vraiment pardon mais je crois que je deviens fou... Si si... je ne me reconnais plus. Je me regarde dans le miroir, et je vois bien que ce n'est plus moi, je vous assure... Oui, je sais, il y a les enfants... je vais me reprendre... oui... pour eux... Je vais essayer, Mélie... mais c'est dur, putain, c'est dur... Ça va mieux maintenant, merci. Oui. Je vais passer vous voir. Bientôt. OK, ce soir. D'accord, Mélie. À ce soir.

Mélie soupire. Il a l'air un peu au bout du rouleau, le pauvre Gérard.

Mais elle a à peine raccroché que le téléphone re-sonne. C'est Fanette. Elle est un peu tristoune, et appelait comme ça... pour faire coucou. Oh rien... juste un petit coup de blues... mais ça va passer. Y a des jours où c'est plus dur que d'autres, c'est tout... De toute façon, y en a marre des mecs. Tous des cons... Des nouvelles de Clara? Elle doit être à la plage à cette heure. C'est sympa que Bello lui fasse des surprises de ce genre. Il est bien comme parrain, finalement. Mais il aurait été nul comme père... Ouais, c'est vrai, on ne sait pas... Bon. Il faut qu'elle retourne bosser. À plus. Bisous.

Pauvre Fanette, l'amour lui manque, se dit Mélie.
Mais... c'est quand on ne le cherche plus qu'il arrive! En général...

(14 suite)
À l'eau, Mélie

Un gros orage éclate. Ça lui fait repenser à l'histoire d'Abel, le foudroyé. Et à Mine aussi, sa copine d'enfance. Elles ne se voient pas souvent. C'est dommage. Mais... ce

217

n'est plus comme si elle avait tout son temps. Alors elle téléphone. Vous venez mardi, toi et Raymond? Il y aura Clara et Marcel, oui... ça fait un bail, c'est vrai... Je suis contente aussi... À mardi.

Elle se demande s'il y aura assez d'escargots pour tout le monde...

Et puis elle met son ciré et sort sous la pluie. Battante.

Toujours la chanson de Nougaro qui lui trotte dans la tête... *La pluie fait des claquet-tes, sur le trot-toir, à mi-nuit*... Elle s'arrête au milieu du jardin, penche la tête en arrière, ferme les yeux. L'eau ruisselle sur son visage, dégouline dans son cou. En quelques secondes, elle est trempée. Les yeux toujours fermés, elle retire son imper, ouvre sa robe, se tend vers le ciel, pour mieux sentir la pluie battre sa peau. La piquer et la caresser à la fois. Ça la réveille. Elle a envie d'être réveillée, de se sentir encore vivante. Elle pense à Fernand. Quand ils venaient tout juste de se rencontrer. À ses caresses. À ses mains douces et calleuses, tendres et brutales. Qui la rendaient si complètement vivante... Elle gémit. L'amour lui manque, à elle aussi.

Elle a la tête qui tourne, à force de rester penchée en arrière. Et d'un coup, elle tombe. Dans la boue. Comme une masse. Elle n'a pas mal, mais elle pleure. Très long-temps. Tout le temps que dure la pluie.

Quand elle n'a plus de larmes et que la pluie a cessé de tomber, elle se relève, et rentre se changer. Elle n'imaginait pas contenir autant... et surtout, avoir autant à pleurer. Mais maintenant, elle se sent propre, légère.

Ah, la vache... ça fait du bien!

D'attaque, à nouveau, pour reprendre le cours de sa vie.

15

Les abeilles boivent aussi

Blaise, Guillaume et Matthieu ont organisé une fête. C'est la troisième en neuf jours. Ils se font plein de nouveaux copains, c'est cool. C'est sûr que chez les autres, les teufs, c'est une fois par an, maxi. Et avec les parents qui surveillent, en prime... Alors chez eux, les fils du toubib, c'est trop d'la balle ! Y a toujours à boire ! D'la vodka-orange, du rhum-coca, de la bière... Et de quoi fumer. Des clopes, de la beuh... Le daron, il s'en fout. Mais on dirait qu'il se fout de tout, en ce moment, papa. C'est zarbi, quand même...

Gérard est rentré chez lui, après ses consultations. Les garçons ont fait la tronche, quand ils l'ont vu arriver. Il y avait un monde fou, jusque dans sa chambre... et la musique était vraiment trop forte. Ça lui a donné la migraine instantanément. Alors, il est ressorti et a passé un long moment dans sa voiture, sans bouger. Il n'arrivait à penser à rien. Il a fini par prendre une aspirine. Et ce n'est que quand la migraine a commencé à se dissiper qu'il s'est rappelé qu'il devait aller chez Mélie.

La nuit était tombée quand il est arrivé.
Elle lui a demandé s'il avait faim. Il s'est rappelé qu'il n'avait pas mangé depuis... Bof, de toute façon, il n'a plus goût à rien. Elle a essayé de lui dire que c'était peut-être une journée spéciale... parce que Fanette aussi l'avait appelée, et qu'elle n'était pas en forme non plus, aujourd'hui, vous savez, Gérard... moi-même...
Mais il n'écoutait pas.
Alors elle n'a pas continué.

Et puis, Fanette est arrivée. Sans prévenir. Après ses consultations, sentant que son blues ne la lâcherait pas, elle s'est décidée à aller prendre l'air.

Voilà. Elle a fait les trois heures de route d'une traite, et elle est contente d'être là !

Mélie est émue. Elle la serre dans ses bras.

— Qu'est-ce que t'as fait à tes cheveux, toi ? Ils sont tout doux, tout brillants...

— Shampooing de boue et rinçage à l'eau de pluie, dit Mélie.

— Ah ? Étonnant. J'essayerai.

Gérard s'anime. Boit un peu de vin. Fanette aussi. Mélie leur sert à manger. Ils ont une faim de loup ! Fanette fait remarquer à Gérard qu'il ne semble plus avoir de problème d'estomac. Il répond qu'il ne voit pas de quoi elle veut parler. Alors elle lui dit : C'est vrai que t'es un peu hypocondriaque, finalement... Et lui, il répond : Ah, tu trouves ?... Ben oui, un peu... Ah bon...

Ils se sont installés sur des chaises longues, après le dîner. Et ils ont discuté pendant des heures, en regardant les étoiles, et en buvant des coups.

— Et tu savais, toi, qu'il y avait des abeilles alcoolos ? Elles se saoulent en mangeant des fruits trop mûrs... fermentés, quoi... et, quand elles rentrent à la ruche, en zigzaguant, elles se font jeter par les autres. J'ai lu ça, j'sais plus où...

— Bzzzalut, je m'appelle Maya. Mes zamies ne veulent plus me voir, depuis que je siphonne. J'ai plus de taf, plus de ruche, plus rien. J'en ai vraiment plein le dard ! Docteur... je vous en supplie, piquez-moi !

Mélie, navrée, est allée leur chercher des couvertures, avant d'aller se coucher.

Elle les a retrouvés, au petit matin, endormis comme des enfants.

16
Gé-nial !

À peine descendue de voiture, Clara se précipite.

— C'était gé-nial ! Au début, quand on les a vus, ils étaient loin, tu vois, et puis à un moment, ils se sont approchés, et là, ils ont commencé à nager, tout près, tout près, et puis ils se sont mis à jouer, comme ça, autour du bateau, on aurait vraiment dit qu'ils rigolaient, et ils faisaient de ces sauts ! Ah, je te jure, c'était trop génial !

Clara est surexcitée. Bello et elle sont encore tout éblouis par la journée qu'ils ont passée en bateau.

Bello dit qu'il ne veut pas trop tarder, parce qu'il doit ramener la voiture à son père, sinon il va encore péter les plombs, le vieux !

— On a un concert demain soir, vous voulez venir ? Ah, mais merde, je ne me rappelle plus le nom du bled... C'est à trois ou quatre cents bornes d'ici, je crois bien... OK. La prochaine fois, alors. Salut les filles !

Clara entre en courant dans la maison, et tombe nez à nez avec Fanette.

— Waouh ! Maman ! T'es là ? Eh ben, tu sais quoi ? Avec Bello, on a vu des dauphins !

Plus tard, elles sont parties toutes les deux, à vélo. Clara lui a montré par où elle passait pour aller acheter le pain. Elles ont trempé leurs pieds dans l'étang, ont fait coucou aux scouts qui campent dans le champ du père Thomas en passant, et se sont arrêtées pour faire pipi dans les buissons.

Au retour, Fanette était un peu fatiguée. Elle n'a pas l'habitude de faire de grandes distances à vélo. Elle a pris une dose d'arnica et s'est allongée sur la chaise longue, sous le tilleul. Clara s'est pelotonnée contre elle. Comme un petit chat. Et elles ont ronronné ensemble jusqu'à l'heure du déjeuner.

L'après-midi, Clara a voulu montrer à Fanette comment pêcher les poissons à la main. Elles sont restées longtemps à surveiller l'eau et, juste au moment où Clara allait en attraper un, Fanette a éternué ! Du coup, son pied a glissé, pour se rattraper elle s'est appuyée sur Clara qui était devant elle, et elles ont fini toutes les deux dans l'eau. Elles ont drôlement bien rigolé.

À la fin de la journée, Fanette est repartie, gonflée à bloc. Elle a décidé de ne pas prendre de vacances du tout, cette année, pour pouvoir mettre du fric de côté. Elle a un projet. Mais elle n'en parle pas encore. Elle veut faire la surprise. Elle veut emmener Clara et Mélie en voyage. Voir un peu comment c'est, là-bas. En Colombie.

17
Peur de rien

Mélie entend un petit grattement, derrière sa porte.
— On dirait bien qu'il y a une petite souris, par ici...
La porte s'ouvre, et Clara passe la tête timidement.
— J'arrive pas à dormir. Je peux venir avec toi ?
Mélie l'invite près d'elle.
— Tu veux que je te lise quelque chose ?
— Non. C'est pas la peine.
— Alors, j'éteins ?
— Oui.
Dans le noir, Clara chuchote...
— Toi aussi t'as peur, des fois ?
Mélie la prend dans ses bras.

— Oui... ça m'arrive...

— Ah?...

Elle la serre contre elle, la berce.

— Ben oui. Même vieux, ça arrive encore d'avoir peur. Mais tu vois, Clara...
quand on est là, toutes les deux, et qu'on se tient très fort... eh ben, moi, je n'ai
plus peur de rien!

— Ah!

Mélie sent dans le noir que Clara sourit.

— On dort maintenant?

— OK.

Elles restent serrées l'une contre l'autre.

Clara réfléchit encore. Mélie essaye de respirer lentement et régulièrement, pour aider à faire venir le sommeil.
Ça marchait bien avec Fanette, quand elle était petite...

Un long moment se passe.

Les corps plus détendus.

Et Clara chuchote enfin, si bas que c'en est à peine
audible...

— ... tu ne vas pas mourir bientôt, hein, Mélie?...

Mélie entend parfaitement.

Son cœur se serre. Mais elle décide de ne pas bouger.

De faire semblant de dormir.

Pour ne pas avoir à mentir. Peut-être.

18

Le déjeuner des souvenirs

Mardi. Le déjeuner.

Il y a assez d'escargots pour tout le monde. Mélie les
a préparés en chaussons, avec de la pâte feuilletée. Ils
trouvent ça délicieux. Même Clara, qui avait pourtant

prévenu qu'elle n'y toucherait pas. Des escargots, jamais! Trop dégueu!

Mais maintenant, elle aime.

Ils sont tous contents de se retrouver. Ils sourient. Sauf Marcel. Il fait la gueule. Ça lui arrive souvent. Mais là, c'est à cause de Mélie. Elle ne l'a même pas prévenu que Raymond et Mine venaient! Il lui en veut à mort! Parce que, s'il l'avait su, jamais il ne serait venu en chaise roulante aujourd'hui. Il est mortifié… Cette chaise, c'est juste pour embêter le monde, qu'il la prend, quand il vient ici. Pour embêter Mélie, surtout! Une façon comme une autre de lui faire payer ses pannes ridicules! Elle a tellement de mal à le pousser dans sa chaise, il est lourd, c'est encombrant… ça lui fait les pieds! Mais là, avec Raymond et Mine qu'il n'a pas vus depuis si longtemps, qui l'entourent de tant de sollicitude, à cause de cette chaise… Il ne sait plus comment faire pour s'en sortir. Ça le rend bougon. Et c'est encore pire quand il croise le regard de Clara et de Mine qui se marrent en douce.

Mais j'y pense d'un coup, il a le même âge que moi, Raymond… Bien conservé, l'gars. Doit sûrement faire de la gymnastique tous les jours, pour rester aussi souple… Mais il n'est pas dans une chaise roulante, lui! Et puis, l'amour, ça conserve. Ça se voit qu'ils sont toujours amoureux, ces deux-là. Ils n'ont pas besoin de se tenir la main, ou de s'embrasser devant tout le monde à tout bout de champ pour qu'on sente qu'ils s'aiment, eux.

Il est un peu jaloux, Marcel, dans le fond. Et il se dit, pour la énième fois, qu'il regrette encore de ne pas avoir eu les couilles de dévoiler son amour à l'élue de son cœur. C'est vraiment trop con!

Alors, il boit un coup.

Au dessert, il en est à son cinquième verre de vin. Et il ne fait plus la gueule.

— Dis, Ray… on avait quoi, quatorze ou quinze ans, quand on planquait dans la cabane, là-haut, sur la colline? Tu t'en rappelles?

— Si j'm'en rappelle? Ben, évidemment que j'm'en rappelle!

— Et l'petit pont, là-bas en bas, à la rivière ? Tu te rappelles du jour où on l'a fait sauter à la dynamite ?

— Ah ben ! Si j'm'en rappelle… évidemment, que j'm'en rappelle ! Ça peut pas s'oublier des choses pareilles.

— Allez viens, Raymond ! On va aller lui dire bonjour, au p'tit pont. On va aller lui pisser sur les pieds, ça lui rappellera des souvenirs, à lui aussi ! Y a pas d'raison !

Marcel se lève d'un bond, entraîne Raymond vers le chemin qui mène à la rivière. Il est un peu saoul. Et Raymond aussi.

Il n'y a que Mine qui s'étonne de le voir se lever de sa chaise roulante. Elle se tourne vers Mélie, le sourcil levé et l'air de dire : Aurions-nous assisté à une espèce de miracle, ici ?

— Non, non. C'est juste Marcel. C'est tout.

— C'est bien ce que je me disais. Il a toujours été spécial, ce gars-là.

Au tour des filles de se rappeler le passé, maintenant.

Mine et Mélie racontent à Clara.

— On était tout le temps perchées dans les arbres. Qu'il pleuve ou qu'il vente. En été, dans les cerisiers. En automne, dans les noisetiers ! Ah, ça ! les pauvres oiseaux et les pauvres écureuils, on leur laissait rien. On cueillait tout !

— On avait une super technique pour grimper. On allait très très vite, comme des petits singes, en faisant le moins possible bouger les branches, et puis, on s'arrêtait pile… comme ça, une patte en l'air… tu vois ?… Et avant de pouvoir rebouger, on devait attendre le prochain coup de vent… pour que le bruissement des feuilles couvre nos déplacements.

— On se disait qu'on était des Indiennes. Des éclaireuses sioux. On devait surveiller notre territoire sans se faire repérer par l'ennemi.

— Il y a des fois où on attendait tellement longtemps la patte en l'air qu'on finissait par avoir des crampes. Mais on se forçait à tenir ! Parce que les vrais Sioux, ils étaient coriaces à la douleur.

— On en a vu de ces choses, de là-haut! Moi, je suis sûre qu'on a plus appris, perchées dans nos arbres, qu'à l'école. Et le plus marrant, c'est que personne ne nous a jamais repérées.

— Faut dire qu'il n'y avait pas beaucoup de monde pour regarder vers les cimes des arbres, en ce temps-là. C'est des trucs de rêveurs, de poètes, ça. Et y en avait pas beaucoup de poètes, par chez nous, hein, Mélie?

— Ça, c'est sûr. Y en avait pas beaucoup...

— Et... tu te rappelles comment on cassait les noisettes avec les dents? Et les histoires, tu te rappelles des histoires qu'on se racontait? Et quand on se mettait à rigoler, à en dégringoler de nos branches... on était écorchées de partout, mais ça ne nous empêchait pas de nous bidonner. Comme des baleines!

— Oh, ces crises de rire! Qu'est-ce que c'était bon...

— Ah oui, dis donc, c'était bon.

— Bon ben... ça te dit, un café?

— D'accord.

Elles rentrent dans la maison.

Clara décide d'aller voir ce que font les hommes. Elle descend le chemin, et s'arrête avant le petit pont. Elle regarde autour d'elle un moment, choisit un arbre, et commence à grimper. À mi-chemin, elle s'arrête, une patte en l'air... écoute... essaye de repérer les voix de Raymond et Marcel, au milieu du brouhaha des oiseaux, des insectes, des tracteurs qui travaillent au loin... reprend son ascension... s'arrête encore... fouille du regard le mur de feuillage... aperçoit un bout de chemise... ah, ils sont là... attend un coup de vent pour masquer le bruit de ses déplacements... poursuit son ascension...

Arrivée en haut, elle trouve une fourche confortable, s'y installe.

De là, elle voit tout. Et personne ne la voit.

Elle est vraiment indienne, maintenant.

En bas, Raymond et Marcel sont au milieu de la rivière, jambes de pantalon retroussées, à quelques mètres l'un de l'autre. Tous les deux dans la même position. Penchés en avant, ils surveillent le fond de l'eau, immobiles et silencieux. Au bout d'un moment, Clara voit que Marcel commence à tanguer. Le pauvre, il a dû poser le pied sur quelque chose de glissant... Elle ne peut pas s'empêcher de sourire. Et maintenant, il écarte un peu les bras, pour faire balancier... il essaye de garder l'équilibre... mais il tangue de plus en plus... il cherche désespérément quelque chose autour de lui à quoi se raccrocher, mais il n'y a rien... et il finit par s'exploser dans l'eau! Raymond se rapproche, veut l'aider à se relever, et... dérape à son tour! Clara en a les larmes aux yeux. Après quelques secondes de surprise, les deux vieillards, le cul dans l'eau, se mettent à rire... à rire... Des vrais gamins!

Et Clara, sur sa branche se bidonne... comme une baleine.

(18 suite)

Se requinquer

— Un sucre?
— Non. J'en prends plus. On sent mieux le goût quand on n'en met pas.
— Tu as raison, je vais pas en mettre non plus.

Avec le café, Mine et Mélie se sont servi un petit verre d'eau-de-vie de prune. Pour se requinquer. À la première gorgée, elles ont eu le souffle un peu coupé. Mais c'est normal, c'est très fort. Maintenant, ça glisse tout seul.

Elles ont le rose aux joues, et l'œil brillant.

Mélie reprend le fil.

— Tu te rappelles, quand on sautait des repas, pour s'habituer à ne pas manger tous les jours ? Et quand on sortait sans manteau sous la neige, pour s'endurcir au froid ?

— Et qu'on s'empêchait de pleurer quand on avait mal ? Pour apprendre à supporter la douleur, si un jour on devait être torturées par la Gestapo ?

— Et nos entraînements, pour arriver à ne plus avoir peur dans le noir ? Pour moi, c'était le plus difficile. D'arriver à traverser le grand jardin, toucher le muret et revenir, tout ça sans courir, et à la tombée de la nuit en plus... Ah, la vache, qu'est-ce que c'était dur ! Il y avait toujours quelque chose qui n'allait pas. Ou je courais, même quelques mètres... ou je tendais la main pour toucher le muret, mais je ne le touchais pas... Ça me paralysait. Cette peur qui me prenait, là... dans le ventre ! Et puis, c'est quand même incroyable, on s'attendait à l'entrée du jardin, mais, à l'arrivée, on ne se questionnait jamais. Tu te souviens ? Eh bien, moi, j'ai toujours imaginé que tu réussissais à chaque fois... que c'était facile pour toi. Et j'étais persuadée que c'était par pure charité que tu faisais semblant de me croire, quand je revenais en souriant, l'air de celle qui avait réussi... eh, fastoche, les doigts dans le nez !... Mais Mine, maintenant, tu peux bien me le dire, hein ? Tu y arrivais, à traverser le jardin, à toucher le muret, et à revenir sans courir ?

Mine sourit mystérieusement. Elle va pour répondre, quand...

— Méliiiiie ! Miiiiine ! Venez voir ! Vite !

Elles sortent dans le jardin et voient Clara qui arrive, suivie de deux vieux hiboux déplumés, dégoulinants, et hilares...

— Si vous les aviez vus, quand ils sont tombés dans la rivière, tous les deux ! C'était vraiment trop marrant, j'vous jure !

Il fait chaud, mais tout de même... Ces deux vieux croûtons seraient bien capables d'attraper du mal, trempés comme ils sont. Mine entraîne Raymond dans la maison et l'aide à se déshabiller, pendant que Mélie s'occupe de Marcel. Chacun dans une chambre. Avec l'âge, ils ont retrouvé des pudeurs d'adolescents. Raymond en profite pour caresser les fesses de sa femme. Et ses seins aussi. C'est l'heure de la sieste. Chez eux, ils se seraient allongés, et il lui aurait prouvé, si c'était encore nécessaire, qu'il était toujours aussi amoureux d'elle. Mais Mine le repousse en riant, et sort étendre ses affaires au soleil. Alors, il se résigne, s'allonge seul, et s'endort presque aussitôt.

Mélie a plus de mal avec Marcel. Ils n'ont pas l'habitude, ni la même intimité. Il est un peu raide, n'aide pas beaucoup. Quand elle en arrive au marcel de Marcel... il se raidit encore un peu plus. Elle force.

— Ah, mais c'est quoi, ce tatouage? Je ne savais pas que tu en avais un...

Elle voit le cœur tatoué, mais n'arrive pas à déchiffrer ce qui est écrit. Elle se penche pour mieux voir. Sans ses loupes, ça reste flou.

Et Marcel bougonne.

— Laisse donc... des conneries de jeunesse, tout ça.

Il se couvre avec le drap, et ferme les yeux.

— Au contraire. C'est très romantique...

Mais Marcel s'endort déjà.

(Suite de la suite du 18)
Entraînements

Clara s'étonne.

— Mine dit qu'il n'y avait pas la télé, et pas de PlayStation non plus, quand vous étiez petites. Comment vous faisiez, alors?

— Mais on ne s'ennuyait jamais. On était bien trop occupées avec nos entraînements...

Mine et Mélie gloussent.

— Quels entraînements?

— Attends. On va t'expliquer. Mais il faut raconter dans l'ordre.

Elles ont résumé un peu.

Donc... Petites, elles avaient été séparées très tôt de leurs parents. Dès le début de la guerre, ils les avaient envoyées chez des cousins communs, dans une ferme en Suisse, pour les mettre à l'abri. Là-bas, pas de rationnements, ni de bombardements, même pas de soldats allemands. Et puis, quand tout a été fini, elles sont rentrées. Elles avaient huit, neuf ans à ce moment-là.

— Alors tu vois, personne ne voulait parler de la guerre. Ils voulaient oublier. Mais d'une façon ou d'une autre, ça revenait toujours sur le tapis. Surtout au moment des repas. Si on ne finissait pas ce qu'on avait dans notre assiette, on avait droit à: « Nous, on n'avait rien à manger, pendant la guerre... » Si on n'aimait pas le chou-fleur: « On aurait été bien contents d'en avoir, nous autres... »

— Mais on était encore petites. Ils nous ennuyaient avec leurs histoires. Alors on haussait les épaules ou on levait les yeux au ciel. Pire, quand on croyait qu'ils ne nous voyaient pas, on tirait la langue, comme ça... Et paf! On se prenait une calotte! Pour apprendre le respect. Parce que ça, on en manquait, du respect! Forcément, on s'était un peu élevées toutes seules, pendant toutes ces années. On était des sauvageonnes...

— Mme Rapin, tu te rappelles d'elle, Mélie? Méchante comme une teigne et qui sentait la pisse de chat? Elle disait tout le temps: « Si vous ne vous corrigez pas, vous verrez, quand vous serez grandes! Vous ne trouverez jamais un homme qui voudra vous marier! »

— Tu parles comme on s'en fichait! On trouvait ça mieux de rester vieilles filles!

— Les hommes, ils étaient durs, en ce temps-là. Jamais de tendresse. En tout cas, pas chez moi... Mon père, je me rappelle deux choses de lui: les calottes qu'il me donnait et quand il disait: « J'aurais mieux fait de me casser une jambe, le jour où j'l'ai mise en route, celle-là! »

— Pareil chez moi...

Mine et Mélie restent songeuses un moment, en sirotant leur pousse-café. Avant de réattaquer...

— En tout cas, pour en revenir à la guerre... c'est à force d'en entendre parler qu'on a commencé à imaginer de se préparer à la prochaine. Comme ça, le jour où elle recommencerait, nous, on serait prêtes!

— Et on a décidé de commencer par la faim!

— Oui! C'est ça. On s'est dit qu'en sautant des repas, on s'habituerait à ne pas manger tous les jours. Que c'était une question d'entraînement. Il fallait faire rétrécir notre estomac...

— Alors, une fois par semaine, on ne mangeait pas. On choisissait le jour où il y avait des topinambours, des betteraves ou des cardons, à dîner, pour ne pas avoir de regrets. Et on attendait le moment. Pendant qu'une de nous deux faisait diversion, l'autre renversait discrètement l'assiette sous la table. Mais les chiens n'étaient pas discrets du tout, eux! Ils faisaient un de ces raffuts, en mâchant et en se léchant les babines! C'était pas tous les jours qu'ils se régalaient comme ça, c'est sûr! Alors pour couvrir le bruit, on se mettait à tousser, toutes les deux en même temps, comme si on avait avalé quelque chose de travers. On toussait tellement fort qu'on devenait toutes rouges, et on se donnait de grandes tapes dans le dos. Les parents n'y voyaient que du feu. Le problème, c'était de devoir répéter la manœuvre deux fois de suite au même repas...

— Mais, tu parles! On ne restait pas longtemps le ventre vide! Quand on sortait de table, on courait ratiboiser le noisetier! On aimait ça, les noisettes!

— Et puis, on s'était mis dans l'idée d'apprendre à reconnaître les plantes. On regardait les gravures dans le dictionnaire, ou dans nos livres de sciences naturelles. Les champignons, par exemple. C'était facile à reconnaître, les girolles, les rosés, les trompettes de la mort...

Mais pour les autres ? On se disait : « Tu vois pas qu'on se gourre et qu'on tombe sur un champignon vénéneux ? Si c'est la guerre, il n'y aura peut-être plus de docteur, dans le coin. Il sera peut-être parti ou fait prisonnier. Ou même, si ça se trouve, il sera passé à l'ennemi ! »

— On aimait bien se raconter des histoires. Et inventer... D'ailleurs c'est le métier qu'on voulait faire. Inventeuses.

— Et découvreuses, aussi. Pour faire avancer la science... Un jour, on a décidé de découvrir à quoi pourraient servir les baies de sureau. Tu sais, les petites boules noires ?... On en a pressé et on a mis le jus en bouteille. On a beaucoup réfléchi. Et d'un coup, on a eu l'idée ! Ça allait guérir les piqûres d'orties ! Une très grande et très utile découverte ! Il fallait faire des tests. Les chercheurs avaient des cobayes ? Nous, on avait Jeannine, la petite-fille des voisins. De quatre ans notre cadette. On avait la supériorité de l'âge, et on en profitait. Pour ce test-là, on a organisé un petit jeu de chat perché. Et le moment voulu, vlan ! on l'a poussée pour qu'elle tombe bien comme il faut dans les grandes orties... celles avec les chapelets de graines, tu vois lesquelles, Clara ? Les plus féroces !

— Elle s'est mise à crier, on aurait dit un cochon qu'on égorgeait ! On a eu peur ! Alors on a vite sorti la petite bouteille, et on lui a dit : « T'inquiète pas ! Dans deux secondes, tu sentiras plus rien ! C'est "le" remède miracle contre les piqûres d'orties ! » On lui en a mis partout sur ses cloques, très vite... Et là... il s'est passé un truc incroyable. Elle a guéri !

— Ah oui, véridique ! Plus de cloques, plus de douleur, plus rien !

— La tête qu'on a faite... D'un coup, on s'est prises pour des Marie Curie...

— Il fallait qu'on en ait le cœur net. Alors on a tendu nos bras vers les orties, en se retenant de crier... et vite fait, on a étalé le jus de sureau sur les piqûres... Et là... eh ben... tu le croiras si tu veux, mais... rien ! Ça ne nous a rien fait du tout ! On a été drôlement déçues...

232

— Ah ça oui. Très très déçues...
Mine et Mélie soupirent ensemble.
— Je ne sais pas pour toi, Mélie, mais j'ai vraiment l'impression que c'était hier, tout ça...
— Oui, moi aussi...
Elles soupirent encore une fois.
— Eh ben! Mais il est presque cinq heures! Pépé va pas tarder à arriver. Clara, va vite réveiller Marcel, mon p'tit lapin!
— OK.

Clara monte l'escalier, frappe doucement à la porte de la chambre. Elle entend des voix. Elle entre doucement. Marcel et Raymond sont assis sur le bord du lit, chacun enroulé dans un drap. Ils discutent.
— ... non mais, ce que je ne comprends pas, c'est pour graver. Comment on fait, à partir d'un enregistrement numérique, alors?
— Ah ben, c'est encore plus simple. T'as juste à connecter l'appareil à la prise USB de l'ordinateur, et puis tu cliques sur l'icône... Ah, Clara! On ne t'avait pas entendue entrer!
— Je venais voir si Marcel était réveillé. Pépé ne va pas tarder à arriver...
— Non, ça va. Je viens de l'appeler. Je lui ai dit de ne pas se déranger. Raymond et Mine me déposeront en passant, tout à l'heure. Ça nous laisse un peu plus de temps pour discuter. On descend de suite, ma poulette. Dis donc, j'ai un p'tit creux, moi... Pas toi, Raymond? J'me taperais bien la cloche, là, maintenant, comme je suis fait!

La nuit était déjà tombée quand ils sont partis. Mélie, épuisée par tous ses souvenirs, s'est endormie dehors, sur une chaise longue. Et Clara en a profité pour se vautrer devant un truc bien nul à la télé. Avec un paquet de chips.
Ça faisait longtemps.

Pour la télé… et pour les chips, aussi.

C'est vraiment bon des fois, les trucs nuls, elle s'est dit.

19

Courrier

La factrice a apporté une grande enveloppe pour Clara. C'est Fanette qui a fait suivre son courrier. Il y a plusieurs cartes postales et une lettre.

Chère Clara.

Ici, il fait très beau. Je m'amuse bien. Je me suis fait plein de nouveaux copains. Je te raconterai tout quand on se verra. J'espère que tu t'amuses bien. Et que tu t'es fait plein de nouveaux copains aussi. Tu me raconteras.

Je t'embrasse très fort.

Audrey.

Salut Clara !

Comme tu peux voir sur la photo, ici c'est le paradis ! J'ai fait des super progrès en espagnol. ¡Te quiero mucho ! ¡Me gusta bailar la salsa ! Bon, je te laisse. Il faut absolument que j'aille piquer une tête dans la piscine. C'est urgent !

Bises.

Arthur.

Coucou Clara !

J'adooooooore les vacances !!!!!!! Si ça pouvait durer toute l'année, ce serait géééééééniallllllllll !!!!!!!

Plein de bisous !!!

Thalia.

Ma chère Clara,

On dirait que ça fait des mois depuis que les vacances ont commencé. Mais je regarde le calendrier, et ça ne fait que deux semaines ! Je ne sais pas si je vais pouvoir tenir, sans te voir, jusqu'à la rentrée. Je pense beaucoup à toi, tous les jours. Et la nuit aussi. J'ai bien réfléchi et je voudrais te dire plusieurs choses. Alors, primo : quand on s'est embrassés, c'est vrai que c'était pas vraiment super. J'avais trop l'impression que j'allais tomber dans le coma. Tu es la première fille que j'embrasse. Alors, évidemment, c'est pas encore très pro. Mais je te promets que la prochaine fois, ce sera mieux. J'essayerai de ne pas trembler, et de ne pas avoir les mains moites. (Je sais que tu n'aimes pas ça. Je t'ai entendue en parler avec Audrey, l'autre jour.) Enfin, j'espère que tu ne m'en veux pas. Deuzio : si jamais tu ne voulais plus sortir avec moi, je trouve que ça serait bien qu'on reste copains quand même. (C'est vrai que je préférerais vraiment qu'on reste ensemble. Mais, c'est juste mon avis. C'est toi qui décides.)

Et puis, troisio : je vais te raconter ce que je fais ici.

Je suis à la campagne, chez mes grands-parents. Les parents de mon père. Il devait venir aussi, mais au dernier moment il n'a pas pu. Je ne sais plus pourquoi. De toute façon, c'est chaque fois pareil. Il dit qu'il vient, et il vient jamais. Mes grands-parents pensent qu'il travaille trop, qu'il a trop de responsabilités, que c'est pas facile pour lui, le pauvre. Ils ne voient pas ses défauts, mais c'est normal, c'est leur fils. Je les aime bien, quand même. Ils commencent à être très vieux. Ils ont des habitudes. Tous les jours, ils mangent à la même heure, et puis ils regardent la télé. Ils aiment bien regarder Des chiffres et des lettres, Questions pour un champion *et des vieilles séries, genre* Derrick. *Moi, je m'en fous, j'ai amené mon ordi et ma Play. Et puis j'écoute de la musique et je lis, aussi.*

J'ai fini le livre que Mme Morin nous a donné à lire, cette année : Si c'est un homme *de Primo Levi. J'ai beaucoup pleuré. Tu l'as lu ? Sinon, je te le passerai. En musique, j'écoute des vieux disques de mon père. Des microsillons. Il* y a deux tailles. *Les petits, c'est des 45 tours, un peu comme des CD deux titres. Et les grands, c'est des 33 tours. Il y a plein de vieux trucs des années 80 et quelques. Et il y a de la musique classique, aussi. C'est toute une technique, pour les écouter. Il faut sortir le disque de la pochette sans mettre les doigts dessus, passer un chiffon spécial pour enlever la poussière, poser tout doucement le disque sur la platine, soulever le bras, là où il y a l'aiguille, l'approcher et se baisser en même temps, pour être sûr de ne va pas cogner le bord, et puis là, on pose et on lâche la tête avec le diamant (mais je crois que c'est pas un vrai en fait), il glisse tout seul jusqu'au premier sillon, et on entend grésiller et puis ça commence.*

J'aimerais bien te montrer. Ça serait bien, si tu étais là. Écris-moi.

Antoine.

20
Clara crée

Cher Antoine,
J'ai bien reçu ta lettre. Moi aussi, j'ai beaucoup réfléchi et, si tu veux, on pourrait continuer à sortir ensemble. Je sais qu'Audrey t'a raconté que j'étais avec Arthur, avant toi, mais je peux te dire : c'est pas vrai ! Elle essaye trop d'embrouiller (je crois que c'est parce qu'elle est un peu jalouse). Et puis quand on s'est embrassés, moi aussi c'était la première fois. Alors je ne suis pas pro non plus. Voilà, c'est tout. J'ai parlé de toi à ma grand-mère. Elle dit que si tu veux venir passer quelques jours ici, elle pourrait téléphoner à tes grands-parents, et que, s'ils étaient d'accord, on

pourrait venir te chercher, genre la semaine prochaine. Tu veux ?
Téléphone vite.

Clara.

Il a téléphoné. Ses grands-parents sont d'accord pour la semaine prochaine. Elles vont aller le chercher en voiture, et dormiront là-bas, pour que Mélie n'ait pas trop de kilomètres à faire dans la même journée. En attendant, elles lui préparent une chambre. Clara tient à faire la déco, elle-même. Elle veut repeindre les meubles. Une chaise, une petite armoire et une table de chevet. Mais elle hésite sur la couleur. Un truc gai, mais pas trop flashy non plus... tu vois, Mélie... et puis en même temps, il faut pas que ça fasse trop nickel... C'est ringard quand c'est nickel.

C'est compliqué, quoi...

Et puis, en feuilletant un livre elle est tombée sur une reproduction d'une toile de Van Gogh, et ça lui a plu. Mélie a ressorti des vieux pigments, de l'huile de lin et du blanc de Meudon, et lui a montré comment fabriquer sa propre peinture. Clara a travaillé pendant deux jours complets. Elle a peint l'armoire avec un très joli jaune vif, très gai, très pétant... et la table de chevet et la chaise, avec un bleu très très vif, et très très gai aussi. Pour que ça ne fasse pas trop nickel – mais il y avait peu de chance, a priori – elle a fini en grattant la peinture avec une grosse brosse métallique. Mélie a trouvé que l'effet de vieillissement était vraiment très réussi. Et elle s'y connaît, en patine. C'est sa spécialité! Pour finir, elle a mis dans un grand vase quelques tournesols, qu'elle est allée piquer dans le champ du père Thomas. Elle est contente du résultat. Ça fait beau. Antoine va sûrement aimer.

Elle s'assied par terre, prend du recul pour regarder son travail. Elle est vraiment belle en bleu...

Ce serait marrant, si elle pouvait dire des trucs, cette chaise...

237

— Pourquoi je pourrais pas ?… Demande, pour voir…
— Ah ?… Alors, chaise… comment tu trouves ta couleur ?

Eh ben là, tu vois, je dirais que j'aime. En plus, ça tombe
bien. J'ai toujours pensé que le bleu, c'était la couleur
de l'espoir. Alors, c'est peut-être une nouvelle vie qui
commence. Pour moi, l'orpheline. Dernière d'une famille
de six. On vient par six ou par douze, tu vois. Rarement
d'impairs. Sinon, on change de catégorie. Pièces uniques,
œuvres d'art, trônes. L'aristocratie, quoi. Pas un truc pour
moi. Mais pièce unique… ça m'aurait bien plu. Orpheline,
tu dirais que c'est presque pareil, hein ? Eh ben non ! On
ne dit pas « trois pièces uniques », pour des chaises. On
dit : « trois chaises dépareillées » ! Nuance. Mais je m'en
fous. Parce que, bien réfléchi, j'aime mieux être là où je
suis. Ici, personne n'a peur de se balancer sur moi, de
s'appuyer à mon dossier, de laisser les chats se faire les
griffes sur mes pieds, de me monter dessus en gardant ses
chaussures. Ou même… de me peindre en bleu pétard !
Et on n'a pas peur non plus de me sortir quand il y a du
monde, ou de me mettre la tête en bas sur la table quand
on passe la serpillière, ou de me poser des gros annuaires
dessus, pour rehausser les petits… Non, c'est marrant ici.
Je ne regrette pas. Et puis, pièce unique, on risque de finir
dans un musée, ou derrière une vitrine, avec des gens qui
n'osent pas vous toucher, pour pas vous abîmer, ou vous
casser. C'est pas pour moi, ça. Je m'ennuierais. Je suis du
genre rustique. J'aime le contact. Sentir le poids des corps.
Même les très très lourds ! Et puis, par-dessus tout – mais
ça, tu le gardes pour toi, hein ? – j'aime bien entendre, à
la fin d'une longue journée de travail, le soupir d'aise que
poussent les hommes quand ils posent leurs gros culs sur
moi. Ça me fait trop craquer ! C'est mon kiff, mon plaisir,
ma joie.
  Ma sœur – la dernière qui me restait – a fini brûlée.
Dans un feu de la Saint-Jean. Elle était vraiment trop
défoncée.

Je sais bien que c'est normal, pour une vieille chaise en bois, de finir au feu. Mais c'est assez flippant, quand même.

Il paraît qu'on ne souffre pas. Enfin, c'est ce qu'on dit... Mais ça me fait flipper, quand même.

En tout cas, pour en revenir à la couleur que tu as choisie pour moi, Clara... je la trouve top!

Non. Vraiment, quoi.

Sérieux.

21

Fanette et Gérard : deuxième mi-temps

— Allô, Clara? C'est maman. Ça va bien, mon p'tit lapin?... Tu ne t'ennuies pas, c'est sûr?... Ah bon? Tu as invité Antoine? C'est une très bonne idée. Je le connais?... Ah mais oui, évidemment. Son père travaille pas loin d'ici, et il est venu au cabinet, l'année dernière... C'est ça, il avait attrapé un sale truc... merde, je ne me rappelle plus... Ah oui, c'est lui, la maladie de Lyme! Tu sais, je t'en ai parlé, c'est une vraie saloperie! Ça s'attrape par les tiques. Au fait, tu fais comme je t'ai dit, hein? Tu regardes bien partout, tous les jours, quand tu prends ta douche?... OK. Parce que c'est la saison, en ce moment, Clara... Bon. Et Mélie, ça va? Ah, dis donc... quand vous irez chercher Antoine, tu feras bien attention à ce que Mélie ne s'endorme pas en conduisant. Dès que tu sentiras qu'elle fatigue, tu lui demanderas de s'arrêter... Ah? C'est seulement à deux heures de route? Bon. Je ne m'inquiète pas, alors... Oh ben, moi, ça va. Rien de spécial. Non, je ne vois plus Henri. C'était un vrai... un pauvre type, quoi. De toute façon, je m'en fous. Je suis très bien toute seule. Ah ouais, c'était

très sympa de revoir Gérard. On a passé une super soirée...
Non, tu rigoles! C'est de l'histoire ancienne. On est amis,
maintenant... Clara, il faut que je te laisse, on m'appelle sur
l'autre ligne. Je te fais plein de bisous, mon petit poussin.

— Allô, Fanette? C'est Gérard. Je te dérange?
— Non, pas du tout.
— Je me disais que... je prendrais bien quelques jours
de congés. Je crois vraiment que j'en ai besoin, et...
— C'est une très bonne idée, Gérard.
— Alors, je me demandais si... on pourrait peut-être se
voir? Enfin, si tu as le temps, ou si tu en as envie, évidem-
ment...
— Ah oui, pourquoi pas. Quand est-ce que...
— Je pensais partir aujourd'hui. Alors, ce soir? Ça
t'irait, ce soir?
— D'accord. À ce soir.

Ils sont allés dîner dans un petit restau pas très bon,
mais dans lequel ils allaient quand ils étaient étudiants,
puis sont rentrés chez Fanette à pied, en faisant pas mal
de détours, histoire de gagner du temps. Ils ont bu encore
quelques verres, en se disant des tas de banalités, et ce
n'est que bien plus tard dans la nuit qu'ils ont fini par se
jeter l'un sur l'autre, avec beaucoup d'anxiété. Leurs corps
ne se sont pas reconnus tout de suite. En dix-sept ans, ils
avaient pas mal changé. Ça les a surpris. Il y a eu comme
un moment de flottement. Mais ça n'a pas duré. En tout
cas, c'est épuisés et ravis qu'ils se sont endormis à l'aube,
dans les bras l'un de l'autre. Ce qui, en fin de compte, était
ce qu'ils avaient vraiment envie de faire, depuis le début de
la soirée...

Fanette s'est réveillée très en retard. Elle s'est levée
d'un bond, a branché la cafetière, s'est jetée sous la douche,

a sauté dans ses fringues, tout ça en deux minutes, trente-cinq secondes, quatre centièmes. Et maintenant, elle boit son café, debout, au pied du lit. En prenant son temps. Elle regarde Gérard dormir. Il a l'air bien. Il respire calmement. Il est beau comme ça, au milieu du lit, les bras en croix et la queue en berne. Il ne ronfle même pas... Elle n'a pas envie de le réveiller. Elle réfléchit au mot qu'elle va lui écrire.

Gérard.
Je suis terriblement en retard! Je te laisse un double des clefs. Pense à les laisser dans la boîte aux lettres, quand tu partiras. Mais tu peux rester, si tu veux! Je finis tôt, aujourd'hui. On pourrait peut-être aller dans un bon restau, cette fois-ci? Un italien? On s'appelle?
PS: Je ne me rappelais pas que c'était si bien...
PSS: Alzheimer, peut-être? Ah! Ah!
Signé: Fanette

En fait, elle n'écrit que: *En retard! Je file! T'appelles?*
PS: Laisse les clefs dans la boîte en partant.

Elle a attendu. Et il n'a pas appelé.

Elle rentre chez elle, fatiguée et un peu déçue. Elle ouvre la boîte aux lettres. Les clefs n'y sont pas. Merde! Il a oublié de les laisser. Elle ouvre la porte de son appartement, jette sa veste et son sac par terre, court aux toilettes. Elle a presque fini de faire pipi, quand elle se rend compte qu'il y a de la musique dans l'appartement. Ah ben d'accord... il a oublié, en plus, d'éteindre la chaîne en partant! Elle se lève, de mauvaise humeur, et va dans le salon, en remontant son pantalon. Elle s'arrête net. Mais qu'est-ce que...? Il y a plein de fleurs partout, dans tous les coins... Et il y a une flèche dessinée sur un papier, par terre. Elle suit la direction qu'elle indique, entre dans la chambre. Pareil! Des fleurs partout. Elle voit un premier mot: *Suis mes instructions, et tout se passera bien.* Elle commence à sourire. Un deuxième mot: *Mets-toi nue.* Elle obéit, suit d'autres flèches, arrive dans la salle de bains: *Ton bain et ton vin.* Il y a des bougies, des huiles parfumées, et un verre d'asti spumante sur le bord de la baignoire. Il s'est souvenu de l'Italie, c'est trop craquant... Elle se glisse dans l'eau, en riant toute seule. Il est marrant, ce jeu...

Quand elle sort de la salle de bains, elle trouve un mot qui n'était pas là tout à l'heure: *Fanette. Je t'ai attendue toute la journée. C'était long. Alors, ramène tes fesses vite fait, on a des trucs urgents à se dire!*

Juste avant de s'endormir, Fanette a murmuré...
— Je ne me rappelais pas que c'était si bien...
Gérard a dit:
— Moi non plus.
Il a attendu, avant de rajouter:
— Ce serait pas un peu Alzheimer, ça, quand même?
Et ils ont pouffé de rire en même temps.

22

Y a personne!

C'est la troisième fois que le téléphone sonne depuis ce matin, sans qu'il décroche. C'est sûrement Mélie. Mais tant pis. Il n'a envie de voir personne, c'est tout. La pauvre, elle doit s'inquiéter, quand même. Pépé est passé tout à l'heure. Toc toc toc, il a fait, à la porte. Et il a attendu. Et puis re : toc toc toc. Et il a re-attendu. Au bout d'un moment, il a dit : « Vous êtes là, Marcel ? » Et Marcel n'a pas pu s'empêcher de crier, à travers la porte : « Y a personne ! » Alors Pépé a dit : « Déaccuerdo, yé répasserai plous tarde », et il est parti. C'est un brave gars, ce Pépé. Il connaît la musique. Il sait qu'il faut le laisser tranquille quand c'est comme ça. Quand Marcel veut plus voir personne. Qu'il veut juste se coucher dans un coin, tout seul, comme un chien... Un vieux chien grincheux et tout mité, qui veut plus voir personne quand il est malade et triste à mourir.

Et faut pas venir le déranger, le vieux clébard !

Juste attendre que ça passe.

Jusqu'au jour où ça passera plus, évidemment... Mais là, personne n'y pourra rien. C'est le destin.

Ça dure deux ou trois jours, ça dépend. Il ne sait pas lui-même d'avance. Quand il travaillait encore au garage, ça ne se remarquait pas. Il s'enfermait pendant des jours et des nuits d'affilée. Seul. Sans dormir, sans manger. On n'osait pas venir le déranger. Et les gens, ils disaient : « Ah Marcel, un sacré bosseur, c'gars-là ! » On le respectait pour son travail. Mais maintenant, quand il s'enferme dans son studio, à la maison de retraite, les gens, ils se disent juste : « Pauv' vieux Marcel. C'est fini. Il est plus bon à rien ! » J'les entends d'ici... Mais moi j'ai envie de dire : Et l'auto de Mélie, alors ? Qui c'est qui la répare ? Et la tondeuse de Gérard ? Le vélo de Clara ? La machine à laver de Pépé ? La tronçonneuse de Bouboule ?... Ça compte pour du beurre, tout ça ? Parce que j'ai beau chercher, mais je ne vois pas bien qui voudrait encore s'emmerder à réparer toutes ces bricoles, hein... Et pour des cacahuètes ! Parce que question rémunération, c'est pas Byzance. Il faut quand même le dire aussi, ça...

Alors ? Qui s'y colle à la bricole ? À part moi... c'est simple : PLUS PERSONNE !

Des bruits de pas qui approchent. Toc toc toc. Il ne bouge pas. Re : toc toc toc. Il ne bouge toujours pas. Un papier qu'on glisse sous la porte. Les pas qui s'éloignent.

Coucou Marcel !
Je voulais te faire un bisou avant de partir. Mélie et moi on va chercher un copain. C'est un peu loin, alors on va rester dormir là-bas, et on reviendra demain. Mais, Antoine, c'est pas juste un copain. C'est mon petit copain. J'aimerais bien que tu le voies, il est très sympa. Mélie va être un peu toute seule, pendant qu'il sera là. Alors, ça serait bien que tu viennes. Et puis, la machine à laver est encore cassée.
Je te fais plein de bisous, mon Marcel.

Clara.

Elle a dix ans, Clara. C'est pas trop tôt, quand même, pour un petit copain ? De mon temps...
Ah non. Il faut que j'arrête.
C'est nul, ça. « De mon temps... »
Ça fait vraiment vieux con !

23

Tandem

À l'aller, elles ont écouté la seule cassette qu'il y avait dans la voiture. Du Trenet. C'était gai, et le trajet leur a semblé court. Un quart d'heure avant d'arriver, Clara a commencé à avoir le trac, mais a préféré ne pas en parler. Et Mélie, qui avait remarqué, n'a rien dit non plus. Il restait encore une bonne dizaine de kilomètres, quand elles ont eu la surprise de voir Antoine qui les attendait, tout seul, sur le bord de la route, très inquiet qu'elles puissent se perdre.

Mélie l'a trouvé très touchant. Elle a dit à Clara qu'il ressemblait à un petit oiseau tombé trop tôt du nid, avec ses grands yeux écarquillés et ses cheveux ébouriffés.

Le lendemain, quand Antoine a découvert la déco de sa chambre, il n'a pas su quoi dire pendant un bon moment. Et puis, il a fini par prendre la main de Clara... et il a rougi.

Après ça, elle lui a montré son domaine. Elle lui a fait visiter la maison, le jardin, le coin des bambous, la grange. Ils sont descendus à la rivière, ils ont grimpé aux arbres, et ont fait un tas de plans pour les jours à venir.

Entre-temps, Mélie a téléphoné à Marcel.

Il avait prévu de venir, de toute façon. Pour réparer la machine à laver.

— Ah, c'est vrai... J'avais oublié, dis donc!

Elle s'est dépêchée de la mettre en panne, en se disant qu'il n'apprécierait sûrement pas d'être venu pour rien.

Ils se sont tous retrouvés au déjeuner. Clara a présenté Antoine à Marcel. Il l'a trouvé bien gentil, le petit. Il lui a tâté les biceps et les mollets... Un brin gringalet, tout de même... Doit pas faire beaucoup de sport, ce gamin-là, hein. Ça travaille les méninges, mais pas les gambettes! Allez donc faire un tour à vélo, les enfants. Y a rien de mieux que le vélo!

Après le déjeuner, Mélie s'est sentie un peu fatiguée. Ils se sont installés sur les chaises longues, pour faire la sieste. Avant de s'endormir, elle a demandé...

— Tu crois qu'il y aurait moyen de remettre en état le vieux tandem? Je suis sûre que les petits s'amuseraient bien avec...

— Mmmm... peut-être...

— Tu pourras regarder...?

— Mouais…

— Et… Marcel ?…

— Mmmm…

— … faut pas… te fâch…

— Mmmm quoi ?

— … je v… part… avant toi, tu s…

— Qu'est-ce que tu dis ?

— … mmm… rien…

— Mélie ?

Mais elle était déjà profondément endormie.

Marcel, ça lui a coupé l'envie de dormir. Il s'est relevé, l'a regardée un moment, la gorge nouée. Il aurait bien aimé parler encore. Mais, comme elle avait l'air d'être partie pour un moment, il est allé dans la grange, pour s'occuper. En attendant.

Quand elle s'est réveillée, le tandem était prêt, réparé, tout propre.

Elle en a eu les larmes aux yeux.

Marcel a fait la gueule.

— C'est parce que je suis contente, que j'ai envie de pleurer, Marcel. Je ne croyais pas qu'il pourrait resservir un jour, ce tandem… Il roule bien ?

— J'en sais rien. J'attendais que tu te réveilles. Allez, debout ! Et grimpe !

— Mais je ne suis pas montée sur un vélo depuis…

— Ben, c'est moi qui pédalerai, c'est tout !

— Tu ne vas pas y arriver.

— Qu'est-ce que tu crois que je fais, la nuit ? Tu crois peut-être que je compte les moutons, c'est ça ? Allez, grimpe, j'te dis !

Et ils sont partis faire un petit tour.

À un moment, elle a commencé à s'imaginer la dégaine qu'ils devaient avoir, les deux petits vieux sur leur tandem, l'un derrière l'autre… et elle s'est mise à rire… à rire… à en avoir les jambes coupées. Marcel s'est retrouvé à devoir pédaler tout seul. Il a un peu bougonné. C'était dur, quand même…

— Eh ben, Mélie… qu'est-ce qui te fait rire comme ça ?

— Des souvenirs, des très vieux souvenirs…

Et puis, elle a appuyé sa tête contre son dos. Elle a senti ses muscles vibrer sous l'effort, et c'était bon de sentir la chaleur de son corps. Elle aurait voulu pouvoir murmurer « merci Marcel », mais elle n'a pas osé.

Et ils sont revenus.

Clara et Antoine les ont regardés arriver, effarés, les yeux tout écarquillés.

— Ah ben ! Vu la tête qu'ils font, j'crois bien qu'on doit avoir une drôle de dégaine, tous les deux, sur notre tandem.

— Oui, Marcel, j'crois bien aussi…

Clara et Antoine ont des projets.

— Alors, on voudrait construire une cabane dans le marronnier. Mais une vraie cabane, hein… grande, solide et tout. Avec des murs, et un toit. On a dessiné les plans. Le problème, c'est qu'il faut beaucoup de planches.

— Il y a des palettes dans la grange, a dit Marcel. Et qu'est-ce qu'il vous faudrait d'autre ?

— On a fait la liste.

Des clous, des vis, un marteau, une visseuse, une échelle de corde, une bouteille de Coca, un mètre, de la ficelle, un crayon, une scie, une lampe de poche, du chocolat, des pansements, des gants, deux sacs de couchage, des fraises Tagada…

Ils ont sorti la grande échelle. Marcel a installé une poulie pour monter le matériel, et fixer l'échelle de corde.

Les enfants n'avaient plus besoin d'aide.

Ils ont commencé le travail.

Vers cinq heures et demie, Pépé téléphone. Il ne va pas pouvoir venir chercher Marcel ce soir. Il a crevé. Mais le pire, c'est que sa roue de secours est complètement pourrie. Alors, vu l'heure, il va falloir attendre demain pour réparer. Mais il peut trouver quelqu'un d'autre, pour aller le chercher, s'il veut. Non ? OK. Alors, hasta demain, Marcel.

Mélie propose de le ramener. Mais Marcel n'a pas envie.

— Non, je vais coucher ici, c'est plus simple.

— Comme tu veux. Je vais préparer ton lit, alors.

— Non, laisse, je vais le faire. Repose-toi.

— Mais pourquoi tu dis ça? Je ne suis pas fatiguée, voyons...

Clara et Antoine ont fini de poser le plancher de la cabane dans l'arbre. Et demain ils vont attaquer les murs. En attendant, ils montent une tente dans le jardin. Ils vont dormir dehors, cette nuit! Et puis, vous savez quoi? Eh ben, Antoine, c'est un phobique des araignées! C'est drôlement embêtant, à la campagne, hein?

Bon, ils passent juste cinq minutes. Pour prendre de quoi manger. Ils vont dîner sous la tente. En tout cas, c'est vraiment cool que Marcel reste dormir, ce soir! Comme ça, elle est pas toute seule, la petite Mélie!

Bonne nuit, les chéris!

Marcel et Mélie dînent en tête à tête.

Il ne sait pas comment aborder le sujet. Finalement, il se lance:

— Tu savais que tu parlais en dormant, Mélie?

— Alors là! Ça m'étonnerait beaucoup.

— Eh ben si. Je t'ai entendue, pendant la sieste, aujourd'hui.

— Et... qu'est-ce que j'ai dit?

— C'était pas très clair. Quelque chose comme: je vais partir... mais je n'ai pas bien compris.

— Ah bon.

Mélie change de sujet.

— J'y pense, est-ce que tu as essayé le dictaphone?

— Je t'ai déjà dit, je n'ai rien d'intéressant à raconter.

— Ah oui, c'est vrai.

Elle va chercher du vin.

Ils boivent. Ça les détend.

— Mais, j'y réfléchis.

— À quoi donc?

— Ben... à ce que je pourrais raconter, sur le dictaphone!

— Ah! Très bien.

— Mais j'ai pas dit que j'allais le faire, hein! Juste que ça me faisait penser à des choses, c'est tout...

Après dîner, ils vont faire un tour dans le jardin. Les travaux de construction de la journée les ont si totalement lessivés que Clara et Antoine dorment déjà. Comme des petits loirs.

Avant d'aller se coucher, Mélie s'arrête devant la porte de la chambre de Marcel, pour lui souhaiter bonne nuit. Il hésite, mais finit par l'appeler.

— Mélie?

Elle passe la tête, en souriant.

— Oui?

— J'aimerais bien parler encore un peu, là...

— Pas de choses tristes, hein?

— Non, pas tristes...

— Bon, alors d'accord.

Elle s'assied sur le bord du lit.

Ils se sourient.

Ils ne savent ni l'un ni l'autre par quoi commencer. Alors, ils restent silencieux un petit moment. Et puis Marcel lui prend la main.

Elle est surprise, elle se raidit.

Il ferme les yeux.

Quelques secondes plus tard, il s'endort, un sourire sur les lèvres.

24

La belle toile

On va attaquer le toit de la cabane. C'est le plus dur. Si tout va bien, on devrait avoir fini cet après-midi. Il restera encore plein de choses à faire, mais ce sera moins urgent. On pourrait peut-être dormir dedans la nuit prochaine, si le temps ne se met pas à l'orage ?

Ils sont un peu pressés. Antoine ne reste que quelques jours.

Mélie les appelle pour le petit déjeuner. Elle ajoute qu'il y a une très belle épeire qui est en train de tisser, près du rosier blanc, et que ça vaut vraiment le coup d'œil !

Elle a installé quatre chaises comme pour le spectacle. Et elle a branché la caméra vidéo.

— Dégrouillez-vous, les enfants, elle a déjà commencé.

Clara entraîne Antoine. Il ne sait pas ce qu'est une épeire, alors il ne proteste pas encore. Il s'assied près de Clara. Quand il réalise qu'il s'agit d'une araignée, il sent monter une bouffée d'anxiété. Elles ont dû oublier qu'il était phobique ! Mais Clara prend sa main et lui parle tout bas. T'inquiète pas... Ça craint rien du tout, surtout à cette distance... Oui, mais... Je te dis que ça va, Antoine !... OK, il veut bien la croire. Tu ne penses pas quand même que... ? Bon, d'accord, il la croit... C'est vrai que cette araignée a l'air de ne s'occuper que de son travail, finalement... Elle ne fait pas du tout attention à eux... C'est fou la vitesse à laquelle elle fabrique ses fils... et... toutes ses pattes qui travaillent en même temps... on dirait vraiment qu'elle tricote... C'est marrant.

Il approche un peu plus sa chaise. Pour mieux voir.

Marcel arrive.

— C'est quoi le programme ? On se fait une petite toile, c'est ça ?

Ça les fait sourire.
Il bougonne qu'il n'a pas que ça à faire, mais s'assied quand même.

Ils sont maintenant tous les quatre assis en arc de cercle. Penchés en avant. Ils regardent l'araignée tisser sa toile. En silence.
Captivés.

Une heure plus tard, le téléphone sonne.
Personne n'a envie de bouger.
Il sonne longtemps.
Mélie finit par se lever.
— Qu'est-ce qu'il se passe?... Une toile d'araignée? Ah! Ça fait longtemps que je... Mais Mélie, dis donc! Clara m'a dit l'autre jour que le petit Antoine était arachnophobe!... Oui, c'est vrai, ça peut marcher. Faut voir... Bon. Il faut que je te dise quelque chose... Je crois que... je suis amoureuse... Mais si je dis que je crois, c'est parce que je ne suis pas complètement sûre, tu vois... c'est un peu compliqué comme histoire... Je préfère te raconter quand je viendrai... Dans quelques jours. Ne dérange pas Clara maintenant. Je l'appellerai plus tard... Vous allez être étonnées, tu sais. Bisous.

Mélie retourne à la toile d'araignée.
Elle parle tout bas.
— C'était Fanette.
— Elle est amoureuse? chuchote Clara.
— Comment tu sais ça, toi?
— Elle n'a pas parlé longtemps. C'est le signe! Mais là, c'était très très court... Elle doit être vraiment très très amoureuse, cette fois...
— Oui, on dirait...
— Cool.
— Elle a dit aussi qu'elle venait bientôt.
— Quand ça?

— Chut! On ne parle pas pendant les toiles! grogne Marcel.

— C'est vrai, quoi! On va finir par perdre le fil..., râle Antoine.

Les deux filles se regardent. Le triomphe modeste au coin de l'œil.

— Eh bé, dis donc...

25

Rosa

La toile d'araignée au petit déjeuner, ça les a retardés dans leurs travaux, évidemment. La cabane ne sera pas prête aujourd'hui. Mais tant pis. Ça valait le coup! Et puis, Marcel et Antoine sont devenus copains. Ils ont décidé d'aller faire du vélo. Marcel trouve qu'il devrait se muscler un peu plus des jambes, le petit. Clara, elle, n'aime pas trop faire la course. Elle préfère rester avec Mélie.

Marcel pédale sur la route. Très concentré.

Il ne se rend pas compte qu'Antoine a du mal à suivre.

Il pense à hier soir. C'est fou ce qu'il s'est endormi vite... mais il se rappelle parfaitement de ce qu'il s'est passé avant.

Il repense à la main de Mélie.

Dans la sienne.

Il sourit. Il ferme les yeux.

Ouh la! C'est pas le moment de fermer les yeux! Il a failli se casser la margoulette, dis donc! Il se tourne vers Antoine, pour en rire avec lui...

Mais Antoine n'est pas là.

Il freine brutalement.

— Antoine?

Mais où il est, le petit?

Il fait demi-tour avec son vélo.

De loin, le vélo couché sur le bord de la route.

Il s'affole un peu.

— Antoine, ça va?

— Ben oui...

— T'es tombé?

— Ben non...

— T'as crevé, alors?

— Ben, presque.

— C'est bien ce que je pensais. Tu manques d'entraînement. Allez, Antoine! D'la route, p'tit gars!

Ils ont fait encore une petite dizaine de kilomètres, et puis ils sont rentrés. Antoine a eu l'impression de marcher comme un cow-boy, pendant une heure ou deux. Mais il a senti aussi qu'il avait pris des muscles.

— Non, c'est vrai, Marcel... je le sens déjà.

Plus tard, Pépé est arrivé, et a ramené Marcel chez lui.

Une fois rentré, il lui a annoncé que Rosa était morte. Pendant la nuit.

Et ça lui en a fichu un coup.

Parce qu'il l'aimait bien, Rosa.

Il s'est dit qu'il aurait dû aller la voir plus souvent. Qu'ils auraient parlé ensemble. Qu'ils se seraient rappelé des choses, des tas de choses, du temps où...

Mais elle perdait la boule, Rosa. Depuis déjà très longtemps. Alors, peut-être qu'elle ne se serait souvenu de rien...

Elle devait avoir des enfants. Et des petits-enfants.

De quoi ils vont se rappeler, eux? De ce qu'elle était à la fin?

Une pauvre vieille, tout édentée, incontinente et sénile ? Ils ne sauront jamais ce qu'elle avait été avant. Ce qu'elle avait vécu, comment elle était, ce qu'elle avait fait... et... Merde. C'est triste.

Clic. Rec.
Enregistrement.

Rosa, je ne t'ai jamais dit... Et je regrette, parce que maintenant c'est trop tard. Mais je veux le faire quand même. Pour tes petits-enfants. Comme ça, ils sauront...

Comment on t'attendait.
Quand on planquait tous les trois, dans les collines, là-haut.
Raymond, Fernand et moi, Marcel.
Et comment tous les jours, on se réveillait à l'aube. Chacun notre tour. Et qu'on se mettait en sentinelle, près de la cabane. On ne savait jamais d'avance quand tu venais. Alors, tous les matins, on allait surveiller la route. Pendant des heures. On t'attendait. Au cas où tu viendrais. Et comme ça, pendant des jours et des jours. Tout transis de froid. On attendait. Jusqu'à ce que tu viennes. Et, bon Dieu, quand on te voyait arriver, tout là-bas, au bout de la route, on avait le cœur qui faisait des bonds... hauts comme ça ! J'te jure ! On courait réveiller les autres, en criant : « Debout les gars ! La voilà ! » Et tous les trois, les cheveux encore tout ébouriffés de la nuit, on te regardait arriver de loin sur ton vélo. Immobiles et silencieux. Tout le temps que t'arrive...
Jamais on n'oubliait que tu faisais tout ce trajet pour nous. Les vingt kilomètres aller-retour, à vélo. Rien que pour nous. Et pour ça, on t'aimait, Rosa. T'imagines pas comment. Et on faisait tout pour que tu nous aimes et que tu sois fière de nous. Tu risquais ta vie, chaque fois, en venant ici. On n'oubliait pas. J'ai jamais oublié. Tu venais

ravitailler tes « p'tits minots », comme tu nous appelais.
Qu'est-ce que ça nous énervait que tu nous appelles comme
ça, tu sais ! On avait quatorze ou quinze ans, et on se prenait
pour des hommes. On volait des tampons, des armes, des
voitures, tout ! On sabotait les voies de chemin de fer, on
avait même fait sauter le petit pont, en bas, dans la vallée...
Mais toi, tu continuais à nous appeler tes « p'tits minots » !
  Tu avais vingt-trois ans. Et on n'avait aucune chance.
Mais on rêvait quand même un peu... On n'y pouvait rien.
T'étais belle, comme c'est pas imaginable.
  T'étais belle comme un soleil, Rosa !
  Et on était tout éblouis.

Marcel a parlé longtemps dans le dictaphone.
Une bonne partie de la nuit.
À l'aube, il a enfourché son vélo et il est allé jusqu'en
haut de la colline. Près de la cabane, là-bas. Et il est resté à
regarder la route, un bon moment... Des fois que la Rosa,
elle aurait eu envie de passer une dernière fois. À vélo. Pour
dire au revoir au « p'tit minot »...

26

Antoine exubérant

Antoine devient exubérant.
— Je voulais vraiment vous remercier pour le coup
de la toile d'araignée. C'était vraiment une chouette idée !
Je ne sais pas si j'arriverais à supporter qu'une araignée
me marche dessus, mais... de pouvoir regarder sans avoir
peur, et sans les sueurs froides qui me coulent dans le dos,

ben c'est génial! Clara m'a montré un livre où il y en a plein de sortes différentes. Je ne savais pas qu'il y en avait autant, et qu'elles pouvaient être aussi belles. Et les toiles! C'est vraiment trop dingue! J'aimerais bien que mon père voie ça. Je pourrais lui montrer la vidéo que vous avez prise, c'est possible? En plus, je crois qu'il est phobique aussi, lui. Je lui demanderai demain, quand je l'appellerai.

Et puis aussi, j'ai bien aimé faire du vélo avec Marcel. Il m'a bien coaché. C'est marrant, il est plus vieux que mon grand-père, mais il fait plus de trucs. Mon grand-père, il ne fait plus de vélo, depuis… oh, je sais plus… mais, ça fait très très longtemps! Il a peur de tomber et de se casser le col du fémur, je crois. Et ma grand-mère aussi. Et vous, vous n'avez pas peur, Mélie?

— Non, non. Mais j'ai appris à tomber. Il faut éviter de se raidir, sinon, crac!

— Et Marcel, pourquoi il vit pas ici, avec vous?

— Eh bien, mais… parce qu'il vit dans un studio, à la maison de retraite.

— Mais, pourquoi? Il n'est pas de votre famille?

— Ah non! Marcel, c'était le meilleur ami de Fernand, mon mari. Ils se connaissaient depuis tout petits. Et après la mort de Fernand, on est restés amis, Marcel et moi.

— Mais il est tout seul?

— Oui.

— Et vous aussi?

— Oui.

— C'est triste, quand même…

— Mmmm…

— Mais ici, il y a de la place, s'il voulait venir, non?

— Oui. Il y a de la place. Bon. Antoine. Qu'est-ce que tu essayes de me dire?

— Non, rien. Juste que… je trouve ça triste qu'il vive tout seul. C'est tout. Moi, mes grands-parents, ils m'ont dit un jour que, s'il y en a un des deux qui meurt, eh ben l'autre il pourra pas supporter de rester seul, et qu'il se laissera mourir. Alors, bon… je me dis que c'est quand même mieux si on n'est pas tout seul, quoi.

— Mmmm.

— Quand est-ce qu'il revient, Marcel?

— Je ne sais pas. Mais tu peux lui téléphoner, si tu veux.

— Ah ouais, je vais l'appeler! Maintenant, je peux?

— Oui. Tu peux.

Il court téléphoner.

— Allô, Marcel? C'est Antoine. Quand est-ce que tu viens, dis?... Oui, oui. J'ai un graveur sur mon ordi... Oui, on peut. J'ai des CD vierges. Et on va faire du vélo, après? Bon. Tu veux que je demande à Mélie?... Mélie! C'est Marcel qui demande s'il peut passer aujourd'hui... Marcel? Elle a dit: « Évidemment... » OK... À tout à l'heure, alors!

Il se balance d'un pied sur l'autre.

— Bon, ben... je vais aller voir si Clara a fini de se préparer.

— Oui. Très bien.

Il détale comme un lapin.

Mélie se demande si ça n'était pas mieux quand il était plus réservé...

Mais non... elle plaisante, bien sûr!

Quel drôle de petit bonhomme, tout de même, cet Antoine...

27

Pouvoir, ou pas

Mélie va faire un tour du côté des bambous. Ils sont presque à un mètre au-dessus des toises qu'elles ont installées la dernière fois. Quelle vivacité ! C'est impressionnant.

Elle entend les enfants jouer au loin. Ils sont occupés à finir la cabane dans le marronnier. Elle en profite pour s'asseoir dans un fauteuil et réfléchir. Tranquillement.

Et elle se dit…

Je ne cherche toujours pas à savoir ce que j'ai… C'est un peu spécial. Mais j'aime de plus en plus ne pas savoir. Ça me stimule. Et du coup, je n'ai plus peur de perdre mon temps. Ni de m'embarrasser de détails. Que l'essentiel…

Tailler la glycine…

Regarder le chat dormir au soleil…

Relire *Poil de carotte*…

Planter de nouveaux arbres fruitiers…

Écrire pour Pépé la recette secrète des…

— Mééééllliiiie !!!!

— Ouiiiiii !

— T'es où ?

— Aux bambous !

— Qu'est-ce que tu fais ?

— Rien…

— Quand est-ce qu'on mange ?

— Bientôt, les enfants, bientôt.

Bon.

Alors qu'est-ce que je vais bien pouvoir faire à manger ?

Parce que, dans le fond… c'est ça la question.

Marcel est arrivé plus tard. Il n'avait pas faim et était très fatigué. Il a dit à Antoine qu'il n'avait pas la moelle de monter sur un vélo, maintenant. Mais qu'après une petite sieste, peut-être… Il lui a donné son dictaphone numérique. Et Antoine a gravé un CD.

Marcel a écrit dessus : *À Rosa, souvenirs de résistance.*

Mélie l'a serré très fort dans ses bras.

C'était la première fois.

Et il a eu un peu de mal à ne pas pleurer. De joie, bien sûr.

28

Deux fois trois

Fanette conduit.

Elle pense à Gérard, à leurs fougueuses retrouvailles.

Ils s'appellent quinze fois par jour, depuis. Des heures. Comme des ados. Ils se demandent comment ils vont annoncer la nouvelle de leur « re-histoire », sans que ça fasse trop ridicule. Ils sentent bien que ça ne va pas être facile. Ils y réfléchissent beaucoup. Mais, par téléphone, c'est chiant, à force...

Fanette passe le péage.

Il y a quelques jours, Odile est rentrée. Très très folklo, il paraît ! Version Gérard, évidemment. La seule disponible ! Non, mais... Gérard est quelqu'un de très honnête. Et il essaye évidemment de rester le plus neutre possible, dans cette histoire. Il dit qu'en plus, de cette façon, il risque moins de se laisser bouffer par la charge émotionnelle liée à toute cette... Enfin, bref. L'histoire d'amour entre Odile et son « hidalgo » s'étant très certainement mal terminée – sinon pourquoi elle serait revenue, tu peux me le dire ? – elle s'est pointée, et elle a tapé le plan : « Gérard, mon minou chéri – je sais, c'est ridicule, mais elle m'a toujours appelé comme ça –, je reviens. Je sais que c'est toi que j'aime, j'en suis sûre maintenant. J'ai douté, mais c'est fini, on va recommencer comme avant »... Sauf que ce coup-là, ça ne lui a fait ni chaud ni froid, à Gérard... Alors elle a piqué une crise. De dingue! Elle a cassé plein de trucs, déchiré des photos, bu comme un trou, s'est roulée par terre à poil, en disant qu'elle allait se tuer... enfin, la totale! Et c'est là que les mômes sont intervenus. Blaise, Guillaume et Matthieu. Et ils ont décidé de mettre Gérard à la porte! En lui expliquant que ça ne servait à rien qu'il reste, que ça foutait plus le bordel qu'autre chose, et que... le mieux, c'était qu'il fasse comme d'hab... qu'il ne s'occupe de rien! Ça l'a drôlement secoué. Mais il est parti. Et il s'est installé au cabinet. Depuis, il dort sur la table d'auscultation et prend sa douche dans le lave-mains des toilettes de la salle d'attente. Mais il le dit lui-même – et c'est pas de gaieté de cœur –, les mômes ont raison. C'est vrai qu'il est un peu nul comme père. Qu'il n'a pas vraiment assuré, comme mari. Et que le surnom de « monsieur no-conflit » lui va comme un gant...

Les garçons l'ont appelé hier pour lui annoncer qu'Odile allait beaucoup mieux. Et qu'elle prévoyait de le faire raquer un max, s'il avait l'intention de demander le divorce.

Il va essayer de lui parler.

Fanette entame les derniers kilomètres.

Elle réfléchit encore à la façon d'annoncer la nouvelle à Mélie et à Clara. Elles vont se moquer, c'est sûr. Surtout Clara. C'est vrai que, vue de l'extérieur, la situation est plutôt... comique. Eh les gars, vous connaissez la dernière? Après dix-sept ans de réflexion, Fanette et Gérard remettent le couvert! Ah ouais, marrant.

Le mieux, ce serait d'attendre avant d'en parler, quand même.

C'est peut-être trop tôt...

Il ne faudrait pas se précipiter...

Voilà, c'est ça!

Rien dire pour l'instant. Et voir plus tard.

Fanette arrive chez Mélie. Elle a à peine le temps de couper le moteur de la voiture que Clara se jette dans ses bras. L'assaille de bisous. Et c'est double dose, parce que ça fait longtemps.

Et puis, d'un coup...

— Alors?

— Quoi, alors?

— C'est qui?

— Comment ça, qui?

— Ben... ton amoureux!

— Ah ben... c'est... Gérard.

— Ah ouais?

— Ouais...

— Je sentais bien qu'il y avait un truc chelou. Mais Gérard, quand même... T'y aurais pensé, Mélie?

— Euh... non, je ne crois pas.

— Et toi, Marcel?

— Euh... moi non plus. J'avoue sincèrement que...

— Maman, fais pas cette tête! On est juste un peu scotchés, c'est tout. Mais on va s'habituer.

Antoine regarde de loin, gêné.

— Antoine! Viens, je vais te présenter ma mère. Antoine, Fanette. Fanette, Antoine. Tu peux lui dire « tu », si tu veux.

— OK. Bonjour, madame... Fanette.

— Juste Fanette, mon petit Antoine. Ça me fait plaisir de te rencontrer. Alors, Clara t'a dit? Je connais ton père. Il est venu me voir, l'année dernière, au cabinet. Et on a sûrement dû se croiser plusieurs fois, aux réunions de parents d'élèves. Mais je ne me rappelle pas avoir rencontré ta mère...?

— Maman, s'il te plaît...

Au même moment, un bruit de moteur de voiture...

C'est Gérard.

Il fait le mec qui passe par hasard. Genre: « Ah, salut, Fanette. Mais qu'est-ce que tu fais là? »... Et Fanette joue le jeu: « J'avais envie d'un petit week-end en famille. Alors, hop! J'ai sauté dans la voiture! Et voilà. Et toi, tu passais par hasard, c'est ça? »

Elle n'attend pas sa réponse. Elle l'attrape par le cou et l'embrasse violemment sur la bouche. Ça le surprend. Les yeux écarquillés, il marmonne :

— Mais voyons, Fanette, qu'est-ce que tu f...?

Il jette un regard autour de lui.

Voit que tout le monde se marre, comprend enfin.

Il rougit, bégaye... je croyais... enfin... vous... euh...

Alors, pour le mettre à l'aise, Clara dit...

— Ça fait un peu histoire d'amour d'occase, votre truc, non?

Antoine a téléphoné à son père, pour lui demander s'il pouvait rester encore quelques jours. Il a dit non. Que c'était prévu comme ça depuis le début, et qu'il devait retourner chez ses grands-parents le lendemain. Point barre. Antoine est allé se cacher dans la cabane pour pleurer. Clara l'a rejoint. Il a reniflé. Et puis, ils ont réfléchi à la façon d'organiser le temps qui restait. « On va devoir passer une nuit blanche, pour pouvoir tout faire, c'est obligé... »

Super!

Pendant que les enfants faisaient des plans dans le marronnier, les deux adultes sont partis batifoler dans les sous-bois.

Et les deux vieux se sont installés pour faire la sieste, sous le tilleul.

Quand Marcel s'est réveillé, il est allé chercher Antoine pour faire du vélo. Et Gérard, qui passait par là, a demandé à se joindre à eux. Très excité à l'idée de faire du sport. « Pour se dérouiller les jambes, le vélo, y a pas mieux, hein, Marcel? »

Marcel roule devant, Antoine bien collé dans sa roue, et Gérard un peu plus loin derrière. L'espace se creuse de plus en plus, depuis un moment. Mais à l'avant du peloton, personne ne remarque. Ils discutent. Sans se retourner. Et Gérard ne veut pas les appeler. C'est déjà assez vexant comme ça. Se faire semer par un vieillard de soixante-dix-huit balais et un petit morveux d'à peine dix... ça va, quoi! Il attend une descente pour les rattraper. Mais ça fait long-temps qu'il n'y en a pas eu. C'est chiant, le vélo, finalement.

Il a les boules, Gérard.

— Eh ben, tu vois, Marcel, mon père, il aime que le rugby.

— Ah... Et il en fait?

— Non. Il regarde.

— À la télé?

— Ouais.

— Et ta mère?

— Ma mère?

— Elle aime quoi, elle?

— Ben... je sais pas...

— Tu sais pas?

— Ben non... je sais pas.

Marcel se tourne vers Antoine...

— T'es un drôle de p'tit bonhomme, toi.

Il se rend compte que Gérard n'est plus là.

— Ah pu... naise! On l'a semé.

Ils font demi-tour. Roulent un moment. S'inquiètent.

Au loin, le vélo couché sur la route. Les pieds de Gérard qui dépassent des hautes herbes. Ils foncent.

— Gérard, ça va?

— Bof...

— Vous êtes tombé?

— Non.

— Vous avez crevé, alors?

— C'est presque ça, ouais.

— Ah ben, vous manquez d'entraînement, c'est sûr...

Ils rentrent en roulant tout doucement. Marcel et Antoine encadrent Gérard. Antoine lui explique qu'il va marcher comme un cow-boy, ce soir. Mais que ça ira mieux demain, vous verrez, monsieur Gérard...

— Juste Gérard, Antoine...

— Ah! Juste... votre prénom, d'accord...

Il sourit. Ça le fait penser au *Dîner de cons*... « Juste Leblanc? Vous n'avez pas de prénom, alors? Ah, donc c'est Juste, votre prénom... » Mais il ne dit rien, parce que « con », c'est un gros mot, et qu'il ne connaît peut-être pas le film, juste Gérard...

Un drôle de petit bonhomme quand même cet Antoine, pensent Gérard et Marcel, tout en pédalant sur leurs vélos.

29

Voler

Pendant ce temps-là, les trois femmes sont au jardin. Elles s'occupent en silence. Mélie cueille des haricots verts, Fanette retire les gourmands sur les pieds de tomates, et Clara squatte le coin des fraisiers. Quand elle a fini d'en manger trop, elle va s'asseoir à l'ombre. Et puis, elle se met à parler. C'est marrant quand même... Il a drôlement changé, Marcel, ces derniers temps. Tu trouves pas, Mélie? Surtout depuis qu'il a laissé tomber la chaise roulante. On dirait qu'il n'a plus envie de se rabougrir... Et puis dis donc, le CD? Celui qu'il a demandé à Antoine de graver. Tu sais ce qu'il y a dessus? J'aurais bien aimé l'écouter... Et le dictaphone? Tu savais qu'il avait un dictaphone numérique, toi? Alors là, Mélie est un peu mal à l'aise. Elle se voit mal raconter qu'elle l'a volé pour le lui offrir, alors elle se met à bafouiller. Mmmm... oui, non... je ne sais pas... Mais en même temps, elle aimerait pouvoir dire la vérité. Elle n'a pas vraiment honte... Enfin si, un peu... Mais pas tant que ça. Parce que, ça fait longtemps qu'elle y pense... Que parmi toutes les choses qu'on devrait apprendre à faire dans la vie, il y a : voler. Mais pas juste voler, comme ça, vulgairement. Non. De la même façon qu'on apprend le judo ou le karaté. En acceptant de ne s'en servir qu'en cas de force majeure. De nécessité vitale. Pendant la guerre, par exemple. Il y a certainement des gens qui sont morts parce qu'ils ne savaient pas voler. S'ils avaient su, ils auraient peut-être survécu... Mélie s'émeut. Les larmes lui montent aux yeux. Et même sans guerre. On devrait savoir voler, pour nourrir ses enfants, s'il n'y a pas d'autre moyen. Et qu'on ne vienne pas parler de morale. Parce qu'elle est où la morale quand on laisse crever de faim des enfants, elle répondrait. Mélie s'énerve toute seule. Ça lui arrive de plus en plus souvent. Ça doit être l'âge...

Elle se redresse d'un coup, les joues en feu, les cheveux en bataille, une poignée de haricots verts à la main.

— Écoutez, mes chéries. Je crois vraiment qu'il faudrait que vous appreniez à voler...

Devant l'air ahuri de Fanette, elle enchaîne...

— ... de vos propres ailes ! Oui, enfin... dans le sens : être autonomes... Vous comprenez ? Quand je vois ce que devient le monde, et comment il ne tourne plus bien rond, je me dis qu'il va falloir devenir très débrouillardes. Et inventives. Avec les moyens du bord. Se nourrir, se soigner avec ce qu'on a autour de nous. Venez. Je veux vous montrer quelque chose. Vous voyez cette mauvaise herbe qui pousse sur le bord du chemin, là ? C'est de la bardane. Vous savez, ces boules qui s'accrochent dans les cheveux, sur les pulls, dans les poils des chiens... on appelle ça des teignes. Eh bien, les racines de cette plante sont bonnes à manger. Ça ressemble un peu aux salsifis. En plus fin. Et ses feuilles fraîches soignent l'eczéma, l'acné, les furoncles, et des tas d'autres infections. C'est intéressant, non ?

— Oui. Mais… pour le dictaphone?…
— Bon. On rentre. Mon panier est plein. Il va falloir équeuter tout ça.
Y en a long.

Les trois hommes sont rentrés peu de temps après.

En descendant de vélo, Gérard a compris ce qu'Antoine avait voulu dire. Il a effectivement marché comme un cowboy pendant une bonne partie de la soirée! Et Fanette a trouvé ça très drôle. Elle ne rate jamais une occasion de se moquer. Ça tombe bien. Il adore la faire rire. Il aura fallu dix-sept ans pour qu'il le découvre.

Mais ça valait le coup d'attendre.

Il doit rentrer chez lui ce soir. Donc il déposera Marcel, en passant. « C'est perfecto », a dit Pépé au téléphone tout à l'heure. Parce qu'il est débordé. Il a encore des tas de choses à faire pour l'enterrement de Rosa. Les fleurs à aller chercher, les gens à prévenir… C'est mucho trabajo, les enterrements, coño!

— Très bien, Pépé, à demain, alors.

Ils dînent dans le jardin.

Clara et Fanette ont voulu goûter aux mauvaises herbes.

Elles ont préparé des radis et quelques racines de campanules raiponces, une salade du jardin mélangée à des feuilles de plantain et d'herbe de Saint-Jean, et une petite fricassée de racines de bardane.

Il y a des sceptiques. C'est normal. Elles s'y attendaient.

Mais tout le monde goûte quand même.

Commentaires…

— C'est intéressant… et ce petit arrière-goût de terre… Mmmm… extra…

— Vous êtes vraiment sûres que ça se mange? On va pas s'empoisonner, là?

— Avec une sauce un peu relevée? Ça serait peut-être moins fadasse, non?

Voilà. Mais c'était juste un essai.

Et puis, Fanette sent le regard d'Antoine posé sur elle. Il la trouve belle ? Il ne la quitte pas des yeux.

— Alors, mon petit Antoine, tu es content de ces quelques jours passés ici ?

— Oui. Très.

— On n'a pas eu beaucoup le temps de se parler. Tu reviendras ? J'appellerai tes parents. Tu penseras à me donner leur numéro de téléphone ?

— D'accord...

— Parce que, bon... je connais ton père, Lucien. Il s'appelle bien Lucien, c'est ça ? Mais je n'ai encore jamais rencontré ta maman. C'est idiot. Il faudrait organiser quelque chose. Dîner un soir, tous ensemble, ce serait sympa.

— Oui. Ça serait bien. Mais...

— Mais quoi, Antoine ?

— Non, rien. Enfin, vous savez... ma mère, elle est... elle s'appelle Élise.

— C'est un joli prénom, oui...

— Et maman... elle était un peu comme vous, je crois...

— ... était ?...

— Sur les photos. Ça se voit qu'elle était belle.

— Ah... je suis désolée, Antoine... je ne savais pas...

— J'aime pas parler de ça, parce qu'après les gens ils croient que... Mais vous savez, moi, ça va. Je suis habitué.

— Oui... je comprends.

Mélie, Marcel et Gérard le regardent, émus. Ils ont tous envie de le serrer très fort dans leurs bras, ce « drôle de petit bonhomme ». Mais ils n'osent pas faire un geste. Et c'est lui qui se lève et qui vient se blottir contre eux. Le petit oiseau tombé trop tôt du nid. Il fait le tour de la table. Passe de l'un à l'autre, se laisse embrasser, très fort, très vite. Finit par Fanette, qui le garde longtemps serré contre elle... « Mon petit... mon tout petit... pauvre petit bonhomme... » Elle caresse ses cheveux ébouriffés, et elle pleure un peu. Parce qu'elle ne peut pas s'en empêcher...

267

Antoine relève la tête. Il sourit

— Clara? On leur dit maintenant pour..

Il tend le menton vers le marronnier

— Ouais, d'accord!

— On a une surprise! Dans la cabane, on a trouvé quelque chose, tout à l'heure… qui est venu tout seul, hein. C'est même pas nous qui l'avons mis là!

Ils partent en courant et reviennent aussi vite, avec.. un petit chat tout gris.

Devant l'air consterné…

— Il est venu tout seul! On peut pas le laisser, quand même. Il a plus de maman, le pauvre.

L'argument tombe à pic. Bon.

— Alors, comment vous allez l'appeler, votre chat?

— On n'arrive pas à savoir si c'est un garçon ou une fille.

Marcel fait le spécialiste.

— Attendez voir… C'est un mâle, j'crois bien

Clara et Antoine réfléchissent.

— On pourrait l'appeler… Léon? dit Antoine.

— Oui… mais pourquoi Léon?

— Ben… c'est un beau nom Léon, et puis, je connais personne qui s'appelle comme ça. Et toi?

— C'est vrai, moi non plus.

— Alors…?

— D'accord.

Vous ne connaissez pas de Léon, les enfants? Blum, Trotsky, Gambetta, ça ne vous dit rien? Tolstoï non plus?

Et Léon Zitrone?… C'est vrai que c'est vieux… Bon, alors: Léon de Bruxelles, les restaus de moules-frites?… Ah ben, voilà…

30

Calamiteuse scolarité

Le lendemain matin, à l'enterrement, Marcel a donné le CD qu'il a enregistré aux petits-enfants de Rosa. Ils ont eu l'air surpris. Ils ne devaient pas savoir qu'elle avait été résistante. Ça allait donc servir. Ça l'a rendu fier. Mais il est quand même parti avant la fin de la cérémonie. Il avait trop chaud, c'était trop long, et puis surtout… il déteste les enterrements.

Chez lui, il a entrouvert les volets, pour laisser passer un peu d'air frais, et il s'est allongé sur son lit, pour réfléchir. Il s'est endormi aussitôt. C'était prévisible. Quand il s'est réveillé, il était déjà dix heures et demie. Il s'est dépêché de se changer, a pris son vélo et a foncé jusqu'à la gare. Mélie, Fanette, Clara, Antoine et le chat-Léon étaient déjà arrivés.

Le train avait du retard. Ça tombait bien. Fanette a pu recommander une fois de plus à Antoine de faire bien attention… et de ne *surtout* pas rater la correspondance ! En prime, elle a trouvé en moins de cinq minutes une mère de famille qui voyageait dans le même wagon et qui avait un portable, au cas où il y aurait un problème… Finalement, Mélie et Marcel ont réussi à l'éloigner. Et les enfants ont pu se dire au revoir tranquillement. Ils ont caressé ensemble le petit chat Léon, en s'effleurant doucement les mains, sans dire un mot. Et le chef de gare a sifflé le départ. Ils sont tous restés plantés sur le quai, à regarder partir le train, jusqu'à ce qu'il ait disparu. Marcel et Mélie ont pensé qu'ils ne seraient peut-être plus là, la prochaine fois que… Leurs regards se sont croisés. Tu penses à ça, toi aussi ? Mais ils ne se sont rien dit. Et Fanette a repris les choses en main. En se dépêchant, on pourrait arriver avant la fermeture du marché. Tu viens avec nous, Marcel ? T'as besoin de rien ? Bon, alors on file. Allez les filles, en voiture !

De retour chez lui, Marcel pose son dictaphone sur la table. Des souvenirs se bousculent. En désordre. Il ne sait plus où donner de la tête.

Il finit par se décider et note sur un papier : *Pour Clara et Antoine. Dernier jour d'école. Fin juin 1943.*

Clic. Rec.

Enregistrement.

L'instituteur s'appelait M. Le Floch. Toujours en blouse grise. Impeccable. Boutonnée jusqu'en haut. Même à la remise des prix. Il parlait en appuyant sur certains mots, comme ça...

— Et maintenant, comme chaque fin d'année, mes très chers élèves et très chers concitoyens, j'ai gardé le meilleur pour la fin. Marcel et Fernand ! Montez donc me rejoindre sur l'estrade, qu'on vous voie bien, mes garçons, une dernière fois. J'ai eu beaucoup de mal à vous départager, petits chenapans ! Mais j'ai fini par trancher. Je vous décerne donc, à tous les deux, ex aequo, et pour l'ensemble de votre œuvre, le prix de Camaraderie ! Rien ne convenait mieux, n'est-ce pas ? J'espère sincèrement que vous rencontrerez dans vos activités futures la possibilité d'employer votre unique mais incontestable talent de pitres, et que vous en ferez profiter autour de vous, avec le même enthousiasme que vous en avez mis ici, à distraire et même, à dissiper quelquefois vos camarades, durant votre si... calamiteuse scolarité. Néanmoins, je vous souhaite, en deux mots comme en cent : bonne chance, mes garçons !

Ce qui nous a vraiment plu dans son discours, c'est qu'on a senti qu'il avait pris du plaisir à faire cette longue phrase, toute tordue et alambiquée, comme il les affectionnait si particulièrement. Et celle-là, il l'avait tournée en notre honneur, à Fernand et à moi. Ça nous a rendus fiers.

On est partis avec notre prix sous le bras et le certificat d'études en poche. On s'est présentés à la menuiserie. Et le patron nous a embauchés. Comme apprentis. On venait à peine d'avoir treize ans.

Mais ça y était. On était des hommes.

On est rentrés chez nous, pour annoncer la bonne nouvelle.

C'était du sérieux, maintenant.

Finie la rigolade.

31

À bi-cy-clet... te

Deux gobelets en carton et un fil. Clara en haut dans la cabane, à un bout. Fanette assise par terre, au pied de l'arbre, à l'autre. Elles se parlent. Clara ne dit pas qu'elle est triste qu'Antoine ne soit plus là. Elle dit juste qu'elle a envie de passer la journée dans l'arbre. Avec Léon, qui est trop mignon. Qui la fait rire, à sauter partout dans les branches. On dirait qu'il est né dans un arbre. C'est possible, ça, qu'il soit né dans un arbre? Qu'une chatte fasse ses petits dans un arbre? Chats perchés! C'est peut-être possible, alors... Et les gens? Tu crois qu'on peut vivre dans les arbres aussi, nous les gens? Dormir, manger, lire, écrire... tout ça d'accord. Mais si on a envie d'aller aux toilettes, on fait comment? Ah bon? Comme les oiseaux?... Ah, d'accord... Non, je n'ai pas envie d'essayer. Je préfère descendre.

Elle descend. Et puis elle remonte, en emportant de quoi manger, boire, lire et écrire. Elle dit qu'elle redescendra ce soir, pour le dîner.

Plus tard, quand Mélie passe près de l'arbre, elle l'appelle. Mélie prend le gobelet. « Allô, oui ? » Clara lui demande comment faire pour apprendre à Léon à ne pas chasser les oiseaux. « Je crois que ça va être difficile », répond Mélie. Mais elle lui dit qu'elle va essayer de trouver des râteaux à feuilles, ceux en forme d'éventail... on les fixera aux branches, pour l'empêcher d'atteindre les mangeoires. Ça sera déjà ça. « Merci, Mélie. À ce soir...
– D'accord, mon petit oiseau des îles. »

Fanette, pendant ce temps-là, trie la paperasse. Ce que ne fait que très rarement Mélie. Qui dit préférer occuper son temps à des choses plus importantes. Qui l'intéressent plus, pour être clair. C'est vrai que si on considère que son temps est compté, c'est plutôt normal. Mais, même sans cette très bonne raison, elle n'a jamais aimé ça. Contrairement à Fanette. Qui trie comme certains font la vaisselle. En ne pensant à rien. Un vrai moment de détente. Elle fait ses piles. Électricité, téléphone, assurance, retraite, Sécurité sociale, divers. Celle qu'elle retriera plus tard. Tiens, des enveloppes non décachetées. Mélie a dû les oublier. Elle ouvre la première. Une pub. Hop, poubelle. L'autre...

Elle hésite... et puis, elle la pose sur la pile « divers ».

Ça y est. Elle n'a plus envie de ne penser à rien. Alors elle sort.

Mélie, qui est en train de biner autour des salades, la voit arriver. Elle se redresse.

— Ça va ?

— Oui, ça va. Sauf que j'étais en train de trier tes papiers...

— Ah oui ?...

— T'exagères, Mélie. C'est trop le bordel.

— Mais je n'ai pas eu le temps de...

— Tu dis ça chaque fois. Et là, il y a même du courrier que tu n'as pas ouvert !

— Ah, c'est vrai... Et... tu l'as ouvert ?

— Oui, j'ai commencé...

Aïe. Mélie se remet à biner, très vite.

— … mais j'en ai eu marre. Je finirai tout à l'heure. Là, j'ai envie d'aller faire un tour à vélo. Tu viens ?

— Oh, tu sais, moi… le vélo…

Fanette pédale énergiquement. Encore un peu et elle arrive sur du plat. En roue libre un moment… Elle se met à chantonner…

> *Quand on partait de bon matin*
> *Quand on partait sur les chemins*
> *… à bi-cy-clet… te*
> *Nous étions quelques bons copains*
> *Y avait Fernand, y avait nana*
> *nana-nana-nana-nana*
> *… et puis Pau-let… te[1].*

> *Et puis Fanette pense à Gérard.*
> *Qui va arriver un peu plus tard*
> *… à bi-cy-clet… te*
> *Après sa journée de boulot*
> *Il va lui rouler un gros palot*
> *Et ça s'ra bien, et ça s'ra beau*
> *C'est vraiment chouet… te…*

Fanette redonne un dernier coup de pédale pour prendre de la vitesse. En abordant la descente. Elle sourit toute seule.

Roue libre. Cliclic, cliclic, cliclic, cliclic…

1. « À bicyclette », paroles de Pierre Barouh, musique de Francis Lai, © éditions Saravah-éditions 23.

32
Marcel, apprenti menuisier

Dictaphone.
Clic. Rec.
Enregistrement.

À la menuiserie, Fernand et moi, on a fait la connaissance de Raymond. Il était arrivé quelque temps avant nous. On est devenus tout de suite copains. On avait le même âge, alors forcément, ça crée des liens. Les autres, c'étaient des vieux croûtons. Ils travaillaient là depuis des dizaines et des dizaines d'années! Mais, dans le fond, ils étaient pas si vieux. C'est juste qu'à treize ans, on trouvait que les gars de vingt, c'étaient déjà des croulants. Notre patron, un vieillard donc, d'une quarantaine de piges, s'appelait Jean. Pas un tendre. Mais pas un méchant, non plus. Un mec qui avait de la justice. Et ça, on pouvait dire qu'on avait de la chance. Parce que c'était pas partout pareil. Les apprentis, c'était de la main-d'œuvre pas chère, alors on les traitait un peu comme des esclaves, en géné-ral... Ben, là, non. Tout le monde était à égalité, chez Jean. Les premiers jours, il nous a expliqué le travail, et puis il nous a laissés nous organiser tout seuls. Pour voir... Et il a bien vu qu'on était pas des feignants, qu'on rechignait pas à la tâche. Il a apprécié. On faisait vraiment une bonne équipe, tous les trois. Fernand, Raymond et moi. On se tenait les coudes. On était solidaires, quoi. Et il respectait ça, Jean, la solidarité. Et comme, en plus, on apprenait vite, il nous avait à la bonne.

Il disait souvent en se marrant : « À vous trois vous faites la paire. »

Alors on se marrait avec lui. Malgré qu'on ne savait pas bien ce qu'il y avait de marrant, là-dedans...

On venait tous de familles nombreuses. Chez Fernand, ils étaient dix, chez Raymond, sept et chez moi, neuf. Ça faisait du monde aux heures des repas. Déjà, en temps normal c'était un peu juste, mais là, avec la guerre, on faisait maigre plus souvent qu'à notre tour. Et on ne pensait qu'à ça, à manger, nous autres. On était en pleine croissance, aussi. Alors, pour combler les manques on chapardait un peu, par-ci, par-là, ce qu'on pouvait. Oh, rien de bien méchant, hein. Des fruits dans les vergers, et des œufs, dans les poulaillers. On les gobait tout chauds sortis du cul des poules. Un vrai délice! Ça aurait pu nous coûter un coup de fusil, dans le nôtre... de cul! Mais on se croyait invincibles, depuis qu'on était en bande. Sauf que c'étaient des conneries. On était invincibles de rien du tout! Et un matin, on s'est fait griller. Par notre patron, en personne. Et dans le verger de la cure, par-dessus le marché. Il nous a regardés comme ça, la tête un peu penchée, du genre qui réfléchit, et puis il est reparti, sans rien dire. On avait le trouillomètre à zéro.

On s'est présentés au boulot la tête basse, ce matin-là. Mais il a rien dit. On a attendu toute la journée. Il a pas pipé un mot. Il nous a laissés mariner. Et on a travaillé en silence, sans même se regarder entre nous. Tout péteux, qu'on était. Le soir, les ouvriers partis, il est venu nous voir. On avait les genoux qui faisaient bravo. Il a dû remarquer. Il nous a fait asseoir. Et puis il a dit qu'il avait à nous parler sérieusement. Qu'on était assez grands pour comprendre. « Mes p'tits pères... Alors, comme ça, vous aimez les fruits? C'est bien, ça. J'en déduis que vous connaissez bien les vergers de la région? Celui du père Boitard, par exemple, sur la route du Noyer? Vous savez duquel je veux parler? À la sortie du village. Bien à l'abri des regards. Beaucoup plus pratique que celui du curé. Il suffit d'en mettre un à surveiller la route, et c'est tranquille... Alors, faut m'expliquer, là. Vous préférez quoi? Rester des p'tits trouducs qui font pas la différence entre ce qui est bon et ce qui l'est pas, ou vous voulez finir entre deux gendarmes? Parce que, faut vous tenir un peu au courant, les gars. Le curé, il est peut-être bon pour dire la messe, mais... pour le reste, attention danger! J'en connais qui regrettent encore d'être allés se confesser, si vous voulez savoir... Boitard, lui, vous risquez pas de le croiser. Il a choisi de partir à Vichy. Alors lui prendre ses fruits, c'est lui dire ce qu'on en pense, d'une certaine façon... »

On était babas. On n'avait jamais imaginé une chose pareille! Le Jean, notre patron, était en train de nous expliquer comment et chez qui aller pour piquer! C'était la révolution dans nos têtes!

« Mais au fait, mes petits pères, vous savez ce que c'est, la Résistance, au moins? » Nous, on ne savait pas trop. C'est vrai qu'on était encore des p'tits trouducs... Alors, on a fait non de la tête. Et il nous en a parlé, de la Résistance, et du maquis, et tout ça... On avait les oreilles grandes ouvertes. Il parlait bien. Il nous regardait droit dans les yeux, le Jean. D'homme à homme. Et il répondait à nos questions, sans nous prendre pour des petits merdeux. Il nous considérait. Et on ne connaissait pas ça.

Alors, c'est sûr, on était conquis.

À la fin, il s'est levé et il a dit: « Alors motus et bouche cousue, hein. Je compte sur vous, les gars. À d'main. »

Le lendemain, on a repris le travail, comme d'habitude.

À la seule différence que, de ce jour-là, on lui mettait en cachette dans sa besace une poire ou une pomme. Qu'on piquait dans le verger du père Boitard.

Nos premiers pas dans la Résistance...

Et nom de nom! Ils avaient un goût de liberté, ces fruits-là! Comme jamais, depuis, j'ai retrouvé...

33

Qui ça, moi?

Antoine est au téléphone. Il laisse sonner longtemps. Personne ne répond. C'est chiant. Il refait le numéro. Ça fait pareil. Il laisse tomber.

Ses grands-parents lui disent qu'ils sont patraques. Que ça doit être à cause du temps. Il ne comprend pas ce que le temps a à voir, mais ne demande pas plus d'explications. Il est juste un peu triste. Alors, il les laisse devant leur série à la télé, et monte au grenier. Là, il pense à Clara. Et aussi à Léon, le petit chaton. Qui est si mignon... Mais comment un si petit chat a bien pu arriver jusqu'à la cabane dans l'arbre? C'est dingue, quand même. La maison de Mélie, elle est loin des autres maisons. Il a dû faire des kilomètres à pattes, pour arriver là. Tout seul. Et avec tous les dangers. Les chiens, les vaches, les renards, les voitures, les sangliers. Il aurait pu se faire écraser, ou être mangé! C'est carrément horrible! Il est peut-être traumatisé... Et puis, il a peut-être des phobies, maintenant? Tiens, pourquoi ça serait pas possible que les animaux, ils aient des trucs comme les gens? Comme la phobie des araignées, par exemple... En tout cas, moi, je suis guéri. La preuve, je peux regarder celle qui a tissé sa toile juste au-dessus du tourne-disque sans crier, et sans avoir de la sueur qui me coule dans le dos. C'est quelle sorte, celle-là? Une épeire, une thomise, une veuve noire? Ou une mygale? Ah non, quand même... faut pas exagérer. En tout cas, le pauvre Léon, ça serait drôlement embêtant pour lui, s'il était phobique des araignées. À la campagne, y en a vraiment à tous les coins de rue.

Clara a dit qu'en espagnol « *leon* » ça veut dire « lion ». C'est bien pour un chat. C'est un peu un mini-lion, c'est vrai. Si jamais Marcel s'est trompé et que Léon c'est une fille, ça sera pas compliqué! On aura juste à ajouter un *e* au bout, et ça fera Léone...

Il redescend du grenier. Refait un numéro de téléphone. Ça sonne. Il attend.

— Allô, papa?

— Qui parle?

— Ben moi...

— Qui ça, moi?

— Antoine.

— Mais comment veux-tu que je sache que c'est toi, si tu dis juste « c'est moi » ?

— Ben j'ai dit « allô, papa » avant…

— Ah ? Bon. Dis-moi vite ce que tu veux, je suis super occupé, là.

— Je voulais savoir quand est-ce que tu venais.

— Ah, d'accord. Ça va être un peu compliqué, tu sais. Je te rappelle ce soir.

Antoine soupire.

Il prend une canette de Coca dans la cuisine et va s'installer sur le canapé entre ses deux grands-parents. Qui regardent leur série préférée à la télé.

En mangeant des chips et des bretzels.

C'est bon des fois, les trucs nuls.

Et ça sert bien, quand on veut plus penser à rien.

34

Des confitures

Gérard est arrivé chez Mélie, mais personne n'est venu l'accueillir. Il les a trouvées dans la cuisine, toutes les trois tellement occupées qu'elles ont à peine remarqué sa présence. Mélie avait réussi à convaincre Clara de descendre de son arbre, Fanette de son vélo. Et les avait embauchées pour l'aider à faire les confitures. De prunes. Elles en étaient à remplir les bocaux et à se lécher les doigts. Très concentrées. Il restait à rédiger les étiquettes.

Gérard s'est proposé. Il a une belle écriture. C'est très rare pour un médecin.

Après ça, ils ont dîné dans le jardin. À part Gérard, personne n'avait très faim. Le jour des confitures, on picore aux repas. C'est comme ça. Et puis ils ont eu froid. Ils sont allés chercher des gros pulls. Les commentaires ont suivi.

« Un temps de fin d'automne en plein été, on ne sait plus comment s'habiller... En effet, force est de constater qu'il n'y a plus de saison... Ça va foutre un sacré bordel dans les cycles de migration et de reproduction... Ah ben, ça a déjà commencé ! L'année dernière, les grues sont parties en octobre, et elles sont revenues en janvier ! T'as qu'à voir... »

D'un coup, ils ont tous levé le doigt et le sourcil en même temps ! Et puis ils ont penché la tête sur le côté, pour mieux écouter... « Oh ?... vous avez entendu ?... Ça vient de par là, on dirait... Ah, ça recommence... » Et ils ont entendu le brame. Bonne nouvelle, donc. Les cerfs se foutaient – pour l'instant en tout cas – des bouleversements climatiques. Fanette s'est serrée contre Gérard et Clara contre Mélie, et ils ont décidé de marcher jusqu'au bois, d'où provenaient les cris. C'est étrange, le brame. Ça fascine et ça fait peur. Ça a quelque chose de presque humain. Un son de souffrance. Qui viendrait de très très loin. D'un autre âge. Des profondeurs des entrailles... Mélie a dit que ça lui glaçait le sang. Et Clara a essayé d'imaginer du sang glacé. Un cornet... une boule rouge... arôme hémoglobine ! Drôle d'idée ! Mais c'est pas évident, les expressions ! Surtout quand le français n'est pas sa langue maternelle, bien sûr.

Et puis d'un coup, il s'est mis à pleuvoir très fort. Gérard a dit à Clara, en rigolant :

— Tu la connais celle-là ? Il pleut comme vache qui pisse !
Clara a crié :
— Oh ! C'est dégoûtant !

Et ils se sont tous mis à courir pour se mettre à l'abri, en criant à tue-tête dans la nuit : « Yeux de merlan frit ! Chair de poule ! Pisser dans un violon ! Bouche en cul de poule ! Un chat dans la gorge ! Le cœur sur la main ! L'estomac dans les talons ! De la confiture aux cochons ! Le cul bordé de nouilles ! »
Oh, Gérard ! C'est trop dégueu, là...
Vraiment.

35
L'ange

Il ne se rappelle même plus depuis quand il a commencé à parler tout seul, dans le dictaphone. Il a perdu le compte. Et sa montre s'est arrêtée. Sur le chiffre sept. Mais sept heures, c'est sept heures du matin, ou sept heures du soir ? En regardant le ciel, il pourrait le dire. Ou le sol, à la longueur des ombres. Mais ça ne l'intéresse pas pour l'instant. Il a des choses plus importantes à faire que de savoir l'heure. Il garde ses volets fermés. Comme ça il ne sera pas dérangé. Et puis, il y a toujours Pépé qui vient de temps à autre frapper à sa porte. Toc toc toc. Le code pour : « Tout va bien ? » En général, Marcel répond par un grognement. C'est court, ça évite d'entrer dans les détails et ça rassure. Il lui doit bien ça. C'est un bon gars, l'Pépé.

Pour le moment, il ne veut pas risquer d'interrompre le flot de ses souvenirs. Il n'imaginait pas que ça pourrait faire autant de bien, de raconter toutes ses histoires. Il se sent plus léger.

Un peu comme s'il posait ses bagages.

Clic. Rec.

Enregistrement.

J'ai vingt et un ans. Ma perm tombe en même temps que celle de Fernand, pour une fois. On est contents. Ça fait des mois qu'on ne s'est pas vus. On fait pas notre service dans le même régiment. Samedi soir, on décide d'aller faire la fête. On va au bal. Et là, je la revois. Ça me chamboule autant que la première fois. Quelques jours avant le bal. Le jeudi, j'crois bien que c'était. Je l'avais vue qui passait à vélo, avec ses copines, sur le chemin près de la cabane. J'avais pas bien compris ce qui m'arrivait, déjà ce jour-là. Rien que de la voir, j'en avais eu le souffle coupé et les jambes en coton. Mais là, j'ai vraiment l'impression d'avoir reçu un coup de massue sur le crâne. K.-O. debout. Comme à la boxe. Fernand le voit bien. Ça le fait rire. Il se moque. « C'est vrai qu'elle est jolie, mais c'est pas Miss France non plus ! » J'entends à peine la suite. Il doit être en train de faire un commentaire sur la taille de sa poitrine. Il préfère les filles à gros nichons, lui. Mais je suis devenu comme sourd. J'entends même plus la musique. Je ne vois qu'elle. Avec sa robe bleu et blanc. Qui sourit au milieu de ses copines. Je sais qu'elles sont là, mais je ne les vois pas vraiment. Et puis je sens que Fernand me prend le bras, il me secoue. Je l'entends vaguement dire qu'il va aller lui demander comment elle s'appelle. « Ah non, Fernand ! Le fais pas ! » Mais je ne peux plus bouger. J'ai même pas la force de le retenir, de l'empêcher d'y aller. Et puis, il revient avec elle. Il a son petit sourire en coin, qui va si bien avec : « Tu vois, Marcel, les filles, c'est pas sorcier. »

Ce jour-là, je ne l'ai pas vu, évidemment, mais je l'ai bien senti quand il m'a cloué le cœur, l'ange avec son arc et ses flèches.

En plein dans le mille, il l'a mise, sa flèche.

Et elle s'est logée si profond qu'elle en est jamais ressortie.

Toc... toc toc... Un temps. Et puis... toc... toc toc...
Le code pour les messages urgents.

— Oui, Pépé?

— Il y a oune pétite garçonne qui a téléphoné plousiors fois. Antonio, c'est ça... Yé crois qué c'est immeportante.

— Ah oui. Merci bien, Pépé.

Là, d'accord. C'est urgent.

— Allô, Antoine?

— Ah, Marcel! Je suis drôlement content que tu me rappelles!

— Qu'est-ce qui t'arrive, mon p'tit bonhomme?

— Ben rien. Je voulais juste parler, c'est tout. Tu sais, mon père n'a pas pu venir me voir, à cause de son travail. Et puis mes grands-parents, ils sont patraques en ce moment, à cause du temps.

— Qu'est-ce qu'il a de spécial, le temps, par chez vous?

— Je sais pas. C'est eux qui disent toujours comme ça. Au fait, Marcel! Clara t'a raconté pour Léon? Le vétérinaire a dit que c'était une fille! On n'aurait pas cru, hein? Moi je trouvais vraiment, comme toi, qu'il avait une tête de garçon, ce chat-là.

— Ah ben, je me serais trompé? Ça m'étonnerait, quand même. C'est lequel de vétérinaire qu'a dit ça, d'abord?

— C'est pas grave, Marcel. On va juste rajouter un *e* au bout. Ça fera Léone. En espagnol, ça veut dire « lion ». C'est encore mieux, tu vois!

282

Marcel est vexé. Mais si ça se trouve... le vétérinaire s'est trompé! Ça peut arriver. Parce que ce n'est pas si facile que ça de déterminer le sexe des chats, quand ils sont si petits. Et personne n'est à l'abri d'une erreur...

En y repensant, il se dit qu'il n'avait pas pris ses lunettes, ce jour-là.

Ça n'a pas dû aider. C'est sûr.

36

Grand nez

Clara couche Léon dans son panier. Elle n'arrive pas à l'appeler Léone. George Sand, elle avait bien un nom de garçon? Alors, pourquoi pas Léon?

Elle gratte à la porte de la chambre de Mélie.

— Entre, ma chérie.

— Je peux dormir avec toi, dis?

Mélie sourit. Clara se glisse sous l'édredon.

— Tu sais, je vais téléphoner à Antoine demain pour lui dire que ça serait bien de faire comme George Sand, pour Léon. Un chat-fille avec un nom de garçon, ça va, non? Tu crois qu'il va trouver ça bien?

— Oui. J'en suis sûre.

— À quelle heure il arrive demain, Bello?

— Il a dit en fin de matinée. Donc, ça ne sera pas avant le milieu de l'après-midi...

— Ouais. Comme d'hab.

Elles se marrent.

Mélie éteint la lumière. Une fois dans le noir, Clara se met à chuchoter...

— Tu laisseras Léon dormir dans ta chambre, pendant que je serai partie ?

— D'accord.

Elle laisse passer un temps, avant de demander...

— Dis, Mélie, est-ce que tu trouves que je suis jolie ?

— Oui. Très très jolie.

— Mais... si j'avais un nez plus petit, ça serait mieux, non ?

— Ah non, pas du tout !

— Mais les autres, ils préfèrent ?

— C'est possible. Mais il ne faut pas trop s'occuper du goût des autres, tu sais.

— Antoine, il dit que je suis belle.

— C'est un garçon formidable !

— Et c'est quoi la différence entre jolie et belle ?

— Ben... jolie, c'est facile. Il n'y a rien à faire. Juste à en profiter.

Mélie prend une inspiration, avant de continuer...

— Alors que la beauté, c'est un peu comme un jardin. Pour qu'il donne des fleurs et des fruits, il faut y travailler, planter des graines, mettre du fumier aux pieds des rosiers...

— Ah, ouais...

— Bon. Il faut dormir, maintenant.

— D'accord.

Clara chantonne... *Buenas noches abuelita, mi tan querida mamita, guapita Mélie...*

Mélie est ravie. Elle comprend tout.

« Bonne nuit, petite grand-mère, ma si chérie petite mère, jolie Mélie. »

C'est comme une poésie, à son oreille.

Juste avant de glisser dans le sommeil, Clara murmure encore...

— Je suis sûre que t'aurais dit pareil, si j'avais eu un petit nez...

— C'est vrai, mon ange. Mais là, ça tombe bien, je préfère vraiment les grands.

— Ah...

Et Clara s'endort en souriant...

37

Mes chéris

Bello est arrivé en fin d'après-midi. En voiture sept places. Il fallait bien ça, pour emmener tout son petit monde. Sa contrebasse qui prend deux places, ses trois filleuls, sa copine Maggie, qu'il a rencontrée il y a quelques jours, et lui-même. Pour trois jours de festival, dans un beau village médiéval. On lui a prêté la voiture et une grande maison. Il a décidé d'en profiter pour emmener les petits quelques jours en vacances.

Il prend son rôle de parrain très au sérieux, Bello.

Il était déjà tard, pas trop le temps de traîner. Clara a vite embrassé Mélie, et ils se sont mis en route.

Comme ils passaient devant la maison de retraite, Clara en a profité pour demander à Bello de s'arrêter une minute. Ça faisait plusieurs jours que Marcel n'avait pas donné de nouvelles. Et elle voulait voir si tout allait bien. À l'entrée, Pépé lui a expliqué le code : Toc... toc toc. Espera, y otra vez : Toc... toc toc.

Marcel, inquiet d'entendre pour la deuxième fois en deux jours le code pour les urgences, a ouvert sa porte directement. Et il a été vraiment très surpris de voir Clara. Elle lui a dit qu'elle partait pour quelques jours. Que donc Mélie allait rester seule.

— Alors... si tu pouvais passer la voir, pendant ces trois jours, ce serait drôlement bien. Hein, Marcel ?

Il a grogné qu'il verrait ça... et Clara lui a sauté au cou.

— Merci, mon Marcel. Je savais que je pouvais compter sur toi ! À dans trois jours. Et... amusez-vous bien, mes chéris !

Elle est repartie en courant.

Et Marcel est resté sur le pas de sa porte.

Perplexe.

Mes chéris ?...

38

Enfin

Mélie rentre chez elle. Elle gare sa mobylette, la met sur béquille. La pluie tombe très très dru. Malgré son imper, elle est trempée. Elle court vers la maison. Au moment d'entrer, elle aperçoit un vélo appuyé contre le grand tilleul. Et à côté, allongé sur une chaise longue, Marcel. Il semble dormir. Elle s'approche. Il ne bouge pas du tout. Elle tend la main pour le toucher. Ses vêtements sont trempés. D'un coup, elle panique. Elle se met à le secouer, à le frapper, et elle crie...

— Marcel! Lève-toi! Reste pas comme ça! Tu m'entends!

Il se réveille en sursaut.

— T'es complètement fou! Qu'est-ce que tu fais là, sous la pluie?

Il ne répond pas. Il grelotte. Elle l'aide à se lever et l'entraîne vers la maison.

Elle le déshabille. Le frictionne pour le réchauffer.

Maintenant, ils ont tous les deux le rose aux joues. C'est la chaleur du poêle et le petit verre de ratafia qui commencent à faire leur effet. Ils rient pour un rien. Ils sont idiots.

La nuit tombe. Ils dînent.

Et puis, elle l'aide à enfiler sa chemise de corps qui a fini de sécher. Remarque encore une fois le tatouage qu'il a sur la poitrine. Il fait le mystérieux, quand elle lui demande d'en parler.

Il est tard. Ils vont se coucher.

Mélie s'arrête devant la porte de la chambre de Marcel, lui souhaite bonne nuit. Il hésite… finit par l'appeler…

« Mélie ?… » Elle passe la tête par la porte. « Oui ? – Tu voudrais pas qu'on parle encore un peu ? »… Cette fois c'est elle qui hésite. Et puis : « Oui. Si tu veux. » Elle entre. S'assied sur le bord du lit.

Ils se sourient.

Ils ne savent ni l'un ni l'autre par quoi commencer. Alors ils restent silencieux un petit moment.

Et Marcel dit : « Va donc chercher tes lunettes, Mélie. J'aimerais bien que tu me lises quelque chose. »

Et maintenant, elle est penchée au-dessus de lui. Mais elle a du mal à lire ce qui est écrit sur la poitrine de Marcel.

Dans le cœur tatoué.

L'encre est assez délavée.

— … À… Meee… ah non, il y a un accent… Mééé… llll… lie… pour… la… vieee. Voilà, c'est ça : À *Mélie, pour la vie*… Mélie ? Mais c'est incroyable, ça ! Tu ne m'avais jamais dit que tu avais connu une autre Mélie !

— Ben non.

— Comment ça, ben non ?

— Ben, j'en ai pas connu d'autre.

— Mais… ?

— C'est comme ça…

— Et tu l'as depuis combien de temps, ce tatouage ?

— Cinquante-sept ans.

— Mais… tu l'as fait quand ?

— Pendant mon service militaire.

— Alors… tu avais vingt et un ans…

— Oui. Et toi, presque seize…

Ça y est. Elle comprend.

— Tu ne m'as jamais dit, Marcel...

— Non...

— Mais pourquoi ?

— Fernand...

— Il savait ?

— J'sais plus.

— Dis pas de bêtises. Il savait, forcément.

— Il était amoureux.

— Mais... après toi !

— J'sais plus. C'est loin...

— On aurait dû s'écrire, on se serait revus, tu m'aurais dit...

— Qu'est-ce que ça aurait changé ?...

Elle se lève, d'un coup. La gorge serrée.

— Tu as dû souffrir. Et ta femme ? Andrée ? Ce tatouage, avec le nom d'une autre, ça devait être...

— Ça n'a rien à voir. Ça n'a pas marché, entre nous. On pouvait pas savoir d'avance. Mais il y a eu d'autres femmes, dans ma vie. Beaucoup. J'ai aimé et j'ai été aimé. Juste que le grand amour, ben pour moi... ça a été toi. Et que tu ne l'as jamais su. Voilà. C'est tout.

Elle vient se serrer contre lui.

Pour la première fois, elle embrasse sa poitrine, son cœur, le cœur tatoué. Et il la caresse, caresse ses cheveux, la serre contre son cœur tatoué.

— Mais pourquoi maintenant ?

— Ça aurait été trop con de mourir sans te l'avoir dit, non ?

39

Le lit de Mélie

Le lendemain matin, le lit de Mélie aurait pu raconter que...

... La lune était haute, et éclairait déjà mon pied, quand Mélie est entrée dans la chambre. Elle s'est allongée, puis s'est glissée entre mes draps en soupirant d'aise, comme elle faisait toujours. Mais j'ai immédiatement senti qu'il se passait quelque chose. Elle paraissait plus légère. Et surtout, malgré l'heure tardive, elle n'avait pas sommeil. C'est ce qui m'a mis la puce à l'oreille... (à l'oreiller, en l'occurrence?... je plaisante, bien sûr!). Il se préparait quelque chose... Quelques minutes plus tard, en effet, un homme est entré dans la chambre. Le cœur de Mélie s'est mis à battre plus fort. Je l'entendais cogner jusqu'au fond de mon sommier. Puis l'homme s'est approché, et s'est allongé près d'elle. Son rythme cardiaque m'a semblé lui aussi anormalement élevé. Pendant un petit moment, ils n'ont pas bougé, n'ont rien dit, juste leurs cœurs qui battaient la chamade. Et Mélie a fini par murmurer son nom. « Marcel. » Moi, je n'ai connu qu'un seul homme, et il s'appelait Fernand. Alors, évidemment, ça m'a fait drôle. Surtout après toutes ces années. J'avais eu le temps de m'habituer à la solitude de Mélie. Et aux quelques visites de Clara. Petit ange! À peine plus lourde qu'une plume! Mais là, d'un coup, un étranger! Après tout ce temps, j'avais quand même mon mot à dire. La surprise passée, j'étais prêt. Dès qu'il a bougé, j'ai grincé. Juste un peu. Par principe. Avec l'âge, on devient susceptible. Surtout dans la literie. Je ne sais pas à quoi ça tient. Mais c'est comme ça... En tout cas, mon grincement les a fait rire. Ça m'a fait plaisir.

Quand l'humour se marie à l'amour, c'est le nirvana, n'est-ce pas?

Puis ils ont parlé.

Mélie a commencé, en disant : « Marcel, tu crois que… ? »

Et Marcel a continué : « … que ça pourrait être une histoire sans lendemain ? Vu ce que nous sommes en train de faire subir à nos vieux cœurs fatigués, c'est possible, Mélie. C'est tout à fait possible. »

Ils ont encore bien ri.

Et moi aussi. Intérieurement, il va sans dire.

La nuit s'annonçait gaie.

Je ne dirai rien sur la suite. Par discrétion.

Tout de même, une petite chose. Ils ont remarqué que je n'avais plus beaucoup de ressorts. Là, j'avoue avoir frémi. Ce genre de constatation entraîne forcément des catastrophes… Mais Marcel a dit qu'il allait regarder mon sommier de plus près, un de ces jours. J'ai bon espoir. C'est un sacré bricoleur, Marcel…

Ce matin, quand ils se sont levés, je suis resté très discret.

À peine un petit couinement…

… Mon hommage du matin, monsieur, madame…

40
Et maintenant…

Qu'est-ce qu'on va faire, maintenant ?

La question plane au-dessus de la table du petit déjeuner. Ni l'un ni l'autre ne l'a encore formulée, mais ça ne saurait tarder.

Et Mélie brise le silence.

290

— Marcel, est-ce que... ?

— Non, attends !

— Comment ça... attends ?

— Je pense qu'il vaut mieux réfléchir encore, avant de...

— Avant de reprendre du café ?

— Ah ! Je croyais que tu allais parler de...

— De ce qu'on va faire, maintenant, nous deux ? Mais je suis d'accord avec toi, Marcel. Il faut encore réfléchir. Non, c'est vrai. On se connaît depuis quoi ? Cinquante-sept ans ? C'est à peine plus d'un demi-siècle. Ce n'est pas suffisant pour être complètement sûr de ses sentiments... De toute façon, ce serait faire preuve d'une grande immaturité que de se jeter la tête la première dans une histoire comme celle-là, sans se donner le temps d'une plus longue et plus profonde réflexion. Et puis imagine seulement qu'en fouillant un peu, l'un de nous découvre par hasard que l'autre est malade... et que ses jours sont comptés... enfin, peut-être... on ne sait pas. Ce serait très décevant, tu ne crois pas ? Quel avenir pourrait-il encore imaginer ? Quelques mois de bonheur, tout au plus ? Ça ne vaut pas le coup de chambouler sa vie pour si peu... Non, non. Tu as mille fois raison, Marcel. Attendons encore.

— Ah ! C'est parfait. Nous sommes d'accord. D'autant plus qu'aujourd'hui, c'est encore un peu dimanche. Alors pour prendre rendez-vous demain matin chez notre cher docteur Gérard, et passer dans la foulée à la mairie pour la publication des bans, ça nous laisse encore largement le temps de réfléchir.

— ... des bans ?

— Ben oui. Parce que je crois bien qu'il va falloir passer directement devant le maire. Et sans tralalas, ni rien. Comme ça, si jamais tu devais clapoter avant moi, j'hérite ! De tout ! De la maison, de la fille médecin et de la petite Clara ! Et aussi... du tandem, du chat Léon, des confitures de prunes et des poires au vinaigre...

Mélie rit.

— Moi qui croyais à une belle histoire d'amour...

— En attendant, on pourrait peut-être aller s'allonger un peu, non ? On papote, on discute, et pendant ce
temps-là on n'est même pas en train d'essayer de mieux se
connaître. C'est ballot...

Mélie minaude.
— J'aurais préféré tomber sur un homme un petit peu
moins porté sur la chose... D'un autre côté, je n'ai pas vraiment eu le choix, non plus...
— Dépêche-toi, ma Mélie. On perd du temps, là !

Plus tard, sur l'oreiller.
Mélie a expliqué à Marcel pourquoi elle n'a pas eu
envie jusque-là de savoir ce qu'elle avait... *Tu vois, Marcel,
j'ai l'impression que ça m'occuperait trop l'esprit. Au lieu de
profiter du temps qui reste...* Et ses raisons de ne pas en
avoir parlé à Fanette... *Je ne voudrais pas, si ça tournait
mal, qu'elle se sente responsable, ou qu'elle soit obligée, par
la force des choses, de devenir la maman de sa maman. Tu
comprends ?...* Et puis, elle a un peu tapé sur la médecine
en général. Les oreilles de Gérard ont dû siffler... *Même
s'ils essayent de nous le faire croire, on sait bien qu'ils ne
peuvent pas tout savoir, les pauvres ! Rien que de se tenir
au courant de toutes les découvertes, il faudrait qu'ils y
passent des heures, tous les jours ! C'est impossible. Et puis,
de toute façon... j'aime pas qu'on décide à ma place. C'est
comme ça. Ça me donne l'impression d'être une pauvre
petite ouaille ! Tu me connais, Marcel, je ne supporte pas,
c'est tout...*
Elle a parlé de l'hôpital. *Ah non, j'aimerais vraiment pas
finir là...*
Et de la possibilité de choisir sa mort.
C'est la première fois qu'ils abordaient tous ces sujets
en même temps.

Il était ouvert, Marcel.
Mélie ne savait pas qu'il l'était autant.

Et puis ils ont parlé d'eux.

— Dire qu'il s'en est fallu d'un cheveu qu'on se passe à côté...

— Oui. C'est incroyable.

— Quand même... Ça me fait drôle. De penser que le même jour, je vais devenir tout en même temps, le mari de la femme que j'aime depuis plus de cinquante-sept ans en secret, le beau-père d'une jeune femme médecin, et le grand-père de Clara la merveille ! Ça va peut-être faire trop d'un coup... J'vais peut-être péter une durite !

— Hi hi hi...

En attendant, ça les fait bien rigoler...

41
Clara et ses cofilleuls[1]

— Et maintenant, qu'est-ce qu'on fait ?

— On attend.

— Quoi ?

— Que ça lève.

— C'est long, ça ?

— Pas trop.

— Un quart d'heure ?

— Plus.

— Une heure... ?

1. C'est Bello qui a inventé ce mot-là. Pour que ses filleuls puissent s'appeler entre eux. Lui, il prononce : *fieul et cofieul*. Mais ce n'est pas obligé.

— Au moins.
— Ah. D'accord...

Maggie, c'est pas une bavarde.
Elle dit juste ce qu'il faut. Pas plus.

Ils ont attendu deux heures et demie, avant de mettre la miche au four. C'est long à faire, le pain.

Parce que avant ça, Bello est allé faire les courses avec sa bande de *fieuls*. Et il a réussi à s'embrouiller avec la boulangère. La seule de la région. Une grosse dame pas sympa du tout. En même temps... il a un peu tâté sa baguette, et il a dit : « Votre pain, c'est vraiment de la merde. » Alors évidemment, ça ne lui a pas plu, à la dame. Elle s'est mise à crier vers le fond de la boutique. « Hé, Marius ! Sors donc le nez de ton pétrin. Y en a encore un qu'aime pas ton tour de main, comme qui dirait !... – J'arrive ! »
Ils n'ont pas attendu. Ils ont détalé comme des lapins, Bello en tête. Ça les a bien fait rire. Et puis les mômes l'ont traité de « dégonflé ». Et il a pris la mouche.
— Alors ça, c'est typiquement le genre de truc qui me fout les boules ! Mais, si je me casse la main dans une bagarre à la con... finie la musique, finis les concerts ! Pendant des mois ! Vous vous rendez compte ? Plus de festivals, plus de thunes, plus rien ! De toute façon, vous pouvez dire ce que vous voulez, j'en ai rien à foutre. Parce que moi, j'ai vraiment le flair pour détecter les mauvais plans. Et là, le boulanger, je l'ai pas vu, mais j'ai bien senti à la voix que ça devait être une bête, le mec. Faites-moi confiance, on n'aurait pas fait le poids... Le flair, on l'a ou on l'a pas. Et moi, je l'ai. C'est tout.

Alors voilà. Maggie a fait du pain.
Et ça valait le coup. Il était vraiment bon, celui-là.

Le concert.
Clara parle au téléphone. Elle n'entend pas bien.
« Quoi ?... Qu'est-ce que tu dis ?... J'entends rien... Je te rappelle après ! »
Elle rejoint Djamel, Youssou et Maggie. Il y a plein de monde. C'est gé-nial ! Ça leur donne des ailes, aux musiciens. Toute cette foule qui vient, juste pour eux.
Ils sont électriques.
Un peu les rois du monde...

Maintenant, c'est Bello qui attaque.
Solo. Il démarre tout doux. Effleure les cordes de sa contrebasse. Les trois cofilleuls se regardent en connaisseurs. Hé hé ! On dirait bien qu'il a envie d'éblouir Maggie, ce soir...
Et ça y est, c'est parti. Il joue animal. Sauvage. C'est d'la bombe, bébé ! Maggie est éblouie. Les enfants l'ont vu arriver. Mais ils connaissent. C'est pas la première fois qu'il fait le coup. Et puis, à force de côtoyer des musiciens, ils savent reconnaître. Quand ils décident de faire craquer une meuf. Ou un mec. Ils savent, quoi...
Djamel et Youssou ont treize et quatorze ans. Ils sont sensibles à ce genre d'arguments. Musicien, ça plaît aux filles. Ils ont choisi la guitare. C'est quand même plus facile à trimballer qu'une contrebasse...

Après le concert, Clara rappelle.
— Allô, Antoine, ça va ?
— Ben, mon grand-père est parti à l'hôpital, aujourd'hui. On sait pas combien de temps il va rester. Mon père vient me rechercher demain.

— T'auras plus de vacances, alors ?

— Ben oui...

— Et si tu venais ici ? C'est pas très loin. Et puis après, tu pourrais revenir avec moi chez Mélie. Je demande ?

— J'veux bien. Mais ça m'étonnerait que ça marche. Il est un peu à cran, mon père, en ce moment.

— T'inquiète, c'est la spécialité de mon parrain, les mecs à cran.

Bello a donc appelé le père d'Antoine.

Ça ne lui a pas pris long. Il a tout de suite trouvé sa corde sensible. Eh oui, c'était son rêve d'ado, à Lucien, de devenir musicien... Classique ?... Non, rock. Alors, d'accord, ils arriveront demain, dans l'après-midi... Ah, évidemment, qu'il restera pour le concert !... Attends, il adore le jazz manouche, justement ! Django ! Biréli ! Stochelo !... Et y a de la place pour dormir dans la maison ?... C'est cool !... Bon, à demain alors... Ouais, salut mec.

Clara a sauté comme un cabri.

Trop fort, son parrain de contrebande ! Vraiment.

— Allô, Mélie ? Antoine revient passer quelques jours avec nous !

— Ah ! Trop bien !

— Tu dis « trop bien », toi ? C'est marrant ça.

— Ah non, je n'ai pas dit ça !

— Ben si, Mélie, j'ai entendu...

— Mais non, voyons. J'ai dit : « Très bien. »

— Bon. Si tu veux...

42

Tango

Marcel est resté dans la salle d'attente, pendant la consultation. Gérard était très content de revoir Mélie. Il l'a auscultée. L'a trouvée en forme. Elle lui a demandé des nouvelles des enfants. Les garçons allaient bien. Ils s'étaient un peu calmés depuis... leurs fêtes... sans arrêt... et tout ce qui allait avec... l'alcool, le tabac, et tout ça... Ouh la! Il avait eu peur. Mais ça y était. Tout était rentré dans l'ordre... Et Odile? Ah, elle va beaucoup mieux. Figurez-vous, elle a décidé de reprendre ses études. À trente-cinq ans! Pas facile, hein. Pour devenir sage-femme... Mais elle y arrivera. Elle a la pêche. Bon. Puisque vous vous portez comme un charme, je n'ai pas grand-chose à vous prescrire. Et ça tombe bien, n'est-ce pas? Vous n'auriez rien pris de toute façon. Comme d'habitude. Ha ha! Je vous connais, Mélie! Donc, juste ces nouveaux examens. Pour approfondir la recherche de... ce qui nous intéresse... Vous les faites aujourd'hui, n'est-ce pas? Vous êtes à jeun? Parfait. Je vous appellerai dès que je recevrai les résultats. Ah, dites... pour Fanette?... Demain?... D'accord.

Laboratoire. Mairie.
Et un petit tour à la maison de retraite.
Marcel arrose ses plantes, et range quelques affaires pendant que Mélie prend son cours d'espagnol avec Pépé. Il a beaucoup aimé les poires au vinaigre de la dernière fois. Il lui demande la recette. Mais non, Pépé! C'est un secret. Elle ne peut donner la recette qu'à ses enfants et petits-enfants! Mais elle en rapportera quelques pots, la prochaine fois. En attendant, Pépé chante, en s'accompagnant à la guitare. Sa fiancée est repartie en Argentine.

Alors il chante un tango. Carlos Gardel. Le dernier couplet. C'est le plus beau.

La noche que me quieras	La nuit où tu m'aimeras
Desde el azúl del cielo	Depuis le bleu du ciel
Las estrellas celosas	Les étoiles jalouses
Nos mirarán pasar	Nous regarderons passer
Y un rayo misterioso	Et un rayon mystérieux
Hará nido en tu pelo	Fera un nid dans tes cheveux
Luciérnaga curiosa	Luciole curieuse
Que verá que eres mi	Qui verra que tu es ma
consuelo[1]	consolation

Mélie aime bien écouter Pépé chanter. Il y met du cœur. Et elle comprend de mieux en mieux l'espagnol, comme ça.

43

À genoux

Lucien et Antoine sont arrivés en fin d'après-midi.

Les enfants se sont présentés. Et Youssou, Djamel, Antoine et Clara sont partis en courant à la cuisine. Ils avaient des trucs urgents à faire. C'était leur tour de préparer le dîner. Pile le jour où il y avait des invités ! Mais bon, d'un autre côté, ils y gagnaient. Avec Antoine, ils étaient maintenant quatre aux fourneaux. Ça compensait.

---

1. *El día que me quieras*, paroles d'Alfredo Le Pera, musique de Carlos Gardel, éd. Julio Korn.

Il restait aux vieux à se présenter.

Au moment de se pencher vers Maggie, pour l'embrasser, Lucien, d'un coup, a senti que le sol se dérobait sous ses pieds. Ça l'a surpris. De se retrouver comme ça, à genoux, devant cette fille qu'il ne connaissait même pas... C'était un peu dingue. Il a grimacé. Et puis très vite, il s'est repris. Il a fait le mec à qui c'était déjà arrivé. Putain de genou... Putain d'accident de moto... c'est vraiment chiant, quoi...

Mais dans le fond, il était terriblement troublé.

Maggie n'a rien dit. Elle l'a juste aidé à se relever. Avec ce petit sourire presque imperceptible. Son sourire de Joconde.

Il s'est laissé faire. Elle était jolie. Mais l'impression de marcher dans du coton ne le quittait pas. Et ça n'était pas très confortable.

Bello, lui, a senti arriver les premiers petits picotements de la jalousie. Ça l'a rendu parano. Et il s'est dit qu'il allait devoir le garder à l'œil, le ramollo du genou...

Les enfants ont servi le dîner. Très tôt. Parce que après il y avait le concert. Ils avaient décidé de zapper l'entrée. Donc, direct : pâtes à la carbonara. Version Youssou et Djamel. Fruits de mer à la place des lardons ! Et en dessert, des figues farcies à la glace à la vanille, et recouvertes de feuilles de basilic. Une idée de Clara et Antoine.

— Hum... excellent ! Vous devriez ouvrir un restau, les enfants.

— On l'appellerait *Le pasta fieuls* !

— *Le trèfle à quatre fieuls* !

— *Le tarte à fieuls* !

— *Les Fieuls délice* !... Ben quoi ?... délice... de lys ?... C'est pas pire que les autres, moi je trouve...

Après ça, ils se sont installés pour boire le café sur la terrasse. Antoine a changé de place plusieurs fois. Pour finir par s'asseoir très près de Maggie. Collé à elle, en fait. Lucien a trouvé ça un peu énervant, mais n'a rien dit. Il l'a juste regardé en pensant que c'était vraiment un drôle d'oiseau, son Antoine... Et puis, il a remarqué ses cheveux ébouriffés, ses yeux écarquillés, son petit air perdu. Et il s'est demandé d'où il tenait ça, le petit... Mais peut-être qu'il avait toujours cet air-là et qu'il ne l'avait jamais remarqué? C'est vrai qu'il ne le voyait pas beaucoup, surtout ces derniers temps. Avec son boulot...

Et d'un coup, le môme a tourné les yeux vers son père et a dit tranquillement: « Maggie, elle sent comme maman... » Et là, Lucien s'est senti submergé. Il a éclaté en sanglots. Parce que le petit avait mis le doigt dessus. Ce qui l'avait fait tomber à genoux, plus tôt, son trouble, sa faiblesse... Le parfum que portait Maggie. Le parfum d'Élise. Il l'avait oublié. Et Antoine s'en était souvenu. Il n'avait que trois ans, quand...

— Pleure pas... s'il te plaît, papa...

Maggie n'a rien dit. Elle a juste caressé leurs cheveux à tous les deux. Très doucement. Jusqu'à ce qu'ils ne pleurent plus.

Bello s'est senti con d'avoir été jaloux.

Il a essayé de se rattraper...

— Si quelqu'un veut lire la lettre de Guy Môquet, maintenant... Comme ça on aura fait le tour, et y aurait plus à y revenir, quoi...

Ils connaissaient tous son humour. Mais pour les nouveaux, ça pouvait coincer. Lucien a apprécié le break...

— Excuse-moi, Maggie. C'est ton parfum. Ça m'a déclenché un... Désolé... Dis donc, Bello, je boirais bien un coup, là. T'aurais pas un truc un peu fort?

Bello est allé chercher la bouteille de gnôle de pays. Celle avec un crapaud dedans.

— J'en ai d'ça! Tu vas pas être déçu, mon Lulu.

Et c'est vrai. À part le risque de petites séquelles au foie et au cerveau, c'était pas le genre de gnôle qui décevait, en général...

Plus tard, Antoine, encore sous le choc de la révélation de son tout premier concert, a demandé à son père s'il pourrait lui acheter une guitare, un jour...

— Ça déchire cette musique, hein, p'pa?

— Ouais. Ça déchire à mort...

Mais il n'y avait pas que la musique qui avait déchiré Lucien, à ce moment-là de la soirée...

— Il reste encore de la place dans ma bande de fieuls. Ça te dirait d'y entrer?

Bello l'a surpris, avec son air sérieux. D'un coup, Antoine a eu le trac. Il s'est tourné vers Clara, Youssou, Djamel, Maggie et Lucien. Eux aussi avaient l'air sérieux.

Il a pris une grande inspiration. Et puis il a laissé passer quelques secondes. Comme dans les films. Pour mettre du suspens. Et puis il a hoché la tête en murmurant:

— Oui, je veux vraiment bien...

Bello lui a serré la main comme à un chef d'État. Et, tout en lui ébouriffant un peu plus les cheveux, il a gueulé...

— Notre premier petit blanc! Ça s'arrose!

Faites péter le Coca, les fieuls!

Lucien et moi, on va se finir à la gnôle de crapaud...

Tu viens, Maggie?

Ma princesse...

Lucien et Bello, en aparté...

— Si je peux me permettre, tu vois... je crois que tu devrais, en tant que parrain, l'appeler ta reine...

— Ma reine?

— Oui, c'est ça. Marraine.

— Ah... pas con, Lulu...

44

E-mail

Fanette chérie,

C'est la première fois que j'envoie un courrier par Internet ! Tu dois être étonnée ! Je croyais que ce serait plus compliqué. Mais finalement c'est comme une machine à écrire. Toujours azertyuiop Et puis le jeune homme du cybercafé m'aide beaucoup. (Tu sais, Marcel et moi, on croyait que c'était un café normal, quand on est entrés ici, au départ !) Alors, ma petite chérie. On s'est parlé au téléphone il n'y a pas longtemps, mais j'ai encore beaucoup de choses à te raconter. Tu vas en tomber de ta chaise, je crois ! Est-ce que tu viens toujours après-demain ? Gérard m'a dit qu'il l'espérait. Il s'ennuie de toi. Je l'ai vu ce matin. Il va bien. Il m'a prescrit des analyses, et je suis allée les faire. S'il ne t'en a pas parlé avant, c'est parce que je le lui ai demandé. Je voulais d'abord réfléchir, avant de les faire. Alors, surtout, ne te fâche pas contre lui. C'est complètement ma faute. Je suis une vraie tête de mule, et je ne fais jamais rien de ce qu'on me dit ! N'empêche, si j'étais médecin, je n'aimerais pas m'avoir comme patiente ! Je m'enverrais sûrement balader !

Pour le reste, je crois que je vais attendre que tu sois là pour te raconter. Ce sera plus amusant. J'ai hâte !

En attendant, je t'embrasse très fort.

À tantôt,

Mélie, ta maman qui t'aime.

P.-S. Le petit jeune homme du cybercafé m'a appris à dessiner ce chat :

```
(\_/)
(='.'=)
(")_(")
```

302

Tu te rends compte, c'est fait rien qu'avec des guille-
mets, des tirets, des apostrophes, des points, des paren-
thèses...

45

Gitan

— Allô, Gérard? C'est quoi cette histoire d'analyses?
Tu aurais pu m'en parler. C'est ma mère, tout de même. J'ai
le droit de savoir...

Fanette a démarré assez sèchement. Gérard s'est
défendu mais de toute façon, elle savait déjà. Que Mélie
faisait, et ferait toujours ce qu'elle voudrait. Jusqu'au
bout. Une vraie tête de mule, hein? Mais une tête de mule
sympa. Oui, c'est vrai... Bon. Tu penses que c'est grave?
J'en sais rien. Attendons... OK. Ils ont décidé qu'ils regar-
deraient ensemble les résultats quand ils arriveraient
du labo. Et puis Fanette a dit qu'elle était très fatiguée
et qu'elle avait très envie de prendre une semaine de
vacances. Et Gérard a dit que lui aussi. Qu'il y pensait
tous les jours. Au temps qu'ils passeraient ensemble.
À se sauter dessus. À dormir emmêlés. À rire comme des
idiots... Et il se disait aussi... que de partir comme ça, à
l'arrache, en plein été, ça leur coûterait forcément les yeux
de la tête – t'es d'accord, Fanette? Le mois d'août, c'est
le pire – alors, il avait gambergé un truc... Qui pouvait
être assez marrant... Une roulotte... Mais non, pas une
caravane! T'es dingue! Non... une vraie roulotte. En bois.
Tirée par un cheval. Comme les Tziganes. C'est mon rêve,
depuis tout petit, les roulottes... Oui, ça coïncide avec
le moment où je n'ai plus eu envie d'être le fils de mes
parents. Mais j'étais sûr d'être gitan! Et j'attendais qu'ils

me l'avouent. J'imaginais la scène. Gérard, ta mère et moi avons quelque chose d'important à te dire... Mais ça n'est jamais arrivé... Quoi ? Je ne t'en ai jamais parlé ?... Si si. T'as dû oublier, c'est tout. Ouais... Bon. Alors ? La roulotte ? Ça te dirait de passer une semaine de vacances dans une roulotte, avec moi ?... Non, on n'a pas de cheval. Mais on peut la mettre dans un champ, ou près d'un bois, où on veut... on s'en fout ! Parce que, Fanette... il faut que je te dise... J'ai revu Odile. On a parlé. Elle accepte de divorcer, mais elle veut la maison. Normal... c'est elle qui garde les enfants. Du coup, moi, je reste au cabinet ! Alors, le clic-clac dans la salle d'attente, c'est plus confortable que la table d'auscultation, c'est vrai... mais j'te jure, j'en peux plus ! Alors, une roulotte, ce serait peut-être *la* solution... C'est un de mes patients. Il en fabrique. Il m'a montré des photos. Carrément génial ! Il a même mis des panneaux solaires sur le toit... C'est sûr, c'est pas donné. Mais il me fait un super prix. Et un paiement en dix fois sans frais ! Je le revois cet après-midi, pour conclure. Je crois qu'il peut la livrer la semaine prochaine... Alors ?... Qu'est-ce que t'en dis ?... Ah ! Tu ne peux pas savoir ce que tu me fais plaisir. Non, j'te jure ! Je suis à deux doigts de pleurer... Vraiment...

Il a effectivement sangloté un moment.

Toute cette pression, d'un coup... fallait bien que ça sorte.

Ouf ! Un gros poids en moins.

Et, juste avant de raccrocher...

— Dis donc, Fanette... je voulais te demander... après mon divorce, est-ce que tu voudrais bien m'épouser ?... Quoi ?... T'es d'accord ? Mais cette femme est complètement folle !

Moi ?... Non, non... je ne suis pas fou du tout.

46
Étoiles filantes

Bello prévient Mélie qu'il ramène Clara et Antoine, et qu'ils seront là en fin d'après-midi, début de soirée. En calculant qu'ils risquent d'arriver beaucoup plus tard, comme d'habitude – parce que avec Bello c'est toujours comme ça, il n'y peut rien –, elle les invite tous à rester dormir. Elle compte. Alors... Bello, Maggie, Youssou, Djamel, Antoine, Clara, Marcel et moi. Ça fait huit. En se serrant un peu, on va y arriver. Marcel part faire quelques courses de plus pour le dîner. Et Mélie prépare les chambres.

La petite Léon est déchaînée. Elle sent qu'il se passe quelque chose de spécial. Elle veut participer! Alors pendant que Mélie fait les lits, elle s'occupe à les défaire. Au début, Mélie rit. Mais au bout d'un moment, elle se lasse, forcément. Alors, elle crie: « Ça suffit! » Et Léon détale comme une furie. Mais c'est juste pour jouer à faire semblant d'avoir très très peur! Et elle renverse tout sur son passage. C'est rigolo, et ça fait plein de bruit!

La liste des dégâts s'alourdit.

Mélie énumère, pour elle-même.

Les rideaux de la chambre de Clara... Ça commence à se voir, les déchirures tout du long, c'est pas joli joli... La chaise bleue... Ah ça, elle aime vraiment beaucoup se faire les griffes sur ses pieds. Il va falloir repasser un petit coup de peinture... Le vase dans le couloir. Celui que Fernand avait gagné au stand de tir, à la fête foraine. Bon débarras. Il était vraiment moche et encombrant. Et puis... le pull gris clair. Tu vois lequel je veux dire, Fanette?... Oui, le tien... celui en cachemire. Aïe! Elle va râler quand elle saura, c'est sûr.

La bande à Bello arrive à la nuit. Ils sont affamés. Ils dînent vite.

Clara ne pose aucune question. Ni à Mélie ni à Marcel. Juste, elle les regarde avec tendresse. Ses deux petits chéris! Ils sont marrants. Ils croient vraiment qu'ils sont hyper discrets! C'est mignon. Antoine, de son côté, n'est pas complètement sûr. Il cherche une confirmation. Alors il demande à Marcel, l'air de rien…

— T'as signé un bail de combien, pour ton studio à la maison de retraite? Tu peux le résilier quand tu veux, alors?… Non, je dis ça, parce que mon père, il travaille dans une agence immobilière… c'est pour ça, je connais un peu, quoi…

La nuit est douce. Le ciel clair. Pas de lune. Idéal pour voir des étoiles filantes. Ils s'installent dans l'herbe. Clara va chercher Léon et vient se pelotonner contre Mélie, dans sa chaise longue.

— Au temps des Grecs et des Romains, les gens croyaient qu'à chaque personne correspondait une étoile. Quand la personne mourait, elle tombait du ciel et devenait une étoile filante. C'est joli, hein?

— Mais… s'ils mouraient pendant la journée, on ne voyait pas leur étoile tomber, alors?

— Ah, c'est vrai… Je n'avais pas pensé à ça…

— Antoine, tu l'as vue, celle-là?… Non? Eh ben dis donc, je sais pas comment tu fais pour pas les voir, hein! Y en a plein, ce soir!

Youssou se moque. Il en a vu au moins douze, lui! Djamel, six. Clara, trois. Antoine, juste une! Et encore, c'est pas sûr… c'était peut-être un avion, ou un satellite. Il est un peu vexé. Il écarquille bien ses yeux, pourtant…

— Ah la vache! Elle était énorme, celle-ci!

— Où ça? Où ça?

Antoine commence à trouver ça très chiant, finalement, les étoiles filantes…

Marcel se réveille en sursaut. Il a oublié de rappeler à tout le monde que… les vœux, pour que ça marche, il faut les avoir faits *avant* que l'étoile ait disparu! Parce que sinon, ça vaut pas un pet de lapin!
Maggie et Bello éclatent de rire.
Youssou et Djamel râlent. Ils en ont fait plein qui ne valent rien, alors? Mais ça va trop vite! C'est hyper dur à faire, ce truc-là!

Ils chuchotent entre eux.
— T'as fait quoi comme vœu?
— Hé, j'te dis pas! Sinon, ça va pas se réaliser…
— Parce que t'y crois, toi?
— Ben non, évidemment! Mais… on sait jamais, quand même…
— Ouais. C'est c'que j'me dis aussi…

47
Un peu de poésie

Une fois tout le monde couché, Mélie et Marcel n'ont plus trop sommeil. Ils décident de rester dehors.
Assis sous le tilleul, ils se tiennent la main.
Ils écoutent la nuit…
Des rossignols qui font leurs gammes avant le grand récital, des grenouilles qui s'engueulent pour la meilleure place sur la feuille de nénuphar, des chauves-souris qui jouent à se faire peur en rasant les murs d'un peu trop près…
Et puis, Marcel se met à parler.
— Je me rends compte, depuis que j'utilise le dictaphone, qu'il me manque des mots, dis donc… J'en connais

pas mal, mais comme je ne sais pas bien les employer, ils ne me servent pas vraiment. Tu te rappelles, toi, de la liste des mots, à la fin des dictées ? Des nouveaux, des difficiles ? Et leurs définitions ? On devait les apprendre par cœur. Moi, je n'essayais même pas, tellement j'étais sûr qu'ils ne me serviraient jamais... Qu'est-ce qu'on est con quand on est jeune, tout de même ! Ça me fait penser à notre maître d'école. On aurait dû lui donner la Légion d'honneur, à cet homme-là, pour tout le mal qu'il s'est donné avec nous. J'm'en rends compte maintenant. On était indécrottables. Je le revois, M. Le Floch... Il fermait toujours les yeux, quand il nous écoutait réciter des poèmes. Ça me faisait rire, en lousdé. *Vous trouvez ça amusant, Marcel ? Eh bien, vous allez pouvoir nous faire partager votre hilarité. Venez donc nous réciter quelque chose. Et arrêtez de vous balancer comme ça d'un pied sur l'autre ! Vous allez finir par me donner le tournis, à force.*

CHANSON D'AUTOMNE

Les sanglots longs
Des violons
   De l'automne
Blessent mon cœur
D'une langueur
   Monotone.
Tout suffocant
Et blême, quand
   Sonne l'heure,
Je me souviens
Des jours anciens
   Et je pleure,
Et je m'en vais
Au vent mauvais
   Qui m'emporte
Deçà, delà,
Pareil à la
   Feuille morte.

       Paul Verlaine.

308

Et tu vois, Mélie… maintenant, je ferme les yeux, aussi. Et je goûte les mots.

J'aurais bien aimé être un poète. J'aurais écrit pour toi, Mélie. De belles rimes, et des tas de beaux mots, pour dire tout l'amour que je te porte.

Mélie, ma mie et mon tourment… Ah ben si! On peut dire ça comme ça! Parce que je suis complètement tourneboulé, moi! Qu'est-ce que tu crois? J'ai quand même attendu cinquante-sept ans pour te dire que je t'aimais… C'est pas de la roupie de sansonnet!

Et puis cette année, mon ange, tu as eu soixante-douze ans. Et du haut de mes soixante-dix-huit, je peux te dire, sans une once d'hésitation… tu es aussi belle et désirable que quand tu en avais quinze. Et je n'ai rien oublié, je te jure. Tes yeux doux, tes joues roses, tes chevilles si fines, si fines… Je me rappelle de tout!

Ta grâce est restée la même. Intacte.

Et ça me rend toujours aussi chose.

Je t'aime plus que jamais, Mélie.

Voilà. C'est tout.

Mélie a un peu quinze ans, à cet instant.

Elle se blottit contre lui.

— Tu en connais d'autres, des poèmes?

— Ah oui, plein!

— Alors, récites-en encore, Marcel, s'il te plaît…

48

Big Band en vue

Gérard a été un peu pris au dépourvu, quand son patient, fabricant de roulottes, lui a proposé de livrer le soir même. Il n'avait pas prévu que ça irait si vite. Alors, à l'heure du déjeuner, il a foncé chez Mélie. Elle lui a montré le petit bout de terrain, près du bois, à deux cents mètres de la maison. Le chemin était assez cahoteux, mais ça irait, avec un tracteur. C'est vrai que c'était assez proche de la maison... mais c'était très tranquille. Personne ne passait jamais par là. Et surtout, c'était le coin favori de Fanette. Très tôt le matin, on pouvait voir sortir du bois des chevreuils, des cerfs, et même, avec de la chance, des familles de sangliers. Il y avait aussi beaucoup d'oiseaux, à cet endroit. Ils faisaient un de ces vacarmes, à l'aube ! Ça les réveillerait peut-être un peu tôt, a dit Mélie. Mais Gérard a bien aimé l'idée d'être dérangé par le chant des oiseaux.

— Bon, OK, je dis au mec qu'il peut venir la livrer ce soir, alors ?

Et on ne dit rien à Fanette, hein. Ce sera une surprise.

Bello s'est réveillé à midi. Il était vraiment en retard pour le cours de guitare. Les enfants l'attendaient dans le jardin depuis plus de deux heures. Du coup, Gérard a pu les écouter jouer. Ça l'a impressionné. Il a demandé à Bello s'il pourrait lui amener ses trois fils, en fin d'après-midi. Ça leur plairait, un cours de guitare, c'est sûr. Et Bello a dit : « Amène ! » Il a vite fait le calcul. Quatre plus trois, égale sept. Ah putain ! Ça lui ferait sept fieuls d'un coup !

Gé-nial ! Le Big Band se rapprochait. Ça lui a donné la pêche !

— Mélie ! Marcel ! Si on restait encore ce soir, on pourrait faire un méchoui, ou un barbecue géant, vous croyez

310

pas ? Maggie et moi, on va s'occuper de tout… hein, Maggie ?
T'es d'accord, ma princesse ?… Je vais t'aider, t'inquiète pas.
Alors, on sera combien ?… Sept mômes, plus Marcel, Mélie,
Gérard, toi et moi, ça fait douze… Fanette arrive ce soir ?
Ah, la vache ! On sera treize ! On prend le risque d'être treize
à table ?… Oh, tu sais, moi, les superstitions, j'en ai vrai-
ment rien à foutre. C'est ringardos, tout ça.

Plus tard, Bello est allé voir Marcel, discrètement. Il
lui a suggéré d'inviter Pépé. Il joue de la guitare aussi, je
crois ? Alors, plus on est de fous, plus on rit, hein Marcel ?

— Maggie ! On sera quatorze, finalement !

49

Nuages

Marcel passe la faux, à l'endroit où la roulotte va être
installée. Mélie ramasse l'herbe coupée. Et puis, ils s'asseyent à l'ombre d'un arbre, pour se reposer. Au loin, ils
entendent les préparatifs de la fête. Des éclats de rire, des
cris, des accords de guitare…

Mélie pose sa tête sur les genoux de Marcel. Elle peut
voir, à travers les feuilles de l'arbre sous lequel ils sont
installés, des bouts de soleil et de ciel bleu. Et des petits
nuages, aussi. Qui lui caressent les yeux.

Et enfin, Mélie dit à Marcel qu'elle n'a rien oublié de
leur première rencontre. Qu'elle ne sait pas bien en parler.
Parce que c'est resté enfoui si longtemps. Mais que ça fait
des jours et des jours qu'elle y pense. Et maintenant, elle
est prête.

Alors, elle a quinze ans et des poussières. Avec Liliane, Françoise et Annie, elles ont décidé d'aller au bal, samedi prochain. Pour la première fois! L'oncle et la tante de Liliane ont proposé de les accompagner. Mais les parents ne veulent pas. Elle essaye par tous les moyens. Elle jure qu'elle ne rentrera pas tard. Qu'elle sera sage comme une image. Qu'elle fera toutes les corvées à la maison, sans râler. Qu'elle fera... Ils finissent par céder. C'était moins une qu'elle soit obligée de faire le mur... Les quatre copines se retrouvent chez Liliane. Elle a de la chance. Elle vit chez son oncle et sa tante. Ses parents sont morts pendant la guerre.

Elles se préparent. Mélie met sa robe bleu et blanc, se pince les joues et les lèvres pour se donner des couleurs. Elles ont toutes un peu le trac. Ça compte, un premier bal. Elles s'entraînent à danser, se marchent sur les pieds, rigolent...

C'est Gilles Simon et son orchestre qui animent le bal. Le roi de l'accordéon! Tous les bals de la région, c'est lui, depuis plus de cinquante ans! Ça date. Mais elles ne sont pas venues pour la musique. Elles sont là pour regarder les garçons. Et on dirait bien qu'ils n'ont pas leurs yeux dans leurs poches, non plus...

Françoise a fait une touche avec le fils Pigeaux. C'est pas un prix Nobel, mais il est pas mal, physiquement. Elle est contente.

Et puis, je tourne la tête... et nos regards se croisent. Ça me fait rougir. J'ai du mal à respirer. Comme si quelque chose m'appuyait sur la poitrine. Je souris bêtement, pour donner le change. Mes copines ne remarquent rien. Tu ne me quittes pas des yeux. Et j'ai du mal à me détacher de ton regard. Ça dure... Ton copain s'avance vers moi. Il me demande si je veux bien danser la prochaine valse avec... « *le garçon timide, là-bas...* ». Je m'entends répondre « *oui* ». Il me prend par le bras, m'entraîne vers toi. Se penche à ton oreille, sourire en coin. Je me doute qu'il te dit quelque chose comme : « *Tu vois, Marcel, les filles, c'est pas sorcier...* » ou quelque chose dans ce goût-là. C'est Fernand tout craché.

Et puis, on danse ensemble. Toi, Marcel, et moi, Mélie. Ta main un peu raide, posée sur mon dos. Tu ne danses pas très bien. Tu te penches vers moi pour t'excuser. On rit. C'est vrai que tu es maladroit. Et je trouve ça touchant. Voilà.

Et puis, il y a eu... le reste. Quand on m'a dit que... je m'étais fait des idées... que tu étais déjà fiancé! Et que je l'ai cru. Bêtement...

Mais tu sais, Marcel, si ça ne s'était pas passé comme ça, on aurait peut-être pas su... en profiter... Et puis surtout... on ne serait pas ici, maintenant... moi, la tête posée sur tes genoux, et toi, la main dans mes cheveux... à regarder les nuages nous caresser les yeux...

Alors, tu vois, Marcel, il faut rien regretter, hein... Vraiment rien du tout.

50

Marcel souffle sur les braises

Marcel va chercher le sac de charbon de bois dans la grange.

Il va bientôt falloir qu'il en mette.

En attendant, il regarde danser les flammes.

C'est vrai qu'on a eu de la chance, Mélie et moi. Si on s'était mariés, il y a cinquante-sept ans, ça aurait été une connerie. Notre amour serait maintenant tout usé. Tout ratatiné. Peut-être même mort! On ne se regarderait plus. On ne s'écouterait jamais. On ferait chambre à part, depuis... au moins trente ans! Pour ne plus avoir à s'entendre ronfler, ou devoir se battre pour un bout de couverture, ou s'angoisser à la moindre apnée qui dure un peu longtemps...

Alors que là, c'est le contraire.

On connaît les embûches.

Au fait, le charbon de bois. Je devrais peut-être en mettre... Non, c'est trop tôt.

Donc, on a un grand matelas, des boules Quiès, et un édredon chacun. Et puis il y a le canapé en bas pour les nuits d'insomnies. Mais, ce qu'on préfère, Mélie et moi, ce sont les réveils-surprise ! On se chuchote à l'oreille... rendez-vous dans la cuisine !... On descend pieds nus, sans faire de bruit... Tisane ? Chocolat ? Ratafia ? On rit tout bas, on s'embrasse... on frissonne... brrrr... il fait frisquet... Viens, je vais te réchauffer, ma mie... Et vite, on retourne se coucher.

On se rattrape en faisant une sieste, pendant la journée.

C'est vrai, on aura tout le temps de dormir quand on sera morts !

On le sait bien, Mélie et moi, qu'on est pas éternels.

Eh merde ! J'ai mis trop de charbon d'un coup... Faut que j'attise...

Et puis maintenant, il y a le passé qui refait surface. Et Fernand avec. Marié à ma Mélie pendant quarante-trois années. Mon meilleur ami, par-dessus le marché. Sans lui, on ne serait pas ensemble, maintenant. Alors, pour ça... je suis bien obligé de ne pas aller cracher sur sa tombe, à ce fils de pute ! Malgré que je sache aujourd'hui que c'était lui, le traître ! L'escroqueur d'amour. Un jour, j'arriverai peut-être à ne plus avoir de haine ! Pour l'instant, c'est trop frais. Mais le jour où je serai prêt, j'irai lui porter des fleurs ! Parce qu'il nous a quand même fait le plus beau des cadeaux, sans le vouloir, ce salopard. Celui de s'aimer maintenant, et jusqu'à notre dernier souffle, à Mélie et à moi.

Et nous...

Nos deux noms seront gravés sur la même pierre.

Et on nous couchera dans le même trou.

Alors... je ne peux pas vraiment faire autrement que de lui dire... merci, Fernand ! Mais t'as de la chance d'être déjà mort, tu sais. Parce que j'te jure que j't'aurais fait regretter tout ce que t'as fait dans cette vie. Et peut-être même un peu de la prochaine!

Meilleur ami... mon œil, ouais!

Pute borgne, Fernand! Mais comment t'as pu...?

— C'est bon pour les braises, Marcel?

— Ah oui, Maggie! Tu peux mettre les brochettes...

51

Tchiki pom

Pépé donne le tempo.

— Escoutchez-moi bien, c'est mouy facil...

Tchiki pom, tchiki pom... tchiki tchiki pom pom...

Djamel et Youssou suivent, à la guitare.

Tchiki pom, tchiki pom... tchiki tchiki pom pom...

Bello à la contrebasse, les autres frappent dans leurs mains.

— Vous frappez les palmas, solamente quand yé dit « pom »!

Tchiki pom, tchiki pom... tchiki tchiki pom pom...

— Très biene...

Avant la nuit, Matthieu, Blaise et Guillaume, les fils de Gérard, ont pris leur premier cours de guitare. Ça les a emballés! Mais Bello ne leur a pas proposé tout de suite d'entrer dans sa bande. Parce qu'il a commencé à s'angoisser. Trois filleuls d'un coup, c'était... ben, ça changeait la

315

vie! C'était une décision qu'il ne pouvait pas prendre à la légère. Et puis, avec sept fieuls, il lui faudrait un minibus, au moins, pour les déplacements. C'était pas rien, non plus!

— Hein, Maggie, t'es d'accord avec moi? Il faut réfléchir...

Et Maggie lui a tranquillement répondu... qu'il pourrait aussi bien réfléchir à tout ça en l'aidant à éplucher les légumes pour le barbecue.

Pendant ce temps, dans la roulotte, Gérard, Clara et Mélie décoraient. Avec des tissus très très colorés. Et Marcel branchait des guirlandes lumineuses sur une batterie de voiture. Aïe! C'est beau. Très tzigane... Gérard en a eu les larmes aux yeux. Mais, il l'a reconnu lui-même, il était très à fleur de peau, ces derniers temps.

Et Fanette est arrivée. Accueillie par un concert de guitares. Rien que pour elle. Tous les enfants réunis, ça l'a drôlement émue. Elle aussi, elle a les nerfs à vif, en ce moment. La fatigue, la tension, tout ça... Du coup, Gérard a préféré garder la roulotte pour plus tard. Avant, il y avait la grosse surprise Mélie/Marcel.

Ça lui a pris du temps. À tout bien saisir...

— Vous voulez dire que... vous êtes... ensemble-ensemble? Et... Marcel va quitter sa maison de retraite? Vous êtes vraiment sûrs que c'est une bonne idée?... Alors comme ça, la chaise roulante, c'est fini? Qu'est-ce qu'il s'est passé? Tu as été à Lourdes ou quoi?... Et dites, si je comprends bien, vous dormez dans le même lit, alors?... C'est incroyable, ça... Ma mère... avec un mec! J'en reviens pas... Et puis quoi encore? Vous allez vous marier? Mais vous êtes complètement dingos, mes pauvres vieux! Vous avez perdu la boule! C'est pas possible autrement...

Elle les a serrés très fort dans ses bras. Leur a murmuré plein de mots tendres à l'oreille. A dansé un tango avec Marcel. Une valse avec Mélie. Et un slow avec Gérard. Qui en a profité pour l'emmener promener... du côté de la roulotte...

Ça lui a forcément plu. Parce qu'ils ne sont revenus que deux heures plus tard.

Et Pépé donnait toujours le tempo.
Tchiki pom, tchiki pom... tchiki tchiki pom pom...
— Attentionne, oune pétite tchangement...
Tchiki-ti pom! Tchiki-ti pom! Tchiki-ti pom pom pom pom!
— Ouh la, d'accord... ça se corse...
Youssou et Djamel ont tiré un peu la langue.
Tchiki-ti pom! Tchiki-ti pom! Tchiki-ti pom pom pom pom!
— Formidablé! Yé savais qué vous arrivez à faire!

Sans déc, Pépé! C'est trop d'la balle, le flamenco...

52

Visite

Ils se sont tous couchés très tard. Là, il est neuf heures, et ils dorment encore. Mélie fait le moins de bruit possible. Elle essaye de faire démarrer la mobylette, mais n'y arrive pas. Ça l'énerve. Mais il n'y a rien à faire. La mob ne veut pas démarrer. Elle va devoir se résoudre à prendre la voiture. Marcel arrive. Il cherche la cause de la panne. Mais Mélie n'a plus le temps. Elle déteste arriver en retard. Il propose de l'accompagner. Elle hésite. Elle y va toujours seule, à ses visites... Il insiste. Bon, d'accord. Mais il sera obligé de l'attendre, au moins une heure. Peut-être deux... Il dit qu'il a de quoi s'occuper. Qu'il a encore des tas de choses à raconter à son dictaphone.

Ça les fait sourire.

Pendant le trajet, elle murmure...
— Merci, Marcel.
— Mais de quoi donc, ma Mélie ?
— D'être si patient.
— Patient, patient... Faut pas exagérer, quand même. En plus, c'est pas forcément par vertu qu'on l'est... patient.
— Ah bon ?
— Ben oui... Il y a des fois où c'est juste parce qu'on n'ose pas poser de questions...
— Comme maintenant ?
— Oui, c'est ça... comme maintenant.

Arrivés en ville, Marcel ne sait pas où il doit la déposer. Elle le lui dit. Il s'en doutait.

Mais il n'ose toujours pas lui demander ce qu'elle va y faire.

Il gare la voiture sur le parking.
— Je file ! À tout à l'heure !
Mélie se presse vers l'entrée du bâtiment.
Marcel hésite. Fini par la suivre.
De loin, il la voit saluer une jeune femme, et puis elle disparaît dans un couloir.
Il demande timidement...
— La vieille dame qui vient de passer... vous la connaissez ?
— Mélie ? Bien sûr. Depuis le temps !
— Vous... savez où elle va ?
— En cancérologie.

Marcel cherche un endroit où s'asseoir.

Il ne la voit pas arriver. Elle lui prend le bras, l'accompagne jusqu'à une chaise.

— Je suis revenue pour te dire de ne pas t'inquiéter, Marcel. Je viens ici pour faire des visites, à des malades... Pauvre Marcel, je suis désolée, je ne voulais pas te faire peur... Mais quand même, tu exagères ! Te mettre dans des états pareils ! Il faut se préparer mieux que ça, tu sais... On n'est plus des perdreaux, toi et moi...

Elle lui caresse la joue doucement.

— Je ne sais pas parler d'ici... C'est pour ça que je ne t'ai jamais rien dit. Moi non plus, je n'ai pas tous les mots... Voilà.

Marcel a repris des couleurs.

— Tu sais, l'araignée qu'on a regardée en train de tisser sa toile, l'autre jour ? J'ai amené la vidéo, aujourd'hui. Une heure de toile !

Elle se lève, fait quelques pas, se retourne...

— Dis, Marcel... surtout, continue de raconter tes histoires au dictaphone. J'en connais qui écouteraient bien parler de Résistance...

Elle part vite.

Avant de disparaître dans le couloir, elle se retourne une dernière fois, malicieuse...

— Et ça manque vraiment de grands-pères, ici !

53

Mes anges bleus

Les oiseaux ont réveillé Fanette et Gérard. À six heures du matin. Des chants déchaînés ! Au point de donner envie à Gérard d'ouvrir la fenêtre et de crier: Vos gueules, les oiseaux! Mais Fanette l'a empêché. Elle pensait que ça ne ferait que les énerver un peu plus. Ils ont fini par s'installer dehors, sur les marches de la roulotte. Pour boire un café. En regardant le soleil se lever.

Les oiseaux se sont calmés.

Et Gérard et Fanette se sont recouchés.

Clara petit-déjeunait toute seule, sous le tilleul, quand Mélie et Marcel sont rentrés. De loin, elle leur a fait signe d'approcher sans faire de bruit. Et ils ont assisté aux premiers essais de vol d'une nichée de mésanges bleues.

— Elles ont encore du duvet sur la tête, tu vois?

— Ah oui... on dirait les cheveux d'Antoine!

— Il dort encore?

— Oui. Et les autres aussi.

Ils ont tous fini par arriver, les uns après les autres. Youssou, Djamel, Antoine, Matthieu, Blaise, Guillaume, Maggie, Bello. Les cheveux en pétard et le pli de l'oreiller encore imprimé sur la joue. Et Fanette et Gérard les ont rejoints.

Ils se sont tous approchés sans faire de bruit. Ils sont restés assis, immobiles et silencieux. Jusqu'à ce que le dernier des oisillons ait pris son envol.

Et puis Bello a demandé, comme ça...

— Mélie? C'est quoi, comme sorte d'oiseau, déjà?

— Mésanges bleues.

— Vos anges bleus? Ah? Je ne savais pas qu'on pouvait en élever chez soi, des trucs pareils...

Ça les a bien fait rire.

La maison a paru presque vide, quand Bello et sa bande sont repartis. Le calme après la tempête, a dit Marcel.

Et chacun a repris ses marques.

Clara s'est couchée tôt. Pour lire.

Plus tard, elle a entendu un grattement à sa porte...

— On dirait bien qu'il y a une petite souris, par ici...

La porte s'est entrouverte. Mélie a passé la tête...

— Tu ne dors pas?

— Non.

— Tu lis?

— J'ai fini.

— On y va?

— Oui, d'accord!

Ça fait un moment qu'elles sont là, toutes les deux. Qu'elles ne bougent plus. Le regard fixe. Chacune dans sa chaise longue, l'édredon remonté jusqu'au menton. Elles surveillent. Sans musique, cette fois. Pour ne pas être distraites. C'est la dernière occasion de la saison. C'est sérieux. Elles ont lu quelque part qu'ils arrêtaient de pousser, à l'automne, les bambous...

Une chouette s'envole tout près d'elles.

La lumière doit l'avoir gênée. Elle crie...

... Kiiiiii... wik!

Clara sursaute.

— Waouh! Elle est passée hyper près, dis donc...

Mélie ne réagit pas.

— Mélie?... Tu dors?

Elle entend maintenant un léger ronflement.

Elle remonte un peu l'édredon.

— C'est pas grave. Je vais continuer à surveiller toute seule, alors... Et je te raconterai demain...

TOM, PETIT TOM,
TOUT PETIT HOMME, TOM

Roman publié avec le concours de Jean-Étienne Cohen-Séat

À Raphaël, le dernier arrivé. Et puis, à toutes et à tous, (gros grincheux, dépressifs heureux, vieilles immatures, petits branleurs (là, il y en a plusieurs qui risquent de se reconnaître), alcooliques pas anonymes, agents très secrets), ma reconnaissance.

— J'ai dessiné deux fleurs picales.
— Mais… pourquoi « picales » ?
— Parce qu'elles ne sont pas trop !

Tiré des travaux de recherches en linguistique entreprises vers l'âge de trois ans et demi par Mlle Mahault (ma petite-fille).

1

Faute de grives...

Elle est encore de mauvais poil. Ça fait au moins trois jours que ça dure. Il se dit qu'elle a peut-être ses ragnagnas. Ça le fait sourire ce mot-là. Ragnagnas... En tout cas quand elle les a, il sait qu'il a intérêt à la mettre en veilleuse. À obéir à tout sans discuter. Et c'est bien ce qu'il fait maintenant. Comme elle a demandé. Il ne bouge plus du tout, respire à peine. Sauf que là, ça fait déjà un bon moment, et qu'il n'avait pas prévu qu'il y aurait un petit caillou très pointu sur lequel il s'allongerait sans faire exprès. Et il commence à lui rentrer dans les côtes, ce con-là. Il aimerait bien glisser sa main libre pour le retirer. Mais la ficelle qu'il tient de l'autre main se met à vibrer au moindre mouvement. Il ne faut surtout pas, ça risquerait de tout faire capoter. Alors pour soulager le point douloureux, il essaye tout doucement de déplacer le poids de son corps, et...

Paf! Ça part. Elle a la main leste, Joss. À voix basse, elle grogne:

— Je t'ai dit de pas bouger!

— Mais, y a un caillou...

— J'm'en fous. Tu bouges plus, c'est tout.

Il ne bouge plus. Et il la ferme. Juste les yeux qui clignent vite pour ne pas pleurer. Le petit caillou pointu s'enfonce entre ses côtes. Ça lui fait de plus en plus mal. Il essaye de penser à autre chose. Sa joue est en feu. Elle doit être hyperrouge. Ça picote. La vache, elle y va pas mollo, Joss. Il sent sa gorge se serrer. Alors il se concentre sur... des fourmis qui passent devant son nez. Elles se sont mises à plusieurs pour transporter un truc énorme, au moins vingt fois plus gros qu'elles. Une crotte de lapin, peut-être.

Joss ne le regarde pas. Elle s'en veut un peu. Et elle se dit qu'elle aurait pu éviter. Mais que, quand même, il est agaçant à se trémousser sans arrêt. Elle l'avait prévenu que ça pourrait durer, il n'écoute jamais... Ah, en voilà un ! Ouf. Elle aussi elle commençait à trouver le temps long. Il est beau, celui-là, bien dodu. Il approche. Suit la traînée de graines qu'elle a laissée pour lui. Elle pince très fort le bras de Tom. Enfonce les ongles. Il se raidit. Il fixe le merle qui avance vers eux par petits bonds. S'arrête. Repart. Aïe. Il a repéré quelque chose... Non, ça va. Il revient. Trois bonds en avant. La tête à droite. La tête à gauche. Encore trois bonds. Il picore. Et Joss crie...

— Maintenant !

Tom tire d'un coup sec sur la ficelle. Le piège tombe, emprisonne le merle.

Joss saute sur ses pieds.

— Et de quatre !

Elle embrasse la joue bouillante de Tom, le chatouille dans le cou en rigolant.

— Allez, quoi. Fais pas la gueule, mon p'tit Tom.

Il préfère quand elle est de bonne humeur, alors il sourit. Elle sort le merle du piège, le caresse doucement. Effleure de ses lèvres les plumes de sa tête, délicate. Et puis, d'un coup sec, lui tord le cou.

— On va se régaler.

Tom s'est tourné pour ne pas voir.

— Mais ils n'ont pas le temps de souffrir, j'te dis ! Ça va trop vite ! Quelle chochotte tu fais.

Faute de grives...

Ils plument les merles. Deux chacun. Et ils les vident. Joss raconte qu'il y a des gens qui mangent des oiseaux sans les vider. Qu'ils les accrochent par les pattes avec une ficelle et qu'ils les laissent comme ça très longtemps, à faisander. Et quand ils sont mûrs, ils tombent et ils les gobent. Sans les faire cuire, ni rien. Elle éclate de rire en voyant la tête que fait Tom. Mais il ne la croit pas. Parce que, manger des oiseaux pourris avec leurs boyaux et tout ce qu'il y a dedans, ce n'est pas très possible.

— Mais si, je t'assure.

— Mon œil, ouais.

Il finit de vider son deuxième oiseau. Il a envie de vomir et sort en courant. Joss se moque.

— Dégobille pas trop près. Ça va puer jusque dans la maison !

Tom hausse les épaules. Elle en a de bonnes, elle. Appeler ce vieux mobil-home déglingué une maison...

Et puis, elle crie de l'intérieur.

— Y a plus de patates. Tu vas en chercher ?

Il enfourche son vélo, pédale un peu avant de répondre.

— OK, m'man, j'y vais.

Sur le pas de la porte, les mains sur les hanches et les sourcils froncés, Joss gronde. Mais il est déjà loin.

— Arrête de m'appeler comme ça, Tom. Tu vas voir, si j'te chope...

2

Le jardin des voisins

Il n'a pas besoin d'écouter ce qu'elle dit. Il sait déjà. Elle déteste quand il l'appelle maman, c'est tout. Et elle grogne à chaque fois : *Arrête de m'appeler comme ça, Tom.* avec son air de : *Si j'te chope, tu vas voir c'que tu vas voir.* Mais ça le fait marrer de la faire enrager.

Il couche le vélo dans les hautes herbes. Il longe le chemin jusqu'à la petite haie. Ralentit, tend l'oreille. C'est bon. Y a pas un chat. Il plonge dans la trouée. Passe à l'aise. Joss a essayé l'autre jour, mais n'y est pas arrivée. Elle est restée bloquée au moins un quart d'heure, tellement ils ont rigolé. C'est sa poitrine qui a coincé. Elle dit que sa taille de soutien-gorge, c'est facile à retenir : *100, 100 D, sans déconner !* Joss dit aussi que d'en avoir de si gros, c'est handicapant. Mais pas toujours. Il y a des avantages, des fois Et ça ne la gêne pas trop d'en profiter.

Dans le potager, il marche à l'ombre de la haie. Il connaît bien le coin. De loin, il repère, puis se décide. Il court dans l'allée. S'accroupit devant un plant. Tire dessus très doucement. Fouille ses racines. Ramasse quatre pommes de terre. Remet soigneusement le plant en terre. Tasse bien autour du pied et repart. Il plonge sous la haie. Mais au moment de ressortir, il se fige. Le proprio est là. Enfin... il ne faut pas exagérer, c'est juste son chat. Mais ils se ressemblent vraiment beaucoup. C'est étonnant. Ils ont tous les deux le dos raide et les sourcils toujours froncés. Pour l'instant, le chat reste assis, le fixe méchamment. Tom baisse les yeux. Ce chat l'impressionne. Comme pour s'excuser, il sort les quatre pommes de terre de ses poches, l'air de dire... *J'ai pris que ça, quoi...* Le chat se lève, avance lentement vers lui. Il marche sur trois pattes. Il en a une de coupée. Ça lui fait une démarche étrange. Il avance sans quitter Tom des yeux, et puis... d'un bond, il s'engouffre sous la haie et disparaît.

Tom soupire. Il a eu chaud.

3
Programme télé

Après le dîner, Tom retourne chez les voisins. Il se planque sous leurs fenêtres. Il aime bien les écouter. Ils sont un peu spéciaux. Entre eux, ils se disent « vous ». Et ils se parlent toujours très poliment, même quand ils sont énervés. En plus, le mari a un accent anglais plutôt rigolo. Là, ils discutent du programme télé.

— Que voulez-vous regarder ce soir, Odette ? Une film ?

Tom ferme les yeux et pense très fort... *Ah oui, bonne idée...*

— Ah oui, bonne idée.

— Attendez, je regarde la programme. Il y a une documentaire sur l'autre chaîne. Voyons la résumé : aux périphéries des villes...

Tom soupire... *Oh non, ça ne me dit rien...*

— Oh non, ça ne me dit rien du tout, Archibald. Le film, plutôt. À moins que vous ne préfériez regarder le documentaire, évidemment.

Tom sourit... *Vos désirs sont des ordres...*

— Vos désirs sont des ordres, vous savez ça très bien.

Tom jubile. C'est fort, la télépathie. Il tente une petite dernière, avant de partir... *Je vous sers une cocktail, my darling ?...*

— Je vous sers une whisky...

Tom grimace.

— ... ou préférez-vous une cocktail, *my darling* ?

Ah, quand même.

Il rentre vite annoncer le programme à Joss.

Elle est en train de tracer une ligne noire au pinceau, sur ses paupières.

— Fait chier. J'ai encore dérapé !

333

Tom n'aime pas quand elle se maquille. Ça veut dire que...

— J'ai envie de sortir ce soir, mon p'tit Tom.

Il fait la tête.

— Boire une bière bien fraîche. Tu veux venir ?

Il n'a pas envie, mais il dit quand même...

— D'accord.

Joss conduit la mob. Derrière, sur son vélo, Tom s'accroche à un pan de son pull.

Elle roule de plus en plus vite.

Il a du mal à maintenir son guidon d'une seule main. Il finit par lâcher le pull.

— T'es dingue ! C'est un coup à se péter la gueule !

Elle accélère brutalement et par-dessus le bruit du moteur crie sans se retourner...

— Je pars devant ! Ça t'apprendra à lâcher sans prévenir.

Tom pédale de toutes ses forces. C'est vache de le laisser tout seul. Il n'a pas de lumière sur son vélo et il fait presque nuit.

Et puis, le café est encore loin.

Il arrive, gare son vélo à côté de la mob, passe devant la vitrine, lentement. Il a très soif, mais n'ose pas entrer. Il voit Joss au bar qui discute avec des gars en buvant de la bière. Elles rient fort, elle et sa copine Lola. On les entend jusque dehors. Il va s'asseoir sur un banc. Regarde les étoiles, et les lumières des maisons qui s'éteignent petit à petit. Les gens ici se couchent tôt. Le patron du café sort, descend le rideau de fer.

Et Tom s'endort.

— Qu'est-ce que tu fais là, toi ?

Il sursaute. Joss le secoue comme un prunier.

— Pourquoi t'es pas rentré te coucher? T'as vu l'heure?
C'est pas possible d'être aussi bête.

4
Vous aviez remarqué?

Chez les voisins...
Odette se penche à la fenêtre de la cuisine. Elle voit
Archibald à quatre pattes au milieu des plants de pommes
de terre. Pour éviter de les écraser, il tient une jambe en
l'air, comme un chien qui pisserait contre un arbre. Odette
trouve ça amusant. Elle pouffe et elle crie:
— Vous êtes tombé sur un os, Archi?
Il se redresse en grognant. Ça ne le fait pas rire. Même
pas sourire. Il n'a pas compris ce qu'elle a dit, de toute
façon. Et puis, il n'est plus très souple. Son dos le fait beaucoup souffrir en ce moment.
— Il y a une drôle d'animal qui vient visiter notre
jardin. Une animal qui marche sur deux pattes et qui
porte des chaussures taille 35. Il aime incroyablement nos
légumes et nos fruits, vous avez remarqué?
Odette détourne les yeux.
— Juste quelques pommes de...
Elle s'interrompt. Archibald se détend.
— Ah. Vous aviez remarqué aussi, alors.

Il l'invite à faire un tour du jardin. Leur chat à trois
pattes les suit. Ils s'arrêtent devant le plant de pommes de
terre arraché et soigneusement remis en place par Tom. Ils
sourient, amusés. Sauf le chat, évidemment. Le plant lui,

commence à tourner de l'œil. Il n'a pas apprécié de se faire manipuler. Archibald l'arrose.

— On ne sait jamais. Il pourrait peut-être repousser?

— Oui, peut-être. Je regarderai dans le livre de jardinage.

Ils vont faire un tour du côté des rangs de carottes. Archibald montre à Odette une carotte abandonnée, posée bien en évidence au milieu du chemin. Elle est à moitié grignotée.

— C'était là hier soir. La fameuse coup du lapin, n'est-ce pas?

Ils rient.

— Quelle chance! Nous allons pouvoir étudier de très près la faune locale. Apprendre des tas de choses intéressantes sur la vie et les mœurs des animaux sauvages, Archi. C'est passionnant.

Puis Archibald va chercher son appareil photo, prend une photo de la carotte grignotée et une autre du plant de pommes de terre replanté. Pour l'album : *Notre première année à la campagne et autres aventures, by Archibald and Odette.*

Et Odette regarde dans son manuel de jardinage, mais ne trouve rien sur la reprise des plants de pommes de terre arrachés puis replantés.

Ça n'est pas prévu, semble-t-il.

5

Retrouvailles

Il attend, immobile, à quelques mètres du portail.

Normal. Le mec qui attend.

Un peu plus tôt, il a cherché à se donner un air. Il a essayé d'abord l'air nonchalant. Les mains dans les poches

336

du pantalon, les épaules un peu relevées, la tête penchée sur le côté. Mouais, pas mal.

Fâché : bras croisés, menton dressé, yeux plissés... Bof. Mais comme très vite, il s'est demandé : pourquoi fâché, dans le fond ? et qu'effectivement, il n'a pas trouvé de raison valable, il a laissé tombé.

Après ça, il a essayé l'air péteux : c'est comment péteux, déjà ? Mais là, il n'a pas cherché du tout, parce qu'il n'avait pas spécialement envie d'avoir cet air-là, de toute façon.

Et donc voilà, il a décidé de se planter sur le bord de la route sans aucun air spécial. Juste lui, immobile et naturel.

Pas très facile, en costard noir, cravate noire, chemise blanche...

Il attend. Depuis plus d'une demi-heure.

Le son d'une mobylette qui approche. Et comme un courant d'air froid qui lui descend d'un coup le long de la colonne vertébrale. Il se demande en panique s'il n'aurait pas mieux fait de se choisir un air, finalement. Là, il a sûrement l'air d'un... Il n'a pas le temps de trouver quoi, la mob apparaît en haut de la côte. Ça y est. C'est bien elle. Deuxième courant d'air froid dans le dos. De loin, il voit qu'elle le voit qui l'attend, immobile devant son portail. Et il se dit qu'elle doit penser : c'est quoi ce croque-mort qui attend devant mon portail ? Il sent qu'elle a envie de faire demi-tour. Il a les jetons qu'elle le fasse. Non, elle ne le fait pas. Et là... Oh, putain, ça y est, elle l'a reconnu.

Elle descend de sa mob, retire son casque lentement, le regarde, mais n'approche pas. Lui, il est toujours aussi immobile. Il n'avait pas prévu qu'il serait à ce point pétrifié. Il sent qu'elle se méfie, mais n'arrive pas à être sûr de ses autres émotions. Elle profite de ce temps mort pour remballer la trouille qui l'a envahie. Elle repousse la grosse vague, gèle son cœur. Tout ça en deux secondes et demie, mais qui semblent des heures. Évidemment.

— C'est toi ?

— Ben... oui.

— Comment t'as fait ?
— Fait quoi ?
— Pour me retrouver ?
— Ben, un peu par hasard, en fait…
— Ouais, ouais, c'est ça. Et pourquoi tu viens fringué tout en noir, d'abord ?
— Je sors du boulot…
— Fringué comme un croque-mort ?
— Ben oui… c'est un peu ce que je fais, en ce moment.
— Ah, d'accord. Et c'est marrant comme boulot ?
— Ça peut aller.

Il trouve qu'elle pose des questions à la con. Mais, pour l'instant, il s'en fout. Ça fait tellement longtemps qu'il essayait d'imaginer ces retrouvailles. Et là, bingo ! Il y est. En plein en train de les vivre. Pas le moment de faire la fine bouche, ou de se prendre trop le chou. L'important, c'est qu'ils soient l'un en face de l'autre, qu'ils se regardent. Et qu'ils se reconnaissent ! Parce que ce n'était pas gagné. Après douze années sans s'écrire, sans se téléphoner, sans photos, ni rien. Elle avait à peine treize ans à l'époque. Là, vingt-cinq. Normal, les changements. À vue de nez, elle a un peu grandi et puis elle a pris des hanches. Et ses cheveux ne sont plus tout à fait de la même couleur. Sa coupe aussi. Une vraie femme, quoi. Il y a juste un truc qui n'a pas bougé. Et ça, il pourrait en mettre sa main à couper. Ce sont ses seins. Ils étaient déjà tels quels, à treize ans. Époustouflants, ses nibards. Ses beaux nibards. Beaux, beaux… Merde, ça y est, il n'arrive plus à détacher ses yeux d'eux deux, nom de dieu…

Et elle, d'un coup, elle est furibarde. Déjà qu'à la première impression, elle trouvait qu'il n'avait pas beaucoup changé… là, pour le coup, elle en est sûre. Parce que ça faisait des années, elle aussi, qu'elle se demandait ce qu'il se passerait le jour où ils se retrouveraient. Et jamais elle n'avait réussi à imaginer que ça pourrait être bien. Un peu la trouille, quand même. Parce que Samy, c'est pas vraiment la meilleure chose qui lui soit arrivée dans sa vie. En tout cas, là, ça y est. Il est là devant elle, et… rien. Elle se tâte, mais c'est clair. Ça ne lui fait ni chaud ni froid. Elle est soulagée. Alors, tranquillement, elle lui tourne le dos, et met la mob sur béquille.

— Bon, alors ?

— Quoi, alors ?

— Ben… qu'est-ce que tu veux ? Pourquoi t'es venu ?

— Je voulais te voir, c'est tout, Joss.

— Bon, ben voilà, tu m'as vue. T'es content ? Alors maintenant, salut.

Elle lui tourne le dos et s'en va.

Ça le pétrifie encore plus. Il n'avait pas du tout prévu cette version de scénario. Ces derniers temps, il aurait plutôt penché pour : on se regarde, on est ému, on entend en fond la musique de « When a man loves a woman » qui monte doucement, et pour finir : embrassage, pelotage de nibards et allongeage sur lit ou autre endroit pour position horizontale. Mais là, ça n'a vraiment rien à voir avec aucune des versions qu'il a imaginées, et il a du mal à l'accepter. Il la regarde s'éloigner.

— Joss ! Attends. On pourrait parler un peu…

Elle se met à courir, entre dans le mobil-home, referme très vite derrière elle. Et là, à son tour, il fonce, donne un coup d'épaule dans la porte, lui saute dessus, la fait tomber. Elle se débat. Essaye de lui griffer le visage. Il l'empoigne par les cheveux, la traîne par terre. Elle veut crier mais aucun son ne sort. Elle crache comme un chat. Il la gifle. Elle a peur. Il commence à déchirer ses vêtements.

La porte s'ouvre derrière lui, mais il n'entend pas. Il n'entend plus rien. Il est fou.

— Monsieur, lâchez-la.

Tom est surpris lui-même par la faiblesse de sa voix. Et évidemment rien ne se passe. L'homme continue ce qu'il a commencé.

Ce n'est que quand le canon du fusil se pose sur sa nuque que Samy s'immobilise enfin.

— Je la lâche… OK, je la lâche…

Très lentement, Samy se relève, met les mains en l'air, se tourne pour parler à celui qui tient le fusil.

— Mais qu'est-ce que tu fais avec ça, toi?

— Partez d'ici, monsieur.

— D'accord, petit, d'accord. Mais pose ce flingue d'abord, OK?

— Si vous ne partez pas, je vous tire dedans.

— Tom! C'est quoi ce fusil? Écoute-moi. Il va partir, Tom. Laisse-le partir. Ça va, t'inquiète pas...

— Mais il t'a fait mal.

— Non, non! Regarde, j'ai presque rien du tout. Tu vois? Ça va. Il s'en va, maintenant. Tu vois, il s'en va.

— Oui oui, je m'en vais...

— Plus vite, s'il vous plaît.

— OK, voilà...

Samy descend les marches à reculons, les mains toujours en l'air.

— Joss, c'est qui ce môme?

— C'est mon p'tit frère.

— Je savais pas que...

— Il y a plein de trucs que tu ne sais pas, pauvre con. Il s'éloigne.

— Pouffiasse.

— Reviens plus jamais, Samy. T'entends? Plus jamais!

Il marche le long de la route en tenant son pantalon d'une main. Il manque le bouton de sa braguette et la fermeture Éclair est cassée. Juste le jour où il n'a pas mis de ceinture... Il est un peu hébété et marmonne en boucle... *Qu'est-ce que j'ai foutu, je suis dingue... oh merde... ça y est, je suis dingue... mais merde, qu'est-ce que j'ai foutu...*

Joss, encore essoufflée par leur long fou rire nerveux, demande à Tom d'où il a sorti le fusil. Il lui répond qu'il l'a trouvé dans une grange abandonnée. Elle fronce les sourcils. Mais, comme Tom ne lui laisse pas le temps de se fâcher et qu'il lui demande dans la foulée qui est cet homme qui l'a frappée et lui a déchiré ses vêtements, elle répond très vite : personne. Alors, il lui montre que le fusil n'est pas chargé. Elle lui dit de le remettre quand même où il l'a trouvé. Il répond OK. Et ça en reste là.

Pour cette fois.

Cette même nuit, Joss a eu de la fièvre. Tom, inquiet, lui a apporté de l'eau et a passé un linge humide sur son front. Elle a frissonné et claqué des dents un bon moment. Et puis, elle a fini par s'endormir dans les bras de son petit garçon. De son petit Tom.

6

Madeleine

Joss a fait la liste des courses.

> *2 poireau (sans x)*
> *2 carotes (avec un seul t)*
> *4 œufs (bizarre, là c'est parfait)*
> *1 poule (trop facile)*

Tom écarquille les yeux.

— Une poule ?

Joss se marre.

— Mais non, je blague. N'empêche, si on avait deux ou trois poules ici, ce s'rait pas si mal.

Tom est assez d'accord, mais… « ici » c'est un peu du « en attendant », alors, qu'est-ce qu'ils en feraient des poules, le jour où ils déménageraient ? En appartement, ce ne serait pas terrible. Ça chie partout, ça pue et ça caquette tout le temps. Joss a de drôles d'idées des fois.

— Ce soir je rentre tard, mon p'tit Tom. Tu te feras les restes de midi.

— OK.

C'est la fin de la journée, il part faire les courses.

Il est à la recherche de nouveaux jardins.

Il roule un bon quart d'heure. Le coin n'a pas l'air très habité. Il est déçu. Plus loin, une très vieille maison, pas de lumières. Il couche son vélo dans le fossé, continue à pied. Il s'accroupit derrière un buisson, et écoute. Pas d'activités humaines, ici. S'il y a un jardin, il doit être derrière. Il s'approche doucement. Toujours rien. Il attend encore un peu, puis avance franchement, à découvert. Un gémissement. Surpris, il court se cacher derrière un gros arbre. Un autre gémissement et puis des pleurs…

— … Non… non… Oh, non…

Tom veut partir. Mais la plainte reprend…

— … Au secours…

La voix est faible. C'est celle d'une femme. D'une très vieille femme. Elle chevrote. Tom essaye de voir. Et il voit : un tas de vêtements, posés par terre, au milieu des choux. Mais les gémissements reprennent. Il n'y a pas de doute, ils viennent bien du tas de vêtements.

— … J'ai mal… Oh…

Tom se dit qu'il ne peut pas la laisser comme ça, toute seule au milieu de son jardin, en train de pleurer, la pauvre vieille. Mais d'un autre côté, quand il l'aura aidée à se relever… elle va forcément lui demander ce qu'il venait faire chez elle à cette heure. Et là, il ne saura pas quoi répondre. Et elle, elle risque de s'énerver. Elle voudra peut-être appeler les gendarmes, ou les voisins. Et ça, Joss l'a bien prévenu. S'il se fait prendre, c'est fini. Elle ne pourra rien faire pour le récupérer. Ce sera direct la Ddass, pour lui. Et ça, mon p'tit Tom, tu peux me croire, mieux vaut mourir que d'y aller! Quand elle dit des mots comme ça, il sait qu'elle ne ment pas.

La Ddass, il a compris. Tout sauf y aller.

Il se lève et commence à s'éloigner. Mais la vieille dame continue de gémir toute seule, là-bas par terre, au milieu de son potager. Tom se couvre les oreilles pour ne plus entendre et se met à courir.

Vingt mètres plus loin, il s'arrête. Il a changé d'avis.

Il s'approche tout doucement.

— Madame?

Elle continue de gémir.

— Madame? Vous m'entendez?

Elle n'a pas l'air de l'entendre. Tom pense qu'elle est peut-être sourde. Ou peut-être qu'il parle trop bas?

— Madame? Je peux vous aider?

Elle sursaute, ouvre grand ses yeux. Et puis elle l'attrape par le bras, s'agrippe à lui comme une furie. Il essaye de se dégager. Elle halète. Il a très peur. Elle ressemble vraiment à une sorcière, avec ses yeux exorbités.

— Aidez-moi, aidez-moi! Oh oui, merci, mon p'tit. Merci, je suis sauvée!

Elle le tient bien. Tom n'arrive pas à la faire lâcher.

— Oh lala... depuis hier soir, je suis là. J'ai cru que j'allais mourir. Et enfin tu arrives, petit homme...

Il croit qu'elle dit: *Petit Tom*, évidemment. Et ses cheveux se dressent d'un coup sur la tête. Comment elle sait son nom, celle-là? C'est sûrement une sor...

— J'ai soif. Aide-moi.

— Je vais chercher de l'eau, madame. Mais il faut me lâcher, sinon je ne vais pas pouvoir y aller.

Elle hésite.

— Tu vas revenir, dis?

— Oui, oui... je vais revenir.

— C'est sûr?

— Ben oui, c'est sûr.

Elle le lâche. Il recule d'un bond. Elle le regarde, implorante.

Tom part en courant. Il se dit qu'il va lui rapporter son verre d'eau. Mais qu'après, il partira. Il rentre dans la maison. Une forte odeur de pisse de chat lui saute au nez. Il regarde autour de lui. Près du poêle éteint, il y a un vieux chien qui dort roulé en boule. Tom s'approche. Il voit qu'entre les pattes du chien, il y a aussi un très vieux chat au poil tout mité. Les deux vieux se tiennent chaud. Il passe tout près d'eux, prend un verre sur la table, le remplit au robinet, repasse. Ils n'ont toujours pas bougé. Tom se penche. Il voit bien qu'ils sont vivants puisqu'ils respirent. Mais ils doivent être sourds, tous les deux.

Et ils tremblent de froid.

Tom met du bois dans le poêle et rallume le feu. Et puis, il retourne dans le jardin avec le verre d'eau. Il fait maintenant presque nuit. Il a du mal à retrouver son chemin.

— Vous êtes où, madame?

— Ici, petit. Ici.

Il l'aide à boire. Elle est plus calme, maintenant. Ne cherche plus à s'agripper à lui avec ses doigts tout crochus, n'a plus les yeux si exorbités. Et Tom n'a plus peur.

Elle le regarde un moment.

— T'es un bon p'tit gars, toi.

Il regarde ailleurs, un peu gêné.

— Dites, je ne crois pas que je vais arriver à vous porter tout seul jusqu'à la maison. Il faudrait que j'aille chercher quelqu'un.

— Avec la brouette…?

Tom soupire.

— Bon, d'accord. Je vais essayer.

La dame est toute petite et ne pèse presque rien, mais il a quand même beaucoup de mal. Parce qu'elle sent terriblement mauvais. Il n'a pas du tout envie de la toucher. Surtout derrière, sa jupe est toute trempée. Depuis hier sans pouvoir se lever pour aller aux toilettes, c'est normal qu'elle ait fait dans sa culotte, il se dit. Mais ça n'empêche. C'est quand même dégoûtant. Si Joss était là, elle saurait quoi faire. Dans son boulot, ça lui arrive de faire la toilette aux gens. Même qu'elle lui raconte des fois, en rigolant, des histoires sur des vieux chez qui on l'envoie. Des histoires un peu horribles. Mais Joss, elle rit souvent méchamment.

Tom a trouvé une bâche et il en recouvre la dame. Il réussit à la hisser sur la brouette, la pousse d'une traite jusque dans la cour. Il s'assied sur les marches du perron. Reprend son souffle.

À la lumière de la maison, il se rend compte que la dame est encore plus vieille qu'il croyait. Elle a l'air d'avoir cent ans. L'idée même l'effleure qu'elle pourrait bien mourir, là maintenant, devant lui. De vieillesse. Ou de faim, peut-être... Elle est si maigre. Il entre en courant, trouve un vieux quignon de pain qui traîne sur la table, revient, le lui tend. Elle le porte avidement à sa bouche, mais il est tellement dur qu'elle n'arrive pas à le croquer.

— Il faudrait le tremper dans de l'eau pour le ramollir. Je sais plus où j'ai mis mes dents, avec tout ça.

Elle glousse en le disant. Tom est surpris.

— Mon dentier... J'ai dû l'égarer dans le jardin.

— Ah. Vous voulez que...

— Ça ira bien comme ça, va.

Tom lui ramène la bouillie de pain. Elle l'engloutit. La bouche pleine, elle lève d'un coup la tête.

— Et mes bêtes ? Les as-tu vues ?

— Le chien et le chat ? Ils dorment près du poêle. Dites, madame, je vais essayer de rentrer la brouette dans la maison, d'accord ? Vous aurez plus chaud qu'ici.

Il part à la recherche d'une planche pour faire un pont. La dame marmonne toute seule.

— Tu crois qu'ils seraient venus voir où j'étais ? Non. Rien du tout. Ils ont même pas dû remarquer que j'étais plus là, j'parie. Ces sales bêtes. Je serais morte, ce serait pareil. Mais ils doivent avoir faim aussi, eux. Ils sont si vieux, ils se rendent plus compte de rien. C'est-y pas malheureux...

Tom revient, pose la planche, prend de l'élan et arrive à pousser la brouette avec la dame dedans jusqu'au milieu de la cuisine.

Puis il l'approche du poêle.

— C'est quoi ton nom, déjà, petit ?

— Tom.

— Ah... Eh ben, tourne donc la brouette de côté, veux-tu, petit homme ?

Elle caresse son chien et son chat. Qui réagissent à peine.

Et elle se remet doucement à pleurer.

— Vous avez mal ?

— Non. Mais mes jambes, j'arrive plus du tout à les bouger.

Elle se mouche bruyamment dans un pan de sa jupe.

— Et puis... ça me gêne que ma jupe, elle soye souillée par-derrière.

— Vous voulez que j'aille prévenir quelqu'un ?

— Qui veux-tu qui vienne à c't'heure ?

— Je ne sais pas.

— Tu vois bien...

Ils restent un moment silencieux.

— Je pourrais peut-être aller chercher ma mère. Elle saurait quoi faire, elle. Dans son travail, elle s'occupe de gens malades, des fois.

— C'est quoi son travail ?

— Aide ménagère.

— Et comment qu'elle s'appelle ?

— Joss.

— Joss ? C'est drôle, c'nom-là... Mais attends voir. Ce serait pas elle qui venait faire du ménage ici, l'année dernière ?

— Je ne sais pas.

— Si c'est celle que j'pense, j'crois bien qu'on est fâchées.

— Ah.

— Elle me cassait toute la vaisselle.

— Oui, c'est bien elle.

— Pour le reste ça allait, mais la vaisselle... c'était pas son fort.

— Je sais. On a des assiettes et des verres en plastique chez nous.

— Mais c'est une bonne fille, sinon.

Tom sourit.

— Oui, madame.

346

Elle met sa main devant sa bouche édentée, pour sourire sans l'effrayer.

— Appelle-moi Madeleine. Pas la peine de se faire des manières entre nous.

Il a posé sur le poêle un faitout plein d'eau. Une fois chaude, il a versé l'eau dans une lessiveuse. Et puis il a accroché un drap autour de la brouette où était assise Madeleine. De derrière, il l'a aidée à se déshabiller. Ça a pris long. C'était assez compliqué, pour trouver les boutons sans voir ce qu'il faisait. Quand elle a été prête, il lui a demandé de s'accrocher à son cou, et a réussi à la soulever et à la déposer dans la lessiveuse pleine d'eau chaude. Elle a un peu crié. De peur et de plaisir. Aïe, ça pique! Oh, c'est bon! Puis elle a voulu qu'il cherche la bouteille d'eau de fleur d'oranger dans le garde-manger. Pour parfumer l'eau de son bain.

Et maintenant, Madeleine chante à tue-tête. De sa voix éraillée et chevrotante.

Tom s'assied dehors, sur les marches du perron. Ça le fait rigoler d'entendre la vieille dame chanter.

Comme une casserole fêlée.

7

Trop bu

Le patron du bar baisse le rideau de fer. Ils se retrouvent tous sur le trottoir. Très éméchés. Ils ne savent pas où finir la soirée. Paulo, encore plus ivre que les autres, décide d'inviter tout le monde chez lui. Les garçons sont chauds pour y aller. Mais les filles hésitent. Il est tard. C'est loin. Et puis, déjà qu'avec leurs talons hauts, elles n'arrêtent pas de se tordre les pieds...

— ... alors si en plus il faut marcher des kilomètres...

Ils insistent.

— Allez, venez, quoi.

Joss et Lola s'éloignent en zigzaguant. Sans se retourner, elles crient qu'il ne faut pas les suivre. Qu'elles vont faire pipi dans la ruelle. Une fois hors de vue, elles retirent leurs chaussures et se mettent à courir en hurlant.

Chez Lola, elles s'allongent par terre.

— Les pauvres, quand même, ils doivent être déçus.

— On s'en fout. Il n'y en avait aucun de bien!

— T'as raison. Ils étaient trop moches!

Elles pouffent de rire. Se tiennent le ventre. Mais elles sont très fatiguées. Elles essayent de reprendre leur souffle.

— N'empêche, c'est vrai que quand je bois trop, je perds un peu la tête, hein. J'suis capable d'aller avec n'importe qui et de faire n'importe quoi.

— C'est vrai ça, Lola.

Elles pouffent de rire encore une fois.

— Dis donc, t'as rien à dire, toi. T'es pareille... Mais tu vois, quand je réfléchis, eh ben ça me dit rien du tout dans ces moments-là de me faire peloter et tout le reste. Je sens rien. Toi aussi, ça te le fait?

— Ouais. C'est connu, l'alcool, ça anesthésie.

— Ah ben oui, t'as raison.

Joss ferme les yeux.

— C'est peut-être ça, finalement, une vraie preuve d'amour. De s'abandonner, en ayant toute sa tête...

— Qu'est-ce que tu dis?

— Rien...

— Arrête, j'ai pas compris. T'as dit quoi?

— Je sais plus, j'te jure.

Elles se remettent à rire bêtement. Mais comme elles n'en peuvent plus du tout, ce sont juste quelques hoquets.

— J'y pense. Tu l'as vu le type qui te cherchait l'autre jour?

— Quel type?

— Un beau gosse. Avec un costard noir et une chemise blanche. Super classe. Il est passé au salon de coiffure et il m'a demandé si par hasard je te connaissais.

— Et tu lui as répondu que oui, et tu lui as même dit où j'habitais...

— Ben oui. Pourquoi?

— Pour rien.

Joss, maintenant dégrisée, se lève d'un bond.

— La prochaine fois, Lola, évite de donner mon adresse au premier type qui passe par hasard. Même s'il est beau gosse.

— Mais il a dit qu'il te connaissait!

— C'est pas une raison.

— Ben, quand même...

Joss se fait couler un café. Se passe un peu d'eau sur le visage, remet ses chaussures. Avant de sortir, elle jette une couverture sur Lola qui s'est endormie sur le carrelage de la cuisine.

— Salut, Lola. Je t'aime bien, mais t'es vraiment trop con, des fois.

8

La boîte noire

Tom s'est levé tôt. Il a fait tous ses devoirs du week-end pour être débarrassé. Il sait que Joss va râler quand elle va se réveiller. Parce qu'elle veut faire ses devoirs en même temps que lui. Mais tant pis. Il a trop de trucs à faire. Il a rangé ses affaires, petit-déjeuné et a même préparé le café de Joss avant de partir. Histoire de l'amadouer. Et puis, il a enfourché son vélo et a filé.

Il culpabilise un peu, quand même.

Il sait bien que c'est hyperdifficile pour Joss de faire ses devoirs toute seule. Qu'elle a du mal à se concentrer. Elle dit que ça tient à son âge. Mais la vérité, c'est qu'elle a trop de choses à rattraper. Et qu'elle se décourage. C'est normal. Avec lui, elle a l'impression que c'est plus facile. Elle dit qu'il explique bien. Mais surtout, elle a moins honte de poser des questions quand elle ne comprend pas. Même des questions à la con. Elle sait qu'il ne rigolera pas. De toute façon, il n'a pas le choix. Elle lui en collerait deux aussi sec. Ça lui arrive d'être méchante, des fois. Surtout quand elle s'énerve contre lui. Parce que c'est juste qu'un petit morveux de onze ans. Et qu'il lui fait la leçon.

D'un côté comme de l'autre...

Ces derniers temps, ils bossent l'orthographe. Ça lui donne du mal. Elle fait des fautes à presque tous les mots. Mais le plus dur c'est pour les accords du participe passé. Elle déteste les accords du participe passé. Au point que ça lui donne envie de crier. Et dire des choses terribles. Qu'elle ne pense pas forcément. Mais sûrement un peu... Ça le rend triste. Surtout quand elle dit que tout est de sa faute. Et que si elle a arrêté l'école à treize ans, c'est à cause de lui. Qu'elle aurait bien aimé faire des études, mais que ça l'en a empêchée. Et puis, quand elle voit qu'il va pleurer, elle tempère. Admet que ça n'était pas la seule raison. Qu'elle n'y allait déjà plus beaucoup avant. Et qu'elle n'était pas très douée de toute façon. Pleure pas, mon p'tit Tom, va. Tu m'connais. J'aime bien exagérer... En plus, même enceinte, elle aurait pu continuer, évidemment. Mais ses profs n'avaient pas su la motiver. Au contraire, ils l'avaient fait chier. N'avaient même pas essayé de savoir pourquoi ou comment ça lui était arrivé.

Elle était enceinte de cinq mois quand elle a enfin su pourquoi son ventre avait grossi. Elle sentait bien que depuis un moment il y avait quelque chose qui poussait là-dedans. Qui frétillait dans tous les sens. Comme un poisson dans son estomac. Ça lui faisait peur. Lui faisait penser à *Alien*. Le monstre qui grandit dans le corps de cette fille… Elle avait fini par en parler à l'infirmière du foyer, qui l'avait envoyée voir le médecin. Qui avait trouvé ce qu'elle avait. C'était lui, Tom, qui allait pointer le bout de son nez trois mois plus tard. Un poil prématuré.

Ça lui était tombé dessus, crac ! au premier coup. Il n'y en avait pas eu de deuxième avec ce mec-là. Elle ne l'aimait pas. Il ne l'avait draguée qu'à cause de la taille de ses seins, de toute façon. La seule de la bande à en avoir de si gros. Elle voyait bien l'effet que ça faisait aux garçons. Lui, il en avait les yeux qui lui sortaient de la tête. C'était marrant. Et puis, il l'avait invitée au ciné et lui avait payé du pop-corn. C'était la première fois qu'on lui payait quelque chose. Le film était chouette et le pop-corn aussi. En guise de merci, elle l'avait laissé faire tout ce qu'il voulait. Il s'y était pris comme un manche. Trois jours sans pouvoir marcher. Ça l'avait dégoûtée pour un moment. Si c'était ça l'amour, autant faire sans, elle s'était dit. Mais le mec, lui, il s'était accroché. L'avait suivie partout. Comme un chien. À pleurer sans arrêt. À lui écrire des poèmes. Il y en a un qu'elle avait trouvé joli, quand même… Mais bon. Ça n'avait pas suffi. Au bout d'un moment, il avait fini par comprendre. Il était allé voir ailleurs. S'était jeté sur sa copine, Élodie. Elle, ça ne la gênait pas qu'il mate ses seins. Au contraire. Ça lui faisait plaisir. Elle en avait des petits.

Joss avait perdu une copine, mais elle avait réussi à se débarasser du crampon.

Maintenant, elle a vingt-cinq ans.

Et elle veut passer son bac.

Elle sait à peine écrire, mais elle veut apprendre. Elle veut tout apprendre. Et se cultiver, aussi.

Ça fait longtemps qu'elle a ce projet. Se rendre intéressante. Parce qu'elle ne se fait pas trop d'illusions. Elle a un joli visage, mais... rien de particulier. La seule chose qu'elle ait de spécial, c'est la taille de ses seins. C'est ce que les gens remarquent chez elle en premier. Qui fait qu'on ne lui parle jamais autrement qu'avec les yeux baissés. Fixés sur ses nibards.

Et ça, elle en a marre.

Elle a décidé de se faire opérer. Passer de la taille 100D à 90B. Que quand on lui parle, on la regarde enfin droit dans les yeux. Et que si on la trouve intéressante, ce soit pour autre chose que pour son tour de poitrine.

Elle met de l'argent de côté depuis des années. Dans une petite boîte noire qu'elle cache sous le châssis du mobil-home. Tom connaît la cachette. Mais ni lui ni elle ne touchent à ce qu'il y a dedans. Jamais. C'est sacré. Même quand ils sont dans la dèche. Et ça arrive souvent, parce qu'elle ne travaille pas très régulièrement. À cause des plaintes des gens chez qui on l'envoie.

C'est assez embêtant pour son boulot, mais elle déteste faire le ménage. Surtout la vaisselle. Pour le reste, on peut lui faire confiance. Elle est honnête et elle travaille bien. Ça lui plaît de s'occuper des malades, et des vieux aussi. Elle se sent utile. Même si des fois elle lui raconte en se marrant des histoires horribles. Des histoires qui ne se racontent pas. Des choses trop intimes.

Mais la vaisselle... c'est vraiment un problème.

Ça lui vient peut-être de quand elle était petite, quand on l'obligeait à la faire, sinon elle n'avait rien à manger.

Ça vient sûrement de là, pauvre maman.

Tom vient d'arriver près du potager des voisins. Ceux qui se disent « vous » et qui se parlent poliment même quand ils sont énervés. Il couche son vélo dans les buissons, s'approche de la haie, écoute. Pas un chat. Le samedi, à cette heure, ils ne sont jamais là. Ils doivent aller faire des courses ou rendre visite à des copains.

C'est bon. Tom va pouvoir un peu fouiner.

Il finit de remplir son sac et le dépose tout près du trou dans la haie. Trois carottes, trois poireaux, trois oignons et neuf pommes de terre. Il est inquiet. Il ne prend pas autant de choses d'habitude. Il retourne effacer les traces de son passage. Arrose très soigneusement le plant de pommes de terre arraché et replanté. En se disant que, peut-être, il reprendra ?... On ne sait jamais.

Il reste du temps avant le retour des proprios. Pour la première fois, il pousse la porte et entre dans le cellier. En faisant attention à ne pas laisser de traces. Il s'arrête devant les grandes étagères pleines d'outils, de matériel de bricolage, de boîtes de toutes sortes. Tout est classé, rangé, étiqueté. Sur une table, des claies empilées, pleines de pommes de l'automne dernier. Il en met trois dans ses poches et croque dans une quatrième.

Il commence à se détendre. À se sentir chez lui.

Maintenant, il entre dans la serre. Il fait chaud. Ça sent bon la terre humide. Partout, des pousses de fleurs et de légumes. Avec la photo en couleurs de ce qu'ils deviendront plus tard. Des multitudes de plants de tomates. Des rouges, des orange, des jaunes, des vertes et même des noires. En forme de poire, de piment, de cœur... Jamais vu ça.

Il est temps de partir. Il récupère son sac et plonge sous la haie. Au moment de ressortir, il se fige. Le chat est là. Le regarde aussi méchamment que la dernière fois. Toujours aussi impressionné, Tom baisse le regard. Il a entendu dire quelque part qu'il ne fallait jamais fixer les chats dans les yeux. Ils pensent qu'on les défie, et ça réveille leur agressivité. Il garde son sac sur le dos, mais sort les trois pommes de ses poches. Il hausse un peu les épaules, comme pour s'excuser et l'air de dire: Juste trois, ça peut aller? Alors, le chat se lève, avance lentement vers lui. Sur trois pattes, évidemment. De cette démarche qui le rend si inquiétant.

353

Il avance sans quitter Tom des yeux, puis... d'un bond s'engouffre sous la haie et disparaît.

Tom soupire. Il a eu très chaud cette fois encore.

9

Tom quoi ?

Il appuie son vélo contre un arbre. Et puis il écoute. Aucun bruit ne vient de la maison. Il prend son sac et court frapper à la porte. Personne ne répond. Il la pousse tout doucement.

— Madame ?

Toujours pas de réponse. Il s'approche du fauteuil dans lequel il a laissé Madeleine, le soir d'avant. Elle est dans la même position, emmitouflée dans la couverture, les yeux fermés. Il n'ose pas la toucher. Si jamais elle est froide, ça voudra dire qu'elle est morte. Ça lui fait peur rien que d'y penser.

— Madame ? Vous m'entendez ?

Il se rend compte qu'il parle très bas. Il se dit que c'est peut-être trop.

— Madame ! S'il vous plaît !

D'un coup, elle ouvre les yeux. Lui attrape le bras, affolée. Les yeux exorbités.

— Qui est là ? Qu'est-ce qu'y s'passe ?

Tom est soulagé de la voir se réveiller. Mais elle se met à crier.

— Vous venez me chercher, c'est ça ? Eh bien, je vous préviens, je ne sortirai pas d'ici !

— Madame, c'est moi, Tom.

— Tom ? Connais pas.

— Mais si… vous savez, hier soir, je vous ai ramenée avec la brouette…

— Lâchez-moi, ou j'appelle au secours !

Il arrive à détacher la main de Madeleine qui s'est accrochée à son bras, et recule de quelques pas. Il se dit qu'elle a l'air d'être devenue folle, la pauvre vieille. Que ça a dû lui prendre pendant la nuit. Hier soir elle avait l'air bien, quand il est parti. Il aurait peut-être dû appeler quelqu'un, quand même. Son regard s'arrête sur le chien et le chat qui tremblent de froid. Il remet du bois dans le poêle. Quand il se tourne vers Madeleine, elle s'est rendormie. Il déballe les légumes de son sac. Les épluche. Les fait cuire.

— Madame, réveillez-vous.

Il lui secoue un peu le bras. Elle ouvre les yeux, lentement.

— Ah, petit homme, tu es là.

— Oui. C'est moi.

Elle a l'air très faible, maintenant.

— Je vous ai fait à manger.

— Je ne crois pas que je vais pouvoir.

— Mais si ! J'ai retrouvé votre dentier dans le jardin.

— Alors, je veux bien essayer.

Tom s'est assis à côté d'elle et lui a donné à manger à la cuillère. Comme un bébé. Il a dû finalement écraser les légumes pour faire de la purée, parce que, malgré le dentier, Madeleine avait du mal à mâcher. Il a donné les restes au chat et au chien. Elle a voulu les caresser. Ils ont eu l'air de la reconnaître. Le chat a même un peu ronronné. Et puis Tom a chargé Madeleine dans la brouette, pour l'emmener faire pipi aux toilettes.

Maintenant, il l'a réinstallée dans son fauteuil, près du poêle. Elle essaye de ne pas pleurer, mais quand même, elle a les yeux mouillés.

— Mes jambes, je peux toujours pas les bouger.

— Vous voulez que j'appelle le docteur ?

— Non. Les pompiers. Ils sont déjà venus une fois. Ils connaissent le chemin.

Tom téléphone.

Ils restent un long moment silencieux. Puis Tom finit par se lever.

— Je vais y aller.

Madeleine fouille dans la poche de son gilet, en sort quelques pièces de monnaie.

— Tiens. C'est tout ce que j'ai.

Tom est vexé. Il hausse les épaules.

— J'en ai pas besoin.

Elle pleure et geint en même temps.

— Ils vont mourir de faim tout seuls, mes deux p'tits cocos.

— Bon, d'accord. Je reviendrai leur donner à manger.

Madeleine est soulagée. Elle arrête de pleurer. Juste une goutte qui reste accrochée au bout de son nez.

— T'es un bon p'tit gars, toi.

— Allez, au revoir, madame Madeleine.

— Au revoir, mon petit.

Au moment où il referme la porte…

— C'est quoi ton nom, déjà ?

— Ben… c'est Tom, quoi.

— Tom quoi ? Ah. Jamais entendu un nom pareil.

Tom sort en rigolant. À travers la porte, il l'écoute parler toute seule.

— C'est peut-être un nom étranger, dans le fond. J'vais avoir du mal à me le rappeler… Ah mais, j'y pense… Attends, petit homme ! Reviens !

Tom rouvre la porte.

— Prends un double de la clef, voyons. Là, dans le tiroir du buffet.

Elle se racle la gorge. Il semble qu'elle ait encore quelque chose à ajouter.

— Et puis, tu peux prendre tout ce que tu veux dans le potager aussi.

Il est surpris et gêné. Il se demande si...

— Ça va se perdre, sinon.

Tom s'éloigne vite de la maison, en poussant son vélo. Madeleine ne pleure plus du tout. Elle pense. Qu'elle dira tout à l'heure aux pompiers qu'elle est bien tranquille maintenant. Depuis qu'elle a trouvé un gentil arrière-petit-gars. Qui va venir s'occuper de ses bêtes quand elle ne sera plus là. Seulement, il a un drôle de nom. Et elle ne se le rappelle déjà plus. Un nom étranger, peut-être... Ça commence par... Ah ben voilà. Elle a oublié.

Un gentil p'tit homme, quoi.

10

Pas méchant

Il a couché son vélo dans le fossé. Et il a attendu. Un bon quart d'heure plus tard, les pompiers sont arrivés. Ils ont embarqué Madeleine et ont refermé la porte de sa maison à clef. C'est ce que Tom voulait vérifier. Il en a un peu la charge, maintenant.

Quand il rentre chez lui, Joss se réveille. Il est plus de midi. Elle dit qu'elle n'a pas du tout envie de faire ses devoirs. Qu'ils verront ça demain, d'accord ? Il fait trop beau pour rester enfermé. Allez, viens. On va aller se baigner.

L'eau de la rivière est vraiment froide. Ils osent à peine y plonger les pieds. Joss râle.

— J'me casse. De toute façon c'était pas une bonne idée. Je déteste l'eau froide.

Elle part sans l'attendre.

Tom n'a pas envie de rentrer tout de suite. Et il va faire un tour. Il longe la rivière un moment. Il connaît bien le coin. C'est le sien. À un coude, il s'assied sur une grosse pierre plate, couverte de mousse. C'est sa pierre. Le menton posé sur les genoux, il regarde l'eau s'écouler. Longtemps. Il pense à Joss. Quand elle est tranquille, et qu'elle parle même en chuchotant. Comme l'eau qui coule maintenant. Lui caresse la tête. Et apaise un peu la tempête qu'il y a dedans. Et puis il pense à Madeleine. À tout ce qui s'est passé depuis hier. Au plaisir qu'elle a eu à se tremper dans l'eau. Parfumée à la fleur d'oranger. Et son chant éraillé. Il sourit en se le rappelant. Il fixe l'eau et ses reflets. Taches de soleil qui dansent et ombres d'arbres emmêlées. Fixe l'eau qui coule. Se laisse entraîner. Hypnotiser. Et il écoute. L'eau couler. Et remuer en passant les cailloux. Au fond de son lit. Les petits cailloux. Qui tintinnabulent en s'entre-choquant. Tintinnabulent. Tintinnabulent...

— Petit ?

Mais Tom n'entend que le tintinnabulement des cailloux, pour l'instant. Alors la voix revient, plus ferme.

— Ça va, petit ? T'as un problème, là ?

Tom lève la tête. Voit l'homme qui lui parle. Penché vers lui. Tout proche. Beaucoup trop proche. Il bondit sur ses pieds. Veut partir en courant. Mais l'homme lui attrape le bras. L'en empêche.

— Je voudrais te parler.

— Lâchez-moi !

— Mais n'aie pas peur, je ne suis pas méchant.

— Vous avez fait du mal à...

— Justement. Je suis revenu pour m'excuser.

— On s'en fout de vos excuses !

— Il faut que tu m'aides, petit. Je ne sais pas comment...

— Lâchez-moi !

— Je voudrais t'expliquer.

— J'ai pas envie de vous écouter. Laissez-moi partir !

— Non. Il faut que je t'explique d'abord.

— Vous me faites mal.

— OK. Je vais te lâcher. Mais écoute-moi. Rien qu'une minute. S'il te plaît. Ça fait deux jours que je ne dors plus du tout. J'ai besoin de parler. J'arrête pas de penser à ce qui s'est passé. Ça tourne dans ma tête. Ça me rend fou.

Il lâche le bras de Tom. Qui recule d'un bond, court quelques mètres pour se mettre hors de portée. Samy n'essaye même pas de le rattraper. Il s'assied sur la pierre moussue. Celle de Tom.

Il a l'air malheureux.

— Je ne sais pas ce qui m'a pris l'autre soir. Je ne sais pas pourquoi j'ai fait ça. Je suis pas un méchant gars, tu sais. Si tu me connaissais, tu le saurais. Tu vois, par exemple, je ne vais pas te le cacher, j'ai fait de la taule. Mais ça ne veut pas dire qu'on est quelqu'un de méchant. D'ailleurs, des fois, ça ne veut rien dire du tout. C'est des choses qui arrivent. Ça arrive même à des gens très bien, d'aller en taule. J'en ai rencontré. Ils avaient rien fait du tout et ils se sont retrouvés enfermés avec nous, du jour au lendemain. Des erreurs judiciaires, y en a tous les jours. Suffit de lire les journaux. Tu vois, moi, par exemple, si j'avais eu un peu de pot au départ, j'aurais pu bien tourner. J'en avais les capacités. J'étais pas trop mauvais à l'école et je suis même allé jusqu'au BEPC. Mais le problème quand j'étais jeune, c'est que j'aimais bien mes copains et que c'étaient tous des voyous. Et puis, en plus, j'aimais pas rester seul. Alors fatalement, je les suivais partout. Sur tous les coups. Même les mauvais. Sauf qu'au moment de payer l'addition, là, je me suis retrouvé tout seul. Largué comme un con.

Il fait une pause. Revient à sa première idée.

— Ce que j'essaye de t'expliquer... c'est que, Joss, je voulais juste la revoir comme ça, simplement lui parler. Retrouver un peu de ma vie d'avant les conneries. Et puis, voilà. Quand on n'a pas baisé depuis longtemps, on se raconte des histoires. On fantasme sur tout. En cabane, t'es obligé. Sinon tu deviens fou... Alors, l'autre jour, ça m'a un peu rattrapé. Mais j'ai jamais voulu lui faire de mal, à ta sœur. Ça, j'te jure. Jamais.

Il se met à sangloter comme un enfant. Tom est mal à l'aise. Il attend que ce soit terminé.

Enfin Samy arrête de pleurer. Renifle un peu. Et puis il pose son menton sur ses genoux. Se met à regarder l'eau. Comme Tom. Qui s'est assis, à quelques mètres. À l'autre bout de sa pierre.

Il est calme maintenant. Et il ose reparler.

— En fait, je crois que j'ai la poisse.

— C'est quoi, la poisse ?

— Ben, c'est quand tout ce que tu fais, tout ce que tu touches, se transforme systématiquement en merde.

— Et vous croyez que vous avez ça depuis longtemps ?

— Je crois bien depuis toujours. Non, je dis ça parce que je ne me rappelle pas trop d'avant, quand j'étais petit. Je me rappelle à partir de... quand je devais avoir ton âge, je crois. T'as quel âge ?

— Onze ans.

— Ah.

Il calcule.

— Quand t'es né, ça ne devait pas être très longtemps après que je me sois fait gauler, alors... Mais au fait, votre mère à toi et à Joss, elle est où ?

— Elle est morte.

— Ah. D'accord.

Ils se laissent captiver un moment par les reflets de l'eau. Puis Tom se lève.

— Attends. T'as pas cinq minutes, encore ?

— Si, pourquoi ?

— Ben, pour que je te raconte la suite...

— C'est que j'ai pas mal de choses à faire, quand même.

— La prochaine fois, alors ?

— D'accord.

— T'es un gentil môme.

— Bon ben... j'y vais.

— Ouais, c'est ça, au revoir... Eh, petit ! Va pas croire que je suis fou, hein ? Parce que c'est pas ça du tout. Quand j'étais en cabane, j'ai vu des psychologues. Et ils m'ont tous dit que c'était pas ça mon problème. Mon problème, de toute façon, j'ai eu besoin de personne pour trouver ce que c'était. La poisse, j'te dis. J'ai dû pisser contre un totem un jour sans me rendre compte. C'est pas possible autrement. Non, je rigole... Mais c'est forcément un truc bizarre. Un truc dans le genre. Parce que sinon, comment ça s'expliquerait, toute cette poisse ?

— Il faut vraiment que j'y aille.

— Ah, ouais ouais, excuse-moi, petit. Allez, à la prochaine, hein ? Ça m'a fait du bien de te parler. Tu dis rien à ta sœur, OK ? Il faut que je trouve le moyen de réparer. Je sais pas comment. Mais comme j'arrête pas d'y penser, je vais bien finir par trouver.

11

Tom et les vieilles bêtes

Il appuie son vélo contre l'arbre. Écoute. Aucun bruit ne vient de la maison. Il sort la clef et avance vers la porte. Il ne sait pas pourquoi, mais ça le rend nerveux. C'est la première fois qu'il a une telle responsabilité. Il ouvre. L'odeur de pisse de chat le saisit encore une fois. Il laisse la porte grande ouverte. Les deux bêtes lèvent la tête. Les yeux du chien sont un peu vitreux. Il doit sûrement être aveugle. Tom va chercher le sac de croquettes dans le garde-manger. Au bruit, le chat se lève, s'étire avec difficulté. Il marche lentement, s'assied sur le seuil de la porte pour profiter d'un rayon de soleil. Tom remue le sac de croquettes. C'est au tour du chien de se lever. Il enjambe le rebord du panier, trébuche plusieurs fois. Mais il a très envie de sortir. Un besoin urgent. Il se cogne contre une chaise, puis dans le chat en passant, et dégringole les marches du perron.

Tom l'aide à se relever. Le chien ne le remarque même pas, trotte directement vers l'arbre, lève la patte et pisse sur le vélo. Tom le regarde faire, effaré.

C'est dégoûtant. Il va devoir le laver, maintenant.

Pendant que les deux vieux font leur tour, il va jeter un œil au potager. La terre a bien été préparée, mais il n'y a pas grand-chose de planté. Juste un coin où il y a des fleurs, quelques choux, des plants de fraisiers et une dizaine de salades. Tout est un peu mélangé. Ce n'est pas comme celui de ses voisins. Où tout est bien soigné, parfaitement aligné. Il cherche l'arrosoir et l'arrivée d'eau. Quand il a fini d'arroser les salades, il revient et s'assied sur les marches du perron. Il attend que les bêtes reviennent. Le chien s'approche enfin, renifle le bas de son pantalon et se met à grogner. Mais Tom lui caresse la tête. Il se calme aussitôt, lui lèche même la main et se laisse tomber de tout son poids sur ses pieds.

Avant de repartir, Tom a versé les croquettes dans les deux gamelles, et y a ajouté de l'eau. Pour les ramollir.

Comme Madeleine, ses bêtes sont un peu édentées.

Et il a refermé la porte à clef, en disant aux bêtes :

— À demain, les cocos.

12

Les pousses

Elle l'a prévenu avant de partir, ils allaient devoir encore cette semaine se serrer sérieusement la ceinture. Parce qu'elle n'a pas trouvé de boulot. Alors pendant que Joss va faire les courses de base au magasin, Tom, lui, fait les siennes dans le jardin des voisins. Avant ça, il est allé visiter deux ou trois autres potagers. Pour varier un peu, brouiller les pistes, on ne sait jamais. Mais il trouve que celui-ci est de loin le meilleur. Ils plantent en grosses quantités. Ça se voit moins quand il se sert. Et puis, ils ont des variétés très précoces. C'est le seul jardin dans tout le coin où il peut trouver des carottes et des pommes de terre, en cette saison. Ça vaut le coup.

Mais le plus important de tout, évidemment, c'est qu'en venant ici, il ne risque pas sa peau. Ils sont vraiment différents, eux. Ils n'ont pas de fusil.

Ce matin, ils ne sont pas là. Alors il en profite encore une fois pour visiter la serre. Il regarde longtemps les photos des tomates. Les rouges, les orange, les vertes, les jaunes et les noires. Il hésite, elles sont toutes vraiment belles. Finalement il se décide. Il va en prendre deux de chaque. Il roule délicatement les plants dans du papier journal. Et c'est justement à cause du bruit du papier froissé qu'il n'entend pas Archibald arriver. Poussant sa brouette pleine de petits arbustes en fleurs. Qu'il arrête quasiment sous le nez de Tom caché dans la serre.

Archibald part vers le fond du jardin repérer l'endroit où il compte les planter. Il appelle, en passant :

— Captain !

Il se demande où son chat est encore allé se cacher.

— Captain Achab ! *Where the hell have you gone ?*

En passant, il jette un œil vers le potager. Un des plants de pommes de terre a souffert, malgré un petit arrosage encore visible à son pied. Il sourit discrètement. En passant près de la haie, il voit le sac de Tom posé par terre. Il revient vers la serre. Se racle la gorge.

— Mmm. Comment je peux replanter toutes ces petites arbustes fruitières ? Il y en a trop. Je vais devoir jeter quelques-unes. Quel dommage, vraiment.

Et il s'en va.

Tom attend un petit moment. Enfin, il sort de sa cachette avec les paquets de plants sous le bras. En passant, il prend un pied de groseillier et un de cassissier et court vers la sortie. Il attrape son sac, rampe sous la haie. Arrivé de l'autre côté, il s'arrête net. Le chat est là, assis à quelques mètres. Qui le regarde méchamment. Tom tend la main qui tient les deux petits fruitiers, et marmonne :

— Il a dit qu'il en avait trop… qu'il devrait en jeter…

Captain Achab avance vers lui, lentement, sur trois pattes, sans le quitter des yeux. Tom ne bouge plus du tout. Et puis d'un bond, le chat s'engouffre sous la haie, et disparaît. Tom soupire. Il a encore eu très chaud.

Dans la maison, Odette et Archibald rigolent comme des enfants.

— Qu'est-ce qu'il est mignon !

— Et il fait toute son petite business très bien. Très correctement… Je crois quand même, Odette, que nous allons manquer de pommes de terre. Ils reprennent mal, toutes ces pieds déplantés et replantés.

— Ça n'a pas d'importance. Nous mangerons des pâtes. Ou du riz. Quand j'y pense, nous avions si peur de nous ennuyer en venant nous installer ici. Vous vous rappelez, Archi ?

13

Plantations

Une heure après, il en était encore à chercher des piquets. Dix. Pour les dix plants de tomates qu'il a pris chez les voisins ce matin. Pas facile à trouver. Il faut qu'ils soient assez hauts, et puis aussi assez droits. Il a fini par trouver. Et il a tout planté. Les deux petits fruitiers avec. Un gros boulot.

Maintenant, il se repose, assis sur les marches du perron de chez Madeleine, et regarde les deux vieilles bêtes faire leur tour. Il laisse la porte et la fenêtre grandes ouvertes, pour aérer la maison. L'odeur de pisse de chat est toujours aussi forte. Il se dit qu'il va devoir demander à Joss comment faire pour s'en débarasser. Elle sait sûrement. Elle travaille chez des vieux. Ils ont souvent des chats. Mais il va falloir qu'il la joue fine. Qu'elle ne se demande pas pourquoi il veut savoir ça. Il ne veut pas lui parler de Madeleine. Si elle est vraiment fâchée avec elle, à cause de la vaisselle cassée, elle lui interdirait peut-être de revenir. Et le chat et le chien mourraient de faim. Les pauvres vieux. De toute façon, maintenant, avec toutes les plantations qu'il vient de faire, il est obligé de revenir. Tous les jours. Pour arroser et puis... tout le reste. Et elle sera bien contente, Joss, quand il rapportera des tas de tomates à la maison. Et pas deux par personne, comme il fait toujours. C'est ce qu'ils ont décidé ensemble, quand ils sont arrivés là, et qu'ils ont commencé à manquer de tout. De ne pas prendre plus qu'il ne faut. Joss dit qu'ils ne sont pas des vrais voleurs. Qu'ils font juste des emprunts. Et toujours où il y en a trop. Mais ce n'est pas facile pour Tom. Il n'est jamais rassasié. Là, par exemple, il a une faim de loup.

— Balourd! Le Mité!

Il n'a pas pensé à demander à Madeleine comment s'appelaient ses bêtes, alors il leur a donné des noms, en attendant. Ils ont l'air de se reconnaître. Ils reviennent tranquillement. Ils ne sont pas pressés du tout. Surtout Le Mité. Il s'arrête près de l'arbre, se fait un peu les griffes sur le tronc, en regardant Tom par en dessous. L'air de dire: Je rentre si je veux, petit. T'as compris? Mais Tom ne se laisse pas démonter. Il va chercher les croquettes. Secoue bien le sac. Ça marche. Ils se pressent un peu plus. Mais pas trop, quand même.

Puis Tom referme la porte à clef.

— À demain. Si vous êtes sages, évidemment...

14
L'Italie

Tom est rentré le premier. Il a fait la vaisselle, parce qu'il n'y avait plus rien de propre pour préparer le déjeuner. Et puis il a grignoté une carotte, pendant que les pommes de terre cuisaient.

En attendant Joss, il a révisé son cours de géo pour la prochaine interro. Il a dessiné les contours des pays d'Europe. La France. Et puis l'Italie... Marrant, ce pays. En forme de botte. Et puis les Italiens aussi, ils ont l'air marrants. Dans les films qu'il a vus. Ils parlent tous avec leurs mains, ils adorent tous leurs « mamas », et ils draguent les filles sans arrêt. Même quand ils sont mariés! Et puis aussi, ils mangent des pâtes à tous les repas, on dirait. Peut-être même au petit déjeuner? En tout cas, ça lui plairait drôlement d'y aller en vacances. Juste une fois, pour voir. Joss dit que ça ne coûte pas cher de rêver. Alors il rêve... Qu'il monte dans un train et que quand il se réveille, pouf! il est arrivé. À Venise. Il part en gondole. Longe les canaux. Baisse la tête quand il passe sous les ponts. Tiens... le son d'une mandoline... et puis des dames avec des grandes robes et des masques avec des plumes... D'un coup, il se retrouve au milieu d'une place. Immense. C'est la *piazza* San Marco. Il la reconnaît. Elle est en photo dans son livre de géo. Il y a plein de pigeons partout. Une fille le regarde, lui sourit, parle en italien. Il comprend tout. Elle a le même âge que lui. Elle s'appelle Donatella. On dirait un nom de chocolat. Il lui dit qu'il a faim. Ça tombe bien, elle aussi. Ils se prennent par la main, entrent dans un restaurant. Commandent deux pizzas... Non. Des spaghettis *bolognese, per favore. Molto bene. Grazie mille.* Quand ils ont fini, ils prennent une glace avec trois... quatre parfums différents. Elles sont grandes. Très grandes. Il ne sait par quel côté attaquer... Il ferme les yeux, décide de commencer par le *caramello*...

— Ça sent le cramé. Tom! Mais qu'est-ce que tu fous?

Il sursaute. Retire la casserole du feu. Les pommes de terre ont brûlé. Et il n'y a rien d'autre à manger.

Joss est fâchée. Mais elle se retient de... Elle a décidé de se contrôler. Ça fait partie des grands changements qu'elle veut opérer. Entre autres, ne plus se laisser aller à ses impulsions. C'est difficile. Surtout quand Tom fait des conneries, comme maintenant. Et puis aussi, avec les garçons. Justement, elle en a rencontré un tout à l'heure, en faisant les courses. Il avait l'air drôlement sympa. Et mignon avec ça. Elle a accepté de le revoir ce soir. Il veut l'emmener dîner et puis après aller au cinéma. Mais elle a décidé qu'elle n'irait pas chez lui... En tout cas, pas ce soir. Elle veut le faire mariner, celui-là.

En attendant, elle pose un gros carton sur la table. À l'intérieur, quelque chose fait du bruit. Tom écoute, étonné.

— Regarde donc dedans, pauvre nouille!

Il ouvre le carton. C'est une poule.

— Je l'ai achetée au marché. C'est une poule couveuse. On va lui faire faire des petits. Et comme ça, on pourra manger tous les jours des œufs et du poulet.

— Mais on n'a pas de coq.

— Merde, c'est vrai. J'y ai pas pensé. C'est pas grave, en attendant d'en trouver un, on lui mangera ses œufs.

— Et on la met où?

— Y a plein de place autour du mobil-home.

— Mais elle va s'échapper. Il y a des trous partout dans la haie.

— Ben, on va les boucher, c'est pas compliqué...

Ils y ont passé le reste de la journée. Et encore, ça n'était pas parfait.

Mais ils ont quand même lâché la poule.

Joss s'est dépêchée de se préparer. Elle était déjà très en retard pour son rendez-vous avec Jean-Claude. Et donc, un peu à cran.

Tom a attendu dehors pour éviter les retombées. Il était fatigué. Mais une fois qu'elle est partie, il s'est dit qu'il irait bien faire un tour plus tard chez les voisins. Histoire de regarder un peu la télé. Et s'il y avait un film, ce serait drôlement bien…

15

Soirée ciné

À la nuit tombée, il s'est faufilé sous la haie. Il est allé directement dans le cellier, chercher un matelas pour la chaise longue, en se prenant une pomme, au passage. Dans le jardin, il a déplacé la chaise jusqu'à ce qu'il trouve le meilleur angle de vue, tout en restant caché, bien entendu. Et enfin, il s'est installé. La température était très agréable, il s'est dit qu'ils allaient certainement laisser la fenêtre grande ouverte. Au pire, ils la fermeraient à l'espagnolette. En tout cas, c'est ce qu'il espérait. Ils dînaient à la cuisine. Tom a eu tout le temps de manger sa pomme jusqu'au trognon.

Enfin, ils sont arrivés au salon, un verre de vin à la main, et en pleine conversation.

— … mon rendez-vous de ce matin. Incroyable. Il a posé ses mains sur mon dos, un ou deux minutes, c'est tout. Et… wouf! Fini. Toute le douleur disparu. C'est vraiment une sorcier, ce Raymond.

— Ah! Je vous l'avais dit.

— Mais quand on ne l'a pas expérimenté avant, c'est difficile de croire, c'est tout.

— Et vous avez vu Mine?

— Oui, elle vous embrasse. J'ai dit que nous allions faire une déjeuner bientôt.

— Oui. Il faut l'organiser. Ils sont si charmants tous les deux.

Ils ont bu leur vin, tranquillement, assis sur le canapé. Tom a commencé à trouver le temps long. Alors, il a essayé la télépathie. Il s'est concentré en pensant très fort... *le film, le film, le film, le film...*

— Quel film allons-nous voir ce soir, Archi ?

— Surprise !

Archibald a allumé le grand écran. Pendant qu'Odette éteignait les lumières du salon. Tom a soupiré d'aise. La séance allait enfin commencer.

Ils ont regardé *La Nuit du chasseur*. Et Tom a bien aimé. Même si à certains moments il a franchement eu peur. Surtout quand le méchant faux pasteur, habillé tout en noir et qui a des tatouages où c'est écrit LOVE et HATE sur les doigts – *hate*, en anglais, ça veut dire « haine » – cherche les enfants, à cheval, la nuit à travers la campagne, et que les enfants, eux, ils s'enfuient sur une barque pour lui échapper, parce qu'il a tué leur maman, et qu'ils sont tout seuls maintenant... et là, ils entendent l'homme qui les suit et les appelle en chantant très lentement... *chil... dren... chil... dren...* en anglais, ça veut dire... *en... fants... en... fants...* Oh, la vache.

Il en a eu la chair de poule.

Il est parti se coucher, pas très rassuré. En entrant, il a poussé un cri. Il l'avait oubliée. La poule avait trouvé le moyen d'entrer dans le mobil-home et s'y était installée pour la nuit. Il n'a pas eu le cœur de la mettre dehors.

Et il s'est endormi. Une jolie petite poule rousse à ses côtés.

16

Pisse de chat

Ça va faire quatre jours maintenant qu'il va chez Madeleine. Et qu'elle n'est toujours pas revenue. Ça commence à faire long. Il s'inquiète. Dans quelques jours, la réserve de croquettes pour les bêtes sera épuisée. Est-ce qu'elle sera là à temps pour en racheter? Et... si elle ne revenait pas? Et si elle était morte? Il se dit qu'il devrait peut-être essayer de passer prendre de ses nouvelles à l'hôpital. Discrètement. Sauf que, voilà... si quelqu'un le voit entrer, on va lui demander pourquoi il est là, forcément. Il pourrait peut-être répondre qu'il vient voir une voisine? Ou sa grand-mère. Ou son arrière-grand-mère. Vu l'âge qu'elle a, c'est plus logique. Mais quel âge elle a vraiment, Madeleine? Cent ans? C'est possible. Elle est toute petite, toute ratatinée. Un peu comme une momie, avec juste la peau sur les os. Le problème c'est que, si on lui demande quel âge elle a et qu'il ne sait pas quoi répondre, ça va paraître bizarre. Il vaudrait mieux qu'il dise qu'il ne la connaît pas. Que c'est juste l'arrière-grand-mère d'un copain qu'il vient voir. Non, c'est nul. Et... s'il disait... que c'est sa mère qui l'envoie, lui porter une galette et un petit pot de beurre! Ce serait marrant. Bon, sérieusement, il faut qu'il gamberge encore la question.

En attendant, aujourd'hui mercredi, il a décidé de faire du nettoyage dans la maison. Il a commencé par mettre Balourd et Le Mité dehors. A priori, ça ne les a pas beaucoup dérangés. Ils se sont étalés au soleil, direct, et ont repris leur sieste là où ils l'avaient laissée. Tom a sorti tout ce qu'il a pu, sauf la table et le lit. Ils ne passaient pas par la porte. Il les a donc repoussés contre le mur. Et puis, il a lavé le sol vigoureusement. Pour faire partir l'odeur de pisse de chat. Il a demandé à Joss, l'autre jour, si elle savait avec quoi. Elle a dit avec du vinaigre blanc. Pourquoi tu demandes ça? Juste une copine qui voulait savoir. T'as une copine, toi? Mais non... Elle est jolie? Arrête... Allez, dis-moi, comment elle s'appelle? Maman, arrête, j'te dis. Attention, Tom, j'aime pas quand tu m'appelles comme ça. Fais gaffe...

Elle a levé la main. Il s'est écarté juste à temps.

Et les choses en sont restées là.

Il inspire profondément. Expire. On dirait bien que le vinaigre a marché. Il est content. Il veut attendre que ce soit bien sec avant de tout rentrer. Il va au potager. Les plants de tomates ont tous pris. Normalement, dans deux ou trois semaines, ils vont commencer à donner.

Il revient vers la maison en cueillant quelques fleurs. Arrivé dans la cour, il sursaute. Un homme est là, qui s'extirpe péniblement d'une voiture. Tom ne l'a pas entendu arriver. Il se fige.

— J'm'en viens voir la Madeleine. L'est-y là, p'tit?

— Ben... non.

— Quand kçéti qu'elle s'ra là, alors?

— Ben... plus tard.

— J'vas pas l'attendre. Tu lui donneras ça d'ma part. C'est un liève. Tout prêt à cuire. Tu y diras qu'c'est Momo qu'est passé. Allez, à r'voir, p'tit gars.

Tom regarde l'homme s'en aller. Il est soulagé. Et très étonné que ça se soit si bien passé. Le monsieur ne lui a même pas demandé ce qu'il faisait ici. Ni même comment il s'appelait. Il ouvre le sac en plastique qu'il a laissé. Il a dit vrai. C'est un lapin prêt à cuire. Mais il y a encore la tête. Et les yeux. Et plein de sang au fond. Tom est dégoûté.

Il a tout remis en ordre. Préparé les croquettes pour Balourd et Le Mité. Qui sont rentrés sans se faire prier.

Il a fait un bouquet avec les fleurs. L'a mis dans un vase qu'il a posé sur la table. A reculé pour voir l'effet. C'était beau. En plus, la maison était toute propre. Ça ne sentait plus la pisse de chat. Madeleine serait étonnée. Et sûrement contente. Tom a décidé que si demain elle n'était pas rentrée, il essaierait de passer à l'hôpital. Un soir, après les cours. Pour lui donner des nouvelles de ses deux animaux.

Il a beaucoup hésité mais finalement il a emmené le lièvre avec lui. En se disant que c'était bête qu'il soit mort pour rien, le pauvre. Du coup, il allait devoir chercher une bonne histoire à raconter à Joss, pour expliquer d'où il venait.

Il aurait tout le chemin du retour pour trouver.

17
Tom, seul

Il n'a pas eu à raconter quoi que ce soit, pour le lièvre. Parce que Joss n'était pas là quand il est arrivé. Elle était passée plus tôt prendre quelques affaires, et avait laissé un mot sur la table. Avec sept fautes d'orthographe. Ça l'a fâché. Dans la marge, il a mis la note qu'il trouvait que ça méritait: 3 sur 10. Et à côté, en gros et souligné, il a marqué: NUL.

Mon Tom,
Je pars à la mer avec des copains. Juste quatres jours. Ne t'inquiètes pas. On rentre dimanche soir. Si tu a un problème, tu peut prendre un peu de fric ou tu sais. Mais seulement si c'est grave, évidamment.
Sois sage. Bisoux, Joss.

Il lui avait pourtant bien fait la leçon sur les sept exceptions des mots en « ou » qui prennent un *x* au pluriel! Bijoux, cailloux, choux, genoux, hiboux, joujoux, poux. Mais pas bisous! Pour qu'elle s'en souvienne, il lui avait

372

même fait répéter la phrase idiote qu'on lui avait apprise en classe : « Viens mon chou, mon joujou, mon bijou, sur mes genoux, jeter des cailloux à ces vieux hiboux pleins de poux. »

Il est sorti en courant. Il avait besoin de donner des coups de pied partout, de taper dans les béquilles du mobil-home, contre le portail branlant, dans un tronc d'arbre mort... Se défouler, pour ne pas pleurer. À quoi ça servirait, de toute façon. Elle n'entendrait pas. Elle était déjà loin. Et puis, elle s'en foutait qu'il n'aime pas rester tout seul si long-temps. Sinon elle ne serait pas partie, évidemment. Et qu'il ait peur la nuit dans ce mobil-home pourri, ça, ça la faisait bien rigoler. Elle le traitait des fois de chochotte, juste pour l'énerver. Avant, dans l'appartement, il avait moins peur. Mais il y avait une vraie porte. Toute en bois. Pas comme celle-ci. Ça sert presque à rien de la fermer avec le loquet. Un petit coup d'épaule, et crac ! n'importe qui peut entrer. Mais bon, à part la porte... l'appart, il n'avait pas que des bons côtés. Ici, c'est vrai qu'il y a des tas de choses bien. Les potagers des voisins, la rivière, la place tout autour pour jouer. Et puis, de pouvoir aller partout à vélo, choisir les chemins par où on veut passer, c'est chouette. Mais une vraie maison, avec une vraie salle de bains, et des vraies toilettes, et une chambre chacun... là, ce serait carrément hyperchouette !

Finalement, son estomac lui a rappelé qu'il n'avait pas mangé depuis longtemps. Et il est allé chercher le livre de recettes. L'a ouvert à « Lapin ». Lapin à la crème. Dommage, il n'avait pas de crème. Lapin aux olives. Mais il n'avait pas d'olives. Lapin à la moutarde. Ah ça, il en avait, mais il fallait aussi de la crème dans cette recette-là. Et en plus... que le lapin soit coupé en morceaux ! Ah non ! Il a refermé le livre et a sorti la grande cocotte. Il a fait reve-nir les deux oignons et les deux carottes qui lui restaient. A mis le nez dans toutes les herbes que Joss avait mises à sécher, a choisi le romarin. Il a compté jusqu'à dix, a jeté le lapin dedans et a vite refermé le couvercle pour ne pas voir sa tête. Et puis il s'est assis dehors, sur les marches du mobil-home, en attendant qu'il soit cuit. La poule s'est approchée doucement. En le regardant de côté. Il lui a donné les épluchures de carottes et quelques grains de riz. Ça lui a plu. Elle n'a rien laissé.

Tom a mangé la moitié du lièvre à lui tout seul. Ça faisait longtemps qu'il n'avait pas été aussi rassasié. Il a fait la vaisselle, et a rangé la maison. Après ça, il est parti à pied. Il a marché longtemps avant d'arriver à la grange abandonnée. Et il a repris le vieux fusil que Joss lui avait demandé de ramener. À la nuit tombée, il a fait entrer la poule, a poussé la table contre la porte, et s'est couché. Le vieux fusil sans balle sous le lit. Et la veilleuse toujours allumée.

18
Visite à l'hosto

C'est la toute nouvelle secrétaire qui était à l'accueil ce jour-là. Et tant mieux pour Tom, parce qu'elle adore les enfants. *Regarde-moi ce petit bonhomme avec son bouquet de fleurs des champs complètement fanées, là-bas, tout seul et l'air un peu perdu au milieu du grand hall. Qu'est-ce qu'il est craquant…*
— Alors, comment elle s'appelle ton arrière-grand-mère, mon p'tit bonhomme ?
— Madeleine.
— Madeleine comment ?
— C'est que… c'est pas vraiment mon arrière-grand-mère. C'est celle d'un copain, alors…
— D'accord. Mais son nom de famille, c'est quoi ?
— Ben… je sais pas.

— Mais tu veux la voir pourquoi, au juste, cette vieille dame?

— Pour lui donner des fleurs.

— Très bien. Donc, a priori, tu la connais?

— Oui, mais pas trop. Je vais chez elle tous les jours pour donner à manger à son chien et à son chat pendant qu'elle est ici, à l'hôpital. C'est tout.

— Ah. C'est une grosse responsabilité pour un petit garçon comme toi, dis donc.

— Oui, mais elle m'a demandé.

— Bon. Procédons par ordre. Est-ce que tu sais au moins quel jour elle est arrivée ici?

— Les pompiers sont venus la chercher samedi.

— Voyons ça.

Elle a fini par trouver la liste des malades amenés par les pompiers. Il n'y avait eu que trois femmes, ce samedi-là. Mais aucune ne s'appelait Madeleine. Ni n'avait cent ans, comme Tom le croyait. Ça l'a troublé. Alors la secrétaire lui a expliqué qu'il était possible que les pompiers l'aient emmenée dans un autre établissement. Mais que ça l'étonnerait beaucoup, quand même. Et là, Tom a baissé la tête et s'est mis à sangloter. La jeune femme, très émue, a fait ce qu'elle a pu pour l'aider. Elle a téléphoné à tous les services, les uns après les autres. Et finalement elle est tombée sur une infirmière en gériatrie qui a répondu qu'ils avaient bien une patiente qui se faisait appeler Madeleine, mais qu'elle avait été enregistrée sous un autre nom. Celui correspondant à ses papiers d'identité, évidemment. Elle était là depuis six jours. Et était âgée de quatre-vingt-treize ans. Chambre 23.

Tom a frappé.

En le voyant entrer, Madeleine s'est penchée en avant, a plissé les yeux et a fait la grimace. Elle est restée comme ça un moment. Quand enfin elle l'a reconnu, son visage s'est éclairé, et elle s'est mise à sourire. Mais très vite, elle a caché sa bouche avec la main, se rappelant qu'elle n'avait pas mis son dentier.

— Ah lala. Qu'est-ce que tu fais ici, toi ?

Il a posé le bouquet fané sur le lit. Mais n'a pas osé s'approcher.

— Je vous ai apporté des fleurs de votre jardin.

— Et mes bêtes, elles vont bien ?

— Oui, très bien.

Elle avait l'air d'attendre la suite. Il s'est gratté un peu la tête... et s'est lancé.

— Vous savez, madame... madame Madeleine, j'avais oublié de vous demander comment elles s'appelaient, vos bêtes, l'autre fois. Alors je leur ai donné des noms, en attendant. Ça ne vous ennuie pas ? Balourd et Le Mité. Ils sortent tous les jours pour se promener, faire pipi... et tout le reste. Et ils mangent bien aussi. Alors, justement, je suis venu vous voir parce que je voulais savoir quand est-ce que vous alliez rentrer. Il va bientôt plus rester de croquettes. Je ne sais pas comment faire pour...

— Mais c'est que j'sais pas quand ils vont m'relâcher ! Tous les jours, j'demande. Pas un qu'est foutu d'me dire !

— Et vos jambes, ça va mieux ?

— Ah ça, y m'font marcher tous les jours. Tout le couloir. Aller et retour. Tu parles que c'est intéressant. Si ça tenait qu'à moi, j'dirais que j'suis guérie. D'autant plus que je m'ennuie ici, tu sais, petit...

L'infirmière est arrivée et a dit que les visites étaient terminées. Tom s'est approché de Madeleine. Il a hésité, puis s'est penché pour l'embrasser.

— À bientôt, alors.

— Oui, c'est ça, à bientôt.

Madeleine avait, bien sûr, les yeux un peu mouillés.

Tom est reparti très vite. Pour venir, il avait dû sécher deux heures de sport. C'est la première fois qu'il le faisait. Il espérait bien que son prof ne lui en voudrait pas trop. De toute façon, pour ne pas rater le car du retour, il allait devoir courir très vite et très longtemps. L'équivalent de sept tours de stade. Sachant que l'anneau intérieur faisait

quatre cents mètres et que la distance entre l'arrêt du car scolaire et l'hôpital était d'environ trois kilomètres...
Ça compenserait largement.

19

Joss à la mer

Elle fait la planche. C'est la seule chose qu'elle arrive à faire sans couler. À chaque vaguelette, l'eau lui rentre un peu dans les yeux, dans la bouche et dans les trous de nez. Mais elle ne s'étouffe plus, maintenant. Elle s'est habituée à fermer tous ses clapets en même temps. Elle se sent bien. Sans personne pour la faire chier. Jean-Claude est parti avec Lola et les autres faire une partie de volley sur la plage. Bon débarras. Ça ne lui disait rien d'y aller. Ces jeux-là, de toute façon, ça ne lui dit rien du tout. Courir, sauter, ça n'a jamais été bon pour elle. Alors, pas de sport. Le seul qu'elle ait jamais pratiqué, c'est le sport en chambre, finalement. C'est ce qu'elle se dit pour se faire rigoler. Sauf que, là, ça ne la fait pas rigoler du tout. Elle n'a pas envie d'y penser pour l'instant. Ça pourrait l'énerver. Elle a juste envie de profiter du moment.

Mais ça ne dure pas. Parce que Jean-Claude revient. Il ne peut plus se passer d'elle. Enfin... surtout de ses seins. Il les caresse, les tète, leur fait des câlins. Leur murmure des mots doux. Joss en a marre. Ça ne fait que deux jours qu'elle l'a rencontré, mais déjà, elle sature. Elle le repousse sèchement, se lève et part vers la plage. Il la suit comme un chien à qui on a retiré son os. Il geint, il chouine, mais elle sent bien que ça pourrait déraper. Elle connaît déjà. Alors elle s'éloigne rapidement sans se retourner.

— Va jouer au ballon avec tes copains. Ça nous fera des vacances.

— Joss, s'il te plaît…

Il s'arrête, la regarde partir, impuissant. Obligé de rester dans l'eau jusqu'à la ceinture pour cacher son érection.

Lola rejoint Joss en courant.

— Qu'est-ce que t'as ? Tu fais la gueule ?

— Non. Je rentre.

— T'es dingue ! C'est trop super ici.

— Ça fait plus de deux jours que ce blaireau ne parle qu'à mes nichons. Mets-toi à ma place.

— J'aimerais bien…

— Non, attends. Il m'a même pas regardée ! J'te parie que tu lui demandes de quelle couleur sont mes yeux, il sait pas !

— T'es marrante, toi. C'est toujours comme ça.

— Ouais, sauf que maintenant ça m'emmerde.

— J'ai une idée. T'as qu'à le faire payer pour toucher ! Tu gagneras plein de sous !

— Mais ça va pas ! J'suis pas une pute.

— Je sais bien. Mais là, ce serait pas pour baiser, Joss. Ce serait juste qu'il paye pour avoir le droit de te peloter… C'est tout. C'est pas pareil que faire la pute, quand même.

— Mmm… Le plus marrant, vraiment, ce serait qu'avec son pognon, j'arrive enfin à me payer l'opération.

Au moment de tendre la main en annonçant le tarif, elle s'est dégonflée. Elle a fait son sac et elle est partie. Toute seule, parce que Lola voulait profiter des deux jours qui restaient. C'est la première fois qu'elle venait au bord de la mer. Joss aussi. Mais pour elle, ce n'était pas une raison suffisante pour rester.

Elle a marché jusqu'à une station-service. Là, elle est tombée sur une femme très sympathique. Qui a bien voulu l'emmener un bout de chemin. Et qui l'a laissée pleurer tranquillement. Sans lui poser de questions.

Juste quand elle en a eu besoin, elle lui a tendu un paquet de Kleenex. C'est tout.

Ah si. Elle lui a dit son nom. Josette. Ça l'a fait sourire. Parce que Joss et Josette... Mais peut-être qu'elle en avait marre de pleurer. Tout simplement.

20

Croquettes

Tom est allongé par terre, la tête sous le mobil-home. Il caresse la poule doucement. Elle a pondu son premier œuf. Il a peur que s'il le lui prend maintenant, ça la décourage d'en pondre d'autres. Alors il décide de le laisser. Et il prend la boîte noire sous le châssis. Ce qu'il était venu chercher ici, au départ. Avant de rentrer à l'intérieur, il regarde autour de lui, vérifie qu'il n'y a personne. Et puis il ferme la porte, pousse le loquet, tire les rideaux. Son cœur bat à cent à l'heure. Il cherche la petite clef dans le tiroir à couverts, s'assied devant la boîte. Le mot que Joss a laissé, posé à côté. Il le connaît par cœur. Elle a bien écrit que s'il a un problème, il peut prendre un peu de fric... Si c'est grave, uniquement.

Et là, pour Tom, ça l'est.

Il prend une grande inspiration et ouvre la boîte. Sur le dessus, il y a une feuille de papier couverte d'additions, de soustractions, de chiffres barrés, griffonnés, entourés de ronds. Et dessous, les billets. Il en prend un, le note sur un coin de la feuille, referme vite la boîte à clef, rouvre les rideaux, tire le loquet de la porte, sort, s'allonge par terre sous le mobil-home et remet la boîte où elle était.

Il peut enfin respirer.

Il pédale sur la route depuis une demi-heure. Il fait très chaud, il a soif et il est crevé. La route est encore longue.

Il s'assied pour se reposer. Un bruit de moteur. Il se relève, pousse son vélo sur le côté. Le véhicule le dépasse, freine brutalement un peu plus loin. Et trois coups de klaxon. Le chauffeur ouvre sa portière, fait de grands gestes.

— Oh! Petit! Je peux t'aider?

Tom reconnaît Samy. En costume noir, cravate noire, chemise blanche... Comme la première fois. Sauf que maintenant sa braguette est réparée.

— Non merci.

Mais Samy s'approche.

— Où tu vas comme ça? Je peux te rapprocher?

— Non, non, ça va.

— Y a plein de place derrière. Regarde. Ça ne me dérange pas du tout.

Samy prend le vélo des mains de Tom, ouvre les portières arrière du corbillard. Pose le vélo contre le cercueil couvert de fleurs de lys.

Tom ouvre de grands yeux.

— T'inquiète. Ça va pas gêner.

— Mais... il y a un mort dedans?

— Ben oui, évidemment.

— Je préfère pas trop venir, alors...

— Ben pourquoi?

— Vous pouvez me rendre mon vélo, s'il vous plaît?

— Mais il n'y a rien à craindre, je te jure. C'est marrant au début, j'étais comme toi. Ça m'foutait les jetons. Mais j'ai trouvé la parade. Il suffit de se raconter des histoires. Par exemple : que les corps des morts, c'est comme des écorces vides. Des trucs qu'on abandonne ici pour pouvoir partir ailleurs, plus léger. Tu vois ce que je veux dire?... Ouh la, je suis à la bourre. Alors, écoute. Tu vois où est le cimetière? Eh ben, je t'arrête juste avant. Comme ça, si tu vas jusqu'en ville, ça t'avancera de quelques kilomètres. Ça te va?

Tom accepte. Monte à l'avant. À la place du mort. Il se dit qu'il a déjà entendu dire ça une fois. Mais il ne sait pas pourquoi. Et il n'ose pas demander à Samy.

— Dis donc, petit, tu sais pourquoi on dit que la place à côté du chauffeur, c'est la place du mort?

— Ah, c'est dingue... Non, pourquoi?

— Eh ben, en fait, j'en sais rien! Je ne fais pas ce boulot depuis longtemps, mais ça ne m'est jamais arrivé de transporter un macchabée à cette place-là, en attendant. C'est bizarre, hein? Y a des questions qu'on ne pose jamais, pour pas passer pour un con. Et on en reste un sacré gros, en fin de compte! Bon, et alors toi, ça va depuis l'autre jour? Bientôt les vacances, hein? T'es content?

— Oui.

— Tu vas partir?

— Non.

— Tu restes là toutes les vacances?

— Ben... oui, je crois.

— Et ta sœur aussi?

— Elle, je sais pas.

— Je demandais ça comme ça, hein. C'est pas un interrogatoire. En tout cas, moi, ça y est! Je m'installe dans le coin. J'ai signé un CDI aux Pompes fu et j'ai trouvé un appartement. J'suis drôlement content. Je crois bien que la poisse, ça y est, elle m'a lâché la grappe. Bon, attention... on arrive, il faut prendre l'air sérieux. Je vais descendre ton vélo, discrétos. Attends-moi là, sur le côté.

Il se gare, pas loin de l'entrée du cimetière. Le nez de Tom le chatouille, à cause du pollen des lys, sûrement. Il se mouche. Des hommes et des femmes s'approchent. L'entourent. Le serrent dans leurs bras. Lui caressent la tête... Pauvre petit... Comme c'est triste... Il est si mignon... C'est terrible tout ça...

Samy arrive en poussant le vélo.

— Qu'est-ce qu'il y a? Il est arrivé quelque chose?

Quelqu'un lui répond en chuchotant.

— C'est le fils de la défunte. Pauvre petit bonhomme.

Tom regarde Samy, l'air de l'appeler au secours.

— Excusez-moi, messieurs-dames, mais cet enfant n'est pas celui que vous croyez. Ce n'est pas le fils de la défunte. Je suis désolé...

— C'est celui de qui, alors?

— C'est... le mien. Il m'a accompagné. Il n'y a pas d'école aujourd'hui, c'est samedi. Alors, vous comprenez...

Tom fait la gueule. Samy lui rend son vélo.

— Tu fais bien attention en rentrant, hein, Tom ? Sois sage, fiston.

Il se penche et murmure à son oreille... *Je déconne... mais c'est rigolo, non ?...*

Tom part très vite. Il faut qu'il se dépêche d'aller acheter les croquettes pour les bêtes. Le magasin est encore loin. Et puis après il restera tout le trajet de retour. Avec les deux sacs de dix kilos de chaque côté du porte-bagages, pour équilibrer. Ça va être lourd. Mais il veut être sûr de ne pas en manquer.

Dans les descentes, il baisse la tête pour avoir l'air d'un coureur.

Et il pense. Que c'est un mec marrant, finalement, le copain d'enfance de sa mère.

Un peu siphonné.

Un peu maboul.

En deux mots, toc-toc.

... Mais pas que.

21

Joss et Josette

Ça a fait un grand Boum ! quand le pneu a éclaté. Elles ont drôlement sursauté. Mais Josette a réussi à maintenir le volant et à ne pas tomber dans le fossé. Après ça, les vrais ennuis ont commencé. Il a fallu trouver un garage qui veuille bien réparer. Parce que évidemment, la roue de secours était à plat. Et puis surtout, c'était vendredi. Quand tout a été réglé, il faisait déjà nuit. Joss et Josette ont commencé à avoir faim. En passant devant un petit restau encore ouvert, elles se sont arrêtées. Ils servaient encore, malgré l'heure. 21 h 30, c'était tard pour un restau dans ce coin. Une chance. Josette avait bien compris que Joss n'avait pas une thune, elle l'a donc invitée. Et elles ont mangé, parlé et ri jusqu'à minuit passé. Et le patron leur a servi du vin à volonté. À la fin, elles étaient très pompettes. Avant de mettre la clef sur le contact, Josette a sorti un éthylotest, a soufflé. Merde, la limite était dépassée... Elles ont encore un peu rigolé et puis elles se sont endormies dans la voiture, sur le parking du restau. Jusqu'au lendemain midi.

Samedi. Josette téléphone.

— J'ai dormi dans la voiture, tellement j'étais fatiguée. Tu te rends compte ? Et maintenant, il faut encore que je passe sur le nouveau chantier. Je vais rentrer tard. Je te reprendrai demain, vers midi, OK ? Et toi, qu'est-ce que tu fais ?... Ah très bien... Mais dis donc, Rémy, il n'y a pas que le piano, dans la vie ! Il faut aussi sortir dehors, profiter du soleil ! Passe-moi Mine... Oui, je sais bien, ma Mine, c'est important qu'il fasse ses gammes, d'accord. Mais à son âge, il a aussi besoin de se dépenser physiquement. Je ne sais pas, moi. Raymond n'a qu'à ressortir les arcs, par exemple. Il adore ça. Bon, il faut que j'y aille. Bisous, à demain.

Elle se tourne vers Joss.

— J'ai laissé mon fils chez mes parents pour le week-end. Ils sont bien, mais il faut quand même un peu surveiller. Et toi, ton fils, tu l'as laissé avec qui ?

— Tom ? Il a onze ans. Il se démerde tout seul.

— T'es drôlement jeune pour avoir un enfant de onze ans !

— Ouais.

— À quel âge tu l'as eu ?

— Treize ans trois quarts.

— Ah, la vache, c'est jeune. Et le père ?

— Quoi, le père ?

— Ben avec ton fils, il est comment ?

— Il ne sait pas qu'il existe.

— Et tu ne voudrais pas qu'il le sache ?

— Pour quoi faire ?

— Pour le petit.

— Ah non. J'aurais trop peur qu'il ait envie de lui ressembler. Là, j'me dis qu'il a peut-être une chance de s'en tirer.

— Il est si horrible ?

— Violent, casseur, taulard. Et obsédé par la taille de mes nibards, par-dessus le marché ! Un vrai con, quoi !

— Ah, évidemment…

Elles se marrent. Et puis Josette reprend la route. Elles roulent en silence un moment. Joss décide enfin de lui dire.

— Je vais me faire opérer.

— Ah.

Josette laisse passer l'ange.

— Toutes les filles rêveraient d'en avoir des comme toi, tu sais.

— Oui, mais moi, ça m'fait pas rêver. Ça m'empêche juste de voir mes pieds. Et j'aimerais un jour arriver à ne plus marcher dans la merde.

— Ah. OK.

22

Chocolat à la framboise

Il a fait le tour du rayon confiserie dix fois avant de se décider. Et puis finalement, avec la monnaie qui lui restait, Tom s'est payé une plaquette de chocolat. Fourré à la framboise. Ça faisait longtemps qu'il en avait envie, à cause de la photo sur le paquet. Des framboises roses et géantes. Hum… Ça lui chatouillait les papilles rien qu'à les regarder. Il est sorti du magasin. A attaché ses vingt kilos de croquettes de chaque côté du porte-bagages. Et a repris la route.

Il a attendu d'avoir très faim avant de s'arrêter. Et puis il a choisi un arbre. A appuyé son vélo contre le tronc, s'est assis à son pied. Et là, il a sorti la plaquette de sa poche. Délicatement, sans déchirer la jolie photo des framboises, ni le papier doré, il l'a ouverte. En prenant tout son temps. Il a cassé un premier petit carré, l'a regardé de tous les côtés, l'a humé longuement, et enfin, l'a glissé dans sa bouche. C'était clair. Il se rappellerait toujours ce moment. Il a fermé les yeux, a laissé fondre sur sa langue la mince couche de chocolat, et quand il a senti poindre l'arôme et la texture de la framboise, il a poussé un très très long soupir. Ah la vache... c'est trop bon... Et puis il a rouvert les yeux. La première impression était passée. Alors il a englouti tous les autres carrés, pour essayer de la retrouver. À la fin, il s'est dit qu'il aurait dû arrêter avant. Mais c'était trop tard. Il avait fait la connerie. Un peu écœuré, il a froissé l'emballage, l'a jeté derrière lui. Il a grimpé sur son vélo et s'est remis en route. Avant d'arriver chez Madeleine, il a dû s'arrêter. Il a vomi dans le fossé. Un dégueulis noir, avec des filets roses. Rien qu'à voir, ça lui a donné des suées.

Balourd et Le Mité l'attendaient, allongés côte à côte devant la porte fermée. À l'instant où il a ouvert, ils se sont précipités sauvagement dehors, en le bousculant. Il a failli tomber. Il les avait effectivement fait attendre trop longtemps. L'odeur l'attestait. Il a tout nettoyé très vite, et puis s'est allongé sur le lit, pour se reposer. La tête lui tournait. Mais la journée avait été rude. Tous ces kilomètres à vélo, la plaquette de chocolat sur l'estomac, et ces merdes de chien et de chat à l'arrivée, ça aurait mis n'importe qui à plat.

Et Tom s'est endormi.

Vers minuit, il s'est réveillé. Il se sentait mieux, mais pas complètement remis. Son estomac faisait encore des nœuds. Il a cherché dans le garde-manger de quoi faire un bouillon. C'est tout ce qu'il pouvait avaler. Et il a décidé de rester dormir là. Joss de toute façon ne devait pas rentrer avant le lendemain soir, dimanche. Et la poule se débrouillerait bien sans lui pour se trouver à manger autour du mobil-home.

Il s'est recouché, après avoir fermé la porte à clef. Une vraie porte en bois, celle-ci. Il s'est senti à l'abri.

Au bout de quelques minutes, il s'est relevé pour entre-bâiller la fenêtre.

Et enfin, tranquillement, il s'est endormi, bercé par les ronflements et les pets du vieux chien presque aveugle et du chat tout mité, lové contre lui.

23
Le rêve de Balourd

Ça sent bon... Mmm oui, très bon... Par là... Non, par ici... Ouh lala... Ça m'excite... Tu me suis, hein?... Fais pas l'idiot, petit!... Colle-moi bien au train... Je suis trop occupé à fourrer mon nez partout... Fais comme moi, et après on verra... On trouvera ce qui te convient le mieux, la prochaine fois... Garde bien le rythme! T'entends?... On va se perdre, sinon... Il suffit d'un rien, d'un p'tit cri, d'une petite accélération, et ouaf! un coup de reins, et je pars comme une fusée, moi!... C'est la testostérone. C'est ce qui me rend si impulsif... Mon talon d'Achille... J't'entends plus haleter. T'es où?... Et merde... Personne n'arrive à me suivre. J'suis trop chaud... Tant pis. Je finirai tout seul... Je préfère, de toute façon... Ah! Je gagne du terrain... J'suis même pas essoufflé... C'est pas comme elle... J'l'a sens s'épuiser... J'vais m'la faire... j'vais la baiser... STOP!... Plus bouger... Aïe! ma queue se dresse... Elle bat trop fort... Putain, ils auraient dû m'la couper... Ça, quand j'suis trop excité, j'la contrôle plus... Mais faut que j'me retienne. Pas gémir... Me calmer... Là, comme ça... c'est mieux... Respirer, rentrer la langue... C'est fou, j'me mets à baver, maintenant... Faut pas relâcher... Attendre encore...

encore un peu… C'est bon, j'l'entends arriver, mon pépère…
là, j'le sens, l'est plus qu'à deux pas, c'est mon pépère à moi,
ça… Il arme. Pan! Pan! Pan! Ah. Mais, c'est pas possible! J'y
crois pas. Mais quel con! Il a encore raté. Il sait même pas se
servir d'un fusil. Et c'est sur lui que j'suis tombé… Et il veut
que je forme le p'tit corniaud, parce qu'il trouve que j'suis
trop vieux. Mais quel blaireau! Ça fait une heure que je suis
cette biche, que je lui mâche tout le boulot, et pan! à côté.
Ça me fout les boules. Il va juste à la chasse pour promener
ses kilos et pour picoler. Quoique… avec les contrôles, il fait
plus trop le mariolle. J'm'en plains pas. Je risque moins de
m'faire trouer la peau. Bon ben, c'est fini pour aujourd'hui.
On rentre?… Mais où il est encore passé, le p'tit? J'parie
qu'il va pas retrouver son chemin. Et qu'on va devoir le chercher jusqu'à la nuit. Comme la dernière fois. Quand on l'a
retrouvé, il était blotti dans un creux d'arbre et il tremblait
comme s'il avait vu un loup-garou. Il aurait fallu en faire un
animal de compagnie. Il a le sang cuit. Mais bon. Ils font
c'qu'ils veulent. Ils sont pas bien malins. En attendant, moi,
je ferme ma gueule, j'obéis… et j'en pense pas moins.

Hein, mon gros pépère… c'est mon gentil pépère à moi.

Bon, alors? Quand est-ce qu'on mange? J'ai vraiment
les crocs, là.

Balourd ouvre les yeux. Il fait noir. Il a dû encore rêver
trop fort. Ou bien il est mort. Il se tâte, se gratte derrière
l'oreille, se sent le troufion. Non, il ne doit pas être mort.
Il pète encore, et il trouve ça toujours aussi incommodant.
Mais est-ce que quand on est mort…? Il décide de ne pas
faire chier Le Mité avec ses questions, il est assez flippé
comme ça, le pauvre matou. Pas la peine d'en rajouter.
Allez, il retourne à ses affaires. Courir jusqu'au bout de la
nuit. Retrouver sa biche. Ô sa biche! Une sacrée beauté.
Une comme il en a toujours rêvé. Qui le regarde, chaque
fois qu'il est sur le point de l'attraper, avec des yeux si doux,
si doux… que ça le fait craquer. Alors, il la laisse filer. Pour
mieux la retrouver. Une vraie biche de rêve, celle-là!

Demain matin, quand même, il essaiera de se lever tôt
pour mettre les choses au clair. Ce serait intéressant de

savoir, une fois pour toutes, s'il est mort, ou s'il est vivant. Rapport à ses viscères, s'entend.

24

Joss s'inquiète

Joss est rentrée plus tôt que prévu. Et elle a attendu Tom une bonne partie de la soirée. Évidemment, elle s'est un peu inquiétée. Mais au bout d'un moment, elle en a eu marre d'attendre et elle s'est couchée. Après avoir mis la poule dehors et fermé la porte avec le loquet.

Et là, elle est allongée dans le noir, les yeux grands ouverts. Elle ne trouve pas le sommeil. Les trois derniers jours défilent en accéléré. Sa rencontre avec Jean-Claude, et elle qui se dit une fois de plus : Ouf, ce coup-là, c'est le bon. Sauf que... ben non. Encore trompé. Un de plus qui ne bande que pour ses nénés. Et puis Lola, sa copine olé olé... *Écoute, Joss, j'ai une super idée...* Elle se demande encore pourquoi elle l'a écoutée. Quelle connerie. Mais le pire, c'est après, quand elle l'a lâchée comme une patate chaude. Juste parce qu'elle voulait rester encore pour profiter de son week-end à la mer. Ça, elle ne l'a pas digéré. Quelle salope ! La suite, ça va mieux. La rencontre avec Josette, qui la prend en stop. Pédégère d'une entreprise de rénovation dans le bâtiment ! Balèze. Elles vont sûrement se revoir. Et puis, maintenant. Elle, toute seule. Dans ce mobil-home pourri, au milieu de nulle part. Avec une porte si mince qu'il suffit de mettre un coup d'épaule dedans et crac ! n'importe qui peut entrer, n'importe quand. C'est la première fois qu'elle se le dit. La première fois qu'elle y pense. Peut-être à cause de l'histoire l'autre jour avec Samy. Quand il l'a rattrapée et qu'il l'a... C'est sûrement à cause de ça. Si Tom n'était pas arrivé avec le fusil... Il y a de drôles de bruits, dehors. Elle écarte le rideau. Il fait nuit noire. On ne voit rien. Elle a un peu peur, d'un coup.

Et Tom. Il est où ?

Elle se lève sans allumer la lumière, et sans faire de bruit. Va boire un verre d'eau. Jette un œil au réveil. Deux heures du matin. Elle ne sait pas quoi faire. Se préparer à manger, peut-être ? Lire ? Elle a des devoirs en retard. Ce ne serait pas idiot de s'y mettre maintenant. Elle tend la main vers l'interrupteur... Un cri dehors. Qui la fait frissonner de la tête au pied. Tout près du mobil-home. Quelque chose est en train de se passer. C'est violent. Ça ne dure pas. Une poignée de secondes et c'est fini. Elle ouvre la porte à la volée. Allume la lumière. Le renard s'enfuit en laissant la poule derrière lui. Il y a encore des plumes qui planent dans l'air. Atterrissent lentement. S'accrochent aux brins d'herbe... Joss ramasse la poule. Caresse sa tête. Son duvet encore chaud. Lui murmure qu'elle regrette, qu'elle n'aurait pas dû la virer tout à l'heure. Qu'elle est désolée. Et puis, elle se reprend. Lui tord le cou, d'un coup sec, pour abréger son agonie. L'accroche par les pattes à la corde à linge, va chercher un couteau, la saigne. Pas la peine qu'elle se perde. Elle va la cuire. Faire une poule au pot. Quand Tom reviendra demain, ils vont se régaler.

Elle enveloppe la poule dans un sac qu'elle laisse accroché au fil. Des fois que le renard reviendrait plus tard la chercher. Et elle rentre, prend ses cahiers, se met à réviser. Elle a pris beaucoup de retard ces derniers temps. Il faut qu'elle arrive à tout rattraper. Parce que après le bac, ça ne sera pas terminé. Il va falloir encore beaucoup étudier pour devenir infirmière. Putain. Qu'est-ce que ça lui plairait. Faire des piqûres, des prélèvements, et tout le tremblement. Le sang, ça ne lui fait pas peur. Et la pisse, la merde et le vomi ne la dérangent pas non plus. C'est un avantage, quand on veut faire ce boulot, a priori...

Pour l'instant, stylo dans la bouche et regard au plafond, elle prend de bonnes résolutions. Sortir moins. Boire moins. Arrêter de croire à l'amour à chaque coup. Trouver du boulot. Ça, ce serait vraiment bien. Surtout pour pouvoir habiter ailleurs, se payer autre chose que ce mobil-home déglingué. Ça commence à faire long, le « en attendant ». Trois mois. Sans une vraie chambre, sans une vraie salle de bains, sans des vraies toilettes, sans téléphone, ni rien. Ça commence à être chiant.

Elle repense à Tom. Où il est, ce p'tit con. Si j'le chope...

Il est quatre heures du matin. Et Joss s'inquiète un peu, naturellement.

25
Madeleine s'ennuie

Quatre heures cinq. Plus qu'une heure et cinquante-cinq minutes avant que l'infirmière du matin passe faire les soins et apporter le petit déjeuner. Vous allez bien, madame Madeleine ? Bien dormi ?... Non, non. J'ai très très mal dormi, merci. Avec le sourire. De toute façon, elle ne fait pas attention à ce que je dis. Et pis moi, ça m'amuse. J'en ai pas beaucoup l'occasion, ici. Avec tous ces malades, partout. Tous ces vieux qui se plaignent à longueur de journée. Et de nuit, surtout. Enfin, quand ils n'ont pas eu leur dose pour les calmer, hein. Parce que moi, j'ai bien compris. Dès la deuxième nuit. Ils font ça pour être tranquilles, ceux qui sont de garde. Pas tous, évidemment. Mais certains... Je les ai repérés. Le premier matin, j'ai même pas pu ouvrir les yeux tellement ça m'avait calottée, leur machin. Alors, j'ai trouvé la combine. C'est des pilules qui ressemblent aux sucrettes qu'ils donnent pour le café du petit déjeuner. J'en mets deux dans une main. Et puis, hop! Ni vu ni connu, j'échange. J'les avale devant eux. Ils sont contents, ils se disent qu'ils vont pouvoir un peu se reposer. Mais je les comprends, remarque. Je ferais pareil si j'étais eux. Parce que... il y en a ici, j'aimerais pas avoir à m'en occuper. Des vieux schnocks qui râlent tout le temps. Qui appuient sur la sonnette sans arrêt. Ah ça, y en a en quantité... En attendant, les pilules, je les mets en réserve. J'en ai déjà quatorze. Un bon petit paquet. Je les garde dans la boîte en plastique qu'ils m'ont donnée pour mettre mon dentier. J'les cache sous le mouchoir en papier. Au moins là, j'en suis sûre, personne va jamais regarder. Ça me servira peut-être un jour. J'aime pas souffrir. Alors, quand ça viendra, si personne n'est là pour m'aider, eh ben... j'aurai tout c'qu'il faut. Sans embêter personne.

— Bonjour, Maïté. C'est à quelle heure, le petit déjeuner?
— Ça vient, ça vient... Ils sont pressés ici, bon dieu... Ah, mais, vous êtes en forme aujourd'hui, madame Madeleine. Vous commencez à vous requinquer, hein?
— Deux kilos en sept jours.
— Il fallait bien ça. Quand vous êtes arrivée, vous étiez pas belle à voir. Il ne vous restait plus que la peau sur les os.
— J'ai toujours été menue, remarquez.
— Oui, mais là, on aurait vraiment dit... je ne sais pas, moi... on aurait dit que vous sortiez d'un camp de concentration!
— Ah.
— Vous étiez très très carencée. D'ailleurs, franchement, les premiers jours, avec les collègues, on prenait les paris.
— Ah bon?
— Mais là, vous êtes tirée d'affaire. Enfin, pour l'instant. Parce que vous allez devoir faire très attention quand vous allez rentrer chez vous. Changer vos habitudes. Manger régulièrement. Trois repas par jour, hein.
— C'est pas que j'aimerais pas, mais ça coûte des sous.

— Oui, je comprends. Mais il va quand même falloir que vous trouviez une solution. Parce que l'idéal ce serait que vous mangiez de la viande au moins une fois par jour. Vous voyez ? Sinon, rebelote les pompiers.

— Ah.

— Vous sortez quand ?

— Ben ça, j'aimerais bien l'savoir, tiens.

— Je vais aller demander au médecin-chef. Je reviens.

Madeleine a attendu toute la journée. L'infirmière n'est pas repassée. Trop de patients. Trop de choses à faire. La pauvre, c'est un métier fatigant. Demain, elle lui redemandera. Ce coup-là, peut-être qu'elle se rappellera... Parce qu'il va falloir aussi qu'elle trouve quelqu'un pour venir la chercher. Momo, peut-être ? Il a une auto de service, maintenant. Mais toujours pas le téléphone. Sinon, il y a bien la boulangère. À l'occasion de sa tournée. Ça mange pas de pain de lui demander...

Et voilà. Madeleine sourit enfin.

26

Samy écoute Bashung

Ça résonne beaucoup. Normal, c'est encore vide. Quand il se sera installé, qu'il aura mis des meubles, ça ira mieux. Pour l'instant, il a apporté sa valise, son sac de couchage et un carton. Avec ses livres et sa musique. C'est tout ce qu'il a, de toute façon. Samy se balade dans son petit deux pièces, coin-cuisine, cabinet de toilette, WC. Il regarde. Les murs, le parquet, les fenêtres, l'épaisseur des cloisons. Il essaye. Les interrupteurs, la chasse d'eau, les poignées de porte, la lunette des WC. Il trouve tout très bien, très beau.

C'est sa maison, maintenant. Son petit palais de Versailles à lui. Pour fêter ça, il s'est acheté une bouteille de champagne. Il la débouche, remplit un verre à dents. Trinque avec son reflet dans le miroir au-dessus du lavabo. À la tienne, Samuel... Il grimace. Ça le gêne d'entendre sa voix. À cause de l'écho. Du coup, il se dit qu'il va peut-être devoir mettre des rideaux aux fenêtres. Pour amortir les sons. Et faire joli. Tant pis si ça fait un peu intérieur de tapette. Il a juste pas envie que ça ressemble à quand il était au trou.

Il déballe sa chaîne hi-fi toute neuve. La pose à même le sol. Recule pour voir ce qu'elle donne dans son salon. C'est sa première chaîne. Alors ça l'émeut, forcément. Il fouille dans le carton, trouve le CD qu'il cherchait. Retire le papier cellophane.

Bashung. *Bleu pétrole.* Son dernier.

Il fredonne avec lui.

Une chanson qui parle de courir moins.

Jusqu'à ne plus courir du tout.

De sourire moins.

Jusqu'à ne plus sourire du tout.

D'aimer moins.

Jusqu'à...

Et puis il sort les six livres du carton. Tous neufs. *Pas en livres de poche, s'il vous plaît.* C'est ce qu'il a demandé à la fille de la librairie. C'était plus cher, bien sûr. Mais pour la première bibliothèque de sa vie, il ne voulait pas démarrer petit.

Il lui a demandé de les choisir tous les six. Elle était nouvelle, c'était la première fois qu'on lui demandait ce service. Il a bien remarqué qu'elle avait le trac. Avant de partir dans les rayons, elle a posé quelques questions. C'est tout. Quand elle est revenue elle a étalé les six livres devant lui. Elle ne voulait pas qu'il reparte sans avoir au moins jeté un œil... Sur les titres ? Les couvertures ? Les bios des auteurs ? Bon ben... les quatrièmes de couverture, alors... Non ? Vous êtes sûr ? Ah bon. J'aimerais vous résumer quand même... S'il vous plaît, monsieur... Il a accepté. Mais c'était vraiment pour lui faire plaisir.

Il va commencer par *Bleu de chauffe*. Le mec qui l'a écrit s'appelle Nan Aurousseau. La fille a prononcé Nane. Jamais entendu ce prénom avant. En tout cas, ce mec, il a fait de la taule et maintenant il est écrivain. Ça l'épate, Samy. Parce que lui, des fois, ça lui arrive d'écrire des poèmes. Il a commencé quand il était ado. Des trucs enflammés, évidemment. Pour ses petites fiancées. Mais, un jour, il a trop morflé. Et il a décidé qu'il ne les ferait plus jamais lire à personne. Depuis, il écrit ses poèmes quand vraiment ça le déchire trop à l'intérieur et qu'il faut que ça sorte. Quand il ne peut plus faire autrement. En cachette. Souvent dans les chiottes. Il les garde quelque temps, et puis il les brûle. Pour être sûr que ça ne tombe pas entre les mains de n'importe qui. Il se sentirait trop vulnérable. C'est pas bon, ça, pour lui.

Samy est libre depuis bientôt six mois. Mais il a encore du mal à le croire. Et il n'est pas tout seul. Un type, l'autre jour au café, lui a raconté que ça lui a pris des années avant d'en être sûr. Et qu'encore quelquefois la nuit, il se réveille en hurlant. Parce qu'il croit entendre la clef tourner dans la serrure... Chlack!

Farid, il s'appelle. Un type très sympa. Il travaille dans l'édition. Des livres de cuisine, uniquement. C'est pas vraiment sa tasse de thé, ces bouquins-là. Mais la façon dont il en parle, ça a l'air hyperintéressant.

27

Captain Achab, chat jaloux

Il fait beau. Archi et Odette prennent leur petit déjeuner dehors. En écoutant d'une oreille distraite les infos à la radio. Allongé à leurs pieds, Captain Achab cherche par tous les moyens à attirer leur attention. Il aimerait leur faire comprendre, ce matin, qu'il a un besoin pressant de caresses. Là, sur le ventre, ce serait bien. Maintenant ! Ça fait des jours et des jours qu'ils le négligent. Alors il met le paquet. Long étirement, clignement d'yeux lascifs. Vers Odette, surtout. Elle y est particulièrement sensible. Mais, rien. En dernier recours, il tente le bâillement suivi d'un miaulement bref. D'habitude ça les fait sourire. Mais là, aucune réaction. Il est écœuré. D'autant plus qu'il sait parfaitement à quoi ils pensent. Au petit morveux qui vient leur voler leurs fruits et leurs légumes, sans que jamais ils l'en empêchent. Une énigme.

Parce que...

Ça va faire presque un an qu'ils sont installés ici et qu'ils travaillent d'arrache-pied pour réussir leur jardin. Et ça se passe plutôt bien. Surtout quand on connaît leur très lourd handicap de départ : une profonde détestation du vert. Avant d'arriver ici, ils ne le supportaient même pas en peinture ! C'est dire. Bien qu'ils refusent encore de l'admettre, c'était par pure superstition. Passons... En avait découlé qu'aucun d'eux n'avait jamais mis le nez à la campagne, ni n'avait fait pousser le moindre petit brin d'estragon sur un balcon. Sans parler du travail manuel. Ils n'avaient été employés que dans des bureaux, ne s'étaient noirci les ongles qu'en changeant la cartouche d'encre de leur imprimante, ne s'étaient brisé les reins qu'à rester assis des journées entières devant leur écran d'ordinateur. Leurs poumons ne s'étaient emplis que d'air dangereusement chargé en CO_2, les semelles de leurs chaussures n'avaient foulé que du bitume. Suivant cette logique, ils ne s'étaient nourris que dans des restaurants, ne se fournissaient que chez des traiteurs, au mieux, à la maison, ils se faisaient des plats surgelés, les jours de congé. La retraite arrivant, ils ont dû tout recalculer. Et ça leur a pété au nez. Ils n'avaient plus les moyens de vivre en ville. Ils ont donc vendu leur appartement et ont atterri ici. Les premiers temps leur ont paru difficiles. Ils ne connaissaient personne et s'ennuyaient comme des rats morts. Alors, pour éviter la dépression et l'alcoolisme, ils se sont lancés à corps perdu dans la cuisine, le jardinage, le bricolage. Ils ont tout essayé.

Et puis, ils se sont fait des copains. Tous branchés bio. En vieillissant, les gens prennent conscience de leur santé. Enfin, peut-être… En tout cas, pour eux, ça a été évident : finis les produits chimiques, les désherbants systémiques, les pesticides foudroyants. Bonjour le purin d'ortie, la binette à papa, les coccinelles mangeuses de pucerons. Et comme Archibald et Odette sont des gens sérieux, ils ont étudié la question à fond. Ils se sont documentés, ont testé, ont visité tous les salons Nature de la région. Acheté des tas de bouquins. *Réussir un jardin bio en dix leçons, Jardiner bio avec la lune et les astres, Secrets d'un bio jardinier*… Bref, la panoplie. Ils sont devenus incollables. Mais surtout, totalement convaincus. Et un soir, après un repas plutôt bien arrosé, histoire de corser un peu plus leurs vies, ils se sont lancé un nouveau défi. Devenir autonomes ! Arriver à tout cultiver eux-mêmes et ne plus avoir à acheter aucun fruit ou légume au supermarché. Le tout en moins d'un an. Le challenge les a excités. Dès le lendemain, Archibald s'est lancé dans la construction d'une serre, pour produire des légumes en toutes saisons. Et Odette s'est spécialisée dans les arbres fruitiers. Parce que la campagne sans confitures, Archi, c'est… comme Tati sans sa pipe, Marseille sans sa sardine, ou le cirque sans Medrano. N'est-ce pas, chéri ? Mais Archi ne connaissait ni la pipe de Tati, ni l'histoire de la sardine du port de Marseille, ni le cirque Medrano. Et il n'a rien répondu.

Alors, voilà. C'est presque la fin de leur première année. Ils sont sur le point de remporter leur défi. Après tous ces mois de patience, ils commencent à peine à profiter de leur travail, à voir le résultat de leurs efforts. Et c'est le moment que choisit un petit salopiaud pour venir piquer toutes leurs pommes de terre et toutes leurs carottes ! Et eux, non seulement ils le laissent faire, mais ça les fait rire. L'énigme s'épaissit !

Là, en plus, ils sont inquiets. Et un peu déçus pour hier soir. Ça se voit. Ça se sent. Ils avaient tout bien préparé. Soigneusement choisi le film – *Le Renard et l'Enfant*, c'est bien pour son âge ? Qu'est-ce que vous en pensez ? J'espère qu'il va aimer –, sorti les chaises longues dans le jardin avec des plaids au cas où il ferait frais. Odette avait même laissé sur la petite table basse quelques parts d'un gâteau au chocolat dont elle seule a le secret. Et... le petit morveux n'est pas venu. Alors, ils s'inquiètent vraiment. Parce que ça fait quand même déjà trois jours qu'il n'est pas passé faire sa razzia dans la serre et au potager. Ça leur manque. Ils pensent qu'il lui est arrivé quelque chose. Ils se prennent un peu pour des grands-parents. Les pauvres. Ils n'ont pas eu d'enfants. Ça les démange, sûrement.

En attendant, s'il lui est vraiment arrivé quelque chose, ce serait bien fait pour lui. Il apprendrait qu'on finit toujours par payer ses faux pas. Sa patte en moins est là pour l'attester...

Aïe, aïe.

Captain Achab est jaloux.

Les chats ne sont pas tous parfaits. Loin s'en faut.

28

Où t'étais ?

Tom n'avait pas très envie de rentrer chez lui. Il s'est dit qu'il n'avait pas grand-chose à y faire aujourd'hui. Pas de devoirs. Bientôt la fin de l'année. Vu le mauvais trimestre qu'il venait de passer, il aurait de toute façon un max de trucs à réviser pendant les vacances d'été. Autant ne rien faire pour l'instant. Vers midi il s'est préparé une plâtrée de coquillettes. Un vrai festin. Et puis il a fait le tour du potager. Pour vérifier ses plantations. Les pieds de tomates avaient l'air d'aller bien. Tous fleuris. Il s'est dit qu'il passerait dans la soirée chez ses voisins – qui se disent « vous » et qui sont polis même quand ils sont fâchés – pour voir comment, eux, ils s'y prenaient. Et en profiter, du même coup, pour faire quelques provisions. Ça faisait bien trois jours qu'il n'y était pas allé. Il ne restait plus rien à manger à la maison. Joss allait râler quand elle rentrerait.

Il avait tout son temps, alors il a visité la petite cabane, à côté de la maison. Un ancien poulailler. Il y avait encore les nichoirs, avec de la paille dedans. Un sacré bric-à-brac. Dans une malle, il a trouvé des tas de vieilles bandes dessinées. Il en a pris une au hasard. Et puis il a sorti une chaise longue en osier toute trouée, l'a installée dehors sous un arbre et s'est allongé pour lire. Balourd est venu en trottinant s'allonger à ses pieds. Il s'est mis à ronfler très fort, et à péter aussi. Mais dehors, c'était moins incommodant.

Tom a lu *Bibi Fricotin et les soucoupes volantes*. Il a trouvé ça très marrant. Un peu naïf, aussi. Par exemple, quand ils se retrouvent sur la planète Mars, Bibi Fricotin et son copain Razibus Zouzou – il est drôle ce nom-là – respirent sans porter de scaphandres… Et puis quand ils discutent avec les Martiens, ils se comprennent parfaitement. Comme si c'était possible qu'ils parlent la même langue ! Mais le truc qui l'a le plus fait rigoler, c'est quand ils décident de voler une soucoupe volante pour rentrer sur Terre, mais qu'ils n'y arrivent pas… parce qu'il y a un antivol, justement ! Trop fort, vraiment.

Il est retourné en chercher d'autres. Et il est tombé sur un carton plein de *Mandrake*, *Blek le roc*, *Rodéo*, *Nevada*, *Yuma*, *Pepito*… Une mine de BD. Il faudra qu'il demande à Madeleine où elle les a trouvées.

Fin de journée. Il fait ses courses chez les voisins.

Il passe par le trou dans la haie, s'arrête, écoute. Pas un chat. Courbé en deux, il court entre les rangs de carottes, en prend quatre. Rebouche bien la terre, tasse avec le pied. Fait de même avec quatre poireaux. Puis il tombe en arrêt devant des plants de tomates fraîchement plantées. Ils sont déjà couverts de toutes petites tomates vertes. Il lit sur l'ardoise fichée au pied qu'elles portent un nom avec le mot « précoce » dedans. Quand il a pris les plants l'autre fois, il n'a pas fait attention. Il est un peu déçu parce que, pour les siennes, il va devoir attendre plus longtemps avant de pouvoir en manger. En attendant, il regarde comment les branches sont attachées aux piquets. Il veut tout faire pareil. Il voit aussi qu'il y a des bouteilles en plastique, avec les fonds coupés, plantées tête en bas, à chaque pied. Pour arroser. Pas idiot.

Avant de repartir, Tom hésite, mais finalement entre dans la serre. Il reprend quatre nouveaux plants de tomates, en faisant attention cette fois qu'il y ait bien écrit le mot « précoce » sur l'étiquette. Il part en courant, passe sous la haie. Le chat n'est pas là. Ça l'étonne. Il range les légumes et les plants dans le cageot qu'il a fixé sur le porte-bagages de son vélo. Il fait attention à ne pas les abîmer. Et puis... il décide d'y retourner. Cette fois-ci, il prend des plants de concombres et de courgettes. Ils sont très gros. Il a peur de ne pas arriver à passer sous la haie. Effectivement, il doit s'y prendre à deux fois. À la deuxième, Captain Achab est là, assis juste en face du trou. Qui le regarde méchamment. Encore plus méchamment que les autres fois. Tom se raidit. Il pense même une seconde à tout lâcher et à partir en courant. Mais finalement, il tend les plants devant lui, et marmonne : « C'est les derniers... j'en prendrai plus, OK... » Captain se lève, le regard fixe, l'air mauvais. Il s'approche lentement, claudique sur trois pattes. Tom ferme vite les yeux pour qu'il n'ait pas l'impression qu'il veut le narguer, comme il a lu quelque part que ça pouvait arriver. Un frôlement contre sa jambe. Il pousse un cri. Le chat s'est déjà engouffré sous la haie. Et Tom pense qu'il n'est peut-être pas si méchant que ça, après tout. Mais ça reste à prouver...

Il pousse le portail, appuie son vélo contre un arbre. À l'ombre. Pour éviter que les plants ne s'abîment. Il y a des plumes un peu partout autour du mobil-home. Des plumes rousses. Du duvet accroché aux grandes herbes qui palpite au moindre souffle d'air... Il s'approche lentement de la porte. Elle s'ouvre à toute volée. C'est Joss, et elle a l'air très très en colère. Tom fait un bond en arrière.

— Où t'étais?

— Dans le jardin des voisins.

— Depuis hier soir?

— Ben non, évidemment.

— Attention, Tom. Me prends pas pour une conne. T'étais où cette nuit?

— Chez un copain.

— Qui?

— Ben... tu le connais pas. C'est un copain d'école.

— Tom!

— T'avais écrit que tu rentrerais qu'aujourd'hui, alors je croyais...

— Viens ici.

— Non, m'man... s'il te plaît...

— Viens ici, j'te dis.

— M'man, s'te plaît...

Elle l'attrape, lève la main, il se laisse tomber à ses pieds, se couvre la tête avec les bras, gémit.

— T'étais où?

— J'aime pas rester tout seul ici, c'est pour ça...

Joss arrête son geste.

— Allez, rentre.

Il obéit. En faisant attention d'éviter ses pieds. Elle le suit.

Sur la table, il voit la boîte noire ouverte. Il a compris. Ça va être sa fête.

Mais il lui a expliqué qu'il avait eu tellement faim qu'il avait pris le fric pour aller acheter un lapin. La preuve... elle pouvait regarder dans le frigo, il en restait un morceau. Et puis avec la monnaie, il avait hésité, mais finalement il avait pris une plaquette de chocolat à la framboise. C'est idiot, mais ça lui faisait trop envie. Sauf que là, il ne pouvait pas lui montrer, parce qu'il avait tout mangé. Et que ça l'a rendu très malade. Elle s'est marrée... T'as dégobillé?... Oui... Bien fait pour toi. T'avais qu'à m'en laisser. C'est bon ça, le chocolat à la framboise?... Ouais, trop bon... J'aimerais bien goûter. Si on allait en acheter?... Là, maintenant, ça ne me dit rien du tout... Elle s'est approchée de lui, a levé la main, il s'est protégé avec son bras, mais elle voulait juste lui caresser la tête. Il l'a regardée par en dessous, méfiant, et elle lui a souri. Il a pleuré de soulagement. Et elle aussi. Allez, viens là. Je ne sais pas pourquoi je m'énerve comme ça. C'est plus fort que moi. Mais tu m'connais, ça passe vite, hein.

Et tout bas, elle ajoute... *Moi aussi, j'ai eu peur toute seule ici, cette nuit, mon p'tit Tom. C'est tout... C'est fini.*

29

Sortie de service

Madeleine attend devant la porte de service, son cabas d'une main, sa canne de l'autre. Enfin, le véhicule arrive, s'arrête à quelques mètres. Le chauffeur claque la portière, passe à côté d'elle en courant. Elle attend. Mais comme il met du temps à revenir, elle décide de se débrouiller sans lui. Elle fait le tour, ouvre la portière, s'installe avec peine à l'avant. Elle marmonne : « La première arrivée est la mieux servie... » Elle ricane toute seule. Et puis les portières arrière s'ouvrent brutalement. Ça la fait sursauter. Elle a du mal à se tourner, son cou est un peu raide. Mais elle entend très bien. Ils approchent le brancard, le roulent jusque devant les portes, le chargent sans ménagement. Elle se dit qu'elle n'aimerait pas être à cette place. Ils ne sont pas très délicats, ces gens-là. Les portières se referment, et le chauffeur vient s'installer au volant. C'est Samy. Il regarde Madeleine, l'air ahuri.

— Mais... qu'est-ce que vous faites là, madame?
Madeleine hausse les épaules.
— Je vous attendais, pardi.

C'est la première fois qu'une chose pareille lui arrive. Samy ne sait pas quoi faire, ni quoi dire.

— Vous êtes de la famille, c'est ça ?

— De qui donc ?

— De... la personne que j'ai chargée à l'arrière.

— Ah, ça ne risque pas. Je n'ai pas de famille par ici. Mais puisque vous en parlez... de l'autre là, derrière... j'en profite pour vous dire. Vous manquez de délicatesse avec vos clients, jeune homme. La façon dont vous avez monté celui-ci à l'instant, je vous jure, ça m'a fait froid dans le dos. Quand on souffre, la moindre secousse est un calvaire, vous savez. Le prenez pas mal, hein. Si j'dis ça, c'est pour vous. Vous pourriez en avoir qui se plaignent. Et pis, ça se pourrait aussi que ça vous arrive un jour, de vous retrouver à cette place. Et là, vous comprendriez bien ce que je veux dire. Bon alors... on y va ? Ou on attend encore quelqu'un ?

Samy se demande s'il ne devrait pas appeler Arnaud, son patron. Il aurait peut-être une idée de ce qu'il faut faire dans un cas comme celui-ci.

— Et... vous voulez aller où, exactement ?

— Ben chez moi, voyons ! J'ai hâte de retrouver mes vieux démons. Huit jours que je les ai pas caressés, dites donc.

Samy se dit qu'il va y aller mollo-mollo. Pas la brusquer, la pauvre vieille. Elle a sûrement un p'tit grain.

— Et... c'est loin d'ici, chez vous ?

— Non. Pas trop.

— C'est quoi, pas trop ? Dix minutes, un quart d'heure ?

— Oh non.

— Moins ?

— Non. Plus.

— Je ne vais pas pouvoir vous ramener, alors. J'ai... mon client, à l'arrière, qui veut aussi rentrer. Il est pressé. Il a besoin de repos.

— Vous pouvez le déposer en premier. Ça ne me dérange pas du tout.

Il soupire un grand coup et tourne la clef de contact.

— Non. Il va dormir, de toute façon. Je vais commencer par vous, finalement. Vous m'indiquez la route, madame, s'il vous plaît. Vous serez gentille.

Samy a donc appris, pendant le trajet, que Madeleine s'appelait Madeleine et qu'elle n'avait pas spécialement de p'tit grain. Ses vieux démons n'étaient autres qu'un chat et un chien. Et pour le reste, c'était un quiproquo. Maïté, l'infirmière, ne lui avait annoncé que ce matin qu'elle sortait le jour même. Elle n'avait donc pas eu le temps de trouver quelqu'un pour venir la chercher. Elle avait bien pensé à un certain Momo, mais il n'avait pas le téléphone. Et la boulangère, manque de bol, le lundi, ne faisait pas sa tournée. Vous parlez d'une guigne... Alors elle s'est dit : bon sang! il y avait forcément des navettes, pour ramener les gens chez eux. On venait bien les chercher... Et voilà, elle a attendu un peu et elle est tombée sur lui. Un bon p'tit gars, bien gentil... Samy a souri. Elle a quand même trouvé ça drôle qu'ils soient si peu nombreux à rentrer chez eux aujourd'hui. Et puis elle s'est penchée pour dire en messe basse : L'autre là derrière, il a pas dit un mot. Il nous snobe, vous croyez ?... Là, il a failli rigoler. Mais il a répondu qu'il devait dormir. Qu'il était très fatigué.

Quand ils sont arrivés, il l'a aidée à marcher jusqu'à sa porte. Elle a essayé de l'ouvrir, mais elle était fermée à clef. Ça l'a un peu déroutée. Finalement, elle s'est rappelé qu'elle avait caché ses clefs au fond de son cabas. En entrant, elle n'a pas remarqué que ça ne sentait plus la pisse de chat, ni que le sol avait été lavé. Elle est allée directement caresser ses deux vieilles bêtes, qui lui ont fait la fête un moment. Et puis, elle a proposé à Samy...

— Une p'tite lichette de ratafia, ça vous dit ?

Il ne connaissait pas, il s'est méfié et a refusé. Elle a insisté. En a servi deux petits verres à liqueur, lui en a mis un dans la main après s'être envoyé l'autre cul sec.

— Ah, j'suis requinquée maintenant. C'est le voyage qui m'a un peu barbouillé l'estomac. Mais asseyez-vous donc. Restez pas là planté comme un piquet. Voulez-vous une p'tite madeleine avec vot'liqueur? Ça se marie bien. Ce sont celles de l'hôpital. Elles sont pas mauvaises. J'en ai fait provision, je vais vous montrer.

Elle a ouvert son cabas. Il en était plein. Elle l'a regardé, malicieuse. Et Samy a souri.

— C'est Maïté qui m'en a donné tous les jours double ration. Plus celles que j'ai barbotées sur les plateaux. Ils remarquaient même pas, les vieux là-bas, tellement qu'ils sont gâteux.

— Bon. Eh bien, merci pour le verre de...

— Vous en voulez pas un autre?

— Non, merci. Il faut vraiment que j'y aille.

— Ah, mais c'est vrai ça. J'l'avions oublié, l'autre. Il doit en avoir marre d'attendre. Il va finir par râler.

— Ça m'étonnerait. Mais je vais quand même me dépêcher de le ramener. Allez, au revoir, madame Madeleine.

— C'est ça oui, au revoir, jeune homme.

Samy au volant de son fourgon a fait une dernière fois au revoir du bras à Madeleine sur son perron, et a filé dare-dare. Il était déjà tard et il devait encore ramener « l'autre ». Pas chez lui, celui-là. Mais dans un tiroir du frigo des Pompes funèbres. Et malgré l'heure tardive et la manutention un peu brutale – il faut bien l'admettre –, il n'a pas râlé.

En tout cas, Samy n'a rien entendu du tout.

30
Du boulot

Lola a trouvé du boulot pour Joss. Une vieille à qui elle fait sa mise en plis tous les vendredis et une permanente tous les deux mois. Elle est tombée dans les escaliers et c'est le col du fémur qui a morflé. Elle cherche quelqu'un le matin pour s'occuper de ses courses, de son ménage, et lui faire à manger. Mais elle ne veut pas n'importe qui. C'est plutôt bien payé. Elle est à l'aise, la mémé. Elle touche sa retraite d'enseignante plus celle de son mari, ancien officier dans l'armée. Ça va, elle n'est pas trop chiante. Enfin, si, un peu. Mais rien, comparé à d'autres... OK. Joss est partante. Elle va aller la rencontrer. Si ça colle, elle peut commencer tout de suite. La fille d'avant est partie hier. La vieille l'a pécho en train de voler ses couverts en argent... Des couverts en argent? Quelle tarée, celle-là! Ça donne un goût à tout ce qu'on mange. Et puis en plus, quand l'argent s'use, le cuivre en dessous apparaît, et c'est pas bon du tout pour la santé. Enfin, c'est ce qu'on m'a dit...

La dame voulait la tester. Elle lui a fait faire un peu de ménage. Par chance, il n'y avait presque pas de vaisselle sale, et ça s'est bien passé. Après ça, du jardinage : désherber les plates-bandes, tailler les rosiers. Les doigts dans le nez. Et puis, de la cuisine. Elle a préparé un poulet aux herbes et des pommes de terre sautées. Sa spécialité. Pour finir, elle lui a demandé de lire quelques pages d'un livre, à haute voix. Elle ne s'en est pas trop mal tirée. Alors la dame a dit : « Merci, mademoiselle. Vous pouvez revenir demain. » Elle a failli l'embrasser.

Pour fêter ça, Joss est allée boire une bière au café avec Lola. Il y avait des copains, ils ont trinqué et joué au billard jusqu'à tard. Juste avant la fermeture, Samy est arrivé, s'est assis au bar. Ils ont été aussi surpris l'un que l'autre de se retrouver là. Joss lui a tourné le dos, pour ne pas avoir à croiser son regard. Mais les yeux de Lola, eux, se sont mis à papillonner. Trop beau gosse, le mec. Et bien sapé, avec ça. Tout à fait son genre.

Joss est rentrée chez elle, un peu énervée.

Et Lola s'est posée sur sa proie.

Mais il y avait du boulot. Parce qu'après toutes ces années passées à attendre derrière les barreaux, la tendance, à la sortie, est plutôt de vouloir éviter les conneries. Et là, le Samy, il avait décidé d'y aller tranquillo. Surtout après l'histoire avec Joss. Ça l'avait sacrément refroidi. Alors évidemment, il avait très envie de tirer un coup. Mais avec la meilleure copine de Joss, ça le faisait quand même un peu chier. Elle s'est assise à côté de lui. Ils ont échangé quelques mots. Elle a beaucoup souri et joué avec ses cheveux en remuant sur son tabouret. C'était agréable à regarder et léger à l'oreille. Elle n'avait pas inventé l'eau chaude. Ni le fil à couper le beurre. Ni rien d'autre, d'ailleurs. Mais il y en a qui s'en étaient chargés avant elle. Alors il s'est dit: quelle importance... Ce qu'elle avait d'intéressant, c'était son cul. Et ça, ça n'était pas donné à tout le monde d'en avoir un si beau. Un gros atout, elle avait là, Lola. D'où son penchant à le mettre en avant naturellement. La fatigue de la journée, une libido de plus en plus difficile à ignorer et quelques bières plus tard, il a commencé à se laisser aller. Pour finir par s'abandonner. Sans restriction.

Et il n'a pas eu à le regretter, ce coup-là. Lola a tout pris en main. Et elle a fait preuve de beaucoup d'imagination...

31
Qui qu'c'est?

De retour du collège, Tom est entré en courant dans le mobil-home, a posé son sac, laissé un mot sur la table pour le cas où Joss rentrerait tôt, a rempli les sacoches de son vélo d'un tas de bouteilles en plastique vides, a attaché le cageot avec les plants de concombres et de courgettes sur le porte-bagages et a pris la route à fond les ballons. Il fallait qu'il se dépêche d'aller chez Madeleine, nourrir Balourd et Le Mité. Les pauvres, toute la journée enfermés, c'était pas rigolo. Pour leurs besoins, surtout, c'était beaucoup trop long. Il leur avait bien mis une caisse avec du papier déchiré dedans, mais ils faisaient souvent à côté, parce qu'ils n'étaient pas habitués. Chiant de devoir nettoyer tous les jours.

Avant d'arriver, il a remarqué qu'une voiture était passée. Il y avait des traces de roues fraîches dans la boue du chemin. Il est descendu de vélo pour finir à pied. De loin il a vu que la porte de la maison était entrouverte. Ça ne l'a pas rassuré. Il s'est approché discrètement de la fenêtre pour voir à l'intérieur. Madeleine était de retour et regardait la télé, Le Mité sur les genoux et Balourd couché à ses pieds. Ça l'a soulagé. Il a frappé aux carreaux. Elle a levé la tête, froncé les yeux pour mieux voir.

— Qui qu'c'est ?
— Moi, Tom.

Il est entré. Le chien et le chat ont juste ouvert un œil, mais n'ont pas bougé d'un centimètre d'où ils étaient installés. Leur maîtresse était là, ils n'avaient plus besoin de lui. C'est un peu ce qu'ils étaient en train de lui dire. Et ça l'a drôlement vexé. D'un geste, Madeleine l'a invité à s'asseoir à côté d'elle. Elle a poussé devant lui une madeleine sous cellophane. Et elle a continué à regarder son feuilleton. Quand l'épisode a été terminé, elle s'est tournée vers lui.

— Comment ça va, mon p'tit ?
— Ben, ça va...
— Tu vois, ils m'ont ramené qu'aujourd'hui. Ils sont pas très bien organisés dans cet hôpital.
— Vos jambes sont guéries ?
— J'crois bien. En tout cas, c'est ce qu'ils ont dit.

Elle s'est gratté la tête, l'air de réfléchir.

— J'y pense, d'un coup. C'est bien toi qu'es venu donner à manger à mes bêtes quand j'étais là-bas ?

Tom s'est raidi.

— Ben oui. Tous les jours. Depuis neuf jours.
— C'est bien c'que j'pensais. Mais j'en étais pas complètement sûre non plus. C'est ma mémoire qui me joue des tours. Peut-être bien que ça vient des nouveaux remèdes qu'ils m'ont donnés. Des cachets en veux-tu, en voilà...

Ça me tape sur le ciboulot… Donc, c'est bien toi, le p'tit homme qu'est venu s'occuper d'mes bêtes… Ah ben, oui, oui… c'est bien toi… c'est c'que j'me disais, dans le fond…

Tout ça, en hochant la tête.

Un long silence a suivi. Un peu trop long pour Tom. En attendant qu'elle le rompe, il s'est penché pour caresser la tête de Balourd. Le vieux chien s'est mis à grogner et à montrer les dents. Il a vite retiré sa main, s'est retenu de pleurer. Et puis il a regardé vers Madeleine. Elle avait l'air absent, comme si elle s'était endormie les yeux grands ouverts. Tom s'est levé doucement, est sorti sur la pointe des pieds. Il a enfourché son vélo, et puis… il s'est ravisé. Il était aussi venu pour jardiner. Alors, il a détaché le cageot avec les plants, sorti les bouteilles en plastique des sacoches du vélo et est entré dans le potager. Il a coupé les fonds des bouteilles, les a enfoncés tête en bas près de chaque pied de tomates, les a remplis d'eau, comme il avait vu chez son voisin anglais. Et puis il a planté le reste. Quand il a eu fini, il est retourné vers la maison. Madeleine entre-temps s'était levée et versait des croquettes dans les gamelles des animaux. Tom a frappé à la porte.

— Où qu't'étais passé, toi ? J'me suis inquiétée.

— Au jardin.

— Ah bon. J'irai y faire un tour demain, tiens. Tu m'accompagneras. J'ai encore un peu de mal à marcher. J'sais pas c'que j'ai, mais j'me sens fatiguée. J'vais aller m'coucher.

Tom a trouvé ça bizarre. Il était encore tôt.

Et puis elle a ricané.

— J'ai pris des habitudes de p'tit vieux, hein. C'est bien ça qu'tu penses ? Mais demain, fini. Plus d'cachets, plus d'potions. À quoi ça rime ? C'est vrai ça. J'ai tenu jusque-là sans toutes ces cochoncetés, j'continuerai bien sans. Pour le temps qui m'reste, c'est pas la peine de s'embêter.

— À demain, madame Madeleine.

— Oui, c'est ça, petit. À d'main.

Et Tom est reparti.

Le cœur un peu serré, rapport à Balourd et au Mité. Des vrais saligauds, ces bêtes-là… Aucun sentiment, zéro reconnaissance. S'il avait su avant qu'ils étaient comme ça, il ne se serait pas occupé d'eux autant. Il serait venu un jour sur deux.

Un peu moins, en tout cas. Certainement.

32

Se lever tôt

À côté du réveil, il y a un mot. *Réveille-moi tôt. J'ai trouvé du boulot.* (Sans aucune faute. C'est pas possible, elle a dû copier...) Il fait la grimace. Réveiller Joss, c'est vraiment une corvée. Elle est particulièrement de mauvaise humeur, le matin. Tous les jours, il fait en sorte de l'éviter. Il est très organisé. Ses vêtements au pied du lit, prêts à être enfilés, ses chaussures à côté de la porte, et son sac de cours déjà attaché au vélo, dehors sous l'abri, au cas où il pleuve. Mais là, galère. Il réfléchit, debout, en chaussettes et tee-shirt, au milieu du mobil-home. Et il décide de commencer par lui préparer un café. Le temps qu'il passe, ce sera déjà ça de gagné. Avant de le lui apporter, il allume la radio. Cherche une station où il y a de la musique. Joss est fan de chansons de variété. Il en trouve une justement qu'elle aime bien. Monte le volume au fur et à mesure qu'il approche de son lit, pose le poste à côté de sa tête et s'éloigne d'un bond. Un petit grognement. Il apporte la tasse de café, monte un peu plus le volume de la radio et attend de voir l'effet que ça fait. Un autre grognement. Mais celui-ci plus précis. *Fais chier, merde.* Il regarde l'heure, enfile sa veste, mord dans un morceau de pain, ouvre la porte, prend une inspiration...

— IL EST L'HEURE DE PARTIR AU TRAVAIL !

Joss se redresse d'un coup, regarde autour d'elle, l'air ahuri, les cheveux ébouriffés.

— Tu pouvais pas me réveiller plus tôt ! J'vais être en retard !

— Le café est prêt. J'y vais, m'man, je veux pas rater le car.

— Si j'te chope, toi…

Il referme la porte très vite. Court vers son vélo. Mais la tête de Joss apparaît dans l'entrebâillement de la porte.

— Je croyais qu'il était plus tard que ça. Attends-moi, je vais t'accompagner.

— Non, non, c'est pas la peine.

— Attends-moi, j'te dis. J'en ai pour deux minutes à me préparer.

Tom soupire.

Dix minutes plus tard, Joss sort enfin. Elle démarre la mob, avec difficulté.

— Il va falloir nettoyer le carburateur. On fera ça ensemble ce soir. Si tu veux devenir mécanicien plus tard, ce sera l'occasion d'apprendre.

Tom grogne… *C'est même pas ce que je veux faire, de toute façon…* et il s'accroche à son pull. Elle accélère trop rapidement, comme d'habitude. Et Tom a la trouille de tomber. Il lâche. Elle se marre, ralentit jusqu'à sa hauteur, il se raccroche. Reste très concentré.

— C'est chouette que j'aie trouvé du boulot, hein ?

— Mmm.

— On va pouvoir bouffer autre chose que des légumes

— Mmm.

— T'es pas content ? T'auras plus besoin d'aller piquer dans les jardins. C'est pas mal, non ?

— Oui, oui…

— Tu pourrais le dire, alors !

— Ben oui, je le dis…

— Ah, tu m'énerves ! Je ne sais pas ce qui me retient de te laisser là.

— Oh non, m'man… j'vais être en retard…

— Ce serait bien fait pour toi, tiens.

Ils arrivent juste au moment où le car repart de l'arrêt. Mais le chauffeur est sympa. Il s'arrête, attend même que Tom ait attaché son vélo, avant de redémarrer. Tom soupire. Il a eu chaud.

Et il se dit que c'est bien que Joss ait trouvé du boulot. Mais que de devoir la réveiller tous les jours, pour lui, ce ne sera pas une sinécure. C'est un mot qu'il a eu dans une dictée, l'autre jour. La prof leur a demandé de chercher dans le dictionnaire. Ça veut dire : quelque chose qui n'est pas de tout repos... Pile-poil le mot qu'il faut.

33

Orties

En rentrant, Tom a trouvé Joss en train de faire ses devoirs. Elle a à peine levé le nez de ses cahiers quand il est arrivé. Il a un peu hésité avant de repartir.

— Je vais faire un tour...

— Mmm.

Ce qui voulait dire : *C'est ça, casse-toi. Tu vois bien que je travaille.* C'est la première fois qu'il la voyait aussi concentrée. Il avait dû se passer quelque chose à son boulot. Quelqu'un l'avait peut-être vexée en faisant une remarque sur ses fautes d'orthographe. Ça lui était déjà arrivé. Mais ça ne l'avait pas motivée à ce point-là, ni très longtemps. En attendant, Tom a enfourché son vélo et a filé vite fait. Avant qu'elle ne change d'avis. Ou qu'elle se rappelle la séance de mécanique qu'elle avait prévu de faire aujourd'hui avec lui.

Madeleine l'attendait. Elle avait très envie de parler. Beaucoup de choses à raconter. D'abord, qu'elle avait dormi comme une reine. Qu'elle se sentait bien reposée. Très contente d'avoir retrouvé sa maison toute propre, qui sentait bon, ses bêtes et son lit. Même si, c'est vrai, son matelas avait peut-être besoin d'être changé. Avec ses creux et ses bosses qui tombaient pile au milieu des reins. Mais tout de même, elle l'aimait bien. Elle a calculé que ça faisait plus de trente-cinq ans qu'elle dormait dessus.

— Du solide. De l'increvable. Un peu comme moi, hein.

Elle a ri en le disant.

Tom l'a aidée à marcher jusqu'au jardin. Ça a pris long. Elle devait s'arrêter tous les trois pas pour souffler. Elle était guérie, mais... peut-être pas complètement, il s'est dit. Il lui a installé une chaise près des plantations. Quand elle a récupéré, elle a regardé tout le travail qu'il avait fait, et elle a trouvé ça bien. Avec sa canne, elle lui a montré à quel endroit il fallait pincer les tiges. Où étaient les gourmands. Quelles mauvaises herbes il fallait arracher, et quelles autres il devait garder pour la cuisine. Le pissenlit pour les salades, évidemment. Mais le plantain, le mouron blanc et le trèfle, surtout, qu'elle aimait bien faire en purée ou en gratin. Elle a trouvé que les bouteilles plantées aux pieds, ça avait l'air très pratique pour arroser. Qu'on devait gâcher moins d'eau. Et puis que c'était drôle, mais les gens maintenant, ils avaient plus d'idées que dans le temps... Son regard s'est un peu voilé. Et brutalement, elle s'est endormie. Le menton posé sur le pommeau de sa canne. Tom est allé se chercher une BD. Il a pu en lire la moitié.

Et tout aussi brutalement, elle a rouvert les yeux et a repris la discussion où elle l'avait laissée.

— Le purin d'ortie ? En as-tu préparé ?

— Ah non...

— Il en faut. Surtout pour les tomates. Ça les fait bien pousser et ça empêche les maladies. Va chercher les gants, petit.

Il a cueilli des orties. En a apporté quelques-unes à Madeleine, qui les a prises à mains nues. Elle a coupé les feuilles les plus tendres, les a mises de côté pour faire une soupe, et avec celles qui restaient, elle s'est frotté les jambes.

— C'est bon pour la circulation.

Tom l'a regardée faire, les yeux ronds. Elle n'a même pas fait la grimace, ni soufflé sur ses doigts. Ça l'a drôlement épaté.

N'empêche que ça a dû lui faire du bien, parce qu'elle a mieux marché pour retourner à la maison. Ça a pris deux fois moins long.

En chemin, elle lui a raconté que, de son temps, les parents corrigeaient souvent les enfants en fouettant leurs mollets avec des orties. Après, on aurait dit qu'ils avaient la danse de Saint-Guy, les pauvres petits ! Il a trouvé que c'était très méchant. Et il s'est dit que, même si Joss avait des fois la main leste, jamais elle ne lui ferait un coup pareil.

Madeleine lui a proposé de manger un morceau avec elle. Pour le dîner elle avait prévu de faire tremper des madeleines dans du lait. Il a préféré décliner l'invitation.

34

Rustines

Près de l'arrêt du car scolaire, Tom regarde son vélo, l'air très embêté. Au même moment, Samy passe au volant de son corbillard. Il freine brutalement, klaxonne trois fois.

— Salut, Tom. Où t'étais passé? Ça fait trois jours que j'te cherche. J'ai quelque chose à te donner.

Il sort de sa poche un billet plié en quatre, le lui tend.

— Qu'est-ce que c'est?

— Un bifton, du fric, quoi. Tiens... prends-le, c'est pour toi.

— Pour moi?

— Oui, j'te dis. C'est les gens au cimetière, l'autre jour. Après l'enterrement, ils m'ont filé des pourboires. Ça arrive, des fois. Mais là, il y a une dame qui m'a donné ce billet exprès pour toi. Elle t'a trouvé très mignon. Elle voulait que j'aille t'acheter un cadeau, mais je me suis dit que ce serait mieux que tu choisisses toi-même.

Tom est gêné. Il hésite. Samy insiste.

— Tu sais ce que tu vas t'acheter?

— Non...

— Tu veux que je t'emmène au magasin?

— Non, non. C'est pas la peine.

Finalement, Samy l'emmène, parce que le pneu de son vélo est à plat et qu'il n'a plus de rustines pour réparer, de toute façon. Il s'arrête devant le magasin de vélos où il achète ses rustines, puis le dépose devant le supermarché. Tom ressort dix minutes plus tard avec son sac plein. Samy aimerait bien savoir ce qu'il y a dedans, mais se retient de demander.

— Merci, m'sieur.

— De rien. Mais moi, c'est Samy.

— Ben oui, je sais... Mais c'est dur de vous appeler comme ça.

— Pourquoi?

— Ben... vous êtes quand même un peu vieux, alors...

Samy prend l'air consterné.

— Non, pas vieux comme des vrais vieux, évidemment. Mais quand même, un peu...

— Un âge de parents, quoi.

— Oui, c'est ça.

— Ah, au fait... je ne t'ai pas demandé l'autre jour, il est où ton père?

— Je crois qu'il est mort.
— Tu crois?
— Oui. C'est Joss qui l'a dit.

Samy cherche le trou dans la chambre à air. La plonge dans l'eau. Trouve. Des petites bulles remontent à la surface. Tom sort sa râpe et son tube de colle. Les rustines, c'est sa spécialité. La chambre à air est là pour l'attester. Elle en est recouverte.

Et maintenant, ils regardent l'eau de la rivière couler sous leurs pieds. Caresser en passant les pierres des berges et celle sur laquelle ils sont assis. Ça fait longtemps qu'ils n'ont pas parlé. Ils écoutent les cailloux au fond du lit de la rivière, qui s'entrechoquent dans le courant. Tintinnabulent. Tintinnabulent doucement... Tin... tin... na... bulent...

Et puis, Samy refait surface.
— Mes parents aussi, ils sont morts.

Tom le regarde par en dessous, pour voir son expression.
— La dernière année où j'étais en prison. J'ai eu le droit de sortir juste pour aller à leur enterrement. C'est le dernier cadeau qu'ils m'aient fait.
— Ils ne vous aimaient pas?
— Tu ne voudrais pas me dire « tu »? Ce serait plus sympa.
— D'accord. Je vais essayer.
— Je les ai trop déçus. Avant ça allait à peu près. Mais du jour où je suis tombé, ça a été fini. Ils ne sont jamais venus me voir en prison.
— Ça t'a rendu triste?
— Au début, oui. Et puis, je me suis habitué.
— T'as fait quoi pour aller en prison?
— Vol à main armée. Et... récidive. Mais il n'y avait pas de balles dans l'arme. Je les ai toujours retirées.
— Ah. Moi aussi.
— Comment ça, toi aussi?
— Les balles dans le fusil, je les...

Le portable de Samy se met à sonner. Il voit le nom s'afficher.

— Allô... Ouais, ça va, et toi?... Ouais, d'accord... Non, chez toi. J'ai pas encore acheté de matelas... OK, on se retrouve au café... Non, arrête. J'suis au boulot, je peux pas te parler. À tout à l'heure, Lola.

Il raccroche, l'air gêné. Et puis il pose son menton sur ses genoux repliés. Regarde l'eau couler. Se laisse hypnotiser encore un peu, avant de se lever pour partir. Encore un tout petit peu... C'est si bon de regarder l'eau de la rivière passer. Ça lave la tête. Caresse le cerveau...

Tom se relève le premier.

— Il faut que j'y aille.

— Moi aussi.

— Salut, Samy.

— Salut, Tom. Ça me fait du bien de te parler. T'es vraiment un gentil petit bonhomme. Et puis tu sais drôlement écouter. C'est un don, ça. On sait pas, ça peut être un métier...

Tom a filé chez Madeleine, lui a rempli son frigo avec tout ce qu'il avait acheté au supermarché. De la viande, des œufs, de la crème et du beurre. Et puis il est rentré chez lui. Joss était en train de ranger ses cahiers. Elle avait l'air d'être contente de sa journée. Il est passé derrière elle, lui a demandé de fermer les yeux. Elle a bien voulu jouer. Il lui a passé quelque chose sous le nez. Devine, c'est quoi... Mmm, ça sent bon... Ouvre la bouche... Mmm, du chocolat... Oui, mais pas que... Ah oui, c'est mou au milieu... Oh! De la framboise! Du chocolat à la framboise... T'as raison, dis donc. C'est hyperbon ce truc-là...

Après une demi-douzaine de petits carrés, Joss s'est sentie un peu écœurée.

— Mouais. Mais faut vraiment pas en abuser. Aïe, attends. Ça y est, je crois que je vais dégobiller. Laisse-moi passer. Vite!

Mais elle a dit ça pour blaguer. Elle lui a couru après, l'a attrapé et ils ont roulé dans l'herbe en criant et en riant. Drôlement marrant.

Elle est bien lunée en ce moment, Joss. Tom est content.

35
Glaces italiennes

Ça n'a duré que trois jours. Parce qu'elle a reçu des factures à payer, et qu'après ça, elle n'avait plus du tout envie de rigoler. Son boulot à mi-temps, ça n'était évidemment pas assez pour pouvoir mettre du fric de côté et payer l'eau, l'électricité, le loyer du mobil-home, et tout le reste. Pendant les jours qui ont suivi, Tom s'est débrouillé pour rentrer quand elle n'était pas là, et ressortir avant qu'elle n'arrive. Mais ça n'a pas marché à chaque fois. Et il l'a senti passé. Surtout le jour où elle lui a demandé à voir son carnet de correspondance. La grosse cata. *Troisième trimestre médiocre. Tom vit sur une autre planète. Il serait temps qu'il atterrisse. Enfant intelligent, mais trop rêveur... Passage de justesse, grâce à ses bons résultats des deux premiers trimestres. Mais il va falloir qu'il travaille pendant les vacances pour combler ses lacunes... Et puis... Absence non justifiée au stade, vendredi dernier...?* C'est ce qui a vraiment tout déclenché. Elle a voulu savoir pourquoi il avait séché, où il était allé, avec qui. Tom ne voulait pas parler de Madeleine, ni de sa visite à l'hôpital, alors il a un peu pédalé, mais il a fini par trouver. Tout d'une seule traite. C'était son prof de sport qui lui demandait chaque fois s'il avait mangé avant de venir au cours parce qu'il disait qu'il était trop pâlot que c'était pas normal et qu'il avait peur qu'il tombe dans les pommes alors comme il se sentait un peu mal ce jour-là il avait préféré ne pas y aller pour pas avoir à expliquer qu'il n'y avait rien à manger à la maison ni assez pour payer la cantine. Voilà... Joss s'est renfrognée. Il n'y avait rien à dire sur ce sujet. Mais elle en a cherché un autre. Et elle a trouvé. C'était facile. Avec ses notes exécrables. Elle lui a fait passer un mauvais quart d'heure. Et il est parti pleurer au bord de la rivière, assis sur sa grosse pierre. Il est resté jusqu'à ce qu'il soit plus calme et qu'il finisse par regarder l'eau couler à ses pieds, glisser le long des pierres, remuer les cailloux au fond de son lit, s'entrechoquer et tintinnabuler... tintinnabuler doucement...

Et puis ça a été fini. Il a arrêté de pleurer.

Joss a trouvé un autre boulot, à mi-temps. Après les matinées chez la vieille instit, elle va passer six après-midi par semaine dans une serre, à cueillir des fleurs et à faire des bouquets. Elle n'a pas vraiment le droit, mais elle a décidé de faire venir Tom deux fois par semaine, pour l'aider. Elle est payée au nombre de bouquets, alors à deux, c'est rentable. Ils ont commencé ce samedi, et ça s'est bien passé. Le patron a fait celui qui ne voyait rien, parce qu'il a Joss à la bonne. En gros, il aimerait bien se la taper. Avant de partir, Tom a ramassé les fleurs qui étaient tombées par terre. Le patron lui a dit qu'il pouvait. Elles avaient les tiges un peu abîmées, mais il a réussi à en faire des petits bouquets. Il en a apporté un à Madeleine. Ça lui a fait plaisir. Et elle lui a donné l'idée d'en faire d'autres et d'aller les vendre au marché, le dimanche matin. Il a demandé à Joss s'il pouvait, et elle a accepté. Elle a trouvé ça bien, évidemment, qu'il se débrouille tout seul pour gagner son argent.

Les affaires ont bien marché. Ses meilleurs clients ont été son voisin anglais et sa femme Odette. Ils lui en ont pris quatre d'un coup. Il va pouvoir se payer une nouvelle chambre à air pour son vélo.

Midi et demi. Fin de marché.

Samy passe devant Tom, sans le voir. Un peu plus loin, il s'arrête, tourne la tête et fait demi-tour.

— Mais qu'est-ce que tu fais là, toi?

— Tu vois. Je vends des fleurs.

Il lui achète ses deux derniers bouquets et l'invite à boire un pot. C'est la première fois que Tom entre dans ce café. Ils s'asseyent au bar. Lola les rejoint un peu après. Elle lui demande des nouvelles de Joss. Ça fait longtemps qu'elle ne l'a pas croisée. Tom est inquiet. Il a peur qu'elle gaffe et qu'elle dise devant Samy que Joss est sa mère. Il boit son diabolo avec une paille et évite de la regarder. Elle lui passe la main dans les cheveux, l'ébouriffe en se marrant. Elle fait ça à chaque fois. Ça l'exaspère. Lui qui doit passer du temps devant le miroir tous les matins pour essayer de mater ses épis... C'est pas sympa de lui faire ce coup-là. Il fait la gueule et se recoiffe discrètement. Elle est pressée. Elle doit aller déjeuner chez ses parents. Samy lui donne les deux bouquets qu'il a achetés à Tom. Elle l'embrasse et s'en va.

— T'as faim?

— Un peu.

— Allez, je t'invite au restaurant.

Ils s'installent à une table. Commandent des pizzas. Au mur, il y a une photo géante. Tom regarde, les yeux écarquillés...

— C'est la *piazza* San Marco.

— Ah bon? Tu connais?

— Oui. J'ai la même photo dans mon livre de géographie. J'aimerais bien aller à Venise, un jour. Je sais déjà dire des trucs en italien. *Grazie mille, Per favore, Molto bene, Buon giorno, La vita è bella.* Ça c'est le titre d'un film. Ça veut dire: « La vie est belle. » Tu l'as vu?

— Non.

— Moi si. Dans le jardin de mes voisins. L'histoire, c'est un papa et son petit garçon qui sont prisonniers – parce que c'est pendant la guerre –, et le papa, il fait croire à son petit garçon que c'est un jeu qu'ils font, et qu'il faut qu'ils aient le plus de points possible pour gagner et devenir les champions. Quand ils ne mangent pas, ils gagnent plein de points, et plus c'est dur à supporter, plus ils en gagnent, tu comprends ? Mais le petit garçon, des fois, il en a marre, et le papa lui dit qu'il leur manque juste quelques points pour gagner, alors il tient le coup. Et juste quand la guerre est finie et qu'ils vont être libérés, il y a un soldat nazi qui emmène le papa dans un coin et le tue.

— La vache, c'est triste...

— Ouais. Ça m'a fait pleurer... Sinon, j'aimerais bien aller en Italie, parce qu'il paraît qu'ils sont spécialistes des glaces. Et moi, j'adore ça, les glaces.

— Ah tiens, moi aussi.

Ils mangent leurs pizzas. Commandent des glaces en dessert. Le patron passe à côté d'eux, très fier, son gros ventre en avant... Elles sont bonnes mes glaces, hein ?... Samy et Tom se regardent l'œil rieur, et l'air de dire... *Oui, mais sûrement pas aussi bonnes que là-bas, quand même...*

Samy dépose Tom pas très loin de chez lui, pour le cas où Joss serait dans les parages. Il préfère ne pas la croiser. Il n'a toujours pas trouvé comment s'excuser. Mais il cherche encore. Et puis, c'est sûr, elle n'aimerait pas apprendre qu'il est copain avec Tom. En plus, maintenant, l'histoire avec Lola... Ça devient très compliqué. Mais il va trouver. Il le sent. Ça ne va pas tarder.

36

C'est du Bach

Il pousse un profond soupir, se cale au fond de son grand fauteuil en cuir. Devant lui, sur l'écran de l'ordinateur, les photos qu'il vient de prendre défilent. De face, de profil, le gauche, le droit, en gros plan, en pied, etc... Il est perplexe.

— C'est dommage, ils sont parfaits...

— Ça veut dire que... vous refusez ?

— Non, évidemment. Mais mettez-vous à ma place. C'est un peu une souffrance. Mon travail c'est plutôt... l'ampleur, l'exaltation, la sublimation, vous comprenez ?

— Non, pas très bien.

Ses sourcils se lèvent nerveusement. C'est un tic, chez lui. Qui se déclenche en général quand il désapprouve fortement.

— Mais moi non plus, je ne comprends pas très bien. Vous avez ce que désirent, et ce sur quoi fantasment la plupart des hommes – moi inclus, je ne vous le cache pas – et vous voulez vous en débarrasser. C'est déconcertant, voilà tout.

— Alors, qu'est-ce qu'on fait ?

— Voyez avec ma secrétaire, et choisissez avec elle la date qui vous conviendra le mieux. Je ne sais pas quoi dire d'autre.

Joss se lève, prend son sac, lui tend la main pour dire au revoir. C'est plus fort que lui, il rajoute :

— Réfléchissez bien, quand même.

— C'est tout réfléchi.

Elle ouvre la porte du cabinet, se retourne et lui sourit gentiment.

— Je suis sûre que vous allez y arriver. Ne vous inquiétez pas.

Il est vexé. Son tic le reprend.

La secrétaire a fixé avec elle la date de l'opération. Mais avant, elle lui a pris un rendez-vous avec l'anesthésiste. Comme il passait justement à ce moment-là à la clinique, il a proposé de la recevoir dans la foulée. Elle a accepté, c'était plus pratique. Elle n'aurait pas à revenir. Ils sont entrés dans son bureau. Il a mis de la musique... *C'est du Bach, vous aimez ?...* Elle a dit oui, sans connaître. Pour pas avoir l'air trop con. Il lui a posé des tas de questions sur sa santé. Et puis aussi sur les raisons de cette opération. *Vous n'êtes pas obligée de répondre, évidemment. Mais j'aime créer des liens avec mes patients, vous comprenez...* Sa voix était douce. Son regard apaisant. La musique très belle. Elle s'est laissé aller. Sans cette sale impression d'être constamment jugée. Et elle a commencé à lui raconter. Quand elle avait dix ans. Et qu'elle les a vus pousser, pousser... En très peu de temps. Et juste après, elle a perdu du sang. Et ça l'a épouvantée. Elle en a parlé à sa mère, mais elle s'est mise à rigoler. Elle buvait beaucoup, et elle avait les dents toutes gâtées. Ça lui donnait l'air méchant. Un peu comme une sorcière, vous voyez... Et puis, avec le beau-père, les choses ont changé. Il s'est mis à la regarder bizarrement. À vouloir la toucher. À l'envoyer à la cave et à la coincer dans l'escalier. À se frotter contre elle. Sans jamais la pénétrer ! Mais tout le reste, quand même... Pas la peine de vous faire un dessin. À onze ans, elle s'est enfuie. Mais les gendarmes l'ont rattrapée. Et ils l'ont ramenée chez elle, sans poser de questions. Pas longtemps après, sa mère est morte d'une cirrhose, évidemment. Et elle a été placée en famille d'accueil. Au début c'était bien, la dame était sympa. Mais le mari, même topo que le beau-père. Il n'avait d'yeux que pour ses seins... Éclat de rire... Dieu que pour ses saints... C'est bête, mais ça me fait toujours marrer, excusez-moi... Bon. Elle est retournée en foyer. Et à treize ans, elle a fugué. Là, elle a rencontré un garçon de quelques années plus vieux qu'elle. Elle l'a trouvé gentil. Et puis surtout il avait une voiture. Elle s'est dit qu'il pourrait l'emmener loin. À des milliers de

422

kilomètres de là. Mais non. Il avait flashé sur la même chose que les autres, c'est tout. Elle l'a compris trop tard. C'était sa première vraie fois. Et elle est tombée enceinte. Crac! Au premier coup. Après, c'est un peu toujours pareil. Ça ne vaut pas la peine de raconter... Voilà. Mais peut-être qu'après l'opération, le jour où quelqu'un l'aimera, ce ne sera que pour elle, hein?... En tout cas, ça vaut le coup d'essayer.

Elle a passé sa main sur son visage et sur ses cheveux, comme pour chasser des souvenirs ou des images qui y seraient restés accrochés. Et elle a ajouté:

— Elle est belle, cette musique de bac. Ça m'a bien plu.

Il lui a offert le CD et l'a raccompagnée à la porte du cabinet. Il lui a serré la main et l'a regardée droit dans les yeux.

— À bientôt, mademoiselle.

37

Dan, mon petit

Tom installe Madeleine dans la brouette, la cale avec des coussins. Elle a du mal à marcher. Ça la fatigue trop. Là, il peut la promener facilement. Et elle peut surveiller tout ce qu'il fait, lui dire comment jardiner. Entre deux microsiestes, elle pointe avec sa canne... *Limace à tribord... Marche pas là, pauv'malheureux! Tu vas m'écraser le persil qu'essaye de lever... Là, y a un gourmand...* Il sait maintenant que les gourmands sur les plants de tomates, il peut les tremper dans de l'hormone de bouturage et les planter pour faire partir de nouveaux pieds. Avec ce truc, ils en ont déjà trois fois plus qu'au départ, sans avoir eu à aller en piquer chez les voisins. Ils en ont une quarantaine, en tout. Il y a déjà des petites tomates vertes sur les plus précoces. Tom est très excité. C'est son premier jardin. Il passe beaucoup de temps à tout regarder pousser. Madeleine essaye de le tempérer. On n'est jamais à l'abri d'un orage, ou d'une attaque de mildiou! Mais Tom s'en fout. Pour l'instant, pas d'orage en vue, et le purin d'ortie tient les maladies et les pucerons en respect. Et puis, il préfère rêver. Madeleine, elle, reste pratique. Elle pense déjà aux bocaux. Parce que si tout va bien, il va falloir faire des conserves, pardi. Pour l'hiver. Des sauces, des ratatouilles, du ketchupe... Elle prononce « upe », et ça le fait rigoler.

Tom arrête la brouette devant la porte du vieux poulailler. Elle pointe sa canne vers l'intérieur.

— Regarde au fond... Tout là-bas, dans les cartons.

Il sort des quantités de pots de verre, tous sales, pleins de crottes de souris. Et évidemment, elle lui demande de les laver. Ce n'est pas son activité préférée. Et puis, il trouve qu'il y a largement le temps de le faire. Les tomates ne sont pas encore mûres. Mais Madeleine aime bien commander.

— Quand ce s'ra l'moment, tu m'remercieras. T'auras ça en moins à te coltiner. Crois-moi, p'tit. Elle s'y connaît, la mémé.

Tom lit une BD. Mandrake, le magicien. Aux puissants pouvoirs hypnotiques. Madeleine se réveille de sa sixième sieste de la journée. Elle le regarde, lui caresse la joue.

— Dan...

Tom lève les yeux.

— Tu es content d'avoir retrouvé tes livres, mon chéri ?

Il hoche la tête.

— Pourquoi tu ne viens plus me voir ? Tu m'oublies ?

Comme chaque fois, Tom s'inquiète. Elle a l'air d'être loin, très loin, dans ces moments-là. Et il a peur qu'elle ne revienne pas. Qu'elle ne retrouve plus le chemin.

— Mais si, Madeleine, je viens souvent.

— Pas Madeleine, non... pas toi...

Tom n'ose plus bouger. Elle ferme les yeux très fort, comme si elle souffrait. Mais ça ne dure pas longtemps. Sa respiration redevient régulière. Elle s'endort. Il soupire.

Il rentre dans la maison, regarde autour de lui. Ouvre un tiroir. Il est plein de bouts de ficelle, de bouchons de liège, d'élastiques. Il le referme. Ouvre le tiroir d'à côté, hésite, prend la carte d'identité, la retourne lentement. C'est bien elle sur la photo, malgré toutes ces années. Elle n'a pas beaucoup changé. Il lit ce qu'il y a écrit. Arrivé au prénom, il s'arrête. Il n'y a pas écrit Madeleine. Il referme le tiroir, retourne s'asseoir à côté d'elle, reprend la lecture de la BD là où il l'avait laissée.

Maintenant, il sait. Il se sent plus tranquille. Pour la prochaine fois, quand elle retournera faire un petit tour dans le passé. Au temps où elle ne s'appelait pas encore Madeleine, et qu'elle avait peut-être un fils. Qui lisait des BD.

38

Le fameuse déjeuner

Archibald et Odette doivent préparer le déjeuner. Ils ont invité Raymond, le vieux guérisseur, et sa femme Mine. Ils sont un peu stressés parce qu'ils ne savent ni l'un ni l'autre cuisiner. Odette fait très bien les gâteaux au chocolat, mais pour le reste, elle est encore un peu juste. Après des années de plats surgelés, ce n'est pas évident de passer derrière les fourneaux. En ce qui concerne Archi, ce n'est même pas la peine d'en parler. Ses talents se résument à la préparation de cocktails, de purée de pommes de terre et de carottes râpées. En dehors de ça, il est très démuni. Ils sont donc passés en courant chez le libraire, ce matin. Un monsieur très bien. Qui leur donne de bons conseils, en général. Il leur a chaudement recommandé un livre de recettes, d'un auteur de la région qu'il affectionne particulièrement. Il a eu un petit sourire en coin en en parlant. Maintenant, ils se rappellent... Et ils se disent qu'ils auraient dû se méfier. En tout cas, ils l'ont acheté. Et ce n'est qu'une fois rentrés qu'ils ont découvert l'objet. Et ça les a fait un peu sursauter. De découvrir la photo de l'auteur, d'abord. Puis ses recettes. Qui, somme toute, correspondent bien à sa tête... *Le Grand Livre des recettes sauvages de Marie-Rose*. Sur la photo, Marie-Rose, donc. Une femme très très très corpulente, qui sourit en ne laissant apparaître que deux dents de devant. À l'évidence, les seules qui lui restent. Déjà, ça leur a fait froid dans le dos.

Et puis, les recettes. Hum. Pâté de rat. Civet de renard. Ragoût de vipère aux châtaignes... Oh, écoutez celle-ci, Archi... *Beignets d'écureuils aux noisettes. À réserver pour les dîners d'amoureux. Un peu casse-couilles à préparer...* Odette est choquée.

Il est onze heures du matin. Et les invités arrivent vers midi. Archibald prépare des cocktails. Histoire de réfléchir calmement. C'est efficace. Aussitôt bus, ils rient en feuilletant le livre. S'esclaffent sur les photos. Trouvent tout absolument extraordinaire. Drôle. Exotique. Ah, ces *froggies*, quelle imagination quand il s'agit de manger. Mais le temps passe, et il faut qu'ils trouvent une solution pour le déjeuner. D'un coup, Archi a l'inspiration. Ils vont sortir du congélateur un de leurs fameux plats surgelés qu'ils gardent au cas où, depuis leur arrivée... Ça fait presque un an, tout de même, vous vous rappelez?... Oui, mais c'est encore bonne, Odette. Il ne faut pas vous inquiéter. Trois

minutes dans la four micro-ondes, et... Bingo! c'est prêt!...
Vous avez raison, nous sommes sauvés.

Ils boivent un deuxième verre pour fêter cette idée.
Odette soupire et s'agite sur le canapé.

— Qu'est-ce que vous avez mis dans ce cocktail-ci,
Archi?

— De la gingembre.

— Ah oui, ça me fait beaucoup d'effet.

— Il reste vingt-cinq minutes avant que nos invités
arrivent, vous savez.

— Bonne idée.

Ils montent dans la chambre à coucher, leur verre à la
main.

Vingt minutes plus tard, Archi est fin prêt. Douché,
habillé, coiffé. Impeccable. Il sort le plat du congélateur, découvre que la date de péremption est largement
dépassée. Plus le temps de tergiverser. Il appelle Odette
au secours. Elle prend l'annuaire, compose le numéro
de téléphone du restaurant le plus proche... J'aimerais
réserver une table. Nous serons quatre. Dans une heure?
C'est parfait... Archibald, vous n'allez pas me croire. Le
chef-cuisinier du restaurant où je viens de réserver... il
est australien! Qu'est-ce qui a bien pu le faire quitter son
bush? L'amour, sûrement. C'est romantique... En tout
cas, sa cuisine risque d'être aussi étonnante que dans le
Grand Livre des recettes sauvages de Marie-Rose, vous ne
croyez pas? Kangourou, autruche et compagnie, à mon
avis.

Effectivement, ce repas a été une aventure. Dans vingt
ans, a priori, ils en parleront encore. Avec des étoiles dans
les yeux. Du moment formidable qu'ils ont passé. Avec des
gens délicieux. Et où ils ont mangé des mets extraordinaires. Ça leur a ouvert de nouveaux horizons. Ils veulent
tout essayer. Même des recettes sauvages du livre de Marie-
Rose. Histoire de ne pas mourir idiots. La matière première
risque de poser quelques problèmes à trouver. Du renard,

du rat, du hérisson… Ils penchent pour une recette plus à leur portée. Celle avec des vers.

C'est facile à attraper, et il y en a plein le jardin.

Ils lisent.

Salade de vers de terre
(Très léger, pour les appétits d'oiseau)

1. Avec une bêche, creusez des trous dans le jardin. Ne prenez que les vers les plus gros. Ils réduisent beaucoup à la cuisson. Puis faites-les dégorger jusqu'à ce qu'ils aient chié toute leur terre. Une journée et une nuit environ. À moins qu'ils soient constipés !

2. Pour la verdure, mettez des feuilles de pissenlits. Un conseil aux vieillards et à tous ceux qui ont des problèmes de chicots (j'en connais un rayon) : émincez fin. C'est meilleur et c'est moins crevant à la mastication.

3. Préparez une vinaigrette avec de l'échalote et de l'ail sauvage haché. Du vinaigre, celui que vous avez. Pour l'huile, pareil. (Moi j'aime bien l'huile d'olive. Mais mon Momo, il préfère celle de noix. Quand j'en ai, j'y mets. Mais pas chaque fois. Pasqu'il s'habitue et qu'il réclame, après. Et moi, tintin…)

4. Dans l'eau bouillante et salée, balancez les vers vivants, pour les pocher. Dès qu'ils remontent à la surface, égouttez.

5. Si vous aimez la gomme à mâcher, vous pouvez arrêter là et les manger tels quels, avec la vinaigrette. Plus le conseil n° 8, évidemment. Sinon, faites comme moi, continuez.

6. Dans une poêle, mettez une noisette de beurre. Pour parfumer, vous pouvez ajouter une fleur de capucine ou une fleur de pissenlit (voir la liste des comestibles à la fin du bouquin). Ça fait joli et c'est bon. Mais attention : n'utilisez pas les fleurs de fleuristes. Elles sont intoxiquées à la pollution.

7. Jetez les vers pochés dans la poêle chaude. Pour éviter qu'ils attachent, faites un mouvement de va-et-vient avec la queue de la poêle. Dès que les vers commencent à dorer, mettez-les sur la salade, comme des lardons. Poivrez. Versez dessus la vinaigrette. Et dégustez.

8. Buvez un grand verre de vin blanc, bien frais.

Archibald et Odette ont suivi le conseil n° 8 plusieurs fois. Avant, pendant et après l'exécution de la recette. Ils étaient donc bien mûrs quand ils sont arrivés au bout. Ce qui était déjà un succès. Et puis, ils ont goûté et ont trouvé ça formidable. Mais c'était très subjectif. Ils ont décidé de faire ça plus sobrement la prochaine fois. Avant de mettre la salade de vers de terre au menu d'une prochaine invitation.

39

Les madeleines de Commercy

Samy est crevé. Il décide de mettre son clignotant et de prendre la bretelle de sortie vers la station-service. Il gare son corbillard pas loin de l'entrée. Devant le distributeur de café, il cherche une pièce dans ses poches, mais ne trouve qu'un billet. Il va vers la caisse pour faire de la monnaie, et jette un œil en passant aux spécialités qui sont exposées. Le tour de France des régions, sur à peine deux mètres carrés. Bêtises de Cambrai, calissons d'Aix, lentilles du Puy, piment d'Espelette, nougat de Montélimar, macarons de Montmorillon, olives de Nyons, madeleines de Commercy... Il s'arrête. Tâte le paquet. Elles ont l'air d'être bonnes, ces madeleines-là. Pas comme celles de la vieille, l'autre jour. Qu'elle avait piquées sur les plateaux-repas de ses camarades d'hosto. Marrante, cette dame. Madeleine. Comme les madeleines à manger. Il prend le paquet, le paye, se fait couler un café. Il ne veut pas trop traîner. La route est encore longue. Il doit arriver tôt dans la matinée pour que Pierrot ait le temps d'arranger le client avant l'arrivée de la famille éplorée. Il l'a vu avant de refermer la boîte. Pas beau à regarder. Mais Pierrot, c'est un spécialiste. Des années de pratique. À préparer les corps, les arranger, les maquiller, à les faire sentir bon. Pour qu'ils puissent être regardés une dernière fois, et même embrassés, avant la décomposition. Et il les prend en photo, ses macchabées. Complètement chtarbé, c'mec-là. Quoique... Il les a regardées, et il les a trouvées pas si mal, ses photos. Artistiques, on dirait. Mais pour le gars qu'il transporte en ce moment à l'arrière du fourgon, il va avoir du mal à lui tirer le portrait. Il s'est mangé un gros camion.

Il a un peu le blues, cette nuit, Samy. Mais il ne veut pas se laisser aller. Il va mettre la radio. Ça va l'aider. Il lui reste encore quatre heures de route. Et de trop gamberger, c'est pas bon pour lui, ça.

Pierrot s'est mis au travail dès qu'il est arrivé. Et il a fait des miracles, une fois de plus. Il a recollé les morceaux. On aurait presque dit qu'il était vivant, le gars, en sortant du labo. Mais il n'est pas allé de main morte sur les couleurs. C'est sa tendance actuelle. Le rose sur les joues, trop rose, le rouge à lèvres, trop rouge, le trait des sourcils, trop noir. Surtout que là, c'était un rouquin, au départ... Mais il lui avait redonné forme humaine. Et ça, c'était le principal. Avec Arnaud, son patron, ils se sont chuchoté pendant la visite de la famille que s'il existait un prix pour ce genre de travail, il lui reviendrait forcément. La Palme d'or du meilleur thanatopracteur est attribuée à... Pierrot ! Ils ont dû se tourner très vite pour pouffer de rire discrètement. Il est sympa son patron. Il a de la chance d'être tombé sur lui. Même si ce boulot, il n'a pas envie de le faire très longtemps. En prison, il a passé un CAP de plombier. C'est pas vraiment la même branche. Quand il aura un peu de fric de côté, il essayera de se mettre à son compte. Pour l'instant, il se sent bien ici, il est content. D'être utile à quelque chose, de ne plus être seul, surtout. Quand il est sorti de taule, le plus dur, ça a vraiment été ça. De se retrouver tout seul. Putain, ça lui a fait drôle. En cellule, ils étaient toujours à deux, et même des fois à trois. Toujours quelqu'un. Il y avait souvent des cons, mais aussi des fois des mecs sympas. À la promenade, dans les douches, dans les ateliers, toujours du monde partout. Au début, c'est même ce qu'il supportait le moins. Ce qui le rendait fou. Et puis, à force, ça a fait partie de sa vie. Alors en sortant : le choc. Plus personne. Ni parents, ni copains, ni copines, ni rien. La solitude totale. Et puis plus d'endroit où habiter, et plus de fric non plus, évidemment. Il aurait pu faire comme les autres. Rencontrer des filles dans les bars. Il y en a plein qui tombent raides dingues de voyous. Surtout des bourgeoises. Ça leur donne des frissons. Mais il était bloqué de ce côté-là. Dix ans à se faire reluire, ça ne l'avait pas aidé à devenir un don Juan. Loin de là. D'autant que son palmarès d'avant se résumait à trois fois rien. Des p'tits coups par-ci, par-là, et un gros chagrin. Pas brillant. Bon. Il faut qu'il arrête de penser à tout ça. Chaque fois, ça lui remet la déprime. D'autant que maintenant, ça va, quoi... Il a un boulot, un appart, une gonzesse. Il n'a pas à se plaindre. C'est vrai que côté copains, c'est pas encore ça. Il a tendance à se méfier. Mais un jour, ça va se tasser, c'est une question de temps. Il n'y a qu'avec le p'tit Tom qu'il arrive à parler. Avec un môme de onze ans. C'est quand même dingue, ça ! Mais c'est déjà bien. Avec Lola, c'est purement physique. Et il a tellement de retard à combler de ce côté-là qu'il s'en fout pour l'instant de ne pas pouvoir échanger autre chose que ses fluides. Voilà. Ça va, quoi. Juste un truc. Quand il pense à ses parents, il a un petit pincement au cœur. Et ça, ça le fait vraiment chier. Parce que de toute façon, c'est plié. Il n'y aura plus jamais moyen de revenir en arrière. Alors, à quoi bon y penser...

Il arrête le corbillard au milieu de la cour. La porte de la maison est grande ouverte et le vieux chien dort sur les marches du perron. Il ne l'a pas entendu arriver. Samy frappe aux carreaux. Personne ne répond. Il enjambe le chien, passe la tête par la porte. Il n'y a personne. Il fait le tour. Dans le potager, il voit Madeleine assise dans sa brouette qui pointe sa canne devant elle, en parlant aux tomates... Elle essaye peut-être de les faire rougir? Au premier coup d'œil, ça donne cette impression. Samy s'approche d'elle. Elle le regarde arriver en fronçant les sourcils.

— Je vous ai apporté des madeleines, madame Madeleine. Ce n'est plus la saison du lilas. Mais je sais tout de même que vous aimez bien ça...

— C'est très gentil, jeune homme. Moi aussi j'aime beaucoup Brel. Mais vous êtes qui?

— Je vous ai ramenée de l'hôpital, l'autre jour. La navette...

— Ah, ouiche. Ça me revient.

La tête de Tom apparaît au milieu des pieds de tomates. Il regarde Samy, l'air ahuri.

— Ben... comment tu savais que j'étais là?

— Ben... je savais pas.

— Qu'est-ce que t'es venu faire, alors?

— J'ai apporté des madeleines à madame Madeleine, c'est tout. Et toi?

— Tu vois, je l'aide à faire son jardin.

— Et l'école?

— J'suis en vacances. On ne faisait plus rien d'intéressant, de toute façon. Dis, t'as vu les tomates! Tu peux en goûter si tu veux. Elles sont hyperbonnes.

Samy en a mangé. Et il s'est extasié. Tom et Madeleine ont été ravis. Ils ont pesé cette première récolte. Six kilos. Dans l'euphorie, Tom a décidé d'en faire son métier. Tomatier! Ça les a fait rigoler. Ils ont aussi récolté des courgettes et des oignons. Et puis Madeleine s'est sentie un peu fatiguée, et Samy l'a portée jusque dans la maison. Elle a fait tremper quelques madeleines dans un bol de lait, les a mangées et s'est couchée.

432

Et Tom et Samy sont partis sur la pointe des pieds. Mais ce n'était pas la peine. Elle était déjà profondément endormie.

Sur le chemin du retour, Samy a reparlé de l'école. Que c'était une connerie de ne pas y aller. Que lui, par exemple, il regrettait. Parce qu'il n'en serait pas là où il en était aujourd'hui s'il avait plus travaillé... Enfin, peut-être... mais ça, il l'a gardé pour lui. Tom a fait un peu la gueule. Et puis il a grogné : ma mère elle dit pareil... Il s'est rendu compte qu'il avait gaffé. Mais Samy n'a pas entendu. En tout cas, il n'a eu aucune réaction.

Samy a arrêté le corbillard, a descendu le vélo et les deux cageots de légumes. Et Tom est entré dans le mobil-home. Il y avait un mot. *Je ne rentre pas ce soir. Trop de travail. Bisoux.* Ça lui arrivait souvent à Joss, ces derniers temps, de ne pas rentrer. À cause de son patron qui lui faisait faire des heures supplémentaires, exonérées d'impôts. Elle avait dit ça en rigolant. Tom n'avait pas compris, mais n'avait pas osé lui demander sur le moment. En tout cas, ça l'a déçu qu'elle ne soit pas là. Il aurait bien voulu voir la tête qu'elle aurait faite devant sa récolte.

Il a posé une grande planche sur les tréteaux, a sorti le réchaud à gaz, une bassine et un faitout. Il a ébouillanté les tomates pour les peler plus facilement, comme Madeleine le lui a appris. Et puis il a déplié le papier sur lequel il avait écrit la recette de la sauce qu'il voulait fabriquer. À minuit, il a fini. Et épuisé, il a tout laissé en plan et est allé se coucher.

Tom a préparé trois grands bocaux. Et sur les étiquettes, il a écrit...

Sauce Tomtomato
Pour les spaghettis. Mais c'est bon avec d'autres trucs aussi.

40

Beaux bocaux

Il est sept heures du matin et Tom passe sous la haie de ses voisins, en traînant son sac derrière lui. Captain Achab, assis quelques mètres plus loin, le regarde arriver, sourcils froncés, comme d'habitude. Tom se relève, lui sourit pour l'amadouer. C'est la première fois qu'il n'a pas peur de lui. Il avance doucement la main, caresse sa tête. Le chat se laisse faire trois secondes et demie et puis s'en va. Tom entre dans le potager. Il serre son sac pour empêcher les bocaux de s'entrechoquer. Il est encore très tôt, Archibald et Odette ne sont sûrement pas levés. Tom choisit trois plants de tomates, creuse légèrement la terre à leur pied et y plante les bocaux qu'il a apportés. Il recule, regarde l'effet que ça fait. C'est beau, il est content. Il repart. En passant devant les framboisiers, il s'arrête, en mange quelques-unes. Mais c'est plus fort que lui, il en cueille un gros paquet. Un bruit le fait sursauter. Il se cache à l'ombre de la haie. Archi passe à quelques mètres, en poussant sa brouette. Et en sifflotant un air anglais. Il s'arrête, se met à désherber l'allée. Ça risque d'être long. Tom mange ses framboises, en attendant. Il n'a pas beaucoup dormi et ses paupières sont lourdes. Une heure plus tard, il se réveille. Il a du mal à respirer. C'est Captain Achab qui est couché sur sa poitrine. Ses sourcils sont toujours aussi froncés. Mais Tom le voit maintenant de très près. Et ce sont bien les striures de son pelage qui lui donnent cet air fâché. Finalement, il est très sympa, ce chat.

Archibald arrive maintenant dans le coin des tomates. Et il tombe en arrêt.

— *Good Lord !*

Il a un moment d'hésitation. Essaye de se rappeler dans quel état il est allé se coucher hier soir, ce qu'il a mis dans son dernier cocktail, s'il a fumé quelque chose... Ce n'est pas tous les jours que l'on voit pousser des bocaux dans un potager. On est en droit de se poser des questions. Il appelle Odette. Lui demande d'apporter son appareil. C'est sûr, cette photo servira de couverture à leur album : *Notre première année à la campagne et autres aventures, by Archibald and Odette*. C'est obligé.

En tout cas, à midi, ils vont manger des spaghettis. À la Tomtomato.

Et ils sont tout émus à l'idée.

41

Le Mité sous le pommier

Madeleine pleure. Le Mité est couché en rond dans le panier. Balourd à côté le pousse du museau comme pour le réveiller. Mais il ne se réveille pas. C'est fini. Il ne reviendra plus. Tom creuse un trou sous le pommier. Il y a des racines partout entremêlées. Il a peur d'en couper et que l'arbre meure aussi. Madeleine serait encore plus triste. Perdre en même temps son chat et son pommier, ce serait trop pour elle. Alors, il fait très attention. Quand il pense que c'est assez profond, il va chercher la boîte à chaussures dans laquelle il a couché le chat mort. Il essaye de la mettre dans le trou, mais ce n'est pas assez large. Il doit encore creuser. Ça fait deux heures qu'il y est. Il commence à en avoir marre. Balourd s'est allongé à côté, regarde d'un œil ce qu'il fait. Tom trouve qu'il a l'air triste. Il n'a rien mangé et ne veut plus se coucher dans le panier. Ça faisait si longtemps qu'ils vivaient ensemble, lui et Le Mité, il doit forcément lui manquer.

Le trou est à la bonne taille maintenant. Il va chercher Madeleine. C'est elle qui veut assister à l'enterrement. Elle dit que c'est son dernier chat et qu'elle lui doit bien ça. Elle n'arrête pas de pleurer. Tom lui serre le bras en l'aidant à marcher. Il aimerait bien la consoler. Mais c'est contagieux. Et lui aussi pleure comme une madeleine. Il l'assied sur une chaise qu'il a apportée exprès, puis met la boîte dans le trou, la recouvre de terre. Il roule un gros caillou jusque sur la tombe, pour marquer l'emplacement. Et il raccompagne Madeleine à la maison. Elle non plus n'a rien mangé depuis hier. Et Tom s'inquiète. Il lui prépare son plat préféré. Des madeleines trempées dans du lait. Mais elle n'en veut pas. Il est désolé. Elle lui dit qu'il peut partir, qu'elle préfère rester seule pour l'instant. Comme c'est le jour où il doit aider Joss à cueillir des fleurs et qu'il ne peut pas être en retard, il décide de partir et de repasser dans la soirée. Elle lui dit que ce n'est pas la peine. Qu'elle se débrouillera très bien toute seule. Allez, file, maintenant... Il lui caresse la tête, l'embrasse sur le front. Elle lui fait un vague sourire. Il grimpe sur son vélo et s'éloigne de la maison, le cœur un peu serré. Madeleine reste prostrée, les yeux mouillés et la goutte au bout du nez. Seule avec Balourd couché à ses pieds, et leur gros chagrin... Ça ira mieux demain, hein? Mon pauv' vieux. Quel saligaud ce chat, tout d'même. De nous laisser comme ça, sans prévenir, ni rien... Tu vas voir, quand on va l'retrouver, on va le dérouiller, quelque chose de bien. On va lui faire regretter... Ben quoi? T'es pas d'accord?... Ça s'fait pas de partir sans rien dire. Ni bonjour ni au revoir. C'est pas poli du tout. Et pis, combien de temps ça faisait qu'il était avec nous, hein? Dix-neuf ou vingt ans, au moins. Et toi?... Ah ben, p't'ête un peu moins, c'est vrai... Bon, t'arrêtes de gémir. Ça m'casse les oreilles. Couché maintenant. Là, c'est fini. On va dormir et demain ce s'ra envolé. T'entends c'que j'dis? On aura oublié not'chat tout mité, qu'était plus bon à rien. Qu'attrapait même plus de souris et qui faisait pipi partout… Tu verras, mon gros Balourd. C'est comme le reste. Trois p'tits tours et pis s'en vont. C'est la vie qu'est comme ça. On n'y peut rien du tout.

42

Joss a assez de sous

— On a d'la chance, parce que ici il n'y a pas de roses. Avec les épines, t'imagines à la fin de la journée? On aurait les doigts en sang.

— Ah ouais, c'est vrai…

— Et puis, tu vois, il est sympa le patron. Parce que normalement, tu ne devrais pas être là. T'as vu les autres. Y a personne qui vient les aider, eux.

— Mmm…

— Il m'aime bien, quoi. C'est pour ça.

Joss coupe les fleurs et Tom les entasse sur un chariot. Après les avoir attachées en bottes de dix. Ils vont deux fois plus vite que les autres cueilleurs. Ils leur font tous un peu la gueule, dans les rangs.

— On s'en fout. De toute façon, c'est bientôt fini.

— Pourquoi? Il va plus rester de fleurs?

— Non. C'est moi. Je vais arrêter un moment.

— Ah. T'as assez de sous, alors?

— Ouais.

Tom se redresse. Elle fronce les sourcils. Il reprend son travail.

— Et tu vas partir?

— Oui.

— Quand?

— La semaine prochaine.

— Pour longtemps ?

— Non, pas trop.

Tom ne peut pas empêcher ses larmes de couler.

— T'auras qu'à aller dormir chez ton copain, si t'as trop peur tout seul dans le mobil-home.

— Je préférerais rester avec toi.

— Ça va pas, la tête ! Je pars pas en vacances, moi. Je vais aller me faire charcuter. Ils vont me retirer des bouts, me recoudre, me repriser comme une vieille chaussette, et toi tu voudrais être là pour regarder ? T'es cinglé.

— Mais j'ai peur que tu reviennes pas...

Elle hausse les épaules.

— Pauv'nouille. Évidemment que je vais revenir. Ou tu crois que je pourrais aller, de toute façon ?

Tom ramasse les fleurs tombées par terre, les met dans un grand sac. Joss a demandé à son copain patron. Il est d'accord pour qu'il continue à venir, même quand elle ne travaillera plus là. De toute façon, elles finissent à la poubelle, ces fleurs-là. Demain dimanche, c'est le jour de marché. Tom veut faire plein de bouquets. Et en vendre un maximum. Il voudrait acheter une robe pour sa mère. Il en a repéré une très jolie, aux Emmaüs. Qu'elle pourra mettre après son opération. Parce que là, elle serait trop serrée, pour l'instant. Et puis des chaussons pour Madeleine. Parce qu'elle a toujours les pieds froids. Même en été. Si jamais il lui restait quelques sous, il pourrait trouver un truc pour lui. Mais ce serait déjà bien s'il arrivait à avoir assez pour ces deux choses-là.

43

Vingt bouquets

Tom se lève tôt pour partir au marché. Avec vingt bouquets de fleurs. Il est un peu inquiet. C'est beaucoup, vingt. En plus, il fait chaud. Les fleurs risquent de se faner. Il ouvre le carton dans lequel il les a transportées pour les laisser respirer. À la fontaine, il remplit des sacs en plastique avec de l'eau fraîche, trempe les fleurs dedans. Ouf, ça va aller. Elles se redressent.

Vers dix heures, il en a déjà vendu la moitié. Il commence à avoir faim. Il court à la boulangerie s'acheter des chouquettes. Dans la queue, il se retrouve derrière une fille. Elle doit avoir à peu près son âge. Elle se tourne vers lui, lui sourit. Il est gêné, baisse la tête, regarde ses pieds. Elle achète du pain et des chouquettes, elle aussi. Quand il ressort, il la voit ranger le pain dans la sacoche de son vélo. Il retourne à ses fleurs.

La fille passe devant lui, s'arrête.

— Elles sont bonnes, hein?

— Oui.

— Je peux m'asseoir?

— Si tu veux.

— C'est toi qui les as faits, les bouquets?

— Oui.

— Ils sont pas mal.

Ils plongent la main dans leurs sachets, mangent quelques chouquettes.

— Je m'appelle Clara.

— Tom.

— T'es en vacances dans le coin?

— Mmm.

— Moi aussi. Chez Mélie. Ma grand-mère. Et toi?

— Chez Madeleine. Mon arrière-grand-mère... enfin, un peu...

— Ah ouais, genre adopté, alors ? Comme moi !

— Oui, c'est ça.

— Bon, faut que j'y aille. À un de ces quatre ?

— D'accord.

Il lui reste dix bouquets à vendre. En deux heures. À raison de cinq bouquets de l'heure. Ça devrait aller. Ses voisins qui se disent « vous » ne sont pas encore passés. Ils ne devraient pas tarder. En effet, ils arrivent. Et ils lui achètent quatre bouquets d'un coup. Tom est content. Il les regarde en souriant. Ils ne savent pas que c'est lui qui a planté hier les bocaux au pied de leurs plants de tomates. Ça lui donne un avantage. Il regrette juste de ne pas pouvoir leur demander s'ils ont aimé sa recette. Dommage. Il ne saura jamais. Au moment de payer, Archibald écarte un pan de sa veste, pour chercher sa monnaie. Tom voit que son tee-shirt est couvert de taches rouge orangé. Et Archibald se penche vers lui, chuchote l'air navré :

— J'adore incroyablement les spaghettis. Mais je mange un peu comme une cochon, vous voyez.

Tom ouvre de grands yeux et reste coi.

Odette sourit et ils partent tous les deux en faisant *bye bye* avec la main.

Il n'y a rien à dire. Il s'est fait griller, quoi.

Vers onze heures et demie, Samy arrive. Lui prend ses deux derniers bouquets. Tom part acheter la paire de charentaises qu'il a repérée pour Madeleine. Le marchand lui fait un gros rabais. Ce n'est pas un article facile à vendre l'été, les chaussons fourrés à la laine de mouton. Il regarde l'heure. Ça va encore. Les Emmaüs sont ouverts jusqu'à midi. Samy propose de l'accompagner. Tom préfère y aller seul, mais comme il insiste, il finit par accepter. La robe est encore là. Plus jolie qu'il ne se la rappelait. Samy trouve aussi qu'elle est bien. Mais que pour Joss, ça risque d'être un peu trop serré, tu crois pas ?... Tom fait celui qui n'a pas entendu et va payer. Il lui reste encore un peu d'argent.

Mais les magasins sont maintenant fermés. Il verra pour lui une autre fois.

Samy l'invite au restau. Ils commandent des pizzas. Il lui raconte qu'avec Lola, c'est fini. Tom lève les yeux pour voir la tête qu'il fait. Il n'a pas l'air triste du tout. Ils commencent à manger. Entre deux bouchées, Samy marmonne que Lola justement lui a parlé d'un truc avant de partir. Un truc qui le concerne, lui et Joss. Tom attend la suite avec anxiété. Mais Samy lui dit de ne pas s'inquiéter. Qu'il s'en doutait, de toute façon. Faudrait vraiment être très très bête pour ne pas avoir compris que Joss était sa maman... Tom fixe le contenu de son assiette. Samy dit que lui aussi, ça lui arrive de dire des conneries aux gens pour qu'ils lui foutent la paix. Qu'il ne lui en veut pas et qu'il comprend Joss, finalement. Qu'à sa place, il aurait sûrement fait pareil. Tom le regarde. Samy a l'air sincère. Il est soulagé. Reprend un morceau de pizza.

Mais maintenant qu'il a commencé, Samy ne veut pas s'arrêter là. Il attend que les glaces soient servies. Et il pose la question qui le tarabuste depuis un moment. La date de son anniversaire, c'est quand ? Tom le lui dit, tout naturellement. Et lui explique même qu'il est né avec un mois d'avance. Et que c'est possible que ce soit pour ça qu'il est si petit. En tout cas, Joss le croit. Samy se met à rire. Se lève de sa chaise, embrasse Tom sur les joues. Se rassied. Lui dit qu'il est si content qu'il a envie de pleurer. Et c'est vrai, il pleure. Mais il sourit aussi en même temps.

Tom ne comprend pas très bien. Il trouve que Samy est un petit peu siphonné, quand même.

Un peu maboul.

En deux mots : toc-toc.

Mais à part ça, il est très sympa, ce type-là. Dommage que Joss ne l'aime pas.

Après le déjeuner, ils vont chez Madeleine. Elle ouvre son cadeau.

— Viens donc que j'te bige, mon p'tit homme.

Avec sa manche, elle essuie ses yeux et la goutte qui pend au bout de son nez. Elle veut essayer ses nouveaux chaussons. Elle se tourne vers Samy pour qu'il lui donne le bras et l'aide à marcher.

— Vous êtes déjà venu me voir, vous, c'est ça ?

— Les madeleines, l'autre jour…

— Ah ouiche ! Très très bonnes. Est-ce que vous pourriez penser à m'en rapporter d'autres, la prochaine fois ? Ce serait gentil. J'aime tellement ça.

Elle sourit et puis lui sert un petit verre de ratafia. Boit le sien cul sec. Tom se dit qu'elle a repris du poil de la bête. Mais c'est peut-être qu'elle ne se souvient déjà plus de son chat. Pareil pour Balourd. Qui dort tranquillement dans le panier, maintenant. Comme si Le Mité n'avait jamais existé. Il trouve ça bizarre. Mais il y a un avantage, quand même. C'est que ni Madeleine ni le chien ne pensent plus à se laisser dépérir. C'est déjà ça.

Samy emmène Madeleine faire le tour de la maison.

Et Tom va discrètement mettre une fleur sur la tombe du Mité. Une façon de lui dire que lui, il ne l'a pas oublié.

44

Départ

Tom regarde Joss préparer ses affaires. Elle s'agite dans tous les sens, n'arrête pas de parler. Complètement surexcitée. Elle lui dit qu'elle rentrera dans une semaine, à tout casser. Qu'il n'a pas à s'inquiéter. Elle va rester chez une copine. Parce que – dis-donc, quel pot ! – elle habite juste en face de l'endroit où elle doit aller. Et elle l'a invitée. C'est vraiment très sympa, non ?

— Je pourrais te téléphoner?

— Ah oui, attends. J'ai noté le numéro quelque part.

Elle cherche dans son sac. Le renverse sur la table. Une montagne de bouts de papier, de pièces de monnaie, de bonbons tout collés, un rouge à lèvres-stylo, une lampe de poche porte-clefs, des crayons à la mine cassée, une boîte de mini-tampons, une pochette de mouchoirs en papier, un tube d'aspirine, ses papiers d'identité, des allumettes... Bon. Ce n'est pas le moment, de toute façon. Elle ne veut pas s'énerver pour des trucs à la con. Elle doit finir de faire sa valise, d'abord.

Avant de la refermer, Tom lui tend le cadeau qu'il lui a préparé. Elle le regarde, étonnée. Il est gêné. Alors il lui dit qu'il préfère qu'elle l'ouvre plus tard. Après l'opération.

Ça y est. Elle est prête.

— Ah merde, j'ai oublié de chercher le numéro de téléphone. Écoute, j'ai pas le temps maintenant. Mais je laisserai un message chez Lola. Ça fait un moment qu'on ne s'est pas parlé, mais elle me doit bien ça, cette pouffe. T'auras qu'à passer au salon de coiffure pour lui demander. Ah aussi, je t'ai laissé un peu de fric dans la boîte noire, au cas où. Mais t'en auras pas besoin, hein?... T'es à l'aise toi, maintenant, avec tout ce que tu gagnes au marché!

Il sourit à moitié. Elle lui pince les joues, l'embrasse, le chatouille dans le cou.

— Mon p'tit Tom...

Il se serre contre elle.

— Tu vas pas me reconnaître, quand je vais rentrer. Peut-être même que tu vas plus m'aimer...

Il hausse les épaules. Se retient de pleurer. Elle attache sa valise sur le porte-bagages de la mobylette.

— M'man, je voulais te dire. Samy, tu sais, ton copain avec qui t'es fâchée... il sait que c'est toi ma mère.

— C'est Lola qui lui a dit?

— Je sais pas.

— Mais toi... tu lui as parlé?

— Oui. Un peu...

— Est-ce qu'il t'a demandé la date de ton anniversaire ?

— Pourquoi ?

— Il te l'a demandée ?

— Mmm.

— Et tu lui as dit.

— Oui.

— C'est malin. Enfin... il fallait bien que ça arrive un jour. Je file. Je vais finir par rater le train.

Elle met son casque, démarre le moteur de la mobylette. Accélère. Le pot d'échappement fume. Et elle crie en s'éloignant :

— Tu diras de ma part à ton père que c'est un...

Tom n'entend pas le dernier mot. Il n'est pas sûr d'avoir bien compris le reste, non plus.

Mais en fait, si.

Il reste un moment sans bouger. À regarder la route vide. Plus de fumée, ni de bruit de moteur. Tout s'est estompé.

Il faut maintenant qu'il recolle les morceaux.

45

Réveillez-vous

— Jocelyne... réveillez-vous... c'est fini...

La voix suave de l'anesthésiste, comme une caresse à son oreille. Et la petite musique de Bach, là-bas, tout au fond. Il a dû racheter le CD. Il a bien fait, c'est vraiment beau, ces concertos pour violon. Elle ne veut pas encore ouvrir les yeux. Pas encore. Juste envie d'entendre la voix lui parler, l'appeler doucement, la supplier un peu...

— Jocelyne...

Ça fait longtemps qu'on ne l'a pas appelée comme ça. Peut-être même jamais. Sur ses papiers d'identité seulement. Elle va demander qu'on ne l'appelle plus autrement. C'est doux. Ça traîne un peu. Un vrai prénom de fille...

— Réveillez-vous, mademoiselle Jocelyne...

Elle veut bien essayer d'ouvrir les yeux. Mais elle a peur qu'il arrête de parler. Alors elle retarde le moment. Encore un tout petit peu...

— Tout s'est bien passé... Vous m'entendez?...

— Mmm...

— Bon. Prenez votre temps... Je reviendrai tout à l'heure...

— Non... Parlez-moi encore... s'il vous plaît...

La main effleure son bras. Un souffle d'air frais et léger balaye sa peau pendant son déplacement. Ça y est. Il est parti. Seule reste la musique de Bach. Elle se laisse porter.

Une heure plus tard, Joss est complètement réveillée. Elle regarde le bandage. Son torse paraît très étroit. Comme celui d'une enfant. Comme quand elle avait dix ans et qu'ils n'avaient pas encore poussé. Le chirurgien frappe et ouvre la porte en même temps. Derrière lui, une nuée d'assistants.

— Bon, eh bien, j'espère que vous êtes satisfaite. Je vous ai fait des œufs au plat, comme vous m'avez demandé.

Elle sourit. Lui pas.

— Nous nous reverrons dans quelques jours. En attendant, pas trop bouger, rien porter, bref, le moins de mouvements possible. Je compte sur vous.

Il ressort aussi vite qu'il est entré. Joss ferme les yeux. Elle veut se rendormir. Pour pouvoir se réveiller, et être encore une fois surprise de voir qu'elle n'a pas rêvé. Elle va enfin vivre comme elle a décidé. Ne plus subir sa stupide destinée. Elle s'assoupit. Et elle pense à Tom. Une bouffée de tendresse l'envahit. Elle le serrerait bien contre elle, à cet instant. Son petit Tom, tout petit Tom. Elle tend le bras pour prendre son sac sur la table de chevet et regarder sa photo. Mais la douleur l'arrête brutalement. C'est si fort qu'elle en a les larmes aux yeux. Une infirmière entre à ce moment-là.

— Eh bien, qu'est-ce qu'il y a, ma petite demoiselle ?

— J'ai mal.

— Ne vous inquiétez pas. Je vais vous donner ce qu'il faut.

Elle lui caresse la main, lui sourit gentiment. Joss se sent déjà mieux. Elle la regarde partir, se met à rêver. À son futur métier. Quand elle portera elle aussi une blouse blanche. Ou rose ? Ou bleue ? Il y a peut-être une différence... Il faut qu'elle pense à demander. Elle va se mettre à étudier encore plus sérieusement, maintenant. C'est sûr, ça va être dur. Elle va en chier des ronds de chapeaux. Mais elle veut vraiment y arriver.

Elle s'endort en se le promettant.

46

Chanson enfantine

Tom ramasse plusieurs kilos de tomates dans le potager. Ils vont commencer les bocaux. Madeleine est survoltée. Elle dirige les opérations. De sa brouette, la canne à la main, elle donne ses ordres... Là, les tomates spéciales, en forme de poires, de cœurs, de piments, les noires, les jaunes, les vertes, les rouges... dans ce panier-ci. Fais attention, pauv'malheureux ! Tu vas nous les abîmer...

Et dans ce panier-là, les plus communes, les moches, les ramollos... celles qui vont passer à la casserole.

Maintenant, elle veut absolument l'aider à les peler. Tom l'installe dans la cour avec tout le matériel à sa portée. Couteau, passoire, bassine, faitout. Ils discutent de la recette. Comment l'améliorer. Tom propose de mettre de la courgette. Ils en ont beaucoup trop, ce serait une bonne façon de les écouler. Elle est d'accord.

— Et puis de l'ail et des oignons.
— Et de la marjolaine.
— Ah oui, ça sent bon. Joss, elle aime bien aussi.
— Et une cuillère à soupe de sucre.
— Ou du miel, non?
— Si, t'as raison. On va essayer.

Samy arrive dans l'après-midi. Il a quitté tôt son boulot parce qu'il n'y avait rien à faire aujourd'hui. Pas de cérémonie à préparer, pas de corps à aller chercher. Il vient les aider. Tom le regarde un peu de travers. Deux heures plus tard, ils remplissent les bocaux et les mettent à stériliser. Madeleine réclame la bouteille de ratafia, en sert un verre à Samy. Elle en profite pour s'en envoyer un petit, cul sec. Et puis elle ferme les yeux et se met à chanter. De sa voix chevrotante et tout éraillée. Samy et Tom se moquent un peu. Ils ne comprennent pas un mot de la chanson et ils le lui font remarquer. Elle rouvre les yeux, se fâche. Elle leur dit que c'est normal qu'ils ne comprennent rien, puisque c'est une chanson en étranger! Mais elle va leur raconter. Nanynka va cueillir des feuilles de choux, les met dans son panier. Mais Pépitchek arrive et renverse tout. Alors elle lui dit qu'il va payer pour ce qu'il a fait... Qu'il va payer... Madeleine penche la tête, menace du doigt...

Ty, ty, ty
Ty, ty, ty
Ty to musish platiti

Samy et Tom l'écoutent chanter jusqu'au bout, sans bouger. Quand elle a fini, elle rouvre les yeux, les regarde en souriant. Ça lui a fait du bien de se rappeler. Une chanson de quand elle était petite. De l'âge de Tom. Elle non plus, elle n'était pas plus haute que trois pommes. Elle revoit sa maman pencher la tête, pointer l'index en menaçant... *Ty ty ty... Ty ty ty... Ty to musish platiti...* Madeleine s'amuse à mimer. Et pleure en même temps. Samy et Tom n'osent pas interrompre ses souvenirs vieux de plus de quatre-vingts ans. Ils ne comprennent pas grand-chose. Il y a des mots en étranger, comme elle dit joliment. Mais en quelle langue? Ils n'en ont aucune idée. Ça ne dure pas longtemps. Elle est épuisée. Et comme ça lui arrive de plus en plus souvent, elle s'endort d'un seul coup.

47

Tsunami

Tom et Samy restent un moment silencieux. Ils sont un peu émus de se retrouver tout seuls, ne savent pas trop quoi se dire. D'autant plus que Samy ne sait pas encore que Tom sait.

Alors Tom se décide à parler.

— Maman est partie.

— Ah?

— Pour se faire opérer.

— Merde, elle est malade?

— Non. Pas parce qu'elle est malade. Pour autre chose. Mais elle préférerait pas que j'en parle. Même pas à toi.

— Même pas à moi?

— À personne. Même pas à mon père. C'est un peu ce qu'elle a dit en partant, quoi.

— Ah.

Samy prend quelques secondes pour se rassembler. Essayer de maîtriser le tsunami qui le secoue de la tête aux pieds.

— Bon, d'accord. N'en parlons pas alors, mon p'tit Tom.

Il lui passe la main dans les cheveux, l'ébouriffe en riant. Ça exaspère Tom. Lui qui doit passer du temps devant le miroir tous les matins pour essayer de mater ses épis... C'est étrange cette manie qu'ils ont tous de faire ça, les adultes. Vivement qu'il soit grand. Lui, il évitera de le faire. Parce qu'il en est certain, il se rappellera toujours combien c'est emmerdant.

Tom téléphone au salon de coiffure. Lola répond. Oui, Joss a appelé ce matin et a laissé un numéro où la joindre. Elle le lui dicte. Et puis elle lui pose quelques questions. L'air de rien. Sur ce qu'il fait en ce moment... S'il ne s'ennuie pas tout seul... S'il a vu Samy ces derniers jours... Là, il marmonne vaguement oui. Alors elle lui demande si, par hasard... il ne lui aurait pas parlé d'un truc un peu important, un truc à propos de Joss... Tom répond : *Non, rien du tout*. Alors elle dit : *Ah*. Et puis : *Bon*. Elle a l'air déçue. Tom raccroche. Il la trouve un peu pouffe, lui aussi. Mais il ne dit rien. Pour ne pas vexer Samy. Il reprend le téléphone.

— Est-ce que je pourrais parler à Joss, s'il vous plaît ?

Il entend appeler... *Jocelyne ! Téléphone...*

— Allô c'est moi.

— Ça va, Tom ?

— Oui, oui. Et toi ? Est-ce que t'as mal ?

— Pas trop.

— T'es contente, alors ?

— Oui.

— Et... t'as vu ton cadeau ?

— Je l'ai sur moi. C'est la bonne taille.

— J'voudrais bien te voir…

— C'est trop loin. Et puis, je rentre la semaine prochaine, de toute façon…

Tom masque sa bouche pour parler plus discrètement.

— Samy dit qu'il pourrait m'emmener, si t'es d'accord.

— On verra ça. Tu lui as dit ce que je t'ai dit l'autre jour ?

— Un petit peu…

— Il est comment avec toi ?

— Gentil.

— Très ?

— Oui.

Elle pleure doucement.

— Oh m'man, pourquoi tu pleures ?

— Pour rien… J'ai peur que tu l'aimes plus que moi, c'est tout.

— N'importe quoi !

Elle se mouche.

— Il faut que je te laisse. Ma copine veut téléphoner. Bisous, mon p'tit Tom.

— Bisous, m'man.

Tom se tourne vers Samy, lui rend son portable.

— Je lui ai dit que tu étais d'accord pour m'emmener la voir demain.

— Ah, OK… Ben, je vais me débrouiller avec mon patron, alors.

Madeleine se réveille en sursaut et se met à crier : Les bocaux ! Les bocaux ! Sans l'aide de personne, elle se lève, marche rapidement vers la maison, éteint le feu sous la lessiveuse.

— On peut compter sur personne. C'est toujours pareil. T'es pas d'accord, mon Balourd ? Ouh lala, il a raison, le p'tit, ça te va bien ce nom-là. T'es devenu gras, mon pauv'vieux… C'est pas la peine de te vexer. Allez, viens, on va causer tous les deux. Viens là… Mais c'est qu'il est sourd

comme un pot. J'y cause et il entend rien de c'que j'dis.
C'est bien la peine...

Elle sort sur le perron.

— Bon, les garçons! Vous venez m'aider? Il reste
encore à faire. Vous vous croyez en vacances, ou quoi?

Samy et Tom la regardent, étonnés.

Elle en a encore sous le pied, la vieille Madeleine.

C'est sûr, c'est pas demain la veille qu'elle lâchera le
morceau.

48

Reconnaissance

Samy a proposé à Tom de venir habiter chez lui jusqu'au
retour de Joss. Et Tom a répondu qu'il allait réfléchir. Mais
que pour ce soir, il était d'accord. Il avait fait des cauche-
mars la nuit d'avant et ça ne lui disait rien de rester seul au
mobil-home. Dès son arrivée, il a visité l'appartement. Et il
a tout essayé. Les interrupteurs, les poignées de porte, les
robinets, la lunette des WC... Et surtout la porte d'entrée.
En vrai bois, avec une vraie serrure. Ça lui a plu. Il a trouvé
bizarre que l'appartement soit si vide. Et il a pensé que ça
devait être comme ça dans une cellule de prison. Mais il n'a
rien dit à Samy.

Il a dormi dans le grand lit et Samy a ressorti son vieux
sac de couchage qu'il a installé par terre dans le salon. Le
lendemain, il s'est levé tôt pour aller voir son patron. Il n'y
avait pas de boulot de prévu ce jour-là, mais évidemment
ça pouvait tomber à n'importe quel moment. On n'était
jamais à l'abri d'un appel urgent, aux Pompes funèbres,
a dit Arnaud en se marrant. Samy a proposé de rester

joignable toute la journée, et prêt à partir à n'importe quel moment. Et Arnaud a accepté. Samy a préparé le corbillard, accroché à l'arrière la housse contenant son costume noir, cravate noire, chemise blanche, et est rentré chercher Tom. Il était sous la douche. Et y est resté assez longtemps.

— Super bonne, l'eau. Pile-poil à la bonne température. Pas comme au mobil-home.

En route, ils se sont arrêtés dans une station-service. Samy en a profité pour acheter des madeleines de Commercy pour Madeleine, et Tom un paquet de fraises Tagada, juste pour lui.

Tom sonne. Jocelyne ouvre. Elle porte la robe qu'il lui a offerte. Elle ne s'attendait pas du tout à le voir là maintenant, alors elle reste un peu raide. Tom s'approche d'elle, mais n'ose pas la toucher. Il ne sait pas où poser ses mains, il ne veut pas risquer de lui faire mal. Elle l'embrasse sur le front.

— Mon petit Tom...

Et comme chaque fois qu'elle lui parle doucement, il sent sa gorge se nouer.

— Comment est-ce que tu es arrivé ici ?

— C'est Samy qui m'a emmené.

— Ah oui.

— Il est resté en bas.

— Bonne idée. Je n'ai pas envie de le voir, de toute façon.

— Je sais, m'man. C'est pas grave.

Au bout d'une heure, c'est elle qui décide qu'il est temps. Elle veut faire l'effort. Juste cinq minutes, pas plus. Pour Tom, quoi. Et puis, c'est aussi l'occasion de voir l'effet que fait sur un homme son nouveau tour de poitrine. Elle a le trac. C'est une première. Elle s'enferme dans la salle de bains, se recoiffe, se pince les joues, fait bouffer sa robe. Et très lentement elle tourne sur elle-même, pour se voir de profil, redresse son dos, cambre les reins. Elle se retient de geindre. C'est encore trop tôt pour se cambrer. Elle a envie de dire à Tom qu'elle a changé d'avis. Qu'elle ne veut voir personne, et surtout pas Samy. Mais elle se rappelle l'expression de son visage tout à l'heure. Il va être déçu. Elle se regarde encore dans le miroir, de face, cette fois, et puis s'en va.

Tom court devant. Elle marche lentement, en faisant bien attention où elle met les pieds, s'arrête devant Samy, ne lui tend pas la main.

— Salut, Samuel.

Il ne paraît pas surpris.

— Salut, Jocelyne.

Elle sourit légèrement.

Ils vont s'asseoir à la terrasse d'un café, à l'ombre d'un parasol, restent tous les trois silencieux un moment.

Mais Jocelyne n'y tient plus, regarde Samy par-dessus son verre.

— Alors ? Qu'est-ce que t'en penses ?

Il jette un regard vers Tom avant de répondre.

— Elle te va comme un gant.

— Je ne parle pas de la robe !

— Ça me gêne un peu d'en parler, là... Évidemment, je vois bien qu'il y a quelque chose de changé. Mais quoi exactement ? La robe ? Tes yeux ? J'ai l'impression qu'ils n'ont plus la même couleur qu'avant. Ou peut-être que je ne les avais jamais regardés ? Mais c'est possible aussi que je ne te voie plus pareil parce qu'il y a... le môme maintenant ? Je ne sais pas. C'est difficile à démêler.

Jocelyne hausse les épaules. Elle grimace. C'est trop tôt aussi, pour les haussements d'épaules. Elle embrasse Tom, lui pince les joues, le chatouille dans le cou. Et puis elle se lève précautionneusement, s'éloigne à petits pas. Un peu comme une vieille dame.

49

Cambriolage

Tom a décidé finalement de rester avec Madeleine toute la semaine. Elle était très fatiguée, et avait beaucoup de mal à se lever de son lit. Ça l'inquiétait de la laisser toute seule. Il avait peur de la retrouver allongée au milieu de ses choux, comme la première fois. Samy a accepté. Il l'a aidé à ranger le débarras et à installer un lit. Et puis il a fait un peu de plomberie dans la salle de bains. Il a changé les robinets de la douche et a mis un mitigeur thermostatique avec une butée de sécurité à 38 °C. Tom a testé. L'eau était pile à la bonne température. Il a trouvé ça hyperbien.

Le lendemain en fin de journée, Samy l'a emmené chercher des affaires au mobil-home. Mais quand ils sont arrivés, la porte était grande ouverte. Tout avait été fouillé, jeté par terre, piétiné, déchiré. Les vêtements, les cahiers d'école, les livres, tout… Tom s'est blotti dans les bras de Samy. C'était la première fois. Et Samy l'a serré très fort, parce qu'il se retrouvait d'un coup papa, et que ça l'a drôlement ému. Ils ont fini par sortir pour réfléchir plus calmement. La porte était cassée, n'importe qui pouvait entrer. Il fallait tout déménager. Samy est allé chercher des cartons et ils ont rempli le corbillard. Avant de partir, Tom a rampé sous le châssis du mobil-home et a pris la boîte noire. Ils ont décidé de ne pas prévenir Joss tout de suite de ce qui s'était passé. Elle le saurait bien assez tôt. Arrivés chez Madeleine, ils ont empilé les cartons dans l'ancien poulailler. Et Tom en a profité pour montrer à Samy la malle avec toutes les BD. Il a un peu tiqué. Ça lui disait quelque chose, mais il ne savait pas trop quoi…

Samy est resté tard, ce soir-là. Et Tom a beaucoup pleuré. Madeleine a compris qu'il s'était passé quelque chose. Elle a insisté pour qu'ils lui expliquent. Elle s'est levée de son lit, a pris Tom dans ses bras, l'a bercé en fredonnant une chanson enfantine. Et puis elle lui a dit qu'elle aussi, un jour, on lui avait tout volé. Mais qu'il ne fallait pas pleurer, petit homme. Tu vas t'user les yeux pour rien. Elle, elle avait pleuré toute sa vie comme une madeleine. Et tout ce que ça lui avait rapporté, ça avait été des yeux tout délavés et un prénom de gâteau ! Tu parles d'une affaire... Mais maintenant, elle pouvait bien arrêter à jamais. Puisqu'elle était enfin tombée sur eux. Ses deux si gentils petits enfants...

Tout en disant ça, ses larmes ont dévalé ses joues. Mais Madeleine n'a rien senti. Elle souriait très sérieusement.

Tom et Samy se sont regardés. La pauvre, elle était sûrement passée de l'autre côté. Elle n'avait pas dû retrouver le chemin de retour.

50

Joss encaisse

Elle devait rentrer deux jours après, il était temps de la préparer.

Tom a donc appelé Joss pour lui parler du cambriolage. Il lui a dit qu'avec Samy, ils avaient pris ce qui restait dans le mobil-home et qu'ils avaient tout stocké chez la grand-mère d'un copain. Là, Samy a froncé les sourcils. Et puis il a fait signe qu'il voulait lui parler... *Attends, j'te passe Samy, il a un truc à te dire...* Samy a proposé, au cas où elle ne trouverait pas d'autre solution, de lui prêter son appart quelques jours. Elle a éclaté de rire, et a clairement marmonné : *Non mais, pour qui il se prend, ce mec-là...* Il n'a pas insisté. Il a juste trouvé que, décidément, cette nana était très con et il a raccroché. Et il n'a rien dit à Tom.

Deux jours plus tard, elle a rappelé pour demander si elle pouvait passer prendre les clefs. C'était urgent.

Il s'est dépêché de rentrer pour faire le ménage, a ouvert les fenêtres en grand, passé la serpillière partout, lavé la cuvette des toilettes plusieurs fois pour être sûr que ce soit nickel chrome, remplacé le rouleau de papier, changé les draps, descendu la poubelle. Il a juste eu le temps de remonter et de jeter ses affaires en vrac dans un sac, et la sonnette a retenti. Elle a fait le tour de l'appartement, a tout essayé, elle aussi. Les interrupteurs, la chasse d'eau, les poignées de porte, le mitigeur de la douche. Elle a trouvé tout très bien. Un peu cher, le loyer, non ?... Il était d'accord, mais après sa sortie de prison, il n'avait pas été en position de discuter. Maintenant, il avait envie de trouver un truc plus grand. Pour se faire un atelier, pouvoir bricoler, s'étaler... et puis pour que Tom puisse aussi avoir sa chambre...

Là, elle s'est renfrognée.

— Y a pas l'feu, quand même.

— Oui. Et de toute façon, j'ai pas encore assez de pognon.

Et puis très vite, il lui a proposé... un thé ? un jus de fruits ? une bière ? Elle a accepté la bière. Et elle a fondu en larmes. Samy a mis ça sur le compte du cambriolage. Elle ne l'a pas détrompé. Elle n'avait pas du tout envie de raconter ce qui lui était arrivé une heure plus tôt. Quand elle avait débarqué chez son mec, le patron de la serre. Cette terrible impression d'avoir reçu un coup de couteau dans le dos... Au moment où il lui avait dit que, sans ses seins, elle ne l'intéressait plus du tout.

Difficile à encaisser.

Quel blaireau. Décidément, elle les collectionnait.

Mais elle allait s'en remettre.

Après lui avoir expliqué le fonctionnement de la maison, Samy lui a tendu les clefs. Elle a demandé quand Tom allait arriver. Il a dit qu'il le déposerait le lendemain matin tôt, avant d'aller bosser.

Ce n'est qu'une fois sur le palier qu'il l'a entendue murmurer quelque chose qui ressemblait vaguement à... merci. Le temps de se retourner, la porte s'est refermée sur lui...

456

— De rien, Jo...

Clac!

— ...celyne.

C'était un peu sec.

Mais il y avait du progrès dans leur relation.

51

La vie de Madeleine

Ça lui a pris du temps, mais Tom est arrivé à tout mettre bout à bout. Et il a résumé l'histoire pour Samy.

— Toute sa famille est morte dans son pays. En Bohême, je crois elle a dit. Et elle après, elle s'est enfuie. Elle a marché tout droit pendant des semaines, sans savoir où elle allait, tellement elle était triste. Une nuit, elle a passé la frontière et elle s'est retrouvée ici. Mais elle devait rester cachée quand même, parce qu'il y avait des nazis. Elle commençait vraiment à en avoir marre d'être toute seule, sans pouvoir parler à personne et à pleurer sans arrêt. Un jour, un chien s'est approché de sa cachette. Il n'a pas aboyé. Il lui a juste léché la main. Et c'est devenu son copain. C'était le chien d'un berger qui faisait paître ses moutons dans le coin. Au bout d'un moment, le berger s'est rendu compte qu'elle suivait le troupeau, et il a cru qu'elle était là pour l'espionner. Alors il l'a entraînée dans la forêt pour la tuer. Mais finalement, il a vu qu'elle était gentille et il a changé d'avis. Et puis, il est tombé amoureux. Il s'appelait André. Il avait vingt-cinq ans, et elle aussi... Comme maman maintenant... Il lui a construit une cabane dans la forêt. Tous les jours, il venait la voir pour lui apporter à manger, lui offrir des fleurs et lui apprendre le français. Il voulait se marier avec elle après la guerre. Ça a duré plusieurs mois. Et un jour, il n'est plus revenu. Elle a su plus tard qu'il s'était fait fusiller parce qu'il avait aidé des gens à passer la frontière. Elle attendait un bébé et elle s'est retrouvée toute seule, encore une fois. La nuit, pour manger, elle s'approchait des fermes, volait ce qu'elle pouvait dans les potagers... Marrant, hein? Comme moi... Et puis, elle a accouché. Tu te rends compte, Samy? Elle a accouché toute seule dans la forêt. Et elle a lavé le bébé dans l'eau froide de la rivière, l'a essuyé avec des feuilles, lui a construit un berceau avec des branches de châtaignier, mis de la mousse pour faire un matelas. Et tous les jours elle lui tissait une nouvelle couverture avec des feuilles de noisetier, pour que ce soit bien doux. Mais quand l'hiver est arrivé, elle a eu peur que le bébé meure de froid. Alors elle a demandé du travail dans une ferme, pour pouvoir dormir à l'abri dans la grange. Les fermiers ont dit oui. Trois jours après, des soldats sont arrivés. La fermière a juré que le bébé était à elle et ils ont emmené Madeleine dans un camp de prisonniers. Très loin. Pendant très longtemps. Deux ans, je crois. À la fin de la guerre, elle est revenue. Elle a cherché longtemps, et elle a finalement retrouvé la ferme. Mais la fermière n'a pas voulu lui rendre son bébé. C'est là qu'elle a vraiment commencé à pleurer comme une madeleine. Et c'est devenu son nom. Longtemps après, il y a quand même eu un jugement et on lui a rendu son fils. Mais c'était trop tard. Il aimait la fermière comme si c'était sa maman. Quand il a été grand, il est parti et elle ne l'a plus jamais revu. Voilà. C'est ce que Madeleine m'a raconté.

— C'est triste, putain!... Oh, pardon...
— C'est pas grave, maman aussi elle parle comme ça.
Samy finit de boire son café.
— Elle a dit comment il s'appelait, son fils?
— Oui. Dan.
— Ah.
Il se racle la gorge avant d'ajouter:
— Comme mon père. C'est marrant, ça.

Ils regardent tous les deux vers le ciel. Il fait beau. Quelques hirondelles volent, très haut. Pas un nuage à l'horizon.

— Et toi, tu me raconteras un jour comment c'était, la prison, p'pa?

— Mmm... OK, fiston.

52

Voyage en Italie

Arnaud a téléphoné.

— Samy. J'ai une bonne et une mauvaise nouvelle. Je commence par la mauvaise. Un pauvre vieux, qui était client chez nous, s'est tué bêtement sur la route, dans le nord de l'Italie... Et maintenant, la bonne. Tu pars le chercher! Espèce de veinard! *Ô sooolé miiiiiiooo... sta enfronté a tééé... Ô sooolé miiiiiiooo...*

Samy a sonné à sa porte. Joss a ouvert. Il lui a demandé si Tom était là. Elle a répondu qu'il était allé chercher des fleurs. Il a regardé autour de lui. Elle avait mis des rideaux aux fenêtres, des dessins sur les murs. C'était nettement plus chaleureux. Il le lui a fait remarquer. Elle a haussé les épaules, a crié *aïe!* parce que c'était encore trop tôt, et est allée chercher une bière dans le frigo. La dernière qui restait. On partage, OK? OK.

Ils sont restés un moment silencieux. Et puis il lui a demandé comment ça allait avec ses révisions. Elle a répondu que c'était dur, mais qu'il lui restait encore un an avant de passer le bac, et qu'elle pensait y arriver. Il a trouvé ça courageux. Il y a eu un deuxième silence, plus long que le premier. Et timidement, il lui a parlé du voyage en Italie, et de son idée d'emmener le petit. Elle a fait la gueule. Il lui a dit que c'était juste trois jours... Elle voulait réfléchir. Et puis d'un coup, elle s'est levée, a filé nerveusement dans la chambre. Il l'a entendue fouiller. Ça a duré pas mal de temps. Enfin, il y a eu un soupir et elle est revenue, le passeport de Tom à la main. Ouf! c'était bon.

Samy est reparti.

Il a croisé Tom qui revenait avec un grand sac-poubelle plein de fleurs. Il lui a annoncé la nouvelle, et Tom lui a sauté au cou.

Mais très vite, il a posé la question.

— Et Madeleine... ?

Samy s'est mordu la lèvre. Merde, il n'y avait pas pensé. C'est vrai que ça n'était pas une bonne idée de la laisser seule si longtemps. Ils avaient jusqu'à demain soir pour trouver une solution. Mais il ne fallait pas trop rêver, en si peu de temps, ce serait difficile. Ils sont repartis chacun de leur côté, assez déçus. Forcément.

Le lendemain matin, au marché.

Tom est arrivé tôt avec les vingt bouquets de fleurs qu'il avait fabriqués. Vers dix heures, il ne lui en restait plus que six. Et ses meilleurs clients, Archibald et Odette, n'étaient toujours pas passés. Il ne voulait pas les rater, il avait prévu de leur faire un cadeau. La nouvelle version de sa sauce Tomtomato. Avec du miel, cette fois. Il surveillait donc les allées. Et c'est à ce moment-là qu'il a vu Joss passer devant lui, sans s'arrêter, continuer quelques mètres, se retourner, et puis revenir sur ses pas.

— T'as grandi d'un seul coup, mon p'tit Tom! Je viens seulement de le remarquer. Si ça continue, je vais devoir t'appeler... mon grand Tom! Ça ne va pas du tout, ça...

Et elle lui a passé la main dans les cheveux, l'a ébouriffé en se marrant. Il n'a pas réussi à l'esquiver.

460

Elle avait acheté des chouquettes à la boulangerie. Ils se sont assis côte à côte et en ont mangé. Et puis elle lui a dit qu'elle s'ennuyait toute seule. Qu'elle en avait assez de réviser ses cours et de rester enfermée toute la journée. Qu'elle avait hâte de reprendre son travail chez la vieille instit. S'occuper de son jardin, lui cuisiner des petits plats, lui lire des passages de ses romans Harlequin... Se sentir utile, quoi. Ça commençait vraiment à lui manquer, tout ça.

Une cloche a sonné la demie.
Ils ont regardé tous les deux vers le ciel. Il faisait beau. Quelques hirondelles volaient, très haut. Pas un nuage à l'horizon.
Et Tom lui a parlé de Madeleine.

53
Si les symptômes persistent

Pendant le trajet, Joss a bien expliqué que si elle acceptait de s'occuper de la vieille, ce serait de toute façon service minimum. Primo, elle ne pouvait rien porter de lourd. Donc, si elle se pétait la gueule, elle ne pourrait pas la relever. Secundo, elle était interdite de vaisselle... Samy et Tom se sont retenus pour ne pas sourire... Parce que, les bras tendus en avant – elle a fait le geste pour leur montrer et a crié *aïe* en même temps –, c'était encore trop tôt, vous voyez. Ça tirait sur les coutures. Et puis troisio, elle l'avait déjà rencontrée l'année d'avant, cette Madeleine, et ça ne s'était pas bien passé du tout. Elle était très chiante. Tom a suggéré qu'elle avait pu changer depuis… Joss a dit que ça l'étonnerait. Il a commencé à douter du projet.

Madeleine était grognon. Quand les garçons lui ont parlé du voyage en Italie, elle leur a dit qu'elle était contente pour eux, mais qu'il y avait des chances pour qu'elle ne soit plus là quand ils rentreraient. Ils seraient débarrassés. Et de toute façon, elle en avait marre de tout. Ça les a consternés. Alors Tom lui a expliqué qu'ils ne partaient que pour trois jours et que Joss pourrait rester avec elle tout ce temps. Elle a répondu que ce n'était pas la peine, qu'elle avait déjà passé les trois quarts de sa vie toute seule et qu'elle et son balourd de chien n'avaient besoin de personne. Allez-vous-en, maintenant. Et elle s'est recouchée en leur tournant le dos. Joss a regardé Tom, l'air de dire : *Tu vois, j'avais raison.*

Ils sont partis quand même.

Mais ils n'ont pas eu le choix, Joss les a mis à la porte. Elle a décidé d'un coup de prendre les choses en main. La vieille était chiante, d'accord, mais c'était une bonne occasion pour elle de s'entraîner à son futur métier d'infirmière. Apprendre à être patiente avec les patients… c'était quelque chose qui lui manquait. Et puis, se spécialiser en gériatrie, ce n'était pas une mauvaise idée. Peu de risque de chômage dans cette branche. Il suffisait de regarder autour. Des vieillards, il y en avait partout. Elle a donc pris le taureau par les cornes et s'est mise à trier les médicaments. Un sac entier et plusieurs ordonnances. Elle a eu du mal à tout démêler, surtout avec les boîtes dont les noms ne figuraient pas sur les prescriptions. Des produits génériques. Mais quelque chose clochait. Et elle a fini par comprendre : Madeleine se trompait dans les posologies. Elle en prenait deux fois trop. Ce qui avait forcément une incidence sur sa santé. En jetant un œil sur les notices, elle est arrivée à la rubrique effets secondaires : somnolence, dépression, sautes d'humeur, absences, engourdissement des membres inférieurs, etc. Si les symptômes persistent, cessez les prises et avertissez le médecin traitant.

Dès le lendemain matin, Madeleine allait beaucoup mieux et Joss n'a averti personne. Elle avait trouvé. Ce n'était plus la peine.

Les jambes de Madeleine se sont désengourdies. Et sa vitalité aussi. Elle a pu marcher sans l'aide de Joss. Qui ne lui a pas proposé de s'appuyer à son bras, ne voulant pas risquer de déchirements. Elles ont fait un tour au potager, et elle s'est étonnée de voir les quarante pieds de tomates. Il y en avait assez pour une armée ! Madeleine a dit que c'était Tom qui les avait tous plantés. Et elle lui a raconté leur première rencontre. Le fameux soir où elle avait cru mourir, là, toute seule au milieu de ses choux et qu'il était arrivé, le gentil petit homme, et qu'il l'avait sauvée... Joss a découvert l'autre vie de son fils. Elle n'avait jamais imaginé ne pas le connaître complètement. Et ça l'a un peu secouée.

— Pourquoi t'es triste, ma p'tite Jocelyne ?

— Pour rien. J'ai juste peur que mon fils vous aime plus que moi. C'est tout.

Elles ont ri.

Madeleine a bien compris que Joss se moquait de ses peurs et de ses chagrins pour éviter qu'ils ne deviennent trop gros et ne l'anéantissent. Et elle s'est dit que ça lui aurait bien servi de savoir faire ça, en son temps. Elle aurait moins usé ses yeux à pleurer, peut-être.

À part la robe que Tom lui avait offerte, Joss n'avait rien à se mettre sur le dos. Madeleine l'a donc envoyée chercher du tissu, au grenier, dans une grande malle pleine. Les restes de son métier. Joss a choisi ce qu'elle voulait, et puis elle a regardé autour, par curiosité. Sur une pile de vieilles bandes dessinées, elle a trouvé un cadre, l'a retourné pour regarder la photo. Elle est restée scotchée quelques secondes. C'était une photo de Samy, douze ans plus tôt, quand ils s'étaient rencontrés. Petit pincement au cœur, en passant. C'est vrai qu'il était pas mal... Normal qu'elle ait craqué. Mais plus bas, à l'encre blanche, il y avait écrit : *Dan, 18 ans (1960).*

Elle est redescendue avec le tissu.

— La photo là-haut, c'est...

— Ça fait un sacré bout d'temps que j'suis pas montée voir. Je me rappelle plus ce qu'il y a. Des vieilleries, sûrement.

Joss n'a pas insisté.

Et Madeleine lui a montré comment se servir de la machine à coudre. Ça faisait plus de vingt ans qu'elle n'avait pas tourné. Le son l'a ramenée loin en arrière, et elle s'est essuyé le nez sur sa manche.

Couture.

Joss a découpé le tissu. Et elle a dit que...

... Ça lui pesait que les hommes ne se retournent plus sur elle, dans la rue. Qu'ils ne la regardent plus d'un air gourmand.

Elle a assemblé les bouts avec des épingles.

... Même le regard des femmes avait changé. Elles ne la regardaient plus comme une rivale potentielle, mais comme une nana parmi tant d'autres. C'était un peu flippant.

Elle a enfilé une aiguille.

.... D'un côté – Mmm... clac, elle a coupé le fil avec ses dents –, elle était soulagée. Ben oui, c'est quand même pour ça qu'elle avait voulu se faire opérer. Mais de l'autre, elle avait l'impression de ne plus vraiment exister. Difficile de s'y retrouver.

Elle a fait un nœud, a levé les yeux vers Madeleine. Qui a juste hoché la tête, c'est tout. N'ayant jamais eu autre chose que des seins très menus, elle n'avait pas vraiment d'opinion sur la question.

Et Joss a attaqué le bâti.

Le dernier bouton cousu, elle a enfilé la blouse blanche et a grimpé sur une chaise pour se regarder dans le miroir au-dessus du lavabo. Elle n'avait pas encore commencé ses études, mais elle avait déjà le costume. Et elle trouvait que ça lui allait bien. Madeleine aussi. En gloussant, elle a dit qu'il ne lui restait plus qu'à tomber malade, maintenant.

Joss l'a regardée en fronçant les sourcils.

— Faut pas déconner, quand même. Hein, Madeleine...

54

Aïe !

Momo, le braconnier, est arrivé, un peu plus tard, dans son auto.

Il apportait un faisan prêt à cuire. Très naturellement, il a voulu savoir si le lièvre de la dernière fois avait été bon. Mais Madeleine ne se souvenait pas d'en avoir mangé... Il a mis ça sur le compte de l'âge. Lui, quand il oubliait, c'était parce qu'il avait trop bu. À chacun ses faiblesses, il s'est dit.

Joss a demandé s'il pourrait la déposer en ville en repartant. Il a bien voulu, mais l'a prévenue. C'était pas sûr qu'il puisse la ramener. *Pasque* vers midi, a priori, il n'était plus très frais. Et qu'il avait sa petite organisation. Garer la voiture devant le café, à sa place réservée, donner les clefs au patron, payer sa tournée, et repartir à vélo. Ça zigzaguait, forcément, mais c'était moins dangereux qu'en auto. Et Marie-Rose, son épouse, se faisait moins de mouron.

Joss a dit qu'elle trouverait une solution. Au pire, elle rentrerait en stop. Elle a fait ses courses, et puis elle est repassée au café, où elle a constaté que Momo n'était effectivement plus très frais. Elle a donc levé le pouce devant la première voiture qui passait. C'est Archibald et Odette qui se sont arrêtés. Joss s'est sentie mal à l'aise. Tom était allé pendant des mois faire des razzias dans leur potager, sans compter les soirs où il s'installait sous leurs fenêtres – et elle aussi, d'ailleurs – pour regarder la télé, et manger les pommes de leur cellier... Difficile de croire qu'ils ne s'en soient jamais aperçus. Mais ils n'ont rien laissé paraître. Ils ont juste demandé des nouvelles de son gentil petit garçon... Il va très bien, merci... Il est en vacances?... Oui. En Italie. Avec son père.

Quand ils sont arrivés, Madeleine a insisté pour les emmener faire un tour du jardin, et Archibald s'est extasié devant les plants de tomates, qui étaient en fait les siens. Elle les a trouvés tous les deux très sympathiques et leur a offert une de ses conserves maison. Archibald a lu sur l'étiquette : *Tomtomato*. Ses sourcils se sont levés. Il a passé le bocal à Odette qui a réagi tout aussi discrètement. Avant de repartir, Madeleine les a retenus encore un peu pour leur expliquer la façon de récolter les graines.

— Vous coupez en deux des tomates bien mûres et vous laissez reposer dans un bol pendant deux ou trois jours. Vous retirez la couche blanche, vous rincez dans une passoire jusqu'à ce qu'il ne reste plus que les graines, et puis vous les mettez à sécher sur une assiette. Vous avez compris, monsieur Archibald ?

— Oui, oui. C'est très intéressante, merci.

Quand ils sont repartis, Madeleine a dit à Joss qu'elle trouvait la façon de parler du monsieur très rigolote. Qu'elle aussi avait eu un drôle d'accent quand elle était arrivée. Mais c'était pendant la guerre. Et il fallait éviter de se faire remarquer. Elle avait travaillé dur pour s'en débarrasser. C'est André, son berger, qui l'avait aidée. Elle a ajouté qu'elle pensait à lui très souvent ces derniers temps. Même la nuit, dans ses rêves. Que c'était sûrement le signe qu'elle allait bientôt le retrouver...

Joss a haussé les épaules et a crié *aïe*, évidemment.

55

Poète, poète

Les garçons sont rentrés d'Italie.

— Vous auriez drôlement rigolé, toutes les deux, si vous aviez été là. Parce que Samy, quand il essaye de parler italien, c'est trop marrant... *Oune caaaa-fé et oune chocolato pour el bambino*... Il croit vraiment qu'il parle bien. Les gens, ils rigolaient, mais ils comprenaient quand même. Et puis, on a fait beaucoup de kilomètres, et c'était beau, les paysages dans la campagne. Les maisons, vous voyez, elles sont pas du tout comme ici. Les toits sont plus... enfin, pas pareils, quoi. Et puis, on a dormi dans deux hôtels. Et dans les salles de bains, il y avait chaque fois des petites bouteilles de shampooing, du gel douche et un minisavon. Samy a dit que c'étaient des cadeaux pour les clients. Je les ai ramenés. Vous allez voir, ça sent bon. Ah, et puis ouais... on est allés dans plein de restaurants aussi. Et on a mangé des pâtes tous les jours. J'vous jure, elles étaient hyperbonnes. Hein, Samy, c'est vrai?... Et les glaces... Moi, j'en avais jamais goûté des aussi délicieuses !

Tom a encore des étoiles dans les yeux, en parlant de ces trois jours avec son père. Leur premier voyage ensemble. Il est aussi très content de retrouver Joss et Madeleine, et qu'elles se soient bien entendues. C'était pas gagné, surtout avec Joss. Mais elle a beaucoup changé ces derniers temps. Et pas que physiquement... Et puis, Madeleine a l'air d'aller mieux. Ça veut peut-être dire qu'elle ne va pas mourir tout de suite. Peut-être même qu'elle va arriver jusqu'à cent ans ! Cent bougies sur un gâteau, ce serait trop marrant.

Samy a demandé à Madeleine si ça ne la dérangerait pas qu'il débarrasse un coin du grenier pour se faire une chambre, Joss s'étant installée dans celle du bas avec Tom. *Fais comme chez toi, mon p'tit bonhomme*, a répondu

Madeleine en mettant la main devant sa bouche, parce qu'elle avait encore égaré son dentier.

Tom a décidé de le laisser y aller tout seul. Il a croisé le regard de Joss. Elle a souri, mais s'est retenue de rire, parce que vraiment, ça tirait trop sur ses coutures. C'était encore un peu tôt, quoi.

Dans le grenier.

Samy a allumé la radio et a commencé à nettoyer et à trier. Toutes ces bandes dessinées partout, ça lui disait vraiment quelque chose. Mais quoi ? Quand il était môme, peut-être. Il se rappelait effectivement que son père ador... Mais non, ça ne pouvait pas être ça. Alors il s'est dit qu'en redescendant, tout à l'heure, il faudrait qu'il pense à demander à Madeleine d'où elles venaient...

En attendant, il a tout rangé dans des cartons.

Et puis, il y a eu la chanson. Ça devait être au moins la centième fois qu'il l'entendait, mais il n'avait jamais fait gaffe aux paroles avant.

Là, il ne sait pas pourquoi, ses oreilles se sont ouvertes. Il s'est redressé, et il a écouté sans bouger.

En respirant à peine.

Ça parlait d'un premier grand amour qui avait mal fini, qui avait fait souffrir mille morts, et qui, longtemps après, renaissait de ses cendres, devenait encore plus grand, encore plus beau. Putain, il a vraiment eu l'impression que ça s'adressait à lui... Mais ce sont surtout les mots employés qui lui ont donné la chair de poule. Du début jusqu'à la fin, il a eu les poils des avant-bras qui se sont tenus au garde-à-vous.

C'était la première fois que ça lui arrivait.

Quand ça a été fini, il s'est rassis. Sa respiration, petit à petit, est redevenue normale. Et il s'est dit que, s'il avait eu du bol, ou plutôt, non... s'il avait pu choisir... il aurait voulu être poète. Il aurait écrit des poèmes qui font se dresser les poils des bras quand on les lit. Et il en aurait écrit un comme ça pour elle, à la nana, là en bas, quand elle avait treize ans. Elle aurait kiffé. C'est pas possible autrement. Et elle serait peut-être restée. Va savoir...

ET PUIS, PAULETTE…

À Renée et Robert, mes voisins d'avant
Et à Alain, mon voisin de maintenant

Mahault, cinq ans trois quarts, donne un bouquet de fleurs qu'elle vient de cueillir à son petit voisin.

— Tiens, garde-le, comme ça quand tes parents seront morts tu pourras le mettre sur leur tombe.

(Mahault, ma petite-fille, aime partager son savoir.)

Une couille dans le potage, c'est une erreur, deux, c'est une recette.

Franz Bartelt, *Nadada*,
La Branche, 2008,
cité dans *Pas mieux*,
d'Arnaud Le Guilcher,
Stéphane Million Éditeur.

1

Histoire de gaz

Le ventre bien calé contre le volant et le nez sur le pare-brise, Ferdinand se concentre sur sa conduite. L'aiguille du compteur collée sur le cinquante. Vitesse idéale. Non seulement il économise de l'essence, mais ça lui laisse tout le temps de regarder défiler le paysage, d'admirer le panorama. Et surtout, de s'arrêter à la moindre alerte, sans risquer l'accident.

Justement, un chien court, là, devant lui. Réflexe. Il écrase la pédale de frein. Crissement de pneus. Le gravier vole. Les amortisseurs couinent. La voiture tangue et finit par s'immobiliser au milieu de la route.

Ferdinand se penche à la portière.

— Où tu vas comme ça, mon gars ? Traîner la gueuse, j'parie ?

Le chien fait un écart, dépasse la voiture au galop et va s'aplatir un peu plus loin dans l'herbe du fossé. Ferdinand s'extirpe.

— Mais t'es le chien de la voisine. Qu'est-ce que tu fais là, tout seul ?

Il s'approche, tend la main très doucement, caresse sa tête. Le chien tremble.

Au bout d'un moment, enfin amadoué, il accepte de le suivre.

Ferdinand le fait monter à l'arrière et redémarre.

Arrivé à l'entrée d'un chemin de terre, il ouvre la portière. Le chien descend, mais vient se coller contre ses jambes en geignant, l'air d'avoir peur. Ferdinand pousse la petite barrière en bois, l'incite à entrer. Le chien rampe à ses pieds, geint toujours. Il remonte le chemin entre les deux haies de broussailles, arrive devant une petite maison. La porte est entrouverte. Il crie… Oh… Y a quelqu'un?… Pas de réponse. Il regarde autour. Personne. Il pousse la porte. Au fond, il distingue dans la pénombre une forme allongée sur le lit. Il appelle. Rien ne bouge. Renifle. Ça pue là-dedans… Il renifle encore. Ouh la! Ça pue le gaz! Il court vers la cuisinière, revisse la mollette de la bouteille de butane, s'approche du lit. Madame, madame! Il se met à tapoter les joues de la dame. Au début, doucement, mais comme elle ne réagit pas, il y va de plus en plus fort. Le chien jappe en faisant des bonds autour du lit. Ferdinand s'affole aussi, se met à la gifler à toute volée. Lui crie de se réveiller. Cris et aboiements mélangés. Madame Marceline! Ouaf Ouaf! Ouvrez les yeux, nom de Ouaf! Réveillez-vous, je vous en pOuaf Ouaf!

Elle finit par pousser un petit gémissement.

Ferdinand et le chien soupirent en même temps.

2

Cinq minutes plus tard, ça va mieux

Marceline a repris des couleurs et insiste pour lui servir quelque chose. Ce n'est pas tous les jours qu'elle a de la visite. Ils sont voisins, mais c'est la première fois qu'il met les pieds chez elle. Ça se fête. Ferdinand a beau répéter qu'il n'a pas soif, qu'il passait juste lui ramener son chien, elle se lève quand même, titube jusqu'au buffet, sort une bouteille de vin de prune dont elle aimerait qu'il lui donne des nouvelles. C'est la première fois qu'elle en fait. Vous me direz ce que vous en pensez? Il hoche la tête. Elle commence à le servir, soudain s'arrête, demande, inquiète, s'il doit reprendre la route après ça. Il répond qu'il rentre chez lui. Ce n'est qu'à cinq cents mètres d'ici, il pourrait faire le chemin les yeux bandés! Rassurée, elle finit de le servir. À peine a-t-il le temps de tremper les lèvres qu'elle est prise de vertiges. Elle se laisse tomber lourdement sur une chaise en se tenant la tête à deux mains. Ferdinand, gêné, se concentre sur la toile cirée, fait glisser son verre le long des lignes et des carrés. Il n'ose plus ni boire ni parler. Après un long silence, il lui demande, presque en chuchotant, si elle veut qu'il la conduise à l'hôpital.

— Pourquoi donc?
— Pour vous faire ausculter.
— Mais j'ai simplement mal à la tête.
— Oui, mais... à cause du gaz.
— Oui...
— C'est pas bon, ça.
— Eh non.
— Il peut y avoir des effets secondaires.
— Ah?
— Des vomissements, je crois bien.
— Ah bon. Je ne savais pas.

Un autre long silence. Elle garde les yeux fermés. Il en profite pour regarder autour de lui. La pièce est petite, sombre et incroyablement encombrée. Ce qui lui fait aussitôt penser que chez lui, c'est exactement le contraire. Ça résonne presque, tant la maison est vide. Cette pensée le déprime, il retourne à l'étude de la toile cirée. Finalement, il demande.

— Je ne m'occupe pas des affaires des autres en général, madame Marceline, vous le savez. Mais... ce ne serait pas à cause d'avoir trop de soucis en ce moment que vous avez... que vous avez...?
— Que j'ai quoi?
— Le gaz?
— Quoi donc, le gaz?
— Eh bien, mais...

Difficile pour Ferdinand. Sujet intime. Pas sa tasse de thé. Il sent qu'il doit dire quelque chose, pourtant. Alors il commence par tourner autour du pot, à parler pour ne rien dire, tente de se faire comprendre à demi-mot. (Il aime beaucoup l'expression « lire entre les lignes », aussi.) Il est tellement convaincu que les mots trahissent la pensée qu'il préférerait fonctionner à l'instinct et lui laisser faire le boulot. Tout en admettant, avec lucidité, qu'il lui a souvent joué des sales tours, ce con-là! Une chose entraînant l'autre, sans le vouloir, il a peur de provoquer un trop-plein d'émotion, un épanchement de larmes ou un dévoilement de secret. Ça ne lui plaît pas du tout. Si seulement chacun essayait de se débrouiller de son côté, la vie serait plus simple! Avec sa femme, il avait la parade pour éviter le piège des discussions trop intimes: dès qu'il la sentait glisser dans cette direction, il évoquait le passé. Juste un mot, comme si de rien n'était. Et hop, il ne lui restait plus qu'à écouter d'une oreille distraite. Elle aimait tellement ça, causer, sa pauvre femme. De tout, de rien, de banalités. Une vraie pipelette. Mais ce qu'elle aimait par-dessus tout, c'était parler du passé. De sa jeunesse. De comment c'était mieux avant. Combien c'était plus beau. Surtout avant qu'ils se connaissent! Elle finissait toujours par énumérer rageusement tout ce qu'elle aurait pu vivre, ailleurs, en Amérique, en Australie ou au Canada, peut-être. Ben oui, pourquoi pas, ça aurait pu! Si seulement il ne l'avait pas invitée à danser, ne lui avait pas murmuré des mots doux, ne l'avait pas tenue aussi serré, pendant ce foutu bal du 14 juillet. Quel regret.

Il ne lui en voulait pas. Lui aussi avait rêvé. À des trucs chouettes, aussi. Mais il avait compris très vite que les rêves et l'amour, ce ne serait pas pour ce coup-ci. Il n'était peut-être pas fait pour. Ou bien ce serait pour une autre fois. Ou dans une autre vie, tiens, comme les chats!

Bon. Retour au présent.

Il est chez sa voisine. Elle a un problème, mais n'a pas l'air de vouloir en parler, malgré les questions qu'il pose discrètement. Il ne sait pas grand-chose d'elle. Juste qu'elle s'appelle Marceline. Elle vend du miel, des fruits et des légumes au marché. Elle est un peu étrangère. Russe ou hongroise, peut-être ? Un pays de l'Est, en tout cas. Ça ne fait pas longtemps qu'elle est installée ici. Quelques années, pourtant. Six ou sept ? Ah ben oui, quand même...

Il regarde encore autour de lui. Remarque cette fois qu'il n'y a ni chauffe-eau au-dessus de l'évier, ni réfrigérateur, ni machine à laver, ni téléviseur. Aucun confort moderne. Comme quand il était petit. Juste la radio pour se tenir au courant des nouvelles, et l'eau froide à l'évier pour se laver. L'hiver, il se rappelle, il cherchait toujours le moyen d'y échapper. Et aussi à la corvée de linge, raide et gelé au sortir du lavoir, qu'il fallait aider à essorer, avec le bout des doigts tout crevassé. Qu'est-ce qu'on se faisait chier, la vache, en ce temps-là ! Il se dit que, dans le fond, cette pauvre Mme Marceline, elle en a peut-être eu marre de cette vie-là. De cette âpreté et de tous ces emmerdements. Elle a dû perdre courage. Et puis, d'être loin de son pays, loin de sa famille, aussi ? Ce serait très possible que ce soit ça la raison de...

Il sent qu'il ne va pas pouvoir y couper. Qu'il va devoir prendre sur lui, se forcer à parler. D'autres choses que des riens, de la pluie ou du beau temps. Ou même de son chien. Qu'est-ce qu'il est malin, dites ! Vous en avez de la chance d'en avoir un comme ça. Le dernier que j'ai eu, il était idiot, mais très affectueux. Celui-ci... C'est une chienne ? Vous êtes sûre ? Je n'avais pas fait attention.

Il inspire. Et se lance. Tout de go, il dit qu'il comprend. Qu'il lui est arrivé aussi une fois ou deux d'en avoir envie. En fait, trois. Allez, pour être complètement honnête, quatre. Oui, mais... il a pris le temps de réfléchir avant, lui. Et il a trouvé de très bonnes raisons de ne pas le faire. Comme, par exemple... À froid, là tout de suite, il ne pense à rien. Ah si, bien sûr, qu'il est bête : ses petits-enfants ! Les petits-enfants, c'est merveilleux. C'est passionnant. Et si différents de ses propres enfants. Si, si, vraiment. Plus mignons, plus vifs et beaucoup plus intelligents. Ça tient peut-être à l'époque, les temps ont changé. À moins que ce ne soit nous qui en vieillissant devenions plus patients. Possible... Vous n'en avez pas ? Aucun petit du tout ? Mince.

C'est dommage. Mais il y a d'autres choses auxquelles on peut se raccrocher. Attendez, je réfléchis.

Elle lève les yeux, regarde le plafond.

Il se gratte la tête. Se presse de trouver.

— Vous savez, c'est important aussi de se rappeler, de temps à autre, qu'il y a plus malheureux que soi. Ça remet bien les pieds sur terre. Ou les pendules à l'heure, si vous préférez. On en a besoin, quelquefois, vous ne croyez pas ?

Elle a l'air d'être ailleurs. Il cherche un truc marrant.

— Vu que personne n'est jamais revenu pour dire si c'était mieux là-bas, ça ne vaut peut-être pas la peine de prendre les devants, hein, madame Marceline ? Il est urgent d'attendre, quoi.

Il ricane. Attend sa réaction.

Rien ne vient.

Il s'inquiète pour de bon. Se penche vers elle. Vous comprenez quand je vous parle ? Il y a peut-être certains mots que vous ne...

Elle tend la main vers le tuyau de la gazinière et dit avec un petit tremblement dans la voix que ça y est, elle cherchait depuis tout à l'heure, mais voilà. Tout ça, c'est la faute de son vieux chat. Il a disparu depuis quelques jours. Peut-être est-il mort ? Pourvu que ce ne soit pas ça. Ce serait un tel déchirement... En attendant, c'est devenu l'anarchie, ici. Elles font ce qu'elles veulent, les souris. N'arrêtent pas de danser. Toute la nuit et toute la journée. Dans les placards, sous le lit, dans le garde-manger. Elles grignotent, grignotent sans arrêt. Elle a l'impression de devenir folle ! Si ça continue, elles vont finir par monter sur la table et manger dans son assiette, elles sont tellement effrontées, ces petites bêtes-là.

Ferdinand a décroché. Il ne l'écoute plus qu'à peine. Elle divague complètement, la pauvre femme. Ça doit être à cause du gaz. Son histoire de chat mort et de souris qui dansent, ça n'a ni queue ni tête. Il la regarde parler, baisse les yeux sur ses mains. Belles et abîmées. Il pense que c'est le travail de la terre qui fait ça, elle devrait se soigner, mettre de la crème, ça leur ferait du bien. Elle a l'air plus jeune qu'il croyait, pourtant. La soixant...

D'un coup, elle se met debout. Surpris, il sursaute, se lève aussi. Elle lui dit que c'est drôlement agaçant de parler dans le vide. Mais bon, ça va mieux maintenant. Merci pour tout, il peut s'en aller, elle va s'allonger et prendre un peu de repos. Le gaz, ça l'a sonnée. Ferdinand regarde la pendule : quatre heures et demie, c'est tôt pour aller se coucher. Il s'étonne. Elle lui dit qu'elle ne le raccompagne pas, qu'il trouvera bien son chemin tout seul. Il dit oui, en cachant un sourire en coin. On ne risque pas de se perdre dans une maison où il n'y a qu'une seule pièce ! Il caresse la tête de la chienne. Bon ben, au revoir, madame Marceline. Si vous avez besoin de quoi que ce soit, n'hésitez pas à m'appeler. Merci, oui, je n'y manquerai pas. Elle hausse les épaules, grommelle pour elle-même : Dès que j'aurai fait brancher le téléphone, bien sûr...

Tout en retournant à sa voiture, Ferdinand essaye de mettre bout à bout ce qui vient de se passer : il y a cette dame qui a failli mourir asphyxiée, qui vit dans cette toute petite maison, à deux pas de chez lui, depuis des années, il a dû la croiser des centaines de fois, sur la route, à la poste, au marché, ne lui a parlé qu'à peine, du temps qu'il faisait, de ses récoltes de miel... Et là, paf ! il rencontre son chien... enfin, sa chienne... Mais, s'il ne s'était pas arrêté sur la route, tout à l'heure, pour la ramener, elle serait sûrement morte à l'heure qu'il est, cette Mme Marceline ! Et il n'y aurait eu personne pour s'en soucier.

Merde.

C'est pas gai.

Il monte dans sa voiture, démarre. Se dit qu'il regrette de ne pas avoir répondu à sa question, tout à l'heure. Tant pis, il repassera demain ou un autre jour. Pour lui dire franchement ce qu'il en pense, de son vin de prune. Qu'il est drôlement réussi, ma foi, pour une première, madame Marceline. Dans le temps, Henriette, sa femme trépassée, elle en faisait. Mais jamais du aussi bon. Si, si, je vous assure, c'est sincère.

Dans la petite maison, Marceline s'allonge.

Sa tête lui fait un peu moins mal. Elle arrive à penser.

Drôle de bonhomme, ce Ferdinand. Et quel bavard! Il n'a pas arrêté de parler tout le temps qu'il était là, c'était un peu saoulant. Elle n'a pas tout bien compris. L'histoire de la pendule à remettre à l'heure, par exemple, pourquoi à ce moment-là, mystère. Il a dû avoir une grosse dépression, il avait l'air d'avoir besoin de s'épancher. Un petit peu gênant, mais c'était la moindre des choses de l'écouter. En tout cas, c'est gentil à lui d'avoir ramené la chienne. Elle devra penser à le remercier, la prochaine fois. Un pot de miel, peut-être, s'il aime ça. Et là, d'un coup, des souvenirs reviennent. Elle se rappelle la femme du monsieur. Ouh lala… pas du tout sympathique! Épouvantable, même. C'était au début, elle ne connaissait rien ni personne. Les bêtes avaient faim, et elle aussi. Elle s'était servie dans le potager. Et puis, naturellement, elle s'était mise à le cultiver. Pour pouvoir continuer à se nourrir et éventuellement gagner quelques sous. En attendant de pouvoir réfléchir à la suite à donner. Bon. Malgré tous ses efforts, la première année avait été un fiasco. À maturité, ses carottes ne dépassaient pas la grosseur d'un radis et ses oignons, celle de petits grelots! Et toutes les semaines, dame Henriette arrivait, s'arrêtait devant son étal au marché et regardait ses denrées avec un petit air dégoûté. L'année suivante, les choses s'étaient améliorées. Les carottes s'étaient mises à ressembler à des carottes, les poireaux à dépasser la taille d'un stylo. Et l'Henriette avait commencé à lui acheter des petites choses, par-ci par-là, mais en donnant à chaque fois l'impression de faire l'aumône. Elle aurait aimé pouvoir l'envoyer promener. Mais elle n'était pas en position. Oui, vraiment, elle avait détesté cette femme-là.

Et elle se dit que, les couples, ça restera toujours une énigme. Le sien aussi, certainement. Elle n'a pas spécialement envie de penser à ça. C'est tellement loin, un peu comme dans une autre vie. Mais eux, là, tout de même… Henriette et Ferdinand, sans les avoir vraiment connus, elle se demande comment ils ont pu faire pour vivre toute leur vie ensemble en étant si dépareillés. Qu'est-ce qui avait fait qu'ils n'étaient pas partis en courant chacun de leur côté dès que le feu de la passion était retombé ? Bon, ça n'a pas beaucoup d'intérêt. En tout cas, lui, il donne, a priori, l'impression d'être différent. Sous des dehors un peu raides, un peu distants, il n'a pas l'air méchant. Avec sa grosse blessure qui lui barre la poitrine et qu'il se donne tant de mal à cacher, il est assez touchant. Quand il parle de ses petits-enfants, on voit bien qu'ils lui manquent, il n'a pas encore eu le temps de s'habituer à leur départ. Ça a dû lui faire un choc, de se retrouver seul dans sa grande ferme vide.

Pauvre vieux.

C'est pas gai.

À la tombée de la nuit, Marceline s'est levée. Son mal de tête était passé. Elle a commencé par vérifier le tuyau du gaz rongé par les souris. Il en restait une bonne longueur. Elle a pu réparer et mettre sa soupe à cuire.

3

Cadeau matinal

En se réveillant le lendemain matin, Ferdinand a crié Mince! Depuis quelque temps, il fait de gros efforts pour châtier son vocabulaire. Que ce ne soit plus un prétexte pour sa belle-fille, Mireille, de l'empêcher de voir ses petits-enfants. Donc, il a crié Mince! pour ne pas employer le mot « merde » quand il s'est rendu compte que ses draps étaient mouillés. À l'évidence, il avait dû faire le même rêve que les trois nuits qui avaient précédé. Celui où il nage comme un poisson dans des eaux bleues et chaudes avec une bande de copains dauphins. Les seuls qu'il ait jamais vus, c'est à la télé, dans des documentaires animaliers ou des émissions du genre

Thalassa! Et ce n'est pas fini. Encore un peu vaseux et comme chaque matin, il a envoyé son pied gauche tâtonner autour du lit à la recherche de sa charentaise égarée. Quand ses orteils sont enfin tombés sur quelque chose de doux et de tiède, automatiquement, il s'est levé pour l'enfiler. Et il a crié Putain de merde! Mais là, il avait un peu le droit, il avait marché sur un cadavre! La souris quotidienne, cadeau de son chat. Pour être plus exact, le chaton de ses petits-fils adorés. Mireille étant devenue allergique à ses poils deux jours seulement avant leur déménagement, il avait bien été obligé d'accepter de le garder. Oui oui, c'est d'accord, grand-père Ferdinand va s'occuper de vot' petit minet. Vous inquiétez pas, je vais bien le soigner. Et vous pourrez venir le voir quand vous voudrez, OK? Allez, mes Lulus, pleurez plus, s'il vous plaît…

À choisir, il aurait préféré un chien. Même s'il avait juré, six mois plus tôt, qu'il n'en reprendrait plus jamais d'autre après Velcro. Parfaitement idiot, pas du tout obéissant, gardien passable, mais si affectueux. Ça compensait tout le reste. Ah lala, il lui manquait, celui-là. Les chats, c'est simple, il ne les aimait pas. Fourbes, sournois, voleurs et compagnie. À peine bons à chasser les souris et les rats. Et encore, si on tombait sur un bon. Question obéissance, on savait d'avance que ce serait zéro. Et pour l'affection, c'était quand ils voulaient. Possible aussi que ce soit jamais!

Résultat: le soir même du déménagement, la boule de poils s'était installée sur son lit, sans qu'il ose le chasser, il était si petit…, le deuxième, sous l'édredon, collé tout contre lui, le museau dans le creux de l'oreille, carrément trognon, le quatrième, il faisait ses griffes sur les pieds du fauteuil, sans que cela n'éveille en lui le moindre pincement, la moindre émotion, et arrivé à la fin de la semaine, il mangeait sur la table dans un bol marqué à son nom. Manquait plus que le rond de serviette pour que ce soit complet!

Bientôt deux mois qu'ils sont partis, son fils Roland, Mireille et les deux enfants. Qu'ils ont déménagé de la ferme et que Ferdinand vit seul avec le chat. Et certains jours, il se demande – avec un peu d'étonnement, tout de même – s'il aurait pu aussi bien supporter ce grand chambardement, toutes ses peines, s'il n'avait pas été là, à côté de lui. Le petit Chamalo.

Un autre grand sujet d'étonnement : les bouleversements causés à son caractère. Lui, le gars un peu froid, solide comme un roc, que rien n'ébranlait jamais. Terminé. Du jour au lendemain, il est devenu fragile. Capable de pleurer pour un rien, de s'émouvoir de tout. Un gros accroc à sa cuirasse. Ou plutôt, une brèche. Qu'il tente par tous les moyens de colmater.

Alors, bien sûr, il ne parle à personne de tout ça. Il n'a jamais bien su s'exprimer, encore moins parler de ses émotions. Il aurait l'impression de se mettre à poil au milieu de la grande place, un jour de marché. Très peu pour lui. Il préfère garder tout au fond, bien enfoui, c'est plus simple.

Donc, personne ne sait que le départ des enfants et le vide qui s'en est suivi l'a comme coupé en deux. Plaf. Une grande entaille dans la poitrine. Il va lui falloir du temps pour la guérir, celle-ci. Des mois ou des années. Peut-être qu'elle ne guérira jamais. Probable.

Après le cadavre de la souris, il a retrouvé sa charentaise sous la commode, a pris le petit cadavre par la queue et est allé le jeter dehors, sur le tas de fumier.

Et là, en pyjama, au milieu de la cour, le fond du pantalon encore humide, il s'est demandé très sérieusement comment il allait faire pour expliquer au petit chaton combien ce serait mieux, oui, tellement mieux, s'il mangeait ce qu'il chassait. Tuer pour rien, c'était du gâchis. Ça ressemblait trop à ce que font les hommes. Quel intérêt ? Pas bon à copier, ça, mon minou.

Mais... comment expliquer une chose pareille à un chat ? Un petit, de surcroît. Quatre mois à peine. En âge humain, sept ans ?

Et comment imaginer qu'il comprenne ?

Non, décidément, il ne se reconnaissait plus trop, Ferdinand, depuis quelque temps. Il allait devoir se reprendre en main.

485

En fin de matinée, le ciel s'est dégagé. Il en a profité pour mettre en route une lessive.

C'était urgent.

Le même rêve trois nuits d'affilée, il ne restait plus un seul drap propre en réserve. Et plus aucun pantalon de pyjama.

Au fait. Si un jour il devait raconter à quelqu'un ce qu'il a ressenti après le départ des enfants, il dirait sûrement qu'une fois la dernière valise chargée, les derniers baisers donnés aux petits et la porte refermée, un grand trou s'est creusé sous ses pieds, un trou noir, plus profond qu'un puits. Et que le vertige qui l'a envahi à cette seconde ne l'a plus lâché depuis. Ferait partie intégrante de sa vie désormais. Il l'a bien compris.

Mais il y a peu de chance qu'il parle un jour de ça.

Pas son truc de se mettre à poil devant qui que ce soit.

4

Ferdinand s'ennuie puis plus du tout

Après déjeuner, il a étendu le linge dehors pour le faire sécher. Puis il est allé traîner du côté de la grange. En passant près du tracteur, il n'a pas résisté à l'envie de grimper dessus. De le faire démarrer, histoire de vérifier que le moteur tourne encore. Après ça, il est entré dans l'atelier. Sur l'établi, il a vu la plaque à moitié gravée pour Alfred, laissée en plan depuis des semaines. Toujours pas terminée. Avec un pincement, il a jeté un œil aux outils, machinalement s'est mis à trier des vieux clous. Il n'avait pas envie de s'y mettre. Alors, tant pis, il a pris son auto. Il a ralenti en passant devant le chemin qui mène chez Marceline, a hésité à s'arrêter pour prendre des nouvelles, mais finalement, il a décidé de passer plus tard, peut-être en fin de journée. Et il est allé jusqu'au village. Après s'être garé assez loin de la place du Marché, il a sorti une canne du coffre et a remonté la rue principale en boitant exagérément. Sans croiser personne. Ça l'a un peu déçu. Arrivé au café de la place, il a commandé un verre de vin blanc et s'est installé à une table en terrasse. Comme d'habitude depuis deux mois maintenant.

À l'horloge de la mairie, il était trois heures et demie.

Il ne lui restait plus qu'une heure à tuer avant la sortie de l'école. Le seul moment où il pouvait voir ses petits-enfants. Ses Lulus. Ludovic, huit ans, et Lucien, six. Leur faire une bise à chacun. Avant que Mireille n'arrive, pressée de les lui soustraire. De les faire rentrer dare-dare dans leur nouveau chez eux, en donnant pour raison – et dit avec un ton légèrement navré pour faire plus vrai – leurs si nombreux devoirs !

Sa gorge s'est nouée à l'évocation.

Il a bu un peu de vin blanc pour faire passer.

Et puis il a regardé autour. Rien à voir.

Il a frissonné.

Dans le ciel, un rayon de soleil essayait de se faufiler entre deux nuages gris. Pour se réchauffer, il a fermé les yeux, s'est tendu vers lui. Mais ça n'a pas duré. Des claquements secs sur le trottoir. Tac tac tac tac. Une jeune femme, en jupe tailleur et talons hauts, approchait. Une rareté, dans ce coin. Il a calculé qu'il restait sept secondes avant son passage devant la terrasse... six, cinq... a fait glisser sa canne... quatre, trois... le long de sa chaise... deux, un. Impact. La fille a fait un bond, s'est tordu la cheville en criant *Aïe*. Elle se préparait à balancer une jolie petite phrase bien calibrée à ce *salopard qui avait laissé exprès traîner sa canne*, quand ses yeux se sont posés sur Ferdinand. Il avait réussi à prendre un air tellement péteux, si parfaitement contrit, ça l'a fait sourire. Mais elle s'est vite reprise. À la place, elle a lancé un regard noir avec sourcils courroucés et tendu vers lui un index menaçant, sous-entendant qu'avec elle, le coup du pauvre innocent, ça ne marchait pas. Elle connaissait par cœur tous leurs trucs, aux vieux. Des grands-parents, elle en avait eu quatre ! Et son stage en entreprise, en classe de troisième, elle l'avait passé dans une maison de retraite, alors, hein... Il a baissé la tête pile à ce moment-là. Et il a plu à Muriel de croire qu'il avait compris le fond de sa pensée. Satisfaite, elle a commencé à remettre de l'ordre dans sa tenue. Elle a lissé soigneusement les plis de sa jupe – avec une attention spéciale pour la partie postérieure, parce que *les plis sur les fesses, putain, c'est vraiment pas la classe* –, a épousseté son sac en le claquant plusieurs fois contre ses mollets, a raccroché une mèche échappée de sa coiffure et, sans un dernier regard à Ferdinand, a repris sa route, soudain inquiète d'arriver en retard à son rendez-vous (avec le mec de l'agence immobilière, rapport à la chambre à louer, mais qu'est-ce qu'elle allait bien pouvoir lui raconter, vu qu'elle n'avait ni caution ni rien de tout ça, ah lala...).

Ferdinand, lui, était content. Il avait réussi à faire sourire une jolie jeune femme. Ça n'arrivait pas tous les jours, une chose pareille. Bon, d'accord, ça n'avait pas été un très grand sourire. Ni une si jolie femme que ça, d'ailleurs. Pour être complètement honnête, elle avait l'air d'une pouffe, avec ses talons hauts et sa jupe trop serrée qui boudinait sa taille déjà pas très fine. Mais ça n'avait pas d'importance, il avait gagné son sourire de la journée.

Maintenant, à l'horloge, il était quatre heures moins le quart. Plus que trois quarts d'heure avant la sortie de l'école. En levant les yeux vers le ciel, il s'est rendu compte que les deux nuages gris en avaient profité pour se fondre en une seule masse compacte et dangereusement noire. Il s'est rappelé le linge qu'il avait mis à sécher, s'est dit qu'il était encore temps de rentrer avant qu'il ne se mette à pleuvoir. Comme vache qui pisse, nom de Dieu ! Pour y arriver, il allait devoir mettre la gomme.

Bien sûr, il s'en est voulu d'être resté assis aussi longtemps à la terrasse du café. Ses jambes s'étaient ankylo-
sées. Ça lui a pris du temps avant de les déplier et quand
enfin il a réussi à se mettre debout, Roland, son fils, est
arrivé, s'est planté devant lui, la bedaine en avant.

— Ah mais, d'où tu sors ?

— N'exagère pas, j'habite à côté, tu sais bien.

Si Roland s'était dérangé pour venir jusque-là, c'était
forcément pour lui parler de quelque chose d'important.
Mais comme d'habitude, il ne savait pas comment s'y
prendre, ni par où commencer. Et pour gagner du temps,
il se dandinait d'un pied sur l'autre, en se raclant la gorge.
Très agaçant.

— Oui... ?

— Eh bien, je pense qu'à force de faire l'idiot avec ta
canne, tu vas finir par provoquer un accident.

Ferdinand s'est rassis en soupirant, a sorti sa pipe et un
paquet de tabac.

— C'est tout ?

— Non...

— Alors ?

— Alors, Mireille et moi trouvons que, même si tu
ne veux pas entrer dans la salle – on peut comprendre
tes raisons –, ce serait quand même mieux si tu venais
boire ton verre à la terrasse de notre restau. Ce serait plus
normal, quoi.

— Ça ressemble à une invitation, dis donc.

Il a pris le temps de tirer quelques bouffées. Pour l'exas-
pérer encore un peu plus. Roland détestait le voir fumer.

— C'est gentil, fiston. J'apprécie. Sauf que, ce petit vin
blanc, je ne saurais pas dire exactement pourquoi, mais...
il a meilleur goût ici que chez toi. Y a pas à tortiller.

Roland a encaissé. Une fois de plus, il a ressenti une
vive brûlure dans la partie gauche de sa cage thoracique
– mais rien qui puisse être qualifié de suspect ou de
complètement anormal (il s'est renseigné, le docteur Lubin
lui a bien dit que c'était de la tachycardie, rien de plus) –
et après quelques raclements de gorge réflexes, il a tourné

sèchement les talons pour rentrer chez lui. Dans son restaurant. Juste de l'autre côté de la place, à cinquante mètres à tout casser. Avec terrasse pour fumeurs. Il s'est appliqué à garder une démarche digne et naturelle. La tête haute, les épaules droites, l'ouvre-bouteilles pendu au bout du cordon battant bien sa cuisse au rythme de ses pas. Nickel. Sauf que très rapidement, quelque chose l'a gêné. Quelque chose qui semblait s'être planté au milieu de son dos, pile entre les deux omoplates. Et… ça commençait à l'échauffer sérieusement. S'il s'était écouté, il aurait fait demi-tour, là, et il serait allé lui balancer son poing direct dans la tronche à cet imbécile planqué derrière ses rideaux ! Il lui aurait fait ravaler son petit air narquois et son sourire à la con ! Ah la vache, ça l'a énervé. Il avait pourtant promis à sa femme de rester tranquille. Vite. Se calmer. Réfléchir. Essayer de… En tout cas, si c'était le vieux schnock de père de son collègue cafetier qui venait boire ses coups à sa terrasse à lui, il aurait certainement envie, lui aussi, d'avoir un petit sourire à la con. Juste pour l'emmerder.

Ben oui… c'est vrai ça, dans le fond. Il s'est senti plus calme. Bizarrement, cette pensée l'a ragaillardi.

Mais juste avant de franchir le seuil du restaurant, il s'est pris, venant du fond de la salle, le regard de sa femme en pleine poire. Rebelote, il s'est senti tout petit. Les histoires de famille, jamais sur la place publique, Roland, on en a déjà parlé. Oui, mais tu vois bien, Mireille, mon père me provoque… Il a poussé la porte. La cloche a tinté. Mireille s'est détournée sans prononcer un mot. De toute façon, il savait déjà ce qu'elle pensait. Que si le vieux Ferdinand pouvait mourir là, sur-le-champ, d'une crise cardiaque, ou non, encore mieux : d'une rupture d'anévrisme !, ce serait un grand soulagement.

Comme ça ne lui plaisait pas trop, à Roland, que sa femme puisse penser une chose pareille, il a préféré regarder ailleurs.

Tiens, il allait passer un coup de balai. Ça lui changerait les idées.

Pendant ce temps, Ferdinand, qui ne voulait pas savoir ce qu'il avait provoqué chez son fils – et, par ricochet, chez sa belle-fille –, retournait à sa voiture, en oubliant de boiter, cette fois. Mais il était pressé. Et la pluie menaçait sérieusement.

5

Muriel cherche une chambre et du boulot

Une fois de plus, Muriel s'est déplacée pour rien et elle a eu envie de le faire payer à ce pauvre naze d'agent immobilier. D'autant plus qu'elle a dû sécher un cours pour pouvoir venir. Sans parler de son look, qu'elle a spécialement chiadé pour l'occasion : tailleur, jupe serrée et hauts talons. Elle n'a pas l'habitude. Comme elle a un peu grossi, sa jupe lui scie la taille, et à cause des chaussures, elle a des ampoules aux pieds. En plus, depuis tout à l'heure, sa cheville gauche est légèrement enflée, après que le vieux l'a fait trébucher avec sa canne à la terrasse du café. Bref, tout ça l'a mise de mauvaise humeur. Attaqué, l'agent s'est défendu mollement. Vous comprenez, ce n'est pas facile, les propriétaires changent d'avis comme de chemise, alors dans ces conditions, difficile pour nous d'arriver à travailler convenablement. En ce qui vous concerne, oui, nous aurions dû vous appeler pour vous prévenir de ce désistement, vous avez raison, mais nous sommes débordés, nous n'avons pas eu le temps. Elle a regardé ailleurs pendant son bla-bla, ça lui a laissé le temps de se calmer et surtout d'éviter de lui envoyer son dossier à travers la gueule. Avant de repartir, elle s'est forcée à sourire en lui serrant la main et en lui demandant de l'appeler aussitôt qu'il aurait quelque chose. Et pour être sûre que ça s'imprime bien dans sa petite cervelle de moineau, elle lui a refait le topo : une chambre, meublée ou pas, avec coin douche et WC, même s'ils ne sont pas attenants, c'est pas grave, dans le patelin ou ses environs, et puis pas cher, évidemment. C'était hyper urgent, d'ici la fin du mois elle allait se retrouver à la rue si elle ne trouvait rien. Il a dit : Je fais diligence, mademoiselle, comptez sur moi. En sortant, elle a claqué la porte vitrée assez violemment, tout en se retournant très vite et en portant la main à la bouche, avec les yeux écarquillés, l'air de : Oups, désolée, j'ai pas fait exprès. Il a fait celui qui avait l'habitude, l'a saluée de la main avec un petit clin d'œil en même temps. Ça lui a donné la nausée.

À l'horloge de la mairie, il était quatre heures. Il lui restait trois quarts d'heure avant son autre rendez-vous important de la journée. En fouillant son sac, elle a trouvé de la monnaie égarée dans la doublure, de quoi se payer un café, et elle est entrée au Bar de la place, s'est installée au comptoir. Juste après, Louise l'a rejointe. Elles ont éclaté de rire en découvrant qu'elles s'étaient toutes les deux habillées spécialement. À l'école, elles ne s'étaient jamais vues autrement qu'en pantalon-baskets. Là, en plus, Louise s'était maquillée. Muriel trouvait que ça faisait un peu pute, mais elle s'est retenue de lui en parler. Pas la peine de la vexer, c'était une nana plutôt sympa. Elles ont bu leur café et c'est assez stressées qu'à cinq heures moins vingt, elles ont traversé la place et sont entrées dans le restaurant. Les enfants venaient à peine de rentrer de l'école et s'installaient à une table pour faire leurs devoirs en prenant leur goûter. En voyant les deux filles entrer, Ludo s'est arrêté de mâcher, sous le choc. Leur démarche altière, la taille de leurs seins, tellement extraordinaires, leurs parfums capiteux qui montaient à la tête, et la bouche vermeille de Louise, il n'en avait jamais vu de pareille... Mireille a remarqué son émoi, lui a fait signe de s'occuper de ses devoirs et, tout en invitant les filles à venir s'asseoir plus loin, leur a proposé un café. Elles n'ont pas osé refuser. Pourtant, elles en étaient déjà à leur cinquième de la journée et elles risquaient la crise de nerfs, les aigreurs d'estomac, tremblements, insomnies, et cetera. Surtout Muriel. Depuis quelque temps, elle souffrait de tous ces symptômes à la fois. Au point d'avoir imaginé arrêter complètement d'en boire et de se mettre au thé. Ce ne serait pas pour aujourd'hui, tant pis.

Et Mireille leur a posé quelques questions. Non, elles n'avaient jamais travaillé dans un restaurant avant. Mais elles en avaient très très envie. Oui, elles avaient dix-neuf ans et étaient toutes les deux élèves en deuxième année à l'école d'infirmières. Elles étaient très contentes de faire ça. Oui oui, elles avaient des chaussures plates, bien sûr, c'était beaucoup plus pratique pour travailler et marcher vite sans se tordre les pieds. Ben oui, elles avaient besoin de gagner un peu de fric, à la fin du mois il ne leur restait souvent pas de quoi s'acheter à bouf... Enfin, c'était raide, quoi. Mireille n'a pas cherché plus loin, elle leur a dit que c'était OK. Elles se sont regardées, pas complètement certaines d'avoir compris si *OK*, ça voulait dire qu'elles avaient décroché le boulot ou pas. Mais très vite, Mireille leur a expliqué ce qu'elles allaient devoir faire, à quelle heure elles devraient arriver, que ce serait mieux si elles évitaient de se parfumer, ça dénaturait le goût des plats, comment les choses se passeraient en gros, et elles n'ont plus douté. Ce n'était qu'une journée, c'est vrai, mais c'était excitant. En plus, dans le coin, à part au printemps et en été pour les récoltes et les vendanges, on ne trouvait pas vraiment de petits boulots. Là, si ça marchait, il y aurait peut-être d'autres occasions. Mariages, enterrements de vie de célibataires, anniversaires, départs à la retraite, il y en avait ici, de temps en temps, des trucs comme ça.

Elles se sont serré la main. Et sous le regard toujours aussi ébloui de Ludo, Muriel et Louise sont sorties du restaurant. En boitillant, parce que les chaussures neuves, ça fait souvent ça, mais c'est encore pire avec les talons hauts. Elles ont attendu d'avoir quitté la grande place pour

493

les retirer et se mettre à courir pieds nus dans la rue, sur le trottoir presque gelé, en criant la joie d'avoir trouvé leur premier boulot.

6
Les parents travaillent, les enfants font du vélo

Samedi.

Mireille a préparé des sandwichs pour le déjeuner des enfants. Ce soir, c'est le fameux banquet des chasseurs. Elle a dû embaucher quatre extras. Muriel et Louise au service, plus deux garçons en cuisine. Tous étudiants. Ça coûte moins cher que des professionnels. L'inconvénient, c'est qu'ils n'ont jamais travaillé dans la restauration avant, il faut donc tout leur expliquer. Ça fait perdre du temps. L'ambiance est plutôt tendue. Roland s'agite dans tous les sens, aboie comme un roquet, s'emporte facilement, il tient ça de sa mère, paraît-il. Les deux garçons ont du mal à le supporter. Ils prennent des pauses le plus souvent possible. Kim, le plus mignon des deux, explique aux filles que c'est pour ne pas péter les plombs. Muriel et Louise les rejoignent dehors pour fumer et rigoler un peu. En salle, elles ont de la chance, c'est moins stressant. Mireille, la patronne, surveille tout ce qu'elles font, c'est agaçant, mais elle est assez sympa, alors ça va.

Pendant toute la matinée, Ludo et P'tit Lu sont restés dans l'appartement, à l'étage. Ils ont joué puis ils ont fait quelques devoirs, comme Mireille le leur avait demandé. Vers midi, ils ont commencé à avoir faim. Ils ont dévalé l'escalier pour savoir qui arriverait le premier à la cuisine.

C'est Ludo qui a gagné. Normal, c'est le plus grand. Mais en apercevant son père derrière les fourneaux, les joues en feu et la sueur lui dégoulinant dans le cou, il a stoppé net son cri de victoire. Et P'tit Lu, derrière lui, ses récriminations. Trop tard. Le vacarme de leur course les avait précédés. Roland, les yeux exorbités, s'est tourné vers eux en hurlant: Sortez d'ici! C'est pas le moment de venir me déranger! Ils ont fait demi-tour, en panique, ont traversé la grande salle au galop. Mireille a réussi à les arrêter. Elle a bien remarqué que P'tit Lu avait envie de pleurer, mais elle était pressée, alors elle a fait celle qui n'avait pas vu et elle leur a tendu les sandwichs en débitant sa liste de recommandations. D'abord, aller manger dehors, pour éviter de faire des taches, de mettre des miettes, de salir partout, faites attention, voyons! Ensuite, oui, papa était un peu énervé, mais ils devaient comprendre que les banquets, ça lui faisait toujours cet effet. C'était beaucoup de pression, beaucoup de responsabilités. Donc, aujourd'hui, les enfants, il fallait être sages et se débrouiller tout seuls comme des grands. Il faisait beau, enfin, il ne pleuvait plus, quelle chance, ils allaient pouvoir en profiter pour jouer dehors tout l'après-midi. Compris? Ensemble, ils ont hoché la tête et dit: Oui, m'man. Elle leur a tendu leurs manteaux puis a ouvert la porte pour qu'ils débarrassent le plancher, le plus rapidement possible, s'il vous plaît.

Ils ont mangé les sandwichs sur les marches du perron. Sans dire un mot. Et puis, ils ont réfléchi à la suite du programme: marelle, balle au bond, chat perché, un-deux-trois-soleil? Ça ne les a pas franchement emballés. Ils sont donc allés chercher leurs vélos dans le garage. Mais comme ils n'ont le droit d'en faire que dans la cour derrière le restaurant, c'est pas très très marrant. Les parents disent toujours qu'il ne faut pas aller dans la rue, parce qu'ils sont encore trop petits et les voitures, c'est dangereux. Pour ce qui concerne P'tit Lu, Ludo est d'accord. C'est encore un bébé, il vient d'entrer au CP et il ne sait faire que du tricycle! Mais pour lui, en CE2 et avec son super VTT, c'est vraiment ridicule.

Ils ont quand même fait la course, en tournant en rond pendant un quart d'heure, et puis ils ont arrêté. Et ils ont commencé à s'ennuyer sérieusement.

Mais pas trop longtemps, quand même. Parce que Ludo a eu l'idée. Il est allé chercher de la ficelle dans le garage, en a attaché un bout au porte-bagages de son vélo et l'autre au guidon du tricycle de P'tit Lu. Et, le corps penché en avant, le pied posé sur la pédale, il a attendu le bon moment pour démarrer.

Une demi-heure plus tard, ils n'ont parcouru que deux kilomètres.

Et ils sont déjà fatigués. Au début, ça allait. P'tit Lu aidait un peu Ludo en pédalant. Mais depuis un moment, il se laisse tirer, sans pédaler du tout. Il garde la tête constamment tournée vers l'arrière pour surveiller la route. C'est son travail de prévenir dès qu'il entend une voiture arriver dans leur dos. Alors il le fait très consciencieusement. Ludo, lui, s'occupe de celles qui arrivent en face, bien sûr. Quand il y en a une, ils se garent vite au bord de la route, couchent le vélo et le tricycle dans les hautes herbes et se cachent dans le fossé, en attendant que l'auto soit passée. Ils font ça pour éviter que quelqu'un les reconnaisse et aille prévenir les parents. Mais ça prend du temps, tous ces arrêts. En plus, aujourd'hui c'est samedi, jour de marché, il y a pas mal de circulation.

Après le tournant, P'tit Lu ne voit plus la route, mais il entend quelque chose approcher. Il crie à Ludo : Voiture ! Ils couchent les vélos dans l'herbe, s'accroupissent dans le fossé, tendent le cou pour regarder le véhicule passer. Mais ce n'est pas une voiture, cette fois. C'est la dame qui vend des légumes et du miel sur le marché. Ils ne connaissent personne d'autre qu'elle qui circule en charrette tirée par un âne.

Elle s'arrête à leur hauteur. Berthe, sa chienne, descend et vient les renifler.

— Vous cherchez des escargots, les enfants ?

— Non, non. On se repose, c'est tout.

— Ah, très bien. Et vous allez où, après ça ?

— Chez notre grand-père Ferdinand.

— Il va être un peu surpris de vous voir arriver, non ? Vous savez, il reste encore deux kilomètres.

— C'est pas grave.

— Ça vous plairait de faire le voyage en charrette ? Ils aimeraient drôlement. Elle s'approche de l'âne.

— Très cher Cornélius. Serais-tu d'accord pour accompagner ces jeunes gens chez leur grand-père ?

P'tit Lu et Ludo rigolent, gênés. Marceline leur chuchote *Ce n'est pas sûr qu'il accepte, vous savez*. Elle fouille dans sa poche, leur glisse à chacun un bout de carotte. Ils tendent les mains. L'âne prend les morceaux très délicatement, les croque en secouant la tête.

— Ah ! Je suis contente que tu dises oui. Merci, Cornélius chéri.

Les enfants se regardent, bluffés. Ils ne savaient pas que les ânes comprenaient aussi bien tous les mots.

7

Les Lulus à la ferme

Ferdinand téléphone.

— Allô, Mireille ? Alors... est-ce que tu es sûre de n'avoir rien perdu aujourd'hui ? Non, ce n'est pas une devinette. Bon d'accord, je t'explique. Ludovic et Lucien viennent d'arriver à la ferme avec leurs vélos, ils vont bien et je pensais leur préparer des crêpes pour le goût...

Il écarte le téléphone le temps du cri. Puis...

En vélo, oui oui...

C'est la voisine, Mme Marceline, qui les a trouvés sur la route en revenant du marché...

Un peu fatigués, c'est tout...

Bien sûr que je leur ai passé un savon! Et ils ont promis de ne plus recommencer.

Je peux les ramener après le goûter, mais...

Ça finit tard, les banquets, non?...

Une heure du matin...

Deux heures? Mes pauvres enfants, vous allez être crevés.

Si j'étais toi, je...

Mais c'est normal d'être énervée, Mireille. Je comprends.

Tu as raison, je pense aussi que c'est mieux.

D'accord, Mireille.

Ne t'inquiète pas, on va se débrouiller.

À demain, alors.

Oui, après déjeuner.

Bonne soirée.

Il a raccroché et les deux Lulus se sont jetés à son cou, ont sauté partout comme des cabris. Le petit Chamalo a eu très peur. Il est parti se cacher sous le lit. Ça leur a pris longtemps avant d'arriver à le faire sortir.

Et presque tout le restant de poulet rôti, aussi.

Ferdinand a dû changer le menu du dîner. Ils ont voté pour des spaghettis, à l'unanimité.

8

Les Lulus rient sous la couette

Ferdinand a installé les enfants dans le lit de la chambre à côté de la sienne. Avant, c'était celle d'Henriette. Mais il a tout changé, depuis: la literie, le papier peint et même la déco. Comme Roland adorait la collection de bibelots en porcelaine de sa mère, Ferdinand lui en a fait cadeau. À la place, il a mis les œuvres de Ludovic et de Lucien depuis la maternelle. Dessins, peintures, colliers de nouilles, sculptures en pâte à sel, rouleaux de papier toilette à têtes de Pères Noël, etc.

C'est bien plus joli.

Il a laissé la porte de communication entrouverte, au cas où les enfants se réveilleraient pendant la nuit.

Ludo, fatigué par le vélo, s'endort en premier. À côté de lui, P'tit Lu a les yeux grands ouverts. Il serre le petit Chamalo contre lui. Finalement, il donne un coup de coude dans les côtes de son frère, croit qu'il chuchote, mais en fait, parle haut.

— Tu dors ?

— Mmm.

— Tu sais, Ludo, je crois que je suis sûr que j'aime plus papa du tout. Et toi ?

— Ouais, moi aussi.

— Ah.

Après un silence, Ludo ajoute :

— Il est naze.

— C'est un gros mot, ça ?

— Oui.

— Ah.

P'tit Lu est ravi.

— Et ça veut dire quoi ?

— Qu'il est nul.

— Ah ben oui, c'est ça : papa est un gros naze !

Ils plongent sous la couette pour étouffer leurs rires. Et le petit Chamalo en profite pour s'enfuir.

De sa chambre, Ferdinand a tout entendu. Il n'ose pas intervenir.

D'un côté, il pense qu'il devrait. Mais de l'autre...

Il n'est pas censé avoir entendu, alors il sourit. Se dit que les enfants de nos jours sont terriblement impertinents. Mais il ne se souvient plus trop de ce qu'il pensait, lui, à leur âge. S'il arrivait à se rappeler, ce serait intéressant de comparer. Il essaye. Rien ne vient. Le petit Chamalo se love contre lui. Il finit par s'endormir, le ronron dans le creux de l'oreille. Ça n'incite pas vraiment à la réflexion.

9
Mireille en a assez

Les organisateurs du banquet ont donné la liste des convives volontaires pour rester sobres. Ceux qui raccompagneront leurs copains ou conjoints complètement bourrés à la fin de la soirée. Mais comme à chaque fois, il y en a qui n'ont pas résisté. Déjà deux chauffeurs en moins. Mireille les a repérés. Il est presque deux heures du matin, la soirée est loin d'être terminée et elle a très mal aux pieds. Elle imagine le moment où, faute d'effectifs, elle va devoir raccompagner elle-même les gens chez eux. La perspective ne la réjouit pas. Il y a toujours le risque de tomber sur le type désinhibé par tout l'alcool qu'il a bu, qui va essayer de l'embrasser, de lui peloter les seins d'une main, l'autre sur sa braguette, ou celui qui va vomir sur les sièges de la voiture. Non, pas excitant du tout. Elle regarde Roland. Lui non plus ne l'excite plus trop. Pour ne pas dire plus du tout. Il a terminé son travail en cuisine il y a une heure et il est allé directement s'asseoir à une des tables. Il boit beaucoup et rit très fort. Tout ce qu'elle déteste. Elle trouve que ça fait vulgaire et déplacé pour un patron de restau de se mêler à la clientèle. En fait, quoi qu'il fasse, elle a du mal à le supporter. Surtout depuis qu'il a grossi. Au début, elle pensait que c'était passager, qu'elle arriverait à dépasser son dégoût. Mais sa bedaine n'a fait qu'enfler. Juste avant d'accoucher de Ludovic, elle en avait une pareille. Ou c'était pour Lucien ? Les deux fois, ça avait

500

été la même. Elle avait détesté ça. Pas son truc de se voir si déformée. Ça lui avait tué le désir et toute sa libido. Pendant des mois. Et même après, ça n'était jamais revenu comme avant.

Ce qui l'étonne, c'est d'être aussi jalouse, comme à l'époque où elle était encore amoureuse. Le coup d'embaucher des gars, et non pas des filles, pour aider Roland en cuisine, c'est son idée. Pour lui éviter d'être tenté. On ne sait jamais. C'est étroit, une cuisine, on se frôle. C'est bruyant aussi, on doit se comprendre avec les yeux, ça crée une complicité, forcément. En plus, il y a l'ambiance, la chaleur des fourneaux, le travail d'équipe, c'est terriblement exaltant. Tout peut arriver. Le chef cuisinier qui part avec la jeune commis de cuisine à la fin de la soirée, il n'y a pas que dans les romans ou dans les films que ça arrive! Normal qu'elle flippe, Mireille. Il y a neuf ans, c'est comme ça que ça s'est passé pour elle. Elle avait fait un extra, un soir, dans un restaurant où travaillait Roland.

Elle sait comment ça marche. Elle a expérimenté.

En attendant, elle ne regrette pas d'avoir pris ces deux filles-là au service. Nickel. Elles sont toutes les deux élèves à l'école d'infirmières. Ça doit aider pour l'organisation et elles doivent sûrement aussi apprendre à garder leur sang-froid en toute situation. Le coup de la main aux fesses, chapeau! C'est Louise qui l'a subie, mais c'est Muriel, la plus balaise, qui est allée régler la question. Elle s'est plantée devant le type, lui a balancé une grande claque dans la figure et lui a demandé avec le sourire si le service lui avait plu, si monsieur désirait autre chose. Les gens autour ont applaudi et la soirée a repris sans autre accroc. C'est rare.

Mireille s'ennuie. Elle va faire un tour en cuisine, histoire de vérifier que les garçons ont tout nettoyé et attaqué la vaisselle. Ce sera ça de moins à faire pour elle demain matin, dimanche. Elle pousse la porte. Kim et Adrien sont assis sur des cageots et boivent les fonds de verres. Ils ont dû commencer depuis un moment, ils sont pliés de rire. Quand ils voient Mireille entrer, ils ne se démontent pas et l'invitent à venir boire avec eux. Son premier réflexe, c'est de les engueuler. Mais il est deux heures du mat. Quinze heures de travail dans les pattes, alors quand même...

Elle retourne dans la salle, fait signe aux filles de la rejoindre en cuisine, prend une bouteille de champagne dans le frigo, fait péter le bouchon.

— Allez, il est tard et il pleut, je vais tous vous raccompagner chez vous. Merci. Vous avez assuré comme des bêtes.

Ils lèvent leurs verres.

— Santé !

Et les garçons trouvent ça trop marrant d'ajouter ·

— Mais pas des pieds !

C'est comme ça. L'alcool, ça rend bête. En tout cas, c'est ce que pensent les trois filles à ce moment-là. Mais elles n'ont pas encore bu leur verre...

10

Fuites de toit

La tempête a commencé vers deux heures du matin. Des vents violents, des trombes d'eau. Impressionnant. Dans sa petite maison, Marceline n'a pas dormi. Elle a passé la nuit à déplacer les meubles, à mettre des bassines et des seaux sous les fuites et à courir dehors les vider. Épuisant.

Maintenant, elle va voir l'étendue des dégâts.

Elle prend l'échelle sous l'abri des poules, la traîne jusqu'à la maison, l'appuie sur la façade, recule pour vérifier qu'elle est au bon endroit, la déplace plusieurs fois. Vingt centimètres plus à droite, dix plus à gauche, s'assure qu'elle est bien calée. Tout ça en pataugeant dans la gadoue. Au moment de poser le pied sur le premier barreau, elle se dit qu'en jupe, ça ne va pas être pratique. Elle retourne à l'intérieur, prend un pantalon sur l'étagère et découvre à ce moment-là que tous ses vêtements sont trempés. Une fuite qu'elle n'avait pas remarquée. Pile au-dessus de l'armoire.

Devant l'échelle, elle hésite. Fredonne nerveusement, cherche le courage. Elle pose un pied, puis le second, s'arrête pour reprendre sa respiration, évite de regarder vers le sol. Elle n'en est pas encore à la moitié et déjà ses jambes flageolent. Le vice l'attire. Elle lève les yeux, voit les nuages qui s'amoncellent. La pluie ne va pas tarder à reprendre. Elle monte sans faire d'arrêt. Les yeux fermés. Arrivée en haut, elle les rouvre et découvre l'état de la toiture.

La pluie tombe, drue et froide. Marceline a enfilé son imperméable et bourré les poches de tous les sacs plastique qu'elle a pu trouver. Elle remonte sur l'échelle. Sans hésiter, cette fois. Elle tente désespérément de colmater les trous entre les tuiles avec les sacs roulés en boule. Consciente du dérisoire de cette réparation. Mais elle n'a pas trouvé d'autre solution pour l'instant.

Toute au sauvetage de sa maison, elle n'entend pas les aboiements de la chienne. Ni les appels des enfants.

— Ma-dame! Madame Marceline!

Ludo et P'tit Lu crient son nom aussi fort qu'ils peuvent. Un peu plus loin, Ferdinand s'est arrêté et regarde le toit, constate, navré, l'étendue des dégâts. La chienne vient se coller contre ses jambes, glisse la tête sous sa main pour se faire caresser. Là-haut, Marceline n'a plus de sacs en plastique, elle commence à redescendre. Elle voit enfin les enfants au pied de l'échelle, leurs visages tendus vers elle, tout dégoulinants de pluie. Ils rient et dansent dans les flaques, les deux petits lutins dans leurs cirés beaucoup trop grands.

— On-a-des-carottes-pour-Cornélius-chéri et au-ssi-des-pommes...

Elle n'ose pas regarder vers Ferdinand. Pas tant à cause du vertige. Mais pour éviter de lire sur son visage toute sa consternation.

Et elle pense que c'est tant mieux si la pluie redouble maintenant. Personne ne verra ses larmes ni n'entendra ses sanglots.

Sous l'abri, Cornélius prend les carottes et les pommes que les enfants lui tendent, les mange en secouant la tête.

— Tu es content de nous voir, Cornélius? Tu aimes les carottes, dis? Et aussi les pommes? On pourra remonter dans la charrette une autre fois?

P'tit Lu est fier de prouver à Ferdinand que l'âne comprend tout.

— Alors, tu vois? Tu nous croyais pas!

Ludo hoche la tête d'un air entendu en regardant les deux vieux. C'est comme pour le Père Noël. Il fait semblant, pour son petit frère. C'est le privilège d'être l'aîné. Ou l'inconvénient...

Ferdinand aide Marceline à mettre une bâche sur le toit. Quand ils ont terminé, il lui dit qu'il faut maintenant qu'elle téléphone au couvreur, lui demander de venir en urgence. Elle regarde ailleurs. Il n'insiste pas. Après un petit moment, il ajoute que si elle veut mettre des affaires à l'abri chez lui, en attendant, il n'y a aucun problème. Elle réfléchit, entre dans la maison, en ressort quelques minutes plus tard portant dans ses bras un objet volumineux emmailloté dans une couverture. Elle couche la chose délicatement à l'arrière de la voiture. Avec les mêmes gestes qu'elle aurait avec un bébé. Les enfants sont curieux. Elle leur dit que c'est un violoncelle. Il est fragile et n'aime pas l'humidité. Comme une personne, il pourrait s'enrhumer s'il restait trop longtemps sous les fuites. Alors, elle le leur confie, le temps de réparer sa maison.

11

Ferdinand ramène les enfants

Dans la voiture, P'tit Lu a demandé en chuchotant pourquoi elle était triste, la dame de l'âne. Et Ludo a répondu que c'était à cause de la tempête, le toit de sa maison s'était envolé, tellement il était pourri. Même que maintenant, c'était sûr, elle allait mourir de froid, Mme Marceline. Ils sont restés silencieux le reste du trajet.

Une fois à la ferme, ils ont fait le tour des pièces vides pour trouver le meilleur endroit où ranger l'instrument. Ils avaient bien compris les consignes. Pas trop près d'une source de chaleur. Ni trop loin non plus. Tout en cherchant, les enfants ont demandé à Ferdinand pourquoi il n'invitait pas Marceline à venir habiter ici avec lui. C'était grand, il y avait plein de place et le toit ne fuyait pas comme chez elle. Il a répondu en riant qu'ils ne se connaissaient pas suffisamment pour qu'il puisse lui faire une telle proposition. Mais pourquoi ? Il a expliqué qu'en général, on ne partageait sa maison qu'avec des gens de sa famille, rarement avec des étrangers. Pourquoi ? Chez les autres, on ne se sentait jamais complètement bien, on n'avait pas les mêmes goûts ou les mêmes habitudes. Pourquoi ? Là, il a juste répondu : Parce que, c'est comme ça. Ludo a ronchonné : « Parce que », c'est pas une réponse. Et Ferdinand était bien d'accord avec lui, mais il n'avait pas d'autre argument à proposer, il a donc préféré arrêter là. Comme s'il avait quelque chose de plus important à faire que de réfléchir à des vétilles pareilles.

Ils ont fini par trouver l'endroit idéal, ont posé l'instrument encore emmailloté sur une table. Et puis, ils ont soulevé la couverture pour voir dessous, mais il y avait une housse, alors ils n'ont pas osé l'ouvrir. La prochaine fois, ils demanderont à Marceline d'en jouer pour eux, du gros violon, a dit P'tit Lu. Ça a fait sourire les deux autres.

Après déjeuner, Ferdinand a ramené les enfants chez eux.

Quand ils sont arrivés, Mireille était en train de passer la serpillière dans la cuisine du restaurant. Elle leur a crié de ne pas marcher où elle avait lavé et ils ont dû attendre qu'elle ait fini avant de pouvoir aller l'embrasser. Ensuite, elle les a prévenus que Roland dormait encore. Ils n'allaient donc pas pouvoir monter jouer dans leur chambre avant un bon moment. Ce qui a énervé Ferdinand, mais il n'a rien laissé paraître, juste grogné entre ses dents *Quel con, çui-là*. Et Mireille a fait celle qui n'avait pas entendu. Elle lui a proposé un café. Il a regardé dehors. Le vent s'était remis à souffler et la pluie à tomber méchamment. Il a refusé, en disant qu'il était pressé. Et après avoir embrassé Ludo et P'tit Lu, il est parti.

Aussitôt la porte refermée, Mireille s'est tournée vers Ludo.

— Il faut qu'on parle, tous les deux.

Le coup de partir à vélo sur la route en traînant le petit Lucien derrière, il savait qu'il aurait à le payer à un moment ou à un autre. Normal, c'était son idée et c'était lui le grand. Mais avant qu'elle ait le temps de démarrer, il a demandé, l'air candide :

— Au fait, m'man, il y aura un autre banquet la semaine prochaine ?

— Non, pourquoi ?

— Comme ça, pour savoir.

P'tit Lu, lui, ne s'est pas gêné pour formuler plus clairement sa déception.

— Mince. Trop dommage.

Ce qui a énervé Mireille encore un peu plus.

Et Ludo a eu droit à la grosse engueulade.

12

Ludo préfère se faire engueuler par Mireille

Alors moi je trouve que, même si c'est long et même si elle arrive à être méchante avec ses mots – elle est un peu sévère, ma mère –, eh ben, c'est quand même mieux quand c'est elle et pas Roland qui nous engueule. Lui, il veut à chaque fois donner des claques ou des fessées. J'aime pas la tête qu'il fait quand il s'énerve, avec ses yeux de merlan frit. Il rougit d'un coup et sa voix devient pointue comme celle d'une dame quand il crie. Dès qu'il démarre, il faut se débrouiller pour se mettre près de la porte, comme ça, s'il lève la main, on peut s'échapper. Il nous court jamais après dans l'escalier, surtout depuis qu'il est devenu trop gros, ça le fatigue et il se met à respirer très fort, comme un taureau. Il va mourir un jour d'une crise cardiaque, je pense. De toute façon, s'il essayait de nous attraper, Mireille l'empê-cherait, c'est sûr. Il n'ose pas lever la main sur elle, il a trop peur qu'elle s'en aille et qu'elle revienne plus jamais. Mais il dit quand même à chaque fois que pour l'éducation, c'était sa mère à lui qui avait raison. Elle s'appelait Henriette, sa mère, c'est un drôle de nom. Maman, elle lui explique qu'elle déteste les gens qui tapent les enfants. Elle trouve ça horrible, ça lui rappelle ses parents. Ils la tapaient tout le temps quand elle était petite. Même qu'un jour y a des poli-ciers qui sont venus la prendre et ils l'ont emmenée habiter chez tonton Guy et tata Gaby. Eux, ils étaient gentils avec elle. Ils n'avaient pas d'enfants, du coup, ils l'ont vache-ment gâtée. Elle dit à tout le monde que c'est eux ses vrais parents, même si c'est pas vrai.

Quand c'est maman qui nous engueule, c'est pas compliqué. Il faut juste faire comme si on est d'accord avec tout ce qu'elle dit, même si ça dure des heures et à la fin, on doit pleurer avec des vraies larmes, lui sauter dans les bras en disant qu'on a compris, qu'on ne le refera plus et hop, c'est fini. Après, exceptionnellement, on a droit à un verre de Coca et à un paquet de chips avant le dîner. Une fois, P'tit Lu a réussi à avoir des esquimaux en plus de tout le reste. Elle était trop énervée contre Roland et elle lui a crié dans les oreilles que c'était sa faute si elle avait eu des enfants et que, à cause de ça, sa poitrine était devenue moche et tout abîmée. Si elle était restée toute seule, elle en aurait pas eu et elle serait encore jolie. P'tit Lu était devant la porte, il a tout entendu et il s'est mis à pleurer comme un bébé. Quand elle l'a vu, elle aussi elle a pleuré, encore plus fort que lui. Et puis elle l'a pris dans ses bras et elle a dit que c'était pas vrai. Qu'elle ne pensait pas du tout ce qu'elle avait dit. Que c'était juste pour embêter papa.

Ça, c'est possible.

Mais pour ses poitrines, je trouve qu'elle a raison. Elles pendent un peu, quand même.

En tout cas, cette fois-là, on a eu droit à des esquimaux, P'tit Lu et moi.

Et franchement, j'adore ça.

13
Le doute assaille Ferdinand

En passant devant le chemin qui mène chez Marceline, Ferdinand a ralenti. Mais il ne s'est pas arrêté. Il s'est dit qu'à force, elle allait peut-être mal prendre toutes ses visites d'affilée. Elle pourrait même imaginer qu'il veuille se mêler de ses affaires. Pas son genre du tout. Il est donc rentré chez lui. La pluie tombait très dru, ça ne lui a pas donné envie de faire grand-chose, à part s'asseoir près du poêle et boire un petit vin chaud. Il a bien pensé allumer la télé, mais avant de le faire, il a jeté un œil sur le programme et ça l'a découragé. Que des séries sans intérêt, il allait devoir trouver autre chose pour s'occuper l'esprit. Il est monté à l'étage. À la vue des jouets qui traînaient par terre et du lit défait dans lequel les enfants avaient dormi, il a eu un petit pincement au cœur. Ils étaient certainement en ce moment même en train de se faire enguirlander par leur mère. Normal, pourvu qu'elle ne soit pas trop sévère avec eux, c'est tout ce qu'il pouvait espérer. Il a tout rangé et fait le lit. Puis il s'est mis à la recherche du petit Chamalo mais ne l'a pas trouvé. Il avait dû sortir faire un tour. Vu ce qu'il tombait, il ne risquait pas de rentrer de sitôt. Il n'aimait pas l'eau, ce minet.

En redescendant, il a fait un crochet par la pièce où est rangé le violoncelle, a soulevé la couverture qui l'emmaillotait, et comme les enfants un peu plus tôt, n'a pas osé ouvrir la housse pour voir dessous.

Enfin, dans la cuisine, il s'est mis à tourner en rond.

Avec, en tête, les dégâts causés par la tempête chez sa voisine, les trous dans la toiture, les fuites dans le plafond, le froid et l'humidité qui avaient envahi sa maison. Ça lui a donné le frisson rien que d'y penser. Il a bien essayé de s'intéresser à autre chose : écouter la radio, faire des mots croisés, feuilleter un catalogue. Mais sans cesse, il y était ramené. S'il se mettait à réfléchir à la définition d'un mot, fatalement, il levait les yeux au plafond, et revoyait les fuites. Écouter la radio, c'était pire. On n'y parlait que du taux record de pluie pour la saison et des températures qui baissaient. Impossible d'y échapper.

Il s'est donc plongé dans la lecture de son catalogue de bricolage. Les dernières pages, ses préférées, sont réservées aux inventions. Du genre concours Lépine mais en moins glamour. Le ramasse-miettes sélectif, la canne gigogne attrape-bocaux, le remonte-chaussettes sans se baisser ou le pèle-légumes pour gaucher. Il serait bien tenté par l'éponge magique qui nettoie tout du sol au plafond sans frotter, tout ça pour une somme très modique. Mais il a peur d'être déçu. Autant continuer de rêver que ça puisse marcher. Donc, le mieux, c'est de remplir soigneusement le bon de commande et de ne jamais l'envoyer. Et c'est ce qu'il a fait cette fois encore.

En fin de journée, il a réchauffé les restes de spaghetti de la veille, a regardé les infos à la télé et, après avoir zappé un moment, est tombé sur un western. Sauf que pour une fois, il n'a pas apprécié. La fille était belle, mais après trois jours de chevauchée dans le désert, poursuivie par des méchants, sans boire ni manger ni se laver, elle donnait toujours l'impression de sortir de chez le coiffeur, son maquillage était impeccable et ses vêtements à peine froissés. En général, ça ne le dérangeait pas, mais là, il a trouvé ça trop.

Il a éteint la télé, a regardé par la fenêtre la pluie tomber.

Le chat n'était pas rentré, il se sentait seul et déprimé, il est allé se coucher.

Mais il n'a pas fermé l'œil.

Le cerveau en ébullition et les émotions emmêlées. Tristesse, honte, colère, culpabilité… Il s'en est voulu, a détesté sa froideur, son manque d'humanité, s'est trouvé des excuses, mais ne les a pas aimées. Alors, même après que son chat fut revenu et malgré son ronron dans le creux de l'oreille qui lui faisait habituellement l'effet d'un puissant somnifère, il a réfléchi sérieusement. S'est posé toutes les questions : si, où, quoi, comment, sans oublier pourquoi. Et les réponses lui ont paru évidentes. Mais c'était trop simple, donc il a commencé à douter. Fatigué par tous ces allers-retours, il a trouvé une solution : le lendemain, il demanderait l'avis de Guy et Gaby, ses meilleurs amis, c'était plus raisonnable. Juste avant de se laisser glisser dans le sommeil, par habitude, il s'est demandé ce que feue son Henriette aurait pensé de cette histoire. Et c'est là que tout lui est apparu très claire-ment. Il était cinq heures et demie du matin. Il lui restait encore pas mal de choses à faire et des tas d'émotions à trier. Mais surtout, il devait peaufiner son idée. Sans déranger Chamalo, il s'est levé, s'est préparé un café et a gambergé en attendant qu'il soit une heure décente pour y aller.

14

Ferdinand répète son texte

Devant la porte de chez Marceline, il n'ose pas frapper. Il répète dans sa tête ce qu'il va dire. Trouver le bon ton. Les mots justes. C'est coton. Alors... Bonjour, madame Marceline. C'est encore moi, Ferdinand. Je suis revenu pour vous dire que j'ai réfléchi toute la nuit, j'ai tourné les choses dans tous les sens, pesé, décortiqué, trituré tout, et franchement, je le dis sans prendre de gants, vous ne pouvez plus rester dans cette maison. Dans l'état où elle est, c'est dangereux. Les poutres sont trop abîmées, la toiture risque de s'effondrer à tout moment. Il faut que vous partiez d'ici, c'est urgent. Comme vous le savez, je vis seul dans la ferme à côté depuis que mes petits sont partis, ça va faire bientôt deux mois. Il y a plusieurs pièces vides, des entrées indépendantes, tout le confort moderne. Ça ne fait pas si longtemps, nous vivions à trois familles là-dedans, vous savez, trois générations. Sans se marcher sur les pieds. Alors, voilà. C'est simple, vous pourriez vous installer dès aujourd'hui, rester jusqu'à la fin des travaux, tout l'hiver et un bout de printemps, a priori. Et puis, si vous voulez, il y a de la place dans l'étable pour votre âne, un poulailler pour vos poules et aussi...

Il frappe.

La chienne aboie et au fond, à peine audible, la voix de Marceline qui dit d'entrer.

511

Elle est assise sur une chaise, hébétée et tremblante, son chat, le poil tout collé, couché en boule sur ses genoux.

— Il est revenu. Je crois qu'il est blessé.

— Vous voulez que je regarde?

— Oui, s'il vous plaît.

Ferdinand tâte le chat. La chienne, inquiète, essaye de l'en empêcher, glisse son museau sous sa main pour l'écarter, l'implore en geignant d'arrêter. Il la caresse. Et sur un ton rassurant, il dit qu'il semble ne rien y avoir de cassé, mais qu'il a dû se battre comme un chiffonnier, ce matou, il a des croûtes partout. Dans deux-trois jours il sera sur pied, vous en faites pas. Les chats ont la peau dure. Marceline soupire. Se mord les lèvres pour s'empêcher de pleurer.

Un temps. Puis Ferdinand l'aide à se lever de la chaise, lui pose son imperméable sur les épaules.

— Allez, faut pas rester là, madame Marceline.

Il prend le chat dans ses bras, sort en premier de la maison, elle le suit. La chienne aussi.

15

L'invitation

Marceline dort dans le fauteuil, son chat en boule sur les genoux et la chienne couchée à ses pieds. Ni elle ni eux ne tremblent plus du tout. Ferdinand en profite pour retourner dans la petite maison, sauver ce qui craint le plus l'eau et recouvrir le reste de bâches. Quand il revient, Marceline dort encore. Il met à sécher les vêtements qu'il a pris dans l'armoire. Et repart avec la chienne, cette fois, pour donner à manger à l'âne et aux poules.

La nuit tombe. Il rentre, rajoute du bois dans le poêle, met la soupe à chauffer. Le petit Chamalo, croyant l'heure du dîner arrivée, déboule. Tombe nez à nez avec la chienne, s'électrise d'un coup. Ses poils se hérissent, ses pupilles se dilatent, il fait le gros dos, saute en crachant comme un possédé et finit par partir au galop se cacher. Au bout d'un moment, la curiosité l'emporte. Il revient voir les nouveaux. Le vieux matou dort, pas de danger de ce côté-là pour l'instant. En revanche, la chienne le regarde, les oreilles couchées et en remuant la queue ! Qu'est-ce que ça veut dire ? Lui, quand il fait ça, c'est qu'il est très énervé. Pourtant, là, elle a l'air d'être contente. On dirait même qu'elle voudrait jouer. C'est la première fois qu'il rencontre un chien. Normal qu'il hésite sur l'attitude à adopter.

Ferdinand les laisse se débrouiller. Il va chercher une bouteille de vin dans le cellier, dresse la table, grignote un quignon de pain pour tromper sa faim. La soupe chauffe toujours sur le coin du poêle. En passant, il soulève le couvercle pour voir où elle en est. Il goûte. La trouve trop épaisse, rajoute de l'eau. Touille. Regarde l'heure. Plus de trois heures que Marceline et son chat dorment dans la même position. Ça devient inquiétant. Il s'approche, se penche pour écouter leurs deux respirations. Elle ronfle très légèrement, le chat aussi. Il est rassuré. Juste à cette seconde, elle ouvre les yeux, le voit penché au-dessus d'elle, pousse un cri. Ferdinand et le matou sursautent, la chienne aboie, le chaton fuit.

Elle regarde autour d'elle, complètement désorientée.

— Il s'est passé... je ne sais plus...

— La tempête ? Le toit ?

— Il s'est effondré, c'est ça ?

— Non, non, que des fuites. Mais très très grosses.

Elle se lève, le vieux chat dans les bras.

— Cornélius !

— Je suis allé lui donner à manger. Et à vos poules aussi. Tout va bien.

— Vous êtes sûr que...

— Oui, oui.

Il sert une assiette de soupe, l'invite à s'asseoir, pose l'assiette devant elle. Lui propose un verre de vin. Elle n'ose pas refuser. Après deux gorgées, elle a le rose aux joues et arrive presque à sourire. Ils parlent de choses et d'autres, de rien en particulier, ça la repose de ne pas trop réfléchir pour l'instant.

À la fin du repas, elle le remercie pour toute son aide, sa gentillesse, d'avoir pensé à nourrir son âne et ses poules pendant qu'elle dormait, quelle délicate attention, et puis cette invitation à dîner, elle se sent beaucoup mieux maintenant, mais il est tard et elle doit vraiment rentrer. Elle se lève, enfile son imperméable, rassemble ses affaires qu'il a mises à sécher tout à l'heure. Ferdinand est navré. Il espérait réussir à lui faire comprendre son idée sans avoir à parler. C'est raté. Il va devoir s'exprimer, maintenant, chercher les bons mots. Pour gagner du temps, il lui demande si, avant de partir, elle veut bien visiter la maison. Elle dit oui, par politesse. Ils passent à travers les pièces restées vides depuis le déménagement de son fils, sa belle-fille et ses petits-enfants. Ensuite ils montent à l'étage. Il cherche encore l'inspiration. Finalement, il se lance dans une introduction vaseuse et tarabiscotée où il parle d'une idée, mais qui n'est pas complètement la sienne, parce qu'en fait, c'est amusant, mais ce sont les petits qui l'ont eue en premier, bref – et là, il fonce – puisque sa maison n'est plus habitable pour l'instant et vu la place qu'il y a dans celle-ci, cela lui paraît normal de proposer, et, bien sûr, il serait très heureux qu'elle accepte, de venir s'installer ici. Ils ont l'esprit logique, mes petits Lulus, vous ne trouvez pas ? Alors tenez, justement, voici la chambre dans laquelle vous allez dormir cette nuit. Le lit est fait. Il n'y a plus qu'à vous coucher. Demain vous serez plus reposée et vous pourrez réfléchir tranquillement à la façon de vous organiser. Bonne nuit, madame Marceline. Ah, une dernière chose. Le matin, vous préférez boire du thé ou du café ?

— Du thé.

— Ça tombe bien, j'en ai.

En passant, il caresse la tête de la chienne, referme la porte derrière lui. Il est content, il a réussi à tout dire, et l'impression d'avoir été convaincant. Ce n'était pas si difficile. Enfin, il verra ce qu'elle aura décidé demain.

Elle, elle reste un long moment sans bouger, toujours avec son imperméable sur le dos, le chat dans les bras et la chienne à ses pieds. Le cerveau comme court-circuité.

— Eh bien, mais... oui alors, bonne nuit...

16

Du thé au petit déjeuner

— Deux petites cuillères ? D'accord. Et une fois versée l'eau bouillante, je laisse combien de temps ? Comment ça, ça dépend ? Donc, pour un moyennement fort, il faut compter cinq minutes ? OK, OK. Bon ben, merci pour le renseignement. Et Gaby, alors, ça va mieux sa grippe ?... Ah merde... Mais alors... Je savais pas, Mireille m'a rien dit... Tu préfères que je lui en parle, moi ? D'accord. Ah ben, mon pauv' vieux. Dis, si t'as besoin de quoi que ce soit, t'hésites pas à appeler, hein ? T'entends, Guy ? T'appelles. Même au milieu de la nuit. Sinon, ça sert à quoi, les amis. Embrasse-la bien pour moi. Je passe vous voir tantôt. Demain, c'est mieux ? OK, Guy. À demain, mon gars.

Ferdinand regarde l'horloge. Il est sept heures. Le jour n'est pas encore levé. Il fouille dans le buffet, finit par trouver ce qu'il cherchait : une grosse théière et une tasse avec sa soucoupe assortie. C'est Henriette qui avait gagné ça à un loto. Ou à un rifle, peut-être. De toute façon, elle les

515

faisait tous. Elle avait dû encore une fois viser le gros lot : la centrale vapeur, mais elle a eu le service à thé. Il n'a jamais servi, elle n'aimait pas le thé. Elle, c'était le café à la chicorée. Il passe la tasse sous l'eau du robinet, l'essuie, pose le tout sur la table à côté de la boîte à thé en métal doré. Ça va, ça ne rend pas trop mal.

La bouilloire se met à siffler.

Il verse l'eau par petites touches dans le porte-filtre à café. Repense à la conversation. La nouvelle de Gaby. Brutale. Pute borgne, c'est dégueulasse. Et puis, le Guy qui va se retrouver tout seul. Pas sûr qu'il supporte. Ils n'ont jamais été séparés. Et là, paf... Ferdinand a beau chercher, il n'en connaît pas d'autres qui se soient autant aimés que ces deux-là. Ça l'émeut, cette pensée. Pas qu'il soit jaloux. Lui, il n'aurait pas supporté d'être collé à ce point. Juste que ça puisse exister, c'est tout.

Le bruit d'une cavalcade dans l'escalier coupe le fil de ses pensées. Berthe arrive, vient se coller contre ses jambes en battant de la queue et la langue pendante, suivie de près par le petit Chamalo. Ferdinand le soulève d'une main, le serre contre lui, de l'autre caresse la tête de la chienne. Ça a l'air de coller entre eux, c'est déjà bien.

Il pose la théière devant Marceline, se sert un bol de café. Ils boivent en silence. Enfin, il lui demande comment s'est passée la nuit. Très bien, merci. Le vieux matou, va-t-il mieux. Il dort depuis hier, mais il n'a rien mangé du tout. C'est normal, il récupère. Pourvu que ce soit ça. A-t-elle commencé à réfléchir à... Un peu. Il laisse passer un temps. Elle ne saute pas sur l'occasion pour lui faire part de sa décision, il se dit qu'il doit lui laisser le choix du moment, enchaîne avec une autre question. Gabrielle, elle la connaît, n'est-ce pas. Qui. La femme de Guy, un couple de vieux paysans comme lui. Gaby, mais oui, bien sûr, elles sont amies, elles vont toujours ensemble à la bibliothèque, mais ça fait quinze jours qu'elle n'a pas... Elle ne va plus pouvoir y aller. Pourquoi. Elle plie les gaules. Cette expression, elle a du mal à comprendre. Elle rend son tablier. Est-ce que ça veut dire que... Oui, elle n'en a plus pour longtemps. Oh.

— Je vais demain la voir. Est-ce que vous...
— Oui, s'il vous plaît.
— Ça lui fera plaisir.

17
Marceline ne comprend pas

Après le petit déjeuner, Marceline a enfilé son imperméable et ses bottes et elle est partie avec la chienne. Toutes les deux pressées de retrouver leur maison. De loin, elles ont entendu Cornélius braire. À peine étaient-elles arrivées à l'entrée du petit chemin qui mène à la cour, qu'il les a rejointes au petit trot. Il avait réussi à ouvrir la barrière de son enclos, comme d'habitude, était allé faire un tour au potager à la recherche de quelque chose à manger et, n'ayant rien trouvé, était revenu se plaindre bruyamment dans la cour. Marceline l'a caressé longuement, lui a murmuré des mots doux dans le creux de l'oreille, l'a un peu grondé aussi, après avoir constaté qu'il avait piétiné les choux pendant sa promenade. Puis elle s'est approchée de la maison. A poussé la porte lentement. La bâche sur le toit n'avait pas tenu. À moitié arrachée, elle battait contre le mur, au gré du vent. Cinq centimètres d'eau recouvraient le sol. Lugubre.

Une heure plus tard, il se remet à pleuvoir.

Ferdinand fait la vaisselle du petit déjeuner, entend aboyer, va ouvrir. Se fait éclabousser de la tête aux pieds par Berthe qui se secoue les poils avec application sur le pas de la porte. Elle est contente de le voir, se colle à sa jambe, finit de le mouiller complètement et après avoir reçu sa dose de caresses court s'allonger près du poêle.

Marceline traverse la cour. Elle porte deux grands vases serrés dans ses bras. Le vent a rabattu sa capuche, ses cheveux sont trempés, l'eau dégouline sur son visage.

Elle se plante devant lui, le regarde droit dans les yeux.

— Je n'ai pas de quoi payer un loyer et vous le savez parfaitement.

— Je ne vous ai rien demandé.

— Alors pourquoi ?

— C'est normal.

— Qu'est-ce qui est normal ?

— De s'entraider.

— Je ne comprends pas. Nous ne nous sommes pratiquement jamais parlé, encore moins serré la main, tout juste si vous saviez que j'existais, et là, d'un coup, vous proposez de...

— Je sais. Mais ne vous cassez pas la tête avec ça, madame Marceline. Entrez.

Il s'écarte de la porte pour la laisser passer. Elle hésite, finit par s'avancer. Il veut l'aider à porter ses vases. Elle s'écarte brusquement, les serre contre elle et monte à l'étage en courant.

Quand elle redescend, elle a un pauvre sourire, comme si elle voulait s'excuser de sa réaction. Il lui dit de ne pas s'inquiéter, on a tous nos petites lubies, c'est pas grave, vous savez. Et elle répond qu'un jour – mais pas tout de suite, parce que là, elle se mettrait forcément à pleurer, elle est tellement à vif – elle lui expliquera pourquoi ses vases, elle préfère les porter seule. Ça tient en deux mots. Ce ne sera pas long.

18

Déménagement, emménagement

Ferdinand a attelé la remorque au tracteur, et Marceline, la charrette à son âne. Ils ont chargé toutes ses affaires en moins d'une heure. Ce qui leur a pris le plus de temps, ça a été l'armoire. Ils l'ont couchée, l'ont fait glisser jusqu'à la porte, et là, elle est restée coincée. Ferdinand a poussé, a tiré, a soufflé comme un beau diable pour essayer de la faire bouger, rien n'y a fait. Au bout d'un moment, Marceline s'est mise à rire. Il s'est inquiété, s'imaginant qu'elle était en train de craquer. Mais très vite, il a compris que c'était la situation qui l'amusait. Ça l'a épaté. Parce que de pouvoir encore rire, avec tout ce qu'elle endurait, c'était... étonnant. En tout cas, ça l'a étonné ! Il s'est remis à pousser l'armoire. Elle a résisté. Et Marceline a décidé que finalement c'était aussi bien de la laisser là. Pour si peu de temps, ça ne valait pas la peine de s'échiner, elle n'avait pas tant d'affaires que ça à ranger. Elle pouvait vivre sans.

En rentrant à la ferme, ils ont entassé ses affaires dans la pièce que les enfants avaient choisie pour son violoncelle. Au rez-de-chaussée, pas très loin de la cuisine. Une petite pièce, très claire. Pas du tout comme chez elle.

Elle s'est décidée pour celle-ci à cause de la fenêtre qui donne sur l'écurie où Cornélius est installé. Ça le rassurera de la voir, et elle, elle pourra le surveiller. À peine arrivé, il s'est mis à étudier le verrou qui ferme la porte de son box. Il ne va pas tarder à savoir l'ouvrir. Deux ou trois jours maximum. Le problème, c'est ce qu'il fera ensuite, une fois dehors. C'est un âne qui aime se promener à son gré, visiter les alentours, surtout les jardins potagers. Ferdinand risque de ne pas apprécier de retrouver des traces de sabots au milieu de ses plantations. Il n'y a qu'elle qui arrive à trouver ça drôle. Et encore, pas toujours...

Elle finit de ranger ses affaires. Un bruit la fait se retourner, elle sursaute. Les naseaux écrasés contre la vitre, Cornélius la regarde, l'œil torve.

Il ne lui reste plus qu'à mettre des rideaux à la fenêtre, maintenant, si elle veut avoir un peu d'intimité.

19

Guy et Gaby

Guy coiffe les cheveux de Gaby. Ils sont si fins, si fragiles, il a peur de les abîmer, les effleure à peine avec la brosse, juste assez pour les lisser. Quand ils sont bien en place, il demande si elle veut mettre une barrette pour retenir sa mèche. Elle veut bien. Il cherche sa préférée, celle avec la grande fleur blanche. Un camélia, c'est ça ? Elle rouspète. Mille fois qu'elle lui répète : gar-dé-nia. Il n'arrive pas à s'en rappeler. Voilà, elle est prête. Il lui sourit. Elle voit dans ses yeux qu'il la trouve belle. Depuis son retour, il ne lui apporte plus son miroir, prend un air vague, dit qu'il l'a égaré à chaque fois qu'elle le réclame. Elle pense qu'il l'a cassé et ne veut pas l'avouer. Comme un petit garçon qui a peur de se faire gronder, il ment. Un peu. Pas trop. Enfin, juste assez. Pour le miroir, ça ne la gênerait pas d'apprendre qu'il est en mille morceaux, au contraire. Depuis quelque temps, ça ne lui plaît plus de se regarder dedans. Il a dû prendre l'eau, ou le fond s'est gondolé, en tout cas, elle ne se reconnaît pas dans son reflet. Dans les yeux de Guy, au moins, elle est toujours Gaby. Il ne s'arrête pas à la surface. Comme ce miroir de pacotille. Il plonge la chercher là où elle se cache, l'éclaire de son amour.

Avec lui à ses côtés, elle sait que le moment venu, elle n'aura pas peur.

Guy a sorti les petits gâteaux et préparé du thé et du café pour les invités.

Avec Ferdinand, ils sortent faire un tour au jardin, fumer une pipe, pendant que Marceline masse les jambes de Gaby. Ça lui fait du bien. Depuis quinze jours qu'elle est allongée sans pouvoir se lever, elle commençait à ne plus sentir son sang circuler. Là, ça revient. Et puis, elle a moins froid. Elle a envie de parler, demande à Marceline de s'approcher. Ça lui évite de forcer la voix. Malgré la maigreur, l'épuisement et sa difficulté à respirer, elle a toujours dans le coin des yeux des petits éclairs de gaieté. Elle demande des nouvelles de Cornélius, qu'est-ce qu'il a encore inventé, ton âne, pour te faire sourire. Marceline lui raconte le verrou de l'enclos qu'il a appris à ouvrir, son tour du potager et les choux piétinés pour la punir de l'avoir laissé seul toute une nuit. Sacré bestiau, tout de même, celui-là. Son sourire s'efface. Alors, tu vois, ma petite Marceline, je suis sur le départ. Oui, Gaby, je vois. Je ne croyais pas que ça arriverait si tôt, il y a des choses qui me manquent déjà. Lesquelles ? Dis-moi. J'aurais aimé vivre une dernière fois le printemps, les bourgeons dans les arbres, l'aubépine, le parfum du lilas, le son des abeilles qui butinent... Et quoi d'autre ? T'entendre jouer du violoncelle, aussi. Oh Gaby, je t'en prie... Tu te rappelles le CD que tu m'avais fait écouter une fois ? C'était beau cette musique-là. Mais Gaby, tu sais bien, je ne peux pas... Tant pis. J'aurais aimé, c'est tout. Allez, va vite chercher Ferdinand, maintenant. Je vais être trop fatiguée pour lui parler, sinon.

Ferdinand vient s'asseoir près du lit.

Toujours aussi coquette, ma petite Gaby, avec ta barrette et ton camélia. Elle grogne : gar-dé-nia. Ah oui, c'est bizarre, je ne m'en rappelle jamais de ce nom-là.

Elle lui fait signe de se pencher plus près, chuchote à son oreille. Lui dit que quand elle sera partie, il faudra qu'il veille sur Guy. Parce qu'au début, il aura peut-être du mal sans elle. Il devra lui rappeler les choses à faire, ses responsabilités. Mireille et les deux petits, ils vont avoir besoin de lui. Elle a peur qu'il oublie. Et puis si jamais il lui prenait l'envie de la rejoindre, ce serait bien de lui dire qu'ils auront tout le temps de se retrouver. L'éternité, peut-être? Elle regarde Ferdinand, espère sa réponse. Il est ému, l'embrasse sur le front. Bien sûr qu'il lui dira tout ça. Et il lui filera des coups de pied au cul, s'il file pas droit, son gars. Elle peut compter sur lui. Gaby sourit, ferme les yeux, épuisée d'avoir parlé si longtemps. Bon, elle va pouvoir dormir tranquille, maintenant.

20

Gaby sent la violette

Quand Mireille a su pour Gaby, elle a voulu la ramener à l'hôpital. Quelqu'un avait forcément fait une erreur, s'était trompé de dossier, ce n'était qu'une grosse grippe au départ, non? Pourquoi est-ce que personne ne voulait l'écouter? Et puis, elle a compris, ce n'était pas une erreur, Gaby allait vraiment mourir. Elle s'est sentie trahie. Pour la deuxième fois de sa vie, une mère allait l'abandonner, elle ne pourrait jamais le pardonner. Pendant deux jours, elle n'est pas venue la voir. Le troisième, Guy est allé la chercher. Ils ont beaucoup pleuré. À la fin, ils se sont regardés, se sont serrés dans les bras. Ils partageaient la même peine. Ensemble, ils allaient faire en sorte de se tenir debout.

Le lendemain, Marceline a téléphoné. Elle allait passer en fin de matinée. Gaby était déjà très affaiblie, mais elle a demandé à Guy de la préparer spécialement pour l'occasion. Elle a choisi sa robe noire avec la dentelle autour du cou. Ensuite, elle a voulu être coiffée. Il a effleuré ses cheveux avec la brosse et, pour empêcher sa mèche de tomber, lui a mis sa barrette. Celle avec le gardénia. Pour finir, elle a réclamé une goutte de parfum dans le creux de l'oreille. Celui à la violette, une petite touche de printemps. Voilà, elle était prête. Et Marceline est arrivée. En ouvrant la housse du violoncelle, ses mains se sont mises à trembler. Elle s'est assise près du lit, a fermé les yeux avant de commencer. Au moment de lever l'archet, c'était fini, elle ne tremblait plus du tout. Elle a joué le morceau qu'elle lui avait fait écouter un jour sur un CD. Et Gaby a trouvé ça encore plus beau en vrai. Quand ça a été terminé, elle a joint les mains pour applaudir mais n'a pas eu la force de les claquer. Elle lui a fait signe d'approcher, l'a embrassée sur la joue et Marceline l'a remerciée. Gaby a râlé : Ah non, c'est moi qui dis merci maintenant. C'est la première fois qu'on me fait un concert. Et, crotte de bique ! j'aurais détesté rater une chose pareille.

Comme des petites filles, elles ont pouffé de rire, serrées l'une contre l'autre. Et Marceline a chuchoté : *Là où tu vas, tu rencontreras peut-être mes filles... Oui, je les embrasserai pour toi, je te le promets.*

Trois jours après, Gaby est morte.

Guy était à ses côtés. Il lui a tenu la main et elle n'a pas eu peur.

21
La lettre de Ludo
(sans les fautes d'orthographe)

Chère tata Gaby,

J'espère que tu vas bien et qu'il fait plus chaud là où tu es que chez nous. Il a gelé cette nuit et tonton Guy a dû rentrer ton citronnier, sinon il aurait sûrement crevé dehors. Tu vois le genre de temps qu'on a ici. C'est devenu l'hiver.

Je t'écris cette lettre parce qu'il y a des choses que je voulais te dire et j'ai pas eu le temps avant.

J'ai cassé la lampe avec le manège qui tourne que tu m'avais donnée pour mon anniversaire. Mais j'ai pas fait exprès. Elle était trop au bord de la table et le fil s'est accroché à mon pied. Après, Roland a voulu me filer une tarte, comme d'habitude, mais maman l'a empêché. J'en ai vraiment marre de mon père, tu sais. Je me demande quand est-ce qu'ils vont divorcer. Maman elle s'énerve tout le temps contre lui et même une fois elle l'a traité de pauv' con. Je sais que je ne devrais pas te raconter ça, parce que c'est quand même un peu ta fille et tu pourrais être triste de savoir qu'elle parle avec des mots vulgaires. Mais si jamais tu crois que tu l'as mal élevée, moi je peux te jurer que c'est pas vrai, tu l'as très bien réussie. Il faut pas t'inquiéter. Et puis, en plus, tu peux t'en ficher complètement, parce que les gros mots, ça veut rien dire vraiment. Moi j'en dis souvent et je sais que ça veut rien dire du tout. J'aimais bien les tiens. Quand tu te fâchais et que tu disais crotte de bique, c'était rigolo. P'tit Lu, il le dit souvent crotte de bique et aussi mince, comme Ferdinand. Il est petit, alors ça va, c'est pas ridicule. Dans ma classe, nous on dit des vrais gros mots, comme putain, ou casser les couilles. Mais on est plus grands, c'est pour ça.

Avant, quand t'étais encore là, maman avait moins peur de tout. Maintenant, elle veut sans arrêt qu'on reste avec elle, et si on tombe ou si on a un rhume, tout de suite elle croit qu'on va mourir aussi. C'est pas marrant pour nous. J'espère que ça va pas durer trop longtemps.

Tonton Guy est triste, mais il essaye que ça se voye pas quand on va chez lui. Il veut nous faire croire que tout est normal. Des fois, il essaye de faire des blagues mais elles sont pas drôles, alors on rit pas à chaque coup. Mireille aussi, elle fait celle qui a pas mal. Sauf que je l'ai entendue une fois, elle était en train de pleurer pendant la nuit. C'est normal de pleurer quand on n'a plus d'amoureuse ou plus de maman. Moi, en tout cas, ça me ferait pleurer de plus l'avoir, la mienne. Mais ça me ferait rien, si c'était papa.

Voilà, tata Gaby, c'est tout ce que je t'écris.

Si jamais tu veux me répondre ou me dire un truc, ce serait bien si tu pouvais rentrer dans mes rêves. J'essaierais de me rappeler quand je me réveillerais le matin.

Je t'embrasse très fort.

Signé: Ludovic

Ton petit-neveu chéri qui t'aime énormément.

P'tit Lu veut que j'écrive sur cette lettre qu'il t'embrasse aussi. J'ai vu le dessin qu'il t'a fait: c'est un papillon. Et en plus, tu vas voir, sa signature est hyper nulle.

$L_U \supset \dot{i}^{\ni}N$

22

Simone et Hortense attendent

Onze heures.

Simone et Hortense attendent depuis une heure, assises sur leurs chaises, postées en face de la porte. Elles tricotent.

Ce matin, elles se sont levées plus tôt que d'habitude. Simone a commencé par rajouter du bois dans le poêle, puis elle a posé la cafetière sur la plaque pour réchauffer le café de la veille. Ensuite, en traînant les savates, elle est retournée dans la chambre rejoindre Hortense et ensemble elles ont sorti de l'armoire leurs robes noires, leurs gilets en tricot chiné, les bas de laine qui font des poches aux genoux, les bottillons fourrés et leurs manteaux d'hiver avec le col en imitation astrakan. Ça faisait longtemps qu'elles n'avaient pas pris l'air, ces affaires-là. Elles sentaient le renfermé et un peu la naphtaline. Hortense s'est demandé depuis combien de temps ça faisait qu'elles... mais n'a même pas eu le temps de se formuler la question en entier, que Simone avait déjà répondu.

— Un an tout rond. À la mort d'Alfred.

— Alfred ? Qu'est-ce qu'il faisait, déjà, çui-là ?

— Ferronnier, voyons, Hortense, réfléchis !

Au même moment, dans la cuisine, le café s'est mis à bouillonner et Simone s'est dépêchée d'aller retirer la cafetière du poêle, poursuivie par Hortense qui criait d'une voix pointue : Café bouillu, café foutu ! Bien sûr, ça l'a agacée. Bouillu ou pas, elles l'ont bu quand même. Il n'était pas bon et elles n'avaient pas de quoi le sucrer. Un oubli sur la dernière liste de courses. C'est comme ça, Hortense a des trous.

Sur le rebord de la fenêtre, un chat avec une oreille à moitié déchirée et une patte folle s'est mis à miauler, pathétique. Simone lui a ouvert et a haussé la voix pour bien se faire entendre de la maison d'à côté.

— T'as faim, mon pauvre vieux, c'est ça ? Allez, viens, nous on va t'en donner du lolo. C'est-y pas malheureux, tout de même.

En refermant, elle a continué à marmonner.

— Y seraient capables de le laisser crever de faim, c'te bête. Moi, je dis qu'ils ont une pierre à la place du cœur, ces gens-là.

Après lui avoir servi un grand bol de lait, elles se sont assises toutes les deux pour le regarder laper. Il a pris tout son temps, s'est lissé les moustaches et essuyé le menton. Au moment où il allait sauter sur les genoux de Simone pour se faire caresser comme tous les matins, elle s'est levée d'un bond, l'a repoussé assez sèchement, lui a rouvert la fenêtre pour le faire sortir.

— Va donc voir dehors si j'y suis ! Tu reviendras demain pour les caresses. Non mais. C'est qu'il finirait par nous mettre en retard, ce p'tit salopiaud. Hortense, il est neuf heures, bon dieu ! Faut se dégrouiller.

Et elle a filé s'enfermer dans les vécés. Hortense a jeté un œil à son pense-bête punaisé près du buffet. Neuf heures : perruches. Neuf heures dix : toilette. C'est bien ce qu'elle pensait. Elle a donc ouvert la cage, a changé l'eau et a accroché une branche neuve de graines de millet. Et puis elle a regardé picorer les oiseaux.

C'est là qu'elle a eu son petit passage à vide.

Du coin de l'œil elle avait bien remarqué qu'à l'horloge il était déjà neuf heures dix. Et elle se rappelait très bien qu'elle avait quelque chose à faire. Pire, elle savait quoi. Mais là d'un coup, zéro, plus envie de bouger, plus envie de rien. Si, juste une chose : rester où elle était et regarder les oiseaux. Et c'est ce qu'elle a fait. Mais au bout d'un moment, elle s'est dit que quand Simone sortirait après avoir fait sa grosse commission, elle n'allait pas apprécier du tout. Il fallait qu'elle se secoue, qu'elle retrouve le fil. Alors, vite, elle a fermé les yeux, s'est refait le parcours mentalement, comme un sportif de haut niveau avant sa course. Neuf heures dix : toilette. Ouvrir le placard sous l'évier, sortir les deux bassines, décrocher les gants de toilette et la louche, puiser l'eau chaude dans le faitout sur le poêle, sans en verser partout, remplir la bassine de Simone, la rouge, et puis la sienne, la bleue, enfiler le gant de toilette, le frotter de savon, commencer par le visage et le cou, puis les dessous de bras, ensuite l'entrejambe...

Mais ça n'a rien débloqué. Elle a commencé à s'affoler.

À ce moment-là, Simone est sortie des vécés. Elle a remarqué que quelque chose clochait. Tout doucement, elle s'est approchée d'Hortense, lui a pris la main, lui a parlé presque en chuchotant. Comme elle aurait fait avec une somnambule.

— C'est pas grave, mon Hortense. Regarde-moi bien. Tu vois, je ne suis pas en colère. De toute façon, qu'on soit lavées ou pas, qu'est-ce que ça change. Personne ne verra la différence. Ce sera notre secret à toutes les deux. On va bien s'amuser, tu vas voir. Quand les gens vont venir nous faire la bise, faudra pas se regarder, hein ? Sinon moi, je pourrai pas me retenir. Et puis, tiens ! Si on pue trop, on n'a qu'à mettre un peu plus d'eau de Cologne que d'habitude, c'est tout !

Hortense a gloussé.

Elles se sont habillées. Se sont aspergées de parfum, en poussant des petits cris. Ensuite, elles se sont assises sur leurs chaises, face à la porte d'entrée, et ont sorti leurs aiguilles et leurs pelotes de laine.

Maintenant, il est onze heures. Elles tricotent depuis plus d'une heure en attendant que quelqu'un vienne les chercher.

Hortense pique du nez. Elle ne se rappelle plus trop où elles doivent aller aujourd'hui, mais elle fait confiance à Simone. Sa mémoire n'a pas de trous. Même pas besoin de prendre de notes, elle se rappelle de tout. Si elles n'étaient pas ensemble, elle serait perdue. Complètement.

23

Chez Guy, après

Roland s'est occupé du buffet. Rien de compliqué, mais il voulait que ce soit réconfortant. Il fait froid, un vrai temps de Toussaint. Donc, une grande soupe de légumes et dans celle pour les enfants, il a mis des pâtes alphabet, en espérant que ça leur fasse plaisir. Et puis il a préparé des chaussons fourrés à la viande et des petits pâtés de pommes de terre. Ça cale bien l'estomac et c'est pratique, on peut les manger avec les doigts. Ça fera moins de vaisselle.

Là, il refait chauffer du vin et des épices. Ça part bien, il n'en reste presque plus.

Tout le monde a le feu aux joues, l'œil brillant et parle haut. Mais ce n'est pas seulement à cause du vin. Il y a une majorité de vieux dans l'assemblée et ils ne sont pas tous appareillés. Ça n'aide pas.

Dans un coin, Mireille discute avec Marceline.

C'est la première fois qu'elles se disent plus de trois phrases d'affilée. Mais maintenant, c'est différent. Marceline et Gaby étaient copines, alors ça crée un lien, forcément. Mireille la remercie d'avoir joué du violoncelle pour sa tata. C'était très doux, très apaisant. Elle ne savait pas avant qu'elle était musicienne. D'ailleurs, comment aurait-elle pu l'imaginer, depuis le temps qu'elle la voit avec sa charrette et son âne, vendre des fruits et des légumes au marché. Marceline explique. L'autre jour, c'est uniquement parce que Gaby lui avait demandé, elle n'avait pas pu refuser. Mais elle ne joue plus du tout depuis longtemps. Depuis des années. Mireille n'ose pas lui demander la raison, ça doit être quelque chose de grave. La prochaine fois, ou quand elles se connaîtront mieux. En attendant, elle dit qu'elle aimerait vraiment que ses enfants apprennent à jouer d'un instrument. Ludovic et Lucien, ses deux Lulus. Il faut qu'elle s'occupe de ça sérieusement.

Ferdinand, Raymond et Marcel accompagnent Guy dans le jardin. Ils s'asseyent tous les quatre sur le banc, regardent devant eux en silence.

Ça ne dure pas très longtemps, Mine et Mélie les rejoignent, catastrophées.

— Les sœurs Lumière, on les a oubliées.

Les quatre hommes se lèvent d'un bond.

— Et merde.

Ils traversent la maison très vite, enfilent leurs vestes, sortent dans la rue, s'arrêtent devant la voiture de Ferdinand garée un peu plus loin. Guy lui prend les clefs des mains, c'est le seul des quatre à n'avoir bu qu'un seul verre de vin. Il démarre. Les trois autres suivent à pied derrière.

La maison est à cinquante mètres à peine. Arrivés devant, ils hésitent, gênés, cherchent ce qu'ils vont dire pour s'excuser. Mais la porte s'ouvre avant qu'ils frappent. C'est Hortense qui à cet instant se rappelle de tout.

— Imaginez-vous, l'enterrement, on croyait que c'était ce matin ! Ça tourne pas rond chez nous, des fois, hein ?

Les quatre hommes se penchent pour les embrasser et Simone se met à glousser. Hortense lui fait les gros yeux, mais ça ne marche pas, au contraire, elle éclate de rire.

Hortense est embêtée. Elle la pousse vers l'extérieur.

— Allez, en voiture, Simone !

Et, un peu plus discrètement.

— Mais arrête donc de rigoler. Qu'est-ce qu'ils vont penser de nous. Tu me fais honte.

24

Les visites à Guy

Ferdinand.

Les jours qui suivent l'enterrement.

Ferdinand va voir Guy, débarque chez lui à l'improviste. S'il ne vient pas lui ouvrir, il fait le tour de la maison, passe par la porte de la cuisine, elle est toujours ouverte. Il remarque qu'il commence à se laisser aller, oublie de manger, de se laver, et même, certains jours, de se lever de son lit. Les seuls moments où il fait un effort, c'est quand Mireille passe avec les enfants, le mercredi et le samedi. Ces jours-là, il s'habille de propre, range un peu, ouvre les volets. Mais le reste du temps, il est capable de rester assis sans rien faire. Des journées entières. Il n'a plus goût à rien, c'est clair.

Ferdinand s'inquiète. Il essaye de trouver des prétextes pour le sortir de chez lui. Propose d'aller au café voir du monde, de saluer les copains, de faire une partie de dominos. Mais ça ne l'intéresse pas. À part Mireille et les enfants, une seule chose arrive à le sortir de sa léthargie: parler de Gaby. Là, il s'anime. Il a besoin de se rappeler, de dire les mots. De pouvoir oublier quelque chose qui la concerne le panique complètement. Ferdinand l'écoute. Il sait bien qu'il va falloir du temps à Guy avant de s'habituer à vivre sans elle. Des mois ou des années. Peut-être que sa blessure ne se refermera jamais. Probable. Une chose est sûre, il ne le laissera pas tomber. Il l'a promis. Et puis, ça ne lui viendrait même pas à l'idée de laisser tomber un ami.

Marceline.

Samedi, fin de marché.

Après avoir remballé ses cageots dans la charrette, Marceline va voir Guy. Elle frappe à la porte, il ne vient pas ouvrir. Pas de bruit dans la maison, rien. Elle fait le tour, passe par le jardin, tape au carreau, comme avant, quand elle venait chercher Gaby pour aller à la bibliothèque. En se collant à la vitre, elle arrive à distinguer une silhouette. Guy est assis devant la table de la cuisine, le regard fixe, sans réaction. Elle pousse la porte, va s'asseoir près de lui. Attend patiemment qu'il tourne la tête, la regarde. Ses yeux sont enfoncés dans leur orbite, comme déjà tournés vers l'intérieur. Sa voix, un filet.

— Ça n'a plus de sens.

À elle, il n'a pas honte de le dire, elle sait ce qu'il ressent. Gaby un jour lui a raconté la peine de sa vie.

Elle caresse le dessus de sa main. Parle bas.

— Elle aurait aimé que vous essayiez encore, je crois.

Il ne veut pas pleurer devant elle. Très vite, il se lève et sort de la cuisine.

— Ça ne vous dérange pas de mettre de l'eau à chauffer, Marceline ? J'en ai pour une minute. Vous resterez bien prendre un thé avec moi…

Mireille.
Dimanche soir.
Les enfants sont au lit. Il est encore tôt et elle n'a pas sommeil. Elle décide de passer un coup de balai derrière le comptoir. Roland, lui, est déjà monté se coucher. Elle l'entend parler au téléphone et dire : Salut, p'pa. Ridicule, à son âge ! Elle lui en veut. De ça, et du reste. Mais surtout de ne pas avoir compris qu'elle avait du mal à rester seule en ce moment. Allez, tant pis pour les médicaments, elle se sert un petit verre de sherry. Le boit cul sec. Regarde l'heure encore une fois. Huit heures et demie. Ça va.
Elle arrive devant la porte de chez Guy et Gaby. Encore une chose à assimiler. Dorénavant, elle doit penser *chez Guy*, seulement. Tout ça est si déboussolant.
Les volets sont fermés, aucune lumière ne filtre. Elle frappe. Rien. Elle fait le tour de la maison, passe par le jardin, tape au carreau de la cuisine. Toujours rien. Elle appuie sur la poignée, la porte s'ouvre. Elle appelle. Pas de réponse. Allume la lumière, découvre le désordre, la vaisselle entassée dans l'évier, des restes de repas qui traînent sur la table, les vêtements sales jetés à même le sol. Jamais elle n'avait vu la maison dans cet état. Elle monte à l'étage en courant, ouvre la porte de la chambre à la volée, voit Guy allongé sur le lit tout habillé, pousse un cri. Il se tourne vers elle, en sursautant.
— Je ne t'ai pas entendue entrer. Qu'est-ce qu'il y a, Mireille ? Pourquoi tu cries ?
Pour rien. Elle avait besoin de le voir, c'est tout. Elle s'est inquiétée parce qu'il ne répondait pas quand elle l'appelait, et puis, de voir tout ce désordre, ça l'a un peu bouleversée, aussi. C'est pour ça qu'elle est montée. En le découvrant, là, couché tout habillé sur le lit, elle a vraiment

cru... qu'il était mort. Ils descendent à la cuisine, elle a besoin de boire quelque chose. Il lui propose un verre de sherry. Elle préfère de l'eau, à cause des médicaments. Boit d'un trait. Ça va mieux. Elle l'embrasse tendrement, lui dit de ne pas s'inquiéter, ça va aller. Elle va rentrer chez elle et demain matin, elle reviendra l'aider à tout ranger.

25

Roland au téléphone

— Salut, p'pa.

— C'est toi, Roland?

— Ben oui. Qui d'autre t'appelle papa?

— Ça aurait pu être Lionel qui téléphone d'Australie.

— C'était quand la dernière fois?

— Je ne sais plus, Noël dernier, peut-être. Alors, qu'est-ce qui me vaut?

— Rien de spécial. Ça fait quelques jours que je ne te vois plus traîner à la terrasse du café d'en face, à essayer de faire trébucher des demoiselles avec ta canne, alors je me demandais... Tout va bien?

— Oui, oui, ça va.

— Tu ne t'ennuies pas trop, tout seul?

— Non, pas du tout.

— Tu trouves de quoi t'occuper?

— J'ai des tas de choses à faire.

— Ah bon.

— Et toi? Le restaurant?

— Ça va.

— Les enfants?

— Ça va, ça va.

— Et Mireille ?

— Elle a repris le boulot, ça l'aide à penser à autre chose. Le docteur Lubin lui a quand même prescrit des antidépresseurs, tu sais.

— Lubin ? Il n'est pas encore en prison, celui-là ?

— À chaque fois... On devrait éviter le sujet, peut-être.

— T'as raison. En tout cas, c'est gentil d'avoir téléphoné.

— Mais c'est normal, p'pa.

— C'est gentil tout d'même. Dis donc, Roland, tu es au courant que tes fils de six et huit ans m'appellent Ferdinand. Est-ce que tu ne crois pas que...

— Attends, c'est quoi le problème ? Ça te gêne que je t'appelle papa, c'est ça ?

— Non, mais à quarante-cinq ans, on pourrait imaginer...

— Qu'est-ce que l'âge a à voir ? De toute façon, je ne pourrais pas t'appeler autrement, c'est trop tard. Et puis, c'est fou, ça. Je téléphone pour prendre des nouvelles, et paf ! un petit coup dans les gencives ! Toujours d'attaque, hein. Ben moi, tu vois, je suis complètement crevé. Il est huit heures et demie du soir et je vais me coucher. Allez, salut p'p... Ferd... Oh et puis, merde, j'y arrive pas.

— C'est pas grave, Roland. Bonne nuit, fiston.

Ferdinand retourne s'asseoir à la table de la cuisine.

Ce soir, c'est Marceline qui prépare le dîner.

Elle n'utilise que des produits de son jardin, le miel de ses abeilles et les œufs de ses poules. Elle lui a expliqué qu'elle n'a pas le courage de tuer les animaux qu'elle élève, elle s'y attache, forcément. Donc, le problème est réglé, elle ne mange plus de viande et c'est très bien comme ça. Il ne pose pas trop de questions, bien sûr, mais il a compris qu'elle n'a pas les moyens d'en acheter, surtout. Parce que trois jours plus tôt, il a fait du poulet et elle en a mangé. Elle l'a même complimenté sur son goût.

Sinon, il sait quelques petites choses de plus sur elle. Elle est polonaise, et non russe ou hongroise comme il pensait, son prénom c'est Marcelina, mais tout le monde l'appelle Marceline, elle a été mariée ici une vingtaine d'années, c'est pour ça qu'elle parle si bien et presque sans accent, et elle a travaillé dans beaucoup de pays étrangers quand elle était musicienne. Il aimerait bien savoir pourquoi elle ne l'est plus, mais il n'ose pas lui demander. C'est sûrement quelque chose de grave. Pas la peine d'en rajouter en ce moment.

Elle pose le plat sur la table. Il fait la grimace.

— Vous n'aimez pas les rutabagas ?

— Si, mais ce sont eux qui ne m'aiment pas.

— J'ai mis un peu de bicarbonate.

— Ah bon, pourquoi ?

— Ça annule les effets indésirables, les ballonnements...

— Vous pensez vraiment que ça marche, ce truc-là ?

— Ça fait une différence, vous verrez.

— J'espère.

Elle s'amuse.

— Sinon, nous irons boire le café dehors, après dîner. Vous serez plus tranquille. Avec de la chance, il ne devrait plus pleuvoir.

Ferdinand pense à Henriette. Avec elle, il ne rigolait jamais avec ça.

Après dîner, ils sont sortis. Pas à cause des rutabagas – le bicarbonate, a priori, c'est efficace contre les gaz –, mais parce que Cornélius a réclamé bruyamment un peu d'attention. C'est un âne très indépendant, qui entre et sort quand il veut de son box, fait le tour de la ferme, passe beaucoup de temps à étudier la façon d'ouvrir les portes et les barrières, surtout celles qui mènent aux potagers, mais, le soir venu, il veut qu'on vienne lui dire bonsoir avant de se coucher. Comme un enfant.

26

Mireille a un truc à demander

Quand Mireille arrive dans la cour de la ferme, la lumière de la cuisine est encore allumée. Elle est étonnée d'être accueillie par des aboiements. Velcro, le chien idiot de Ferdinand, est mort au moins six mois plus tôt et il avait juré qu'il n'en reprendrait plus jamais. Il a dû changer d'avis et oublier de leur en parler. Ça l'agace. Mais très vite elle rectifie. Elle a un truc à lui demander. Alors elle se dit qu'il a bien le droit d'avoir des petites lubies, finalement, le pauvre vieux. Et puis, contre la solitude, c'est pas bête de prendre un chien…

Elle descend de voiture, la chienne la reconnaît, s'approche en remuant la queue. Mireille est perplexe.

Ferdinand ouvre, s'étonne de la voir ici. C'est la première fois qu'elle revient à la ferme depuis le déménagement. Presque deux mois et demi. En plus, à cette heure-ci et sans prévenir avant… Il s'inquiète. Roland a appelé il y a une heure mais il n'a rien dit de spécial, quelque chose est arrivé aux enfants ? Elle secoue la tête. Non, ça va. Elle a l'air épuisée, se laisse tomber lourdement sur une chaise. Marceline lui propose du café. Ou bien une tisane ? Elle préfère quelque chose de plus costaud. Du vin, s'il en reste, ça lui irait très bien. Marceline va chercher son fameux vin de prune et Ferdinand sort trois verres. Ils trinquent. Puis Marceline prétexte qu'elle doit soigner son vieux chat pour les laisser ensemble.

Dès qu'elle est sortie de la pièce, Mireille regarde Ferdinand avec un petit sourire en coin. Il sent qu'elle va dire une connerie, il préfère prendre les devants. Explique la raison pour laquelle Marceline est ici. La tempête, les fuites dans son toit, le risque d'effondrement, sa décision de l'inviter chez lui, dans sa grande maison, bien vide depuis qu'ils sont partis. Il ajoute qu'au début, elle a refusé, évidemment, mais il a réussi à la convaincre et donc elle va rester jusqu'à ce qu'elle ait réparé chez elle. Mireille reste muette un moment. Elle finit par murmurer, comme pour elle-même, qu'elle ne s'imaginait pas du tout. Depuis le temps... C'est vrai ça, elle croyait le connaître, le papa de son mec, un vieux type un peu raide, un peu froid, pas franchement sympathique, et là...

— Bon, c'est juste pour me dire ça que t'es venue, Mireille?

— Non, je voulais vous parler de... Mais attendez une seconde. Avant, j'aimerais quand même savoir pourquoi vous n'avez mis personne au courant de cette histoire.

— Pour éviter les malentendus. Les gens sont capables d'imaginer des trucs à la con, des fois. Tu sais bien...

— Vous avez raison.

Elle s'est resservi un verre.

C'est donc après deux verres de sherry, un antidépresseur et deux verres de vin de prune qu'elle a commencé à expliquer la raison de sa venue.

Son tonton Guy n'allait pas bien du tout. Il avait bien dû le remarquer, il se laissait couler. En quelques jours, il avait perdu tellement de poids, c'était terrible. Et ses yeux cerclés de noir. Son regard... Les enfants ne voulaient plus aller le voir, il leur faisait peur. Il ressemblait à un fantôme.

Elle s'est mise à pleurer, mais a continué de parler.

Alors, peut-être que s'il n'était pas seul, il retrouverait le goût? Il ferait des choses, s'occuperait des enfants, et puis, un peu d'elle, aussi. Elle en avait besoin, surtout en ce moment. S'il ne vivait plus tout seul, peut-être qu'il irait mieux...

Ferdinand lui a tapoté la main. Elle s'est blottie contre lui. C'est la première fois qu'ils se tenaient aussi près. Il n'avait pas l'habitude, il a fouillé sa poche, lui a tendu un mouchoir. Elle a soufflé dedans bruyamment et a attendu qu'il réponde.

— C'est une tête de mule, ton tonton. S'il ne veut pas, ce sera difficile de le faire changer d'idée.

— Mais si c'est vous qui le proposez, ça pourrait marcher...

Elle a attendu encore qu'il confirme.

— J'irai le voir demain.

Les effets du mélange alcool-médicament se sont finalement fait sentir. Elle n'était pas du tout en état de conduire. Ferdinand lui a pris les clefs, a chargé dans le coffre la bicyclette de Marceline – les pneus de la sienne étaient à plat – et l'a ramenée chez elle.

Sur le chemin de retour, par chance, il n'a pas plu. Mais comme ça faisait très longtemps qu'il n'était plus monté sur un vélo, il a dû s'arrêter plusieurs fois pour se reposer.

Sûr que demain, il allait déguster.

27

Embrocation

Ça n'a pas loupé. Au réveil, les jambes de Ferdinand étaient raides et douloureuses et son coccyx en marmelade. Au point qu'il ne pouvait ni s'asseoir ni se mettre debout. À sept heures et demie, il a fini par appeler Marceline à l'aide. Elle lui a monté une bouteille d'embrocation de sa fabrication. Pour elle, ça marchait, il n'avait qu'à essayer. Il était sceptique, mais n'avait pas vraiment le choix. Il s'est frotté comme elle lui a indiqué et il a ressenti un mieux. Il a pu descendre à la cuisine sans trop de difficultés et la féliciter pour son précieux remède. Bien entendu, il a évité de dire « remède de grand-mère », la pauvre, elle n'avait pas de petits-enfants. Il ne voulait pas la froisser.

Pendant qu'elle buvait son thé et lui, son café, ils ont parlé de la veille. Elle avait trouvé ça très touchant que

538

Mireille soit passée le voir sans prévenir. D'autant plus que c'était la première fois, si elle avait bien compris. Elle avait l'air d'une petite fille. Si désemparée, si fragile. Ferdinand a fait la moue. Il la connaissait depuis pas mal de temps. Alors, même si elle donnait l'impression d'être mignonne et tout, il ne fallait pas trop s'y fier, à la petite Mireille. Elle n'était pas toujours comme ça. Avec ses enfants, par exemple, elle était très sévère. Et lui, elle faisait tout pour l'empêcher de les voir, sous prétexte qu'il disait trop de gros mots. Alors qu'en fait, non, il faisait très attention. Mais bon, il était d'accord, hier soir, elle était fragile, c'est vrai. Et ça l'avait beaucoup touché aussi qu'elle soit passée le voir pour lui parler.

Ils ont essayé d'imaginer comment ils s'organiseraient si jamais ils se retrouvaient à trois. Ont fait le tour de la maison.

Rien n'empêchait, vraiment.

Ils se sont souhaité une bonne journée et chacun est parti de son côté.

Marceline avait pris du retard au potager. Elle devait profiter qu'il ne pleuve pas pour aller planter l'ail et les échalotes d'hiver, semer des fèves et des petits pois. Avant que la terre ne soit trop durcie par le gel.

28

Guy, quinze kilos en moins

Guy n'est pas venu ouvrir. Ferdinand a fait le tour par le jardin, mais la porte de la cuisine était fermée à clef. Il a dû casser un carreau pour pouvoir entrer.

Maintenant, ils sont assis, côte à côte, sur le lit. Ferdinand parle de responsabilités. De Mireille et des enfants. Que Gaby n'aurait pas du tout aimé qu'il se laisse aller comme ça. Ça l'aurait attristée. Mais surtout, bon dieu, elle aurait détesté qu'il passe quinze jours sans prendre de douche ni se raser. Sûr et certain, elle aurait demandé le divorce, tellement il schlingue, le gars ! Guy sourit légèrement.

En bas, Mireille lave la vaisselle. Elle casse un verre, crie : Fait chier ! Ferdinand hausse les sourcils, prend l'air étonné. Au fond, il jubile.

OK, Guy accepte de se laver. Ferdinand l'aide à se mettre debout, il tient à peine sur ses jambes. Normal, il a perdu quinze kilos en quinze jours et déjà au départ, il n'était pas très épais. Dans l'armoire, il prend des vêtements propres, s'appuie au bras de Ferdinand pour traverser le couloir. Arrivé devant la salle de bains, il le repousse, lui dit d'aller l'attendre en bas. Il peut encore se laver tout seul, quand même, il n'est pas grabataire.

Une heure plus tard, propre et rasé, il descend. Mireille lui a préparé à manger. Du thé, des tartines et des œufs brouillés. Il fait un effort, mais ça a du mal à passer.

À dix heures et quart, Mireille doit partir travailler. Elle serre Guy dans ses bras, lui frotte le dos, comme pour le réchauffer. Il chuchote à son oreille de ne plus s'inquiéter, bientôt il ira mieux. Elle s'écarte pour le regarder, il sourit, elle veut pouvoir le croire, l'embrasse tendrement. Et alors qu'elle a déjà ouvert la porte pour sortir, elle se ravise et revient embrasser Ferdinand sur les joues. Jusque-là, elle s'est toujours débrouillée pour saluer de loin son beau-père ronchon.

Une fois qu'ils sont seuls, Ferdinand passe à l'attaque. Sans prendre de gants, il lui demande ce qui lui manquerait le plus s'il devait un jour quitter sa maison. Et Guy répond du tac au tac : rien. Ferdinand est déstabilisé, il ne s'attendait pas à une réponse aussi nette. Alors Guy explique très simplement. Que ni lui ni Gaby ne se sont vraiment plu, ici. À la retraite, ils avaient dû vendre la ferme pour rembourser quelques dettes, et avec ce qu'il restait, ils n'avaient rien trouvé de mieux que cette maison-là. C'est comme ça.

Alors, Ferdinand joue franc-jeu. Il lui parle de ce que lui, Mireille et Marceline ont imaginé lui proposer. Et évidemment, Guy refuse. Mais Ferdinand ne se démonte pas. Il a déjà eu à trouver les mots justes et les bons arguments une première fois avec Marceline. Ça ne lui fait pas peur de recommencer. Le Guy, il le connaît comme s'il l'avait fait. Une sacrée tête de mule. Pour le faire avancer, il ne faut pas le pousser ou le tirer, mais le prendre à contre-pied.

C'est ce qu'il a essayé de faire toute la journée. Et ça n'a pas marché.

À la fin, à court d'arguments, il lui a posé sa veste sur les épaules et a dit :

— Faut pas rester tout seul, Guy, c'est pas bon pour toi. Allez viens, on s'en va.

29
Deux + un à la ferme

Guy a refusé de prendre ses affaires. Même pas un pyjama. Ferdinand ne s'est pas formalisé, au contraire, il a trouvé ça bien. Ça voulait dire qu'il lui en restait sous le pied ! De toute façon, question pyjama, il en avait d'avance, il pourrait lui en prêter. Depuis que Marceline s'est installée chez lui, bizarrement, il ne fait plus ce rêve où il nage avec des dauphins dans les eaux bleues et chaudes d'un lagon tropical. D'un côté, il regrette, c'était un rêve très agréable. Mais de l'autre, il ne pisse plus au lit. C'est pas si mal.

Quand ils sont entrés dans la cour de la ferme, Cornélius était devant la porte de la cuisine, en train d'étudier le fonctionnement de sa poignée. Quelques minutes de plus et il aurait réussi à l'ouvrir, c'est évident. Guy avait bien entendu parler de ses exploits par Gaby – il se rappelle encore le plaisir qu'elle prenait à dire combien c'était un sacré bestiau, cet âne-là – mais il n'avait jamais eu l'occasion de le voir en action. Pour Ferdinand, c'est différent, il avait eu droit à l'épisode piétinement de carottes dans le potager et autres désagréments du même genre, il était refroidi. Sa première réaction a donc été l'agacement. Mais en voyant l'expression de Guy, il s'est calmé d'un coup. Et il aurait été prêt à inviter l'âne à entrer, à s'asseoir sur le canapé et même à boire un pot avec eux, pour le sourire qu'il avait provoqué. Sacré bestiau, cet âne-là, vraiment.

Ils sont montés à l'étage et Ferdinand a proposé à Guy de s'installer, en attendant de faire son choix, dans l'ancienne chambre d'Henriette. Le lit était confortable, la déco entièrement refaite avec les œuvres des enfants. C'était là, d'ailleurs, qu'ils avaient dormi l'autre nuit, les deux bandits, après leur fugue en vélo…

Ferdinand a préparé la soupe pour le dîner. Poireaux, carottes et orge perlé. À la nuit tombée, il a entendu la chienne gratter à la porte, il a ouvert, elle lui a fait la fête, puis elle s'est collée contre Guy pour avoir aussi des caresses. Comme s'il en avait toujours été ainsi. Après avoir retiré ses bottes, Marceline est entrée, exténuée par sa longue journée de jardinage. Et avec l'envie urgente de se changer, de manger une soupe brûlante et de filer se coucher. En voyant Guy, son regard s'est éclairé, elle est allée l'embrasser. Ferdinand avait réussi! En passant devant lui, elle l'a regardé avec un petit sourire dans le coin de l'œil et en penchant la tête, une façon de le féliciter discrètement. Au moment d'entrer dans sa chambre, elle s'est ravisée et elle est retournée l'embrasser sur les deux joues. Chose qu'elle n'avait jamais faite avant. D'autant plus qu'ils se disent toujours « vous ».

Après dîner, ils sont sortis tous les trois dire bonsoir à Cornélius.

Avant de le laisser, Marceline lui a chuchoté à l'oreille des mots doux et lui a demandé de se calmer sur les serrures, loquets et autres verrous. Parce que Ferdinand ne trouvait pas ça amusant du tout. Elle s'est reculée pour voir sa réaction, il a hoché la tête. Ça l'a surprise. Peut-être qu'il comprenait tout, finalement.

En rentrant, une enveloppe est tombée de sa poche. Guy l'a ramassée et lui a tendue. Elle l'avait prise dans sa boîte aux lettres dans la journée et avait oublié de l'ouvrir. Trop de choses à faire, ça lui était sorti de la tête. Avec un peu d'anxiété, elle l'a ouverte. C'était le devis pour la réparation du toit de sa maison. Elle a tout lu en détail et, arrivée au total, fournitures, main-d'œuvre et taxes comprises, elle s'est laissé tomber sur sa chaise. Guy et Ferdinand ont bien remarqué qu'elle avait pâli. Et puis elle s'est excusée, mais elle était tellement fatiguée qu'elle en avait les jambes coupées, elle allait devoir se coucher très vite. Ils lui ont souhaité une bonne nuit, elle a caressé la chienne et elle est partie.

Guy et Ferdinand n'avaient pas sommeil. En feuilletant le programme télé, Ferdinand a vu qu'il y avait un documentaire sur les baleines. Il allait commencer dans cinq minutes à peine. Pas moyen de le rater. Ils ont pris deux verres et la bouteille de vin de prune et sont vite allés s'installer au salon. Comme deux vieux garnements.

30

Peut-être une grippe

Pour sa première nuit, Guy a plutôt bien dormi. Deux fois une heure et demie. Rien d'anormal pour lui, il est insomniaque. Vers trois heures du matin, il est sorti faire un tour, il avait besoin de se dégourdir les jambes, de respirer l'air des environs. La chienne l'a accompagné jusqu'à la maison de Marceline et, à la lueur de sa lampe torche, il a regardé l'état de la toiture. Il y en avait pour des sous à réparer tout ça, il s'est dit pour lui-même. Pas étonnant qu'elle s'inquiète, la pauvre femme.

En rentrant, il est allé traîner du côté de la grange. En passant près du tracteur, il n'a pas résisté à l'envie de grimper dessus. Mais il ne l'a pas fait démarrer, pour ne réveiller personne. Après ça, il a visité l'atelier, a jeté un œil aux outils. Il cherchait quelque chose à faire, mais n'a rien trouvé qui l'intéresse. Sentant arriver une vague de déprime, il est retourné se coucher, avant qu'elle ne le submerge.

Huit heures.

Marceline n'est pas levée. Normalement, vers sept heures elle est déjà en train de préparer le petit déjeuner. La chienne est inquiète, fait des allers-retours entre la cuisine et la porte de sa chambre. Ferdinand la regarde, navré. Il met de l'eau à chauffer pour préparer du thé, entend un bruit dans le couloir, va voir. C'est le vieux chat qui gratte sous la porte. Il lui ouvre, Mo-je lui passe entre les jambes au galop. Le petit Chamalo, qui attendait ce moment, lui court après pour jouer, mais le vieux se retourne et lui donne un coup de patte pour le calmer. Faut pas l'énerver, le matin ! Il a des choses importantes à faire. Le tour du domaine, repérer les bons coins pour la chasse, aiguiser ses griffes sur les troncs d'arbres, marquer son nouveau territoire. Il a du boulot. Jouer, il aime, mais seulement quand il n'a rien d'autre à faire. Le petit Chamalo s'en remet vite, il se jette sur la queue de la chienne. Elle bat tout le temps. Super amusant.

Neuf heures.

Marceline n'est toujours pas sortie de sa chambre. Ferdinand se demande ce qu'il faut faire. Il passe plusieurs fois devant la porte, s'arrête pour écouter, n'entend pas bouger.

Il n'en parle pas à Guy pour éviter de l'inquiéter.

À dix heures, il décide de frapper. Il croit entendre un geignement. Refrappe. Deuxième geignement. Il pousse la porte, appelle. Dans la pénombre, il la voit allongée sur le lit, s'approche, lui demande si elle a un problème. Elle répond d'une voix tremblante qu'elle ne se sent pas bien. Elle a de la fièvre, des douleurs dans les jambes et dans le dos, pense que c'est la grippe. Il pose la main sur son front. Elle est brûlante.

Ferdinand va voir Guy dans sa chambre, lui raconte ce qu'il se passe. Guy le prend mal. Pour Gaby, c'était pareil, ils pensaient tous que c'était la grippe au début. Même le docteur Lubin avait fait ce diagnostic. Ferdinand lui demande de ne plus jamais prononcer le nom de ce type. Il est nul et, en plus, il est complètement idiot! En attendant, ils ne savent pas quoi faire pour Marceline.

Ils entendent la voiture de Mireille qui arrive. Elle mourait d'envie de savoir comment les choses se passaient ici à la ferme, mais n'osait pas appeler. Alors, elle fait celle qui venait les voir comme ça, pour rien, enfin si, pour dire bonjour. Tiens, au fait, elle s'est arrêtée en route prendre deux ou trois trucs dans la maison de son tonton. Au cas où il en aurait besoin. Sa trousse de toilette, des chaussettes de laine, un pantalon propre et ses bottes en caoutchouc. On ne sait jamais. Il pleut beaucoup. Ah, et puis aussi quelques photos qui traînaient sur le buffet. Très naturel, tout ça, évidemment. Des photos de Gaby et des enfants. Elle les regarde avant de les lui donner et fond en larmes.

Sans même s'en parler, ils décident de ne rien lui dire à propos de Marceline. Elle est encore trop fragile, pas la peine de lui faire peur avec une nouvelle histoire de maladie. Donc, quand un peu plus tard elle leur demande comment va la voisine et où elle est, ils répondent en chœur qu'elle va bien et qu'elle est partie très tôt travailler dans son potager.

Dès qu'elle est partie, Guy s'installe au chevet de Marceline, lui fait avaler une aspirine, passe un linge humide sur son front. Pendant ce temps, Ferdinand téléphone à Raymond. Il est guérisseur, il aura une idée de ce qu'il lui faut. Il répond qu'il sait soigner l'eczéma, les verrues, les rhumatismes et des tas d'autres choses, mais les grippes, pas du tout. Il lui passe sa femme, elle saura sûrement. Mine a bien quelques recettes, tisanes de thym, grogs pour faire transpirer, décoctions et cataplasmes, mais elle trouve que si la fièvre est élevée, il vaut mieux appeler un médecin. Mais surtout pas Lubin, s'il te plaît, Ferdinand! Ça tombe bien, il est d'accord. Elle conseille Gérard, le beau-fils de Mélie. Il est sympathique et compétent. Et en général, il passe rapidement.

31
Diagnostic

Gérard est passé en fin de journée. Il a ausculté Marceline, lui a posé quelques questions sur ses antécédents médicaux. Elle a répondu qu'elle n'avait jamais eu aucun problème de santé depuis sept ans qu'elle vivait ici. Possible. Mais il s'est douté qu'il y avait une autre raison. Il rencontrait de plus en plus fréquemment des gens qui n'avaient pas les moyens de se faire soigner, sans couverture sociale ni mutuelle ni aucune sorte d'allocation. Et effectivement, au moment de remplir les papiers, elle lui a dit que ce n'était pas la peine. Elle lui a montré la boîte à gâteaux en métal posée sur l'étagère et lui a dit de prendre ce qu'elle lui devait dedans. Il a répondu qu'ils verraient ça plus tard, quand elle serait sur pied.

Gérard a rejoint Ferdinand et Guy dans la cuisine. Ils lui ont servi un petit verre de vin de prune. Il a trouvé ça bon. Et ils ont attendu qu'il leur parle de son diagnostic.

C'est bien une grippe. Carabinée. Pour l'instant, pas d'affolement. Il n'y a pas grand-chose à faire, sinon attendre et surveiller. Prendre sa température régulièrement. La faire boire beaucoup. De l'eau, des bouillons. Des tisanes de thym? OK, si vous voulez. C'est Mélie qui vous l'a suggéré? J'en étais sûr. Mais elle a raison, c'est très bon. En cas de maux de tête ou de poussée de fièvre, donnez-lui du paracétamol ou de l'aspirine. Si ça ne va pas mieux d'ici trois jours, rappelez-moi, on avisera à ce moment-là.

En partant, il s'est tourné vers Guy, lui a dit avoir appris pour sa femme, il était désolé, et comment allait-il depuis. Guy a répondu qu'il préférait ne pas en parler pour l'instant. Gérard n'a pas insisté. Ils se sont serré la main et il est parti.

Ferdinand est allé acheter ce qu'il fallait à la pharmacie, en a profité pour faire quelques courses et, avant de rentrer, s'est arrêté chez Mélie et Marcel leur emprunter un thermomètre. Il ne retrouvait plus le sien.

Maintenant, Guy et Ferdinand se relaient au chevet de Marceline.

Guy a choisi de faire la nuit, c'est pratique avec ses insomnies. Et Ferdinand s'occupe du jour. Ils doivent prendre sa température toutes les deux heures et la noter sur une feuille de papier pour faire une courbe, comme à l'hôpital. Et ils notent aussi ce qu'ils lui donnent à boire: eau, bouillons et tisanes de thym. C'est Guy qui a décidé. Et Ferdinand n'a pas voulu remettre en question l'utilité d'une telle liste. À chacun ses lubies, il s'est dit. Ça ne peut pas faire de mal.

C'est la première fois qu'ils se servent d'un thermomètre électronique. Mine a expliqué le fonctionnement de la machine. Quelques secondes dans le creux de l'oreille et hop, ça sonne et la température s'affiche. Ils trouvent ça magique. L'impression d'être dans un film de science-fiction. Ou plutôt, non, dans la série *Star Trek*. Ils se rappellent ensemble le docteur Spock et ses oreilles pointues, les piqûres sans seringue, les anesthésies générales en appuyant juste avec deux doigts dans le cou et plouf! les gens tombent raides par terre...

Et la télétransportation, alors?

Il faudrait qu'ils se dépêchent de l'inventer, ce truc-là, ils aimeraient bien l'essayer au moins une fois avant de décarrer.

Non mais, t'imagines, Ferdinand?

Ah ouais, trop fort.

32
Menace thérapeutique

Marceline a beaucoup de fièvre. Elle attrape Ferdinand par le bras, le supplie de l'écouter. Les yeux brillants, elle lui parle de la chienne, du vieux chat et de l'âne. Elle n'a personne à qui les confier. Si seulement il acceptait de les garder, elle serait soulagée et tellement plus sereine. La première réaction de Ferdinand, c'est de dire oui, évidemment. Mais un doute s'insinue. Et si c'était le déclic qu'elle attendait pour tout lâcher? Alors il dit non. Et il explique ses raisons. La chienne? OK, elle est gentille, mais honnêtement, il préférait avant, quand elle n'était pas là. Sa maison était plus propre, mieux tenue, sans traces de pattes ni poils partout. En plus, elle gratte aux portes, ça raye la peinture, c'est moche, il va devoir en remettre une couche au printemps. Le vieux chat? Il lui rappelle son fils aîné. Il n'aime personne, ne s'occupe que de ses affaires : chasser, faire ses griffes sur les troncs d'arbres, marquer son territoire et filer des beignes en passant à son petit Chamalo. Pas du tout le genre de chat qu'il affectionne. Et l'âne? Alors, lui, il ne le trouve pas amusant du tout. Les bêtes qui n'en font qu'à leur tête, qui refusent de rester enfermées, cassent les barrières, ce n'est pas sa tasse de thé. Vu les dégâts qu'il a été capable de faire dans le potager et partout où il a mis les pieds, non, vraiment, ce n'est pas un cadeau, ce bestiau-là. Désolé, Marceline, mais ne comptez pas sur moi pour garder vos animaux. Et si jamais, malgré tout, vous vous avisiez de me les laisser sur le dos, je vous préviens, je n'hésiterais pas à les abandonner. J'ai l'air sympa comme ça, mais dans le fond, je ne le suis pas du tout.

Il sort de la chambre, épuisé. Guy le regarde arriver dans la cuisine, se lève lentement, sûr qu'il a une mauvaise nouvelle à annoncer. Mais Ferdinand ne dit rien. Il prend une bouteille de vin dans le garde-manger, se sert un verre, boit cul sec et se laisse tomber sur sa chaise. La chienne vient se coller contre ses jambes, il la caresse affectueusement. Guy se rassoit.

Et Ferdinand pose des questions.

Bien sûr, Guy n'a pas toutes les réponses, il sait juste quelques petites choses. Celles que lui a racontées Gaby. Donc, il peut dire que...

Oui, Marceline porte un lourd fardeau, mais il ne se sent pas le droit d'en parler à sa place.

Oui, il est probable qu'elle n'ait pas de famille. En tout cas, ici, c'est sûr, elle n'en a plus du tout.

C'est certainement d'avoir la charge de ses animaux qui l'a fait tenir jusque-là. Bonne idée de l'avoir menacée de les abandonner, elle va devoir réagir.

Non, maintenant ça suffit, il ne dira plus rien d'autre.

33

Tisane de thym

Elle essaye de courir, mais quelque chose l'en empêche, lui entrave les jambes, elle crie pour qu'on la lâche, il ne faut pas la retenir, sinon ce sera trop tard, elle ne pourra pas les rejoindre, et non, ça, il ne faut surtout pas, elle ne peut plus rester, c'est impossible, elle pleure, supplie, frappe, mais elle sent ses forces décliner, elle n'arrive presque plus à bouger, ça y est, elle n'a plus de forces, plus rien, même plus de voix, voilà, c'est sûrement ça, la fin. D'un coup, elle est calme, son corps ne la fait plus souffrir, il semble léger comme une plume, autour d'elle tout devient clair, un peu plus loin, elle aperçoit ses filles sur l'autre berge qui lui font signe, elles ont l'air sereines, elle leur sourit, elle va les rejoindre enfin…

— Marceline… Marceline…

C'est la voix de Guy, il l'appelle doucement.

Elle ne bouge pas. Il insiste.

— Réveillez-vous, Marceline. C'est l'heure de la tisane.

Elle ouvre les yeux. Il l'aide à se redresser et à se caler contre ses oreillers.

— J'ai fait un drôle de rêve.

— Ah ben oui, j'vous crois! Vous avez couru et puis vous vous êtes battue et à la fin, vous avez dû réussir à arriver où vous vouliez, parce que vous avez eu l'air d'être contente et toute tranquillisée. Sportif, ce rêve-là.

Il lui tend son bol de tisane de thym.

— Buvez avant qu'elle refroidisse.

Elle obéit.

— Olenka et Danuta, c'est le nom de vos filles, c'est ça?

Elle hoche la tête.

— Vous avez prononcé leurs noms, tout à l'heure, en dormant.

— Oui, je m'en rappelle très bien.

La fièvre est tombée et Marceline a pu enfin se lever. Ça faisait quatre jours qu'elle était couchée, ses jambes étaient en coton. Ferdinand et Guy l'ont aidée à marcher jusqu'à la fenêtre. Elle a pu voir Cornélius qui était sorti tout seul de son box et se promenait dans la cour. En l'entendant taper aux carreaux de la fenêtre, il a tourné la tête et est arrivé au petit trot.

34

Le choix de Guy

Guy a finalement décidé de s'installer dans l'ancienne chambre de Lionel, le fils aîné de Ferdinand. Il l'a quittée il y a trente ans, il en avait dix-sept. Aucun risque qu'il revienne et veuille la reprendre maintenant. Un drôle de coco, ce Lionel. De temps en temps, il appelle pour donner des nouvelles. En général, vers quatre heures du matin. Là-bas, en Australie, il est huit heures du soir, mais il oublie qu'il y a un décalage horaire. Ou peut-être qu'il s'en fout. Probable. C'est dans sa nature. Déjà, petit, il n'avait pas de copains, il aimait faire pleurer sa mère, arracher les ailes des mouches et faire croire à son petit frère qu'il était un vampire. Et puis, il est parti là-bas, très loin, pour ne plus voir personne, n'avoir aucune attache. A priori, il a trouvé ce qui lui convenait. Ni femme ni mec ni enfant, il vit tout seul au milieu de nulle part. Et il a trouvé le boulot qui va avec. Il travaille à la maintenance de la *Dingo-fence* : la clôture antidingos. La plus longue clôture du monde. Plus de cinq mille six cents kilomètres. Elle sert à empêcher les chiens sauvages (les dingos, justement) de s'attaquer aux troupeaux. Mais il paraît que ce n'est pas très efficace. C'est Lionel qui le dit, il doit savoir de quoi il parle. Depuis le temps qu'il la répare.

Pour aller chercher les meubles de Guy, ils ont attelé la remorque au tracteur et sorti une bâche au cas où il pleuvrait. C'est Guy qui a conduit et Ferdinand s'est assis sur le garde-boue à côté de lui. Le son du moteur, la froidure des sièges en métal, la dureté des cahots, le parfum du gasoil, ça les a ramenés quelques années en arrière. Ils n'ont pas prononcé un seul mot pendant tout le voyage. Concentrés qu'ils étaient sur le plaisir de retrouver ces sensations.

Le déménagement a été rapide. Guy ne voulait vraiment emporter que le citronnier et quelques outils de son atelier de mécanique. Mais comme Ferdinand insistait, il a choisi de prendre le lit, une table de chevet, la coiffeuse de Gaby et une commode pour ranger ses affaires. Le reste, il a décidé de le laisser.

Quand ils sont arrivés sur la place, il a coupé le moteur du tracteur et il a invité Ferdinand à venir boire un verre. Dans le restaurant, la cloche a tinté et Roland a passé la tête à la porte de la cuisine. Ça l'a drôlement surpris de les voir là. Il a crié vers l'étage :

— Mireille ! Descends vite, y'a tonton Guy et mon pa... père qui sont là !

Elle est arrivée en courant.

Ils se sont assis tous les quatre, ont bu un verre de vin blanc. Mireille était joyeuse. Elle a tout de suite remarqué la bonne mine de Guy. Il s'était remplumé en un rien de temps, évident que la vie à trois et l'air de la ferme lui faisaient beaucoup de bien. Et Roland a compris à ce moment-là que personne n'avait songé à le mettre au courant de tous ces changements. Il s'est levé, vexé, cherchant à dissimuler la douleur qui l'avait assailli dans le haut gauche de sa cage thoracique – le docteur Lubin lui a dit que c'était psychosomatique, pas de quoi s'affoler –, il a prétexté du travail en cuisine et les a laissés discuter tous les trois. Ça tombait bien, Guy voulait parler à Mireille. Comme il était presque l'heure de la sortie de l'école, Ferdinand s'est proposé pour aller chercher les enfants. Elle a accepté. C'était une première. Il a foncé.

Pendant ce temps, Guy a expliqué à Mireille qu'il voulait lui laisser sa maison.

Il n'y avait pas beaucoup de souvenirs, parce que les vrais, les grands, et ceux avec elle, de quatre à dix-huit ans, étaient restés là-bas, à la ferme. Déjà dix ans, depuis qu'ils l'avaient quittée. Alors, voilà : cette maison-ci, il n'y était pas trop attaché, elle pourrait en faire ce qu'elle voudrait. La vendre ou la louer si ça lui chantait. Mais Mireille n'a pas trouvé ça bien du tout. Elle l'a même un peu engueulé. Elle trouvait qu'il brûlait les étapes, il devait réfléchir avant de tout larguer. Et surtout, prendre le temps de tester la cohabitation. Une dizaine de jours, à peine, c'était impossible de se rendre compte de tous les problèmes avec Ferdinand et Marceline. Ils pouvaient très bien finir par lui taper sur les nerfs, et là, qu'est-ce qu'il ferait s'il n'avait plus d'endroit où aller ? Il fallait être raisonnable, quoi. Elle aussi, elle avait envie de tout plaquer, des fois. Neuf ans qu'elle était mariée à Roland. Mais elle, elle ne voulait pas se décider à la légère et ensuite regretter. D'avoir envie de se séparer, de son mari ou de ses amis, c'était un peu pareil, finalement. Ça pouvait arriver et on risquait, dans les deux cas, de se retrouver le bec dans l'eau. Il fallait réfléchir sérieusement avant de s'engager.

Guy est resté silencieux.

Après un moment, il lui a tendu les clefs de sa maison. Elle a hésité et il les a posées sur la table. Il était sûr de vouloir la lui donner, cette baraque. Ce n'était pas grand-chose, mais elle était pour elle et personne d'autre, Gaby aurait voulu aussi. C'était leur projet à eux deux. Tout ça sans prononcer un seul mot. Mireille a compris et a hoché la tête. Alors seulement, il lui a parlé de ce qu'il avait décidé pour lui-même. Il a dit qu'il ne pouvait pas vivre seul. Deux semaines, ça avait suffi. Il avait besoin d'avoir du monde autour de lui, de se sentir utile, de partager des moments. Sinon, il perdait le goût et l'envie. Donc, voilà, il avait fait son choix. Il allait vivre avec ses amis. La ferme était grande, il pouvait être indépendant et s'isoler quand il en avait besoin. Il s'était installé un atelier dans une partie de la grange et bricolait, la nuit, pendant ses insomnies. Ça lui allait très bien. Et puis, une seule maison avec plusieurs grands-parents réunis, ce ne serait pas si mal pour les enfants, aussi…

Mireille a pris les clefs de la maison, s'est penchée pour l'embrasser et lui a soufflé dans le creux de l'oreille *Merci, tonton.*

35

Bonbons, chewing-gum et langues de chat

À la sortie de l'école, quand P'tit Lu et Ludo ont vu Ferdinand attendre derrière les grilles, ils se sont précipités, lui ont sauté au cou sauvagement. Puis, ils ont réclamé un goûter. Il a dit oui sans discuter et ils ont fait un rapide crochet à la boulangerie. D'habitude, avec Mireille, ils rentraient directement ; cette fois, ils allaient en profiter au maximum. Ils ont choisi tout ce qu'elle leur interdisait. Bonbons, chewing-gums et pains au chocolat. Pendant le trajet de retour, ils ont réussi à tout engloutir et à enchaîner des tas de questions en même temps, sans laisser de place pour les réponses, évidemment. Ils voulaient savoir : si le petit Chamalo avait grandi, s'il chassait toujours les souris, quand est-ce qu'ils pourraient aller chez lui, les vacances de Noël ça commençait bientôt, est-ce qu'il savait quels cadeaux ils auraient, et que leurs parents allaient bientôt divorcer ? Là, il y a eu un blanc et Ludo a senti qu'il devait ajouter quelque chose, il a donc sorti son chewing-gum de la bouche pour expliquer, avec le léger sourire de satisfaction de celui qui sait quelque chose que les autres ne savent pas, que ce n'était pas complètement sûr, évidemment, mais il y avait de grandes chances, puisque Mireille et Roland s'engueulaient tous les jours maintenant. Aussitôt la phrase terminée, il a remis l'énorme chewing-gum dans sa bouche, a recommencé à le mâcher consciencieusement et Ferdinand a simplement dit Ah bon.

Un peu plus loin, il leur a montré en passant le magasin fermé des sœurs Lumière et la maison où elles vivaient. Bien sûr, P'tit Lu a voulu savoir pourquoi elles s'appelaient comme ça et aussi pourquoi ils ne s'arrêtaient pas pour leur dire bonjour puisqu'ils les connaissaient, et est-ce que c'était des cousines de la famille ou pas. Ferdinand a levé les yeux au ciel, légèrement exaspéré par toutes ces questions, et, sans faire de commentaire, il est allé frapper. Personne n'a ouvert. En collant son oreille contre la porte, il a entendu des chuchotements. Pour tranquilliser les deux vieilles, il a crié son nom. Simone a ouvert et s'est tournée vers l'intérieur : Ça va, Hortense ! Tu peux ranger le fusil, c'est Ferdinand et ses petits qui passent dire bonjour.

Ils sont entrés et elles se sont toutes les deux extasiées devant les enfants : ce qu'ils étaient beaux et qu'est-ce qu'ils avaient grandi, nom d'un chien, ça passe vite, le temps, crotte de bique ! Ça ne faisait qu'une quinzaine de jours depuis la dernière fois qu'elles les avaient vus, après l'enterrement de Gaby, mais elles ne se le rappelaient plus, ni l'une ni l'autre. Et puis Hortense les a invités à la suivre jusqu'au garde-manger, leur a sorti une grosse boîte en métal, en roulant des yeux gourmands, pendant que Ferdinand cuisinait Simone à voix basse sur le pourquoi du comment du fusil. Les enfants n'avaient plus faim, mais Hortense a insisté, elle voulait qu'ils prennent plusieurs gâteaux différents. Allez, allez, soyez pas timides, prenez-en autant que vous voulez, ils vont finir par se gâter, sinon. Ils en ont pris deux chacun poliment et Ludo a croqué dans une langue de chat, mais il l'a tout de suite recrachée, elle était rance. Pour éviter à son petit frère la même expérience, il lui a envoyé un coup de coude dans les côtes. Mais P'tit Lu n'a pas compris, il a crié *Aïe*, a cherché à lui rendre le coup. Ludo a esquivé et a réussi à lui glisser à l'oreille, en passant, que les gâteaux étaient pourris et P'tit Lu s'est calmé très vite. Hortense a rejoint les deux autres pour papoter, ils en ont profité pour se rapprocher de la cage aux perruches et faire glisser les vieux gâteaux à travers les barreaux pour s'en débarrasser discrètement.

En rentrant dans le restaurant, ils ont vu Guy, assis de dos, qui parlait avec leur maman. Ils ont hésité à s'approcher. La dernière fois qu'ils étaient allés chez lui, ils avaient eu drôlement la trouille. Il ressemblait comme deux gouttes d'eau au croque-mort dans Lucky Luke et, en plus, il sentait hyper mauvais. Depuis que Gaby était morte, on aurait dit qu'il ne voulait plus jamais se laver. Même pas les pieds, peut-être! Mireille leur a expliqué que c'était normal, ça arrivait des fois que les gens se laissent aller complètement quand ils étaient malheureux. Mais que ça passait, au bout d'un moment. Là, il avait l'air normal. Propre, rasé et l'air content. Ils ont fini par se jeter sur lui et l'embrasser sauvagement. Mireille a souri, puis elle a regardé l'horloge, il était cinq heures. Pour faire le trajet entre l'école et le restaurant, il fallait trois minutes, ils avaient pris une demi-heure. Ferdinand lui a expliqué qu'ils s'étaient arrêtés pour saluer les sœurs Lumière et ça avait duré plus longtemps que prévu, désolé. Il a fait remarquer à Guy, en passant, qu'ils devraient bientôt partir. Avec le tracteur, ce n'était pas prudent de rouler de nuit.

Et il est entré dans la cuisine, pour dire au revoir à Roland.

— On va y aller...
— OK.
— Sinon, ça va, toi?
— Ça va, ça va.
— Le restaurant?
— Ça va.
— Les enfants?
— Pas de problème.
— Mireille?
— Très bien.
— Bon.

Il a hésité.

— Ce serait gentil si vous veniez tous déjeuner à la maison un de ces jours.

— Oui, pourquoi pas…
— Dimanche ?
— Vois avec Mireille.
— Bon, ben alors… à bientôt ?
— Oui, à bientôt, p'pa.
Roland s'est mordu la lèvre.
— C'est pas grave, fiston. Ça ne me dérange pas que tu m'appelles comme ça, finalement.

36
La peur bleue des sœurs Lumière

Ferdinand passe un coup d'éponge sur la table avant de mettre le couvert, va chercher du vin à la cave, Marceline recharge le poêle, balaye les bouts d'écorce qui sont tombés par terre et Guy prépare le dîner. C'est son tour. Il a choisi de faire des spaghettis, sa grande spécialité. C'est aussi celle de Ferdinand, il y a de la rivalité dans l'air. Évidemment, ils demandent à Marceline de les départager. Ça ressemble de plus en plus à une compétition, elle ne trouve pas ça amusant et refuse.

C'est peut-être le problème d'être trois, ils se disent chacun de leur côté sans se concerter.

En attendant, les spaghettis de Guy, à l'ail et aux cèpes séchés, frisent la perfection. Ferdinand va devoir s'accrocher.

À la fin du repas, ils enfilent leurs manteaux, écharpes et bonnets, vont voir Cornélius, lui souhaitent bonne nuit. Puis ils s'asseyent dehors sur le banc, celui appuyé au mur, avec son petit auvent juste au-dessus, censé protéger des ondées, mais qui y réussit à peine. Ce soir, c'est tranquille, il ne pleut pas. Les deux bonshommes sirotent leur café en fumant une pipe et Marceline boit une tisane, son estomac est encore un peu fragile depuis qu'elle a eu la grippe. Après un petit moment, Ferdinand se décide à raconter la visite chez les sœurs Lumière. Au début, il parle calmement, et petit à petit, beaucoup moins. Il dit la peur qu'elles ont eu d'ouvrir la porte, le fusil descendu du grenier et les tergiversations de Simone pour éviter de répondre à ses questions. Pourquoi le fusil ? Qu'est-ce qu'elles comptaient faire avec ? Elles avaient peur de quoi, de qui ? Normal qu'il demande, n'est-ce pas ? Marceline et Guy hochent la tête. Et puis, d'un coup, Simone qui se décide et qui lâche tout d'un bloc. C'est le neveu d'Hortense, il veut récupérer la maison pour la revendre. Il a un peu le droit, elle l'a mis sur son testament, mais normalement, il doit attendre leur décès à toutes les deux. Devant le notaire, il était d'accord et c'est ce qui a été convenu. Sauf que, maintenant, comme il est pressé, il dit avoir signé des papiers pour qu'Hortense soit internée, à cause de ses problèmes de mémoire, il emploie bien le mot Alzheimer, pour les terroriser complètement. Et, bien entendu, ce n'est plus qu'une question de jours avant qu'ils viennent la chercher, donc Simone va devoir se magner le cul pour trouver un endroit où crécher, si elle ne veut pas finir à la rue ! Texto ce qu'il leur a dit, le p'tit con.

Le problème, c'est qu'elles ont cru tout ce qu'il a dit. Impossible de les faire changer d'idée.

Après un long silence, Ferdinand ajoute qu'elles préféreront mourir que d'être séparées, ça ne fait pas un pli. Guy est d'accord avec lui.

Pour éclairer la lanterne de Marceline, qui les connaît à peine, ils résument. Les sœurs Lumière ne sont pas vraiment sœurs. Elles portent le même nom, simplement parce qu'Hortense a été mariée au frère de Simone. C'était au tout début de la guerre, ils se sont rencontrés, se sont enflammés, et ont réussi à convaincre le maire du village de les marier quelques jours plus tard. Malheureusement, le lendemain de ses noces, en rejoignant son régiment, le pauvre Octave a sauté sur une mine. Ses parents sont morts de chagrin et Hortense s'est retrouvée seule avec Simone, sa belle-sœur, qui n'avait alors que quinze ou seize ans. Elle en avait à peine vingt-trois. Et voilà, elles ne se sont plus quittées depuis. Elles ont ouvert un magasin d'électricité, l'ont appelé *Le Comptoir électrique des sœurs Lumière*. Avec un nom pareil, c'était presque obligé. En dehors des fournitures classiques – câbles, prises, gaines, interrupteurs, etc. – elles se sont fait une spécialité : les lampes de chevet et les veilleuses. Simone dessinait les modèles, Hortense les fabriquait. Celles que Gaby préférait, c'était les manèges qui tournent avec la chaleur des ampoules à filament. Très poétiques. Elle allait chez elles, quelquefois, rien que pour les regarder tourner. L'année dernière, elles ont fermé le magasin.

Ça va faire soixante-dix ans qu'elles vivent ensemble. Noces de platine, a dit Marceline, impressionnée.

La pluie commence à tomber, ils rentrent en courant. Ferdinand rajoute des bûches dans le poêle, Guy lave les tasses dans l'évier, Marceline met des haricots secs à tremper pour le repas du lendemain. Et puis... ils essayent d'imaginer comment ils s'organiseraient s'ils étaient cinq. Font le tour de la maison, se disent qu'il reste beaucoup de place. Rien n'empêcherait, vraiment.

Ils s'arrêtent au pied de l'escalier, ils ont encore besoin de parler. Elles vont peut-être être difficiles à convaincre ? Pas comme eux deux, finalement. Plus vieilles, moins souples. Hortense, quatre-vingt-quinze, Simone, quatre-vingt-huit ? Elles pourraient être leurs mères à tous les trois ! Ah mais, c'est amusant, ça... Elles doivent être très attachées à leur maison, depuis le temps qu'elles y habitent. Ça va poser un problème. Quoi qu'il en soit, ils ne peuvent pas les laisser dans cette situation, ce serait... de la non-assistance à personnes en danger ! Oui, oui, c'est vrai. Allez, ça ne va pas être de la tarte, c'est tout.

Ferdinand sent qu'il va passer la nuit à gamberger, à chercher les mots justes, à aiguiser ses arguments. Marceline et Guy, eux, sont confiants. Mais ils sont bien placés pour savoir qu'il est doué.

Ils se souhaitent bonne nuit, Marceline et Ferdinand rejoignent chacun leur chambre et Guy enfile son manteau. Avant de sortir, il prend quelques braises dans le poêle, les met dans un seau. Berthe l'accompagne, comme tous les soirs. En entrant dans l'atelier, ils frissonnent en même temps, le thermomètre affiche 4 °C. Il met les braises dans le brasero, l'approche le plus près possible de l'établi. Berthe se couche en boule à côté de lui, sur un tas de sacs en toile de jute, et Guy se met au travail. Il a deux vélos à retaper avant la fin de la semaine. Plusieurs nuits de travail d'affilée. Juste la pression qu'il lui faut pour se bouger.

Dans son lit, Ferdinand regarde le plafond, le ronron du petit Chamalo dans le creux de l'oreille. Pour l'instant, ça ne l'aide pas à dormir, il pense à demain.

Qu'est-ce qu'il va bien pouvoir dire ? Avec quels mots ? Et comment, surtout ?

Il a le trac, le pauvre vieux.

37

Trois + deux

Ferdinand a été surpris par la vitesse avec laquelle tout s'est passé. Après trois phrases à peine, Simone s'est levée, a attrapé Hortense par la manche, l'a entraînée dans la chambre. Il les a entendues chuchoter, ça a duré moins d'une minute, elles sont revenues un peu tremblantes et les yeux embués, l'ont serré, l'une après l'autre, dans leurs bras. Le neveu était revenu la veille, après que lui et les petits étaient partis, et les avait complètement terrorisées. Elles avaient passé une sale nuit. En commençant par pleurer leurs deux perruches retrouvées mortes au fond de la cage, les quatre fers en l'air et le ventre tout gonflé, une mort complètement inexpliquée, et ensuite, à planifier leur départ, le grand, le définitif, avec doses de somnifères adéquates sur chacune de leurs tables de nuit. Dans l'ordre, elles avaient prévu de passer la journée à faire le grand ménage, ayant à cœur de laisser la maison impeccable. Que personne ne puisse les accuser, une fois parties, d'être des souillons. Ah, ça non! Jamais de la vie. En fin de journée, elles pensaient écrire un petit mot à l'intention de ceux que ça intéresserait de connaître les raisons. Et pour dîner, elles avaient choisi le menu. Entrée, plat, dessert: que des pâtisseries! Éclairs au café, polonaises et babas au rhum. Le diabète et l'autre saloperie de cholestérol pouvaient bien aller au diable, elles ne se refuseraient rien aujourd'hui! Ensuite, seulement, elles seraient allées se coucher – vers huit heures et demie, à moins de tomber sur un bon film ou un documentaire intéressant à la télé –, se seraient dit bye-bye et quelque chose comme: *Avec un peu de chance et une grosse erreur d'aiguillage, on risque de se retrouver au paradis, chérie,* histoire de rire ensemble une dernière fois, et une heure plus tard, normalement, ç'aurait été fini. La proposition de Ferdinand arrivait donc comme... une bouée de sauvetage, une oasis dans le désert, une lumière au bout du tunnel? Un répit, en tout cas. Elles ont dit oui.

Pour commencer, il les a emmenées à la ferme. Il pleuvait des cordes quand ils sont arrivés. Mais leurs mises en pli n'ont pas souffert, parce que Marceline et Guy les attendaient dehors et les ont escortées jusqu'à la maison avec des parapluies. Dès qu'elle a été installée près du poêle, Hortense s'est endormie. Tous ces changements dans leur routine, la fatigue et les émotions accumulées des derniers jours l'avaient lessivée. Elle a piqué du nez dans sa tasse de café. Simone a haussé les épaules en disant de ne pas faire attention, ça lui arrivait souvent, mais ça ne durait pas long. Effectivement, un quart d'heure plus tard, elle s'est réveillée en sursaut. Après avoir regardé autour d'elle, en faisant des sourires et en hochant la tête en signe d'approbation, elle s'est penchée vers Simone et lui a fait remarquer en chuchotant, mais assez fort pour être entendue de tous, que ces jeunes gens étaient charmants et extrêmement polis, il fallait bien qu'elle le reconnaisse. Simone a levé les yeux au ciel, agacée, lui a dit d'arrêter de dire des bêtises. Et Hortense a ronchonné que ce serait vraiment formidable si elle arrivait, un jour, à admettre qu'elle pouvait avoir tort. Nom de dieu, Simone ! Les jeunes d'aujourd'hui, il y en a des biens, c'est pourtant pas compliqué à comprendre !

Ça devait faire une petite vingtaine d'années qu'elles étaient venues à la ferme rendre visite aux parents de Ferdinand, elles n'ont rien reconnu.

Après avoir fait le tour, elles ont choisi deux petites pièces contiguës, au rez-de-chaussée, c'était pratique pour Hortense qui ne pouvait plus monter les escaliers, ses genoux la faisaient trop souffrir, au point de ne pas pouvoir se lever de sa chaise roulante, certains jours. Dans l'une des pièces, elles ont décidé d'installer leur chambre et dans l'autre, un petit salon, pour pouvoir s'isoler, au cas où. Ferdinand, Guy et Marceline ont trouvé qu'elles avaient raison. C'était plus prudent.

Il fallait maintenant s'occuper du déménagement.

Elles sont parties devant avec Ferdinand, préparer les sacs et les cartons. Guy a attelé la remorque au tracteur et Marceline s'est assise à côté de lui sur le garde-boue. Elle n'avait pas l'habitude. Le son du moteur, la froidure des sièges en métal, la dureté des cahots, le parfum du gasoil lui ont rapidement donné mal au cœur. Ils n'ont pas prononcé un seul mot pendant tout le voyage. Concentrés qu'ils étaient, elle, à ne pas vomir, et lui, à savourer toutes ces sensations qui l'emmenaient, à chaque fois, faire un petit tour dans le passé.

Le choix était difficile et Hortense et Simone trop excitées par tout ce ramdam. Ça ne leur était jamais arrivé avant de devoir déménager. Pas depuis les soixante-dix dernières années, en tout cas. Ferdinand leur a proposé de faire les choses en plusieurs fois, mais ça ne les a pas calmées, au contraire. Elles se sont mises dans un coin pour chuchoter et en revenant, elles lui ont avoué avoir très peur que le neveu repasse pendant leur absence et mette le feu à leurs affaires. Une fois de plus, il a tenté d'expliquer que personne n'avait le droit de rentrer chez elles sans leur permission, qu'on pouvait l'en empêcher, elles ne l'ont pas écouté. Elles allaient faire leur choix, c'est tout. Il y avait encore quelques heures, elles étaient prêtes à faire le grand saut sans rien emporter! Alors, hein, elles étaient assez grandes pour arriver à faire le tri! Elles ne prendraient que le strict minimum, il allait être surpris.

Le terme *minimum* n'était pas le plus approprié pour qualifier ce qu'elles ont finalement décidé d'emporter. Avec autant d'années accumulées – et en multipliant par deux –, ça faisait forcément beaucoup. Ferdinand, Guy et Marceline se sont retenus de rire. Il y avait de quoi remplir quatre remorques bourrées à craquer! Ils ont chargé en priorité tout ce qui concernait la chambre et le salon et quand ils sont revenus pour un deuxième voyage, elles avaient changé d'avis et il ne restait plus que quelques babioles, une malle de fournitures électriques et la chaise roulante. Quand elle a été chargée, Hortense, en imperméable et bottes de caoutchouc, a insisté pour qu'ils l'aident à monter sur la remorque, malgré les cris et récriminations de Simone. Elle voulait faire le voyage là-haut, assise dans sa chaise, pour voir défiler le paysage, admirer le panorama, comme quand elle était petite, dans la carriole de ses parents. Simone s'est fâchée. Mais elle lui a répondu qu'elle n'avait pas peur d'elle! Qu'elle ferait ce qu'elle voudrait. Un point c'est tout!

Ils se sont mis à trois pour la hisser. Et Simone s'est bouché les oreilles en murmurant: *Ça y est, elle recommence à débloquer*, quand elle s'est mise à chanter à tue-tête: *Aïmségué aine ze rêne, aïm ségué aine ze rêne, ouate e biou tifoul fi léne, aïm rapi e gaine...* Un hommage au film qu'elle ne ratait sous aucun prétexte quand il passait à la télé, au moment de Noël. Elle n'avait jamais très bien compris l'histoire, ni ce qu'ils baragouinaient dans leurs chansons, mais ça lui plaisait bien que des gens se mettent à danser et à chanter sous la pluie en ayant l'air content. Elle trouvait ça épatant. On voyait jamais personne faire ça dans la vraie vie. À part les enfants. Et encore, fallait pas que les parents soient dans les parages...

Guy a démarré le tracteur.

Et Hortense a crié : En voiture, Simone ! On change de crémerie !

Pendant tout le reste du voyage, elles n'ont pas prononcé un seul mot. Concentrées qu'elles étaient, Simone, à l'abri dans la voiture de Ferdinand, à essayer de ne pas pleurer en pensant à tout ce qu'elle laissait derrière elle, et Hortense, sur la remorque battue par le vent et la pluie, à savourer ce petit tour dans le passé, quatre-vingt-dix années en arrière, comme si c'était hier et qu'elle avait cinq ans.

38
Rêve d'eau

Ludo se lève, marche sur la pointe des pieds, se penche au-dessus de P'tit Lu couché dans son lit, chuchote.

— Pourquoi tu pleures ?
— J'veux voir maman.
— Elle travaille.
— J'veux la voir quand même.
— Dis-moi d'abord pourquoi tu pleures.
— J'ai fait pipi.
— C'est juste pour lui dire ça que tu veux la voir ?
— Mon pyjama est tout mouillé.
— Y en a d'autres dans le tiroir. Tiens, mets çui-là.
— Les draps aussi, ils sont mouillés.
— T'as encore envie de pisser ?

— Non. Mais dis, Ludo, c'est un gros mot, « pisser » ?

— Ouais.

— Ah.

P'tit Lu est ravi.

— T'es vraiment sûr de plus avoir envie ?

— J'ai tout fait dans mon lit.

— Alors ça va, tu peux venir dormir avec moi.

Ils se couchent côte à côte. P'tit Lu est content.

Dans le noir, il sourit au plafond.

— Eh Ludo, tu sais pourquoi j'ai pas pu me retenir ?

— Non.

— Parce que dans mon rêve, j'étais dans la mer, et l'eau elle était tiède, et j'avais même pas besoin de bouée parce que je savais nager, avec la tête sous l'eau, et j'avais les yeux qui voyaient tout normal, et j'arrivais à nager comme les gros poissons et je jouais avec eux, ils étaient drôlement gentils, c'était comme des meilleurs copains on aurait dit, et puis après, je sais pas pourquoi, j'ai boivu trop d'eau, je crois, et j'ai fait pipi dans l'eau.

— J'connais. À la piscine aussi, ça me fait ça, des fois.

Après un moment.

— Ludo ?

— Mmmm…

— Tu dors ?

— Mmmpresque.

— Eh ben, tu sais, dans le rêve, y avait aussi tata Gaby. Elle nageait avec moi et on jouait tous les deux avec les gros poissons.

— Ah bon ?

— Ouais.

— Et elle t'a parlé ?

— Un peu.

— Qu'est-ce qu'elle t'a dit ?

— Je sais plus…

— Essaye de te rappeler !

— C'était dans mon rêve… j'essaye, mais j'arrive pas…

Ludo se tourne brusquement, enfouit sa tête sous les draps, murmure…

— C'est nul.

Le cœur en mille morceaux.

39

Le cœur d'Hortense est fatigué

Hortense est alitée depuis leur arrivée à la ferme. Le rhume est descendu dans la poitrine, elle a du mal à respirer. Gérard est passé la veille, il a dit que s'il n'y avait pas d'amélioration dans les quarante-huit heures, il allait être obligé de la faire hospitaliser. En attendant, il lui a prescrit un traitement, dont des piqûres, matin et soir. Ils vont devoir faire venir une infirmière, ou s'en occuper eux-mêmes, ce n'est pas la mer à boire. Avant de partir, il a préféré être clair : même s'il y a un mieux, il ne faut pas rêver, ce ne sera que passager. Le cœur d'Hortense est fatigué.

Entre les soins à donner, la nouvelle maison et tous ces bouleversements, Simone est à fleur de peau. Ce matin, Guy s'est proposé pour la première piqûre. Elle lui a bien expliqué qu'il risquait de se faire envoyer sur les roses. Hortense était particulièrement douillette, de plus, elle avait la phobie des aiguilles. Effectivement, ça ne s'est pas bien passé. Elle a commencé par pleurer, a voulu négocier, puis très vite, elle s'est mise à l'insulter, et quand enfin, il s'est approché avec la seringue, elle a essayé de le frapper. Il a planté l'aiguille comme il a pu, un peu n'importe où, n'importe comment, elle a appelé Simone au secours, l'a suppliée de ne pas la laisser seule avec ce monstre qui avait tenté de l'assassiner lâchement ! Quelques minutes plus tard, l'hématome provoqué par l'injection avait gagné

566

toute sa jambe. Simone s'est affolée, a traité Guy de psychopathe.

Vexé, il a décidé de laisser les autres se dépatouiller avec elles deux et de se plonger dans l'élaboration d'un planning. Donc, là, il quadrille avec application une feuille de papier, tire des traits, fait des colonnes pour les horaires, les médicaments à donner à Hortense, la température à prendre... Et il choisit d'y mettre un titre : Organivioc, ce n'est pas très joli, mais c'est sa petite revanche et ça le fait doucement rigoler. Pendant ce temps, Ferdinand prépare le thé et le café du petit déjeuner en se demandant si ce n'était pas une connerie de les avoir ramenées ici, les deux petites vieilles. C'est une grosse responsabilité, il n'avait pas du tout envisagé autant de problèmes de santé. Il s'en mord les doigts.

L'ambiance est lourde, ils sirotent leur café et leur thé en réfléchissant au problème. Les deux chats et la chienne sentent que ce n'est pas le moment de réclamer les restes du petit déjeuner. Ils se tiennent tranquilles près du poêle. Les deux chats regardent la pluie tomber derrière les carreaux, Berthe, elle, bâille, se laisse doucement glisser sur le carrelage et, de là, dans un sommeil léger. Elle rêve qu'elle se promène, c'est l'été, il fait chaud... Soudain, elle voit quelque chose bouger dans les hautes herbes, là-bas, au loin, elle se met à courir, sa respiration accélère, elle pousse des gémissements. Mo-je, agacé, décide d'aller faire un tour au grenier, lui saute sur le dos en plantant bien ses griffes au passage, Chamalo fait pareil.

Et puis, Guy, Marceline et Ferdinand relèvent la tête en même temps. Ils ont une idée. Peut-être la même ? Mais, chacun de leur côté, ils décident de ne pas en parler pour l'instant aux deux autres. Ils préfèrent se laisser la journée pour réfléchir, approfondir, peser le pour et le contre, trouver des arguments, avant. Ne pas se précipiter, il y a déjà assez de catastrophes comme ça.

Vers onze heures, Marceline revient du potager, cherche les deux hommes pour leur exposer son plan, mais ils sont introuvables. Elle change l'eau des haricots, les met à cuire avec une pincée de bicarbonate (pour éviter les ballonnements) et va frapper à la porte des sœurs Lumière. Simone est ravie de la voir arriver. Elle lui chuchote à l'oreille qu'Hortense s'est enfin endormie et profite de sa visite pour filer aux vécés. Elle aime prendre son temps au petit endroit, écouter la radio, faire des mots croisés, c'est sa récréation de la journée. Au bout d'un quart d'heure, comme elle ne revient pas, Marceline sort de la chambre sur la pointe des pieds, laisse la porte ouverte, au cas où Hortense se réveillerait, et retourne dans la cuisine. Elle jette un œil au planning *Organivioc* punaisé sur la porte : Guy l'a inscrite pour la garde de quatre à six. Ça ne l'arrange pas, elle échange son horaire avec celui de Ferdinand.

Avant midi, il téléphone pour prévenir que ce n'est pas la peine de les attendre, lui et Guy ont rencontré des copains au café, ils vont déjeuner tous ensemble. Très bien. Simone est déjà installée devant son assiette, elle a une faim de loup. Entre deux bouchées, elle dit à Marceline qu'Hortense aimerait bien qu'elles prennent le café dans sa chambre, elle veut leur parler de choses importantes. Marceline lui demande si elle sait de quoi. Simone répond un peu sèchement qu'elle verra bien. Elle déteste parler la bouche pleine. C'est dangereux, elle pourrait avaler de travers et s'étouffer. Ce serait le bouquet !

Hortense s'arrête entre chaque mot pour reprendre sa respiration, c'est éprouvant. Pour la soulager, Simone complète ses fins de phrases, ajoute des commentaires. Elle essaye de dire que… c'est très gentil de les avoir accueillies ici, toutes les deux. Ben oui, c'est pas tout le monde qui aurait fait une chose pareille, c'est sûr. Et puis aussi… qu'elle ne se fait pas d'illusions sur sa santé, mais si ça s'aggravait, elle veut être sûre qu'ils aideront Simone à prendre la décision de l'env… Les derniers mots sont noyés dans une quinte de toux terrible et Simone, cette fois, ne l'aide pas à terminer. De toute façon, elles ont compris, elle préférerait finir à l'hôpital. Les larmes aux yeux, Simone l'embrasse sur le front.

— Oui, oui, mon Hortense. On fera comme tu as dit.
Mais, maintenant, il faut que tu te reposes, c'est pas encore
ton heure. Sinon, j'le saurais, va.
À deux heures, Marceline prend son tour de garde.
Simone va pouvoir aller faire une sieste.
Ou passer du temps aux vécés à faire des mots croisés,
si elle préfère...

40
Muriel a un coup de pompe

La prof s'est retournée en fronçant les sourcils, soup-
çonneuse. Les élèves ont continué à travailler comme si
de rien n'était et Muriel s'est pincé les lèvres en rentrant la
tête dans les épaules. C'était la troisième fois cette semaine
qu'elle oubliait d'éteindre son portable pendant les heures
de cours. Si la prof découvrait que c'était encore le sien
qui avait bipé, elle était capable de la virer. Ses résultats
n'étaient déjà pas terribles-terribles, ce serait... la fin des
haricots. Il ne lui restait plus qu'à espérer que l'imbécile
qui venait de lui envoyer le message n'ait pas, en plus,
la mauvaise idée de la rappeler maintenant pour vérifier
qu'elle l'avait bien reçu !
Elle a attendu la pause déjeuner pour jeter un œil.
C'était un texto de Mireille, la patronne du restaurant. Elle
lui proposait du boulot : demain, samedi, de deux heures à
très tard. RSVP urgent. Sûrement comme la dernière fois,
un coup de deux heures du mat, s'est dit Muriel. Dommage,
elle était crevée. Il n'y avait pas spécialement de raisons,
mais elle avait juste envie de pioncer sans arrêt, en ce
moment. Ça la prenait même pendant les cours. Alors, ce

week-end, le dernier avant de devoir rendre la chambre au proprio, elle avait prévu d'en profiter pour ne rien faire du tout. Rester couchée, buller, écouter de la musique, dormir, surtout pas ouvrir de cahiers, rien glander. Mais elle avait besoin de fric et elle devait chercher une nouvelle piaule, si elle ne voulait pas finir à la rue. Putain. Plus qu'une semaine avant les vacances de Noël. Si elle ne trouvait pas, là, c'était grave la merde. Elle a tapé sa réponse sur le portable : C OK pour 2m1 merci Muriel. Et elle est passée faire un tour à l'agence immobilière. Il était midi et demie passé, il y avait une pancarte sur la porte : *Votre agent est actuellement en visite, veuillez passer après 14 heures.* Elle l'a imaginé assis à table avec sa femme en train de déjeuner en regardant les infos à la télé, ça l'a énervée et elle est retournée à l'école. En passant devant la boulangerie, elle a ralenti pour profiter de l'odeur de pain frais, mais ne s'est pas arrêtée. Ça ne valait pas la peine de vérifier encore une fois si de la monnaie ne se serait pas égarée au fond de son sac ou par le trou dans la doublure. Elle avait déjà bien cherché la veille et n'avait rien trouvé.

Quand elle s'est réveillée, un peu plus tard, elle était allongée sur le lit de l'infirmerie et ne savait pas comment elle y avait atterri. Et puis, d'un coup, elle s'est rappelée. Elle a revu la tête de Louise, penchée au-dessus d'elle, qui lui demandait avec un air inquiet si ça allait… *Muriel ? Ça va ? Ah lala, t'es drôlement pâle, ma pauvre vieille. Madame, venez vite, y'a Mu…* et paf ! le trou noir. Plus de son, plus d'image. L'infirmière lui a apporté un verre d'eau sucrée, l'a aidée à se relever pour boire, ça lui a fait du bien. Ensuite, elle lui a repris sa tension – 8-5, ça remontait doucement – en posant quelques questions. Est-ce que ça lui était déjà arrivé de tomber dans les pommes ? Jamais. Avait-elle des soucis particuliers en ce moment ? Rien de spécial. Est-ce qu'elle était enceinte ? Ben non ! Est-ce qu'elle mangeait régulièrement ? Muriel a éludé la question et a essayé de se lever. Mais des étoiles se sont mises à danser devant ses yeux, elle s'est rallongée aussitôt. L'infirmière a soupiré. Elle a fait le tour de son bureau, a farfouillé dans un tiroir, en a sorti une barre de céréales – qu'elle y avait mise exprès pour son petit creux du milieu d'après-midi – et la lui a tendue avec regret. Muriel l'a engloutie sans presque mâcher, l'a remerciée avec un grand sourire. Ça allait nettement mieux, elle a pu rejoindre sa classe au pas de course.

Elle ne voulait pas rater le cours pratique sur les injections, perfusions, prises de sang, administrations des traitements... Ça faisait trop longtemps qu'elle attendait ce moment-là.

41

Sortie d'école

À quatre heures moins cinq, le téléphone s'est mis à sonner et Simone n'est pas allée décrocher. Elle regardait une série à la télé et avait mis le casque, elle n'a pas entendu la sonnerie et c'est Marceline qui a dû courir répondre. Mireille voulait parler à Guy ou à Ferdinand. Ils n'étaient pas rentrés? Tant pis, elle allait lui expliquer. Roland et elle s'étaient engueulés. Mais là, c'était grave, bien plus grave que les fois précédentes. Donc, elle aurait bien voulu que quelqu'un vienne prendre les Lulus à la sortie de l'école, à quatre heures et demie, et les emmène à la ferme pour passer le week-end. Ça leur éviterait d'avoir à assister à leurs disputes et de finir traumatisés! Mais il y avait aussi une autre raison. On leur avait demandé, au pied levé, de préparer un repas d'anniversaire pour le lendemain soir, une soixantaine de couverts, ça allait finir tard, les petits seraient bien mieux chez eux de toute façon. Elle, elle était forcée de rester, pour le travail, mais ça la faisait drôlement chier... Oh, pardon ! Marceline l'a rassurée, elle avait prévu d'aller en ville, elle allait se dépêcher de se préparer et passerait prendre les enfants.

Elle a fait le compte-rendu de sa garde en quelques phrases : Hortense avait fini par prendre tous ses remèdes, elle avait bu sa tisane, fait son inhalation sans trop râler et même accepté de se laisser masser les jambes pour éviter les escarres. Sa température avait un peu baissé, c'était bon signe. Là, elle dormait. Elle allait pouvoir regarder la fin de l'épisode tranquillement – mais sans le casque, n'est-ce pas, Simone ? – et après, elle aurait peut-être même le temps d'attaquer une grille de mots croisés ou un petit Sudoku niveau 6, histoire de remuer ses pauvres neurones englués par toute cette guimauve. Simone a rigolé tout en gardant les yeux scotchés sur l'écran.

Il ne fallait pas qu'elle traîne. Après s'être habillée chaudement, Marceline a enfilé son ciré et ses bottes. Cornélius était au fond du jardin. Quand il l'a entendue appeler, il est arrivé au galop, en piétinant au passage les derniers poireaux de Ferdinand. Elle l'a attelé à la charrette, en marmonnant qu'elle n'était pas d'accord avec cette façon de se comporter, c'était honteux, vraiment, de gâcher tous ces beaux légumes. Il a hoché la tête, mais elle n'a pas trouvé ça drôle. Alors il a frotté sa tête contre son épaule et là, elle a souri. Dès qu'il a été prêt, Berthe est montée à côté d'elle et ils ont démarré sur les chapeaux de roue.

Mireille l'attendait devant l'école avec les enfants. Elle avait rempli un cabas à roulettes avec des vêtements, des jouets, des livres et suffisamment de nourriture pour tenir un siège. Ludo et P'tit Lu étaient très excités. Ils ont tendu le trognon de pomme de leur goûter à Cornélius, qui, sans même attendre leurs questions, s'est mis à hocher la tête affirmativement. Ça a troublé P'tit Lu. Mais comme Ludo ne semblait pas trouver ça bizarre, il a balayé le doute.

— On dirait vraiment que tu adores les pommes, hein, Cornélius ? Tu es content de nous voir, alors ? Tu veux bien nous emmener dans la charrette ? Mais t'as vu, on a le gros sac, les cartables et nous, en plus. Ça va pas être trop lourd pour toi ?

La réponse est tombée comme un couperet.

— Mince, t'as vu, Ludo, il dit qu'on est trop lourd.

— Mais non, regarde. Cornélius, tu blagues, c'est ça ?... Ah, tu vois.

Et P'tit Lu a soupiré.

Après les avoir embrassés et avoir énuméré ses recommandations : faire les devoirs, ne pas dire de gros mots, se brosser les dents matin et soir, au fait, aucun bonbon de tout le week-end, OK ?, demander à Marceline une leçon de solfège – excusez-moi, j'ai oublié de vous en parler, ça ne vous dérange pas ? c'est gentil –, Mireille a filé, elle avait des tas de choses à organiser au restaurant. Et Marceline a démarré. Mais elle n'a pas pris la route qui mène à la ferme. Elle s'est arrêtée près d'un grand bâtiment et a expliqué aux enfants qu'elle devait parler à quelqu'un, elle ne savait pas à qui, mais elle allait voir, ce ne serait pas long, quoi. C'est P'tit Lu qui a repéré en premier la voiture garée plus loin, avec Guy et Ferdinand qui attendaient à l'intérieur. Ça les a bien fait rire de les voir sursauter quand ils ont tapé aux carreaux en criant HOU !

Ils n'ont même pas eu le temps d'expliquer la raison de leur présence, parce que, très vite, les portes du bâtiment devant lequel ils se trouvaient se sont ouvertes et une nuée d'étudiants est sortie en courant et en criant dans la rue. Ludo a tout de suite reconnu Muriel et Louise, les filles qui étaient venues travailler au restaurant le jour du banquet. Elles étaient très gentilles et très jolies et il avait adoré leur parfum, il voulait absolument aller leur dire bonjour. Marceline et Ferdinand l'ont suivi. En le voyant approcher, Louise s'est mise à rire.

— Oh, regarde, Muriel, c'est le fils à la patronne du restaurant ! Qu'est-ce que tu trafiques dans le coin ? Tu fais la sortie des écoles d'infirmières pour te trouver une fiancée, c'est ça ? T'es un petit futé, toi.

Ludo a baissé la tête en murmurant *Pouffiasse* et Muriel s'en est mêlée.

— Fais pas attention, elle est un peu bêbête, mais c'est pas sa faute, elle est en attente d'une greffe de cerveau! Sur la liste prioritaire!

Elles se sont esclaffées et Ludo est parti en courant vers la voiture, vexé, laissant Marceline et Ferdinand plantés au milieu des jeunes gens. Chacun de leur côté, ils se sont dit que leur idée n'était peut-être pas si bonne, au fond, ils allaient peut-être devoir procéder autrement, bref, inutile d'en parler aux autres pour l'instant. Au moment où ils rejoignaient Guy et les enfants pour repartir, Muriel s'est arrêtée près d'eux pour répondre au téléphone. Et ils ont entendu sa conversation: ah, nettement plus dur cette année, mais oui, oui, elle travaillait bien, ben non, elle n'avait pas encore déménagé, d'ailleurs, ça commençait à lui prendre la tête, elle avait peur de ne pas trouver, si ça arrivait, elle serait obligée de partir, de changer d'école, d'abandonner… Là, sa voix s'est brisée. Mais elle s'est vite reprise. Un truc sympa, on l'avait appelée pour un boulot dans un restau, juste une journée, mais c'était déjà ça, elle mangerait autant qu'elle en aurait envie, et puis… et puis, elle allait trouver une solution, c'était pas possible autrement, bon, elle n'avait plus de batterie, il fallait qu'elle y aille, elles se rappelleraient une autre fois, bisous, mamie, et te fais pas de mauvais sang, ça va aller, je te le promets. Elle a raccroché, s'est assise sur le rebord du trottoir, a baissé la tête et s'est mise à pleurer. Berthe s'est approchée en geignant, a enfoui son museau dans ses cheveux, dans son cou, lui a mordillé l'oreille. Surprise, Muriel a levé les yeux. Devant elle, il y avait la chienne, mais aussi Ludo et P'tit Lu qui lui tendaient des bonbons avec un air désolé et, derrière eux, les trois vieux qui la regardaient en souriant.

C'est comme ça que ça s'est passé, la rencontre avec Muriel.

À la question: Savez-vous faire des piqûres? elle a répondu oui, mais sans préciser qu'elle n'en avait jamais fait avant, bien sûr. Ensuite, pour la tester, ils lui ont dressé un portrait sans fioritures de la vieille Hortense. Ils ont parlé de son état de santé, des soins à lui prodiguer, de sa phobie des aiguilles, de ses sautes d'humeur, de ses pertes de mémoire... Elle a écouté sans broncher. Ils ont eu l'impression que ça ne lui faisait pas peur, c'était ce qu'ils recherchaient, quelqu'un qui n'avait pas froid aux yeux. Elle les a conquis. Ils lui ont donc expliqué leur plan, que chacun avait échafaudé de son côté sans même qu'ils se concertent : contre une ou deux heures de soins par jour, suivant les besoins, ils proposaient logement, nourriture et blanchisserie. Elle a ouvert de grands yeux. Si ça n'avait tenu qu'à eux, ils auraient conclu l'accord tout de suite. Mais elle devait d'abord passer l'examen Hortense, pas une mince affaire. Muriel a accepté d'essayer et ils l'ont fait monter en voiture.

42
Première piqûre

Après avoir préparé la seringue, Muriel s'est soigneusement lavé les mains. Puis elle a enfilé des gants. Ensuite, elle a pris une compresse, l'a imprégnée de produit antiseptique, a nettoyé la peau autour du quart supéro-externe de la fesse de la patiente, avec un mouvement circulaire : en partant du centre vers l'extérieur, pour éloigner les germes du point de ponction... Jusque-là, tout allait bien. Malgré le léger tremblement de ses mains. Elle s'est concentrée, a pris une grande inspiration et s'est penchée vers Hortense. L'air mystérieux, elle lui a soufflé à l'oreille qu'elle sentait planer dans la maison quelque chose d'étrange. Un peu comme si les murs murmuraient, vous ne trouvez pas, madame Lumière ? Hortense a fait les yeux ronds et sans ménagement, lui a crié qu'elle était complètement siphonnée, qu'elle ferait mieux d'aller se faire soigner, la pauvre fille ! Simone ! Me laisse pas avec cette folle furieuse ! Elle se prend pour Jeanne d'Arc, elle entend des voix ! Mais Muriel ne s'est pas démontée. Elle s'est approchée encore plus près. Mais écoutez bien, on dirait presque qu'ils chantent, ces murs-là, je vous assure. Avec « r » qui roulent et voix chevrotantes...

> *Entendez-vous ces chants*
> *Doux et charmants*
> *Bateaux de fleurs,*
> *Où les couples en dansant*
> *Font des serments...*

Le regard d'Hortense s'est éclairé. Et tout naturellement, elle a enchaîné le couplet...

> *Nuits de Chine*
> *Nuits câlines*
> *Nuits d'amourrr...*
> *Nuits d'ivrrrress-seu...*
> *De tendrrrress-seu[1]...*

Elle s'est rappelé toutes les paroles, du début jusqu'à la fin. Pendant qu'elle chantait, Muriel en a profité pour lui faire la piqûre. Sa première. Un baptême, en quelque sorte. Hortense ne s'est pas interrompue, même quand l'aiguille a transpercé sa peau. Ni cri ni pleurs ni bleu sur sa cuisse, cette fois-ci. Impeccable. Et quand tout a été fini, Simone a applaudi. Un véritable triomphe.

Juste après, Ludo et P'tit Lu ont accompagné Muriel pour la visite de la ferme.

Sans hésiter, elle a choisi une chambre dans l'autre aile, celle restée inoccupée depuis la mort des parents de

---

1. « Nuits de Chine », paroles d'Ernest Dumont.

Ferdinand, il y a vingt ans. C'était petit et défraîchi, mais ça lui rappelait la maison de ses arrière-grands-parents, celle dans laquelle elle passait ses vacances quand elle était petite. La même ambiance, la même odeur. Mélange de poussière, d'humidité, de vieux papiers et de... pipi de souris ! Les enfants ont rigolé quand elle a dit ça. Ferdinand et Marceline beaucoup moins. Ils savaient ce que ça signifiait. Ils ont humé l'air avec ennui, leurs regards se sont croisés. Aucun doute, il allait falloir mettre Mo-je et Chamalo à contribution, ensuite lessiver les sols au savon noir, rincer au vinaigre blanc, ajouter du bicarbonate... En espérant que ça suffise, évidemment. Muriel a continué la visite. En ouvrant un tiroir du buffet, elle a découvert une collection de porte-clefs, des bouchons de liège, dont certains piqués d'aiguilles pour manger les bigorneaux, des vieilles bougies d'anniversaire à moitié fondues, de toutes petites photos en noir et blanc jauni et aux bords dentelés. Ce qui l'a le plus étonnée, ce sont les cartes postales souvenir collées sur les vitres des portes du buffet. Une impression de déjà-vu. Les mêmes que chez ses arrière-grands-parents ? Des lieux où, elle en était sûre, ils n'avaient jamais mis les pieds de leur vie. Et pourtant, ils auraient bien aimé voir Biarritz, et ses élégantes baigneuses posant sur la plage de la Milady, le mont Saint-Michel sous la brume, la promenade des Anglais à Nice, son carnaval, ses palmiers et la mer si bleue, ou les châteaux de la Loire...

Assis autour de la table de la cuisine, ils discutent de la suite des événements.

Muriel va essayer de convaincre le propriétaire de sa chambre de la laisser partir plus tôt que prévu et de lui rembourser la dernière semaine de location. S'il accepte, elle pourrait emménager dès demain samedi. S'il refuse, ce qui est plus que probable, eh bien, ce sera dans huit jours. Quoi qu'il arrive, elle se débrouillera pour venir matin et soir faire les piqûres à Hortense, entre-temps.

C'est vraiment très excitant, Muriel a encore du mal à y croire. Mais d'un coup elle s'affole : il y a un problème pour demain, samedi ! Elle doit travailler au restaurant jusqu'après minuit, elle ne pourra pas venir pour la piqûre du soir. Guy dit, pour blaguer, qu'il connaît bien la patronne, il va essayer de s'arranger avec elle. Il prend le téléphone, appelle Mireille, lui explique la situation. Elle râle un peu, hésite pour le principe. Mais après avoir calculé qu'il n'y en aura pas pour plus d'une demi-heure aller-retour, et sachant que les premiers convives ne risquent pas d'arriver avant huit heures, elle finit par dire OK, ça ira pour cette fois, tonton. Muriel est soulagée.

Avant de partir, elle les prévient que ses affaires tiennent dans une seule valise, un sac à dos et deux cartons. Ce sera vite fait. Guy est déçu. Il ne va pas avoir à sortir le tracteur et la remorque, cette fois-ci. Ça va lui manquer. Les cahots de la route, la raideur du siège en métal, l'odeur du gasoil... Dommage, il aurait bien aimé.

43

Noms de chats

Après dîner, Guy est allé coucher les enfants. P'tit Lu lui a demandé de lire son livre préféré, mais après seulement quelques pages, il s'est endormi comme une masse. Ludo connaissait l'histoire par cœur, il n'avait pas envie de l'entendre encore une fois. D'ailleurs, lui, il n'avait pas besoin qu'on lui lise de livres, il était assez grand pour le faire tout seul et puis il arrivait à s'endormir sans câlins, maintenant. Au moment où Guy allait refermer la porte, il lui a demandé s'il pourrait l'accompagner au cimetière, le lendemain matin. Guy a été surpris par la question. En général, il y allait vers sept heures du matin, il faisait encore nuit, ce n'était pas un horaire idéal pour emmener un enfant. Il a donc répondu qu'ils iraient ensemble, promis, mais... une autre fois. Ludo a insisté, a expliqué que c'était très important, il devait y aller absolument, c'était comme une promesse qu'il devait tenir. Un peu troublé et sans trop réfléchir, Guy a proposé de l'emmener dimanche.

La soirée s'annonçant sans pluie, Ferdinand, Marceline et Simone s'étaient installés dehors pour boire leur café et leur tisane, assis sur le banc. Après que Guy les eut rejoints, ils ont parlé des travaux à faire dans le futur appartement de Muriel : il allait falloir remplacer le matelas, il était trop vieux, mettre une bouteille de gaz pleine pour la cuisinière et le chauffe-eau, réparer la lampe de chevet et changer le néon dans la cuisine, refaire les joints autour du bac de douche et de l'évier, laver les rideaux... Ça faisait beaucoup. Ils allaient devoir s'organiser pour réussir à tout faire. Surtout si la petite emménageait le lendemain, comme ils l'espéraient. Ils ont soupiré tous en même temps. Simone, parce qu'elle était soulagée qu'Hortense l'ait acceptée aussi bien, et Ferdinand, Marceline et Guy, parce qu'ils étaient contents d'avoir eu la même idée en même temps. C'était peut-être un signe. En tous les cas, Muriel avait l'air d'être une jeune femme sympathique et compétente, il faudrait voir la suite. Mais il n'y avait aucune raison pour que ça ne colle pas. Plus fatiguée que les trois plus jeunes, Simone s'est levée. Elle a annoncé qu'elle tenait à superviser tout ce qui toucherait à l'électricité. C'était son rayon, du moins, ça l'avait été pendant les soixante-dix dernières années, il ne fallait pas l'oublier, vous avez compris, les gamins ? Mlle Simone Lumière, avec un nom pareil, personne ne pourrait jamais l'oublier, ils ont répondu en chœur. Ça lui a fait plaisir et elle est rentrée se coucher avec le sourire. Ensuite, ça a été au tour de Guy de se lever du banc. Pas pour aller se coucher, lui, mais pour travailler une partie de la nuit dans son atelier. Il avait un nouveau vélo à retaper, et là, ce soir, il lui était venu l'idée d'en faire cadeau à la petite. Ce serait pratique, pour ses allers-retours entre ici et son école. Les deux autres étaient d'accord. Ce serait parfait si elle pouvait être autonome, évidemment. Il est allé chercher des braises dans le poêle pour son brasero, a salué ses amis en repassant et a traversé la cour rapidement. La tête posée sur les genoux de Marceline, Berthe l'a suivi des yeux, et, au moment où il allait refermer la porte de la grange derrière lui, elle a bondi, l'a rejoint au galop. Marceline et Ferdinand sont restés assis sur le banc, sans dire un mot. Savourant le plaisir d'être seuls. Mais ça n'a pas duré longtemps, parce qu'ils se sont levés d'un bond en se rappelant un truc urgent : les souris ! Marceline est allée chercher Mo-je, Ferdinand, le petit Chamalo. Et chacun avec son chat sous le bras, ils sont entrés dans le vieil appartement. L'odeur de pisse de souris leur a sauté au nez. Les deux chats ont bien compris ce qu'on attendait d'eux, ce n'était pas la peine de leur faire un dessin. Ils ont sauté des bras de leurs gardiens respectifs et se sont aussitôt mis au boulot.

Après l'odeur, c'est le froid qui les a frappés. Vingt hivers d'affilée sans la moindre petite flambée, il n'y avait rien d'étonnant à ce que l'atmosphère soit si frigorifique. Alors, malgré l'heure tardive, ils ont décidé de ramoner le conduit de cheminée et de mettre en route la cuisinière à bois. Il allait falloir au moins trois jours et trois nuits pour que les murs commencent à se réchauffer. Autant commencer tout de suite.

Vers minuit, ces petits travaux terminés, ils sont retournés dans la cuisine pour se laver les mains. Ils les ont frottées longtemps, au-dessus de l'évier, pour réussir à se débarrasser de toute la suie incrustée. En réalité, ils prenaient leur temps. Pour rester côte à côte. Ils avaient encore envie de parler ensemble, de tout, de rien, de choses sans importance, du menu de demain ou du nom de leurs chats...

— Eh oui, dites, pourquoi Chamalo ?

— C'est pas moi, ça. C'est les Lulus qui ont choisi. Ils l'ont trouvé si doux, si moelleux qu'ils lui ont donné un nom de guimauve !

— C'est mignon. Ça sonne un peu masculin, mais c'est ça qui est drôle.

— Qu'est-ce qui est drôle ?

— Chamalo, le petit chat malhonnête. Une Chamalonette, quoi !

— Je ne comprends pas...

— Si, si, Ferdinand, je vous assure, c'est vrai.

— Mais...

Sa première réaction a été de penser qu'elle se trompait. Parce que, quand même, il aurait remarqué, si le chaton n'avait pas eu de... Et là, le doute s'est insinué. Il a eu beau fouiller sa mémoire, il n'arrivait pas à visualiser les petites pelotes sur l'arrière-train de son chat. Aïe. Il s'est mis à gamberger à ce qu'il allait raconter aux enfants, comment il allait justifier cette erreur de discernement. De n'avoir jamais eu de chats avant, ça pouvait expliquer peut-être... Marceline s'est mise à rire en voyant sa tête. Il s'est détendu. Chamalo, chat malhonnête, oui, c'était amusant. Et puis, d'accord, il n'était pas très bon pour déterminer le sexe des chats. Celui des chiens non plus, d'ailleurs. Il s'est moqué de lui-même en évoquant la fois où il avait croisé Berthe sur la route, le jour de la fameuse fuite de gaz, et qu'il lui avait parlé comme à un chien. Il lui avait crié, il s'en rappelait encore très clairement: *Où tu vas comme ça, mon gars ? Traîner la gueuse, j'parie ?* C'est vrai, il fallait bien admettre, il n'avait pas les yeux en face des trous. Elle était assez d'accord avec lui.

— Le vôtre aussi, il a un nom spécial, quand même. Mo-je, c'est du polonais ?

— Oui.

— Et ça veut dire quelque chose ?

— Oui.

— Qu'est-ce que...

— *Może*, peut-être.

— Alors Mo-je, ça veut dire *peut-être* ?

— Oui.

— Ah.

La suite logique ça allait être, bien sûr, qu'il lui demande pourquoi *peut-être*. Elle serait obligée d'expliquer, de rentrer dans les détails, de parler du passé, ça lui a fait

581

peur. Pour couper court, elle s'est mise à bâiller, en prétextant une fatigue soudaine et foudroyante, lui a souhaité bonne nuit et a filé se coucher. Il est resté bête, planté là, tout seul au milieu de la cuisine. Un torchon à la main et la désagréable impression d'avoir été largué comme une vieille chaussette. Jusqu'à ce qu'il entende le bruit de ses pas remonter doucement le couloir. Dans l'embrasure de la porte, elle s'est arrêtée et a dit tout bas...

— C'est Danuta qui a choisi d'appeler son chat comme ça. Avec Olenka. Mes filles. Elles trouvaient que c'était joli.

Ferdinand a été surpris, c'était la première fois qu'elle lui parlait de ses enfants. Il a baissé les yeux en marmonnant qu'en effet, c'était très joli, et il s'est concentré sur les rayures du torchon avec lequel il se séchait les mains depuis quelques minutes.

Quand ils sont allés se coucher, il était presque deux heures du matin. Ça faisait très longtemps qu'ils n'avaient pas veillé aussi tard, ça leur a fait du bien. Ils ont beaucoup parlé. Ferdinand, de ses deux fils, et Marceline, de ses jumelles. Ils en savaient un peu plus long l'un sur l'autre, après ça. Elle, qu'il avait des regrets de n'avoir pas su être un père attentif, et lui, qu'elle avait perdu ses deux filles dans un accident, il y avait bientôt sept ans. Ça lui a fichu un coup de l'apprendre, son cœur a fait un bond. Sur le moment, il a failli lui prendre la main. Mais il s'est retenu à temps.

Et puis, ils n'ont pas parlé que de choses tristes !

Ils ont même un peu ri. Surtout quand Ferdinand s'est mis à réfléchir tout haut à ce qu'il allait dire aux enfants le lendemain, pour expliquer la Malonette. Qu'il n'avait pas ses lunettes ce jour-là ? Ils savaient très bien qu'il n'en portait jamais ! Qu'il avait trop bu ? C'était moche comme argument, il pouvait trouver mieux, a plaidé Marceline. OK, mais une chose était sûre, il n'était pas tout seul à se tromper. Il en connaissait d'autres. Tiens, Raymond et Mine, des spécialistes du genre ! Et puis Alain, Fergus et Barbara, pas mal non plus, ceux-là. Et aussi Marie, Marco et Loubé, ou encore Christian et Moïra... Il a cité des exemples : Youki, en réalité, c'était Youka, Riton, qui aurait dû s'appeler Rita, Le Moelleux qui avait fini Pépette, et puis, les deux chattes des Sauvage, tu parles d'un coup, une des deux avait des roupettes ! Quelle rigolade le jour où le vétérinaire leur a dit...

Et patati et patata.

Ils ont parlé longtemps, longtemps.

Jusqu'à deux heures du matin.

Au pied de l'escalier, ils se seraient bien serrés dans les bras avant d'aller se coucher. En tout bien, tout honneur, bien sûr. Mais ils n'ont pas osé.

La prochaine fois, *Mo-je* ?

44
Les Lulus cuistots

Ludo et P'tit Lu se sont réveillés, samedi matin, avec une faim de loup. Ils sont descendus dans la cuisine, il n'y avait personne. Ni Berthe pour leur faire la fête, ni les deux chats non plus. Ils ont enfilé des bottes et des cirés beaucoup trop grands pour eux par-dessus leurs pyjamas et sont allés voir dehors s'ils y étaient. Mais ils avaient tous disparu, même l'âne était parti. Il faisait un froid de canard, ils se sont pressés d'aller ramasser des œufs dans le poulailler, de prendre un pot de miel dans l'ancienne laiterie et quelques noix dans le cellier et vite, ils sont rentrés, avant d'être transformés en glaçons.

Ludo a sorti le grand couteau pour couper le pain, et P'tit Lu, à genoux sur une chaise, a cassé les œufs dans un saladier. Après les avoir battus avec une fourchette, ils ont mis les tranches à tremper dans la mixture gluante, en appuyant bien dessus pour qu'elles s'imprègnent comme des éponges. Ensuite, P'tit Lu a attaqué les noix au marteau et Ludo a sorti une grande poêle du placard. Le problème, ça allait être de mettre le feu dessous. Quand ils faisaient la cuisine à la maison, c'était Roland ou Mireille qui s'en chargeait. Mais là, il allait devoir se débrouiller tout seul. Il a testé plusieurs fois l'allume-gaz, il faisait bien *clic clic* quand il appuyait sur le bouton. Avec des allumettes, il aurait hésité, mais là, pas de flamme, c'était tranquille, il ne risquait pas de se brûler. Quand il s'est senti prêt, il a inspiré et… très vite, il a tourné la manette du gaz, *pfff*, a appuyé sur le bouton, *clic*, le feu s'est allumé, *waouff* et il a expiré en s'essuyant le front. Il avait eu un peu chaud. Évidemment, P'tit Lu a été très impressionné par le sang-froid de son grand frère. Il a calculé dans sa tête qu'il restait encore deux ans à attendre avant d'avoir huit ans et de pouvoir, comme lui, allumer le feu. C'était dans long-temps, mais tant pis, il était déjà un peu habitué. Dans la vie, il fallait toujours attendre. Les anniversaires, Noël, les vacances…

Sur le pain perdu, ils ont mis du miel et des morceaux de noix et se sont souhaité bon appétit. P'tit Lu a trouvé que c'était bon mais que ça manquait un peu de sel. Ludo était d'accord, il en a rajouté une pincée. Ils ont terminé leur assiette, en ont préparé deux autres et sont allés frap-per à la porte des sœurs Lumière. Hortense a crié de joie en les voyant entrer, les a embrassés goulûment au moins vingt fois. Ils ont dû s'essuyer les joues sur leurs manches, tellement elle avait postillonné. Pour pouvoir goûter leur recette, elle a réclamé son dentier. Il trempait dans un verre d'eau, à côté d'elle, sur la table de nuit. Devant les enfants ébahis, Simone l'a sorti, l'a rincé, a mis de la colle rose dessus et l'a tendu à Hortense, qui, aussitôt après l'avoir englouti, leur a fait un grand sourire.

Elles ont toutes les deux mangé avec beaucoup d'ap-pétit en s'extasiant à chaque bouchée sur leurs talents de cuisiniers. Les Lulus étaient aux anges de recevoir autant de compliments.

Hortense a voulu jouer aux cartes, ils lui ont proposé un jeu des sept familles, elle a préféré la bataille. Avant de commencer, Simone leur a demandé de choisir la couleur de la laine des chandails qu'elle allait tricoter pour eux. Leurs cadeaux de Noël, elle a ajouté, en faisant un clin d'œil. Effaré, P'tit Lu a donné un grand coup de coude dans les côtes de son frère. Les cadeaux, ça devait être une surprise, sinon c'était nul! Ludo a haussé les épaules, lui aussi dégoûté. Et après réflexion, il s'est penché pour lui chuchoter à l'oreille qu'il pensait que c'était toujours comme ça avec les vieux, ils ne savaient pas garder les secrets. P'tit Lu a trouvé ça dommage. Et il s'est dit que lui, quand il serait vieux, il ne ferait jamais un truc pareil...

Ils ont joué à la bataille. Le hasard a fait qu'ils ont gagné chacun leur tour les premières parties, ce qui a mis Hortense de très mauvaise humeur. Du coup, ils ont préféré faire semblant de ne rien remarquer quand elle s'est mise à tricher, pour la laisser gagner toutes les suivantes. Et elle a retrouvé le sourire. Nettement plus agréable.

45
Arrêter les aiguilles

Réveillée à l'aube, ce même samedi, Muriel s'est retenue d'aller frapper à la porte de son propriétaire. Pourtant, elle en mourait d'envie. En attendant une heure plus décente, elle a rangé ses affaires. Quand elle y est allée enfin, il était déjà sorti, ça l'a déçue, elle a laissé un mot. De retour chez elle, elle n'avait plus rien à faire, tout était rangé dans la valise, le sac à dos et les deux cartons et elle n'avait aucune envie de ressortir ses livres et ses cahiers pour réviser, elle s'est donc mise à tourner en rond. Comme une lionne en cage.

À onze heures et demie, le proprio n'avait toujours pas appelé, elle a commencé à déprimer, mais elle n'avait pas le temps, c'était maintenant l'heure de son rendez-vous et elle est allée sur la place du Marché. Marceline avait presque fini de remballer. Les cageots de légumes, les confitures et le miel étaient déjà dans la charrette et il ne lui restait plus que la bâche à plier. Muriel a proposé de l'aider, mais elle lui a conseillé d'aller d'abord se présenter à Cornélius. C'était un âne très spécial, tout à fait capable de refuser de transporter quelqu'un s'il avait été ignoré. Elle lui a tendu un morceau de carotte, en ajoutant que ça pourrait peut-être aider à l'amadouer, au cas où il était de mauvais poil. Muriel l'a regardée avec des yeux ronds, elle trouvait ça complètement dingue mais n'a pas osé le faire remarquer, encore moins refuser. Après avoir vérifié que personne ne regardait dans sa direction, elle s'est approchée de l'animal, a hésité quelques secondes, s'est sentie très con de lui dire : *Bonjour, je m'appelle Muriel, seriez-vous d'accord pour me transporter dans votre charrette ?* Mais elle l'a fait. À voix basse, évidemment. Cornélius l'a regardée d'un œil, a flairé l'air autour d'elle, puis plus précisément sa main, a accepté la carotte qu'elle lui tendait et l'a croquée en hochant la tête de haut en bas. Muriel, épatée, n'a pas pu s'empêcher de lui sauter au cou pour le remercier. Personne ne lui avait jamais dit avant que les ânes comprenaient aussi bien tous les mots ! Elle est retournée annoncer la nouvelle, et Marceline a dit : *Ouf*.

Bien entendu, Hortense a été terriblement déçue d'apprendre que Muriel allait devoir repartir aussi vite après la piqûre. Et elle l'a fait savoir bruyamment. Si elle avait pu piétiner, elle l'aurait fait. Elle aurait voulu qu'elle reste plus longtemps, la petite Muriel, la jeunesse, ça lui mettait du baume au cœur, c'était sa bouffée d'oxygène, ses fraises à la crème en hiver. Au contact des enfants, elle reprenait du poil de la bête, tu comprends ça, Simone ? J'en ai ma claque de tous ces vieux ! Je les aime pas, ils sont pas marrants, et en plus, ils sentent mauvais ! Simone a levé les yeux au ciel, en marmonnant *V'là qu'elle recommence à divaguer.* Mais Muriel lui a fait signe que ça n'avait pas d'importance, elle avait l'habitude. Dans sa famille, il y avait eu des cas du même genre.

Deuxième injection.

Elle a plus eu le trac pour celle-ci que pour la première. Ça l'a déstabilisée. Du coup, elle s'est concentrée tout spécialement sur la préparation. Elle s'est forcée à se rappeler, point par point et dans le bon ordre, toutes les consignes d'hygiène, avec termes techniques adéquats et tutti quanti. Mais, c'est la piqûre en elle-même qu'elle appréhendait, bien sûr. Si elle ratait son coup, cette fois ? Si, en piquant, elle tombait sur un nerf, ou sur un vaisseau ? Quelle catastrophe. Pour calmer son anxiété et Hortense, par la même occasion, elle s'est mise à fredonner.

Et Hortense, incollable, a aussitôt trouvé de quelle chanson il s'agissait. Elle s'est mise à brailler...

> *Si l'on pouvait arrêter les aiguilles-eee...*
> *Au cadran qui marque les heures de la vi-eee*
> *Nous n'aurions pas la triste appréhension*
> *D'entendre l'heure de la séparation.*

Après le départ de Muriel, Simone s'est assise sur le rebord du lit et, en duo, elles ont terminé le couplet. Avec « r » qui roulent, voix chevrotantes et yeux humides.

> *Après avoir passé toute une vie-eee...*
> *À nous chérir sans aucune jalousie-eee...*
> *Le cœur bien gros on n'devrait pas penser*
> *Qu'un jour, hélas, il faudra nous quitter*
> *Vivons d'espoir, à quoi bon s'faire d'la bile*
> *Puisqu'on n'peut pas arrêter les aiguilles[1].*

---

1. « Arrêter les aiguilles », paroles de Paul Briollet et Paul Dalbret.

Hortense a caressé la main de Simone. Et puis d'un coup, requinquée, elle s'est redressée contre ses oreillers, s'est essuyé le nez sur la manche de sa robe de chambre et a réclamé le grand sac de laine. Elle a eu du mal à choisir celle qui conviendrait le mieux pour une écharpe. Mais elle a fini par se décider pour de la chinée. C'était moderne, ça lui irait bien à la petite, non ? Qu'est-ce que t'en penses, Simone ? Conciliante, Simone a répondu qu'elle trouvait ça très bien. Elle l'a aidée à monter les mailles, pour lui faciliter la tâche. Hortense a réussi à tricoter trois rangs avant de piquer du nez sur son ouvrage, calottée par autant d'efforts et d'émotions d'affilée.

46
Vieux clous

Les chats avaient dû bosser toute la nuit et toute la matinée à chasser les souris, parce qu'après déjeuner, quand Marceline a ouvert la porte du futur appartement de Muriel, ils étaient couchés chacun sur une chaise près du poêle, le ventre bien rond, et n'ont même pas eu la force de lever la tête pour la saluer. Elle a commencé par laver le sol de la salle de bains, puis celui de la cuisine, mais en attaquant la chambre, elle s'est aperçue que le vieux papier peint se décollait en lambeaux. C'était trop misérable. Avec Ferdinand, ils sont tombés d'accord, il ne fallait pas laisser ça dans cet état, ils ont donc tout arraché. Ensuite, avec les enfants, elle a préparé de la peinture. Deux kilos de purée de pommes de terre, deux kilos de blanc de Meudon, de l'amidon pour bien fixer le tout et de l'eau. Pour la touche de couleur, ils ont pensé à du vert. En faisant bouillir des feuilles d'estragon, c'était possible et ça sentait très bon, mais ce n'était pas la saison. Alors ils ont opté pour la brique de terre cuite. Ils en ont mis une dans un sac, ont tapé dessus avec une masse jusqu'à la réduire en poudre et l'ont incorporée au mélange. Ça a donné un petit effet rosé que Ludo a trouvé parfait. Surtout pour une chambre de fille...

Après la peinture, les Lulus sont allés jouer à cache-cache dans la grange. Dans un coin sombre, ils sont tombés sur deux vieux vélos couchés sous le foin et couverts de crottes d'oiseaux. Pas étonnant, avec la ribambelle de nids d'hirondelles juste au-dessus. En les mettant debout, ils ont vu qu'ils étaient pile à leur taille, ça les a étonnés. Comme Ferdinand passait par là, il a expliqué qu'ils avaient appartenu à leur père, Roland, et à leur oncle Lionel, quand ils étaient enfants. P'tit Lu a tiqué. Il a regardé Ludo pour voir sa réaction, il était aussi troublé que lui, ça l'a rassuré. Parce que, quand même, c'était difficile de croire que leur papa ait pu être un jour petit. Et en plus, qu'il ait eu un frère dont ils n'avaient jamais entendu parler avant, c'était pas vraiment très possible. Devant leur air incrédule, Ferdinand n'a pas trouvé d'autre solution que de leur montrer une photo. Dessus, il y avait deux petits garçons, assis chacun sur une bicyclette : l'un d'eux avait des joues toutes rondes et souriait en grimaçant, l'autre, un peu plus grand et moins costaud, regardait ailleurs, comme si ça l'ennuyait d'être pris en photo. Commentaire de Ferdinand : le petit avec le sourire bêta, c'était leur papa quand il avait sept ans, et celui qui faisait la gueule, c'était leur oncle Lionel, huit ans. Ils n'ont pas reconnu leur père, évidemment, ça ne les a donc pas convaincus. Mais Ludo a lu à voix haute ce qui était écrit juste en dessous : *Roland et Lionel, Noël 1974*. Il a bien étudié la photo, les vélos avaient la même couleur que ceux qu'ils avaient trouvés. Et il a commencé à se dire que, finalement, ce n'était peut-être pas du pipeau, cette histoire.

En les voyant arriver dans son atelier, Guy s'est moqué, leur a demandé ce qu'ils comptaient faire avec ces deux vieux *clous* tout rouillés. Mais P'tit Lu s'est rebiffé : D'abord, c'est même pas des clous ! Mais les vélos de papa et de son frère Lionel quand ils étaient petits comme nous, j'te ferais dire ! Guy a reconnu son erreur et P'tit Lu lui a expliqué très sérieusement que, depuis le matin, ça y était, il avait décidé d'apprendre à faire du vrai vélo. Le tricycle, c'était pour les bébés. Alors voilà, il voulait apprendre sur celui-ci. Bien. Et Ludo ? Il s'en fichait un peu, il avait un super VTT. Mais, par solidarité, il appuyait son frère. Et puis, ça n'était pas si mal d'en avoir un deuxième, ici, à la ferme, un qu'il n'aurait pas peur d'abîmer sur les chemins pleins de boue dégueu. Donc, Guy a ausculté les deux vieilles... choses. Les remettre en état allait lui demander beaucoup de travail, pour un résultat moyen. Les cadres étaient lourds, il n'y avait pas de vitesses, toutes les pièces étaient à changer. Mais ça n'avait pas d'importance, il avait terminé cette nuit la rénovation de celui pour Muriel, il avait du temps à leur consacrer.

Pour commencer, il a donné aux enfants des masques de protection et des gants. Ils ont trouvé ça amusant de se déguiser. Guy voulait qu'ils passent eux-mêmes l'huile dégrippante sur les parties rouillées, sans respirer les émanations et s'en mettre partout. Ensuite, il leur a appris à démonter un pneu avec des manches de cuillères. Pour la recherche de fuites dans les chambres à air, il faisait tellement froid dans l'atelier qu'ils ont préféré faire ça dans la cuisine. Après les avoir gonflées, ils les ont plongées dans une bassine d'eau et quand ils ont appuyé dessus, les bulles d'air sont remontées. Ils ont trouvé ça rigolo. C'est P'tit Lu qui a tracé les ronds au stylo-bille autour des trous, pour repérer les endroits où coller les rustines.

47
Lettre de rappel

En fin de journée, Ludo s'est inquiété. Il se demandait comment il allait faire pour vérifier si son rendez-vous du lendemain matin, dimanche, avec Guy, tenait toujours. Il n'avait que huit ans, mais il avait déjà essuyé quelques grosses déceptions dans sa vie. Il se méfiait, sachant par expérience que les adultes étaient capables de tout. De changer d'avis sans prévenir, de revenir sur leurs paroles sans donner de raisons, d'arnaquer, d'empapaouter, d'entourlouper les petits, pas forcément méchamment, c'est vrai, mais comme si c'était une chose normale. En toute impunité et sans remords. Avec le tonton, il voulait prendre ses précautions, le cuisiner finement, lui poser des questions discrètes. Est-ce que ça existait, les réveils, quand t'étais petit, tonton ? Ou. Est-ce que vous aviez juste des coqs qui criaient cocorico pour vous réveiller le matin, à la ferme ? Mais Guy lui a chuchoté à l'oreille : T'inquiète pas, mon grand, je viendrai te chercher à l'aube. Et quand je dis quelque chose, je le fais, un point c'est tout.

À sept heures, le lendemain matin, Guy a réveillé Ludo, comme il avait dit. Il faisait encore nuit. Ils sont descendus sans faire de bruit, se sont habillés chaudement et sont sortis. Derrière le vélo de Guy, appuyé sur sa béquille, il y avait celui trouvé dans la grange, couvert de crottes d'hirondelles et ayant appartenu au frère inconnu de son père. Maintenant il était propre et prêt à partir.

Ils ont pédalé, côte à côte, sans dire un mot. Avec la vitesse, le froid leur a fait pleurer les yeux, rougi les joues, gercé les lèvres.

En arrivant, ils ont couché les vélos dans le fossé, ont tiré sur le bas de leurs manteaux, ont réajusté leurs bonnets et essuyé la morve qui avait coulé de leurs nez. Ils voulaient être un peu présentables. Ensuite, Guy a fait signe à Ludo de le suivre sans faire de bruit, ils ont longé le grand mur, il a relevé l'échelle cachée dans l'herbe, l'a appuyée au mur et ils ont grimpé l'un derrière l'autre pour entrer dans le cimetière.

Ludo a demandé à Guy de l'attendre un peu plus loin. Avec sa lampe de poche, il a minutieusement ausculté la tombe de Gaby, mais il n'a trouvé aucune anfractuosité, aucune petite fente entre les pierres. Finalement, il a glissé le bout de papier plié en huit dans la terre du rosier planté à son pied.

Le texte de la nouvelle lettre à Gaby (sans les fautes d'orthographe, bien sûr).

Chère tata Gaby,

Je t'écris pour te dire que je pense très fort à mes rêves tous les matins et je sais que tu n'es pas venue me voir une seule fois. Ça m'a fait très triste que tu préfères choisir celui de P'tit Lu et que tu nages dans la mer avec lui et les gros poissons. Je te ferai rappeler que c'est moi qui t'a demandé pour les rêves, c'était pas une idée de P'tit Lu. En plus, j'aurais bien aimé le faire celui-là, parce que j'adore nager sous l'eau à la piscine, c'est moi qui a le record. En ce moment, j'ai très envie de dire à P'tit Lu qu'il est un peu con. Mais si je lui dis, il va pleurer et le dire à maman. Il pleure facilement, ça m'énerve. Je t'ai déjà écrit dans ma lettre d'avant, les gros mots, je m'en fiche, j'en dis tout le temps. Peut-être que si jamais tu venais me voir dans mes rêves, j'essaierais de ne plus en dire. Ça serait hyper difficile. Mais je pourrais essayer si tu veux.

Est-ce que c'est bien là où tu es ? Ici, ça caille (ça veut dire qu'il fait froid). C'est bientôt Noël, j'espère qu'on va avoir beaucoup de cadeaux. Peut-être que tu sais tout déjà ce qu'il se passe ici. Sinon, je peux te dire. Mireille et Roland vont bientôt divorcer. Tonton Guy est bien habitué de plus te voir, mais il continue à pas dormir la nuit et il répare des vélos sans arrêt. Ferdinand, je crois qu'il voudrait embrasser Marceline, mais il arrive pas à se décider. Et puis, ça va pas te faire très plaisir, mais ton citronnier a crevé. Tonton Guy a oublié de l'arroser pendant trop longtemps. Voilà. J'espère que tu vas bientôt venir dans mon rêve.

> *Signé : Ludovic*
> *Ton petit-neveu*
> *qui t'aime quand même.*

De retour à la ferme, Ludo est monté réveiller P'tit Lu. Ils se sont préparé quelques tartines et deux grands bols de chocolat, ensuite ils sont allés voir Hortense. Ils lui ont proposé de rejouer aux cartes. Elle a choisi la crapette. Ils ont gagné deux parties chacun, ça l'a beaucoup énervée. Alors, après ça, ils ont fait semblant de ne pas remarquer quand elle s'est mise à tricher. Elle a retrouvé le sourire et Simone leur a donné des bonbons.

Plus tard, ils sont allés aux champignons avec Ferdinand. Ils ont dû enfiler des gilets fluo par-dessus leurs manteaux, au cas où ils croiseraient des chasseurs. C'est obligatoire, il y en a beaucoup en cette saison, ça peut être dangereux. Ils ont parlé et chanté très fort pendant toute la promenade dans les bois, pour éviter d'être pris pour des faisans ou des sangliers. Malgré le bruit qu'ils faisaient, ils ont quand même vu passer un chevreuil et deux lapins. Mais ils n'ont trouvé aucun champignon. Ferdinand a râlé, quelqu'un avait dû découvrir son coin à cèpes et y être passé avant eux. Ils sont rentrés bredouilles.

L'après-midi, comme il pleuvait beaucoup, ils ont regardé un film. En général, Ferdinand emprunte les DVD à la médiathèque ou à des copains, mais celui-là, il l'a acheté, il le trouve très beau. Le titre, c'est *Océans*, et bien sûr, il y a des baleines et des dauphins dedans. Pendant qu'il le regardait, d'un coup, P'tit Lu s'est rappelé avoir refait le même rêve cette nuit que la dernière fois. Celui où il nage avec Gaby et les gros poissons. Il les a reconnus dans le film, c'était eux, là ! Ludo s'est énervé et l'a traité de nul. Parce que, vraiment, tout le monde savait que les dauphins, c'était pas des gros poissons, mais des mammifères, comme les humains ! Ferdinand a temporisé, il n'en était pas aussi sûr que lui...

Après ça, ils sont allés voir Marceline dans sa chambre. Ils ont ouvert la housse du violoncelle, ont frotté l'archet sur les cordes, mais n'ont réussi à produire que des grincements. Ils lui ont demandé d'en jouer, se sont assis sur le lit pour écouter. Dès les premières notes, ils sont restés bouche bée. C'était doux aux oreilles, ça faisait vibrer la peau du ventre, ça chatouillait jusqu'aux orteils. Le morceau terminé, ils en ont réclamé un autre. Marceline a dit qu'elle était fatiguée. Ses doigts étaient trop raides. Pour pouvoir jouer, il aurait fallu qu'elle fasse des exercices tous les jours, là, ça faisait trop longtemps qu'elle avait arrêté. P'tit Lu a demandé pourquoi, mais elle n'a pas eu le temps de répondre. Pile à ce moment-là, Cornélius a cogné contre la vitre. Les enfants se sont précipités, lui ont ouvert, lui ont fait la fête. Et il a hoché la tête pour montrer qu'il était content.

48

La séparation

Voilà. Les Lulus ont passé un super week-end. Alors, bien sûr, quand ils sont rentrés chez eux, dimanche soir, ils ont déplané d'un coup. Mireille les attendait dehors, sur le perron, elle avait quelque chose d'important à leur dire. En voyant sa tête, ils ont tout de suite compris. Elle et Roland, c'était fini, terminé, plié. Ils avaient décidé de se séparer. Résultat, elle et eux deux allaient déménager. Illico presto. C'est-à-dire, immédiatement. Elle avait déjà commencé à remplir la voiture, ils devaient l'aider à charger le reste. Cette nouvelle, sans être complètement inattendue, les a un peu cueillis, quand même. Et Guy, qui les avait raccompagnés, a lui aussi été surpris. Ils sont restés comme trois paires de ronds de flan, plantés devant elle, avant que P'tit Lu ne commence à pleurer bruyamment. Pour le consoler, elle l'a pris dans ses bras et ils se sont mis à pleurer ensemble. Pendant ce temps, Guy a chargé les sacs dans la voiture et Ludo est allé voir son père dans la cuisine. Il a trouvé Roland assis par terre dans un coin. Ça lui a fait mal au ventre de le voir comme ça, abandonné comme... un vieux sac de pommes de terre percé. Il s'est approché, lui a tendu la main pour l'aider à se relever, mais vu son poids, il n'a pas réussi à le faire décoller d'un millimètre et a même fini par tomber sur lui. Ça les a fait rigoler, tous les deux. Ils sont restés comme ça, dans les bras l'un de l'autre, jusqu'à ce qu'ils ne rient plus. Et même encore un peu après.

Mireille a dû négocier.

L'ancienne maison de tonton Guy et de tata Gaby n'était pas loin, à quelques rues de là, ils ne devraient pas changer d'école, ne perdraient pas leurs copains, verraient leur père tous les jours s'ils en avaient envie, pourraient même aller dormir chez lui, dans leur chambre qui resterait pareille, bref, cette histoire n'allait pas changer radicalement leurs vies. Rassurés, ils sont allés choisir quelques jouets avant de remonter en voiture. Et Roland, sur le perron, leur a fait bye-bye de la main.

49

Vin triste

Mireille et les enfants vivent dans la maison de Guy et ça se passe bien. Ludo et P'tit Lu ont pris leurs marques rapidement, il y a même des choses qu'ils trouvent mieux qu'avant. Comme de pouvoir aller à l'école et rentrer seuls. C'est encore plus près que du restaurant, il n'y a que deux rues à traverser. Mireille a cédé. Et puis, elle veut bien aussi les laisser aller chercher le pain à la boulangerie, ça leur fait tellement plaisir. Elle ne se doute pas qu'ils s'achètent à chaque fois des tonnes de bonbons, sinon elle refuserait, évidemment. Ils se les payent avec l'argent de poche que leur donne Roland. Elle n'est pas au courant, c'est leur secret. Lui et Mireille ne se parlent plus, de toute façon. Ils travaillent toujours ensemble, ils n'ont pas le choix, ni l'un ni l'autre. Elle, parce qu'elle ne sait pas faire autre chose, et lui, parce qu'il est incapable de gérer le restaurant tout seul. Mais Mireille dit que ça ne va pas durer, cette situation lui pèse trop. Elle rêve de trouver autre chose, carrément dans une autre branche. Laquelle ? Elle ne sait pas encore. Il y a peu de débouchés dans la région. Donc, en attendant, elle met sa fierté de côté et bosse au restaurant. Les soirs où elle est sûre de finir tard, elle emmène les enfants et les laisse dormir là-bas. Pas trop souvent, elle déteste rentrer et se retrouver toute seule dans cette maison, ça la déprime. Elle a tendance à boire, et avec les antidépresseurs, ce n'est pas très bon. Après quelques verres, en général, elle va se planter devant la grande glace dans l'entrée, celle où elle peut se voir en pied, et là, elle pleure en se disant qu'elle a tout raté. Elle a déjà vingt-huit ans, deux enfants et bientôt divorcée. C'est fini. Elle ne rencontrera plus jamais personne, sa vie amoureuse est terminée. Trop vieille, trop conne et puis surtout, son ventre est mou et sa poitrine affaissée. C'est effrayant. Quel mec pourrait avoir envie d'une meuf comme elle, maintenant...

Voilà pourquoi elle préfère ne pas se retrouver toute seule chez elle, le soir, après le boulot. Pour éviter de picoler et de se retrouver devant la glace, celle où elle peut se voir en pied. Elle a le vin triste. Mais c'est pareil avec les autres alcools, elle a essayé. Ça lui fait exactement le même effet.

50

Dossier Solidarvioc

Les sœurs Lumière ont décidé de mettre en vente leur maison. Simone en avait marre de devoir y passer toutes les semaines, faire le tour, regarder si les volets avaient été forcés, si des petites bêtes étaient entrées faire leur nid dans un placard ou sous l'évier, ramasser le courrier et lire les lettres de menace du neveu, ça lui mettait les nerfs en pelote. Autant en finir une fois pour toutes. Et puis, maintenant, c'est bon, elles se sentent chez elles à la ferme, alors inutile de garder la maison, ça fait des frais pour rien. Simone va prévenir le postier. À partir de dorénavant, tout devra arriver à la ferme. Sans oublier le *Canard*, tous les mercredis, elles y sont abonnées depuis... une éternité ?

C'est Muriel qui leur a parlé de l'agent immobilier. Et elle ne s'est pas gênée pour dire qu'il n'était pas du genre nerveux, le bonhomme. Pour elle, par exemple, il n'avait rien trouvé. À l'évidence, la vente le motive plus que la location. Il a déjà fait visiter la maison à plusieurs personnes en moins de trois jours. Un couple a l'air particulièrement intéressé, il a dit, ils sont passés plusieurs fois. Ils ont flashé sur l'ancien magasin d'électricité, exactement le genre d'espace qu'ils cherchent pour le transformer en atelier d'artiste. Il n'y a plus qu'à attendre leur proposition. Les deux femmes sont impatientes. Surtout Simone. Hortense, elle, elle s'en fout un peu. C'est déjà loin tout ça, pour elle.

Petit bilan.

1. Mireille et les enfants habitent la maison de Guy.
2. Celle de Marceline est loin d'être réparée.
3. Les sœurs Lumière ont mis la leur en vente.

Il est temps de mettre les choses à plat. Et de faire les comptes à la ferme. Naturellement, c'est sur Guy que ça tombe. Les autres, ce n'est pas trop leur truc, de faire des plannings ou de dessiner des tableaux. Lui, il aime ça, c'est sa marotte. Il a préparé un nouveau dossier, recettes et dépenses, et l'a intitulé: Solidarvioc. Ça l'amuse d'inventer des noms. Celui-ci sonne un peu polonais, le pays de Marceline, c'est pas mal.

Pour être le plus équitable possible, il a proposé à chacun de mettre dans la cagnotte la moitié de sa pension de retraite mensuelle. D'après ses calculs, ce serait suffisant pour payer tous les frais de fonctionnement de la maison. C'est largement moins que ce qu'ils dépensaient quand ils étaient chacun chez eux, ils sont étonnés, mais trouvent ça drôlement bien. Pour Ferdinand, Guy, Simone et Hortense, c'est simple. Pour Marceline, il a abordé la question différemment, puisqu'elle ne touche ni pension ni allocations d'aucune sorte. C'est simple et ça revient au même, finalement, puisque sa participation correspond à la moitié de ce qu'elle produit en fruits, légumes, fleurs, œufs, miel, confitures, huile de noix, etc. L'autre moitié, c'est ce qu'elle vend sur le marché.

Rien qu'en comptabilisant les abonnements pour l'eau, l'électricité, le téléphone, et en y ajoutant le décodeur télé, la redevance, les impôts locaux et les assurances, ça fait une jolie différence. Avant, ils payaient ça dans chaque foyer, maintenant, plus que dans un seul. Un seul téléphone, une seule redevance, une seule assurance... Les économies sont importantes. Ils vont pouvoir mettre de l'argent de côté, acheter peut-être un... C'est trop nouveau, ils n'ont pas encore eu le temps de réfléchir à ce qu'ils vont faire de tout ce blé ! C'est excitant.

51

Du point de vue de Muriel...

Muriel s'est installée dans l'autre aile de la maison. Matin et soir, elle passe voir Hortense, la lave, la pique, lui fait ses soins. Quand il ne pleut pas, elle l'aide à s'asseoir dans sa chaise roulante, l'emmène prendre l'air dehors. Sinon, quand quelqu'un d'autre a besoin de ses services, elle est partante. Ferdinand s'est blessé la main en coupant du bois, elle a insisté pour lui changer son pansement tous les jours. Il lui a promis de la laisser retirer les fils le moment venu. Elle est ravie. Ce qu'elle a besoin d'approfondir maintenant, ce sont les prises de sang. Elle a tendance à aller vite, à être un peu brutale, elle veut améliorer ça. Devenir hyper pro et avoir des gestes doux, c'est son but. Pas comme ces sorcières qui venaient vider le ventre de sa mère. Elles s'en fichaient pas mal de la faire souffrir quand elles lui plantaient la grosse aiguille pour retirer l'ascite. Et si elle se plaignait, elles lui disaient qu'elle l'avait bien cherchée, sa cirrhose, qu'elle aurait dû y penser avant de lever le coude ! Muriel veut arriver à être efficace et douce en même temps, elle est sûre que c'est possible. Pour les prises de sang, Guy lui a proposé de s'entraîner sur ses veines, ça ne le dérange pas, il n'a pas la phobie des aiguilles et il n'est pas douillet du tout.

Question travaux pratiques, c'est nickel, ici. Et le logement, aussi. Il y a de l'espace, elle n'est pas obligée de replier le lit dès qu'elle se lève le matin pour pouvoir s'habiller, ou de faire la vaisselle dans le lavabo aussitôt après manger si elle veut faire pipi. Elle est très contente. Juste un regret : il n'y a pas internet. C'est chiant quand elle doit chercher de la doc pour ses devoirs, envoyer des messages à ses copines, chatter sur les réseaux ou même jouer à des jeux idiots. Ça lui manque. Sinon, le reste, ça va. Les viocs sont plutôt cools. Pas évident, pourtant, cette idée de vivre ensemble. Avec toutes ces personnalités...

Hortense, par exemple. Elle est marrante, mais il faut quand même se la coltiner, avec son sale caractère. Entre ses sautes d'humeur et ses trous de mémoire, c'est pas tous les jours la fête. Et qu'est-ce qu'elle peut être douillette, la vioque ! C'est compliqué pour lui faire les soins. À moins de la faire chanter. Ah ça, c'est un truc complètement dingue, dès qu'elle chante, c'est fini, elle se rappelle de tout, paroles et musiques, et elle se calme, devient douce et charmante. Impressionnant. Si ça continue, Muriel va devoir faire un deuxième stage à la maison de retraite où vit son arrière-grand-mère, pour étoffer son répertoire de chansons. Sinon ça va être l'enfer, ici !

Et puis, Simone. Qui fait sa cheftaine, juste parce que c'est la plus jeune des deux et qu'elle tient encore la forme. Énervante. En même temps, tout ce qu'elle fait, c'est pour Hortense, ça part d'un bon sentiment, on ne peut pas lui en vouloir. Elle a tellement peur de la perdre, la pauvre. Sûr et certain que le jour où ça arrivera, elle se laissera mourir, direct, rien ne la retiendra plus. C'est comme ça quand on passe autant d'années collé à quelqu'un ! On n'a plus de vie personnelle. Muriel trouve ça pathétique. En tout cas, de ce côté-là, elle est tranquille, ça ne risque pas de lui arriver, elle est hyper indépendante.

Et puis, Guy, l'astucieux, le sauveur de vélos morts, le concocteur de plannings inutiles. On dirait qu'il cultive ses insomnies comme il le ferait d'un jardin. Avec des petits carrés de gardénias – qu'il s'obstine à appeler camélias, encore une lubie de vieux, ça – et puis des plates-bandes qu'il parsème de soucis-Gaby, de fleurs d'absinthe pour son absente, de petites touches de Mireille-la-merveille, et de grands massifs de Lulus, pour faire péter les couleurs... Non, sans déconner, il est sympa ce type-là. Et agaçant à la fois avec ses petites

manies. Mais Muriel adore le vélo qu'il lui a offert. Il est tellement spécial que personne n'aura l'idée de le lui voler. Même
si elle oublie de mettre l'antivol! Garanti 100%.

Et Ferdinand, bien sûr. Celui qui croit être discret avec
ses gros sabots. Sûr d'avoir réussi à planquer la grosse blessure qui lui barre la poitrine. Non, mais vraiment, c'est trop
marrant! Il fait genre celui qui n'attend plus rien, le vieux
sage rangé des voitures. Mais putain, il n'a que soixante-dix
ans! Il n'a pas les yeux en face des trous, ce gars-là. Muriel
pense que s'il était moins con, il les ouvrirait en grand, et il
verrait qu'elle n'est pas encore finie, sa vie. Il verrait...

Marceline. La plus jeune des cinq, celle avec qui on
peut parler sans se gêner, qui comprend les choses à demi-
mot et qui aime rigoler. Sauf que, bizarrement, sous son air
tranquille, elle cache un truc encore plus douloureux que
les autres. Elle a réussi à se fondre dans le décor, malgré son
petit accent, sa charrette tirée par un âne et autres trucs du
même genre. Mais il n'empêche que Muriel a toujours envie
de lui demander pourquoi elle s'est enterrée ici, qu'est-ce
qu'elle est venue faire dans ce trou paumé. Il y a quelque
chose qui cloche. À part ça, elle est complètement givrée,
comme les autres. Son histoire d'âne à qui il faut demander
s'il est d'accord ou pas pour vous trimballer, gros délire...

Les vacances de Noël tombent à pic. Muriel peut enfin
se lever tard et faire la sieste l'après-midi. Elle a du sommeil
à rattraper. Le reste du temps, elle soigne Hortense, révise
ses cours, aide à préparer les repas. Pas le temps de s'emmerder. En plus de ça, Mireille lui a proposé du travail au
restaurant: trois soirées et un déjeuner. Avec le fric, elle a
déjà décidé ce qu'elle allait s'offrir. Des fringues. Depuis
qu'elle mange régulièrement, elle a pris plusieurs kilos et
elle ne rentre plus dans aucun de ses pantalons.

52

Dénoisillage

Il est à peine cinq heures du soir et il fait déjà nuit. Ludo marche au rythme des pas de Cornélius, une main posée sur son encolure, l'autre sur le dos de Berthe. Entre eux deux, il est en sécurité. Son imagination peut vagabonder tranquille. Il est seul, ses parents ont été faits prisonniers par des ennemis, mais lui, avec son âne Cornélius et sa chienne Berthe, il a réussi à s'échapper, c'est pour ça qu'ils marchent depuis des heures, c'est mieux la nuit pour éviter de se faire repérer, mais ils doivent faire gaffe à ne pas faire de bruit, pas tousser, pas éternuer, pas aboyer, même pas péter, ça c'est un truc difficile pour un âne, mais Cornélius, c'est pas un âne normal, il comprend tout, alors il serre les fesses, se retient de péter parce qu'il a très bien compris que c'était dangereux, ça pouvait les réveiller, les méchants, ce serait terrible, ils prendraient leurs fusils et leur tireraient dessus pour les tuer, tellement ils sont cruels, bon, maintenant ils sont hyper fatigués, la preuve, la chienne a la langue qui pend jusqu'à par terre, elle va peut-être mourir de soif si ça continue, il faudrait trouver de l'eau pour la sauver, mais il n'y a plus de robinets, à cause de la guerre, ils les ont tous fermés, c'est pas grave, il va trouver une rivière, mais d'abord il faut qu'ils se reposent, c'est crevant de marcher pendant des heures, ah, une grange abandonnée, ils vont pouvoir se cacher dedans et dormir sur la paille, mais avant de se coucher, ils vont manger, leurs ventres commencent à gargouiller, tellement ils ont faim, mais c'est chouette, ils ont des tas de provisions, trois grands sacs de noix dans la charrette, ils les ont volés dans la maison d'une dame, elle était morte de froid, son toit était cassé, la pauvre, quand ils sont arrivés chez elle, c'était trop tard, ils n'ont pas pu la sauver…

Cornélius s'arrête devant la porte de la grange et Marceline descend les trois grands sacs de noix de la charrette. Après l'avoir dételé, elle flatte l'encolure de son âne, lui murmure à l'oreille *Merci pour ton travail et bonne nuit, Cornélius chéri*. Il hoche la tête, se tourne vers Ludo, le bouscule un peu en se frottant contre lui, donne un coup de museau à Berthe en passant et entre dans son box pour se coucher.

Autour de la table de la cuisine, Hortense et les Lulus cassent les noix avec un marteau. Ferdinand, Guy, Marceline et Muriel trient. Ils ne doivent laisser aucune écale, c'est important. Quand ils auront fini de dénoisiller, Marceline emmènera le tout au moulin. Elle espère en tirer une dizaine de litres d'huile. Ludo calcule : pour faire un litre d'huile, il faut deux kilos de noix décortiquées, soit environ six kilos de noix non décortiquées. Sachant qu'en une soirée, ils en décortiquent... Ah la vache, ils en ont jusqu'à Noël, à ce train-là !

Ils jouent à *ni oui ni non* en tapant sur les coquilles. Les enfants posent les questions. Évidemment, quand ça tombe sur Hortense, elle perd à chaque fois. Ils trouvent ça trop marrant. Mais elle, ça commence à l'énerver. Simone fait les gros yeux en s'activant sur son tas de noix. Elle aimerait bien qu'ils changent de jeu avant que ça ne dégénère.

— Muriel, est-ce que tu es contente de ta nouvelle maison ?

— Absolument.

— Ferdinand, est-ce que tu aimes boire le vin de prune ?

— Bien sûr.

— Tonton Guy, est-ce que tu dors beaucoup quand c'est la nuit ?

— Pas trop.

— Marceline, est-ce que tu trouves que Ferdinand est gentil ?

— Très.

— Simone, est-ce que tu es un peu très vieille?
— Euh... beaucoup.
— Hortense, est-ce que tu adores manger nos recettes de cuisine?
— Ah ben, ça oui alors!
Les enfants sont hilares, Hortense fulmine.
— Il est complètement idiot, ce jeu-là. Et puis, vous pourriez pas poser des questions un peu plus intelligentes, non? On dirait que ça vous fait plaisir de me faire perdre. C'est pas croyable, ça!

53
Canne, bis repetita

Ferdinand va faire un tour au restaurant. Dire bonjour à Roland. Ça fait un moment qu'il ne donne plus de nouvelles, ne répond pas au téléphone, ne rappelle jamais, même si on laisse des messages sur le répondeur. Quand il demande à Mireille s'il va bien, elle reste évasive, répond: Je crois, je sais pas, appelez-le, il vous le dira lui-même. Ça l'inquiète.

Il pousse la porte, la clochette tinte, personne. Dans la cuisine, pas de bruit. Au pied de l'escalier qui conduit à l'appartement, il appelle, pas de réponse. Il se dit qu'il va aller boire un verre, en attendant son retour. Il ne peut pas être parti bien loin, il n'aurait pas laissé la porte ouverte, sinon. En effet, Roland est assis à la terrasse du café d'en face. Ferdinand écarquille les yeux: il fume une cigarette, ce p'tit con! Il le fait chier depuis des années parce qu'il fume la pipe une fois par jour, et là, il fume une cigarette! Et le cendrier sur sa table est plein! En plus, à côté du cendrier, il y a un verre de vin blanc. Du vrac, forcément, il n'a que ça, en blanc, le patron du café d'en face. Là, il se marre. Il traverse la place pour le rejoindre, Roland ne le voit pas arriver, trop occupé à mater une jeune femme perchée sur des talons qui s'approche de sa table. Au moment où elle passe devant lui, elle trébuche et tombe. Il veut l'aider à se relever, elle l'envoie balader et s'éloigne en jurant comme un charretier. Me touche pas, gros con, ou j'te fous mon poing dans la gueule !

Ferdinand s'assied à côté de lui.

— Elle est belle, cette canne-là. Mais tu sais, à force de faire l'idiot avec, tu vas finir par provoquer un accident...

— Ah, elle est bonne, celle-là ! Mais qu'est-ce que tu fais dans le coin, p'pa ? Je ne t'ai pas vu arriver.

— Je venais te dire bonjour.

— C'est gentil, ça.

— Ça fait des jours et des jours que tu ne réponds pas au téléphone, je commençais à m'inquiéter.

— C'est gentil de t'inquiéter pour moi.

— Mais, c'est normal, fiston.

Il se racle la gorge.

— Ça va, sinon ?

— Oui, pourquoi ?

— Pour rien. Bon, alors comme ça, tu t'es mis au vin blanc de la concurrence ?

— Eh oui.

— Il est mauvais, hein ?

— Non, il est ignoble.

— Ah ben oui, c'est ce que je pense aussi.

Ils en recommandent quand même deux verres chacun, histoire de garder de bons rapports avec le voisinage, puis, après avoir lancé au patron, *Salut, Paulo, à la prochaine !*, ils retournent au restaurant. Là, Roland va chercher une bouteille de chablis blanc, invite Ferdinand à s'asseoir à une table, sert les verres. Enfin, ils respirent, il est bon celui-là, ça réconcilie avec la vie, nomdediou !

Ferdinand lui fait part de son projet : ajouter une clause à son testament. Dans le cas où il lui arriverait quelque chose, il aimerait que Guy, Marceline, Simone et Hortense puissent rester vivre tranquillement à la ferme, bref, il veut leur donner l'usufruit. C'est normal, t'es d'accord, Roland ? Roland trouve ça normal et il est d'accord. Lui, de toute façon, il considère avoir déjà touché sa part d'héritage avec le restaurant, à la mort d'Henriette. Et la ferme, il préfère ne pas le dire à son père pour ne pas lui faire de peine, mais il s'en branle com-plè-te-ment. En revanche, ça va peut-être poser un problème avec Lionel, non ? Non, Ferdinand en a déjà parlé avec lui au téléphone et l'Australien n'y voit aucun inconvénient. Il s'en doutait déjà, mais il a été très honnête, il a dit que la ferme, il s'en branlait complètement. Ah bon, il a dit ça, Lionel ? Foc ze farm, ce sont les termes qu'il a employés, ensuite il a traduit. Parfait, alors c'est réglé. Ils peuvent parler d'autre chose, maintenant.

Ça ne vient pas tout de suite. Il y a d'abord quelques soupirs et quelques mouais... Enfin, ça sort.

Pas facile de se retrouver tout seul, dis donc. Ah ça, c'est sûr, il en connaît un bout sur la question, le Ferdinand. Tu te réveilles le matin, personne. Tu te couches le soir, personne. Et tu te demandes, certains jours, à quoi bon continuer à ramer comme un con. Eh ouais... Soupir. Silence. Gorgée de vin. Re-soupir. Ferdinand pense que c'est le moment de donner des conseils. Classiques : les enfants, le travail, et tout ce qui s'ensuit. Roland compte les mouches au plafond. À la fin de la bouteille, Ferdinand change de ton, il s'anime, s'exalte, suggère... une reconquête ! Mais Roland ricane amèrement, secoue la tête d'un air désenchanté. Alors, tant pis, si c'est râpé pour ce coup-ci, il faut passer à autre chose, réagir, ne pas rester isolé, sortir le soir, aller au bal, dans les boîtes de nuit, tout ne s'arrête pas là, merde, il y a d'autres femmes à rencontrer dans la vie que Mireille ! Roland se lève et balance *Parle pour toi, p'pa* avant de redescendre chercher une autre bouteille à la cave. Ferdinand ne voit pas le rapport et grommelle dans sa barbe *Mais qu'il est con!*

À la fin de la deuxième bouteille, Roland a un creux. Il invite Ferdinand à dîner. C'est le jour de fermeture, ils sont libres de faire ce qui leur plaît. Alors en entrée... il ouvre la porte du frigo, jette un œil... une cassolette d'escargots au beurre d'orties, ça te dit? Et ensuite, un petit cuisseau de sanglier, mariné au champagne, rôti au four et servi avec une poêlée de cèpes? Là, Ferdinand fait la moue. D'où ils viennent, tes cèpes, il demande, méfiant. Un copain, répond Roland. Un gars de la région? Ben oui. Ah, le salaud, ça doit être lui qui a découvert mon coin.

Ils ont passé un très agréable moment. Un peu trop arrosé, bien sûr, mais avec des fous rires et quelques larmes aussi, l'alcool, c'est propice aux débordements. Après réflexion, ils se sont rendu compte que c'était la première fois qu'ils passaient toute une soirée ensemble, juste eux deux, sans personne d'autre autour. Ça les a interloqués. Nom d'un chien. C'était donc bien une première rencontre en tête à tête entre un père de soixante-dix ans et un fils de quarante-cinq... Ils ont gardé le silence un moment devant ce constat accablant. En cherchant à positiver, Roland a sorti une banalité: mieux vaut tard que jamais, et Ferdinand a haussé les épaules en grimaçant. Il trouvait qu'il n'y avait pas à tortiller. C'était tout simplement triste d'avoir perdu autant de temps. Pour lui, Ferdinand, de se rendre compte seulement maintenant que son fiston n'était pas juste un p'tit con. Et pour Roland, que son père n'était pas qu'un vieux naze.

54

Marceline raconte

Je flotte un peu, ça me fait toujours ça à la fin d'un récital, l'impression que mes pieds ne touchent pas le sol. C'est très agréable. Très envie de faire durer, ne pas atterrir trop vite, surtout... Je rentre dans ma loge, m'assieds devant la glace. Mon portable bipe, j'ai reçu un message pendant le concert. Je ne reconnais pas le numéro et décide de l'écouter plus tard. D'abord, me démaquiller et me changer. Je pense qu'à partir de ce moment-là, tout se met à tourner au ralenti. Enfin, non, je sais bien que ce n'est pas vrai, mais c'est l'impression qu'il me reste. Ma mémoire a tout distordu, a étiré le temps, sûrement. Bon, je reprends le téléphone et j'écoute le message. La voix me demande de rappeler un numéro. D'un seul coup, j'ai très froid. Ça m'agace. Je pense que quelqu'un a dû laisser une fois de plus la porte de service ouverte, celle qui donne sur la rue derrière le théâtre. Mais en fait, ce n'est pas ça... Je fais le numéro, me trompe plusieurs fois avant d'y parvenir, enfin une voix me demande sèchement mon nom, me dit de patienter, puis c'est une voix de femme plus douce, plus posée qui reprend, Madame, quelque chose est arrivé. Je voudrais ne pas écouter la suite, interrompre cette absurdité, mais je ne raccroche pas, je me lève de ma chaise, et la voix prononce le nom de mes deux filles, mon sang se fige, elle dit qu'elles ont eu un accident, je tombe à genoux, mon ventre se déchire, la voix cherche à gagner du temps, je gémis, je crie, elle reprend, elle dit que le choc a été brutal, elles n'ont pas dû se rendre compte de ce qui leur arrivait. Mais non! Je ne veux pas entendre! Je ne veux pas écouter! Vous vous trompez! Elle dit qu'elle est désolée... Je vous en prie, non, s'il vous plaît. Laissez-moi revenir en arrière, tout effacer, ne pas rappeler ce numéro. Si seulement j'avais raccroché avant, peut-être que... Je voudrais que cette voix n'ait jamais existé, n'ait jamais prononcé

ces mots. Je voudrais... que ce soit elle qui soit morte!...
Excusez-moi... c'est idiot... ça me dévaste toujours autant.
J'aimerais marcher un peu.

Ferdinand tient Marceline par le bras. Il fait nuit et il
fait froid. Ils se promènent un long moment sans parler. Et
puis ils rentrent. Ferdinand fait chauffer de l'eau, prépare
une tisane. Ils s'asseyent côte à côte près du poêle et aussitôt
les chats arrivent et se lovent sur leurs genoux. Malonette
a le ventre un peu rond. Ferdinand dit naïvement qu'elle a
encore dû se taper trop de mulots, la jolie chasseresse. Et
Marceline ne peut s'empêcher de sourire. Vraiment, vous
êtes un homme charmant et drôle, Ferdinand, elle aimerait
lui dire. Elle y arrive presque. Mais non, les mots restent
sur le bout de sa langue.

Ferdinand en sait maintenant un peu plus long sur les
deux filles de Marceline.

Qu'elles étaient belles, qu'elles auraient pu déplacer
des montagnes. Elles avaient envie de tout faire, tout
apprendre. Même à réparer le toit bancal de la maison
qu'elles venaient d'acheter! Rien n'était impossible. Elles
venaient toutes les deux de se séparer de leurs fiancés
respectifs – des jumelles, elles font souvent les choses en
même temps –, elles allaient tout recommencer à zéro,
ensemble. Et puis, leur route a croisé celle d'un jeune
homme triste. Et, sans le faire exprès, il les a empor-
tées avec lui. Elles avaient vingt-cinq ans et lui, dix-neuf.
Marceline imagine ce qu'elles ont dû lui dire, comment
elles ont dû l'engueuler, le pauvre garçon, une fois de
l'autre côté. Hé! C'est quoi ce bordel? Qu'est-ce que t'as
foutu? T'aurais pas pu te bourrer la gueule et rester chez
toi peinard, espèce de trou du cul! Ta meuf te plaque,
et toi, tu te fous en l'air! Mais c'était une tache, cette
fille! Elle valait pas un clou. T'aurais pu en rencontrer
une mieux. Une avec qui t'aurais fait le tour du monde,
t'imagines? Maintenant, tintin. Plus rien. Que tchi. Et tes
parents, t'as vu dans quel état tu les as mis? Tu sais qu'à
partir d'aujourd'hui, ils vont croire jusqu'à la fin de leur
vie que c'est de leur faute si tu picolais comme un trou?

Ils vont croire qu'ils ne t'ont pas assez aimé, qu'ils n'ont pas su. C'est dégueulasse. Toi, tu le sais bien qu'ils ont fait ce qu'ils ont pu. Et regarde notre reum. Elle non plus elle s'en remettra jamais de nous avoir perdues. C'est nul, ton truc. OK, OK, c'est vrai, tu n'y es pour rien. La vie est une pute et on finit tous par mourir, c'est comme ça. Mais on a le droit de trouver ça chiant ! Allez, arrête de pleurer. Oui, c'est dur et ça va sûrement leur prendre des années, mais ils finiront par se débrouiller sans nous, nos vieux, tu sais... Bon, on se casse. Si t'as trop peur tout seul, t'as qu'à venir avec nous... Berthe est la seule à s'en être sortie indemne. Ce sont les gendarmes qui l'ont gardée avec eux jusqu'à l'arrivée de Marceline, deux jours plus tard. Elle est descendue du train avec juste sa petite valise et son violoncelle. C'est la première fois qu'elle venait là. Les filles avaient prévu de faire les travaux et de l'inviter à la fin de sa tournée, pour lui faire la surprise. Elle a eu du mal à trouver la maison. L'âne et le chat étaient restés seuls pendant plusieurs jours. Cornélius avait réussi à ouvrir la barrière de son enclos et broutait tout ce qu'il trouvait dans le potager et autour de la maison. Mais Mo-je, le chat de Danuta, avait toujours vécu en appartement, il ne savait pas encore chasser et était assez mal en point. Alors, même si elle n'avait pas d'autre envie, à ce moment-là, que de s'évanouir, disparaître, se fondre dans la terre, se dissoudre dans l'atmosphère, elle n'en a pas eu la possibilité. Berthe, Mo-je et Cornélius étaient là et avaient besoin d'elle. Ils étaient son héritage, elle n'avait pas le droit de les abandonner. Alors elle est restée. Pour eux. Et elle n'est plus jamais retournée en Pologne. Elle a fait une croix sur son passé. Certains jours, il lui arrive de calculer le temps qu'il lui reste. Juste comme ça, pour avoir une idée. Elle s'est renseignée sur la durée de vie moyenne des chats et des chiens, et celle des ânes aussi. Donc, elle a appris qu'un chien pouvait vivre jusqu'à dix-huit ans, un chat, jusqu'à vingt-cinq, et un âne, jusqu'à quarante. Un sacré bail. Ça l'a aussi intéressée de savoir

qu'une poule ou une oie pouvaient atteindre dix-huit ans,
un corbeau, cinquante, et une carpe, soixante-dix...

55

Sortie de lycée

Guy et Ferdinand sont assis sur un banc, pas loin de la
sortie de l'établissement. De là, ils peuvent voir l'heure à l'horloge et surveiller les entrées et les sorties aisément. Ils ont un
peu le trac. À quatre heures et demie, la sonnerie retentit, les
portes s'ouvrent, les élèves sortent en courant dans la rue. Ils
se lèvent du banc. Un groupe de jeunes gens se forme pas loin
d'eux, ils sont bruyants, discutent tous en même temps, cha-
hutent, se donnent de grands coups avec leurs sacs. Les deux
hommes s'approchent, Ferdinand se racle la gorge, s'excuse
de les déranger, mais il aimerait leur poser une petite question. Tous s'arrêtent en même temps, le regardent de travers.
Ferdinand, mal à l'aise, demande si par hasard, l'un d'entre
eux ne serait pas à la recherche d'un logement. Les garçons
ont l'air méfiants. C'est qui ces deux vioques, qu'est-ce qu'ils
veulent, bizarre de faire la sortie d'un lycée à leur âge, ils
sont pas clairs... Mais l'un des garçons les reconnaît, il les
a déjà vus au café de son oncle, ce sont des paysans à la
retraite. Rassurés, ils se concertent. Ah mais oui, c'est Kim
qui va bientôt se retrouver SDF! Ils crient son nom. Il finit
par arriver en traînant des pieds. Keskispass? Effectivement,
les gens chez qui il loue sa piaule veulent la récupérer, il va
devoir jarter dans pas longtemps. C'est quoi le plan? Les
deux bonshommes, là, ils ont peut-être un truc. Cool, et le
loyer, c'est combien? Ferdinand et Guy lui proposent de
venir s'asseoir sur le banc pour discuter tranquillement.

Alors voilà, en fait, ils ont bien une chambre, mais ce qu'ils cherchent surtout c'est quelqu'un qui accepterait de faire quelques heures de travail par semaine dans un jardin potager. C'est malin, se moque le jeune homme, comme par hasard, il est étudiant au lycée agricole ! Sauf qu'il préfère les arrêter tout de suite et être honnête : lui, le jardinage à l'ancienne, c'est pas sa came. Son truc, c'est la culture sans chimie, sinon, laisse tomber. Ferdinand et Guy se regardent, ça colle pour eux. Admettons, ajoute le jeune homme, mais il y a un autre problème : la chambre, combien ils en veulent ? Parce que lui, il est plutôt du genre fauché. À leur tour de se moquer. Guy précise que c'est bien contre quelques heures par semaine de jardinage qu'ils offrent le logement, la nourriture et la blanchisserie. Kim ouvre de grands yeux. Si ça ne tenait qu'à eux, ils concluraient l'accord tout de suite, mais il va d'abord falloir qu'il rencontre la responsable. Et sa colocataire, aussi. Ça ne va pas être facile. La responsable, c'est une vieille chouette acariâtre, très à cheval sur les principes, étroite d'esprit et tout le toutim. Ils s'amusent à noircir le tableau. Mais le môme les écoute sans broncher. Ça n'a pas l'air de l'effrayer. C'est ce qu'ils recherchent, quelqu'un qui n'a pas froid aux yeux. Ils sont conquis. Avec Marceline, ils sont certains que ça va bien se passer. Muriel, en revanche, c'est moins sûr. Kim est chaud. Il aimerait rencontrer la responsable aussitôt que possible. Ni une ni deux, ils décident de l'emmener.

Bien entendu, ils ne l'ont pas prévenue. Donc, Marceline croit que Kim est un jeune étudiant curieux de jardinage, qui vient visiter une ferme pour se documenter. Très naturellement, elle l'emmène voir son domaine. Il n'y a pas grand-chose au potager en hiver, tout est plus ou moins au repos. Mais il y a quand même des poireaux, des choux, de la mâche, des épinards, de l'oseille, des radis noirs. Elle lui explique sa façon de travailler. Il a l'air de s'y connaître, parle compost, rotation des cultures, fleurs à planter entre les rangs pour lutter contre les ravageurs. Elle répond purin d'ortie, décoction de prêle, cendres de bois. Riche en potasse et efficace contre les limaces, aussi. Saviez-vous qu'une limace pouvait vivre six ans ? Ah, c'est ouf, ça ! Et un ver de terre ? Il y en a qui atteignent les dix ans ! Waouh, dingue !

En revenant du potager, trop occupés à discuter, ils passent sans s'arrêter devant le banc où sont assis Ferdinand et Guy, et entrent dans l'ancienne laiterie. Marceline montre à Kim son matériel d'apiculture, ouvre un pot de miel, lui fait goûter. Il aime, en reprend. Elle le trouve adorable, ce garçon, passionné, curieux de tout, il pose des questions pertinentes, c'est intéressant. Cornélius, un autre grand curieux, passe la tête par la porte pour voir de plus près le nouvel arrivant, le renifle, se frotte contre son épaule, lui marche sur les pieds. Il n'est pas le seul à s'intéresser. Depuis son arrivée, Berthe non plus ne le lâche pas d'une semelle.

Ils repassent devant le banc, toujours sans s'arrêter, entrent dans la cuisine. Marceline ressort aussitôt pour annoncer aux deux compères qu'elle a invité le petit à rester dîner. Ferdinand et Guy se congratulent. Leur plan est en train de fonctionner.

Quand Muriel arrive, ils vont la voir, lui expliquent ce qu'ils ont manigancé. Évidemment, elle fait la gueule. Elle était peinarde ici toute seule. Maintenant, elle va devoir partager son espace, changer ses habitudes, ranger ses affaires, laver la vaisselle qui traîne dans l'évier, éviter de faire sécher ses petites culottes et ses soutifs devant le poêle. Ça la fait grave chier, leur histoire. Mais ils la rassurent, les choses ne sont pas encore décidées. Marceline n'est toujours pas au courant et elle peut tout à fait refuser. Muriel soupire, elle aimerait bien que ça se passe comme ça. Elle pousse la porte de la cuisine, le visage fermé, reconnaît Kim, le gars qui bosse quelquefois avec elle au restaurant. Elle l'aime bien, il est marrant ce type-là. Il est étonné de la voir, lui demande ce qu'elle vient faire ici, elle l'invite à visiter son appart.

Avant de se mettre à table, Guy regarde Ferdinand en roulant des yeux. Il veut lui faire comprendre que c'est le moment ou jamais de parler à Marceline. Ferdinand ne peut plus éluder, il s'approche d'elle, lui demande si elle veut bien l'accompagner dehors, il a quelque chose d'important à lui dire. Elle accepte, intriguée. Il commence par évoquer le potager, le fait qu'elle ait tout à gérer toute seule, la masse de travail en plus qu'elle va avoir dès l'arrivée du printemps, surtout maintenant qu'ils sont six à la maison... Tout ça ne sonne pas très naturel, elle l'interrompt, lui demande de parler clairement, d'autant plus que le gratin de patates douces risque de brûler s'ils ne se dépêchent pas de rentrer. Il tergiverse encore un peu, finit par lui raconter leur idée, à lui et à Guy. Elle fait la moue, vexée de n'avoir rien vu venir. Mais elle ne peut pas le nier, elle dormait mal la nuit depuis quelque temps en pensant à tout ce qui l'attendait. C'est sûr qu'avec de l'aide, ça ira beaucoup mieux. Ils marchent, côte à côte, en silence. Juste avant de rentrer, elle veut dire merci, se tourne vers lui, sourit et l'embrasse... sur la joue. En réalité, elle voulait l'embrasser sur la bouche, mais au dernier moment, elle a dévié. La prochaine fois, peut-être. *Może*, elle osera. Non, la prochaine fois, elle le fera, c'est sûr! Ça devient ridicule, toutes ces hésitations, on dirait vraiment des ados.

Voilà.

C'est comme ça que les choses se sont passées le jour où Kim est arrivé à la ferme.

56
Kim la tornade

Kim était tellement pressé de s'installer qu'il a négocié le soir même avec Muriel de pouvoir dormir dans la cuisine sur un lit de camp, en attendant de nettoyer et repeindre la chambre à l'étage. Elle a accepté. Mais au début, elle n'était pas sûre que ce soit une bonne idée. De partager son espace, ça allait l'obliger à s'habiller pour aller aux toilettes, marcher sur la pointe des pieds pour vérifier ce qu'il restait à grignoter dans le frigo, éviter d'allumer la lumière la nuit, ou se retenir de péter quand elle en avait envie. Elle avait pris goût à la vie en solitaire, elle allait forcément regretter. Mais très vite, elle a changé d'avis. Parce que, vraiment, c'était sympa de pouvoir tchatcher avec quelqu'un jusqu'à trois heures du mat, de rigoler à deux comme des baleines, de faire des batailles d'oreillers ou de se raconter des histoires perso, et même quelques secrets. Du coup, tout ce qui aurait pu poser problème au niveau de l'organisation s'est avéré facile à régler. Pour la salle de bains, elle aimait prendre une douche le soir, lui, il préférait le matin. Nickel. Elle avait souvent des insomnies, il était plutôt du genre à comater, à elle, donc, de recharger le poêle la nuit. Parfait. Elle avait le réveil difficile, lui, une fois debout, il était à fond, préparait le café et les tartines et venait lui faire des guilis dans le cou. Génial. Le trajet en vélo pour aller à l'école, c'était l'angoisse, parce qu'en cette saison, il faisait encore nuit, maintenant, à deux, c'était amusant. Cool. Il avait une copine, elle était célibataire et comptait bien le rester, surtout depuis le fiasco de sa dernière *love affair*, ils seraient donc comme frère et sœur. Idéal.

Kim, la tornade. Il est arrivé un mardi soir. Le mercredi matin, il a nettoyé de fond en comble sa future chambre, l'après-midi, il a préparé la peinture (la recette de Marceline à la purée de pommes de terre) et le soir, il a mis la première couche. Le lendemain, jeudi, en rentrant des cours, il a passé la deuxième, et le vendredi soir, il s'est installé.

C'était parfait. Juste un petit problème: internet, ça manquait trop ici. Il a plaidé. La planète, la culture, l'humanité entière étaient à portée de main. Pourquoi refuser le progrès! C'était complètement idiot de ne pas en profiter. Lui et Muriel pourraient leur apprendre à naviguer, à se servir d'une souris, les aider à chercher des infos, à trouver des sites intéressants sur des tas de sujets, jardinage, mécanique, cyclisme, dauphins et baleines, tricotage, filage de la laine, il n'y avait pas de limite. Ils pourraient visiter des musées sans se déplacer de leur fauteuil, écouter des orchestres philharmoniques, voyager dans le monde entier, visiter le Taj Mahal! Ils allaient adorer ça.

Guy s'est renseigné. Par rapport à ce qu'ils payaient déjà, ça ne leur reviendrait pas beaucoup plus cher de prendre un abonnement tout en un, internet-télévision-téléphone. Il a aussi regardé le prix des ordinateurs. Avec les économies qu'ils avaient faites, ils **auraient** largement de quoi en acheter un. Et il a ajouté que les gamins seraient contents. Ils ont tous voté pour, évidemment. Et Muriel a sauté de joie.

Hortense est très excitée, elle veut apprendre à surfer sur le oueb! Cliquer sur le dos d'une souris! Se mettre de profil sur fesse bouc! Elle adore ses deux nouveaux amis, surtout le petit jeune homme, là, elle le trouve rigolo, inté-ressant et beau… ah lala. Il lui rappelle un peu Octave, son mari d'un jour, hein, Simone? Avec ce visage d'ange, on lui donnerait le bon dieu sans confession, t'es pas d'accord? Quand Hortense fait sa midinette, Simone hausse les épaules et soupire. Ça la fatigue. Elle est tellement persua-dée dans ces moments-là de n'avoir que vingt ans, ça ne rimerait à rien de lui rappeler qu'elle en a soixante-quinze de plus. Alors, c'est simple, elle ne dit rien, et elle attend que ça passe, c'est tout.

57

Travaux, projets et informatique

Mois de mars.

Avec Marceline, les travaux au jardin démarrent à peine. Pour produire de quoi nourrir les sept personnes de la maisonnée et avoir, aussi, de quoi vendre sur le marché, Kim et elle ont bien réfléchi, ont fait quelques calculs et en sont arrivés à la conclusion qu'elle allait devoir s'agrandir. Ils ont donc réquisitionné le potager de Ferdinand. Il n'a pas râlé, le jardinage, ça lui faisait mal au dos. Ils ont commencé à préparer quelques parcelles, étalé du fumier d'âne composté sur certains, paillé les autres. Kim a choisi un coin pour planter des boutures de framboisiers et de groseilliers. Il adore ça.

La viande, ça n'est pas trop l'affaire de Marceline, il l'a bien compris. Alors, un soir, il a posé la question à Guy et à Ferdinand. Un petit élevage de poulets, qu'est-ce qu'ils en pensaient? Avant qu'ils aient le temps de répondre, il a ajouté qu'il était prêt à s'en occuper, ça ne lui prendrait pas trop de temps. Et au moins, ils pourraient tous manger de la viande de bonne qualité, de temps en temps. Garantie sans antibio, sans hormones et sans OGM. Les deux hommes étaient très pour. En fait, personne n'était contre. Les légumes, c'était bon, mais tout seuls, à force, ça devenait lassant. Le problème, c'était la nourriture des volailles. Ils sont allés voir le petit champ derrière la ferme. Celui que Ferdinand n'avait pas loué à son voisin Yvon. Il le laissait en friche, il n'y avait que Cornélius qui s'en servait pour l'instant. Kim a proposé de le cultiver, ce seraient ses travaux pratiques. Le tracteur était en bon état, il apprendrait à s'en servir. Et puis, Simone a ajouté que chez elle, quand elle était petite, ils donnaient des orties hachées mélangées aux céréales et ça marchait très bien. Quand ils ont parlé abattage, il a avoué n'avoir pas très envie de s'en charger. Guy, lui, ça ne le dérangeait pas. Bon, ils verraient. De toute façon, Kim connaissait un gars qui était apprenti boucher, il pourrait lui demander, et en échange, lui en donner quelques-uns. Ils se sont tapé dans les mains. Il ne restait plus qu'à trouver les semences et les poussins.

Quand l'ordinateur est arrivé à la ferme, Kim et Muriel ont montré aux vieux comment s'en servir. Hortense n'a rien compris au maniement de la souris, mais a tout de même trouvé ça terriblement passionnant. En revanche,

Guy s'est révélé très doué. Il s'est mis à passer une grande partie de ses nuits blanches à surfer, à naviguer, à explorer la toile. Un matin, au petit déjeuner, il a lancé l'idée de créer un site. Il pensait que ce serait intéressant de faire connaître à d'autres leur expérience, d'expliquer comment ils vivaient tous ensemble, les avantages, les inconvénients, et tout ça. Kim a prévenu: ils ne pourraient pas compter sur lui et Muriel pour les aider, ils n'y connaissaient rien du tout, c'était vachement compliqué. Ça ne les a pas refroidis. Ils ont réfléchi au nom qu'ils allaient lui donner, et Guy a proposé: solidarvioc.com.

Pas très joli, pas très poétique, mais ça voulait bien dire ce que ça voulait dire, alors ils ont dit OK. Et Guy s'est mis au travail.

58

Un léger coup de blues

Un soir, après dîner, alors qu'ils étaient assis dehors – les anciens sur le banc, Hortense dans sa chaise roulante et les deux jeunes sur des tabourets –, Kim, pour la première fois depuis son arrivée, a parlé de ses parents. Ils vivent à une soixantaine de kilomètres de là et ça fait presque cinq mois qu'il ne les a pas vus. Ils lui ont coupé les vivres. Ça faisait trop longtemps qu'il n'en branlait pas une en cours, ils en ont eu marre. Il ne leur en veut pas, à leur place, il aurait fait pareil. Ils lui manquent. Pendant les vacances de Noël, il aurait pu y aller, mais à la place, il était resté travailler au restaurant pour gagner un peu de thunes. Qu'il a claquées en achetant des conneries. Maintenant, il regrette. Parce que... peut-être qu'à force de ne plus se voir, on finit par s'oublier.

Personne n'a rien dit, mais tous ont hoché la tête.

Sa petite sœur a cinq ans, elle s'appelle Mai (il a prononcé *maille*). C'est un prénom vietnamien, il signifie : fleur d'abricot.

Sa mère s'appelle Ai Van (*aille vane*), celle qui aime les nuages.

Forcément, Hortense a demandé ce que voulait dire le sien. Il a bien fallu qu'il réponde.

Kim, ça veut dire : or.

Elle a trouvé ça magnifique. Et puis, elle a demandé le nom de son père. André ? Ah ben, c'est sûr, c'était moins poétique, mais c'était joli tout d'même.

Pendant que tout le monde rentrait se coucher – sauf Guy, qui avait prévu de passer quelques heures devant l'ordinateur pour travailler sur leur site –, Ferdinand a proposé à Kim d'appeler ses parents et de les inviter à venir déjeuner avec eux un de ces jours. Ils seraient tous heureux de les rencontrer, ici. Et puis, comme ça, il pourrait leur montrer l'endroit où il habitait. Oui, il allait leur demander.

59
Ferdinand et ses plaques

— Salut, p'pa.

— Salut, fiston.

— Tu sais pourquoi j'appelle ?

— Comment veux-tu que je sache ? Je suis pas voyant.

— Tu sais quel jour on est, quand même ?
— Oui, pourquoi ?
— Mais parce que...
La voix de Roland se brise. Il sanglote doucement.
— Qu'est-ce qu'il y a, Roland ? Il est arrivé quelque chose ?
— C'est l'anniversaire de la mort de maman et tu ne t'en rappelles même pas.
— Ah, c'est ça...
Ferdinand respire. Il commençait déjà à imaginer des choses terribles. Les enfants malades, Mireille victime d'un accident, le feu au restaurant... Décidément, ce garçon dramatise tout. Ça fait six ans qu'elle est trépassée, l'Henriette. Il a bien eu le temps de s'habituer...
Mais il doit être indulgent.
Roland ne va pas très bien, en ce moment. Il n'arrive pas à se remettre de sa séparation d'avec Mireille. Au début, il avait l'air de bien supporter. Il faisait le gars qui prenait les choses avec philosophie. La vie n'est pas un long fleuve tranquille, qu'à cela ne tienne, il apprendrait à pagayer. Comme pour le prouver, il s'est mis à draguer toutes les femmes qui passaient, surtout quand Mireille était présente, bien sûr. Là, il mettait le paquet. Il avait même fait un plan à Muriel, un soir où elle travaillait au restaurant, c'est elle qui l'avait raconté en rentrant. Bien entendu, elle lui a fait regretter d'avoir eu l'idée. Les vieux, c'était pas son truc, encore moins les gros. Et puis, les choses ont changé du côté de Mireille. Sans prévenir, elle s'est reprise, s'est mise à aller mieux. Ce n'est pas arrivé d'un coup, mais presque. Elle a commencé par arrêter les antidépresseurs, a réduit sa consommation d'alcool, puis elle s'est coupé les cheveux, a changé sa façon de s'habiller et s'est inscrite à un cours de gym. Pour être plus libre, elle a laissé les enfants dormir chez Roland de temps en temps. Puis, plusieurs soirs d'affilée. Le grand changement s'est opéré quand elle a démarré le théâtre, dans une troupe d'amateurs. Ça a été le déclic. Et c'est là que Roland a perdu pied. La chute est devenue vertigineuse quand il

a compris qu'elle avait rencontré quelqu'un. De son âge à elle, en plus. Ça l'a complètement déboussolé. Du jour au lendemain, ses cheveux sont devenus blancs. Il a quarante-cinq ans, et on lui en donnerait soixante. Si ça continue, il va finir par rattraper son père, ce con-là !

Bon.

En attendant, c'est la première fois qu'il l'appelle pour demander de l'accompagner quelque part. Ferdinand ne peut pas refuser. Il lui donne rendez-vous pour dans une heure.

Avant de partir le rejoindre, il fait un tour dans son atelier. Ça fait des mois qu'il l'a déserté. Depuis Gaby. Pour elle, il veut trouver quelque chose de vraiment joli. Que ça plaise à Guy, et puis surtout, que ce ne soit pas gnangnan. Il a le temps. Rien ne presse. Il passe un coup de chiffon sur la plaque d'Alfred qui traîne sur l'établi. Elle est terminée depuis longtemps, il faudrait qu'il aille voir sa famille, leur demander leur avis. S'ils sont d'accord, ils pourraient aller tous ensemble la poser sur sa tombe. Et trinquer à sa santé avec tous ses copains, au café de la place. Momo, Marcel, Raymond, Pierrot et toute la bande.

Un peu plus d'un an, déjà, qu'il a tiré sa révérence, l'animal.

Alfred, dit Cholapin
Bon ferronnier
Bon copain
Père
Piètre mari
N'est pas mort de soif.

Ça va, c'est sobre.

Jacqueline ne risque pas de se froisser, c'est elle qui a demandé le divorce.

Et les enfants peuvent toujours rajouter quelque chose s'ils ont envie, il a laissé la place.

Il en exhume une autre, essuie la poussière pour lire.

À Henriette, mon épouse
Tu m'as pourri la vie pendant quarante ans.
Maintenant, repose.

Celle-ci, il la trouve marrante. Mais il la range dans un tiroir. Il pense que ce n'est pas le moment de la ramener, Roland n'apprécierait pas. Il n'a pas suffisamment de recul, son p'tit gars. Dommage, mais c'est comme ça.

60

Les grues

Il fait encore très froid. Le matin, le sol est couvert de gelées blanches. Mais la qualité de l'air et de la lumière a changé. Tout est plus vif, plus nerveux, les jours rallongent légèrement. Et puis, les grues reviennent. C'est bon signe, ça. Muriel, devant la fenêtre, raconte à Hortense ce qu'elle voit. Elles sont en train de passer juste au-dessus de la ferme, il y a plusieurs grands V, elles crient toutes en même temps, il y en a qui tournent en rond au-dessus de la maison, on dirait qu'elles sont perdues, ah non, ça y est, il y en a une qui a repris la tête, les autres suivent. Hortense voudrait les voir. Mais Muriel ne peut pas la soulever de son lit toute seule, elle le sait bien. Hortense souffle *S'il te plaît, Muriel*. Muriel hésite, c'est pas une bonne idée, en plus, c'est tout un bordel, il faudrait qu'elle débranche tout : la perfusion et aussi l'oxygène. Hortense l'implore. Muriel se décide, Oh et puis, merde, ouvre la fenêtre, appelle Kim. À deux, ils réussissent à l'asseoir dans la chaise roulante, l'emmitouflent dans son édredon, lui enfoncent un bonnet de laine sur la tête. Vite, sinon on va les rater ! Kim prévient :

Accrochez-vous, Hortense, ça va décoiffer. Feu, partez. Il court en poussant la chaise dans le couloir, contourne la table de la cuisine sur deux roues, passe la porte de justesse, arrive dans la cour. Ah! Elles sont là! Il y en a des centaines! Elle n'en a jamais vu autant. Hortense leur parle: Où c'est qu'vous étiez parties tout c'temps? Je vous attendais, vous savez... Elles volent au-dessus de sa tête. Krrrou... Krrrou... Krrrou... De l'eau coule sur les joues d'Hortense. À cause du froid, sûrement. Et du ciel trop blanc. Ça brûle un peu les yeux, ça l'oblige à cligner. Il est temps de rentrer. Oh non, pas encore. Elle aimerait rester jusqu'à ce que les dernières soient passées. Les retardataires, il faut toujours les encourager. D'une voix faible, elle chantonne vers le ciel: Vous inquiétez pas, mes jolies, volez, volez, les autres sont pas loin, vous allez les rattraper...

61
Simone ramène les sous

Guy a pris la voiture pour accompagner Simone en ville, elle a rendez-vous avec son banquier. Il y a deux semaines, elle a signé les papiers de la vente de sa maison chez le notaire. Ça ne lui a rien fait du tout. Ni triste ni contente. En revanche, elle s'est retrouvée avec un gros problème sur les bras: qu'est-ce qu'elle et Hortense allaient bien pouvoir faire de tout cet argent? Son banquier avait des tas d'idées, bien sûr. Mais elle avait besoin de temps pour réfléchir, pour se décider. La précipitation est mauvaise conseillère. Donc, le mieux, c'était qu'elle puisse récupérer la somme et la ramener chez elle. Il a fait les yeux ronds. En petites coupures, ce serait mieux. Déstabilisé, il n'a rien trouvé d'autre à dire que... ça n'était pas facile, il fallait qu'il se renseigne, et puis, ça allait prendre du temps. Elle a demandé combien. Il a répondu deux semaines. Elle a dit que ça ne la dérangeait pas. Voilà, les quinze jours sont passés, elle est au rendez-vous. Et Guy l'accompagne. Le banquier est très prévenant, l'aide à s'asseoir, prend des nouvelles de sa santé et de celle d'Hortense. Simone se méfie. Il cherche à l'amadouer, lui propose... un p'tit café ? Elle dit oui, juste pour l'embêter. Avec trois sucres, s'il vous plaît. Une fois qu'il est hors de la pièce, elle parle bas, dit qu'il ne s'embêtait pas à faire autant de simagrées quand elles n'avaient que leurs pensions à mettre sur le compte. Ni tapis rouge, ni tralala. La seule fois où elles ont eu un découvert – ça, elle s'en rappellerait toute sa vie –, il ne faisait pas du tout cette tête-là. Ah non. Pourtant, ça n'allait pas chercher bien loin, leur affaire, y avait pas de quoi fouetter un chat. Eh ben, si. Il avait été jusqu'à les menacer de saisie ! Avec lettre recommandée et tout ce qui s'ensuit. La trouille qu'elles avaient eue. Elles s'étaient déjà imaginé toutes les deux, jetées en prison, les cheveux rasés, en pyjama rayé et les fers aux pieds. Guy hausse les sourcils, elle regarde vraiment trop les séries américaines à la télé. Oui, oui, tu peux hausser les sourcils, gamin, mais t'imagines pas ce qu'on a enduré. On n'en a pas fermé l'œil pendant des jours et des nuits avec Hortense. Et maintenant, regarde-moi ça, c'est sourires, courbettes et compagnie. Ils ont pas de fierté, ces gens-là. Moi, j'te l'dis, Guy, les banquiers, c'est comme les assureurs, c'est tous des voleurs ! Là-dessus, Guy est plutôt d'accord. En attendant, c'est difficile de faire sans, alors il aimerait réussir à la convaincre de ne pas emporter tous ces sous avec elle dans son sac en imaginant les cacher sous son matelas. Trop risqué. Mais elle est têtue, Simone. Quand elle a décidé quelque chose... Elle veut ré-flé-chir ! Et en parler avec Hortense, si elle a encore la tête à ça, la pauvre. C'est tout.

Elle referme son sac, se lève pour partir. OK. Eh ben alors, on rentre. Le banquier reste assis, le regard dans le vide et les jambes coupées.

Quand ils arrivent à la ferme, Hortense est dans sa chaise au milieu de la cour. Muriel et Kim, de chaque côté, ont l'air un peu gênés.

— Vous êtes fous de la laisser dehors par ce froid !

— Elle voulait voir les grues...

— Mais ce qu'elle veut, c'est pas forcément bon pour elle, vous savez bien !

Hortense fait signe à Simone d'approcher, sa voix est faible, elle ne peut plus que chuchoter.

— Je les ai vues.

— Oui, mais...

— C'était beau.

Simone soupire, l'embrasse sur le front, puis pousse la chaise vers la maison. Kim et Muriel l'aident à la faire entrer.

Le soir même, après dîner, quand tout le monde s'est retrouvé dehors, sur le banc et les chaises pour boire un café, elle est venue leur annoncer très calmement qu'Hortense allait les quitter, c'était une question de jours, maintenant. C'est elle qui l'avait prévenue. Les grues, c'était le signe qu'elle attendait. Elle voulait partir avec elles, les accompagner.

62

Manque de sel, mon œil !

Ludo s'assied sur le bord du lit, plante son doigt dans la couverture.

— P'pa, tu dors ?

— Mmmm.

— Tu veux une aspirine ?

— Mmmmnon.

— T'as pas mal à la tête, aujourd'hui ?

— Mmmj'crois pas…

— Ah bon.

— Où est ton frère ?

— Tu te rappelles pas ? Il a voulu rentrer chez maman hier soir.

— Ah oui, c'est vrai. Quelle heure il est ?

— Neuf heures et demie.

— Ah, la vache ! Mais pourquoi tu m'as pas réveillé avant ?

— J'étais trop occupé.

— Qu'est-ce que t'as fait ?

— Un truc.

— Quel truc ?

— Dans la cuisine.

— Ouh la, j'espère que t'as pas mis trop le bordel…

— J'ai tout rangé après.

— Après quoi ?

— Mon travail.

— Mais de quoi tu parles, Ludo ?

— T'as qu'à venir voir.

— Bon. J'espère que t'as pas fait de conneries, hein.

Roland enfile une robe de chambre et des charentaises et descend lourdement l'escalier. À mi-chemin, il hume l'air, se tourne vers Ludo.

— Il sent bon, en tout cas, ton *truc*.

Ludo sourit légèrement, il a un peu le trac.

Dans la cuisine, Roland soulève le torchon et découvre une grosse miche de pain, dorée et craquante.

— C'est toi qui as fait ça ?

— Oui.

— Tout seul ?

— Ben oui.

— J'en reviens pas…

— Tu veux goûter ?

— Y a intérêt !

Il en coupe deux tranches. Ils croquent dedans en même temps.

   – Mais, dis donc, il est craquant, moelleux, la mie est élastique, bien aérée, très parfumée... Où t'as appris à faire ça, toi ?

   — C'est le copain de maman, il est boulanger.

   — Ah.

Roland encaisse le coup, fait semblant de ramasser une miette tombée par terre. Et puis, il se redresse en grimaçant, sa main appuyée sur le côté gauche de sa poitrine, le visage rouge, il se racle la gorge.

   — Bon, j'ai quand même une petite critique à faire, hein. Pour être complètement honnête, ça manque de sel. Et tu vois, Ludo, c'est dommage, parce qu'avec le pain, c'est le genre d'erreur qui ne pardonne pas.

Ludo remonte dans sa chambre en courant, se jette sur le lit, enfouit sa tête dans l'oreille pour étouffer son cri... gros naze ! Une fois calmé, il sent une présence derrière lui, sort la tête de l'oreiller, se retourne brusquement pour faire face. Roland est penché au-dessus de lui, l'air ahuri, les cheveux ébouriffés, le tour des yeux tout gonflé et un petit sourire un peu niais. Il murmure : *Pardon, Ludo, il est parfait, ton pain. Je suis un gros naze, et en plus, je suis jaloux. C'est terrible...*

En l'aidant à préparer la cuisine pour le service du midi, Ludo a expliqué à son père comment il avait fait. D'abord, le levain. Fastoche. Il faut juste de l'eau et de la farine, tu laisses près du poêle et quand ça fait des bulles, tu rajoutes un peu de farine et de l'eau tous les jours pour le faire grossir. Le sien avait déjà deux semaines, il en avait ramené un bout de chez lui pour préparer ce pain-là. Et pendant qu'il faisait les comptes avec Mireille, hier, il était allé dans la cuisine, avait mélangé : 80 grammes de levain avec 400 grammes de farine, 350 millilitres d'eau tiède et une cuillère et demi à café de sel, il avait bien touillé et il était monté discrètement dans sa chambre avec le bol de pâte, pour la laisser lever toute la nuit près du radiateur. À sept heures, il était descendu sans faire de bruit, avait plié la pâte et l'avait laissée lever une deuxième fois, pendant qu'il faisait ses devoirs. Et à neuf heures, il l'avait mise au four. Voilà, p'pa. C'était pour te faire la surprise.

Ça a achevé d'émouvoir Roland. Et pour lui prouver son admiration, il a mangé la moitié de la miche avec du fromage et du vin. Il trouve son fiston épatant.

63
Une longue nuit (1re partie)

La Malonette tourne en rond dans la cuisine. D'habitude, c'est son endroit préféré, là où elle dort, où il fait chaud, là où elle reçoit des caresses et, le matin, de quoi manger. Mais la nourriture, pour l'instant, ce n'est pas ce qui la préoccupe, elle n'a pas faim du tout, et les caresses, elle s'en fout. Elle cherche un coin tranquille pour se poser, c'est tout. Ici, il y a trop de monde. Ça n'arrête pas de circuler. De fourgonner, de remuer dans tous les sens. Il n'y a que la nuit que ça se calme. Et encore, pas sûr. Parce qu'il y a Berthe. Et ses rêves de courses folles après d'étranges animaux. Elle couine de terreur ou jappe d'excitation, suivant celui sur lequel elle tombe. C'est énervant. Ça énerve particulièrement Mo-je. Mais lui, il est spécial. Il n'y a pas longtemps, il a failli lui crever les yeux en lui sautant sur la tête et en plantant ses griffes, tellement elle l'avait exaspéré. Il a les nerfs à vif et des réactions disproportionnées, et en plus de ça, il est jaloux comme un tigre, ce matou. Donc, la cuisine, non. Elle va voir ailleurs, prend le couloir, tourne à droite, la porte est entrouverte, elle entre dans la chambre des deux petites vieilles dames. C'est paisible et il fait chaud. Elle tombe sur le grand sac de pelotes de laine de toutes les couleurs, pense pendant une seconde que c'est pile poil ce qui lui faut. Mais se ravise, parce que quelque chose… elle sent qu'il y a quelque chose… Voilà. Sur le lit de gauche, une ombre vient de passer et un très léger souffle d'air l'a accompagnée. Froid. Peut-être est-ce l'âme d'Hortense qui s'enfuit. Malonette fait demi-tour et quitte la pièce au petit trot.

Finalement, elle décide de s'installer derrière la cuisinière à bois chez Kim et Muriel. Cette cuisine-là est plus tranquille. Mo-je ne pensera jamais à la chercher ici et Berthe ne risque pas de l'embêter avec ses rêves à la noix. Elle s'allonge sur le côté, son cœur accélère, elle se relève, se tourne, ne trouve pas de position confortable, son ventre durcit, on dirait une pierre, ses pupilles sont dilatées. C'est la première fois qu'elle a aussi mal. Elle est inquiète. Les petites bêtes qui remuaient en elle, jusque-là, ne bougent presque plus, comme prises dans un étau, lui appuient sur les côtes. La douleur l'empêche de respirer. Elle se met à ronronner pour essayer d'apprivoiser sa peur.

À trois heures, Muriel se lève pour aller faire pipi. Comme toutes les nuits, elle ne tire pas la chasse. A priori, de là-haut, on n'entend rien, mais elle préfère, on ne sait jamais. Et puis, elle pense qu'il faut faire gaffe à l'eau. Arrêter de la gâcher sans arrêt. De la faire couler pour rien. Pendant qu'on se brosse les dents, en se lavant les mains ou en faisant la vaisselle. Ah là, c'est carrément l'horreur. Putain, qu'est-ce qu'on gaspille, c'est dingue ! Muriel prend conscience de l'environnement, c'est nouveau. Elle est d'accord avec Kim, il faut arrêter d'être cons, de se laisser manipuler comme des moutons. Il faudrait tout remettre en question. Devenir les artisans de nos vies, se prendre en charge, assumer nos déchets, merde, quoi ! OK. Mais elle n'en est pas encore arrivée au point d'accepter de passer aux toilettes sèches ! Ça, vraiment, ça la gonfle de devoir chier et pisser dans un seau de litière, comme les chats d'appartement ! Pourtant, il met beaucoup d'énergie à essayer de la convaincre. Elle et les autres habitants de la ferme. Pour l'instant, personne n'est très chaud, à part Marceline, mais elle, elle connaît déjà. Il veut leur faire rencontrer d'autres gens qui ont adopté le système pour qu'ils puissent poser des questions directement, un genre de forum. Ce qui les rend le plus sceptique, ce sont les problèmes d'odeur. Et puis, la manipulation des seaux hygiéniques, n'est-ce pas absolument malcommode, dégoûtant, archaïque? Et puis, franchement, est-ce que le compost réalisé à partir des déchets humains est vraiment bon pour la fertilisa-tion? Quid des germes pathogènes, tout de même? Sont-ils détruits durant le compostage? Il va les brancher sur un blog pour pouvoir échanger avec des spécialistes. Ça va être marrant de voir les vieux chatter sur le net.

En ressortant de la salle de bains, Muriel hésite, n'a pas très envie de retourner se coucher tout de suite, va voir dans le frigo s'il n'y a rien d'intéressant. Il est vide. Sur la table, quelque chose attire son attention. Tiens, un maga-zine et une plaquette de chocolat! D'où ça sort, ça? Elle ne se demande pas longtemps, s'assied sur le banc, se casse un petit carré, le déguste en tournant les pages de la revue. À un moment, elle entend un bruit. On marche, là-haut. Les pas s'engagent dans l'escalier. Muriel lève les yeux, regarde arriver... des pieds nus, puis des jambes, un long tee-shirt blanc et... une tête de fille. C'est une nouvelle, celle-là, elle ne l'a jamais vue avant.

— Salut.
— Salut.

Elle replonge le nez dans le magazine.

— Les toilettes, c'est la porte là-bas.
— Merci.
— La nuit, j'évite de tirer la chasse, alors si tu peux...
— Ah, y a pas de toilettes sèches, ici?
— Ben, on n'a pas encore commencé.

La fille fait la grimace. Quand elle revient, elle s'assied le plus près possible du poêle pour se réchauffer les pieds.

— Moi, c'est Suzanne. Et toi?
— Muriel.

Et puis, là, dans le silence, un miaulement rauque. Ça les prend aux tripes. Elles se regardent, se penchent pour voir derrière le poêle.

— Mais qu'est-ce que tu fais là, ma p'tite Malonette ?

64
Une longue nuit (2ᵉ partie)

Muriel et Suzanne se sont assises toutes les deux par terre à côté de la Malonette.

Et elles ont passé le reste de la nuit à la caresser, à lui tenir la patte, à lui parler doucement dans le creux de l'oreille... *T'inquiète pas, ma douce, ma toute belle... ça va aller... c'est dur, mais tu vas y arriver... allez, il faut pousser, maintenant... oui, encore... c'est bien, tu y es presque... voilà... il est beau ton bébé, bravo, ma minette... oh, il y en a un autre...*

Au petit matin, elle a fait le dernier.

Il ne restait plus qu'une heure avant de se lever pour aller en cours, ça ne valait plus la peine de se recoucher, alors Muriel et Suzanne ont préparé du café et des tartines grillées et se sont mises à tchatcher. En commençant par les études : graphisme pour Suzanne, école d'infirmières pour Muriel... Eh, c'est marrant, ma tante est sage-femme... Sans déconner ? Mon dernier stage, je l'ai fait à la maternité... Ah ben, t'as dû la rencontrer. Elle est mate, un peu ronde – enfin, comme toi, quoi –, elle porte des lunettes et elle est complètement dyslexique !... Non, ça me dit rien... Je te la présenterai, elle est cool, tu verras... Ça tombe bien, j'ai plein de questions à lui poser pour mon rapport de stage...

Et puis, elles ont parlé d'autre chose. Les garçons, ça a été vite fait: Suzanne a levé les yeux vers le plafond en faisant la moue, et Muriel a fait la moue en regardant vers le sol. C'était clair, pas la peine de s'étendre, elles ont attaqué d'autres sujets. La musique, le cinéma, les voyages qu'elles rêvaient de faire un jour, et puis, leurs rêves, tout court. Elles sont devenues copines au point de pouvoir se parler de tout sans prendre de gants. Et Suzanne a évoqué le problème de poids. Muriel ne l'a pas mal pris. Au contraire, elle avait besoin d'en parler. Elle a admis que ça faisait plusieurs mois – et comme par hasard, ça coïncidait avec l'hiver, la couche de gras contre le froid... – elle avait faim sans arrêt. Mais, ça y était, elle avait décidé de se mettre au régime et de faire des exercices pour ses abdos. Sinon, l'été prochain, le maillot de bain, elle pourrait faire une croix dessus! En même temps, elle disait ça, mais elle s'en fichait un peu, au fond. Primo: elle n'irait sûrement pas en vacances à la mer, elle n'avait pas un rond. Deuxio: la piscine, c'était pas sa came. Elle était Taureau. Et c'est bien connu, les Taureaux détestent l'eau! Mais là, Suzanne n'a pas du tout adhéré. Parce que, justement, elle avait lu récemment quelque part que, contrairement à ce qu'on pouvait penser, les Taureaux...

Quand le réveil a sonné, Kim a été surpris. D'abord, de se retrouver tout seul dans son lit, ensuite de voir les deux filles, en bas, en train de discuter comme de vieilles amies, et enfin, de découvrir que Malonette avait fait quatre petits.

Ce n'est qu'en revenant de cours, ce jour-là, que lui et Muriel ont appris pour Hortense.

Ça les a drôlement secoués. Surtout Muriel. Elle a pris sur elle d'entrer dans la chambre pour saluer le corps d'Hortense une dernière fois, elle sentait que c'était important pour Simone. Si ça n'avait tenu qu'à elle, elle ne l'aurait pas fait, les morts, ça l'impressionne. Mais elle n'est pas restée longtemps, sa tête s'est mise à tourner et elle a failli tomber dans les pommes. Guy et Ferdinand l'ont soutenue jusqu'au canapé pour qu'elle puisse s'allonger un moment. Quand elle s'est relevée, ça allait mieux, mais elle a préféré aller se coucher directement et sans manger. Ça lui avait un peu retourné l'estomac.

65
Comme on pouvait s'y attendre...

... peu de temps après la mort d'Hortense, Simone a commencé à perdre de l'intérêt pour ce qui l'entourait. Mais Guy veillait. Il a tout de suite repéré les petits détails qui ne trompent pas. Elle se couchait tous les jours un peu plus tôt, dormait de plus en plus tard, ne faisait aucun effort de coiffure, ne s'asseyait plus que très rarement avec les autres sur le banc, le soir après dîner. En revanche, elle était capable d'y rester des heures toute seule pendant la journée, sans bouger, sans rien faire, à regarder le ciel et les nuages passer. Et dès que quelqu'un s'approchait, elle se levait et s'enfuyait en prétextant quelque chose à faire de pressé. Encore plus grave, elle n'avait plus d'appétit. Et ça, ça ne lui ressemblait pas du tout, en temps normal, c'était une gourmande. Sauf qu'évidemment, plus rien n'était normal pour elle, maintenant. Sa moitié, sa belle-sœur Lumière s'était éteinte, elle ne savait plus quoi faire ni à quoi se raccrocher, ou tout simplement si elle avait encore envie. Quand on lui posait une question, elle s'interrompait au milieu de sa phrase, haussait les épaules et murmurait *Quelle importance, de toute façon*. Guy était passé par là, il n'y avait pas si longtemps, il connaissait par cœur. Il s'est donc mis à chercher le moyen de l'empêcher de sombrer. Pas facile, Simone était encore plus têtue que lui. Et bien plus vieille. Ça allait être coton...

66

La ferme d'Yvon

Ferdinand frappe à la porte de chez Mireille. Il ramène les p'tits Lu de week-end. Ce n'est pas elle qui ouvre, c'est Alain, le fils d'Yvon. Les enfants lui sautent dans les bras. Ferdinand s'étonne de le voir là, lui pince la joue en disant qu'il a drôlement poussé depuis la dernière fois, lui donne de grandes claques dans le dos. Le jeune homme est gêné, l'invite à entrer. Ils sont en train de prendre l'apéritif avec papa, venez donc vous joindre à nous. Ça tombe bien, Ferdinand avait justement prévu d'aller le voir pour lui demander quelque chose. Ils vont pouvoir en parler. Mais avant même qu'il commence, Yvon attaque direct sur son projet personnel. Il le prend à témoin en parlant du fiston. Le gamin a décidé de prendre une autre voie que la leur. C'est comme ça, c'est la vie. Bon, il est dans la boulange. Finalement, c'est logique : le père produit le grain, le fils fait du pain avec. Sauf que, lui tout seul, il commence à peiner. Il a les hanches qui s'enrhument, faudra bien qu'il y passe aussi, sur le billard, un de ces quatre. Ferdinand fait le spécialiste, le rassure, l'opération, c'est rien du tout. Lui, il a pu recavaler comme un lapin à peine quelques semaines après, avec sa prothèse. Comme neuf, le gars. Bon, Yvon dit que tant qu'il peut encore monter sur le tracteur, il préfère repousser à plus tard. En tout cas, ça y est, il est décidé : il va prendre sa retraite. Pas tout de suite, tout de suite, hein. Mais d'ici un an ou deux. En attendant, pour l'aider, il veut prendre un apprenti. Si par la même occasion, ça peut aider un môme à mettre le pied à l'étrier, c'est bien. D'autant plus que si ça colle, il envisagerait de lui céder la ferme et ses terres, à son départ, ce serait bien pour tout le monde. Ferdinand est ébahi. Il lui parle de Kim, un petit gars très gentil, très bosseur. Yvon l'interrompt. Il l'a déjà rencontré, c'est à lui qu'il pensait, évidemment. Mais

il veut faire du bio, lui ! Oui, et il a raison, c'est l'avenir.
Ferdinand est de plus en plus étonné. Yvon avoue ne plus
avoir le courage de se lancer dans un truc nouveau, mais
que ce n'est pas une raison pour mettre des bâtons dans
les roues des jeunots ! Ferdinand se demande s'il n'est pas
en train de plaisanter, le père Yvon. Pourtant il n'a pas bu
plus que d'habitude. Il est sérieux. Son fils hoche la tête,
pour le confirmer. Mireille, à côté de lui, aussi. Alors, lui
qui avait l'intention d'aller le voir pour lui demander – un
peu comme une faveur, quand même – de récupérer un des
champs qu'il lui loue pour que Kim puisse le cultiver, il est
vraiment baba. L'Yvon, il a un truc béton à proposer au
petit, là... Eh bé.

67

Samedi soir, pleine lune

Assis côte à côte sur le banc, Ferdinand et Marceline
comptent les étoiles. Ou plutôt, ils essayent. Mais bien sûr,
c'est impossible, il y en a trop ! Le fond de l'air est frais,
Marceline se rapproche. Il ferme les yeux, ravi et, en même
temps, intimidé. Un quart d'heure plus tard, elle penche
la tête vers son épaule, s'y appuie très légèrement. C'est la
première fois. Il frissonne. Elle aussi. Ils ne bougent plus
du tout, respirent à peine. Mais ça s'arrête là. Parce que
Kim, en caleçon, ouvre la porte de chez lui à la volée – ils
sursautent – et court vers eux, affolé.

— Muriel s'est enfermée dans la salle de bains, je crois
qu'elle est malade, ça fait une heure qu'elle pleure !
Ils foncent.
Marceline parle à travers la porte.

— Qu'est-ce qu'il se passe, Muriel ? Ça ne va pas ?

— J'ai mal…

— Ouvre la porte.

— Je ne peux pas…

— Essaye, s'il te plaît.

— Je ne peux pas bouger, j'ai trop mal au dos…

En faisant glisser la lame d'un couteau le long du chambranle, Kim réussi à soulever le crochet, pousse la porte. Muriel est affalée dans le bac de douche. Marceline s'accroupit, la prend dans ses bras, la berce, lui demande où elle a mal. Fébrile, Muriel attrape sa main, la pose sur son ventre. Il est dur comme une pierre. Marceline a un mouvement de recul. Muriel s'affole

— Je vais mourir, c'est ça ?

— Non, bien sûr que non. Mais, je ne comprends pas… Pourquoi est-ce que tu n'en as pas parlé avant ?

— Parlé de quoi, Marceline ? Parlé de quoi ?

Une nouvelle contraction lui arrache un long gémissement, il monte, monte, s'amplifie, finit dans un cri. Marceline la serre dans ses bras. T'inquiète pas, ma douce, ma toute belle… ça va aller… on va faire venir une sage-femme ou un médecin, ils vont t'aider… Muriel se tourne vers elle, hébétée. Son regard reflète une totale incrédulité. Et Marceline comprend qu'elle découvre elle aussi seulement à cette seconde ce qui est en train de lui arriver. Elle caresse son visage… *Pauvre petite puce…* Elle va chercher Kim et Ferdinand, ils l'aident à la transporter jusqu'à sa chambre, elle l'installe sur le lit, lui cale le dos avec des oreillers, ressort, demande aux deux hommes de trouver quelqu'un, un médecin ou une sage-femme, vite ! Ils n'ont pas l'air de comprendre ce qu'elle dit Marceline les supplie de se dépêcher, c'est urgent. Kim et Ferdinand, inquiets, retournent dans l'autre aile de la maison pour téléphoner. À mi-chemin, Kim se rappelle que… la tante de Suzanne est sage-femme ! Il part en courant chercher son portable dans sa chambre. Il est une heure du matin.

Marceline caresse la tête de Muriel, lui parle doucement dans le creux de l'oreille... *Ça va, ma petite fille... ne
t'inquiète pas... Kim a téléphoné, la sage-femme va arriver...*
Mais à ce stade, Muriel souffre depuis des heures, c'est
trop long, elle voudrait que ça s'arrête maintenant. Tout
de suite. Elle a tellement crié qu'elle n'a plus la force de
prononcer un seul mot, elle ne peut que balancer sa tête
de droite à gauche, la seule chose qu'elle arrive encore à
exprimer. Non. Non. Non.

Et le temps passe. Et les contractions se succèdent.
Inlassablement, la ravagent. Puis, il y en a une plus
douloureuse que les autres. Qui lui arrache les entrailles.
Le sommet de la tête du bébé apparaît. Marceline sait
qu'il ne faut plus attendre. *Ma petite Muriel... on va l'aider à sortir... écoute-moi... je te dirai quand pousser, d'accord?... c'est bien, inspire... vas-y, maintenant, pousse...
oui... oui... oui... c'est bien... encore une fois... pousse...
encore... encore... encore... ça y est presque... encore, plus
fort... voilà, sa tête est sortie... tu as fait le plus difficile...
une dernière fois... ça y est, il est là, tu as réussi... bien-
venue, petit ange... Muriel, c'est une fille...* Marceline est
émue, elle couvre le bébé avec un drap pour qu'il n'ait pas
froid, se penche pour le poser dans les bras de Muriel,
mais celle-ci se détourne. Elle ne veut ni regarder ni
toucher. Marceline a très envie de pleurer, mais elle se
retient.

Il est deux heures du matin. Guy et Kim sont postés
sur le bord de la route, juste avant la patte-d'oie. Ils
ont chacun une lampe de poche à la main. La voiture
de la sage-femme arrive, ils font de grands moulinets
avec leurs bras, lui indiquent le chemin à prendre pour
rejoindre la maison. Dans la cour, Ferdinand prend
le relais, ouvre la porte, la fait entrer. Elle est gaie, ses
gestes sont vifs et précis. Marceline est soulagée. Marie
explique qu'elle a fait aussi vite qu'elle a pu, mais quand
elle a reçu l'appel, elle était encore en salle d'accouche-
ment. Les bébés arrivent souvent les nuits de pleine lune.
Et en fin de semaine, aussi, c'est comme ça! Elle ausculte

l'enfant, coupe le cordon, le ligature, s'occupe de Muriel, vérifie qu'elle a tout expulsé, pose des questions sur la façon dont les choses se sont déroulées, félicite tout le monde d'avoir si bien travaillé. Mais elle comprend qu'il y a un problème, Muriel n'a pas un regard vers le bébé, même quand il commence à pleurer. Alors Marceline s'approche, caresse la main de Muriel, se penche à son oreille, lui demande à voix basse si elle veut parler de ce qu'il se passe ou si elle préfère la laisser commencer. Elle préfère. Les deux femmes quittent la chambre avec l'enfant. Muriel tourne la tête vers le mur et se met à pleurer doucement.

68

Dimanche

À six heures, quoique réveillée depuis longtemps par tout ce remue-ménage, Simone s'est enfin décidée à aller voir ce qu'il se passait dans la cuisine. Et elle a vu : Marceline était en train de préparer un biberon et Guy, un bébé dans les bras, marchait à grands pas à travers la cuisine, en essayant de calmer ses pleurs. Et là, son sang n'a fait qu'un tour. Elle s'est avancée vers lui, l'air décidé et les sourcils froncés : Tu crois vraiment que c'est une façon de traiter un enfant ? Tu le secoues comme un prunier, le gamin, pas étonnant qu'il pleure ! Guy l'a mal pris. Mais, aussitôt, il a réalisé : la Simone était de retour ! D'autorité, elle s'est assise dans un fauteuil et a tendu les bras, il y a déposé le nouveau-né, et, comme par magie, ses pleurs ont cessé. Vexé, il est sorti en prétextant du travail en retard. Bien sûr, en apprenant que ce bébé était celui de Muriel,

Simone s'est fâchée. Parce que, franchement, ce n'était pas correct du tout de ne lui avoir rien dit avant! Non mais, mettez-vous à ma place, de quoi j'ai l'air maintenant... Et Marceline lui a expliqué. Elle a très vite compris. Parce qu'un jour, avec Hortense, elles avaient regardé un film à la télé qui parlait de ce sujet. Ça les avait frappées. Au point de se rappeler de l'expression utilisée pour qualifier le problème. Alors, elle aussi, elle a eu un déni de grossesse, la pauv' petiote? Marceline a hoché la tête. Bon. Et maintenant, qu'est-ce qui allait se passer? Là, Marceline n'a pas su quoi répondre. Mais, pour l'instant, le bébé avait faim, et il lui restait encore des tas de choses à faire. Alors après l'avoir bien calée dans le fauteuil, elle lui a tendu le biberon, et l'a laissée se débrouiller toute seule. Simone a nourri l'enfant, l'a gardé contre elle pour lui faire faire son rot, tout emmailloté dans un tee-shirt 100% coton – Kim trouvait ça important – et une écharpe multicolore, œuvre inachevée d'Hortense, en guise de couverture. C'était la première fois de sa vie que Simone tenait un bébé si petit dans ses bras. Qu'elle pouvait le regarder d'aussi près. Lui parler tout bas sans aucun témoin... *Mais qu'est-ce que tu es jolie, ma pitchounette... et gracieuse, aussi... ah mais oui, que tu l'es, gracieuse tout plein, ma poulette... et, voyez-vous ces p'tites mains... qu'est-ce qu'elles sont fines, ces p'tites mains... avec ces longs doigts de pianiste... et ces p'tits pieds, mais comment c'est possible, d'avoir des pieds si petits, si parfaits, si mignons, dis-moi voir, comment c'est possible, ça, ma p'tite princesse...* Elle devait peser moins de trois kilos, la p'tite princesse. Pas bien épaisse. Et pourtant, au bout d'une heure à peine, Simone avait déjà les bras tout ankylosés. Mais elle n'a rien dit, elle a enduré, sans bouger ni appeler à l'aide. Elle avait trop peur de réveiller le petit ange. Ou peut-être de briser la magie...

Kim a vérifié sur internet, la pharmacie de garde ouvrait à huit heures. À moins le quart, Marceline a pris la voiture de Ferdinand. La petite valise d'échantillons qu'avait laissée Marie pendant la nuit les avait bien dépannés, mais ça n'allait pas durer longtemps. Il allait falloir trouver: du lait maternisé premier âge, des tétines pour les biberons, des couches taille naissance, des serviettes hygiéniques, du sérum physiologique...

Dans l'atelier, Guy s'est remis au travail : il voulait fabriquer un berceau mobile. Un lit facilement déplaçable à travers la maison et qui ne risque pas de verser. Impératif. Alors, après avoir dégoté une vieille poussette dans la grange et l'avoir démontée, il n'a gardé que le châssis et les roues, et a décidé de fixer dessus... la panière à linge en osier de la buanderie. Ferdinand n'a pas trop apprécié. La panière, il en avait justement besoin pour transporter le linge qu'il venait de laver ! Oui, mais le lit, c'était une priorité ! OK, OK. Et Ferdinand a pris un cageot, ça revenait au même, de toute façon. Lui, son travail, ce matin, c'était de trouver de quoi habiller l'enfant. Plus tôt, il était monté au grenier et avait cherché le carton de vêtements, taille bébé, ayant appartenu à Ludovic et à Lucien. Un carton de souvenirs. Pour plus tard. Pour quand ils seraient grands. C'est Mireille qui avait rangé tout ça là-haut, au moment de leur déménagement. Donc, il avait tout descendu, mis les petits vêtements dans la machine à laver, et une fois le cycle terminé, avait étendu près du poêle pour faire sécher : les petits pyjamas minuscules, les brassières fines fines fines, le bonnet trop mignon, les chaussettes de poupée...

Ils allaient bientôt pouvoir habiller et coucher le bébé dans un berceau. Si, toutefois, Guy trouvait une solution pour mieux arrimer la panière au châssis. C'était trop bancal encore, pas assez solide, d'après Ferdinand. Il lui a proposé de lui donner un coup de main, et Guy lui a dit d'aller *voir ailleurs si j'y suis !* Ferdinand est parti en grognant que vraiment il *avait la tête près du bonnet, ce gars-là !* Tout le monde était un peu à cran. Normal, ils manquaient de sommeil. Ou peut-être que la pleine lune leur tapait sur le système...

Dans l'autre aile.

Kim, vers neuf heures, a préparé un petit déjeuner pour Muriel. Elle n'avait pas faim, mais voulait se lever.

Il a donc proposé de l'aider à marcher jusqu'à la salle de bains, mais elle l'a repoussé très sèchement, préférant se tenir aux murs et s'accrocher aux meubles que d'accepter son bras. Frustré, il est sorti faire un tour dehors. Il est allé voir si ses poulets allaient bien, a salué Cornélius qui sortait de chez lui, et a décidé d'aller travailler au potager. Il avait vraiment besoin de se défouler.

En rentrant de la pharmacie, Marceline est passée voir Muriel. Elle était assise près du poêle avec la Malonette sur les genoux, et jouait avec les petits chatons. Elle a trouvé ça troublant. Et puis, elle s'est assise à côté d'elle et elles ont parlé de choses et d'autres. Mais Muriel n'a posé aucune question sur le bébé. Marceline s'est dit qu'il allait falloir être patient. La sage-femme devait repasser la voir dans la journée, elles en reparleraient ensemble à ce moment-là. Ça allait s'arranger.

En fin de matinée, Guy est arrivé en poussant le berceau mobile devant lui. Bien sûr, Kim, Simone, Ferdinand et Marceline ont applaudi. C'est sûr, c'était un berceau spécial. Mais vraiment très maniable, souple et stable à la fois. Bravo. Ça lui a fait plaisir.

Finalement, après avoir bien réfléchi, ils ont installé le bébé et le berceau dans le petit salon attenant à la chambre de Simone. Elle n'y allait plus du tout depuis le départ d'Hortense. Et la chambre de Marceline se trouvait juste en face. Sans parler – cerise sur le gâteau – que c'était la pièce la plus proche de l'autre appartement! Il suffisait de dégager le meuble dans le couloir qui condamnait la porte de communication, et Muriel pourrait venir voir son petit quand elle voudrait.

Ils ont dégagé le meuble devant la porte.

Mais Muriel n'est pas venue.

69

Gardien de nuit

Guy avait préparé un planning, au cas où, l'*organimôme*, et d'office, il s'était inscrit pour la garde de nuit. Normal, il est le plus insomniaque de tous. Mais il avait été bien inspiré. Marceline était épuisée, Simone aussi, et comme lui et Ferdinand avaient fait la sieste pendant la journée, ils ont tout naturellement pris le relais. Et les deux femmes sont allées se coucher après dîner. En première partie de soirée, ils ont travaillé en tandem. Le bébé s'est réveillé vers vingt et une heures trente. Ils sont arrivés au galop dans la chambre. Au-dessus du berceau, ils se sont concertés. Tu la prends ? Non, vas-y, toi. Mais tu crois pas que. Mais non, voyons. Finalement, c'est Ferdinand qui l'a prise dans ses bras. Et il s'est promené de long en large dans la cuisine jusqu'à ce que le biberon soit prêt. Guy a bien suivi toutes les consignes laissées par Marceline, ça s'est très bien passé, il n'a rien cassé ni renversé, la température était parfaite et le bébé n'a pas pleuré longtemps. C'est quelques minutes plus tard que les choses se sont corsées. Quand, après une longue et douloureuse lutte, le petit ventre de l'enfant a soudain lâché un bruit tout à fait disproportionné par rapport à sa taille, du genre siphon d'évier qui se vide, et que l'odeur les a presque incommodés. Grosse inquiétude. Ils allaient devoir changer… la couche. Ni Guy ni Ferdinand ne l'avaient jamais fait. Guy, parce qu'il n'avait pas eu d'enfant, et Ferdinand, bien qu'ayant eu deux fils, ne s'était jamais retrouvé dans la situation de devoir le faire, sa femme s'étant toujours occupée de tout. Mais là, ils étaient seuls. Ils allaient devoir se débrouiller. Ça leur a pris un quart d'heure. Enfin, la petite s'est endormie et ils ont pu souffler.

Affalés sur le canapé du salon, ils n'ont pas allumé la télé, pour être sûrs d'entendre tous les bruits venant de la chambre du bébé. Et la lueur de la pleine lune éclairant suffisamment la pièce, ils n'ont pas allumé la lumière non plus. Après un long silence, ils se sont mis à chuchoter.

— Ça va, toi ?
— Ouais, ça va. Et toi ?
— Ça va.
— Mmmm.
— Je me demandais… tu regrettes pas ?
— Pas du tout.
— T'es sûr ?
— Certain.
— Ça en fait du monde, hein…
— Ouais.
— On aurait jamais pensé…
— Ah, ça non.
— C'est vivant.
— Ouais, c'est vivant. Et puis, c'est bien, y a du renouvellement !
— Pffff… arrête, tu me fais rigoler…
— Chut ! tu vas réveiller la petite.
— Oui, oui, j'arrête.
— Eh, Ferdinand ?
— Quoi ?
— Non, rien.
— C'est marrant, hein, des fois on croit qu'on a passé son tour, et puis paf…
— Ouais, c'est dingue.
— T'imagines…
— Mmmm.

Vers minuit, ils ont bondi comme des ressorts au premier miaulement. Cette fois, ils étaient rodés. Le biberon, les doigts dans le nez, et le changement de couche, dix minutes, à tout casser. Des vrais pros. Après ça, Ferdinand est monté se coucher. Guy a eu une petite suée la première fois qu'il s'est retrouvé seul à tout gérer. Mais ça lui a vite passé. Il s'est félicité d'avoir fabriqué le berceau mobile, il a pu emmener l'enfant avec lui dans la cuisine, préparer le biberon d'une main et le bercer de l'autre. Et puis, il y a eu le moment magique. Celui où il s'est assis dans le fauteuil et

643

où il s'est rendu compte que c'était la première fois de sa vie qu'il donnait le biberon à un bébé d'un jour. Qu'il pouvait le regarder, lui parler tout bas sans personne autour. Juste lui et l'enfant... *Bonsoir, petite demoiselle... tu te rends compte, déjà ton anniversaire... un jour tout rond... mais dis donc, tu écoutes bien, toi... ah mais oui, c'est nouveau tous ces sons, ça t'intéresse... tu es drôlement mignonne, tu sais... mais oui... et voyez-vous ces p'tites mains... qu'est-ce qu'elles sont fines, tes p'tites mains... ces longs doigts de pianiste... et ces p'tits pieds, mais comment c'est possible, d'avoir des pieds si petits, si parfaits, si mignons, dis-moi voir, comment c'est possible, ça, ma princesse...*

70
Lundi matin, etc.

Lundi matin.

Encore un peu vaseux, Kim est descendu se préparer un café et prendre une douche. Mais le café était déjà prêt et la douche était occupée. Il lui restait vingt minutes avant de partir, il a trouvé ça juste. Pour gagner du temps, il est remonté chercher son sac de cours et ses fringues, et puis, il est redescendu. Il n'y avait plus de bruit dans la salle de bains, il s'est imaginé que Muriel prenait son temps, se séchait les cheveux en se regardant dans la glace ou se mettait de la crème sur le visage. Pour patienter, il s'est servi un café, l'a bu debout près du poêle. Dix minutes plus tard, Muriel est sortie de sa chambre, habillée, coiffée et maquillée. Kim est resté scotché.

— Qu'est-ce que tu fais ?

— C'est plutôt à toi qu'il faut demander ça. T'as vu l'heure ? T'as pas encore pris ta douche ?
— Je croyais que...
— Grouille-toi. Tu vas être en retard.
Après avoir enfourché sa bicyclette, Kim a hésité, il y avait de la lumière dans la grande cuisine. Muriel avait pris un peu d'avance, il s'est décidé, a appuyé le vélo contre le mur, est entré prévenir qu'ils partaient en cours. Pour être sûr d'être bien compris, il a ajouté : on part, moi et Muriel ! Et il a claqué la porte. Marceline et Simone sont restées coites.

Lundi après-midi.
Après deux heures de travail au potager, Marceline est rentrée. Inquiète de laisser Simone seule trop longtemps avec la charge du bébé. Mais tout allait bien. Elle était très organisée, Simone, on aurait pu croire qu'elle avait fait ça toute sa vie. Biberons, langes, câlins, soins, elle maîtrisait tout ça parfaitement. En plus, pendant les phases de sommeil, elle ne regardait plus la télé, ça ne lui manquait pas du tout ! Elle avait du boulot. Tricoter des chaussons, des bonnets, des brassières de toutes les couleurs. Très bien. Marceline, rassurée sur ce point, s'est retrouvée dans sa chambre. À réfléchir à la situation et, évidemment, à se faire du mouron. Et puis, comme ça, parce que ça faisait longtemps qu'elle devait le faire et n'en avait pas eu le temps, elle a sorti son violoncelle de sa housse. Pour lui faire prendre l'air. Il en avait besoin. Et aussi, d'être accordé. Ce qu'elle a fait. Bien sûr, ça lui a donné envie de se dégourdir les doigts. Elle a joué quelques notes et puis, tout naturellement, un petit morceau. Quand elle s'est arrêtée, surprise et encore un peu émue, Simone a passé la tête dans l'entrebâillement de la porte. Elle venait donner des nouvelles : la petite aimait la musique ! Ça faisait un moment qu'elle pleurait en se tortillant comme un asticot – elle devait avoir des coliques, la pauv' petite – et bling ! dès les premières notes, elle s'était arrêtée de pleurer ! Comme par magie ! Vous savez ce qui vous reste à faire, Marceline, elle a ajouté en plaisantant.

Quand Muriel est rentrée de l'école, elle est passée les voir. Elle avait bien réfléchi : s'ils voulaient garder le bébé, elle était d'accord. Mais elle, elle n'en voulait pas. Point barre. C'était direct, il y a eu un petit flottement. Ils avaient discuté tous ensemble pendant la journée, pour savoir quoi faire, quelle tactique adopter, et la seule chose sur laquelle ils étaient tous tombés d'accord, c'était qu'il fallait lui laisser le temps. Que ce soit pour s'habituer à l'idée, pouvoir changer d'avis ou pour découvrir son enfant, ils verraient bien. Donc, ils ont répondu d'accord. Ce qui n'empêchait pas qu'elle devait aller déclarer sa naissance à la mairie, c'était urgent. OK, demain matin avant les cours, ils emmèneraient le bébé en voiture, puisqu'il devait être présent. Donc, il allait falloir lui trouver un prénom... Elle leur a dit de choisir eux-mêmes. Bon, ils allaient réfléchir et lui faire des propositions. Non, elle préférait qu'ils décident. Eux ne voulaient pas lâcher, c'était important que ce soit elle qui... Mais Simone en avait tellement sa claque de devoir utiliser des mots comme : l'enfant, la petiote, le bébé, la pitchoune, la môme, qu'elle leur a coupé l'herbe sous le pied.

— Et si on l'appelait Paulette ?

Regards vagues...

— C'est joli, non ? Qu'est-ce qu'il y a, ça ne vous plaît pas ?

Tous, soudain intéressés par les lignes et les courbes de la toile cirée...

— Et toi, qu'est-ce que t'en dis, Muriel ?

Muriel a haussé les épaules et puis elle est sortie.

....

À la mairie, la secrétaire a demandé ce qu'elle devait noter, et Muriel a dit : Paulette. Et en deuxième, Lucie.

Le prénom de sa mère.

Ça vient du latin et ça veut dire : lumières.

Remerciements

Merci à Florence Sultan pour son soutien, sa patience et sa voix si joliment voilée.

Et puis aussi à Adeline Vanot, Christelle Pestana, Patricia Roussel, Virginie Ebat et Hélène Kloeckner, bien sûr.

Le site **solidarvioc.com** existe… mais pas complètement! (Il s'agit du site créé par Guy, Ferdinand, Marceline, Simone, Hortense, Muriel et Kim à la fin du roman.)

Dans l'idéal, il devrait être possible de l'alimenter, d'échanger, de faire des commentaires, des critiques… Ce n'est pas encore tout à fait possible pour l'instant. Veuillez excuser notre lenteur à la tâche (site, écriture, rencontres avec les lecteurs, jardinage, poterie, petits-enfants, etc., c'est énorme tout ce qu'il y a à faire, vraiment!).

En attendant, merci à Laurent Rouillard pour le webmastering et à Camille Constantine (la mouche CC) pour le graphisme.

Pour toute réclamation, vous pouvez utiliser l'adresse de contact.

Merci à tous,

Barbara.

Table des matières

MY BEAUTIFUL WEEK-END
9

ALLUMER LE CHAT
21

À MÉLIE, SANS MÉLO
173

TOM, PETIT TOM, TOUT PETIT HOMME, TOM
323

Photocomposition Belle Page

Achevé d'imprimer en France en septembre 2014
par CPI Bussière
pour le compte des éditions Calmann-Lévy
31, rue de Fleurus 75006 Paris

Le Livre de Poche s'engage pour
l'environnement en réduisant
l'empreinte carbone de ses livres.
Celle de cet exemplaire est de :

950 g éq. CO_2

PAPIER À BASE DE   Rendez-vous sur
FIBRES CERTIFIÉES   www.livredepoche-durable.fr

N° d'imprimeur : 2011922
N° d'éditeur : 7488963/01
Dépôt légal : octobre 2014